DAS RITUAL
Ein Roman von Gerhard Wegner

Für Nanne

Taschenbuchausgabe, 2. Auflage 06/2021
ISBN 978-3-964432056

Bestellung und Vertrieb: Nova MB GmbH, Vachendorf

Lektorin: Ute Köhler
Umschlaggestaltung: Hannes Klein
Layout und Satz: Christine Staacks
Printed in Germany

www.gerhard-wegner.de

GERHARD WEGNER

Das Ritual

EIN ODYSSEE-ABENTEUER

Er trinkt ihre Schmerzen
und frisst ihre Herzen.

Codex des Quetzalcoatl
Datiert auf Ende des 10. Jahrhunderts

Prolog

Die Stadt der Götter
Hochland von Mexiko
Teotihuacán, Mondpyramide

Tagundnachtgleiche im September

Als ich versuche, meine Augen zu öffnen, zucken Blitze aus Eis und glühendem Stahl durch mein Hirn.

Schmerzen. Überall habe ich Schmerzen. Mein Kopf will schier bersten. Wo bin ich? Was ist passiert?

Schwielige Hände zerren mich vorwärts und ich rieche scharfen Männerschweiß.

Klar zu denken fällt mir schwer, doch ich spüre die tödliche Gefahr. Halb benommen versuche ich, mich aus dem Griff der Männer zu befreien, aber meine Arme sind hinter dem Rücken gefesselt.

Noch einmal versuche ich, meine Augen zu öffnen. Sofort durchzucken wieder krampfartige Schmerzen mein Hirn. Doch ich will sehen, muss wissen, was mit mir passiert.

Undeutlich, als ob ich nur durch schmale Schlitze sehen könnte, erkenne ich einen Gang aus grob behauenen Steinen.

Eine Maske! Wieso trage ich eine Maske?

Die plötzliche Erkenntnis umklammert mein Herz mit eiskalter Faust. Ich weiß wieder, wo ich bin und was die Männer mit mir vorhaben.

Ich bin das Opfer, bin als Braut des Blutgottes ausersehen!

Verzweifelt versuche ich zu schreien. Doch sie haben mich geknebelt. Nur ein Gurgeln dringt über meine Lippen.

Ich winde mich in den Fesseln und kämpfe gegen den brutalen Griff meiner Wärter. Ohne Erfolg. Sie zerren mich einfach weiter.

Dann stoppen sie.

Ich erkenne die Stelle.

Wir stehen an der inneren Pforte zur Straße der Götter.

Einer der Männer öffnet die Verriegelung. Der eisige Nachtwind schneidet wie ein Messer durch die dünngewebte weiße Tunika, die ich als einziges Kleidungsstück trage. Ich zittere vor Kälte und weiß, es ist nur der Anfang meines Leidens.

Ich schreie in den Knebel hinein, winde mich im Griff der Männer.

Das darf nicht geschehen, nicht ausgerechnet mir!

Meine Gedanken rasen. Nein, so will ich nicht enden. Ich muss mich wehren. Noch einmal pulst Adrenalin durch meine Adern. Mit aller Kraft reiße ich an den Fesseln und trete nach den Männern.

Es funktioniert! Durch meine Raserei überrascht, lassen sie mich los. Meine Chance!

Ich renne in die Nacht und beginne zu hoffen. Hoffnung, die Maske abstreifen und die Fesseln der Hände lösen zu können, bevor sie wieder da sind. Aber ich bin zu langsam. Das Keuchen meiner Verfolger kommt näher. Dann spüre ich ihre Finger.

Vergeblich versuche ich, ihrem Griff zu entkommen. Trete mit aller Kraft zu. Doch diesmal lassen sie mir keine Chance. Brutal zerren sie mich zu Boden. Einer hält meine Beine, der andere die Schultern.

Vorbei! Schluchzend gebe ich auf.

Aber beinahe wäre ich ihnen entkommen. Sie werden sich rächen wollen. Ich höre, wie ihr Atem schwer wird, und spüre ihre schwieligen Hände über meinen Körper gleiten. Voller Pein stöhne ich auf, als einer der Männer brutal meine Brüste quetscht. Eine andere Hand schiebt die Tunika hoch und zwängt sich zwischen meine Schenkel. Ich winde mich unter den gierigen Griffen, doch dann lassen sie plötzlich von mir ab. Sie haben Angst vor der Rache des Blutgottes.

Ich bin das ausgewählte Opfer und das darf von ihnen nicht beschmutzt werden. Aber ihre Wut braucht ein Ventil. Sie schlagen mich. Schnelle, harte Hiebe auf die Brüste und in den Magen. Sie wollen mir wehtun und sie schaffen es. Als sie endlich von mir ablassen, bin ich vor Schmerzen halb ohnmächtig.

Brutal werde ich wieder auf die Beine gezerrt und zurück auf den gepflasterten Weg gebracht. Durch die schmalen Schlitze der Maske kann ich nicht genau erkennen, wo wir sind, aber ich ahne, dass es nicht mehr weit ist. Dann höre ich die lauter werdenden Geräusche einer großen Menschenmenge.

Vor Angst entleert sich meine Blase. Warm läuft es mir die Beine hinunter und ich zittere am ganzen Körper.

Dann sehe ich sie. Hunderte von Männern, die sich auf dem Platz vor der Mondpyramide drängen. Eingehüllt in schwarze Umhänge, die Gesichter verborgen hinter schwarzen Federmasken.

Jetzt bin ich mitten unter ihnen. Sie drängen heran. Überlaut dringt ihr gieriges Keuchen an meine Ohren. Noch einmal bäume ich mich auf, schreie gegen den Knebel an.

Aber ich erreiche nur, dass meine Bewacher noch fester zupacken. Niemand kann mir jetzt noch helfen.

Ich schließe die Augen. Warte auf den ersten Schmerz. Und da ist er. Ein erster, noch zaghafter Stoß. Die Spitze des Zeremonienstabes zerreißt nur das dünne Gewebe der Tunika, ritzt leicht meine Haut. Doch das ist nur der Anfang. Jetzt stechen die anderen zu, legen Kraft in ihre Stöße. Sie zielen auf meine Brüste, in das Dreieck meines Schoßes, stoßen in Muskeln und Fleisch. Ich stöhne vor Schmerzen, wenn mich ein Stoß trifft, winde mich im Griff meiner Bewacher und spüre, wie warmes Blut meinen Körper hinunter läuft.

Immer weiter werde ich in die Menge gezerrt. Unzählige Stiche zerfetzen die Tunika, zerreißen mein Fleisch. Ich verliere jeden Sinn für Zeit. Wie durch einen blutroten Schleier sehe ich irgendwann die Mondpyramide vor mir aufragen.

Mich verlassen die Kräfte. Eiskaltes Wasser reißt mich ins Bewusstsein zurück. Zitternd hebe ich meinen Blick. Wir stehen kurz vor der steilen Treppe, die zur Opferstätte hinaufführt. Dutzende der Schwarzen Priester bilden ein Spalier des Schreckens bis zur Spitze der Pyramide. Dicht an dicht stehen sie da und warten. Nur ein schmaler Gang ist frei.

Ich will diesen Weg nicht gehen, doch mein Körper gehorcht mir nicht mehr.

Ohne Gegenwehr lasse ich zu, dass sie mich die Stufen zur Opferstätte hinaufschleppen. Überwältigt von der Folter und obwohl ich weiß, dass ich bald sterben werde, bin ich auf eine seltsame Art erleichtert. Bald ist es geschafft. Sie können mir nicht noch mehr Schmerzen zufügen, denn meine Nerven sind betäubt.

Doch ich habe mich schrecklich getäuscht. Als ich an den Priestern vorbei geschleift werde, drängen sie sich an mich. Die zerfetzte Tunika bietet keinen Schutz mehr vor ihren gierigen Händen. Ihre Finger dringen in meine offenen Wunden ein, reiben den Saft des Feuerkaktus in das aufgerissene Fleisch.

Ich brenne! Mein ganzer Körper brennt wie Feuer! Ich fürchte, wahnsinnig zu werden.

Dann sehe ich ihn.

Er steht am Ende der Stufen. Trotz aller Qualen kann ich meinen Blick nicht von ihm losreißen. Er wartet auf mich. Er, der Hohepriester Tezcatlipocas.

Meine Beine geben unter mir nach. Aber bevor ich zu Boden sinken kann, fangen mich die Priester auf und zerren mich rücklings auf den Opfertisch.

Er beugt sich über mich, das Opfermesser erhoben und ich höre die ersten Worte der heiligen Beschwörung.

Die Verzweiflung weckt noch einmal meine Kräfte. Ich stöhne in meinen Knebel hinein, will nach ihm rufen, will mich wehren, doch es ist zu spät. Der Blutverlust war zu groß.

Ein merkwürdiges Gefühl überkommt mich. Ich spüre, wie ich meinen Körper verlasse.

Langsam steige ich auf, schwebe über dem blutigen Etwas auf dem Opfertisch. Alles in mir drängt dazu, noch höher zu steigen, hoch in das Licht weit über mir. Doch noch ist es mir nicht gestattet. Ein dünner, silberner Faden hält meine Seele an meinem zerschundenen Körper fest.

Doch bald werde ich frei sein.

Ich sehe die scharfe Klinge des Opfermessers im Mondlicht funkeln.

In der Halbwelt der Geister, in die ich schwebe, sehe ich die Beschwörungsformeln wie Schatten aus seinem Mund strömen.

Immer schneller werden die Wirbel, verdichten sich zu einem dunklen Nebel, der den Opfertisch verhüllt.

Urplötzlich brüllt der Himmel auf.

Mein Geist bebt, etwas Mächtiges nähert sich. Tezcatlipoca kommt.

Das Dröhnen wird immer lauter. Lichter blitzen am Himmel. Irgendetwas zwingt mich in meinen Körper zurück. Ich versuche, mich zu wehren, will nicht wieder die Schmerzen erleiden. Aber es ist stärker als ich.

Mit letzter Kraft öffne ich die Augen und versuche zu verstehen, was passiert.

Weit über mir flackert der Himmel. Ein dröhnendes Peitschen erfüllt die Nacht.

Es ist wie ein letzter Gruß aus meiner alten Welt.

Dann sehe ich die Klinge kommen.

Vier Monate zuvor ...

Der Fund

Privates Forschungsschiff LONGIMANUS
3 km vor der deutschen Nordseeküste

»Nicht zu fassen, was der neue Unterwasser-Scanner leistet.« Doktor Johanna Baier schüttelte ungläubig den Kopf.

Ihr Mann, Doktor Thomas Baier, der hinter ihrem Arbeitsplatz stand, lächelte in sich hinein. Johanna hatte schon recht. Als Mitarbeiter der Bergungsgesellschaft ODYSSEE waren sie zwar gewöhnt mit außergewöhnlicher Technik zu arbeiten, aber dieser Scanner beeindruckte auch ihn. Der Monitor des neuen Hummingbird Profi-Unterwasser-Scanners zeigte Objekte auf dem Meeresboden in einer fast unwirklich anmutenden 3-D-Darstellung. Selbst kleine Teile konnten so ohne Beeinträchtigung durch schlechte Sicht oder Wettereinflüsse eindeutig identifiziert werden. In Kombination mit den Dichtemessungen des Sub-Bottom-Profilers konnte die Lage von Wracks weit besser und vor allen Dingen weit schneller ermittelt werden.

»Schau mal, wieder ein Anker«, Johanna deutete auf den Monitor, auf dem sich die Reflexion eines großen Schiffsankers abzeichnete.

Thomas griff über sie, schaltete den Frontalscan ein und zoomte das Bild heran. Bedauernd schüttelte er dann den Kopf.

»Viel zu jung. Der ist noch keine hundert Jahre alt. Aber wir sollten ihn trotzdem registrieren.«

Mit einem Tastendruck fotografierte Johanna den Fund. Gleichzeitig wurden dabei die genauen GPS-Daten auf das Foto übertragen und die Stelle auf der Seekarte markiert. Die Meeresarchäologin wusste, wo ein Anker lag, war oft auch das dazugehörige Wrack nicht weit. Sie würde die Daten deshalb auf jeden Fall an das Schleswig Holsteinische Denkmalamt weiterleiten.

Dort mussten die Fachleute entscheiden, was mit dem Fund weiter passieren sollte.

Die ODYSSEE suchte jedoch nicht nach Ankern. Sie waren hier auf der Suche nach viel älteren Schiffen. Doch dazu brauchten sie Glück und Zeit. Unwillkürlich blickte Johanna auf ihre Armbanduhr. Seit über sechs Stunden fuhren sie schon den Suchkurs vor der Mündung der Eider. Bisher hatten sie mit der LONGIMANUS mehrere Anker und die Überreste eines Fischtrawlers markiert. Doch das, was sie eigentlich suchten, hatten sie noch nicht gefunden. Dabei waren die Chancen nach einem Sturm besonders gut. Und der Orkan, der sich erst gestern aufgelöst hatte, war einer der stärksten gewesen, der hier seit Menschengedenken getobt hatte. Es konnte nur eine Frage der Zeit sein, bis sie Erfolg hätten.

Thomas ließ sich wieder in den Sitz neben seiner Frau gleiten. »Lass uns die Daumen drücken«, sagte er. »Mitch kommt heute Abend mit unserem Besuch. Wäre doch perfekt, wenn wir ihm da schon etwas Interessantes zeigen könnten.«

Johanna war zu sehr auf die Monitore konzentriert, um zu antworten. Aber innerlich schüttelte sie den Kopf. Klar wäre es ideal, wenn sie ihren Freund und Chef überraschen könnten. Aber Wissenschaft lässt sich nun mal nicht zwingen. Das wusste auch Mitch, und er würde sicher nicht annehmen, dass sie gleich am ersten Tag ihrer Suchexpedition den großen Fund präsentieren konnten. Andererseits ..., sie lächelte unwillkürlich, natürlich würde er genau das erwarten. Er war schon immer einer der ungeduldigsten Menschen gewesen, den sie je kennengelernt hatte.

Es war seine Idee gewesen, die LONGIMANUS hier einzusetzen. Und ausnahmsweise stimmte das ganze Team dafür. Das war nicht immer so. Die Spezialisten, die Mitch oder genauer Doktor Michel Thromberg in seiner Firma versammelt hatte, waren für ihre eigenen Ansichten bekannt. Aber das war wohl auch ihr Erfolg. Jeder im Team war ein anerkannter Spezialist in seinem Fach, ein Profi, dem kein anderer etwas vormachen konnte. Zusammengehalten wurde

das Team durch Mitch.
Er war der Motor hinter der ODYSSEE, der Liga der außergewöhnlichen Schatzsucher, wie sie sich selbst oft im Scherz nannten. Denn das war es, was sie antrieb. Sie suchten archäologische Schätze und waren damit im Laufe der letzten Jahre in der wissenschaftlichen Welt berühmt geworden.

Unwillkürlich blickte Johanna zu ihrem Mann, der gerade einen weiteren gefundenen Anker markierte. Sie drei, Mitch, Thomas und sie, waren die Archäologen im Team. Zuständig für Recherche, Organisation und wissenschaftliche Sicherung des Fundes. Dazu kam noch Steve Preston, den sie alle nur Samson nannten. Er war der Ingenieur, der Mann fürs Grobe, wie es Thomas gerne ausdrückte. Der Letzte im Team war Rajesh Sing, Computerspezialist.

Johanna lächelte, als sie an Mitchs Begeisterung dachte, mit der er sie alle angesteckt hatte. Nachdem sein Vater gestorben war, hatte er einen Teil des Familienvermögens in das Konzept einer neuartigen Bergungsgesellschaft investiert. Das Ziel war es, Archäologie im großen Maßstab zu betreiben. Mit modernster Technik und ohne die bürokratischen Hemmnisse einer Universität. Und es funktionierte. In den letzten Jahren hatten sie schon weltweit mehrfach für Aufsehen gesorgt. Das Wikingergrab in der Nähe von Haithabu war ihr letzter Fund gewesen. Drei Langboote mit einem unermesslichen Schatz an Waffen und Schmuck. Ein spektakulärer Fund, der die wissenschaftliche Welt auf sie aufmerksam gemacht hatte und letztendlich auch dafür verantwortlich war, dass sie jetzt vor der Eidermündung kreuzten.

Ein verwitterter Runenstab, den sie bei diesen Ausgrabungen gefunden hatten, erzählte von einem ungeheuren Sturm, der während der Herrscherzeit Sven Gabelbarts dreißig vollbeladene Wikingerschiffe sinken ließ. Kurz bevor diese ihr Ziel, die Handelsmetropole Haithabu, erreichten, wurden die Langboote von dem Sturm verschluckt. Es musste zur damaligen Zeit ein so großes Unglück gewesen sein, dass die Priester den Runenstab mit den Namen der Schiffe in das Grab gelegt hatten. Nach den Überresten dieser Flotte suchten sie. Mitch hatte dafür extra die LONGIMANUS zu einem Forschungsschiff der Extraklasse umrüsten lassen. Mit an Bord war modernste Technik, ein Hubschrauber, ein Klein-U-Boot und in letzter Minute noch der neue Unterwasser-Seitenscanner, sodass sie quasi aus der bequemen Kabine heraus, in den bis zu vierzig Metern tiefen Gewässern vor der Küste suchen konnten.

Als bekannt wurde, dass die ODYSSEE eine neue Expedition startete, standen die Wissenschaftler Schlange, um dabei zu sein. Aber Mitch nahm nur in Ausnahmefällen fremde Wissenschaftler mit auf eine Expedition. Das hier war so ein Ausnahmefall. Heute Nachmittag erwarteten sie die Dezernatsleiterin Nord des Archäologischen Landesamtes Schleswig Holstein auf ihrem Schiff. Sie war zuständig für diesen Distrikt und Mitch wollte ihr zeigen, was der neue Scanner leisten konnte. Am besten würden sie ihren Gast mit einem Fund überraschen. Aber das sah im Moment noch nicht danach aus. Sie suchten hier nach einer Stecknadel im Heuhaufen. Und das schon seit Stunden.

Johanna gähnte verhalten. Sie musste jetzt einfach mal eine Pause machen. Erleichtert seufzte sie auf, als Thomas sich bereit erklärte, sie am Bildschirm abzulösen. Während er vor dem Monitor Platz nahm, stand sie auf und reckte ihre müden Glieder. Dabei spannte sich der dünne Pulli und ließ unabsichtlich ihre vollen Brüste deutlich werden.

»Nach vorne schauen«, sagte sie, als sie den Blick ihres Mannes spürte, und drehte seinen Kopf wieder Richtung Bildschirm. »Vielleicht liegt der große Fund vor dir und du siehst ihn nicht, vor lauter Wollust.«

»Ich hatte gerade zwei besonders schöne Funde gemacht«, schmollte Thomas und zuckte lachend zusammen, als ihm Johanna eine spielerische Kopfnuss verpasste.

»Ich gehe mal hoch, frische Luft schnappen«, sagte sie und ging zur Treppe, die aus dem Wissenschaftsbereich an Deck führte. Da sie im Rücken immer noch den Blick ihres Mannes spürte, wiegte sie dabei übertrieben ihre Hüften. »Du kannst ja rufen, wenn du etwas gefunden hast.«

Thomas seufzte, als ihr wippender Po im Treppenaufgang verschwand, und wandte sich wieder den Monitoren der Unterwasser-Suchtechnik zu. Sorgfältig vergewisserte er sich, dass weder der Sub-Bottom-Profiler noch der 3-D-Scanner in der Zwischenzeit etwas Auffälliges gefunden hatten. Dabei ließ er die Aufzeichnung der letzten Minute im Schnelldurchlauf nochmals abspielen. Bei der Abbildung des Meeresbodens verharrte er einen Moment. Johanna hatte schon recht. Es war wirklich unglaublich, was diese neue Technik leistete. Wenn hier etwas auf dem Meeresboden liegt, dann würden sie es auch finden.

Als Johanna das Deck erreichte, riss ihr der Wind fast die Tür aus der Hand. Überrascht musterte sie den Himmel. Der Wind, der nach dem Ende des Sturms am Vortag nahezu komplett abgeflaut war, hatte zwischenzeitlich wieder tüchtig aufgefrischt. Die See bildete kleine Schaumkronen und der Himmel hatte sich zugezogen. Mitch würde es schwer haben, bei diesem Wind mit ihrem Besuch auf dem Schiff zu landen. Besorgt ging Johanna ins Steuerhaus, um mit dem Kapitän zu sprechen. Wenn sich das Wetter noch weiter verschlechtern würde, wäre es wohl besser, die Suchfahrt abzubrechen. Und dann wollte sie Mitch schnell informieren, bevor er losflog.

Doch der Kapitän konnte sie beruhigen. »Keine Sorge, das sind nur die Nachwehen des Sturmes. Ab morgen soll es schon wieder besser werden. Der Sturm zieht sich Richtung Norden zurück.« Dabei deutete er auf den Bildschirm mit dem Wetterradar. Deutlich konnte man sehen, wie sich die Wolkenspirale langsam von der Küste entfernte. »Wenn sich der Wind nicht wieder dreht, besteht für uns keine Gefahr. Und falls doch, sind wir rechtzeitig in einem sicheren Hafen.«

»Und wie ist es mit dem Hubschrauber? Ist da der Wind keine Gefahr?«

»Nicht mit Samson als Pilot«, sagte der Kapitän und lachte. »Der fliegt doch dem Klabautermann noch die Nase ab.«

Johanna musste ebenfalls lachen. Das stimmte. Samsons Flugkünste waren legendär. Wenn sie irgendwo während eines Orkans landen müsste, dann würde sie auch ihren Freund als Piloten haben wollen. Sie freute sich, die beiden in einigen Stunden wieder zu sehen. Und sie war gespannt auf Doktor Dahlke, die Dezernatsleiterin des Archäologischen Landesamtes von Schleswig-Holstein. Sie hatte schon viel telefonisch mit ihr zu tun gehabt, aber sie bisher leider nie persönlich kennengelernt. Als die ODYSSEE vor einem Jahr das riesige Wikingergrab gefunden hatte, war Frau Doktor Dahlke noch nicht im Amt gewesen, und seither hatte sich keine Möglichkeit des Treffens geboten. Deswegen hatte Mitch sie jetzt auch eingeladen. Er wusste sehr wohl, wie wichtig es war, einen solchen Kontakt zu pflegen. Besonders in Deutschland, wo professionelle Schatzsucher von den Behörden nicht gerne gesehen wurden. Der Grund dafür war Eifersucht, wie so oft in der wissenschaftlichen Welt. Die beamteten Wissenschaftler waren eifersüchtig auf die technischen Möglichkeiten der ODYSSEE, ihre Geldmittel und vor allem auf ihre Erfolge.

»Stopp, Schiff auf dieser Position halten«, schallte die Stimme ihres Mannes aus der Sprechanlage. »Ich glaube, wir haben etwas gefunden.«

»Alles klar. GPS-Position ist eingegeben«, antwortete der Kapitän routiniert und schaltete den Autopiloten ein, der das Forschungsschiff vollautomatisch auf den GPS-Daten halten würde.

Thomas sprach weiter. »Wenn Sie meine Frau auf Deck sehen, sagen Sie ihr bitte, sie soll sofort wieder nach unten kommen. Ich brauche sie hier.«

Johanna brauchte keine weitere Aufforderung. Schon bei den ersten Worten ihres Mannes war sie wieder auf dem Weg nach unten. Während sie sich über das windgepeitschte Deck hangelte, warf sie nochmals einen besorgten Blick zum Himmel. Entgegen der Aussage des Kapitäns sah es nicht so aus, als ob der Wind bald nachlassen würde. Aber dann beruhigte sie sich. Er war der Kapitän und hatte die aktuellen

Wetterdaten. Schnell eilte sie den Gang hinunter und öffnete die Tür zum Computerraum.

Sofort drehte sich ihr Mann zu ihr um und zeigte strahlend auf den Monitor des Hummingbird. »Das musst du dir anschauen«, sagte er. »Du wirst es nicht glauben.«

Johanna trat hinter seinen Stuhl und drückte dabei zärtlich seine Schultern.

»Was für einen Anker hast du denn dieses Mal gefunden?«, fragte sie lächelnd und fixierte die Schatten auf dem Monitor.

»Ist es …« Ihre Stimme flatterte vor Aufregung. »Ist es das, für was ich es halte?«

Thomas nickte. »Ich denke, ja. Auch wenn ich es mir im Augenblick noch nicht erklären kann.«

Staunend betrachtete Johanna den Schatten des Drachenschädels, der aus dem Schlick des Meeresbodens ragte. Er war der Teil eines langen, schmalen Bootes, das bis zur Bordkante im Schlick vergraben war. Die sauerstoffarme Tiefe hatte das Schiff über die Jahrhunderte im Boden konserviert. Und jetzt hatte der letzte Sturm es freigespült. Ein unglaublicher Fund.

»Sechsunddreißig Komma sieben Meter tief«, riss sie die Stimme ihres Mannes aus ihrer Versunkenheit. »Wir könnten einen der kleinen ferngelenkten Unterwasserroboter hinunter schicken, um Detailfotos zu machen, was meinst du?«

Johanna nickte aufgeregt. Ja, unbedingt mussten sie Fotos haben. Während ihr Mann an Deck eilte, um zusammen mit den Technikern den Tauchroboter klar zu machen, setzte sie sich vor den Monitor, um die Details in Ruhe zu betrachten. Sie betätigte die Filmfunktion des Scanners, und während alles in HD-Qualität aufgezeichnet wurde, zoomte sie einzelne Ausschnitte des Schiffes heran. Die Qualität des Scanners war erstaunlich. Zwar erfasste er nur den Schatten, den das Wrack auf den Meeresboden warf, aber auch das ergab ein sehr realistisches Abbild des jahrhundertealten Schiffes. Viele kleine Schatten, die rings um das Schiff verteilt waren, erregten ihre Aufmerksamkeit.

»Ob das die Ladung ist?«, murmelte sie fast unhörbar vor sich hin. »Das wäre ja eine Sensation.«

»Roboter im Wasser«, krächzte die Stimme ihres Mannes im Bordfunk. »Kannst du uns mit dem Scanner bei der Steuerung unterstützen?«

»Ja natürlich, sobald ich den Tauchroboter erfasst habe, kann ich die Steuerung übernehmen.« Johanna zog die Fernsteuerung des Roboters vor den Monitor des Scanners und wartete, bis der Tauchroboter in den Erfassungskegel des Seitenscanners eintauchte. »Okay. Habe ihn und übernehme jetzt die Steuerung«, sagte sie, als der Umriss des Roboters auf dem Monitor auftauchte. Mit einem Tastendruck schaltete sie den Kameramonitor ein und sofort war der Raum in ein grünes Licht getaucht.

Der Unterschied zwischen dem klaren Bild des Seitenscanners und der realen Kamera im Roboter war unglaublich. Hier zeigte sich der Vorteil der neuen Technik für die Unterwasserarchäologie sehr deutlich. Im Monitorbild des Scanners waren die Schatten des Wracks als helles, kontrastreiches Abbild – fast in 3 D – zu sehen, wogegen die Unterwasserkamera des Roboters im Licht der Scheinwerfer nur grünes, planktongeschwängertes Wasser zeigte. Vorsichtig ließ Johanna den Roboter tiefer sinken und steuerte das Wrack an.

»Hast du schon erste Fotos?«, kam die ungeduldige Stimme von Thomas aus dem Bordfunk.

»Bin gleich da«, antwortete sie kurz angebunden, da die Steuerung ihre ganze Konzentration erforderte.

»Dann komme ich jetzt wieder hinunter.«

Johanna nickte. Klar, dass Thomas es auf dem Deck nicht mehr aushielt. Hier unten spielte im Augenblick die Musik.

Jetzt war es so weit. Der Roboter war vor dem Wrack zum Stillstand gekommen. Im Monitorbild der Unterwasser-Kamera tauchte der Drachenkopf des Wikingerwracks auf. Er wirkte fast lebendig, umspült von dem Planktongewitter in dieser Tiefe. Johanna betätigte den Auslöser und bannte den fantastischen Anblick x-fach auf die Festplatte.

»Unglaublich.« Thomas hatte unbemerkt den Raum betreten und staunte mit offenem Mund. »Versuch es noch mal von der Seite.«

Geduldig fotografierte Johanna den Drachenkopf von allen Seiten und ließ den Roboter dann tiefer sinken. Die kleinen Schatten, die der Scanner auf dem Boden zeigte, lockten sie magisch an.

»Was ist denn das?« Unwillkürlich beugte sich Thomas vor und starrte ungläubig auf den Kameramonitor.

Im Licht der Scheinwerfer zeigte die Kamera verschieden große Päckchen, die halb im Schlick versunken um das Wrack aus dem Boden ragten.

»Ich denke, das ist der Hauptgewinn«, sagte Johanna und grinste breit. »Das ist die verstreute Ladung des Wikingerschiffs, die der Sturm freigespült hat.« Lachend wandte sie sich ihrem Mann zu. »Damit werden wir berühmt!«

»Vorsicht«, rief Thomas aufgeregt, aber da war es schon passiert. Der Tauchroboter war gegen eines der Päckchen gestoßen und riss es im Vorbeischweben auf. Das Leder der Verpackung, das Jahrhunderte im Schlick überdauert hatte, löste sich vollständig ab und der Inhalt ergoss sich auf den Meeresboden, wo er dicke Schlammwolken aufwirbelte.

»Gold, das ist Gold!«, rief Johanna und steuerte den Tauchroboter fast panisch von der Ladung weg. Eine Katastrophe, wenn sie noch mehr der Päckchen zerstören würde.

»Tatsächlich!«, Thomas staunte mit offenem Mund. »Das waren kleine, goldene Figuren. Lass uns den Tauchroboter nach oben holen, bevor wir noch mehr davon beschädigen.«

»Aber erst, wenn ich die Fundstelle komplett dokumentiert habe«, sagte Johanna, die den Roboter jetzt in sicherem Abstand stabilisiert hatte. Mit einem Tastendruck machte sie ein Weitwinkelbild und begann dann systematisch einzelne Abschnitte des Wracks zu dokumentieren. Thomas machte das Gleiche mit dem Scanner.

Durch die Kombination der Suchtechnik an Bord konnte er die Lage des Wracks und der einzelnen Ladungsteile genau mit GPS-Punkten versehen und die Größe des Schiffes detailliert messen.

»Das ist ein großes Boot. Ein Langschiff mit gut zwanzig Metern Länge«, sagte er mit vor Aufregung zitternder Stimme, als er seine Ergebnisse ausgedruckt hatte. »Das könnte ein Zwanzigsitzer gewesen sein, mit über sechzig Mann Besatzung. Oder sogar noch größer. Solche Schiffe gehörten im zehnten Jahrhundert zu den größten Kriegsdrachen der Wikinger.«

»Wie kommst du zu der Datierung?«, fragte Johanna, die ihm aufmerksam zugehört hatte.

»Denk an den Runenstab und dann die Größe und die Lage des Wracks – hier auf direktem Weg nach Haithabu«, sagte Thomas. »Ich müsste mich sehr täuschen, wenn das nicht eines der Wracks wäre, die wir hier suchen.«

Johanna zuckte mit den Schultern. Es war nicht ihr Ding, so vorschnell zu urteilen. Die Langschiffe der Wikinger waren über mehrere Jahrhunderte fast unverändert gebaut worden. Eine genaue Bestimmung war deshalb immer nur mit Hilfe modernster Technik möglich. Aber insgeheim gab sie ihrem Mann recht. Es passte wirklich alles gut zusammen. Und dann die perfekte Erhaltung des Wracks durch die konservierende Wirkung des Schlicks. Es war Glück, dass der Sturm das Schiff freigespült hatte. Und es war mehr als Glück, dass ihr Suchkurs sie ausgerechnet an diese Stelle geführt hatte.

»Komm, lass uns den Tauchroboter wieder an Bord holen«, unterbrach Thomas ihre Gedanken. »Draußen wird es bald dunkel.«

Johanna blickte auf ihre Uhr. Tatsächlich, die Zeit war wie im Fluge vergangen.

Als sie gemeinsam das Deck betraten, hatte der Wind wieder etwas nachgelassen. Aber immer noch schäumten die Wellen und das Hereinholen des Roboters wurde zu einer anstrengenden Arbeit. Sie hatten das Gerät gerade verstaut, als die Stimme des Kapitäns über die Decklautsprecher ertönte.

»Achtung! Ich hatte gerade Funkkontakt mit Doktor Thromberg. Er wird in wenigen Minuten landen.«

»Da ist er schon«, rief Johanna und deutete auf einen winzigen Punkt am Himmel, der sich schnell näherte.

»Komm, lass uns das Landedeck räumen. Ich freue mich schon, ihn mit unserem Fund zu überraschen.«

Der Firmenhubschrauber, ein Eurocopter EC 135, den die ODYSSEE vor allem wegen seiner sprichwörtlichen Robustheit ausgewählt hatte, trotzte dem böigen Wind und landete sanft wie eine Katze auf dem Landedeck der LONGIMANUS. Johanna und Thomas hatten sich vor dem Sturmwind der Rotoren geduckt und winkten nun ihren beiden Freunden vergnügt zu. Mitch verließ als Erster die Kabine. Mit einem elastischen Sprung landete er auf dem leicht schwankenden Deck des Forschungsschiffes. Eine Kappe verbarg seine halblangen braunen Haare, konnte jedoch nicht verhindern, dass der Wind eine vorwitzige Strähne herauswirbelte. Mitch kümmerte sich nicht darum. Ohne auf die immer noch laufenden Rotoren zu achten, reckte er sich zur vollen Größe seiner ein Meter fünfundachtzig und drückte den Nacken durch, um die Verspannungen des holprigen Fluges zu lockern. Man sah seinem sehnigen, schlanken Körper an, dass er regelmäßig Sport trieb. Mitch war mit seinen fünfunddreißig Jahren ein gutaussehender Mann. Aber es waren vor allem seine Augen, die in Erinnerung blieben. Tiefbraune, wache Augen, mit einem leuchtenden, azurblauen Ring um die Pupille. Sein Blick wirkte dadurch fast hypnotisch. Es fiel schwer, den eigenen Blick wieder davon zu lösen. Dazu kam die starke Ausstrahlung, die von ihm ausging, gekoppelt mit einem Hauch von Einsamkeit und Traurigkeit. Für Frauen war diese Kombination unwiderstehlich und Mitch war kein Kostverächter. Doch er wusste auch, dass sein Reichtum für viele dieser Frauen der größte Anreiz war. Das machte ihn misstrauisch und fast menschenscheu. Die Schnelligkeit, mit der er deshalb seine Freundinnen wechselte, war in den Klatschspalten der Magazine schon Legende.

Wirkliches Vertrauen zeigte er nur gegenüber seiner Mutter und seinen Freunden von der ODYSSEE. Deshalb leuchteten seine Augen jetzt voller Wiedersehensfreude.

»Schön, dich wiederzusehen«, sagte er und wollte Johanna umarmen. Aber schon zerrte ihn eine kräftige Hand von der jungen Frau weg.

»Erst bin ich dran«, knurrte eine tiefe Stimme, und bevor Johanna richtig reagieren konnte, wurde sie hochgehoben und herumgewirbelt, bis ihr fast schwindelig wurde.

»Man meint gerade, ihr hättet euch seit Jahren nicht gesehen«, sagte Thomas mit gespielter Eifersucht und umarmte Mitch herzlich, bevor er sich dem Hünen zuwandte, der immer noch seine Frau festhielt.

»Sie ist eben viel hübscher als du«, sagte Samson und stellte die leicht errötende Johanna wieder auf dem Deck ab.

Dann drückte er Thomas so fest an sich, dass ihm fast die Luft wegblieb. »Es ist auch schön, dich wiederzusehen«, sagte er.

Thomas stöhnte und schob Samson von sich. »Gleichfalls, aber noch schöner ist es, so ein Wiedersehen auch zu überleben.«

Samson zuckte schuldbewusst mit den breiten Schultern. Mit seinen fast zwei Metern und knapp einhundertundzehn Kilogramm Körpergewicht war er eine kompakte Muskelmasse mit Händen, so groß wie Bratpfannen. Aber trotzdem war er ein Genie bei allem, was fliegen, fahren und schwimmen konnte. Keiner konnte so behutsam wie er einen Hubschrauber landen oder so schnell einen Motor auseinandernehmen und wieder zusammensetzen. Bevor er sich der ODYSSEE angeschlossen hatte, war er als Ingenieur durch die Welt gereist, immer auf der Suche nach einer neuen technischen Herausforderung. Dabei war er auf Mitch gestoßen, und der hatte nicht lange gezögert, ihn für seine Firma anzuwerben. Ein Entschluss, den beide nie bereut hatten. Die technischen Fähigkeiten und Kenntnisse von Samson stellten eine unglaubliche Bereicherung für das Team dar. Als Mitch seine Freunde anschaute, musste er unwillkürlich lächeln. Es war schön, wieder bei ihnen zu sein.

Aber dann zuckte er schuldbewusst zusammen. Beinahe hätte er über der ganzen Wiedersehensfreude seine Gäste vergessen. Die waren inzwischen ebenfalls ausgestiegen und standen fröstelnd neben dem Hubschrauber.

»Darf ich vorstellen?«, sagte Mitch. »Das ist Doktor Anna-Maria Dahlke mit ihrer bezaubernden Tochter Marie. Sie werden die nächsten Tage unsere Gäste sein und die Suche begleiten.«

Thomas und Johanna traten vor, um die beiden zu begrüßen. Die Ähnlichkeit zwischen Mutter und Tochter war nicht zu übersehen, auch wenn Doktor Dahlke ihr langes, schwarzes Haar in einem strengen Knoten versteckte und einen fast männlich wirkenden Hosenanzug trug. Ihre Tochter hingegen zog schon jetzt die Blicke der Matrosen an Deck auf sich. Trotz ihrer offensichtlichen Jugend war sie schon auf dem besten Weg eine schöne Frau zu werden. Und ihre enge Jeans und die knappe Bluse zeigten das auch.

Beide waren aber augenscheinlich für das offene Meer zu luftig angezogen. Fröstelnd rieben sie sich in dem kalten Wind ihre Arme, wie Johanna bemerkte. »Sie werden erfrieren, wenn wir nicht bald unter Deck gehen«, sagte sie resolut und öffnete die Tür zum Deckhaus. »Immer hereinspaziert und herzlich willkommen auf der LONGIMANUS.«

Johanna ließ ihren Mann mit Doktor Dahlke und Marie vorausgehen, hielt jedoch Mitch zurück, als er ihnen folgen wollte. Ihre Neugier ließ ihr keine Ruhe.

»Wie ist die Dahlke? Im Moment wirkt sie ja sehr streng.«

Mitch lachte. »Eine typische Beamtin eben. Aber wir haben uns auf dem Flug sehr gut unterhalten. Ich denke, im Grunde ist sie sehr umgänglich.«

»Und wieso hat sie ihre Tochter mitgebracht? Sie sieht nicht so aus, als ob sie gerne hier wäre.«

»Das wärst du in ihrem Alter auch nicht«, antwortete Mitch und lächelte. »Für einen Teenager gibt es sicherlich spannendere Momente, als eine Woche auf einem schwankenden Bergungsschiff zu verbringen. Aber ihre Mutter wollte sie nicht allein zu Hause lassen. Kann ich auch verstehen. Sie sieht nicht aus wie Dreizehn.«

»Dreizehn?«, fragte Johanna ungläubig. »Wow! Ich hätte das Mädchen deutlich älter geschätzt. Vorhin hatte ich noch überlegt, dass Doktor Dahlke ihre Tochter sehr früh bekommen haben musste, so jung wie sie selbst noch ist.«

Mitch zuckte ergeben mit den Schultern. Er kannte seine Kollegin seit vielen Jahren und schätzte ihre Kompetenz und ihren klaren Verstand.

Den kleinen Anfall von Neugier verzieh er ihr deshalb gerne. »Sonst noch Fragen? Langsam wird mir nämlich auch kalt.«

Johanna konnte es immer noch nicht fassen. »Dreizehn? Und dann hat das Mädchen schon fast die tolle Figur ihrer Mutter?«

Verdutzt sah Mitch sie an. »Doktor Dahlke hat eine tolle Figur?«

Johanna rollte mit den Augen. »Nicht zu fassen. Da reist der Herr Casanova mit einer schlanken, gut gebauten Frau und merkt es noch nicht mal. Dass ich das noch einmal erleben darf.«

Mitch hob abwehrend die Hände. »Können wir jetzt auch ins Warme gehen?«, bat er. »Oder möchtest du dich noch länger über Doktor Dahlke und ihre Tochter unterhalten. Dann hole ich mir aber vorher noch einen Anorak.«

Seufzend schob Johanna ihren Chef durch die Tür und folgte ihm dann zum Speisesaal des Schiffes. Es würde sich sicher in den nächsten Tagen eine Gelegenheit ergeben, mit der Dezernatsleiterin ein paar private Worte zu wechseln und mehr Informationen von ihr zu bekommen.

»Gibt es schon etwas zu berichten?« Mitch nahm dankbar die heiße Tasse Tee entgegen, die ihm Thomas reichte.

»Lass uns erst den Tee oder noch besser einen tüchtigen Grog trinken«, sagte Thomas. »Ich denke, den wirst du brauchen.«

Mitchs Augen funkelten. Er kannte seinen Kollegen, und wenn der so geheimnisvoll tat, dann war immer eine Riesenüberraschung zu erwarten.

Aber als sie wenig später im Computerraum saßen, und Johanna und Thomas ihnen die Aufnahmen des Wikingerbootes zeigten, konnte er es nicht glauben.

»Das ist ja unfassbar«, rief er und sprang auf. »Das ist eine Weltsensation. Ein fast noch intaktes Langboot mit einer annähernd tausend Jahre alten Ladung. Das schlägt unseren letzten Fund um ein Vielfaches.«

»Wieso ist das Schiff noch so gut erhalten?«, fragte Marie, die ihre Mutter begleitet hatte.

»Das ist der spezielle Meeresboden und die Tiefe hier«, antwortete Johanna. »Sand mit Tonerde gemischt und das Ganze durch den Wasserdruck komprimiert. Wenn die Wrackteile davon komplett umschlossen sind, kommt kein Sauerstoff dran. Ansonsten würde das Holz des Schiffes in wenigen Jahren verrotten. Aber das werden wir noch in einer speziellen Untersuchung analysieren.«

»Vor allen Dingen müssen wir den Fundort streng absichern«, sagte Doktor Dahlke, die immer noch nicht fassen konnte, was sie hier sah. »Wir dürfen auf keinen Fall etwas verändern oder nach oben holen, bevor wir nicht alles dokumentiert haben. Es ist schon schlimm genug, dass eines der Päckchen zerstört wurde.«

Johanna zuckte schuldbewusst zusammen.

Aber Mitch sprang ihr bei. »Das kann passieren, wenn man in vierzig Metern Tiefe mit einem Roboter arbeiten muss. Und die Goldfiguren sind ja nicht verloren. Wir finden sie auf jeden Fall, spätestens, wenn wir unseren Unterwasser-Sauger einsetzen.«

Doktor Dahlke nickte nachdenklich. Sie wusste, sie hatten hier eine Sensation vor sich, aber gleichzeitig auch ein hartes Stück Arbeit. Das hier war ein Fundort, der viele Monate harter Archäologiearbeit erforderte. Und ihr war klar, das würde nur mit der technischen Unterstützung von ODYSSEE gelingen. Ihr Dezernat verfügte nicht mal annähernd über einen Teil des Budgets, das für eine solche Arbeit notwendig wäre.

Aber dann überwog die Begeisterung über den Fund ihre Bedenken. Es war unglaublich, dass das Schiff die Jahrhunderte so gut überdauert hatte.

»Man muss sich überlegen, wie stark der Sturm gewesen sein muss, der das Wrack freigespült hat«, sagte Mitch, der immer noch fasziniert die Aufnahmen des Unterwasser-Scanners anschaute. »Es gehört schon eine gewaltige Kraft dazu, um in vierzig Metern Tiefe den Meeresboden so durchzuquirlen.«

»Na, dann hoffen wir mal, dass er nicht wiederkommt«, sagte Samson. »Sonst ist das schöne Wrack auch genauso schnell wieder verschwunden.«

»Mal nicht den Teufel an die Wand«, sagte Thomas. »Jetzt wollen wir erst einmal auf unseren Fund anstoßen. Er wird ODYSSEE weltbekannt machen.«

Mit diesen Worten öffnete er die Tür zum Gang. Draußen hatte er ein Tablett mit einer Champagnerflasche und Gläsern bereitstellen lassen. Routiniert öffnete er die Flasche und schenkte den goldperlenden Inhalt der Flasche in die Kelche.

Doktor Dahlke stoppte ihre Tochter, als die ebenfalls nach einem der Gläser greifen wollte. »Für Alkohol bist du noch etwas zu jung, oder?«, fragte sie mit strenger Miene.

Marie sah sie so enttäuscht an, dass Mitch innerlich schmunzeln musste. »Ein kleiner Schluck wird sie nicht umbringen«, warf er ein. »Schließlich findet man nicht alle Tage ein Wikingerschiff.«

Doktor Dahlke gab zögernd nach, was Mitch einen begeisterten Blick von deren Tochter eintrug.

Gerade als sie die Gläser hoben, um auf den Erfolg anzustoßen, begann das Schiff leicht zu schaukeln. Eine sehr starke Böe musste die Stabilisatoren überwunden haben. Besorgt schaute Mitch auf.

Aber Johanna beruhigte ihn. »Keine Sorge, ich habe vorhin mit dem Kapitän gesprochen. Der Sturm zieht ab. Das sind nur die letzten Nachwehen.«

Das Artefakt

Privates Forschungsschiff LONGIMANUS
3 km vor der deutschen Nordseeküste

Mitch war sofort wach, als Thomas an seine Tür klopfte. Das war eine seiner besonderen Eigenschaften. Übergangslos konnte er aus tiefstem Schlaf zu hellwachem Denken wechseln. Unmenschlich, wie es Samson einmal ausgedrückt hatte, der selbst ein richtiger Langschläfer war.

Ein schneller Blick auf die Armbanduhr zeigte 3:25 Uhr in der Frühe. Der Wind musste aufgefrischt haben, denn die LONGIMANUS schaukelte leicht. Und das zeigte Mitch mehr als alles andere, was draußen vorging. Denn die leistungsfähigen Stabilisatoren des Forschungsschiffes konnten Wellengang bis Windstärke sieben fast bis zur Unmerklichkeit abfangen.

Mit einem Sprung war er aus der Koje und öffnete die Tür. »Wie schlimm ist es?«, fragte er.

»Ziemlich schlimm. Es sieht so aus, als ob der Orkan zurückkommt.« Thomas war ernsthaft besorgt. »Und er scheint noch stärker zu werden, als der, der das Wrack freigespült hat.«

Mitch zuckte zusammen. Es wäre eine Katastrophe, wenn das Wikingerwrack wieder genauso verschwinden würde, wie es aufgetaucht war.

Zusammen mit Thomas eilte er zum Steuerhaus, wo ihm der Kapitän die schlechte Nachricht anhand der Wetterkarten zeigte. »Der Wind hat überraschend gedreht und bringt den Orkan wieder zurück. Wenn wir hier bleiben, sind wir mitten im Zentrum des Sturms«, sagte er und wies auf den Monitorschirm, auf dem ihre augenblickliche Position durch einen blinkenden Punkt dargestellt wurde. »Wir sind zwar stark genug, jedes Unwetter abzureiten, aber ich würde trotzdem empfehlen, den nächsten Hafen anzulaufen und das Schlimmste abzuwarten.«

»Wie lange haben wir noch?«, fragte Mitch und schaute auf seine Uhr.

»Ungefähr vier Stunden, bis der Sturm richtig bläst.«

»Dann lasst uns die Little Turtle startklar machen.«

Seine Gegenüber schauten ihn ungläubig an.

Thomas reagierte als Erster. »Das kann nicht dein Ernst sein«, sagte er kopfschüttelnd. »Eine U-Boot-Fahrt bei diesem Seegang ist ein zu hohes Risiko.«

»Es muss sein«, sagte Mitch. »Wir müssen zum Wrack hinunter, um so viel wie möglich von der Ladung zu sichern. Und dann brauchen wir eine Holzprobe für die Altersbestimmung. Wenn der Sturm kommt, kann er das Schiff völlig zerschlagen, und die Ladung auf viele Kilometer verstreuen. Im schlimmsten Fall werden wir nichts mehr wiederfinden. Von unserem Jahrhundertfund blieben dann nur schöne Bilder.«

»Dann lass uns doch einen der Tauchroboter nehmen«, wandte Thomas ein. »Damit gefährden wir zumindest kein Menschenleben.«

»Roboter in einem Sturm mit starken Unterströmungen?« Mitch schüttelte den Kopf. »Wir haben nur eine Chance und das ist das U-Boot. Natürlich ist es nicht ungefährlich. Deshalb werde ich allein tauchen.«

Thomas nickte widerstrebend, hatte jedoch noch einen letzten Einwand. »Das musst du Doktor Dahlke entscheiden lassen«, sagte er. »Sonst reißt uns das Landesamt für Denkmalschutz den Kopf ab.«

»Nun gut, dann weck sie auf. Ich werde in der Zeit schon einmal das U-Boot fertigmachen lassen.« Damit wandte sich Mitch ab und instruierte den Kapitän des Forschungsschiffes.

Die Little Turtle, ein kleines Zweimann-U-Boot, war am Heck des Forschungsschiffes untergebracht. Ausgestattet für Tauchfahrten bis zweihundert Meter war das Boot mit ausreichend Sauerstoff und Batteriekapazität versehen, um mehrere Tage tauchen zu können. Im Gegensatz zu anderen Modellen saßen in der Little Turtle die beiden Insassen nebeneinander, direkt hinter der dicken nach unten gezogenen

Frontscheibe. Das machte die Arbeit unter Wasser und die Kommunikation um vieles einfacher. Zur Spezialausstattung, die die ODYSSEE in Auftrag gegeben hatte, gehörten mehrere Kameras, Lampen und ein sensibler Roboterarm, der auch empfindliche Materialien vom Meeresboden aufsammeln konnte. Für das Verstauen dieser Fundstücke waren am Bug des kleinen Bootes mehrere elektrisch verschließbare Behälter angebracht. Von unten gesehen erinnerte die Bootsform irgendwie an eine Schildkröte, aber anders als diese war die Little Turtle durch die leistungsstarken Elektromotoren äußerst schnell und wendig und konnte selbst in der stärksten Strömung bestehen. Speziell konstruiert für sensible Unterwasserarbeiten war das kleine Boot einfach perfekt für die Anforderungen der Wissenschaftler. Gesteuert wurde diese modernste Technik durch einen kleinen Joystick für den Antrieb und einen etwas größeren für den Roboterarm. Mitch saß auf dem Pilotensitz und war gerade dabei die umfangreiche Tauchgangs-Checkliste durchzugehen, als hinter ihm eine wütende Stimme erklang.

»Sie wollen es tatsächlich wagen, das Wrack zu zerstören!« Doktor Dahlke drängte sich hinter ihm in das kleine U-Boot. »Das widerspricht allen wissenschaftlichen Regeln.«

Mitch konnte nicht anders, als die Frau anerkennend zu mustern. Johanna hatte recht gehabt mit der tollen Figur. Doktor Dahlke war offenbar direkt aus der Koje gesprungen, als sie die Nachricht bekommen hatte. Wie sie jetzt vor ihm stand, mit offenen schwarzen Haaren und in dem engen Schlafanzug war sie tatsächlich eine Augenweide.

Aber die Frau nahm seine bewundernden Blicke nicht wahr. Zu groß war ihr Zorn. Ihre rehbraunen Augen flammten vor Wut, als sie ihn zur Rede stellte. Vor Aufregung kippte fast ihre Stimme. »Das werde ich auf keinen Fall zulassen. Ich verbiete Ihnen hinunterzutauchen, um die Ladung einzusammeln.«

Sie war doch eine Xanthippe! Mitch schüttelte bedauernd den Kopf. Am liebsten hätte er ihr jetzt gleich gehörig den Kopf gewaschen. Aber er wusste, das würde ihn nicht weiterbringen.

Mühsam zwang er sich deshalb zu einer ruhigen Antwort. »Die Alternative ist, gar nichts zu haben«, erwiderte er und wandte sich demonstrativ wieder der Checkliste zu. »Der Sturm wird höchstwahrscheinlich das ganze Wrack wegblasen und keinen Krümel übrig lassen. Wollen Sie das?«

»Das steht doch überhaupt nicht fest«, antwortete Doktor Dahlke. Langsam beruhigte sie sich. »Schließlich hat das Wrack hier tausend Jahre überdauert und es wird jetzt auf ein paar Tage wohl nicht ankommen.«

»Kann sein – ist aber nicht wahrscheinlich«, sagte Mitch, ohne von den Kontrollen aufzublicken. »Der gleiche Sturm hat das Wrack von dem schützenden Schlick befreit, der es wie ein Tresor umhüllt hat. Jetzt liegt das Drachenboot frei auf dem Meeresboden. Wenn der Sturm mit der gleichen Stärke wieder kommt, wird er es wie ein Hammer treffen und in alle Himmelsrichtungen verstreuen. Ich möchte zumindest eine Holzprobe haben, und dazu einige der Ladungspakete bergen, bevor das Wrack für immer verschwindet.«

Er wandte sich an Doktor Dahlke, die ihn jetzt nachdenklich ansah. »Was haben wir schon zu verlieren?«, argumentierte er ruhig. »Das Wrack ist komplett durch unseren Seitenscanner vermessen, jedes Detail ist fotografiert. Damit haben wir die wichtigsten wissenschaftlichen Anforderungen erfüllt. Jetzt gilt es, einige der Artefakte zu sichern.«

»Okay, aber dann komme ich mit«, sagte Doktor Dahlke nach kurzem Nachdenken und sah ihn entschlossen an. »Allein lasse ich Sie da nicht hinunter.«

Mitch schüttelte energisch den Kopf. »Nein, das werden Sie nicht tun. Sie können das Manöver problemlos über die Kameras verfolgen. Sie haben keine Erfahrung mit einer U-Boot-Fahrt und es wäre viel zu gefährlich.«

»Suchen Sie es sich aus«, sagte die Wissenschaftlerin entschlossen, »entweder mit mir oder gar nicht.«

Mitch wollte schon aufbrausen, aber dann überlegte er kurz. »Und was ist mit Ihrer Tochter? Soll die hier an Bord allein zurückbleiben?«

»Ich kümmere mich um Marie«, erklang vom Schott her die Stimme von Johanna. »Und wenn ihr weiter streiten wollt, dann schaltet zumindest das Funkgerät aus. Ihr unterhaltet gerade die ganze Zentrale.«

Mitch schaute finster zu Boden. Dann gab er auf. »In Ordnung, wir haben keine Zeit zu verlieren. Aber fürs Protokoll: Das geht auf Ihre Verantwortung!« Dann, nach einem kurzen, musternden Blick auf Doktor Dahlke fügte er grinsend hinzu: »Und ziehen Sie sich etwas Wärmeres als Ihren Pyjama an. Es kann kalt werden da unten.«

Doktor Dahlke schaute bestürzt an sich herunter. Nicht nur, dass der Schlafanzug sehr eng war und deshalb ihre Figur betonte, nein - auch die Kälte der Nacht war deutlich zu sehen. Die Brustwarzen drückten sich unübersehbar durch den dünnen Stoff. Verlegen kreuzte sie die Arme vor den Brüsten. Ihr schoss das Blut in den Kopf. Sie hatte keinen Grund sich zu schämen! Was bildete sich dieser Mann eigentlich ein? Und jetzt lachte er auch noch! Wütend stürmte sie aus dem U-Boot.

Dabei hätte sie fast Johanna umgerannt, die draußen vor dem Schott wartete. Die seufzte nur, als sich Doktor Dahlke bei ihr beklagte. Sie kannte ihren Chef und wusste, wie unausstehlich er werden konnte, wenn etwas nicht nach seinem Kopf lief.

»Machen Sie lieber, was er sagt und beeilen Sie sich. Ich kenne ihn, er fährt sonst noch ohne Sie ab.«

»Das würde er nicht überleben, der verdammte Sturkopf«, fluchte Doktor Dahlke lauthals und eilte in ihre Kabine.

Johanna sah ihr mit offenem Mund nach und kletterte dann in das U-Boot. »Upps, die ist ja richtig wütend auf dich.«

Mitch knurrte nur und sah nicht von den Armaturen auf, während er die Sicherheits-Checkliste weiter durchging.

Johanna schmunzelte. So hatte sie ihren so selbstbewussten und entschlossenen Chef noch nie gesehen. Sollte er tatsächlich seinen Meister beziehungsweise seine Meisterin gefunden haben?

Dreißig Minuten später war es endlich so weit. Draußen herrschte noch tiefe Dunkelheit, aber trotzdem hatte sich die ganze Mannschaft an Deck versammelt, um das Abtauchen des kleinen Unterseebootes zu verfolgen. Der Ladekran des Forschungsschiffes schwenkte aus und setzte das U-Boot auf der Meeresoberfläche ab. Der Wind hatte inzwischen richtig zugelegt und das kleine Boot wurde von den Wellen tüchtig herumgeworfen.

»Willst du nicht doch lieber abbrechen?«, erklang die besorgte Stimme von Samson über die Lautsprecher an Bord des U-Bootes.

»Was meinen Sie?«, fragte Mitch und sah grinsend Doktor Dahlke an, die sich neben ihm auf dem Sitz des Copiloten festklammerte.

Sie war nicht mehr ganz so selbstbewusst, wie am Anfang. Die starken Schaukelbewegungen des Bootes machten ihr sichtlich zu schaffen. »Fragen Sie nicht und tauchen Sie endlich«, flüsterte sie. »Sonst muss ich mich gleich übergeben, und das wäre schade um diesen modischen Overall.« Dabei sah sie mit verkniffener Miene an sich hinunter.

Sie schien den blauen, dickgefütterten Pilotenoverall als nicht sehr kleidsam zu empfinden. Mitch grinste. Er war ganz anderer Meinung. Ihm gefiel, was er sah, und sein anfänglicher Missmut wegen der aufgezwungenen Begleitung hatte sich in Luft aufgelöst. Er freute sich auf den Tauchgang mit der Wissenschaftlerin. Auch wenn die zumindest im Augenblick nicht das Gleiche zu empfinden schien.

»Tauchen Sie endlich«, stöhnte sie und hielt sich mit beiden Händen am Sitz fest, als eine hohe Welle das Boot fast kentern ließ.

»LONGIMANUS an Little Turtle. Gebt ihr mir auch eine Antwort? Was ist jetzt? Wollt ihr abbrechen?«

Als Doktor Dahlke Mitchs fragenden Blick von der Seite spürte, schüttelte sie nur den Kopf und deutete mit dem Daumen nach unten.

»Little Turtle an LONGIMANUS.« Mitch grinste über das ganze Gesicht. »Wegen Gefahr einer Seekrankheit können wir nicht mehr abbrechen und müssen sofort tauchen.«

Samson antwortete ihm augenblicklich. »Verstanden, aber bevor wir euch ausklinken, hier ist noch jemand, der unbedingt mit Doktor Dahlke sprechen will.«

»Mama?« Die leise Stimme von Marie rettete ihre Mutter vor einem erneuten Anfall von Übelkeit.

»Marie? Wieso bist du wach? Du solltest lieber wieder schlafen gehen.«

Es dauerte eine kleine Weile, bis sich Marie wieder meldete. Es war ihr anzuhören, dass sie Angst hatte. »Der Sturm hat mich geweckt, und ich habe dich gesucht. Wieso tauchst du jetzt? Das ist doch viel zu gefährlich.«

Ihre Mutter konnte nichts sagen. Das wilde Schaukeln des Bootes forderte jetzt seinen Tribut. In letzter Sekunde konnte sie verhindern, sich übergeben zu müssen.

Mitch reichte ihr eine Wasserflasche und übernahm das Mikro. »Hallo Marie. Hier ist Mitch. Johanna wird sich um dich kümmern, während wir unter Wasser sind. Sie wird dir auch erklären, warum wir gerade jetzt tauchen müssen. Ich verspreche dir, dass ich deine Mutter wieder gesund zurückbringe. Aber dafür muss ich jetzt schnell tauchen, damit das Schaukeln aufhört. Und jetzt gib mir bitte noch mal den großen, dicken Mann neben dir.«

Es dauerte einige Sekunden, bis Samson sich wieder meldete. »Wen meintest du eigentlich mit dem großen, dicken Mann«, fragte er.

Mitch grinste nur. »Samson, keine weiteren Unterbrechungen mehr. Klinke uns bitte aus, sonst wirst du die Kabine eigenhändig säubern.«

»Sorry, aber die junge Dame wollte unbedingt mit ihrer Mutter sprechen. Wir haben es nicht geschafft, sie zu beruhigen«, erklang noch einmal die Stimme Samsons. »Du bist der Einzige, dem sie geglaubt hat.«

»Samson!«

»Alles klar - wir klinken euch jetzt aus. Noch eines, Chef ...«, Samson machte eine rhetorische Pause. Mitch konnte sein Grinsen fast sehen, »... eine letzte Mahnung von dem großen, dicken Mann hier oben. Vergiss bitte nicht, Doktor Dahlke die Rettungseinrichtungen zu erklären, falls dir was passiert.«

»Welche Rettungseinrichtungen?«, würgte Doktor Dahlke hervor, die schlagartig ihre Übelkeit vergessen hatte.

»Gleich ... jetzt lassen Sie uns nur erst einmal das Schaukeln hinter uns lassen«, beruhigte Mitch sie und flutete die Ballasttanks.

Die Little Turtle begann zu sinken. Allmählich wurde das wilde Schaukeln durch eine gleichmäßig wellenförmige Bewegung abgelöst.

»Wir sind auf zwanzig Meter«, funkte Mitch zur Kontrollstation, »und sinken jetzt langsamer. Melden uns wieder, wenn wir unten angekommen sind.«

Dann schaltete er die Außenscheinwerfer ein. Noch war der Meeresboden nicht zu sehen. Im Schein der Lampen tanzte nur ein leuchtendes Planktongewitter vor den Panzerscheiben des Bootes.

»Vielen Dank, dass Sie Marie beruhigt haben«, sagte Doktor Dahlke, die ihre Übelkeit endlich überwunden hatte. Entschuldigend fügte sie hinzu: »Normalerweise schläft sie wie ein Murmeltier. Ich hätte nicht gedacht, dass der Bordfunk sie aufwecken würde.«

»Gern geschehen«, sagte Mitch. »Ich mag Ihre Tochter sehr gerne.« Dann wurde er ernst. »Aber Ihre Tochter hat im Grunde vollkommen recht. Es ist für Sie viel zu gefährlich hier unten. Ich könnte mich ohrfeigen, dass ich auf Sie gehört habe.«

Doktor Dahlke schnaubte nur und schaute demonstrativ nach draußen.

In diesem Moment gab die Tiefenautomatik des U-Bootes einen leisen Warnton von sich.

Jetzt wurde Doktor Dahlke doch unruhig: »Welche Rettungseinrichtungen hat Ihr Freund gemeint?«, fragte sie unvermittelt und schaute nervös auf die blinkenden Lichter der Armaturen.

»Halb so schlimm, Doktor Dahlke«, beruhigte Mitch sie

und konnte ein Lächeln nicht unterdrücken. Er deutete auf eine rotblinkende Taste. »Sehen Sie hier diesen roten Rescue-Schalter? Den müssen Sie einfach drücken, wenn mir etwas passieren sollte. Das Boot taucht dann vollautomatisch auf und sendet einen Notruf.«

»In Ordnung, das kriege ich hin, wenn es notwendig werden sollte. Und im Übrigen, ich heiße Anna-Maria. Das macht es sicher einfacher, als wenn Sie mich immer mit Doktor Dahlke ansprechen müssen und ich Sie mit Doktor Thromberg.«

»Gerne – ich heiße Michel. Aber Sie können mich auch Mitch nennen, so wie alle hier an Bord«, sagte Mitch und schaute die Frau neben sich lächelnd an. Bis vor wenigen Minuten war er überzeugt gewesen, eine echte Zimtzicke an Bord zu haben. Und jetzt? Selbst in dem unförmigen Pilotenoverall konnte man ihre schlanke Figur erahnen. Eine tolle Figur, wie Johanna schon festgestellt hatte. Und seit er sie in dem engen Pyjama gesehen hatte, wusste er, was seine Kollegin damit gemeint hatte.

»Sind wir nicht bald unten?«, unterbrach Anna-Marias Stimme seine Gedanken. Sie hatte sich weit nach vorne gebeugt und starrte durch das breite Frontfenster. Augenscheinlich hatte sie seinen langen Blick nicht gespürt.

»Doch gleich, wir sind auf fünfunddreißig Meter.«

Mit wenigen Bewegungen des Joysticks navigierte Mitch das U-Boot zur GPS-Position des Wracks.

»Da ist der Drachenkopf!«, rief Anna-Maria aufgeregt und deutete nach draußen.

Mitch schaltete die Kameras ein, um alle Aktivitäten des Bootes zu dokumentieren. Aber auch ihn bannte der Anblick des uralten Drachenkopfes, der vor ihnen im Schwarz der Tiefe zu schweben schien.

Einen Augenblick stand die Zeit still, während sie die herrliche Schnitzarbeit bewunderten. Unglaublich, wie gut das Holz des Wikingerschiffes nach all den Jahrhunderten noch erhalten war.

Nur schwer löste er sich von den Anblick.

»Zeit, oben Bescheid zu geben, dass wir angekommen sind«, sagte er und schaltete den Bordfunk wieder ein.

»Bilder kommen hier oben in recht guter Qualität an.« Samsons Stimme krächzte etwas, aber die Sprechverbindung funktionierte zumindest. Um die Beweglichkeit des U-Bootes zu erhalten, hatte Mitch auf eine Kabelverbindung zum Mutterschiff verzichtet. Die Verständigung lief stattdessen über eine Antennen-Boje, die das U-Boot hinter sich her zog. Das brachte zwar einen erhöhten Energieverbrauch, da die Boje wie ein kleiner Treibanker wirkte, aber dafür konnten an Bord der LONGIMANUS alle live mitverfolgen, was hier unten geschah und später würde er ja die Filme und Fotos in hochauflösender Qualität mitbringen.

Plötzlich driftete das kleine U-Boot nach links ab.

»Mist!« In letzter Minute konnte Mitch die Little Turtle noch abfangen, bevor sie den Steven des Wracks rammte.

Anna-Maria klammerte sich an den Armlehnen fest, als das Boot anfing, sich zu schütteln. »Was ist passiert?«, fragte sie ängstlich.

Mitch hatte das kleine U-Boot inzwischen wieder unter Kontrolle und steuerte einige Meter von dem Drachenkopf weg. »Das waren die ersten Ausläufer des Sturms. Der Wind drückt das Wasser vor sich her und bei dem flachen Meeresboden hat das Auswirkungen bis in diese Tiefe. Wir sollten machen, dass wir unsere Artefakte einsammeln, bevor es hier unten noch ungemütlicher wird.«

»Mitch, wir bekommen hier oben ein Problem«, meldete sich Samson über den Bordfunk. »Gerade kam die aktuelle Wetternachricht durch. Der Sturm kommt schneller, als wir alle befürchtet haben. Ihr müsst euch beeilen, sonst können wir euch nicht mehr an Bord holen.«

»Erst brauchen wir die Proben«, bemerkte Anna-Maria, die um den Erfolg ihrer Arbeit fürchtete.

»Verstanden Samson, wie viel Zeit bleibt uns?«, fragte Mitch und nickte seiner Begleiterin beruhigend zu.

»Maximal eine Stunde. Sonst werden die Wellen hier zu hoch, um euch wieder einzusammeln.«

Mitch überlegte kurz. »Alles klar – wir melden uns wieder. Falls nichts Schwerwiegendes passiert, halten wir bis dahin Funkstille, da ich mich konzentrieren muss.«

»Okay – viel Erfolg.«

»Gut. Dann wollen wir mal«, wandte sich Mitch an Anna-Maria. »Wo sollen wir anfangen?«

»Wir sollten als Erstes schauen, ob wir die Goldfiguren wiederfinden, die aus dem Paket gefallen sind«, antwortete sie.

Mitch nickte und steuerte das U-Boot geschickt auf die Seite des Wracks, wo der Tauchroboter einige Stunden zuvor, das Paket beschädigt hatte.

»Da! Da glitzert etwas!«, rief sie, beugte sich so weit vor, wie es ihr Sicherheitsgurt zuließ, und deutete auf ein Stück Meeresboden, unweit der hölzernen Schiffswand.

Mit einem Tastendruck aktivierte Mitch den Roboterarm und wechselte den Greifarm an der Spitze gegen ein Werkzeug, das aussah wie eine Mischung zwischen einer Schaufel und einem Netz.

»Von uns entwickelt, um speziell im Sand nach kleinen Fundstücken zu suchen«, erklärte er auf den fragenden Blick seiner Begleiterin und fuhr den Arm aus.

Obwohl die kleine Goldfigur offen auf dem Meeresgrund lag, war die Bergung unmöglich. Immer wieder wurde das kleine U-Boot durch die starke Strömung aus seiner Position getrieben.

»Das funktioniert so nicht«, sagte Mitch, als er erneut einen vergeblichen Anlauf genommen hatte, und schaltete den Bordfunk wieder ein. »Hallo Samson. Ich muss das Antennenkabel abwerfen«, sagte er ernst, als sich sein Freund meldete. »Der Zug, den die Wellen oben ausüben, wirft uns hier unten hin und her. Ich kann die Bergungswerkzeuge so nicht einsetzen.«

Anna-Maria fuhr hoch und warf Mitch einen fragenden Blick zu.

Doch er winkte beruhigend ab und fuhr fort: »Wir schalten um auf Notfall-Kommunikation. Damit habt ihr leider keine Bilder, aber über die Ultraschallverbindung können wir uns zumindest verständigen.«

»Verstanden! Wir sammeln die Boje ein. Viel Glück.«

Die Ruhe und Selbstverständlichkeit mit der Samson die Mitteilung seines Freundes aufnahm, beruhigte Anna-Maria. Die Leute von ODYSSEE wussten, was sie taten. Das hatten sie in der Vergangenheit x-fach bewiesen. Ihre Einsätze hatten sie in der Welt der Archäologen inzwischen zu einer Legende gemacht. Sie konnte nicht anders, als einen Blick auf ihren Begleiter zu werfen. Er sah sehr attraktiv aus. Besonders seine Augen hatten es ihr angetan, aber auch seine ganze entschlossene und sichere Art. Er war einer jener Männer, bei denen sich eine Frau gut aufgehoben fühlen konnte.

Aber dann verfinsterte sich ihr Gesicht, als sie sich erinnerte, was sie über ihn wusste. Nein, dieser Michel Thromberg war kein Mann für sie. Ein unverbesserlicher Casanova. Und ein ungehobelter Kerl dazu, wie er vorhin erst gezeigt hatte.

»Du brauchst mich nicht so böse anzuschauen«, sagte Mitch, der offensichtlich ihren Blick bemerkt hatte. »Ohne das Kabel wird die Bergung jetzt viel einfacher und es ist kein Sicherheitsproblem.«

»Nein, äh, klar – dann lass uns jetzt die Figuren holen.« Anna-Maria spürte das heftige Rot, das ihr Gesicht überzog.

Doch Mitch bekam es glücklicherweise nicht mit. Er lenkte das von dem Kabel befreite Boot wieder zum Wrack zurück. Aber auch ohne das Kabel war die Bergung nicht einfach. Die starke Unterwasserströmung drückte das U-Boot immer wieder zur Seite und Mitch brauchte alle Konzentration, um gleichzeitig das Boot auf Kurs zu halten und nach dem Artefakt zu fischen.

»Geschafft!«, jubelte Anna-Maria, als die erste Figur im Netz war. »Und da sind noch mehr.«

Tatsächlich hatte die kleine Grabungsaktion noch mehr der kleinen Figuren freigelegt und Mitch begann, auch sie zu bergen. Zwei weitere Statuen konnte er so sichern, dann schaute er sorgenvoll auf seine Uhr. »Das muss reichen«, sagte er. »Leider wird unsere Zeit sehr knapp und wir brauchen unbedingt noch eine Holzprobe und ein größeres Stück der Ladung.«

Sicher bugsierte er die geborgenen Artefakte in die Aufbewahrungsbehälter im Bug des Bootes und verschloss die Box. »Samson, wie sieht's oben aus?«

Die über die Ultraschallverbindung zerhackte Stimme seines Freundes antwortete fast umgehend: »Der Sturm wird stärker und die Wellen sind schon jetzt recht heftig für die Bergung. Es wird auf jeden Fall nicht einfach. Ihr solltet euch beeilen.«

»Gut, wir kommen gleich. Ihr könnt schon mal alles vorbereiten. Wir bergen nur noch eine Holzprobe und eines der größeren Ladestücke.«

Von Anna-Maria dirigiert, steuerte er das U-Boot geschickt vor das nächstliegende Ladungsstück. Es lag offen auf dem sandigen Meeresboden, umgeben von weiteren Paketen, die alle aussahen, wie in uraltes Leder einwickelt. Es war ein kleines Paket circa vierzig mal dreißig Zentimeter groß und etwa fünfundzwanzig Zentimeter dick. Schnell war der Roboterarm wieder umgerüstet. Jetzt benutzte er die großen Greifklauen. Mit der Präzision eines Chirurgen ließ er den Roboter zupacken und hob das Paket an. Aber es war zu schwer. Es rutschte aus dem stählernen Griff.

»Vorsicht, du zerstörst die Verpackung!« Anna-Maria schrie erschrocken auf, als die scharfen Kanten der Roboterhand die Umhüllung zerschnitten.

Mitch schüttelte ungeduldig den Kopf. Jetzt war keine Zeit, um an die Verpackung zu denken. Wichtig war nur, den Inhalt des Paketes in eine der Transport-Boxen zu bugsieren. Darauf kam es an und nur darauf. Er wartete kurz, bis sich der aufgewirbelte Sand wieder gelegt hatte, und er das Ladungsstück wieder sehen konnte. Aber dann stutzte er, und deutete ungläubig auf das Artefakt, das vor ihnen auf dem Meeresboden lag. »Ist das Gold?«

Die Zangen hatten die Verpackung fast völlig abgeschält, und vor ihnen lag scheinbar ein Block massiven Goldes.

Auch Anna-Maria traute ihren Augen nicht. »Ja, das ist Gold. Aber ...«, sie löste ihren Sicherheitsgurt, um sich weiter vorbeugen zu können, »das ist ja ein Buch. Ein goldenes Buch.«

Jetzt sah es Mitch auch. Vor ihnen lag tatsächlich ein Buch mit einem massiv goldenen Einband und dazwischen Seiten aus Goldblech, wenn er es richtig identifizieren konnte.

»Schnell holen wir es uns, bevor es vom Schlick verschluckt wird«, drängte Anna-Maria, die immer noch nicht glauben konnte, was sie hier sah.

Mitch reagierte automatisch. Jetzt wo er wusste, aus was das Paket bestand, konnte er die Greifkraft der Zangen besser kontrollieren. Nach kurzer Zeit war das Artefakt sicher in einem der Transportbehälter untergebracht.

»Jetzt schnell noch eine Holzprobe und dann nichts wie rauf.« Mitch konnte es kaum erwarten, ihren Fund zu untersuchen.

»Was ist los bei euch?« Samsons Stimme füllte den Raum. »Wieso meldet ihr euch nicht? Es wird höchste Zeit zum Auftauchen.«

»Es geht leider nicht schneller«, antwortete Mitch, der die Besorgnis seines Freundes spürte. »Aber wir kommen gleich. Nur noch schnell eine Holzprobe, und dann geht es im Lift nach oben.«

»Aber beeilt euch, sonst müsst ihr die nächsten Tage im U-Boot bleiben. Energie und Sauerstoff habt ihr ja ausreichend.«

Anna-Maria schaute Mitch besorgt an.

Aber er lächelte nur und griff mit dem Roboterarm nach einem der Plankenstücke, die aus dem Wrack herausgebrochen waren. »Keine Angst – wir schaffen das schon. Es kann nur etwas holprig werden, bis wir an Bord sind.«

Wie zum Beweis seiner Worte erschütterte ein harter Stoß das kleine U-Boot. Das Wikingerwrack war verschwunden. Nur noch eine dichte Sand- und Schlickwolke war zu erkennen. Der Sturm hatte den Meeresboden erreicht. Höchste Zeit den Tauchgang abzubrechen.

Völlig blind bugsierte Mitch die Holzprobe in den letzten leeren Transportbehälter. Schnell war der Greifarm fixiert und mit höchster Geschwindigkeit steuerte er das U-Boot anschließend steil nach oben. Nach wenigen Metern hatten sie den aufgewühlten Grund hinter sich gelassen und blickten ein letztes Mal auf das Wrack zurück. Es war ein gespenstischer Anblick. Nur noch der Schädel des Drachens ragte aus dem stummen Sandsturm, der jetzt auf dem Meeresboden tobte. Die dunklen Augen schienen ihnen zornig hinterher zu blicken. Als das Boot weiter stieg, versank der gespenstische Anblick in der Dunkelheit.

Die starken Elektromotoren peitschten das U-Boot nach oben, bis Mitch in einer Tiefe von zehn Metern stoppte. Das Boot schwang wild hin und her. Es war eine kleine Vorahnung von dem, was sie an der Oberfläche erwarten würde.

»Hallo Samson. Gib mir die GPS-Daten der LONGIMANUS. Wir wollen euch nicht rammen, wenn wir auftauchen.«

Schnell waren die Daten eingegeben und die letzte Etappe des Aufstiegs begann.

»Okay, wir kommen jetzt hoch. Seid ihr bereit?«

»Ja – es ist alles bereit«, antwortete Johanna, die Samsons Platz an der Kommunikationszentrale übernommen hatte. »Samson ist umgezogen und wartet auf euch.«

»Was bedeutet, er wartet auf uns?«, fragte Anna-Maria leise, der das starke Schwanken des Bootes wieder Schwierigkeiten machte.

»Er kommt als Taucher ins Wasser, um den Bergungshaken bei uns einzuhängen«, antwortete Mitch, der die Situation gut genug einschätzen konnte, um sich Sorgen zu machen. Er hatte solche Bergungsaktionen schon mehrere Male mitgemacht, aber wenn Samson selbst ins Wasser ging und nicht die dafür vorgesehenen Taucher, dann war es schlimm an der Oberfläche.

So schnell wie möglich steuerte er die Little Turtle nach oben. Das Schaukeln und Rütteln wurde immer schlimmer, je weiter sie sich der Oberfläche näherten. Aber das war nichts gegen das, was sie auf den letzten Metern erwartete.

Das U-Boot tauchte zwar fast punktgenau an der verabredeten Stelle auf, aber oben warfen die Wellen es wie ein Spielzeug umher. Meterhoch gischteten die Wellen über sie hinweg.

»Samson ist jetzt bei euch«, erklang Johannas Stimme im Lautsprecher und Mitch konnte durch das Frontfenster gerade noch den dunklen Schatten seines Freundes erkennen, bevor das U-Boot wieder von Wasser überflutet wurde.

»Wir haben euch.«

Als der Hebekran das U-Boot endlich aus dem Wasser hob, ließ das Schaukeln schlagartig nach. Die Stabilisatoren der LONGIMANUS leisteten ganze Arbeit.

Anna-Maria atmete auf.

»Ist Samson wieder sicher zurück?«, fragte Mitch, der sich um seinen Freund sorgte.

»Wird gerade mit euch hochgehievt«, antwortete Johanna mit Erleichterung in der Stimme. »Es ist alles gut gegangen.« Leicht vorwurfsvoll fügte sie hinzu: »Ich hoffe, das ganze Risiko hat sich auch gelohnt.«

Anna-Maria und Mitch blickten sich grinsend an. »Die werden alle Augen machen«, flüsterte Mitch, damit Johanna ihn über den Bordfunk nicht hören konnte.

Anna-Maria löste lächelnd ihren Sicherheitsgurt. Sie konnte es kaum erwarten, die Funde zu untersuchen. Ein goldenes Buch. Das war ein Fund ersten Ranges. »Danke, dass du mich überzeugt hast, diese Fahrt zu machen«, sagte sie und wollte aufstehen. Dabei musste sie sich kurz über den Nachbarsitz beugen.

Mitch zögerte nicht. Im Überschwang ihres Erfolges zog er ihren Kopf zu sich herab und küsste sie. Einen kurzen Augenblick berührten sich ihre Lippen.

Schockiert zuckte Anna-Maria zurück. »Ich bin keins deiner Mannequins!«, fauchte sie und rieb sich über ihre Lippen. Aufgebracht versuchte sie sich an ihm vorbeizuzwängen, was aber aufgrund des beengten Innenraums nicht so einfach war. Gerade in dem Moment setzte das U-Boot auf dem Deck auf. Der Ruck ließ sie taumeln.

Bevor sie jedoch stürzen konnte, hielt Mitch sie fest. Ihre Gesichter waren wieder nur Millimeter voneinander entfernt.

»Wollt ihr eigentlich nicht aussteigen?«, erklang eine amüsierte Stimme vom Eingangsluk. «Oder sollen wir das U-Boot für eine ungestörte Liebesnacht nochmals versenken?« Samsons mächtiger Körper schob sich in das kleine U-Boot. Von seinem Tauchanzug tropfte noch das Wasser. Als die beiden nicht ausstiegen, hatte ihn die Besorgnis gepackt, und er hatte die Luke mit der Notfalleinrichtung von außen geöffnet. Breit lächelnd sah er jetzt auf seinen Freund und Anna-Maria herunter.

Verlegen versuchte Anna-Maria, wieder auf die Beine zu kommen, aber mit Samson war der kleine Innenraum des Bootes so überfüllt, dass dafür einfach kein Platz war.

»Mama? Ist alles in Ordnung?« Die Stimme von Marie klang aufgeregt von draußen herein.

»Ja mein Schatz, ich bin okay«, rief sie und sank endlich wieder auf ihren Sitz zurück.

Samson lachte und während er seine mächtige Gestalt wieder zusammenfaltete, um das Boot zu verlassen, schob er das junge Mädchen an sich vorbei, um sie zu ihrer Mutter zu lassen. Sofort umarmte Marie ihre Mutter.

Mitch wollte die beiden nicht stören. Als er jedoch aufstehen wollte, drehte sich das junge Mädchen zu ihm um und umarmte ihn ebenfalls. »Danke, dass du auf sie aufgepasst hast«, flüsterte Marie und drückte ihm einen scheuen Kuss auf die Wange.

»Gern geschehen, junges Fräulein«, sagte er etwas verlegen.

»Komm jetzt, Marie.« Anna-Maria nahm ihre Tochter an die Hand. Im Hinausgehen warf sie Mitch noch einen finsteren Blick zu.

»Bilden Sie sich ja nichts darauf ein«, sagte sie leise. »Und versuchen Sie es nie wieder, sonst werden Sie mich kennenlernen.« Damit verließ sie die Kabine.

Doch kurz darauf schob sich ihr Kopf noch einmal herein. »Und rühren Sie die Artefakte nicht allein an.

Wenn damit etwas passiert, bringe ich Sie um. Ich muss nur kurz mit meiner Tochter sprechen und dann bin ich wieder da.«

Mitch sah ihr gedankenverloren hinterher. Zimtzicke, dachte er, aber wenigstens küsst mich eine aus der Familie.

»Was ist denn passiert?«, fragte Johanna vom Eingang her, die gesehen hatte, wie zunächst Samson laut lachend aus dem U-Boot kam, dicht gefolgt von der zornbebenden Anna-Maria.

Mitch lehnte sich bequem auf dem Pilotensitz zurück und lächelte dem Bild seiner Freundin zu, das sich auf der großen Frontscheibe spiegelte. »Was passiert ist? Nur noch einige Minuten Geduld. In dreißig Minuten treffen wir uns alle im Labor. Sag bitte allen Bescheid. Doktor Dahlke und ich müssen euch etwas Unglaubliches zeigen.«

Die Erkenntnis

Privates Forschungsschiff LONGIMANUS
3 km vor der deutschen Nordseeküste

Nach einem kurzen Klopfen betrat der Kapitän die Forschungsstation. »Der Sturm frischt weiter auf. Wir müssen jetzt entscheiden, ob wir den Sturm auf dem offenen Meer abwarten wollen oder den nächsten Hafen anlaufen.«

»Was ist Ihre Empfehlung?« Mitch, der gerade mit Anna-Maria die Präsentation der Funde vorbereitete, schaute den Kapitän fragend an.

»Es geht weniger um meine Empfehlung«, erklärte der Kapitän. »Die LONGIMANUS ist stabil gebaut und im Sturm genauso sicher wie im Hafen. Es geht mehr darum, ob Sie den Fundort verlassen wollen, um erst morgen oder übermorgen zurückzukehren? Und ob die Passagiere ...«, damit schaute er Anna-Maria und Marie an, »... den Seegang verkraften können. Der Hafen wäre sicherlich weitaus angenehmer.«

»Was meint ihr?« Mitch wandte sich direkt an Anna-Maria und Marie, da er wusste, dass sein Team auf jeden Fall bleiben wollte. Die Stabilisatoren der LONGIMANUS fingen die Wucht des Orkans bisher gut ab und keiner des ODYSSEE-Teams würde die Fundstätte freiwillig verlassen.

Ein kurzer Blick zwischen Mutter und Tochter genügte für eine Antwort: »Wir bleiben, der Sturm macht uns nichts aus«, sagte Anna-Maria und drückte dabei die Hand ihrer Tochter.

Als Marie sah, wie ihre Mutter bewusst den Augenkontakt mit Mitch vermied, musste sie lächeln. Sie war schon lange kein kleines Kind mehr und es war offensichtlich, dass zwischen den beiden irgendetwas während des Tauchganges passiert war. Und sie hatte nichts dagegen. Sie fand Mitch sehr sympathisch und hätte nichts dagegen, wenn er ihre Mutter ab und zu ausführen würde.

Seit der Scheidung hatte sie sowieso nur noch für Beruf und Marie gelebt. Es wurde höchste Zeit für eine Änderung.

Mitch riss das junge Mädchen aus ihren Überlegungen. »Marie könntest du bitte mal die kleine Transportbox dort holen?«

Mitch hatte gemeinsam mit Anna-Maria und Samson die Transportboxen des U-Bootes ausgebaut und in der Forschungsstation gelagert.

Samson hatte zwar über das Gewicht geflucht, aber als er die geheimnisvolle Miene seines Freundes sah, seine Frage unterdrückt.

Obwohl es die beiden Archäologen in den Fingern juckte, den Inhalt der Boxen näher zu untersuchen, verschoben sie das bewusst auf später. Bei der Bedeutung des Fundes musste alles mit rechten Dingen zugehen. Und das hieß, die Boxen nur bei laufenden Kameras zu öffnen und nur mit weiteren Zeugen. Zu wichtig könnte dieser Fund für die Wikingerforschung werden.

»Samson kannst du bitte die Filmkamera hier auf den Deckel richten?«, fragte Mitch und hob die kleine Transportbox der Kamera entgegen. »Ich öffne jetzt die Box mit der Holzprobe, die wir von dem Schiff geborgen haben. Thomas - kannst du bitte übernehmen?«

Während Thomas das Holzstück vorsichtig mit seinen Gummihandschuhen aus der Transportbox hob, holte Johanna die von Samson vorbereitete Wanne, die er mit Meerwasser gefüllt hatte. Behutsam legte Thomas das abgebrochene Plankenstück in diesen Behälter.

»Warum muss das ins Wasser?« Neugierig drängte sich Marie heran, um ja nichts zu verpassen.

Mitch legte eine Hand auf ihre Schulter und zeigte auf das uralte Holzstück. »Es geht um den Sauerstoff hier in der Luft. Das Wrack lag viele Jahrhunderte von der Luft abgeschlossen mit fünf Bar Druck unter einer über vierzig Meter hohen Wassersäule. Wenn wir das einfach so in der Kabine liegen lassen, fault es vor unseren Augen weg.

Deshalb nehmen wir jetzt eine kleine Probe und dann wird die Wanne in einen Druckbehälter gepackt und unter den gleichen Druckverhältnissen gelagert.«

»Ich habe die Probe.« Thomas hatte mit einem Skalpell sorgsam einen kleinen Holzschnipsel abgetrennt und in ein passendes Reagenzglas gepackt. Auch das wurde jetzt mit Meerwasser gefüllt und auf dem Labortisch abgestellt.

Marie deutete fragend auf das Reagenzglas. Dieses Mal antwortete ihre Mutter: »Die Probe wird in einem Speziallabor nach verschiedenen Methoden untersucht, und danach wissen wir, um welche Holzart es sich handelt, wo es herkommt, und wie alt es ist. Danach können wir bis auf wenige Jahre genau bestimmen, wie alt das Wrack ist, das wir da unten gefunden haben.«

»Stimmt«, fügte Thomas hinzu, »nur, dass wir das Speziallabor hier an Bord haben. Ich werde die Probe gleich im Anschluss untersuchen und die Messergebnisse direkt an unsere Zentrale weitergeben. Die vorläufigen Ergebnisse haben wir dann schon in weniger als einer Stunde.«

Das war auch für Anna-Maria neu. Erstaunt schaute sie Mitch an.

Der lächelte nur. »Tja, wir haben bei der Ausstattung der LONGIMANUS nicht gespart. Die technischen Möglichkeiten hier an Bord scheuen keinen Vergleich mit einem gut ausgestatteten Institutslabor.«

»Wie sieht es eigentlich unten beim Wrack aus?«, fragte Samson. »Wir können das doch trotz des aufgewirbelten Sandes auf dem Scanner-Monitor sehen, oder?«

Thomas schüttelte zweifelnd den Kopf, schaltete aber den Monitor ein. Wie er erwartet hatte, war die Schallortung des Unterwasser-Scanners durch die Reflexionen des aufgewirbelten Sandes stark gestört. Das Wrack, das sich noch heute Morgen so deutlich auf dem Meeresboden abgezeichnet hatte, war vom Bildschirm verschwunden.

»Wir können nur hoffen, dass der Sand es schnell zudeckt, bevor die Strömung es zerreißt und in alle Himmelsrichtungen verstreut«, sagte er nachdenklich und schaltete den unnützen Monitor wieder aus.

Inzwischen hatte Mitch den zweiten Transportbehälter geholt, der deutlich schwerer zu sein schien, wie der erste. »Hier drin sind die drei Goldstatuen, die wir geborgen haben. Dieselben übrigens, die Johanna heute Morgen verloren hat, als sie mit dem Tauchroboter dagegen stieß.«

»Das war ein Versehen«, begehrte Johanna auf, aber Mitch unterbrach sie grinsend.

»Ja, ich weiß. Das ist uns übrigens auch passiert – also reg dich nicht auf. Wichtig ist nur, dass wir sie wieder gefunden haben, zumindest einige von ihnen.«

Während er behutsam den Behälter öffnete, dokumentierte Samson jeden Schritt der Untersuchung. Die spezielle Videokamera, die er verwendete, nahm nicht nur Zeit und Datum auf, sondern verfügte auch über eingebaute Messlaser. Damit konnten die Forscher millimetergenau die exakten Maße des Artefakts bestimmen. Die Kamera lieferte neben einer 3-D-Dokumentation für spätere Untersuchungen parallel gestochen scharfe Standfotos für maximale Vergrößerungen.

»Anna-Maria, holst du die Figuren heraus? Aber sei vorsichtig, sie sind schwer.« Mitch hatte den Deckel geöffnet und sie griff behutsam in die Box und holte die kleinen, circa fünfzehn Zentimeter großen Statuen heraus. Als die Figuren auf dem Labortisch lagen, hielten alle den Atem an. Da Gold nicht altert und auch im Salzwasser seinen Glanz behält, glitzerte das Edelmetall wie am ersten Tag. Fast unwirklich lagen die Statuen vor den Betrachtern, als seien sie gerade eben erst von begnadeten Künstlern geschaffen worden. Johanna zog sich mit zitternden Fingern weiche Baumwollhandschuhe an und strich sanft über die perfekt geformten Figuren, die offensichtlich exotische Tiere darstellten.

Auch Thomas konnte nicht mehr an sich halten. Gemeinsam mit seiner Frau untersuchte er die kleinen Goldstatuen und schüttelte immer wieder ungläubig den Kopf. »Das ist eine Sensation«, murmelte er.

»Auf jeden Fall«, erwiderte Johanna, die ihren Blick ebenfalls nicht von den Figuren losreißen konnte. »Aber ich kann im Moment nicht bestimmen, wen oder was die Statuen darstellen sollen und woher sie stammen.«

Vorsichtig nahm Thomas eine der Figuren in die Hand und musterte sie prüfend. »Diese Statue sieht aus, wie eine zusammengerollte Schlange mit Flügeln oder so etwas in der Art.«

»Haben wir nicht eine ganz ähnliche Figur in dem Wikingergrab bei Haithabu gefunden?«, fragte Samson, der immer noch jedes Detail der Untersuchung mit der Kamera festhielt.

Thomas drehte nochmals die kleine Figur, um sie von allen Seiten betrachten zu können. »Nein«, erklärte er abschließend und legte die Statue behutsam wieder auf den Tisch. »Das hier hat nichts mit Wikingerkunst zu tun. Wenn es nicht so abwegig wäre, würde ich sagen, es erinnert eher an die Goldarbeiten der Mayas oder Azteken.«

»Es sieht ähnlich aus«, bekräftigte seine Frau, »aber viele andere Kulturen speziell im Mittelmeerraum haben fast gleiche Arbeiten geschaffen. Schade, dass wir nicht noch mehr der Ladung bergen konnten. Das würde uns sicher genauere Anhaltspunkte geben.«

»Wir hatten schon bei der Bergung die Gelegenheit, die Figuren über die Kameras zu betrachten«, sagte Mitch und nahm spielerisch die Statue der gefiederten Schlange hoch. Prüfend hielt er sie vor die Augen, bevor er sie an Anna-Maria weitergab. »Und da war uns klar, dass wir hier etwas ganz Besonderes gefunden haben. Vielleicht der Beweis für bisher unbekannte Handelswege.«

»Auf jeden Fall …«, nahm Anna-Maria den Faden auf, »ist meines Wissens noch nichts Vergleichbares gefunden worden. Diese Figuren sind ein einzigartiger Fund.«

Johanna und Thomas nickten zustimmend und richteten ihre Augen auf den letzten noch geschlossenen Transportbehälter.

»Und was versteckt ihr noch vor uns?«, fragten sie wie aus einem Mund. Die beiden kannten Mitch gut genug, um zu wissen, dass er die größte Überraschung bis zum Schluss aufgehoben hatte.

»Gleich«, wiegelte dieser die Ungeduld seiner Freunde ab. »Zunächst noch einmal zu den Figuren. Ich habe Filme und Fotos vorhin schon an unseren Freund Rajesh gemailt, mit der Bitte, die Statuen zu bestimmen und nach Ähnlichkeiten mit anderen Fundstücken zu recherchieren. Er lässt euch schön grüßen und ist sauer, dass er nicht bei uns an Bord ist.« Mit einem breiten Grinsen wandte er sich an Samson. »Und dir Samson, soll ich ausrichten, dass du schon wieder mal dein Konto überzogen hast und mit der Miete für deinen Range Rover im Rückstand bist. Er hat dein Festgeldkonto aufgelöst, um deine Schulden zu bezahlen.«

Samson knurrte nur und schaute finster nach unten, während seine Freunde laut loslachten. Anna-Maria und Marie schauten verständnislos auf die Szene, bis Mitch sie aufklärte. Samson und Rajesh Sing, das noch fehlende Mitglied der ODYSSEE verband ein gemeinsames Erlebnis. Samson hatte den jungen Inder einmal aus einer ziemlich peinlichen Situation befreit. Bis heute weigerten sich beide, darüber auch nur ein Wort zu verlieren. Selbst Mitch wusste nicht, was damals passiert war. Aber die Folge war, dass der Inder danach Samson ewige Dankbarkeit schwor und von da an mit Aufmerksamkeiten überschüttete. So geschickt, wie Samson mit seinen Händen war, so begabt war Rajesh mit seinem Computer. Und was er damit konnte, zeigte das Beispiel deutlich. Keiner schaffte es wie er, sich gekonnt in fremde Computer und Netzwerke zu hacken und Daten scheinbar mühelos zu manipulieren. Die Rechercheaufgabe, die ihm sein Chef bezüglich der Figuren gestellt hatte, war deshalb eine seiner leichtesten Übungen.

Im Büro der ODYSSEE in Hamburg befand sich eine der weltweit modernsten und schnellsten Computeranlagen. Das Reich von Rajesh. Hier konnte er schalten und walten, wie er wollte. So hatte er beim Fund des Wikingergrabes bei Haithabu im letzten Jahr den Code des Runenstabes geknackt, der letztendlich zu der Fundstätte des Wikingerschiffes hier in der Nordsee geführt hatte. Der in Deutschland geborene Inder war einer der Gründer der IHC, der International Hacker Connection, einer weltweiten Vereinigung von Hackern, die einer eigenen Ethik verschworen waren. Alle sträubten sich gegen Online-Bevormundung und kämpften manches Mal auch mit harten Bandagen gegen Gesetze oder Regelungen, die ihre Freiheit einengten. Rajesh war einer der genialsten Mitglieder gewesen, bevor er Mitch kennenlernte und seine Zeit jetzt mit archäologischen Recherchen verbrachte. Damit er nicht ganz aus der Übung kam, hatte Mitch ihn zusätzlich als freien Berater für das Familienunternehmen, die Thromberg AG, empfohlen. Als firmeneigener Hacker zeigte er den IT-Verantwortlichen des Weltkonzerns regelmäßig, wie durchlässig ihre Schutzmaßnahmen waren.

Mitchs Mutter, Christa Thromberg, die nach dem Tode ihres Mannes die Position als CEO übernahm, hatte die Empfehlung ihres Sohnes gerne angenommen. Freute sie sich doch, dass ihr Sprössling zumindest damit ein bisschen Interesse für das Familienunternehmen zeigte. Ansonsten hatte sie ihn an die Archäologie verloren, wie sie es immer wieder vor Freunden betonte. Dabei schwang aber auch immer ein gewisser Stolz mit, dass ihr Sohn seinen eigenen Weg ging und damit auch sehr erfolgreich war.

»Wollen wir den letzten Behälter nicht endlich öffnen?« In Anna-Marias Stimme schwang die ganze Ungeduld mit, die sich seit dem sensationellen Fund des Buches in ihr aufgestaut hatte. Sie hatte während der Bergung nur einen kurzen Blick auf das Buch werfen können und die Fotos des Artefaktes, die ihr Mitch vorhin gezeigt hatte, machten sie nur noch neugieriger. Von so einem Fund hatte sie immer geträumt; wie wohl alle Archäologen auf dieser Welt. Und genau deshalb war ihre Geduld jetzt am Ende. Sie musste das Artefakt einfach anfassen und schauen, was darin stand. War es nur ein unfassbar wertvolles Buch aus einem Kloster oder verbarg sich dahinter eventuell ein noch größeres Geheimnis? Anna-Maria zitterte vor Aufregung.

Gerne hätte Mitch es als Expeditionsleiter noch etwas hinausgezögert, und dem einmaligen Fund eine besondere Präsentation gegönnt, aber ein Blick in die Augen von Anna-Maria machte ihm klar, dass dafür keine Zeit mehr blieb.

»Okay– dann wollen wir mal. Aber dafür brauche ich noch ein paar kräftige Arme mehr.«

Gemeinsam mit Thomas wuchtete Mitch unter Ächzen den schweren Behälter auf den Labortisch. Auf sein Nicken hin schaltete Samson die Dokumentationskamera wieder ein, während Mitch behutsam den Deckel öffnete.

Alle hielten den Atem an, als das Licht der Laborlampen goldene Reflexe auf die Decke projizierte.

»Noch mehr Goldstatuen?«, fragte Samson neugierig hinter der Kamera hervor, aber Mitch lächelte nur.

Als er gemeinsam mit Thomas das rund fünfzig Kilogramm schwere, goldene Buch aus der Box hob, schien im Labor die Zeit stillzustehen. Johanna entwichen einige unbewusste Seufzer der Begeisterung, als der Codex auf dem Tisch lag.

Mitch hatte eine dicke Decke untergelegt. Auf der lagen die drei goldenen Statuen und daneben das Buch. Im Licht der Deckenlampen funkelte das Gold der Artefakte wie tausend Sterne.

Anna-Maria fing sich als Erste. Unendlich vorsichtig streichelten ihre Finger über die Gravuren des Einbandes, die zum Teil noch mit Sandkörnern und getrocknetem Schlick verklebt waren. Sonst waren keine Verschmutzungen zu erkennen. Die Jahrhunderte unter Wasser hatten dem Metall offensichtlich ebenso wenig anhaben können, wie den kleinen Figuren. Das Buch war etwas größer als ein DIN A4 Bogen. Das Messen ergab eine Breite von exakt vierundzwanzig Komma drei und eine Höhe von sechsunddreißig Zentimetern. Der Einband bestand aus fünf Millimeter dicken Goldplatten, die auf der Oberseite aufwendig graviert waren. Die einzelnen Seiten dazwischen waren aus extrem dünn gehämmertem und anschließend geglättetem Goldblech. Das Ganze wurde mit drei massiven Goldringen zusammengehalten, die durch den ganzen Buchrücken gingen. Die gesamte Dicke des Buches betrug genau drei Komma vier Zentimeter.

»Wie ein riesiger Spiralblock«, flüsterte Thomas ehrfürchtig.

»Aber ein einzigartiger Spiralblock«, antwortete Mitch und streifte ebenfalls Gummihandschuhe über. Mit einem Pinsel begann er, sorgfältig alle Sandkörner von dem Buchtitel herunterzufegen. Mit jedem Pinselstrich wurden die Gravuren auf dem Einband deutlicher sichtbar.

»Das muss einen Drachen darstellen oder eine Schlange«, sagte er, als er den letzten Schmutz vom Einband entfernt hatte. »Eine Schlange mit Flügeln, genau wie die kleine Statue, die wir gefunden haben.«

Thomas beugte sich vor, um die Zeichnung genauer zu betrachten. »Aber schaut euch das an. Das hier auf dem Körper sind keine Schuppen oder Verzierungen. Das sind irgendwelche Schriftzeichen.«

»Das sind Runen«, riefen Anna-Maria und Johanna fast gleichzeitig.

Die Aufregung der Wissenschaftler war jetzt fast körperlich zu spüren. Ein Buch der Wikinger? Das wäre eine absolute Weltsensation. Denn die Könige der Meere hatten außer einigen Runensteinen und -stöcken über viele Jahrhunderte keinerlei schriftliche Aufzeichnungen hinterlassen.

Ein harter Schlag erschütterte das Schiff und trotz der Stabilisatoren legte sich die LONGIMANUS leicht schräg. Die Wissenschaftler konnten gerade noch verhindern, dass dabei die kleinen Goldfiguren auf den Boden kullerten.

Knackend meldete sich der Bordfunk. »Hier spricht der Kapitän. Der Sturm hat noch weiter aufgefrischt und die Stabilisatoren können die Wellenstärke nicht mehr ausgleichen. Bitte alles sichern und das Deck nicht mehr betreten.«

Marie nahm ängstlich die Hand ihrer Mutter, als sie die bestürzten Gesichter der Wissenschaftler sah.

Denen ging es allerdings nicht um die Sicherheit des Schiffs. Vielmehr wollten sie nur nicht in ihrer Arbeit unterbrochen werden. Aber es half nichts, die Sicherheit ging vor.

»Okay!« Resigniert zuckte Mitch mit den Schultern. »Nützt alles nichts. Wir müssen die Artefakte sicher verstauen, bis wir weiter arbeiten können.«

Als er die enttäuschten Gesichter seiner Freunde sah, fügte er lächelnd hinzu: »Aber vorher machen wir natürlich noch Fotos von der Gravur und der Runeninschrift und nehmen uns die dann in der Bibliothek vor.«

»Wollt ihr denn nicht reingucken in das Buch?«, fragte Marie.

Mitch musste lachen. »Nichts würden wir lieber machen. Aber da hat die Wissenschaft einen Riegel vorgeschoben. Wir könnten beim Umblättern der Seiten wertvolle Informationen vernichten, zum Beispiel verkratzen oder noch Schlimmeres. Deshalb machen wir das erst im Labor unter optimalen Bedingungen.«

Enttäuscht schaute Marie auf das Buch. Und es tröstete sie wenig, dass alle Anwesenden wohl auch lieber sofort nachgesehen hätten, was darin niedergeschrieben war. Eine starke Welle erschütterte erneut das Schiff.

»Lass uns schnell die Fotos machen«, drängte Samson, dem es inzwischen schwerfiel, einen festen Stand zu finden. Immer wieder schwankte das Forschungsschiff, wenn der Sturm durch die Stabilisatoren durchschlug.

Mitch nickte Anna-Maria zu und gemeinsam versuchten sie, das Buch anzuheben.

»Oh Gott, ist das schwer«, ächzte Anna-Maria, als sie das Gewicht des Buches bemerkte.

»Wie gesagt, gut fünfzig Kilogramm«, sagte Mitch und konnte gerade noch verhindern, dass ihr das Buch aus den Händen rutschte. Die Kraft der zierlichen Frau reichte nicht aus.

»Komm Samson - tausch mit Anna-Maria. Lass sie fotografieren und fass mit an!«

Gemeinsam kippten die beiden Männer das schwere Buch in einen spitzen Winkel, damit Anna-Maria die Titelseite passgenau dokumentieren konnte.

Gerade als sie den Einband gefilmt hatte, erschütterte wieder ein Stoß das Schiff und selbst die Kraft der beiden Männer reichte kaum aus, das Buch festzuhalten. Es wurde höchste Zeit abzubrechen.

»Hilf uns mal, das Buch zu verpacken!«, rief Mitch Thomas zu. Gemeinsam mit Samson schlugen sie das Buch in eine der dicken Decken ein und verstauten es dann sorgfältig in einem der Laborschränke.

Mitch schloss den Schrank ab und nach einem letzten forschenden Blick folgte er seinen Freunden in den Salon. Das Schiff rollte inzwischen fast unentwegt und nur die fest angeschraubten Sessel und Sofas des Aufenthaltsraums verhinderten, dass die Passagiere herumgeworfen wurden. Alle hatten sich in der Bibliothek versammelt, zu groß war die Neugierde auf das geheimnisvolle Buch.

Samson hatte die Kamera an den fest installierten Flachbildschirm angeschlossen und bald erschien der Einband des Buches gestochen scharf auf dem großen Screen. Voller Spannung beugten sich alle vor, um die kunstvoll in die Goldplatte des Einbandes gravierten Ornamente und Schriftzeichen erkennen zu können.

»Für die Wikingerzeit seid ihr doch Spezialisten«, wandte sich Mitch an seine Mitarbeiter. »Könnt ihr die Inschrift lesen?«

»Das ist nicht ganz so einfach«, erklärte Johanna und kniff prüfend die Augen zusammen. »Runen gibt es über viele Jahrhunderte hinweg und genauso oft wurde das Runenalphabet in seiner Bedeutung verändert.«

Marie schaute ihre Mutter fragend an. Die nickte zustimmend. »Johanna hat recht. Die ersten Runen entstanden wahrscheinlich kurz nach Christi Geburt. Daraus entwickelte sich im Laufe der Zeit ein vierundzwanzigteiliges Alphabet, das sogenannte FUTHARK. Dieses ältere FUTHARK bestand bis etwa siebenhundert nach Christus, danach entwickelten sich eigene Formen, wie das angelsächsische FUTHARK oder das neuere FUTHARK, das nur noch aus sechzehn Zeichen besteht, obwohl mehr Bedeutungen und Laute darin enthalten sind als in der älteren Form.«

Johanna sah die verständnislose Miene von Marie und ergänzte: »Und deshalb ist es ziemlich schwierig, Runen zu lesen. Denn Runen sind nicht gleich Runen. Dazu kommt, dass sich in einigen Gebieten auch eigene Bedeutungen für bestimmte Zeichen entwickelt haben, und es somit keinen einheitlichen Schreibverlauf gibt. Die Runen können von links nach rechts oder auch umgekehrt verlaufen. Aber auch die horizontale Schreibweise ist gebräuchlich. Also müssen wir jetzt erst einmal feststellen, um welche Runenschrift es sich handelt, dann wie der Schreibverlauf ist und danach können wir das auch lesen.«

»Aber nur vielleicht«, sagte Anna-Maria, die so früh noch keine zu großen Hoffnungen aufkommen lassen wollte. »Wenn wir die Runen lesen können, heißt das noch lange nicht, dass wir sie auch verstehen. Es gibt einige Runen-Inschriften, deren Bedeutung bis heute noch unaufgeklärt sind, wie zum Beispiel der Stein von Rök, der von verschiedenen Wissenschaftlern völlig anders gelesen wird.«

»Also, könnt ihr das jetzt lesen oder nicht?«, fragte Marie, die kein Wort verstanden hatte.

Nun mussten alle lachen und besonders Mitch konnte sich kaum wieder beruhigen. Er legte dem Mädchen einen Arm um die Schultern und schaute sie an. »Du hast völlig recht. Als Forscher finden wir immer nur Probleme. Da bist du uns weit voraus.«

Marie errötete und strahlte Mitch an. Anna-Maria runzelte die Stirn, als sie das sah. Mitch war zwar ein faszinierender Mann. Er gefiel ihr sogar ausnehmend gut, aber sie war Realist genug, um zu wissen, dass eine Verbindung zwischen ihnen keine Zukunft hatte. Mitch konnte jede Frau haben, die er wollte. Da war kein Platz für sie. Und sie wollte auf keinen Fall, dass ihre Tochter wieder von einem Mann in der Vaterrolle enttäuscht würde. Das erste Mal reichte ihr immer noch. Sie riss sich zusammen. Jetzt ging es nicht um Marie und sie sondern um das vor ihr liegende Geheimnis. »Am besten ihr lasst uns jetzt einfach mal für eine Stunde allein«, sagte sie.

»Johanna, Thomas und ich werden versuchen, die Runenschrift auf dem Einband zu übersetzen.«

Thomas wehrte ab. »Ich denke, das schafft ihr beide allein. Ich werde mich ins Labor begeben und versuchen, die Holzprobe zu analysieren. Mit Hilfe von Rajeshs Computer müssten wir schnell die ersten Ergebnisse haben. Und zusammen mit der Übersetzung der Runenschrift sind wir dann schon ein großes Stück weiter.« Damit stand er auf und ließ die Gruppe zurück.

»Gut – dann schlage ich vor, dass der Rest von uns in der Zwischenzeit essen geht«, sagte Samson und sprang aus seinem Sessel auf.

»Ich habe nämlich schon richtig Hunger bekommen.«

»Verstehe ich. Da passt auch einiges rein bei dir«, sagte Mitch und duckte sich schnell, als sein Freund eines der Sofakissen nach ihm warf. »Komm Marie«, sagte er und nahm das junge Mädchen an die Hand. »Lass uns schnell den Koch fragen, ob er etwas für uns hat, bevor Samson uns alles wegisst.«

Unter dem Gelächter der zwei Zurückbleibenden verließen sie das Labor. Mitch musste das Mädchen stützen, da die Wellen das Forschungsschiff unentwegt rollen ließen. Gleich darauf fiel die Tür zu und im Labor wurde es ruhig.

»So, dann lass uns beginnen. Wo sind Papier und Bleistifte?«

Eine intensive Diskussion begann. Immer wieder flogen zerknüllte Papierseiten auf den Boden, wenn sich die Entzifferung als eine Sackgasse herausstellte. Aber schneller als sie gedacht hatten, verstanden sie die Runengravur auf dem Einband zu deuten. Doch was sie da lasen, war so unglaublich, dass Johanna und Anna-Maria das Ergebnis noch mehrfach überprüften. Zur Sicherheit riefen sie Thomas aus seinem Labor dazu. Aber auch er bestätigte ihre Übersetzung. Ergriffen schauten sich die drei Wissenschaftler an.

»Das ist eine Weltsensation«, sagte Thomas endlich. Ein breites Grinsen überzog sein Gesicht, als er nochmals die Notizen ansah. »Ich würde sagen, damit werden wir alle berühmt.«

»Wer wird berühmt?«, fragte Mitch, der gerade wieder mit

Marie und Samson das Labor betrat.

Es hielt die Wissenschaftler nicht mehr auf ihren Sitzen. Aufgeregt umringten sie Mitch, um ihm ihre Übersetzung der Runenschrift zu zeigen. Das heißt, sie versuchten, sie ihm zu zeigen, als eine besonders starke Welle das Schiff erwischte. Die LONGIMANUS ächzte und neigte sich gefährlich. Erschrockene Schreie schallten kurz durch die Kabine, als alle wild durcheinander taumelten, bis die Routine des erfahrenen ODYSSEE-Teams im Umgang mit Stürmen griff. Alle ließen sich zu Boden fallen und klammerten sich an den festgeschraubten Sesseln fest.

Samson hatte sich Marie gegriffen und umklammerte sie mit seinen starken Armen.

Nur Anna-Maria wurde völlig überrascht. Hilflos taumelte sie durch den Salon und drohte gegen die Wand geschleudert zu werden. Im letzten Augenblick konnte Mitch sie noch einholen. Nur wenige Zentimeter vor der stählernen Wand stoppte er ihren Schwung. In einem Gewimmel von Beinen und Armen fielen die beiden zu Boden. Mitch drehte sich dabei geistesgegenwärtig, um Anna-Marias Sturz mit seinem Körper abzumildern. Dabei verlor er die Kontrolle und schlug mit voller Wucht auf dem Boden auf. Für die nächsten Minuten sah er nur noch Sterne. Als er langsam wieder zu sich kam, spürte er wie eine sanfte Hand seine Wange streichelte. Verschwommen sah er ein Gesicht dicht über sich. Mit noch geschlossenen Augen griff er nach oben und zog den Kopf zu sich herunter, um sich sein Dankeschön abzuholen.

»Bist du jetzt komplett verrückt geworden«, schrie Samson verblüfft auf und zuckte vor den zärtlich zugreifenden Händen seines Freundes zurück.

Mitch riss seine Augen auf. Gerade noch rechtzeitig, um zu erleben, wie sich die Besorgnis seiner Freunde, die in einem Kreis um ihn herumstanden, in einem schallenden Gelächter entlud.

Besonders Anna-Maria konnte sich kaum beruhigen. Wie die Mitarbeiter der ODYSSEE hatte sie den Sturz außer einigen blauen Flecken ohne Probleme überstanden. Ihre Erleichterung brach sich jetzt mit einem lauten Lachen Bahn.

Mitch ließ sich ächzend von seinem Freund hochziehen. »Was habt ihr eigentlich gegen Männerliebe?«, fragte er und rieb seinen schmerzenden Kopf. »Freunde sind doch sowieso die Einzigen, die sich um einen sorgen, wenn man gestürzt ist.«

»Und deshalb sollten wir uns jetzt alle dringend wieder hinsetzen«, sagte Samson, »bevor die nächste Welle uns wieder herumwirft.«

Mit kräftigem Griff bugsierte er Mitch auf den nächsten freien Platz. Schnell setzten sich alle wieder in die festgeschraubten Sessel. Gerade noch rechtzeitig.

Schon wieder hatte eine riesige Welle die LONGIMANUS getroffen und beanspruchte ihre Stabilisatoren aufs Äußerste. Als sich das Schiff aufbäumte, krallten sich alle instinktiv an den Sessellehnen fest. Noch so einen Sturz quer durch den Salon wollte keiner mehr erleben.

Die Gegensprechanlage meldete sich mit einem melodischen Klang. »Hier ist der Kapitän. Der Sturm verstärkt sich noch. Ich bitte das ganze Team, auf keinen Fall ihren festen Sitzplatz zu verlassen, bis der Seegang weiter abgeklungen ist. Sonst könnte es passieren, dass irgendjemand stürzt und sich den Kopf anschlägt.«

Wie auf Kommando blickten alle im Raum auf Mitch, der sich immer noch seinen schmerzenden Schädel rieb und keiner aus dem Team, konnte sich mehr zurückhalten. Schallendes Gelächter erfüllte den Salon, dem sich selbst Mitch nicht ganz entziehen konnte. Ein neues Aufbäumen des Schiffes ließ das Gelächter jedoch sehr schnell verebben.

»Wie war das übrigens mit dem Berühmtwerden?«, fragte Mitch, dem gerade einfiel, wie das Ganze begonnen hatte. »Bevor uns die Welle herumschubste, glaube ich gehört zu haben, dass wir jetzt alle sehr berühmt werden.«

Alle redeten aufgeregt durcheinander. Mit dem Ergebnis, dass Mitch überhaupt nichts verstand.

»Stopp!«, rief er. »Einer nach dem anderen bitte, sonst verstehe ich hier kein Wort. Wer will zuerst erzählen?«

Sofort schossen drei Hände in die Höhe und wurden wild geschwenkt. Mitch schaute Samson an und schüttelte ungläubig den Kopf. So hatten sie die sonst so nüchternen Kollegen noch nie erlebt.

»Okay – dann von links nach rechts. Thomas, was ist hier los?«

»Es ist unfassbar«, stammelte Thomas und hielt Mitch sein Notizblatt entgegen, auf dem die Übersetzung stand. »Wenn mir das jemals jemand erzählt hätte, dass so etwas möglich ist, den hätte ich als Aufschneider ausgelacht.«

»Was ist unfassbar?«, rief Mitch, dem langsam die Geduld ausging.

Johanna übernahm. »Es geht um den Goldenen Codex. Wir haben die Runen auf dem Einband entschlüsselt und, wie Thomas bereits sagte, es ist einfach unfassbar.« Johannas Stimme brach ab.

Mitch schloss resigniert die Augen. Seine Kopfschmerzen nahmen diametral zu. Er schüttelte nur noch den Kopf. Konnte ihm denn keiner eine vernünftige Antwort geben?

Anna-Maria versuchte es als Nächste. Sie bemühte sich, ruhig zu bleiben, aber sie konnte nicht verhindern, dass ihre Stimme zitterte. »Du musst unsere Aufregung verstehen. Wie schon gesagt, es ist wirklich sensationell.«

Mitch ballte die Fäuste.

Schnell fuhr Anna-Maria fort. »Die Runengravur auf dem Buchtitel lautet …«

Jetzt übernahm Johanna, die vom Notizblatt ihre gemeinsame Übersetzung ablas. »Die wahre Saga der gefiederten Schlange Kwetzalcoatl - berichtet von Ansgae, Bischof von Haithabu.«

Die Stille im Raum, die sich nach diesen Worten ausbreitete, hätte man mit Messern schneiden können.

»Wie sicher seid ihr mit der Übersetzung?« Mitchs Frage kam knapp und hart.

»So sicher, wie man in der kurzen Zeit nur sein kann«, antwortete Anna-Maria. »Wir haben lange über die einzelnen Bedeutungen und Worte diskutiert. Besonders den Namen der gefiederten Schlange haben wir mehrfach überprüft, da die Runen nicht alle Laute wiedergeben können. Aber in Verbindung mit den Gravuren auf dem Einband und etwas Fantasie liegt die Vermutung nahe, dass es sich bei diesem Buch um die Geschichte von Quetzalcoatl, dem gefiederten Schlangengott handeln könnte, der in allen mittelamerikanischen Kulturen auftaucht.«

»Und wir haben den Codex auf einem Wikingerschiff gefunden«, ergänzte Johanna. »Der Name Ansgae ist zwar eher fränkisch aber die Runen auf dem Titel, der Verweis auf Haithabu und die Fundstelle weisen eindeutig auf einen Zusammenhang mit Wikingern hin. Was wiederum beweisen würde, dass die Wikinger Mittelamerika besucht haben oder zumindest Kontakte bestanden.«

»Keine voreiligen Spekulationen!« Mitch versuchte die Ruhe zu bewahren. »Leute, wir sind Wissenschaftler und sollten deshalb nur anhand von verifizierten Fakten urteilen. Ich gebe zu, dass einiges dafür spricht, dass es sich um eine echte Sensation handelt, aber wir brauchen noch weitere Beweise, bevor hier die Champagnerkorken knallen. Hat sich Rajesh schon gemeldet wegen der Statuen? Und wie weit ist die Analyse der Holzprobe?«

Thomas sprang auf: »Ich gehe gleich im Labor nachschauen, ob schon eine E-Mail angekommen ist.«

Mitch nickte. »Und bis wir nähere Gewissheit haben, sollten wir Spekulationen unterlassen.«

Doch als er die niedergeschlagenen Mienen der Gruppe sah, grinste er über das ganze Gesicht. »Leute, das ist doch kein Grund, Trübsal zu blasen. Auch ohne die Amerika-Spekulation ist unser Fund immer noch eines der sensationellsten Dinge, die Archäologen jemals gefunden haben.«

Völlig aufgelöst stürzte Thomas herein. In den Händen hielt er das Satellitentelefon und einige Blätter Papier.

»Ihr werdet es nicht glauben«, seine Stimme bebte vor Aufregung. »Es ist unfassbar.«

»Nicht schon wieder«, murmelte Mitch leise und nahm dann die Papiere entgegen, die ihm Thomas vor die Nase hielt. Aufmerksam las er die Ausdrucke durch. Mit gespannten Mienen warteten die anderen, bis er fertig war. Mitch senkte die Papiere und blickte still zu Boden. Die aufgeregten Fragen seiner Freunde prallten von ihm ab. Nach einer kleinen Kunstpause, die die Spannung bis zum Unerträglichen steigerte, sprach er einen Toast. »Auf uns, die Entdecker der größten archäologischen Sensation der letzten tausend Jahre.«

Aufgeregtes Raunen erfüllte den Salon. Alle wollten wissen, was die Analysen von Rajesh aussagten. Mitch hielt Anna-Maria die Blätter hin.

Hastig griff sie nach den E-Mails und überflog den Inhalt. »Hier steht, dass die ersten Vergleiche der Goldstatuen eine hundertprozentige Trefferquote mit Funden der mittelamerikanischen Hochkultur der Tolteken zeigen. Eine genaue Materialuntersuchung steht zwar noch aus, aber die Ähnlichkeiten sind signifikant. Eine verblüffend ähnliche Jade-Statue von Quetzalcoatl steht im Naturhistorischen Museum von Mexiko City. Ein Irrtum ist nahezu ausgeschlossen.«

Alle hielten den Atem an, als ihnen die Tragweite dieser Analyse klar wurde.

»Und das ist noch nicht alles. Die erste Analyse der Holzproben ergab, dass das Wikingerschiff vor rund tausend Jahren erbaut wurde und …«, ihre Stimme stockte, »... das Schiff aus amerikanischem Mahagoni gefertigt ist, das vor allem in Mittelamerika an der Karibikküste vorkommt. Das ist unfassbar!« Anna-Marias Stimme zitterte vor lauter Aufregung. »Nicht mitgerechnet, dass wir hier erstmals ein Buch der Wikinger vor uns haben.«

»Und nicht berücksichtigt«, ergänzte Samson, den ebenfalls die Aufregung gepackt hatte, »dass dieses Buch aus purem Gold ist und allein deshalb schon unbezahlbar ist.«

»Und deshalb werden wir irre berühmt«, rief Thomas, »so wie ich es vorhin gesagt habe.«

Wild redeten alle durcheinander.

»Und wem gehört das Buch?«, fragte Marie, die der ganzen Aufregung neugierig zugehört hatte.

Alle verstummten verblüfft. Vor lauter Freude über den Fund hatte noch niemand über die Folgen nachgedacht.

»Natürlich dem Schleswig-Holsteinischem-Denkmalamt«, sagte Anna-Maria bestimmt und musterte dabei das Team der ODYSSEE. »Wir haben die Lizenz gegeben und alle Funde gehören uns. Besonders bei einer solchen Weltsensation geht hier das öffentliche Recht immer vor das private.«

»Nicht ganz richtig«, erwiderte Thomas, verblüfft wegen dieser plötzlichen Wendung. Er hatte die Verträge mitverhandelt und wusste um die Fallstricke der Vereinbarung. »Dem Denkmalamt stehen gemäß Vertrag nur wissenschaftliche Untersuchungen der Funde zu. Das Eigentum liegt beim Finder, das heißt bei uns.«

»Da hat er recht«, ergänzte Mitch, »Wir haben alle finanziellen Risiken der Expedition auf uns genommen und das Eigentum an den Funden ist vertraglich festgelegt.«

»Das werden wir sehen, wenn wir zurück im Hafen sind«, knurrte Anna-Maria, zog ihre Tochter am Arm hoch und verließ zornbebend den Salon.

»Das könnte ziemlichen Ärger geben«, sagte Johanna und blickte ihr betroffen hinterher.

Mitch runzelte die Stirn »Ja, das glaube ich auch. Selbst wenn wir alle Rechte haben, kann uns das Denkmalamt jede Menge Steine in den Weg legen. Es könnten Jahrzehnte vergehen, bis wir über unseren Fund verfügen können und wir offiziell als Finder anerkannt sind.«

»Und bis dahin verstaubt das Buch in irgendwelchen staatlichen Laboratorien«, ergänzte Thomas, »und wird zu Tode analysiert.«

»Dann lassen wir es doch einfach verschwinden«, schlug Samson vor und grinste breit, als er die entsetzten Gesichter von Thomas und Johanna sah. »Es gehört doch uns, oder nicht?«

»Irgendwie hast du recht«, murmelte Mitch und unterbrach gleich darauf die zornigen Proteste seiner Freunde mit einer beruhigenden Handbewegung. »Natürlich können wir die Funde nicht einfach verschwinden lassen. Aber ich habe auch keine Lust, Jahrzehnte auf die Ergebnisse der Forschungen zu warten. Deshalb sollten wir den Spieß umdrehen. Was meint ihr?«

Schockiert sahen ihn seine Freunde an. Aber ihr Vertrauen in Mitch überwand schnell ihre Bedenken.

»Ich habe keine Ahnung, was du vorhast«, meinte Thomas mit einem Augenzwinkern, »aber ich bin dabei.«

Seine Frau nickte energisch und Samson grinste über das ganze Gesicht, als Mitch ihnen seine Idee im Detail erzählte. Eines war sicher. Mitchs Plan würde dem Amt für Denkmalschutz überhaupt nicht gefallen.

Die Vorbereitungen

Privates Forschungsschiff LONGIMANUS
Nordsee – kurz vor der Elbemündung

»Wohin fahren wir?« Mit verschränkten Armen und der ganzen Autorität ihres Amtes stand Anna-Maria vor Mitch. Nur ihre leicht zitternden Lippen verrieten, dass ihr die ganze Situation sehr unangenehm war.

Mitch lächelte. »Wir machen das, was ein verantwortungsvoller Skipper bei einem so starken Sturm macht. Wir weichen ihm aus und fahren nach Hamburg, bis er sich ausgetobt hat. Wenn du willst, kannst du in Hamburg gerne mit deiner Tochter vom Schiff gehen.«

»Das würde dir so passen«, sagte Anna-Maria erbost. »Die ganze Geschichte schreit doch zum Himmel. Erst ist der Sturm nicht so schlimm und du willst ihn auf hoher See verbringen. Und nun – nach unserer Auseinandersetzung – willst du so schnell wie möglich in einen Hafen einlaufen?« Anna-Maria holte empört Luft. »Und dort kannst du dann mit dem Fund machen, was du willst. Nein, so nicht! Ich werde jetzt offiziell meine Behörde von dem Fund verständigen, damit die Artefakte in den Besitz des Landesamtes für Denkmalschutz übergehen.«

»Lass mich raten?«, fragte Mitch mit einem schmalen Lächeln. »Das alles natürlich höchst diskret, damit die Öffentlichkeit noch nichts von diesem Fund erfährt?«

»Bist du wirklich Wissenschaftler? Ich bezweifle es. Denn dann solltest du wissen, dass jeder Fund zunächst einmal gründlich untersucht werden muss. Erst wenn alle Analysen stehen, kann ein verantwortungsvoller Forscher auch darüber sprechen.«

»Es ist dir aber schon klar, dass es ohne uns, unsere technische Ausrüstung und unsere Recherchen diese Funde gar nicht gegeben hätte?«

Anna-Maria versuchte wieder etwas mehr Ruhe in ihre Diskussion zu bringen. »Ja, natürlich und deine Firma soll dabei auch nicht zu kurz kommen. Ich bin sicher, ich kann bei der Landesregierung eine entsprechende Belohnung für dich und deine Mitarbeiter herausschlagen. Der Fund ist es mehr als wert!«

»Und der wissenschaftliche Ruhm gebührt dann denen, die die Artefakte erforschen, oder?«

»Lieber Mitch«, Anna-Maria nickte verständnisvoll, »jetzt verstehe ich dich. Ich werde natürlich deine Verdienste um den Fund nicht verschweigen. Nein, ich darf dir sogar versprechen, dass es mir ein großes Anliegen sein wird, diesen Verdienst ganz besonders herauszustellen.«

»Dir würde ich das sogar glauben«, sagte Mitch und lächelte sie kurz an, »nur deinen Kollegen traue ich nicht über den Weg. Aber bitte, ruf deine Vorgesetzten an. Wir werden im Yachthafen in Wedel vor Anker gehen. Dort sollen sie auf uns warten. Aber sag ihnen gleich, es kann später werden. Vor dreiundzwanzig Uhr wird die LONGIMANUS nicht eintreffen.« Damit griff er in die Tasche seines wetterfesten Sweaters und reichte ihr ein Satellitentelefon. »Benutz das hier. Ein normales Handy funktioniert hier draußen nicht. Und, falls dein Chef dir nicht glaubt - ich habe ein Bild des Buches und der Statuen mit auf das Handy geladen. So kannst du ihm die Funde auch gleich einmal zeigen.« Dann drehte er sich um und ohne ein weiteres Wort ging er nach oben ins Steuerhaus, um das Ziel der LONGIMANUS zu korrigieren.

Anna-Maria schaute ihm mit widerstrebenden Gefühlen hinterher. So hatte sie sich das alles nicht vorgestellt. Sie konnte das Team der ODYSSEE ja verstehen. An ihrer Stelle wäre sie ebenfalls untröstlich gewesen, wenn eine staatliche Stelle ihr einen solchen Jahrtausendfund streitig machen wollte. Aber andererseits waren ihre Direktiven hier sehr klar. Ein Fund in einer solchen Größenordnung durfte nicht in der Hand privater Schatzsucher bleiben. Und auch, wenn sie das Team der ODYSSEE und vor allem ihren Leiter sehr sympathisch fand, hatte doch schon sein Verhalten beim Bergen der Artefakte gezeigt, dass ihm die Schatzsuche vor die wissenschaftliche Arbeit ging. Jeder andere Wissenschaftler hätte den Sturm abgewartet und dann versucht, die Artefakte wiederzufinden und gemäß den wissenschaftlichen Regeln zu bergen.

Energisch schüttelte sie die Gedanken um Mitch und seine Schatzsucherfreunde ab und wählte die Nummer ihres Chefs.

»Hier ist das Satellitentelefon zurück.« Anna-Maria blickte Mitch kaum an, als sie ihm sein Telefon zurückbrachte. Das Gespräch mit ihrem Chef hatte sie tief erschüttert. Professor Holzamer war außer sich gewesen, als sie ihm von der hastigen Bergung der Artefakte und ihren ersten Analysen erzählt hatte. Er hatte sie regelrecht angebrüllt. Unwissenschaftliches Verhalten und vorschnelle Schlussfolgerungen hatte er ihr vorgehalten. Sie war ausdrücklich von der weiteren Erforschung ausgeschlossen und darüber hinaus zwangsweise beurlaubt. Am Yachthafen in Wedel würde ihr Vorgesetzter die Artefakte in seine persönliche Obhut nehmen und danach war ihre Karriere wohl für immer beendet. Falls sie Pech hatte, wartete zusätzlich noch ein internes Verfahren auf sie. Zumindest hatte Professor Holzamer das angekündigt.

»Und – hatte ich recht?« Mitch hielt Anna-Maria auf, bevor sie das Steuerhaus wieder verlassen konnte. »Hat dein Chef schon die Macht übernommen und dich aussortiert, weil er den ganzen Ruhm allein will?«

Anna-Maria konnte nicht anders Bevor sie es zurückhalten konnte, schossen ihr die Tränen in die Augen und ein krampfhaftes Schluchzen durchzuckte ihren schlanken Körper. Hilflos sah Mitch sie an, dann nahm er sie in seine Arme und hielt sie fest, beziehungsweise er versuchte es.

»Lass mich sofort los«, fauchte Anna-Maria und ihre Tränen wichen blinder Wut. »Du bist doch an allem schuld!«

Mit aller Kraft boxte und trat sie nach ihm, aber Mitch hielt sie einfach weiter fest an sich gedrückt. Es dauerte eine ganze Weile, bis sich die enttäuschte Frau beruhigt hatte.

Stumm weinte sie an seiner Schulter. Mitch hielt sie weiter fest an sich gedrückt und streichelte sanft über ihren Rücken.

»Du kannst mich jetzt loslassen«, sagte sie endlich leise und schaute beschämt zu Boden.

Aber Mitch hob einfach ihren Kopf an, und bevor sie reagieren konnte, küsste er sie mitten auf den Mund. Ihr Körper drängte sich an ihn, doch dann wurde ihr klar, was gerade geschah. Sie riss sich los und stürmte aus dem Steuerhaus.

»Mit der werden Sie noch viel Freude haben«, sagte der Kapitän, der sich den Ausbruch der jungen Frau aus sicherer Entfernung angesehen hatte.

»Hoffentlich«, flüsterte Mitch und packte seine Unterlagen zusammen. Bevor er das Steuerhaus verließ, wandte er sich nochmals an den Kapitän. »Sie wissen, was davon abhängt, dass wir Hamburg zur verabredeten Zeit erreichen?«

»Keine Sorge«, erwiderte der Kapitän der LONGIMANUS. »Dafür sorge ich. Und in Hamburg hat Ihre Frau Mutter ja alles vorbereitet. Da kann nichts schiefgehen.«

Mitch musste lachen, als er den Korridor in Richtung des Salons hinunterschritt. Der Kapitän hatte recht. Seine Mutter war eine sichere Bank bei der kommenden Aufgabe. Ohne ihre Kontakte und ihren Einfluss als Vorstandsvorsitzende der Thromberg AG hätten sie keine Chance gehabt. Die richtigen Verbindungen sind eben alles, dachte Mitch und klopfte in einem bestimmten Rhythmus an die Salontür. Nach einer kurzen Rückfrage öffnete ihm Thomas und deutete vorwurfsvoll auf seine Armbanduhr.

Mitch hob beruhigend die Hände. »Keine Panik! Ich bin ja da, und wir haben immer noch sechs Stunden für die Vorbereitungen.«

Schnell schloss Thomas die Salontür wieder hinter seinem Freund. »Samson hält draußen Wache, damit uns deine Frau Doktor nicht überrascht, und Johanna ist abgestellt, um sie zu beschäftigen, falls es sie nicht mehr in der Kabine hält.«

»Dann nichts wie los. Hast du alles aus dem Laderaum besorgt?«

Die Sensation

Museumsschiff Rickmer Rickmers
Hamburger Hafen
Überseebrücke

»In dreißig Minuten erreichen wir den Hamburger Hafen«, meldete sich der Kapitän der LONGIMANUS über die Gegensprechanlage des Salons. »Und ich soll Mitch ausrichten, Frau Doktor Dahlke möchte ihn sofort sprechen. Und gestatten Sie mir die Bemerkung, sie ist ziemlich aufgebracht.«

»Na dann, auf in den Kampf der Löwen«, sagte Mitch und klopfte seinem Freund Thomas auf die Schulter.

Thomas nickte mit einem schmalen Lächeln und klappte energisch seinen Laptop zu. Gemeinsam verstauten sie noch die Ausrüstung, die sie in den letzten Stunden benutzt hatten.

Nach einem prüfenden Blick öffnete Mitch die Salontür und trat in den Gang. Ein amüsiertes Grinsen überzog sein Gesicht, als er Samson bemerkte, der wie ein Felsen im Korridor stand und einer zornbebenden Anna-Maria den Durchgang verweigerte.

»Ich bestehe jetzt darauf, Mitch sofort zu sprechen«, rief sie. »Ich weiß genau, dass er sich im Salon verkrochen hat.« Da bemerkte sie Mitch und drängte sich energisch an Samson vorbei.

»Erklär mir bitte sofort, was hier los ist.« Anna-Marias Stimme zitterte vor Wut, als sie sich vor Mitch aufbaute. »Was soll das? Wieso fahren wir an Wedel vorbei? Und warum sind wir schon Stunden vor der vereinbarten Zeit in Hamburg? Ich habe gerade mit Professor Holzamer telefoniert und er ist vollkommen außer sich, dass du dich nicht an die Abmachungen hältst. Die Artefakte dürfen das Schiff auf keinen Fall verlassen. Sonst wanderst du und dein Team umgehend ins Gefängnis.«

»Jetzt mal ganz ruhig!«, sagte Mitch und schaute die Wissenschaftlerin eindringlich an. »Sagst du mir das oder sind das die Worte deines ehemaligen Chefs?«

»Das sind die Worte von Professor Holzamer«, erwiderte Anna-Maria nach einer kurzen Pause und errötete. »Du weißt, dass ich von meiner Position beurlaubt bin. Ich habe in dieser Angelegenheit nichts mehr zu bestimmen.«

»Nun, dann ist ja alles klar«, sagte Mitch. »Aber zu deiner Beruhigung und zu der deines ehemaligen Chefs: Ich halte mich natürlich an unsere Abmachung, aber ich habe vorher noch eine Verabredung, die ich nicht versäumen möchte. Du übrigens auch nicht, wenn dir deine Karriere wichtig ist.«

Anna-Maria schaute Mitch verdutzt an. »Was meinst du damit?«

»Lass dich überraschen«, antwortete Mitch und ließ sie einfach im Korridor stehen.

Thomas folgte ihm und lächelte der völlig verwirrten Frau vergnügt zu. Bald würden sie alle berühmt sein. Auch die junge Wissenschaftlerin.

Wenige Minuten später erreichte die LONGIMANUS den Hamburger Hafen. Anna-Maria hatte ihre Tochter geholt und stand nun mit ihr auf Deck, um das Einlaufen zu beobachten. Bald darauf glaubte sie, ihren Augen nicht trauen zu können. Zwei Boote der Wasserschutzpolizei setzten sich mit Blaulicht neben das Schiff und geleiteten es auf seinem weiteren Weg.

Der Kapitän steuerte an den weltberühmten St. Pauli Landungsbrücken vorbei und bog dann in den Museumshafen ein. Zum großen Erstaunen aller Touristen, die den Abend auf den Landungsbrücken verbrachten, machte das Schiff direkt neben dem historischen Teaclipper Rickmer Rickmers fest. Mit einem Laufsteg wurden die beiden Schiffe miteinander verbunden, etwas was es wohl in der ganzen Geschichte des Museumshafens noch nicht gegeben hatte.

Anna-Maria schüttelte sprachlos den Kopf. Welche Verbindungen musste Mitch haben, um das hier alles möglich zu machen? Und was hatte er hier vor? Kaum waren die

Leinen festgemacht, kam Mitch zu den beiden und lächelte vor allem Marie strahlend an. Die schaute finster zurück, denn sie machte Mitch für die Tränen ihrer Mutter verantwortlich, die diese seit gestern Abend in der Abgeschiedenheit ihrer Kabine vergossen hatte. So hatte sie ihre Mutter noch nie erlebt und dieser Mann war schuld daran. Zumindest war das ihre Meinung.

Aber Mitch nahm die Zurückhaltung des jungen Mädchens gar nicht wahr, zu sehr war er innerlich schon in das vertieft, was gleich stattfinden sollte.

»Darf ich euch bitten mitzukommen«, bat er und deutete auf den Laufsteg, der die beiden Schiffe miteinander verband.

Das Team der ODYSSEE war schon vorausgeeilt, und Anna-Maria sah gerade noch, wie Mitchs Kollegen in den Tiefen des Schiffsbauchs der Rickmer Rickmers verschwanden.

»Und was ist mit den Artefakten?«, fragte sie zögernd.

Mitch deutete schweigend auf die Security-Wachmänner in ihren schwarzen Uniformen, die gerade das Forschungsschiff von der Landseite aus betraten. »Reicht dir das aus?«, fragte er lächelnd. »Das ist das beste Security-Team, das ich in Hamburg auftreiben konnte. Alle schwer bewaffnet und bereit, das Schiff vor allen Piraten dieser Welt zu schützen.«

Anna-Maria nickte zögernd.

»Aber jetzt sollten wir gehen. Wir wollen die Meute doch nicht warten lassen.«

»Welche Meute?«

»Ach. Hatte ich das noch gar nicht erwähnt?«, meinte Mitch unschuldig. »Im Eventbereich der Rickmer Rickmers erwartet uns die halbe deutsche Presse. Sie wollen unbedingt mehr über den größten, archäologischen Fund hören, der jemals in Deutschland geborgen wurde.«

»Du hast was gemacht? Du hast die ganzen Journalisten eingeladen?« Anna-Maria blieb stehen und sah Mitch, der ungerührt weiterlief, völlig perplex hinterher. Er hatte die widerstrebende Marie untergehakt und führte sie in Richtung der großen Treppe, die hinunter in den Eventbereich des

Museumsschiffes führte. Kurz vor der Treppe drehte er sich nochmals um und lachte breit.

»Ja - und alle warten darauf, die Wissenschaftlerin kennenzulernen, die gemeinsam mit dem Team der ODYSSEE diesen Schatz gefunden hat.«

»Mitch warte, das kannst du doch nicht machen!« Anna-Maria schüttelte den Kopf und eilte Mitch hinterher, der ihre Tochter gerade die Treppe hinunterführen wollte.

Er blieb stehen, um auf Anna-Maria zu warten und bevor sie noch protestieren konnte, hakte er sie ebenfalls unter. Je tiefer sie kamen, umso lauter wurde das Stimmengewirr, das ihnen aus dem großen Restaurantsaal des Museumsschiffes entgegenschlug.

Anna-Maria versuchte stehenzubleiben, aber mit seinem kräftigen Griff zog Mitch sie immer weiter. Als die drei den großen Raum betraten, der fast das gesamte Unterdeck des Museumsschiffes umfasste, konzentrierte sich sofort die Aufmerksamkeit der versammelten Presseleute auf sie.

Blitzlichter explodierten und unzählige Mikrofone wurden ihnen entgegengestreckt. Dazu hagelten von allen Seiten Fragen auf sie nieder.

Mitch lächelte nur freundlich und lotste Anna-Maria und Marie durch die Pressemeute zu dem langen Tisch, der vor dem Auditorium aufgebaut war. Hier saßen schon Johanna, Thomas und Samson und erwarteten sie. Direkt dahinter war eine große Leinwand montiert, auf die formatfüllend das Logo der ODYSSEE projiziert wurde.

Mitch drückte die völlig verwirrte Anna-Maria und ihre Tochter auf zwei freie Stühle und ließ sich von einem der Tontechniker ein Funkmikrofon reichen.

Erst jetzt bemerkte Anna-Maria, dass das ganze Restaurantdeck der Rickmer Rickmers, das sie von früheren Besuchen gut kannte, komplett umgebaut war. Große Tonboxen standen im ganzen Raum verteilt und für die Presse waren lange Reihen von bequemen Konferenzstühlen aufgebaut. Ungläubig schaute sie Mitch an, der das alles in den letzten paar Stunden fertiggebracht hatte. Mein Chef wird einen Herzinfarkt bekommen, dachte sie nur noch. Aber dann musste sie lächeln. Das würde ihm gerade recht geschehen. Sie ahnte, was Mitch vorhatte und konnte ihn für diesen Einfall nur bewundern. Das erste Mal seit vielen Stunden schaute sie wieder positiv in die Zukunft.

»Meine Damen und Herren von der Presse.« Mitch klopfte an sein Mikrofon, bis sich das Stimmengewirr im Raum beruhigt hatte. »Sie wundern sich bestimmt über diese kurzfristige Pressekonferenz und das so spät am Tag.«

Wieder hob ein lautes Stimmengewirr an. Als Mitch jedoch das erste Bild des Vortrags zeigte, verstummten die aufgeregten Journalisten sehr schnell.

Alle kannten die legendäre Wikingerstadt Haithabu, deren Überreste im nahen Schleswig lagen, und warteten gespannt, welche Überraschungen das ODYSSEE-Team ihnen an diesem Tag vorstellen würde. Aber auf das, was sie danach in einer von Thomas und Mitch sorgfältig ausgearbeiteten Multimedia-Präsentation sahen, waren sie wohl nicht vorbereitet gewesen.

Als der Drachenkopf des uralten Wikingerbootes im Planktonnebel auftauchte, wurde es mucksmäuschenstill im Saal, und als die Artefakte freigelegt wurden, stöhnten sie kollektiv auf.

Zu diesem Zeitpunkt unterbrach Mitch seinen Vortrag. Während die Leinwand gestochen scharfe Bilder des Bucheinbandes und des gefiederten Schlangengottes zeigte, berichteten Thomas und Johanna von der Schwierigkeit der Runenübersetzung. Schließlich, als die Spannung auf dem Höhepunkt war, stellte Mitch Anna-Maria als verantwortliche Wissenschaftlerin des Denkmalamtes vor und übergab ihr das Mikrofon.

Sie war zuerst etwas hilflos, aber zunehmend sicherer werdend, übersetzte sie die Runenschrift auf dem Buchdeckel, an der sie gemeinsam mit Johanna gearbeitet hatte.

Ein Riesentumult brach im Saal aus, der von Mitch nur mit dem Hinweis beruhigt werden konnte, dass die Artefakte ab sofort auf der LONGIMANUS besichtigt werden konnten.

In kleinen Gruppen hatten die Journalisten Gelegenheit, Fotos und Filmberichte zu machen und danach Interviews mit den Wissenschaftlern zu führen.

Die Presseabteilung der Thromberg AG hatte am Nachmittag alle Texte, Bilder und Filme aufbereitet, die Mitch ihnen gesendet hatte und jeder Journalist erhielt beim Verlassen der Veranstaltung einen persönlichen Zugang zum Download dieser Unterlagen.

Aber das war nicht alles, was die Werbeleute der Thromberg AG in der kurzen Zeit bewerkstelligt hatten. Neben der persönlichen Einladung aller Korrespondenten der wichtigsten deutschsprachigen Magazine, Tageszeitungen, Rundfunk- und TV-Anstalten wurde die Pressekonferenz auch parallel ins Internet übertragen. Weltweit nahmen Journalisten an dieser Liveveranstaltung teil, lauschten der englischen Übersetzung, konnten per Chat selbst Fragen stellen und natürlich parallel die Presseunterlagen downloaden. Nur wenige Minuten nach Ende der offiziellen Pressekonferenz stand die Nachricht über den sensationellen Fund bereits weltweit in allen Internetmagazinen und wurde parallel über die internationalen Presseagenturen an alle Redaktionen verteilt. Die schnellen Medien, wie der Rundfunk, berichteten sofort darüber.

Professor Holzamer hörte die ersten Meldungen im Autoradio, als er mit seinem Team noch auf dem Weg nach Hamburg war.

»Das darf doch nicht wahr sein«, schrie er auf. »Was fällt dieser Schlange ein, sich mit dem Raubritter der Archäologie zusammen zu tun.« Er schluckte. Dieser Fund stand ihm zu und sollte die Krönung seiner wissenschaftlichen Laufbahn werden. Da nahm er diese Doktor Dahlke schon aus der Verantwortung, um endlich die ihm zustehende Anerkennung eines langen Wissenschaftlerlebens zu bekommen und dann das. Diese Frau preschte vor und präsentierte sich zusammen mit dieser verdammten Schatzsucherfirma der Öffentlichkeit.

Das würde sie ihm büßen. Er zitterte vor Wut über diese Eigenmächtigkeit.

Nur jetzt musste er sie wohl oder übel noch in Ruhe lassen. Eventuell wäre er sogar gezwungen, sie zu belobigen. Denn der Fund würde ungeheure Wellen schlagen und da mussten er und seine Abteilung jedes Wort auf die Goldwaage legen. Durch diese Pressekonferenz war Doktor Dahlke die erklärte Heldin. Aber seine Zeit würde kommen und dann würde er diese unverschämte Frau bestrafen. Und wenn es das Letzte wäre, was er in seinem Leben machen würde.

Auf Mitchs Bitte rief Anna-Maria widerstrebend ihren Chef an, um ihn zum Museumshafen umzuleiten.

Die ODYSSEE hatte niemals vorgehabt, diesen Fund selbst zu behalten. Ihnen stand zwar nach dem Vertrag mit dem Landesamt für Denkmalschutz das Eigentum an ihren Funden zu, aber dieser Schatz war zu bedeutend, um auf irgendeiner Auktion an einen Kunstliebhaber versteigert zu werden, der nichts Besseres zu tun hätte, als ihn in seinem Tresor zu lagern. Mitchs Forderung an das Landesamt war klar. Das Team der ODYSSEE würde maßgeblich an der weiteren Forschung beteiligt werden. Nur unter dieser Maßgabe wollte Mitch die Artefakte als Leihgabe an das Landesamt übergeben. Dafür hatten die Anwälte der Thromberg AG in den letzten Stunden einen ausführlichen Vertrag vorbereitet. Erst nach Unterzeichnung dieses Vertrages durch Professor Holzamer wollte Mitch die Artefakte übergeben. Ein weiterer Punkt im Vertrag behandelte ausdrücklich die Stellung von Anna-Maria bei den weiteren Forschungen. Sie sollte neben Mitch die verantwortliche wissenschaftliche Leiterin der Forschungsgruppe sein.

Mitch hatte ihr den Vertrag und ihre Rolle darin verschwiegen und Anna-Maria erwartete deshalb das Auftauchen ihres Chefs mit eher bangen Gefühlen, vor allem wegen der Pressekonferenz, bei der das Team der ODYSSEE zusammen mit ihr vor den Kameras gestanden hatte.

Den Status als einen der Finder dieses sensationellen Schatzes konnte ihr jetzt keiner mehr nehmen, auch nicht Professor Holzamer. Aber natürlich konnte er sie von den weiteren Forschungen ausschließen und sogar auf der erteilten Beurlaubung bestehen. Mit Bemerkungen an den richtigen Stellen könnte er ihre weitere Karriere schlagartig beenden. Schließlich war die Bergung nicht korrekt erfolgt und überhaupt war sie mehr als unglücklich über die Geschehnisse seit gestern Abend. Es schien ihr schon Ewigkeiten her zu sein, seit sie mit dem U-Boot die Artefakte geborgen hatten.

Müde strich sie sich über die Stirn, als auf dem Landesteg die schwarzen Limousinen des Landesamtes stoppten. Professor Holzamer war eingetroffen und damit wahrscheinlich die letzten Minuten ihrer Karriere eingeläutet.

Schockiert sah Anna-Maria Mitch an, als er bei der folgenden Besprechung die Forderungen seines Vertrags vorlas. Die Experten des Landesamtes für Denkmalschutz rund um Professor Holzamer wirkten wie erstarrt. Nur, als der Punkt auf ihre Rolle bei der Forschung kam, warfen sie ihr Blicke zu, die sie zu Eis erstarren ließ.

»Ich wusste davon nichts«, sagte sie leise, aber niemand beachtete ihren Einwurf. Zu sehr konzentrierte sich das Geschehen auf den Zweikampf zwischen Professor Holzamer und Mitch.

Mit aufeinandergepressten Lippen versuchte Professor Holzamer, sich zur Ruhe zu zwingen. Verdammte Dahlke! Ich will diese Artefakte – ich und meine Behörde. Dieser Glanz der Statuen und erst dieses Buch … sie wären der Höhepunkt meiner Karriere und das Zentrum des geplanten Wikingermuseums. Natürlich nur, falls die ersten Vermutungen tatsächlich stimmten und das Buch die Geschichte eines Wikingers in Mittelamerika erzählte. Andererseits war der Wert der Funde selbst unschätzbar und versprach ungeheuerliche neue Erkenntnisse, wenn der Inhalt des Codex erst einmal übersetzt wäre. Aber genau deswegen widerstrebte ihm aus tiefstem Herzen, diese Schatzsucher an der Forschung mit zu beteiligen. Professor Holzamer knirschte mit den Zähnen. Man musste sich das vorstellen. Erst vor wenigen Stunden hatte er die Dahlke noch beurlaubt und jetzt sollte er ihr die Leitung der Forschungsgruppe übertragen? In seinem Inneren tobte ein harter Kampf. Doch nach einem letzten Blick auf die Artefakte, die im Salon der LONGIMANUS aufgebaut waren und im Licht der Lampen fast unnatürlich strahlten, traf er eine Entscheidung.

»Nun gut, Herr Doktor Thromberg«, sagte er und klappte den Vertragsentwurf zu. »Ich kann ein solches Dokument sowieso nicht allein unterschreiben und werde die Entscheidung deshalb in die Hände meiner vorgesetzten Dienststelle und der Landesregierung übergeben.« Langsam stand er auf und schaute auf Mitch herunter, der ihn abwartend musterte. Dann gab sich der Professor einen Ruck und fuhr mit unterdrücktem Zorn fort: »Wir wissen beide, dass Sie die Landesregierung hier massiv erpressen. Aber ich sehe keine andere Möglichkeit, als Ihre Erpressung zu akzeptieren und werde mich deshalb persönlich dafür einsetzen, dass Ihre Forderungen erfüllt werden. Halten Sie sich die nächsten Tage bitte für Gespräche mit der Landesregierung bereit.«

Zu Anna-Maria gewandt sagte er: »Sie sind mir für die Sicherheit der Artefakte verantwortlich, bis eine endgültige Entscheidung getroffen ist. Aber freuen Sie sich nicht zu früh«, dämpfte er die aufkommende Freude Anna-Marias. »Sie werden nicht allein sein. Ich bestehe darauf, dass mein persönlicher Assistent, Doktor Schwitter, alle Entscheidungen, die hier zur Sicherheit der Artefakte getroffen werden, überprüft, und dass auf seine Einwände gehört wird.«

Als Mitch bestätigend nickte, drehte sich der Behördenleiter wortlos um und verließ den Raum. Hastig folgten ihm die Mitglieder seines Teams.

Nur Doktor Schwitter blieb übrig. Im Gegensatz zu seinen Kollegen wirkte er überhaupt nicht wie ein Wissenschaftler. Bekleidet war er mit engen Jeans und unter der blauen Leinenjacke zeichnete sich ein muskulöser Brustkorb in einem eher zu knappen T-Shirt ab. Die offensichtlich gefärbten schwarzen Haare waren ziemlich dünn und sein Lächeln erinnerte stark an einen Hai. Als er sicher war, dass seine Kollegen alle gegangen waren, nickte er anerkennend. »Kompliment! Das hat aber mal gesessen. So geschlagen habe ich meinen Chef noch nie gesehen.« Dann drehte er sich zu Anna-Maria um, die neben ihm saß: »Ich freue mich, zum Team zu gehören. Wo haben Sie denn geplant, die Artefakte sicher zu verwahren?« Vertraulich berührte er dabei ihre Schulter. »Ich vermute, dass nach all dem Presserummel hier morgen früh die Hölle losbricht.«

Anna-Maria stand auf und wich mit einem schnellen Schritt vor seiner Berührung zurück. Als sie dabei an Mitch stieß, der ebenfalls aufgestanden war, huschte eine verräterische Röte über ihr Gesicht.

Mitch lächelte leicht, bevor er Doktor Schwitter antwortete: »Das ist zunächst einmal alles geklärt. Wir werden die Artefakte jetzt noch schnell verpacken und im Salon einschließen. Das Security-Team bekommt zurzeit weitere Verstärkung, sodass die Artefakte hier auf dem Schiff zunächst vollkommen sicher sind. Morgen Vormittag bringen wir die Funde dann in den großen Tresor der Hamburger Thromberg-Niederlassung. Dort wird die Bewachung weitergehen, bis die Entscheidung gefallen ist und die Artefakte ihren endgültigen Bestimmungsort erreichen.«

Als Schwitter und Anna-Maria zustimmend nickten, fuhr er fort: »Ich denke, wir können unbesorgt in die Kabinen gehen und versuchen, noch einige Stunden zu schlafen.«

Als er sah, wie Schwitter verlegen um sich blickte, setzte er lächelnd hinzu: »Thomas wird ihnen gerne eine unserer freien Kabinen zeigen. Im Badezimmer finden Sie alles, was Sie für die Nacht brauchen.«

Als Schwitter den Salon verlassen hatte, blieben nur noch Anna-Maria und Samson zurück.

Gemeinsam begannen sie, den Goldenen Codex und die Statuen sorgfältig in die weichen Decken zu wickeln.

Während Anna-Maria die Goldstatuen trug, schleppten die beiden Männer das schwere Goldbuch und schlossen alles in dem Wandschrank ein. Mit einem letzten prüfenden Blick verließen sie den Salon.

Vor der Tür standen zwei der Security-Mitarbeiter bereits Wache und hielten die Tür auf, bis alle den Raum verlassen hatten.

Mitch schloss den Salon ab und steckte den Schlüssel in seine Hosentasche. »Geht schon mal vor«, verabschiedete er sich von seinen Begleitern. »Ich muss noch etwas frische Luft schnappen.«

Als Samson seinen Freund begleiten wollte, hielt ihn eine zierliche Hand zurück.

»Lass mich mit ihm sprechen«, bat Anna-Maria. »Ich muss noch ein paar persönliche Dinge mit ihm klären.«

Als Samson unentschlossen stehen blieb, reckte sie sich zu ihm hoch und küsste ihn sanft auf die Wange. »Bitte, es ist wirklich wichtig.«

Brummelnd nickte Samson und ging breit grinsend den Korridor hinunter zu seiner Kabine.

Anna-Maria zupfte ihr Kleid zurecht und folgte Mitch auf das Oberdeck. Suchend schaute sie sich um. Da umfassten sie von hinten zwei kräftige Arme.

»Ich hatte gehofft, dass du kommst«, flüsterte Mitch und drehte sie sanft zu sich herum.

»Ich wollte mich nur bei dir bedank..«, begann sie, da verschloss ein langer Kuss ihre Lippen.

»Das höre ich gerne. Vielleicht kannst du dich noch einmal … bedanken.«

Wieder küsste er sie. Anna-Maria war von ihren Empfindungen hin und her gerissen. Auf der einen Seite genoss sie die Zärtlichkeiten des Mannes. Andererseits war sie sich jedoch darüber klar, dass es für ihn nur ein Abenteuer sein konnte. Bevor sie zu einer Entscheidung kommen konnte, wurden sie gestört.

Zwei Securityleute richteten ihre Taschenlampen auf sie.

Als die beiden jedoch ihren Auftraggeber erkannten, entschuldigten sie sich verlegen und verschwanden wieder in der Dunkelheit des Oberdecks.

Durch das Erscheinen der Wachleute hatte Anna-Maria sich wieder gefangen. Entschlossen löste sie sich aus seiner Umarmung.

»Versteh es nicht falsch«, sagte sie leise und ein leichtes Bedauern schwang in ihrer Stimme mit. »Ich finde dich attraktiv und ich bin dir unendlich dankbar, aber das ändert nichts daran, dass wir nicht zusammenpassen.« Bevor Mitch etwas sagen konnte, ging sie, ohne sich noch einmal nach ihm umzudrehen.

Mitch sah ihr nach, wie sie im Deckshaus verschwand und schüttelte über sich selbst den Kopf. Was hatte diese Frau nur, dass er ihr so hinterherlief? Sie wollte offensichtlich nichts von ihm wissen. Das hatte sie ihm jetzt schon zwei Mal deutlich gemacht. Warum versuchte er es trotzdem immer wieder? War er wirklich so ein unverbesserlicher Casanova, wie es seine Mutter immer behauptete?

Ach ja, seine Mutter. Sie würde wissen wollen, was der Abend gebracht hatte, und sie hatte gesagt, er dürfe sie jederzeit stören. Das würde er jetzt gleich einmal ausprobieren. Rasch fischte er das Handy aus seiner Tasche und öffnete die Tür zum Steuerhaus, um ungestört telefonieren zu können.

Während er die Nummer seiner Mutter eintippte, schweiften seine Gedanken nochmals zu Anna-Maria. Er seufzte resigniert. Schade, aber die Fronten waren ja jetzt geklärt. Ab sofort würde er ihren Wunsch auf Abstand akzeptieren. Wäre bestimmt auch besser. Die nächsten Monate würden sie intensiv miteinander arbeiten. Da würde eine Beziehung sowieso nur stören. Trotzdem war es mehr als bedauerlich. Die Frau hatte etwas, das er so bisher noch nicht erlebt hatte.

Seine Mutter meldete sich und Mitch fing an zu erzählen.

Die Überraschung

Archäologisches Landesmuseum,
Schloss Gottdorf, Schleswig, Deutschland

Harte zwölf Arbeitswochen lagen hinter Anna-Maria und dem Team der ODYSSEE. Unzählige Pressetermine und Gespräche mit den Verantwortlichen der Landesregierung von Schleswig Holstein hatten sich nahtlos abgewechselt. Aber es war geschafft. Unter großem Beifall der Öffentlichkeit waren letzte Woche endlich die Verträge mit der Landesregierung unterschrieben worden. Anna-Maria und Mitch waren offiziell als Forschungsleiter eingesetzt. Als Teil des Vertrages war das chronisch knappe Forschungsbudget des Landes durch eine mehr als großzügige Spende der Thromberg AG so erhöht worden, dass es – entgegen der üblichen Kleinkrämerei in der Archäologie – für die Forschungsgruppe »Quetzalcoatl« keinerlei finanzielle Einschränkungen gab. Dazu kam, dass der Fund in der Welt der Archäologie wie eine Bombe eingeschlagen hatte. Fast sämtliche Wissenschaftler und Institutionen, die nur im Entferntesten in das Thema involviert waren, hatten ihre Mitarbeit angeboten. Mitch und Anna-Maria konnten aus dem Vollen schöpfen und die besten Köpfe mit all den Möglichkeiten ihrer angeschlossenen Institutionen in ihrer Forschungsgruppe vereinen. Zu einzigartig war der Fund, als dass nur irgendjemand gezögert hätte, den die beiden einluden.

Zunächst hatten sie für diesen Tag eine erste Sitzung einberufen, um das weitere Vorgehen zu besprechen. Alle waren gekommen, Experten der ZBSA, dem Zentrum für baltische und skandinavische Archäologie, ebenso wie die anderen Wissenschaftler und Experten, die durch ihr Fachwissen ins Forschungsteam »Quetzalcoatl« berufen wurden. Dazu kamen die internen Mitarbeiter des Museums sowie das gesamte Team der ODYSSEE. Ferner waren auch noch einige Vertreter von ausgewählten Museen als Beobachter zugelassen.

Es war Mitch bewusst, dass ihm Professor Holzamer die Geschehnisse auf der Rickmer Rickmers nicht verziehen hatte. Der Gesichtsverlust vor seinen Mitarbeitern und die eigene Enttäuschung, den Jahrtausendfund nicht in die eigene Hand zu bekommen, hatte den eitlen Wissenschaftler tief verletzt. Und das konnte noch gefährlich werden. Denn obwohl Mitch durch die Verträge eigentlich unangreifbar an der Spitze der Forschungsgruppe saß, konnte ihm der Professor im Alltag jede Menge Steine in den Weg legen. Durch seine Position als Leiter des Denkmalamtes war er in der Behördenhierarchie zumindest in der Verwaltungsebene der Forschungsgruppe von Anna-Maria und ihm vorgesetzt. Und er würde sicher alles tun, um auch wieder die fachliche Leitung zu bekommen. Wie er Professor Holzamer einschätzen musste, hatten ihm einige Gespräche mit Vertretern anderer Museen und Universitäten in den letzten Tagen gezeigt. Hier hatte Professor Holzamer schon tüchtig hinter seinem Rücken Stimmung gemacht. Mitch hatte viele Vorwürfe anlässlich der hastigen Bergung ausräumen müssen und auch die vorschnelle Pressekonferenz hatte ihm einige Vorbehalte eingebracht.

Das Team der ODYSSEE hatte sich nichts vorzuwerfen, aber Mitch nahm es lieber besonders genau und war heilfroh, dass sie die Bergung der Artefakte penibel gefilmt und dokumentiert hatten. Die heutige Präsentation des Schatzfundes vor den neuen Mitgliedern des Forschungsteams sollte gleich von Anfang an alle etwaigen Zweifel zerstreuen.

Der Goldschatz war schon in aller Frühe in die archäologische Zentralwerkstatt des Landesmuseums Schloss Gottdorf gebracht worden. Hier in den Laboren sollte die weitere Forschung stattfinden. Und hier war heute auch der offizielle Startschuss der Forschungsgruppe. Mitch präsentierte zunächst die Filme der Bergung, um zu zeigen, dass trotz der Hast, in der sie durchgeführt werden musste, keine der wissenschaftlichen Regeln verletzt worden waren.

Danach hatte Anna-Maria die Regie übernommen und den sprachlosen Experten erstmals die Artefakte im Labor gezeigt.

Gemeinsam mit Johanna und Thomas wurden gleich anhand des Originals die Deckelgravur und die Übersetzung der Runeninschrift erläutert. Zusammen mit der Analyse der Holzprobe und der Internetrecherche zu den gefundenen Goldstatuen ergab sich daraus eine logische Beweiskette, die die anwesenden Wissenschaftler sprachlos machte.

Rajesh Singh, das IT-Genie der ODYSSEE, hatte es sich nicht nehmen lassen, bei diesem Termin anwesend zu sein und seine Ergebnisse selbst vorzustellen. Seine Gegenüberstellung der Quetzalcoatl-Jadestatue aus dem naturhistorischen Museum von Mexiko City mit der bei dem Wrack gefundenen Goldfigur löste erstmals die atemlose Stille im Saal.

Erregtes Raunen hob an, bis Mitch wieder die Gesprächsführung übernahm. Ernst wandte er sich an das Forschungsteam. »Liebe Kolleginnen und Kollegen. Lassen Sie mich kurz zusammenfassen. Die vorläufigen Ergebnisse, die Ihnen gerade präsentiert wurden, sprechen dafür, dass wir es hier mit einer absoluten Weltsensation zu tun haben. Die Funde an sich sind schon spektakulär. Aber sollte es sich bestätigen, dass das Buch wirklich von einer Wikingerfahrt nach Mittelamerika erzählt, dann meine Damen und Herren, wurde bisher auf dieser Welt noch nichts Vergleichbares erforscht.«

Mitch richtete sich auf, um seine nächsten Worte noch intensiver wirken zu lassen: »Und das, meine Damen und Herren, ist ab sofort unsere gemeinsame Mission. An uns liegt es, diese vorläufigen Ergebnisse sorgfältig zu überprüfen und penibel zu verifizieren. Die Augen der Öffentlichkeit und aller Archäologen dieser Welt werden auf uns ruhen. Zugegeben, das macht es nicht einfach für alle Beteiligten. Aber ich verspreche Ihnen nicht zu viel, wenn ich sage, im Gegenwert erhalten wir alle ein Jahrtausendgeschenk. Einen Einblick in ein historisches Ereignis, das bisher niemand für möglich hielt.« Bevor Mitch seinen Vortrag beendete, ließ er seinen Blick nachdenklich über die versammelten Experten gleiten.

»Sie, meine Damen und Herren, sind die Besten, die wir für diese Aufgabe finden konnten. Aber glauben Sie nicht, dass es einfach wird. Vor dem Triumph erwartet uns harte Arbeit und eine Fülle von parallelen Aufgaben. Deshalb werden wir uns jetzt sofort in die jeweiligen Fachgruppen aufteilen. Richten Sie Ihre Arbeitsplätze ein, und ab morgen früh beginnt unsere Mission QUETZALCOATL.«

Den aufbrandenden Beifall unterbrach Mitch lächelnd mit der erhobenen Hand. »Warten Sie bitte noch, bevor Sie Beifall klatschen. Es wird sich erst noch entscheiden, ob es sich bei den Artefakten wirklich um eine Weltsensation handelt oder ob sich nur ein alter Wikinger einen Riesenscherz erlaubt hat.«

Seine letzten Worte gingen im aufbrausenden Gelächter der Spezialisten unter. Unter Führung von Anna-Maria, die die Aufteilung der Gruppen beaufsichtigte, leerte sich der Saal. Nur das Team der ODYSSEE blieb zurück.

Mitch wartete, bis der letzte Experte gegangen war, dann schloss er die Tür. Ernst wandte er sich an sein Team. »Auf ein Wort, Leute. Anna-Maria wird gleich nochmals zu uns kommen, damit wir im kleinen Kreis die nächsten Schritte besprechen können. Lasst mich aber, bevor sie hier ist, ein paar Worte sagen. Wir kennen uns jetzt seit vielen Jahren. Ihr wisst, weshalb wir uns damals selbstständig gemacht haben. Wir alle hassten die eitle Scheinwelt der Universitäten. Das hat uns die Luft abgeschnürt. Aber nun sind wir leider wieder mittendrin. Wir sind zwar dabei, Archäologiegeschichte zu schreiben, vielleicht die interessanteste, die je geschrieben wurde, aber wir müssen auch wieder aufpassen, dass uns niemand unserer Kollegen von hinten ersticht. Jeder Archäologe dieser Welt würde seine rechte Hand geben, um hier mitarbeiten zu dürfen. Ein solcher Jahrtausendfund lässt die niedersten Instinkte eines Menschen frei werden.« Eindringlich schaute er sein Team an. »Seid euch deshalb darüber klar, dass wir in der gesamten Forschungsgruppe nur uns selbst und Anna-Maria wirklich vertrauen können. Professor Holzamer wird uns niemals verzeihen, dass wir ihn durch die Pressekonferenz und den

Vertrag ausgebootet haben und er wird alles versuchen, uns zu schaden. Ihr wisst, was er hinter unserem Rücken erzählt. Deshalb bitte ich euch, die Augen aufzuhalten. Unser Erfolg darf durch keinen Schatten beeinträchtigt sein.«

Die Labortür wurde aufgerissen und Anna-Maria stürzte herein. Vor Zorn und Wut war ihr Gesicht gerötet. »Ihr werdet nicht glauben, was ich gerade durch einen Zufall erfahren habe«, rief sie völlig aufgebracht. »Das Museum erwartet heute Abend noch hohen Besuch. Die Bundeskanzlerin höchstpersönlich kommt und mit ihr der Ministerpräsident von Schleswig Holstein. Dazu hochrangige Politiker und ausgewählte Pressevertreter. Diese Gruppe soll eine Exklusivpräsentation der Artefakte bekommen. Und das ohne, dass wir etwas davon wissen und ohne unsere Anwesenheit. Und jetzt ratet mal, wer dahinter steckt?«

Mitch musste die Information erst einmal verarbeiten. »Das geht doch gar nicht«, sagte er nach einer kleinen Pause. »Die Sicherheitsvorkehrungen sind doch eindeutig. Niemand außer dir, mir und Doktor Schwitter kann eine Besuchserlaubnis erteilen.«

Doch dann wurde ihm alles klar. »Schwitter!« Kalter Zorn packte ihn. »Diese Laus, die uns Holzamer in den Pelz gesteckt hat, versucht uns zu hintergehen.«

»Ja«, bestätigte Anna-Maria, »dazu passt, dass Holzamer heute Abend selbst die Präsentation des Fundes übernehmen wird. Er will sich wohl damit vor der Presse profilieren.«

Erregt sprachen die Freunde durcheinander. Mitch beruhigte sich als Erster wieder. »Dieser falsche Hund! Deshalb hat er uns heute Abend alle nach Kiel bestellt. Die Zwischenberichts-Erstattung vor seinem Stellvertreter ist nur eine Farce. Er wollte uns nur aus dem Weg haben.«

Mitch wandte sich an Anna-Maria. »Woher hast du die Information?«, fragte er.

»Als ich vorhin den Saal verließ, fielen mir einige Fremde auf, die unbeaufsichtigt durch die Flure gingen. Und das bei unserer augenblicklichen Sicherheitsstufe. Ich stoppte sie natürlich und forderte sie auf, sofort das Gebäude zu verlassen. Aber sie entpuppten sich als Polizisten in Zivil, auf der Suche nach Doktor Schwitter, der sie eigentlich auf ihrem Rundgang begleiten sollte. Sie sollten als Vorauskommando die Sicherheit für den Besuch heute Abend checken. Als sie merkten, dass ich nichts von alldem wusste, grinsten sie sich untereinander nur an und gaben mir dann dieses Programm. Die müssen gedacht haben, dass ich selten dämlich bin, weil ich als einer der Verantwortlichen dieses Projektes keine Ahnung vom Besuch der Bundeskanzlerin habe.« Vor lauter Wut hatte sie das Programm in ihrer Faust zusammengeknüllt.

Mitch nahm es ihr aus der Hand und faltete es neugierig auseinander. »Ganz ruhig, lass uns erst mal schauen, was Holzamer und Schwitter ausgeheckt haben. Dann sehen wir weiter.« Aber ein kurzer Blick zeigte ihm das ganze Ausmaß der Verschwörung. Seine Augen loderten vor unterdrückter Wut, als er wieder hochsah. »Das ist wirklich mehr als unglaublich. Die wollen heute Abend vor der ganzen Gruppe erstmals das Buch öffnen und hineinsehen. Hier wollen sich Holzamer und Schwitter wirklich mit fremden Federn schmücken, ungeachtet aller wissenschaftlicher Etikette und üblicher Vorgehensweisen. Die haben tatsächlich die ganze Politikertruppe als Zeugen eingeladen und wollen vor ihnen und der Öffentlichkeit unseren Fund präsentieren. Hier steht wortwörtlich: Erstmals wird die Wissenschaft einen Blick in das Quetzalcoatl-Buch werfen und damit die Welt der Archäologie um eine echte Sensation bereichern. Aber das ist noch nicht alles.« Mitch schwenkte zornig das zerknitterte Papier. »Die beiden haben sogar noch einen fremden Wissenschaftler eingeladen, einen Spezialisten für mittelamerikanische Kulturen. Einen gewissen Doktor Pedro de Huanitzin.«

Das Team der ODYSSEE hatte zwar schon vieles von Wissenschaftskollegen erlebt, aber was Holzamer und Schwitter hier vorhatten, sprengte wirklich jeden Rahmen.

»Das kann er doch nicht wirklich machen«, sagte Thomas. »Damit macht er sich doch in der gesamten wissenschaftlichen

Welt unmöglich. Ich kann das überhaupt nicht glauben.«

»Ich denke, Holzamer weiß genau, was er tut«, sagte Anna-Maria, die Zeit gehabt hatte, sich wieder zu beruhigen. »Als Leiter der Behörde, und ohne dass wir im Haus sind, kann er immer behaupten, er wäre wegen des prominenten Besuches für uns eingesprungen. Mit der Rückendeckung von Schwitter ist das alles legal. Und da er das Buch als Erster öffnet und das noch vor der Presse, trifft ihn ein erklecklicher Batzen des öffentlichen Ruhms. In der Politik und in der Öffentlichkeit ist es leider so, dass immer nur der Aktuelle gewinnt. Und mit der Öffnung des Buches hätte sich der Professor ganz nach vorne gedrängt.«

»Und das hätte geklappt, wenn nicht die Sicherheitsleute der Kanzlerin viel zu früh hier zur Inspektion eingetroffen wären«, sagte Johanna und Thomas ergänzte: »Oder, wenn Schwitter sie rechtzeitig abgefangen hätte. Denn es war sicherlich nicht Absicht, dass Anna-Maria auf die Sicherheitsbeamten gestoßen ist. Mit ihm als Begleiter hätte er den Besuch als Sicherheitsmaßnahme deklarieren können und keiner von uns hätte geahnt, dass es sich um Leibwächter der Bundeskanzlerin handelte.«

»Das ist richtig«, sagte Mitch. Er strich sich nachdenklich über die Stirn, bevor er weitersprach. »Und in dem Glauben müssen wir Schwitter auch lassen. Ich denke, wir sollten den beiden Ganoven tüchtig in die Suppe spucken.« Bei diesen Worten überzog ein spitzbübisches Grinsen sein Gesicht. »Und ich habe da schon einen Plan. Wichtig ist aber dabei, dass wir uns nichts anmerken lassen. Es muss alles so ablaufen, als ob wir das Programm nie gesehen hätten. Selbst unsere gemeinsame Fahrt nach Kiel, wo wir den Stellvertreter von Professor Holzamer treffen sollen, müssen wir rechtzeitig antreten. Holzamer und Schwitter sollen glauben, dass wir ihnen komplett auf den Leim gegangen sind.«

»Und wenn die Sicherheitsleute Schwitter von dem Treffen mit Anna-Maria erzählen?«, fragte Samson. »Spätestens dann weiß er, dass seine Verschwörung geplatzt ist.«

»Dann steuern wir aktiv dagegen«, sagte Mitch und nickte Anna-Maria zu. »Du suchst ihn jetzt am besten und erzählst ihm, dass hier fremde Sicherheitsleute durch das Gebäude laufen und nach ihm suchen. Richte ihm von mir aus, dass sie auf keinen Fall weiter unbeaufsichtigt bleiben dürfen, und ich ihn persönlich verantwortlich mache, wenn er sich nicht sofort darum kümmert. Und du darfst ruhig wütend auf ihn sein. Schließlich bist du die Projektleiterin, und er ist zuständig für die Sicherheit. Je wütender du bist, desto überzeugender wird es sein.«

»Oh, ich bin wütend, sogar richtig wütend«, sagte Anna-Maria und grinste dabei. »Ich gehe davon aus, dass wir Schwitter und Holzamer heute Abend eine ganz besondere Überraschung bereiten werden, oder?«

»Sie werden einen Triumph der ganz eigenen Art erleben«, sagte Mitch. »Aber vorher haben wir noch einiges zu erledigen, damit die Überraschung auch wirklich eine wird. Und jetzt geh bitte los und such Schwitter. Stauch ihn zusammen und dann treffen wir uns in den Arbeitsräumen. Wenn wir morgen mit den Untersuchungen beginnen wollen, haben wir noch einiges zu tun.«

Während Anna-Maria aus dem Raum eilte, instruierte Mitch schnell Samson und Rajesh. Für heute Abend hatte er ihnen eine tragende Rolle zugeteilt. Über das ganze Gesicht grinsend verabschiedeten sie sich bald darauf.

Für den Rest des Teams wurde es auch höchste Zeit, sich wieder um die Forschungsgruppe zu kümmern. Eine Fülle von Arbeiten war zu erledigen und Dutzende von Anweisungen mussten gegeben werden, damit jeder der Experten wusste, an welchem Punkt der Forschungslinie sein Einsatz begann.

Anna-Maria stieß nach kurzer Zeit wieder zu ihnen. Sie hatte, wie verabredet, Schwitter gesucht und ihn auf die anwesenden Sicherheitsleute aufmerksam gemacht. Er war zutiefst erschrocken, dass ihm ihr Eintreffen nicht gemeldet worden war. Fast panisch hatte er Anna-Maria abgewimmelt und versichert, sie könne das unbesorgt ihm überlassen.

Dann war er aus dem Raum geeilt, um die Polizisten zu suchen. Anna-Maria war überzeugt, dass er keinen Verdacht geschöpft hatte. Etwas später bestätigte sich das. Sie traf ihn zufällig im Gang, und er hatte nichts Eiligeres zu tun, als sie daran zu erinnern, dass sie und die Verantwortlichen von ODYSSEE heute Abend ein Gespräch in Kiel hätten. Ein sehr wichtiges Gespräch, wie er mehrfach betonte, das sie auf keinen Fall versäumen durften.

Mitch lachte nur, als Anna-Maria ihm von dem Treffen erzählte. »Der wird sich noch wundern«, war sein ganzer Kommentar, bevor er sich wieder seiner Arbeit zuwandte.

Die Zeit verging wie im Fluge. Es war schon später Nachmittag, als endlich die letzten der neuen Kollegen ihre Arbeitsplätze eingerichtet hatten und sich verabschiedeten. Auf die meisten wartete eine lange Nacht im Hotel, bei der sie vor lauter Aufregung wohl kein Auge zumachen würden. Zu beeindruckend waren die Artefakte und die Schlussfolgerungen, die sich aus den bisherigen Fakten ergaben. Langsam leerten sich die Labore und Arbeitszimmer, bis nur noch das Büro der Forschungsleitung besetzt war. Mitch, Anna-Maria, Thomas und Johanna waren gerade in ein angeregtes Fachgespräch vertieft, als die Tür zu ihrem Büro aufgerissen wurde.

Schwitter betrat den Raum. Vorwurfsvoll deutete er auf seine Uhr. »Haben Sie das Meeting in Kiel vergessen? Sie werden dort dringend erwartet, und es wird höchste Zeit, dass Sie aufbrechen. Auf der Landstraße und im Feierabendverkehr müssen Sie mit mindestens anderthalb Stunden Fahrt rechnen.«

»Was, schon so spät!«, erschrak Mitch. »Dann müssen wir wirklich sofort los.«

Schnell packte das Team die Präsentationsunterlagen zusammen. Schwitter tippelte nervös von einem Fuß auf den anderen. Er konnte es augenscheinlich kaum erwarten, bis sie endlich das Institut verließen.

»Wollen Sie uns nicht begleiten, Doktor Schwitter?«, fragte Mitch unschuldig. »Wir könnten Sie brauchen, falls Fragen zu den ganzen Sicherheitsbestimmungen kommen.«

»Das können Sie auch allein«, wehrte er sofort das Ansuchen ab. »Sie sind selbst tief involviert in die Sicherheitsbestimmungen und brauchen mich nicht dazu. Und einer von uns sollte auch hier bleiben, um auf die Artefakte aufzupassen.«

»Damit mögen Sie recht haben«, entgegnete Mitch mit gelassener Miene und verließ dann mit einem knappen Gruß das Büro. Seine Kollegen folgten ihm auf den Fuß.

Schwitter sah ihnen nach, bis sie in Mitchs Auto vom Hof gefahren waren und in Richtung Kiel entschwanden. Dann zog er das Handy aus der Tasche und rief seinen Mentor an. Es konnte losgehen. Die Bühne war geräumt von all denen, die aus ihrer Sicht nicht dazugehörten.

Kaum, dass das Auto außer Sichtweite des Museums war, stoppte Mitch. »Was haltet ihr von einem kleinen Abendbrot?«, fragte er seine Kollegen. »Bis es losgeht, haben wir noch über zwei Stunden. Ich kenne da ein kleines Landhotel ganz in der Nähe mit typisch holsteinischen Gerichten.«

»Dass du jetzt an Essen denken kannst«, antwortete Anna-Maria, die auf dem Beifahrersitz saß. »Mir ist ganz schlecht vor Aufregung. Wir planen unsere Revolte ja direkt unter den Augen der Bundeskanzlerin.«

»Darunter wäre ich auch nicht tätig geworden«, sagte Mitch und drehte sich um, um seine Kollegen anzugrinsen.

Thomas und Johanna waren jedoch selbst viel zu aufgeregt, um sein Lächeln zu erwidern.

»Aber hier warten können wir auch nicht«, sagte Mitch, um das Schweigen zu brechen. »Der Professor kann jeden Moment hier vorbeikommen und er darf uns auf keinen Fall sehen.«

»Dann also in dein Gasthaus«, sagte Thomas. »Ich glaube, ich brauche auch dringend etwas zu trinken.«

»Aber nicht zu viel. Denk daran, dass heute Abend Anna-Marias Tochter dabei ist. Und junge Mädchen brauchen kein schlechtes Vorbild.«

Anna-Maria blickte nachdenklich auf. »Ist das wirklich so eine gute Idee, dass Marie mitkommt?«

Mitch überlegte einen Moment, bevor er antwortete: »Notwendig ist es nicht wirklich, aber es macht die Sache noch perfekter. Aber wenn du willst, brechen wir ab und überlegen, wer Maries Aufgabe übernehmen kann. Etwas Zeit haben wir noch.«

»Nein, lass es so. Marie will es ja selbst, und sie würde mir nie verzeihen, wenn ich es ihr jetzt verbieten würde.«

Mitchs Handy klingelte. Er musterte erst die Nummer des Anrufers, bevor er das Gespräch annahm. »Hallo Rajesh, was ist passiert?« Sein Gesicht spannte sich, als er seinem Freund zuhörte, der aus der Zentrale in Hamburg anrief. »Warte, ich schalte auf Lauthören. Wiederhol bitte nochmal, was du herausgefunden hast.«

»Hallo ihr da draußen an der Front«, schallte die Stimme von Rajesh aus dem Autolautsprecher. »Ich habe über den Wissenschaftler recherchiert, den Holzamer als Spezialist für mittelamerikanische Kulturen eingeladen hat. Dieser Doktor Pedro de Huanitzin stinkt vor Geld. Er ist Vorsitzender eines großen mexikanischen Familienunternehmens. Promoviert hat er in Mexico City über die Teotihuacán-Kultur. Seine eigene Stiftung, die mit fast hundert Millionen US Dollar ausgestattet ist, verantwortet die Grabungen in Teotihuacán. Dort ist er selbst vom Staat Mexiko als Leiter des Freiluftmuseums von Teotihuacán eingesetzt. So weit das, was im Internet zu finden ist. Interessant wird es aber, wenn man tiefer gräbt.«

Rajeshs Stimme wurde lauter, als er fortfuhr. »Mich soll der Wolf fressen, wenn er diese Position nicht ausschließlich dem Geld der Stiftung verdankt. Sein wissenschaftlicher Ruf ist nämlich mehr als angeschlagen. Er wurde mehrfach angeklagt, Fundstücke unterschlagen zu haben. Aber alle Anklagen wurden wieder eingestellt. Weshalb, kann ich jetzt auf die Schnelle nicht feststellen. Aber ich bleibe dran. Was auch immer das bedeutet, behaltet den Kerl im Auge. Der ist nicht koscher, wenn ihr mir diesen Ausdruck gestattet.«

»Irgendwie kommt mir der Name auch bekannt vor«, sagte Mitch nachdenklich. »Und nicht im besten Zusammenhang.

Hätte er bei mir angefragt, ob er das Buch besichtigen darf, hätte ich auf jeden Fall abgelehnt. Wie hat er es geschafft, von Professor Holzamer eingeladen zu werden? Der müsste doch seinen schlechten Ruf ebenfalls kennen.«

»Na, drei Mal darfst du raten«, antwortete Rajesh mit einem leisen Lachen. »Im Land meiner Vorväter sagte man dazu, Geld macht sexy oder so ähnlich. Fakt ist, der Doktor aus Mexiko ist ein persönlicher Gast von Holzamer. Also, wenn da keine Kohle geflossen ist, will ich so dick werden wie Samson.«

Eine laut protestierende Stimme im Hintergrund machte klar, dass Samson mit Rajesh im gleichen Raum war.

»Hallo Chef«, meldete er sich nach einigem Gerangel ums Telefon, »der kleine indische Vogel dürfte recht haben. Der Mexikaner ist einen Tag, nachdem die Meldung über den Fund über den Ticker gegangen ist, in Deutschland angekommen. So, als hätte er gleich die erste Maschine genommen. Seit seiner Ankunft trifft er sich regelmäßig mit Holzamer.«

»Woher weißt du das?«

»Einfache Detektivarbeit. Reichlich Trinkgeld für das Hotelpersonal und Fotos aus den Überwachungskameras. Und das alles vollkommen offline. Etwas, das unser Rajesh nicht kann.«

Dann erklangen nur noch laute Gesprächsfetzen, bis Mitch schrill ins Telefon pfiff, um seine Freunde am anderen Ende der Leitung zu beruhigen. Sie hatten keine Zeit zu streiten. Zuviel musste noch erledigt werden. »Habt ihr alles bekommen? Auch die Maske?«

Zustimmendes Gebrummel schallte durch den Lautsprecher.

»Sehr gut. Ihr denkt daran, trotz eures Streites pünktlich loszufahren? Ihr müsst noch Marie abholen. Wir treffen uns pünktlich um neunzehn Uhr in meinem Büro im Museum. Dort können wir die letzten Details besprechen.«

»Okay, Boss«, erklangen die Stimmen der beiden Streithähne wieder ganz einvernehmlich. »Du kannst dich auf uns verlassen, wie immer.«

»Was war das jetzt mit den beiden?«, fragte Anna-Maria

erstaunt, als das Gespräch mit einem lauten Knacken endete.

Thomas kicherte. »Darüber darfst du dir keine Gedanken machen. So sind die immer. Ich habe nur gehört, wie Rajesh Samson vorwarf, dass dieser ohne ihn noch nicht einmal seine Versicherung zahlen könne, und danach habe ich auch den Faden verloren.« Er kannte die beiden Streithähne seit der Gründung der gemeinsamen Firma und wusste ihren Streit richtig einzuordnen. Im Grunde waren die beiden unzertrennlich, auch wenn sie das selbst manchmal nicht wahrhaben wollten. Auf jeden Fall aber waren die Informationen hochinteressant. Diesen Doktor Pedro de Huanitzin sollten sie im Auge behalten.

Mitch startete den Motor. »Gut Leute. Aber jetzt müssen wir los, bevor Holzamer uns hier stehen sieht. Er darf auf keinen Fall misstrauisch werden. Für ihn müssen wir offiziell nach Kiel unterwegs sein. Denkt daran, dass wir nachher im Landesamt anrufen und melden, dass wir in einem Stau stehen. Sie sollen auf uns warten. Niemand darf Verdacht schöpfen.« Zur Kontrolle schaute er noch einmal auf seine Uhr. »Um zwanzig Uhr heute Abend kommt der hohe Besuch. Das sind noch genau drei Stunden. Holzamer und Schwitter sollten sich warm anziehen, denn diese Präsentation wird ihnen unvergesslich bleiben.«

Die Uhr in Mitchs Arbeitszimmer rückte auf halb acht. Alle Blicke im Raum waren andächtig auf die weiße Gestalt in ihrer Mitte gerichtet. Es war Marie, in einem langen schneeweißen Kleid, das in lockeren Falten ihren schlanken Körper umfloss. Ihr Gesicht und ihre Haare wurden vollständig durch eine weiße Federmaske verdeckt. Weiße Handschuhe, weiße Strumpfhosen und weiße Ballerinas vervollkommneten das Bild eines Geistes, der im harten Kontrast zum dunklen Raum fast zu schweben schien.

Mitch war begeistert. »Du bist die schönste Leinwand, die ich je gesehen habe«, scherzte er und gab der schüchternen weißen Gestalt einen Handkuss.

Marie kicherte und zog ihre Hand zurück. Mitch gefiel ihr ausnehmend gut und sie hatte sich richtig gefreut, ihn heute wieder zu treffen. Es machte sie immer noch stolz, dass sie bei dem Fund dabei gewesen war und alles miterlebt hatte. Ihre Schulkameraden beneideten sie ohne Ende wegen ihrer Erlebnisse. Sogar ein richtiges Interview hatte sie schon gegeben. Ein großes deutsches Magazin wollte den Fund aus der Sicht eines Teenagers schildern. Aber der Erfolg hatte auch seine Schattenseiten. So war die Arbeit der Wissenschaftler in den letzten Wochen sehr anstrengend gewesen und sie hatte ihre Mutter kaum gesehen. Wenn sie spätnachts nach Hause kam, schlief Marie schon. Auch mit Mitch hatte sie seit den Ereignissen in Hamburg wenig Kontakt gehabt. Leider. Umso mehr hatte sie sich gefreut, als er sie heute zusammen mit ihrer Mutter angerufen und gefragt hatte, ob sie bei einer Präsentation der Artefakte vor der Bundeskanzlerin mitmachen wollte. Begeistert hatte sie zugestimmt, besonders als sie erfahren hatte, wie die Präsentation ablaufen sollte.

»So, und jetzt zeige ich euch, was dieser Miniprojektor leistet. Ihr werdet begeistert sein.« Rajesh zeigte sein Smartphone der neuesten Generation, das mit einem knapp halb so langen Aufsatz verbunden war.

Es handelte sich um einen Miniprojektor, der Bilder oder Filme direkt aus dem Smartphone an eine x-beliebige Fläche projizieren konnte. In diesem Fall war es das weiße Kleid von Marie, das als Leinwand dienen sollte.

Die Bilder- und Filmshow hatte Rajesh selbst programmiert und dafür die Bilder der Artefakte verwendet. Er hatte sie bearbeitet, farblich verändert und vor allem die Gravur des Einbandes in einem speziellen Programm so animiert, dass der Schlangengott regelrecht zu leben schien. Da die gesamte Projektionseinheit mobil war, konnte Rajesh sie auch noch wie eine Taschenlampe bewegen. Jede Bewegung Maries wurde so zu einem atemberaubenden Tanz der gefiederten Schlange.

Aber Rajesh hatte noch eine Überraschung. »Und jetzt mit Musik.« Über Bluetooth stellte er eine Verbindung zu winzigen

Lautsprechern her, die er in einer Tasche bei sich trug. Als die leise Musik erklang, die er speziell für diese Präsentation zusammengestellt hatte, passte sich die Projektion automatisch dem Rhythmus an. Der Schlangengott schien regelrecht auf dem Körper des Mädchens zu leben. Als Marie noch begann, langsam durch das Zimmer zu gehen, verstärkte ihr schwingendes Kleid diesen Reigen zu einer beeindruckenden Suggestion.

»Genug.« Mitch löste sich energisch aus der Verzauberung, die ihn und alle Anwesenden gepackt hatte. »Hören wir auf, bevor wir hier noch bemerkt werden. Es wird Zeit, hinunter ins Labor zu gehen. Ich denke, die Gäste sind eingetroffen und die Party kann beginnen.«

»Ich bin beeindruckt«, flüsterte Anna-Maria ihrem Kollegen zu, »ich hätte es mir nicht so vorgestellt, als du mir die Idee geschildert hast.«

»Ohne Rajesh wäre das auch nicht möglich gewesen«, erwiderte Mitch. »Als er mir vor einigen Wochen diesen Miniprojektor vorführte, hätte ich mir nicht vorstellen können, wie schnell wir ihn einsetzen würden.«

»Auf jeden Fall höchst eindrucksvoll«, antwortete Anna-Maria lächelnd und folgte zusammen mit ihrer Tochter dem Team.

Ihre Sicherheitsausweise öffneten den Kokon der Sicherheitskräfte. Es vergingen noch einige Minuten, bis auch der Miniprojektor von Rajesh als ungefährlich eingestuft war und er passieren durfte. Wenige Minuten später standen sie vor der Tür zur Zentralwerkstatt, in deren Tresor die Artefakte verwahrt waren. Bis nach draußen hörten sie aufgeregte Stimmen. Irgendetwas schien bei der Präsentation nicht so zu laufen, wie es sich Professor Holzamer vorgestellt hatte. Leise öffneten sie die Tür und schlüpften herein. Doch ihre Vorsicht war unnötig. Niemand bemerkte sie. Die Blicke der Anwesenden konzentrierten sich auf Professor Holzamer und Doktor Schwitter, die gerade zum wiederholten Male versuchten, die Transportbehälter der Artefakte zu öffnen.

Ihre Schlüssel schienen nicht zu greifen und das wiederholte missglückte Öffnen führte schon zu belustigten Rückfragen der Presse. Alle Journalisten hatten ihre Kameras eingeschaltet, um nur ja keine Sekunde dieser ungewollten Slapstick-Einlage zu versäumen.

»Meinen Sie denn, Sie bekommen die Behälter noch auf oder sollen wir den Termin verschieben?«, erklang da eine bekannte Stimme, der man sofort anhörte, dass sie gewohnt war, zu befehlen. Die Bundeskanzlerin schaute demonstrativ auf ihre Uhr und wandte ihre Aufmerksamkeit dann wieder den beiden Wissenschaftlern vor sich zu, deren Verzweiflung offensichtlich war.

»Wir tun, was wir können«, antwortete Professor Holzamer und strich seine nassgeschwitzten Haare mit einer nervösen Geste aus der Stirn.

»Vielleicht reicht das nicht aus«, rief eine Stimme aus dem Hintergrund und leises Gelächter erfüllte den Raum.

Dem Leiter des Denkmalschutzes reichte es jetzt. »Schwitter, suchen Sie Werkzeug, damit wir die Boxen aufbrechen können«, befahl er.

Sein Adlatus, der immer noch bemüht war, den Sicherheitsschlüssel im Schloss zu drehen, schaute ungläubig auf. »Das ist massiver Sicherheitsstahl, da geht nichts mit Werkzeug. Da brauchen wir Zeit und einen Spezialisten.«

Die Kanzlerin schnaubte ungeduldig. Aber kurz bevor sie endgültig ihre Geduld verlieren konnte, erklang eine Stimme aus dem Hintergrund.

»Erlauben Sie bitte.« Mitch zwängte sich durch die Menge der Politiker und Pressevertreter. Lächelnd hob er einen Schlüssel hoch und wandte sich an die Bundeskanzlerin, die ihn neugierig musterte.

»Wenn Sie erlauben, Frau Bundeskanzlerin, werde ich die Präsentation übernehmen. Ich habe auch die passenden Schlüssel.«

Mit einem kurzen, spöttischen Seitenblick auf Professor Holzamer und Doktor Schwitter, die ihn stumm vor Schreck anglotzten, drehte er sich wieder zu den prominenten Besuchern. »Wir haben leider zu spät von Ihrem Besuch erfahren. Aber ich denke, wir können Ihnen heute trotzdem etwas ganz Besonderes zeigen. Etwas, das sie so sicherlich noch nicht gesehen haben und auch nicht so schnell vergessen werden. Ich darf mich zunächst vorstellen. Mein Name ist Doktor Michel Thromberg, ich bin der Gründer von ODYSSEE, der Bergungsgesellschaft, die diesen Schatz gefunden hat. Meine Kollegen Doktor Johanna Baier und Doktor Thomas Baier werden ihnen zusammen mit meiner Partnerin in der Projektleitung Doktor Anna-Maria Dahlke gleich die Artefakte präsentieren. Doch zuvor möchte ich Ihnen den historischen Hintergrund unseres Fundes vorstellen. Ich gehe davon aus, dass wir nicht viele Spezialisten für den Schlangengott Quetzalcoatl unter uns haben?«

Mitch wartete, bis sich das leise Gelächter gelegt hatte. »Dann darf ich Sie bitten, in der Mitte des Raumes etwas Platz für eine ganz besondere Präsentationsform zu schaffen. Wir werden den Raum jetzt abdunkeln. Während der Präsentation darf ich Sie übrigens bitten, nicht zu blitzen oder Ihre Kameraleuchten anzumachen. Danach steht Ihnen das ganze Team natürlich für Aufnahmen zur Verfügung. Frau Bundeskanzlerin, Herr Ministerpräsident darf ich Sie zu mir bitten? Hier können Sie die Vorstellung am besten verfolgen. Rajesh, Marie? Seid ihr so weit?«

Langsam verdunkelte sich das Licht im Zimmer. Leise Musik erklang und das junge Mädchen trat in die Mitte des Raumes. Ihre komplett weiße Erscheinung löste erstauntes Raunen aus, das jedoch sofort verstummte, als die Projektion begann.

Maries gesamter Körper wurde zur Landkarte. Deutlich war Mittelamerika zu erkennen. Dann verschwamm die Landmasse, aus den wirbelnden Farben tauchten bunte Pyramiden auf. Als sich die Musik veränderte, erschien die Gravur des gefiederten Schlangengottes und Marie begann zu tanzen. Die Quetzalcoatl-Projektion auf ihrem Körper tanzte mit.

Mitch begann mit seinem Vortrag: »Wir wissen nur wenig über die alten Kulturen Mesoamerikas, weil es kaum schriftliche Aufzeichnungen gibt. Ich werde versuchen, Ihnen eine Zusammenfassung aus den unterschiedlichsten Quellen zu geben. Quetzalcoatl ist eine Gottheit gleich mehrerer mesoamerikanischer Kulturen, darunter der Maya, der Azteken und der Tolteken. Nach dieser Gottheit sind im Übrigen auch ein Asteroid und der Flugsaurier Quetzalcoatlus benannt. Aus den verschiedenen Kulturen sind uns viele Bildhauerarbeiten und Zeichnungen erhalten geblieben. Meist wurde der Gott als große Schlange mit Federn des heiligen Vogels Quetzal dargestellt. Aber es gibt auch Darstellungen, die Quetzalcoatl als hellhäutigen und bärtigen Mann zeigen.«

Die Bundeskanzlerin schaute Mitch erstaunt an.

»Diese Darstellung bezieht sich wahrscheinlich auf den gleichnamigen König der Tolteken; Cé Acatl Toplitzin Quetzalcoatl, einen Priesterkönig, der im zehnten Jahrhundert nach Christi Geburt herrschte. Seine Lebensdaten sind leider widersprüchlich überliefert. Nach neuesten Forschungen herrschte er ab neunhundertdreiundsiebzig in Tula, der Hauptstadt des Toltekenreiches. Sein Ende ist nicht eindeutig übermittelt. Entweder starb er im Jahre neunhundertachtundsechzig oder er verließ mit seinen Anhängern die Stadt und gründete mitten in Yukatan ein neues Reich mit der Stadt Chichén Itzá als Mittelpunkt. Es spricht vieles für die zweite Variante. So sind in den Ruinen dieser Stadt auf Yukatan noch heute die toltekischen Einflüsse deutlich zu erkennen. Es gibt aber noch eine weitere Legende, die besagt, dass er auf einer gefiederten Schlange reitend den Ozean überquerte.«

Gebannt lauschten die Zuschauer dem Vortrag. Sie waren gefangen von der hypnotischen Musik und den tanzenden Projektionen auf dem Körper des Mädchens. Etwas Ähnliches hatte noch keiner von ihnen zuvor gesehen.

Rajesh hatte in der kurzen Zeit Unglaubliches vollbracht. Aber die Vorführung war noch nicht am Ende.

»Wir haben es also mit gleich zwei Quetzalcoatls zu tun. Einerseits ein uralter indianischer Gott, der von den Tolteken als Gott des Windes, des Himmels, der Erde und der Schöpfung verehrt wurde. Andererseits der König Cé Acatl Toplitzin, der von seinen Untertanen als Wiedergeburt des Gottes Quetzalcoatl gesehen wurde. Um beide ranken sich viele Legenden.«

Die Musik der Vorführung veränderte sich und wurde dramatisch. Mitch holte Atem für den letzten Teil seines Vortrages. »In der Göttergeschichte der Tolteken war Quetzalcoatl ein weiser, friedlicher Gott, der Menschenopfer verabscheute. Er hatte aber auch einen Gegenspieler in der Götterhierarchie. Tezcatlipoca, den Gott der Nacht. Er wird auch der »Rauchende Spiegel« genannt, weil er auf allen Abbildungen in einen magischen Spiegel blickt, mit dem er die Zukunft sehen kann. Weitere Attribute waren sein Opfermesser aus magischem Material. Dieser Gott steht für Menschenopfer und Blut.«

Zu diesen Worten färbte sich das Kleid von Marie blutrot, während die Musik einen dramatischen Höhepunkt erreichte. Die Zuschauer waren hingerissen von dem Vortrag. Besonders einer der Zuschauer. Seine glühenden Augen hingen schon die ganze Zeit an dem tanzenden jungen Mädchen. Als Tezcatlipoca auf dem Kleid erschien und die Menschenopfer in seinem Namen als projiziertes Blut dargestellt wurden, stöhnte Huanitzin, der Ehrengast des Professors, unwillkürlich auf. Er ballte seine Fäuste. Nur mühsam konnte er sich auf Mitchs weiteren Vortrag konzentrieren.

»Da es leider keine Bücher oder Schriften der Tolteken gibt, sind wir in Bezug auf den toltekischen König Quetzalcoatl auf mündliche Überlieferungen angewiesen, die erst sechshundert Jahre später aufgeschrieben wurden. Danach war seine Herrschaft friedlich und weise. Er galt als klarer Feind der Menschenopfer. Sein Gegenspieler war der Hohepriester des Tezcatlipoca, dessen Name bisher unbekannt geblieben ist. Überliefert ist nur, dass dieser Hohepriester einen Aufstand anführte, der die Herrschaft Quetzalcoatls beendete, und ihn zwang, das Reich zu verlassen.«

Die Musik verklang und das Licht im Saal ging an. Marie drehte sich noch ein letztes Mal und blieb dann regungslos mitten im Raum stehen. Mitch trat zu ihr und drückte ihre Hand. »Gut gemacht, Kleine«, flüsterte er ihr zu, bevor er sich wieder an die Besucher wandte. »Sie sehen, um den Gott und um den König ranken sich viele Legenden. Hauptsächlich, weil es eben keinerlei schriftliche Aufzeichnungen gibt. Deshalb sind die von uns gefundenen Artefakte besonders interessant. Sie stoßen ein Fenster in diese unbekannte Welt auf. Und die möchten wir Ihnen jetzt zeigen.«

Er trat zwischen Holzamer und Schwitter, die blass vor Wut seinem Vortrag gefolgt waren.

»Würden Sie bitte etwas Platz machen, meine Herren«, bat er lächelnd, und als sie nicht reagierten, schob er die beiden Männer einfach zur Seite. »Marie? Würdest du bitte die Boxen aufschließen?«

Das Mädchen trat vor und griff nach dem Schlüssel, den Mitch ihr überreichte. Mühelos öffnete sie damit die Schlösser der beiden Transportboxen. Dann gab sie den Schlüssel zurück und trat neben Mitch.

Er lächelte sie an, bevor er sich an seine Gäste wandte. »Darf ich Ihnen zunächst eine der Hauptpersonen des heutigen Abends vorstellen.« Mit diesen Worten schob er Marie nach vorne, wo sie die weiße Federmaske abnahm und sich schüchtern unter dem Beifall der Besucher verbeugte.

»Marie ist die Tochter von Doktor Anna-Maria Dahlke, die zusammen mit mir das Forschungsprojekt Quetzalcoatl leitet. Das Mädchen war bei dem Fund in der Nordsee dabei und hat sich freundlicherweise bereit erklärt, die Vorführung heute Abend zu Ehren der Bundeskanzlerin und des Ministerpräsidenten zu machen.«

Während lauter Beifall ertönte, winkte Mitch auch Rajesh herbei. »Und hier der Regisseur des Abends. Herr Rajesh Singh.«

Als das Klatschen endete, traten Anna-Maria, Thomas und Johanna zu den Transportboxen und hoben die Deckel ab. Noch waren die Artefakte nicht zu sehen, aber ein goldener Schimmer spiegelte sich an der Decke.

Andächtige Stille herrschte, während Anna-Maria begann: »Wie Doktor Thromberg ausgeführt hat, sind die Artefakte ein einmaliges Fenster in die Zeit der toltekischen Herrschaft vor über tausend Jahren. Und sie sind aller Wahrscheinlichkeit nach ein einzigartiger Beweis, dass die Wikinger damals Mittelamerika bereist haben. Lassen Sie uns kurz die Fakten zusammenfassen, die diese Annahme zu beweisen scheinen.«

Auf dieses Stichwort hob Mitch mit Samsons Hilfe vorsichtig das goldene Buch aus dem geöffneten Transportbehälter. Beide hatten sich weiße Handschuhe angezogen und legten nun das Buch sanft auf eine dicke Schaumstoffunterlage.

Johanna trat vor. Auch sie hatte weiße Handschuhe an. Sanft fuhr sie die Linien der Gravur und der Runeninschrift nach. »Sie sehen hier eine indianische Goldarbeit, die den gefiederten Schlangengott Quetzalcoatl zeigt. Die Übersetzung der Runeninschrift darunter bestätigt dies. Sie lautet: »Die wahre Saga der gefiederten Schlange Kwetzalcoatl - berichtet von Ansgae, Bischof von Haithabu.«

Thomas ergriff das Wort: »Allein der Fund des Goldenen Buches ist schon eine Sensation für sich. Aber sollte es sich bestätigen, dass es sich dabei um einen Bericht über den toltekischen Herrscher handelt, aufgeschrieben von Wikingern, haben wir es hier mit der archäologischen Sensation überhaupt zu tun.«

»Warum denken Sie, dass es sich um einen Bericht über diesen König Quetzalcoatl handelt und nicht um eine Art Bibel des indianischen Gottes?« Die Bundeskanzlerin, als studierte Physikerin, konnte ihre akademische Ausbildung nicht verleugnen. Sie war sofort auf den Punkt gekommen.

»Natürlich ist das nur eine erste Vermutung«, gab Thomas zu. »Aber es gibt einen klaren Fakt, der diese Idee bestätigt. Nämlich der Zeitpunkt. Nach den Überlieferungen herrschte

Quetzalcoatl im zehnten Jahrhundert nach Christi. Die Holzprobe, die wir von dem Wikingerwrack genommen haben, datiert aus der gleichen Zeit. Die Wikinger müssen also während der Regierungszeit des Herrschers Mexiko besucht haben.«

»Und ist es wirklich sicher, dass Wikinger im zehnten Jahrhundert Mexiko erreicht haben?«, fragte der Ministerpräsident und schaute Thomas skeptisch an.

»So sicher man sein kann, wenn ein Wikingerschiff aus amerikanischem Mahagoni gebaut wurde«, erwiderte Thomas. »Denn auch das ergab die Holzprobe. Die Planke des Wikingerschiffes, von dem wir die Probe entnommen haben, besteht aus Swietenia macrophylla, auch echtes Mahagoni genannt, einem Hartholz, das in dieser Zeit nur in Mittelamerika und im tropischen Südamerika vorkam. Auch heute noch gibt es diese Baumart vereinzelt an der Karibikseite Mexikos.«

»Wollen Sie damit sagen, dass das von Ihnen gefundene Wikingerschiff komplett in Mittelamerika gebaut wurde?« Der Ministerpräsident von Schleswig Holstein konnte es nicht fassen.

»Das wissen wir noch nicht. Aber zumindest die Planke, die wir geborgen haben, ist eindeutig aus amerikanischem Holz. Entweder wurde sie als Ersatz gefertigt oder die Wikinger haben tatsächlich das ganze Schiff in Mittelamerika gebaut. Näheres werden wir erst wissen, wenn wir das Wrack geborgen haben.«

»Wann geht die Suche weiter? Sie erwarten doch sicher noch viel mehr sensationelle Funde?«, kamen die ersten Fragen von den versammelten Journalisten.

Johanna löste ihren Mann ab. »Das ist korrekt. Es ist zu erwarten, dass das versunkene Wikingerschiff noch viel mehr Überraschungen für uns bereithält. Wir werden auf jeden Fall weitere Bergungen versuchen. Der letzte Sturm hat das Wrack aber wieder unter vielen Metern Schlick begraben. Dafür braucht unser Forschungsschiff zusätzliche Ausrüstung.

Doch wir denken, dass wir bald wieder mit der Bergung weitermachen können. Und wir hoffen, dass wir noch mehr von dem Goldschatz finden, so wie diese Statuen hier.«

Auf dieses Stichwort griff Anna-Maria in den anderen Transportbehälter und holte behutsam die goldenen Statuen heraus. Vorsichtig stellte sie die Figuren neben das Buch.

Die Besichtigung der Artefakte war eröffnet. Nachdem die ranghohen Regierungsvertreter ausführlich die Fundstücke studiert hatten, gab Mitch das Fotografieren frei. Selbst die Bundeskanzlerin bestand auf einem Erinnerungsbild, das sie mit dem Goldenen Codex zeigte.

Alle waren hochzufrieden mit der exklusiven Präsentation. Nur drei der Anwesenden konnten ihren Zorn kaum unterdrücken. Holzamer und Schwitter hatten sich während der Präsentation nach hinten verzogen und wollten eigentlich so schnell wie möglich, das Labor verlassen. Die Demütigungen des heutigen Abends hatten ihnen gereicht. Aber ein kurzer Blick ihres mexikanischen Gastes stoppte sie. Im Hintergrund hatten sie leise miteinander diskutiert, bis der Mexikaner mit einer herrischen Geste das Gespräch beendete. Holzamer und Schwitter warteten dicht an der Tür und verfolgten mit hasserfüllten Blicken die Präsentation ihrer Widersacher.

Der Mexikaner nutzte eine Gesprächspause, um sich zu Wort zu melden. Sein Deutsch war gut verständlich, auch wenn man deutlich hörte, dass es nicht seine Muttersprache war. »Doktor Thromberg auf ein Wort, bevor Sie weiter unbewiesene Behauptungen verbreiten.«

Alle Besucher drehten sich nach dem Mann um, der es wagte, die Präsentation so rüde zu unterbrechen. Obwohl er einen teuren Anzug trug und seine schwarzen Augen hinter einer goldenen Nickelbrille verbarg, war seine indianische Abstammung unverkennbar. Die hohen Wangenknochen und die dunkle Hautfarbe passten ebenso in das Raster, wie die halblangen schwarzen Haare und der dünne Kinnbart des Mannes. Er war offensichtlich wütend und ließ sich von den Blicken, die sich jetzt von allen Seiten auf ihn richteten, ebenso wenig beeindrucken wie von den klickenden Kameras der Journalisten.

»Ich darf mich zunächst vorstellen. Mein Name ist Doktor Pedro de Huanitzin. Ich bin einer der weltweit führenden Experten für mittelamerikanische Kulturen. Insbesondere die Geschichte der Tolteken ist mein Spezialgebiet. Ich bin hier auf persönliche Einladung von Professor Holzamer in seiner Funktion als Leiter dieser Behörde und dieses Museums. Er hat mich eingeladen, der Öffnung des Buches heute Abend als Experte beizuwohnen. Dafür bin ich extra den weiten Weg von Mexiko nach Deutschland gekommen.«

Sein flammender Blick schien jeden der Anwesenden persönlich zu erfassen, bevor er an Mitch gerichtet fortfuhr: »Lassen Sie mich feststellen, dass ich heute Abend nur wilde Spekulationen gehört habe. Unter uns Wissenschaftlern dürfen wir jedoch festhalten, dass es vorläufig nur erste Ideen sind, die allesamt des endgültigen wissenschaftlichen Beweises entbehren. Und den kriegen Sie nur, wenn Sie das Buch öffnen. Und zwar hier und jetzt.«

Alle Augen richteten sich auf Mitch. Nachdenklich schaute er Huanitzin an, der ihn eben vor allen herausgefordert hatte.

»Sie wollten doch das Buch heute Abend sowieso öffnen«, unterbrach die Bundeskanzlerin die peinliche Situation. Ganz Vollblutpolitikerin versuchte sie die Situation diplomatisch zu lösen. »Es würde mich auch persönlich sehr interessieren, ob Ihre Theorie stimmt und das Buch wirklich über eine Wikingerreise zu dem geheimnisvollen Herrscher der Tolteken erzählt.«

»Ich verspreche Ihnen, Sie werden die Erste sein, die unsere Ergebnisse sieht«, sagte Mitch an die Bundeskanzlerin gewandt. Dabei zeigte er sein Lausbubenlächeln, dem noch keine Frau hatte widerstehen können. Auch die Regierungsrepräsentantin konnte nicht anders, als zurückzulächeln.

»Aber Ihnen verspreche ich, dass Sie die Ergebnisse niemals sehen werden«. Mitch schaute seinen Widersacher direkt an. »Professor Holzamer hatte kein Recht, Sie einzuladen, genauso wenig wie er das Recht hat, heute Abend das Buch zu öffnen. Doktor Dahlke und ich sind die verantwortlichen Leiter des Forschungsprojektes Quetzalcoatl, das ab morgen offiziell startet. Dutzende von renommierten Wissenschaftlern aus der ganzen Welt werden sich dann mit dem Buch und seinem Inhalt befassen. Und nur mit diesen Wissenschaftlern gemeinsam werden wir das Buch öffnen, nach strengsten wissenschaftlichen Kriterien. Sie - Doktor Huanitzin - fallen durch unser Anforderungsraster. Sie mögen zwar Experte für mittelamerikanische Kulturen sein, aber Ihr wissenschaftlicher Ruf ist mehr als fragwürdig. Deshalb darf ich Sie bitten, sofort das Museum zu verlassen. Die Security-Leute werden Sie hinausbegleiten.«

Unter lauten Protesten Professor Holzamers und Doktor Schwitters wurde der wutschnaubende Mexikaner von den Sicherheitskräften aus dem Raum geführt.

Mitch wandte sich an die schockierten Besucher: »Es tut mir leid, dass Sie dies miterleben mussten. Aber wie Sie sehen, lockt unser einmaliger Fund auch viele seltsame Gestalten an. Es ist deshalb unerlässlich, dass wir jeden Schritt zur Erforschung der Artefakte genauestens abwägen. Wir müssen zu jedem Augenblick sicher sein, dass unsere Ergebnisse unangreifbar sind. Die Blicke der Weltöffentlichkeit und die jedes Archäologen auf dieser Welt sind rund um die Uhr auf uns gerichtet. Deshalb bitte ich um Verständnis, dass wir das Buch heute Abend nicht öffnen können. Ein unsachgemäßes Vorgehen könnte vieles zerstören, bevor wir es überhaupt begreifen.«

Ein enttäuschtes Raunen ging durch die Menschenmenge. Alle Augen richteten sich auf die Bundeskanzlerin, die jedoch mit einer Handbewegung jede aufkommende Diskussion unterbrach.

»Ich denke, Doktor Thromberg hat alles gesagt, was es dazu zu sagen gibt. Ich darf nochmals sagen, dass mich persönlich die Präsentation heute tief beeindruckt hat. Es ist sehr schade, dass wir nicht beim Öffnen des Buches dabei sein können.

Aber als ehemalige Wissenschaftlerin kann ich es verstehen.«

Damit wandte sie sich Mitch zu. Ein Lächeln umspielte ihr sonst so streng wirkendes Gesicht. »Ich würde das Buch an Ihrer Stelle auch nicht öffnen, auch wenn die Bundeskanzlerin und der Ministerpräsident von Schleswig Holstein es gerne hätten. Wir werden Sie also jetzt verlassen, aber nur unter einer Voraussetzung:« dabei schaute sie Mitch in die Augen, »ich bestehe darauf, dass wir nochmals kommen dürfen, wenn die Ergebnisse vorliegen, und Sie uns dann wieder mit einer so außergewöhnlichen Präsentation überraschen wie heute. Vielen Dank dafür und einen schönen Gruß an Ihre Kollegen der Forschungsgruppe.«

Damit reichte sie ihm und seinen Kollegen lächelnd die Hand, und wandte sie sich zum Gehen. Mit ihr wogte die ganze Besuchergruppe zum Ausgang.

Nur der Ministerpräsident blieb zurück. Bevor er seinem hohen Besuch folgte, musste er erst noch seinen Ärger loswerden.

»Was ist denn mit Holzamer passiert? Ist er völlig wahnsinnig geworden? Oder was sollte der ganze Humbug, den er mit seinem Assistenten hier veranstaltet hat? Ich habe schon gedacht, der Abend endet in einem Fiasko.«

Anna-Maria versuchte, sich ihrem obersten Dienstherrn gegenüber möglichst diplomatisch auszudrücken:

»Wir können es uns auch nicht erklären, Herr Ministerpräsident. Es ist wissenschaftlich völlig unüblich und auch eigentlich nicht die Art von Professor Holzamer.«

»Lassen Sie es gut sein«, wehrte der Ministerpräsident ab, als Mitch ebenfalls etwas dazu sagen wollte. »Ich werde den Professor vorsichtshalber erst einmal beurlauben lassen. Ich denke, er wird froh sein, wenn er sich einige Monate verkriechen kann. Die Presse wird nach heute Abend kein gutes Haar an ihm lassen.«

Er bestand darauf, abschließend jedem Mitglied der ODYSSEE und natürlich Anna-Maria und ihrer Tochter persönlich die Hand zu drücken.

Anschließend verschwand auch er.

Nur die kleine Gruppe rund um Mitch blieb zurück. Erleichtert grinsten sich alle an. Ihre Aktion war ein voller Erfolg gewesen.

»Leute, ich denke, das muss gefeiert werden«, sagte Mitch. »Wollen wir nicht noch ein Glas auf diesen Abend trinken? Besser hätte es gar nicht laufen können. Und das verdanken wir nur unserer Tanzmarie und unserem indischen Supertalent.«

Alle klatschten.

»Also, dann lasst uns losziehen.« Fragend blickte Mitch Anna-Maria an. »Marie darf doch mit, auch wenn es schon so spät ist?«

Anna-Maria nickte.

»Ich würde mich nur gerne vorher noch umziehen«, sagte Marie. Sie freute sich sichtbar über die Anerkennung. Unter dem Beifall der Zurückbleibenden tänzelte sie aus dem Labor. Das weiße Kleid schwang dabei wie eine Glocke um ihren schlanken Körper. Bewundernd blickten ihr alle hinterher.

»Jede Wette! Dieses Mädchen bereitet den Jungs in ihrer Schule schlaflose Nächte«, sagte Samson und grinste Anna-Maria an.

Diese schaute nachdenklich zurück. Ja, das waren auch ihre Gedanken gewesen.

Ihre Kleine war wirklich schon fast erwachsen. Körperlich war sie es zumindest schon. Aber so war eben der Lauf der Zeit. Bald würde sie sich mit einer Horde Jungs auseinandersetzen müssen, denen Marie den Kopf verdreht hatte.

Der Versuch

Archäologisches Landesmuseum,
Schloss Gottdorf, Schleswig, Deutschland

Es war eine fröhliche Feier. Da es schon sehr spät war und niemand mehr Lust hatte, zwei Stunden nach Hause zu fahren, hatte Mitch Zimmer in einem nahegelegenen Hotel gebucht. Doch niemand hatte Lust zu schlafen. Die Ereignisse des Abends hielten alle wach. Es wurde viel gelacht, besonders als das Gespräch auf die Szene kam, in der Schwitter und Holzamer vergeblich versucht hatten die Transportboxen zu öffnen.

»Meinen Sie denn, Sie bekommen die Behälter noch auf oder sollen wir den Termin verschieben?«, imitierte Samson die Bundeskanzlerin und erntete dafür Lachsalven seiner Kollegen.

So verging der Abend. Die Anspannung des Tages fiel nach und nach vom Team ab. Es war ein anstrengender Tag gewesen. Aber nun standen alle Zeichen auf Grün. Die Artefakte waren sicher im Tresor des Museums und ihre Gegner aus dem Feld geschlagen. Und morgen früh begann der Start für die spannendste, archäologische Arbeit seit Menschengedenken.

Trotzdem machte Mitch sich Sorgen. Er konnte nicht glauben, dass Holzamer und Schwitter sich so einfach aus dem Feld schlagen ließen. Und den Mexikaner hatte er sich ebenfalls zum Todfeind gemacht. Würde dieser Mann die Ohrfeige, die er ihm vor der versammelten Presse gegeben hatte, so einfach schlucken? Energisch schüttelte Mitch die trüben Gedanken ab.

Doch sein Gesicht konnte die Sorgen nicht ganz verbergen. Anna-Maria, die ihm gegenübersaß, hätte ihn am liebsten umarmt und getröstet. Noch immer war sie sich ihrer Gefühle nicht sicher. Ihre anfängliche Meinung über Mitch, er sei ein oberflächlicher Playboy, hatte sie inzwischen revidiert und die gemeinsame Arbeit der letzten Wochen hatten sie auch einander nähergebracht. Doch noch immer hatte sie viele Vorbehalte. Er war einer der begehrtesten Junggesellen der Welt, und sie auf der anderen Seite?

Anna-Maria schüttelte den Kopf. Nein, das passte einfach nicht. Er war ein hervorragender Wissenschaftler, ein supernetter Kollege und was er für sie getan hatte, war einfach unglaublich. Aber konnte sich daraus mehr entwickeln? Nein, beantwortete sie sich ihre Frage selbst. Sie waren einfach zu verschieden. Doch wenn sie sich selbst gegenüber ehrlich war, hatte sie sich ein bisschen in den Mann verliebt und es war offensichtlich, dass sie ihm nicht gleichgültig war. Aber es blieb die Angst vor einer Enttäuschung. Besonders für Marie wäre das schrecklich. Das Mädchen mochte Mitch schon viel zu sehr. Als Mutter war sie sich klar darüber, dass ein junges Mädchen eine Vaterfigur brauchte und Mitch passte leider nur zu gut in das Wunschprofil eines Teenagers. Gutaussehend, reich und ein charmanter Abenteurer. Anna-Maria beobachtete nachdenklich die beiden Menschen ihr gegenüber und unbewusst hellte ein zärtliches Lächeln ihr Gesicht auf.

In diesem Moment blickte Mitch gerade auf und strahlte sie an. Die letzten Wochen mit Anna-Maria waren für ihn nicht einfach gewesen. Nach der Abfuhr auf dem Museumsschiff hatte er die gewünschte Distanz gewahrt. Auf keinen Fall wollte er seinem falschen Image als Casanova entsprechen, auch wenn es ihm schwerfiel. Sie waren sich so nah und trotzdem so weit entfernt. So eine Frau hatte er bisher noch nicht kennengelernt. Schön und hochintelligent, aber sich dabei ihrer Vorzüge überhaupt nicht bewusst. Ihre Natürlichkeit bezauberte ihn und machte es schwer, in ihr nur die Fachkollegin zu sehen. Und ihre Tochter war wie sie. Ein wirklich bezauberndes Mädchen. Und außerdem todmüde, wie er gerade feststellte.

»Es wird höchste Zeit, dass wir die letzte Runde bestellen«, sagte er. »Marie schläft uns gleich auf dem Stuhl ein.«

Nachdem die Bedienung die Gläser gebracht hatte, bat Mitch um Aufmerksamkeit. »Bevor wir zu Bett gehen, sollten wir die Arbeitsverteilung für Morgen besprechen. Zunächst Thomas und Johanna. Ihr seid verantwortlich für die weitere Bergung des Wikingerschiffes. Wie weit sind die Vorbereitungen auf der LONGIMANUS?«

Johanna übernahm die Antwort. »Wir sind bereit, Morgen schon wieder auszulaufen. Der zusätzliche Schlammsauger, den wir bestellt haben, ist vorgestern installiert worden und einsatzbereit. Wenn wir das Wrack erreicht haben, können die Bergungsarbeiten sofort beginnen.«

»Sehr gut, dann morgen. Ich denke aber, dass ihr zuvor noch bei dem Öffnen des Buches dabei sein wollt, oder?«

»Nichts auf der Welt würde uns davon abhalten können«, erwiderte Thomas, der damit auch für seine Frau sprach.

Mitch nickte nur. Es war ihm klar, dass niemand das Öffnen des Codex am darauffolgenden Tag versäumen wollte. Es war schließlich die Krönung ihrer bisherigen Arbeit. Schmunzelnd fuhr er mit der Arbeitsverteilung fort. »Anna-Maria ist für die Übersetzung des Inhaltes verantwortlich. Rajesh wird sich mit seiner Computerpower zur Verfügung halten, um sie dabei zu unterstützen. Und du Samson bist nach dem Wegfall von Schwitter ab sofort für die Sicherheit der Artefakte verantwortlich.«

»Dann sollte ich vielleicht gleich noch mal in das Museum fahren, um nach dem Rechten zu schauen«, erwiderte Samson ruhig. Das war eine Arbeit nach seinem Geschmack, auch wenn er nach diesem langen Tag todmüde war.

»Eine wichtige Person habe ich noch vergessen.« Mitch lächelte der gähnenden Marie zu. »Ich denke, du hast es nach deiner Glanzleistung verdient, ebenfalls bei der Öffnung des Buches dabei zu sein. Gibst du ihr für morgen schulfrei?«, wandte er sich an Maries Mutter.

Anna-Maria warf einen kurzen Blick auf ihre Tochter, die sie voller gespannter Erwartung ansah. »Natürlich! Du hast es dir redlich verdient. Du warst heute unglaublich.«

Das war das Stichwort für Rajesh.

»Ich habe auch noch etwas für dich.« Grinsend griff er unter den Tisch. Mit einer theatralischen Geste überreichte er Marie die Tüte mit der Federmaske und dem weißen Kleid, das sie bei der Präsentation getragen hatte. »Wir sind alle der Meinung, dass du das behalten solltest. Vielleicht willst du die Teile ja noch mal anziehen. Zum Beispiel, wenn du deiner Lehrerin erzählen willst, wie du die Bundeskanzlerin und den Ministerpräsidenten getroffen hast.«

Freudestrahlend nahm Marie das Geschenk an.

Nun war es aber wirklich Zeit, den Abend zu beenden.

Samson machte den Anfang. »Dann gehe ich jetzt mal los. Wir treffen uns beim Frühstück.«

»Morgen früh um acht im Frühstücksraum«, bestätigte Mitch und gab damit das Zeichen zum allgemeinen Aufbruch. »Ich denke, dass wir nach der Aufregung heute wie die Murmeltiere schlafen werden.«

Doch das Gegenteil war der Fall. Als er in seinem Zimmer ankam, war er wieder hellwach. Die Geschehnisse des Tages ließen ihn nicht zur Ruhe kommen. Seufzend nahm er seine Notizen heraus, um noch etwas zu arbeiten, als es leise an die Tür klopfte.

»Anna-Maria?« Verblüfft musterte er sie, wie sie verlegen vor ihm auf dem Gang stand. »Ist etwas passiert?«

»Willst du mich nicht hereinbitten?«, fragte sie mit leiser Stimme. Ihre Wangen färbten sich tiefrot, als sie sein Zimmer betrat. Mitch schloss die Tür hinter ihr. Neugierig drehte er sich um und fand sich plötzlich in ihren Armen wieder. Ein hastiger Kuss verschloss seine Lippen.

Bevor er reagieren konnte, löste sie sich schon wieder von ihm und trat einen Schritt zurück. »Ich weiß nicht, ob es richtig ist, hier bei dir zu sein«. Ihre Stimme wurde immer leiser. »Wir sind Kollegen und müssen gemeinsam arbeiten ...«

Bevor Mitch antworten konnte, legte sie ihm schnell einen Finger über die Lippen. »Lass mich bitte ausreden. Es ist sowieso nicht einfach für mich.« Sie holte tief Luft, bevor sie leise fortfuhr. »Was ich dir sagen wollte ... du bist ganz anders, als ich gedacht habe. Tut mir leid, dass ich dich so verkannt habe!« Ihre Stimme brach. Doch eigentlich war auch alles gesagt.

Mitch zog Anna-Maria an sich und sie hielten sich eine ganze Weile fest umklammert.

»Nicht, dass du denkst, ich würde immer an die Türen fremder Männer klopfen. Das war das erste Mal und ich schäme mich auch ein bisschen dafür«, flüsterte Anna-Maria verlegen und presste ihren Kopf an seine Schulter.

»Dafür gibt es keinen Grund«. Mitch hob ihr Kinn an und küsste sie lange. Innerlich jubelte er vor Glück. Auf diesen Augenblick hatte er lange gewartet.

Da klingelte plötzlich sein Handy auf dem Nachttisch. Mitch zuckte kurz zusammen, ließ jedoch in seinen Zärtlichkeiten nicht nach. Niemand sollte sie jetzt stören. Mit einer Hand tastete er rücklings nach dem Gerät, um es auszuschalten. Doch er konnte nicht verhindern, dass das andauernde Klingeln kombiniert mit dem tiefen Brummton der eingestellten Anrufvibration die zärtliche Stimmung zwischen ihnen schlagartig abkühlte.

»Schau halt nach, wer so spät noch anruft«, flüsterte Anna-Maria schließlich und löste sich von ihm.

»Wer es auch ist, er wird es bereuen«, stöhnte Mitch bedauernd auf. »Samson?« Erstaunt las er die Anruferkennung auf dem Display und drückte sofort auf die Annahmetaste.

Anna-Maria konnte in seinem Gesicht lesen, dass etwas Außergewöhnliches geschehen war.

»Und du bist dir sicher, dass sie noch im Haus sind? Okay, wir kommen sofort. Gib Alarm, aber bitte die Polizei, ohne Sirenen zu kommen. Wir wollen sie überraschen.«

Anna-Maria hatte das Gespräch schockiert verfolgt. Ihr war klar, dass etwas mit den Artefakten passiert sein musste.

»Wir müssen sofort ins Museum«, sagte Mitch und wählte schon die Nummer von Thomas und Johanna. »Holzamer und Schwitter sind im Gebäude.«

Wenige Minuten später war das gesamte Team auf dem Weg. Aufgeregt redeten alle durcheinander. Besonders Anna-Maria konnte es nicht fassen. »Wie sind die beiden ins Haus gekommen? Sie sind doch zwangsbeurlaubt?«

»Mein Fehler«, sagte Mitch und beschleunigte auf der menschenleeren Landstraße. »Bei all der Aufregung habe ich versäumt, die Sicherheitsausweise der beiden zu löschen. Die Wachleute haben sie unbehelligt passieren lassen, als sie vor einer halben Stunde ankamen. Zurzeit sind sie im Lagerraum der Artefakte und wir haben keine Ahnung, was sie da tun.«

»Und warum greift Samson nicht ein?«, fragte Thomas, der ebenso aufgeregt war, wie alle anderen.

»Er hat Angst, dass die beiden die Artefakte beschädigen könnten, wenn er die Security-Truppe in Marsch setzt. Deshalb zögert er noch mit dem Zugriff.«

»Gut, dass ihr da seid.« Samson fing seine Freunde am Portal des Museums ab. »Die Polizei ist auch schon eingetroffen und wartet in der Halle auf Anweisungen.«

»Lass uns zum Lagerraum gehen«, sagte Mitch und eilte der Truppe voraus zur Zentralwerkstatt, in dessen Tresor die Artefakte eingeschlossen waren.

»Hat Holzamer einen Tresorschlüssel?«, fragte er Anna-Maria, die dicht hinter ihm hereilte.

»Könnte sein«, erwiderte sie keuchend vor Anstrengung. »Als Leiter der Behörde hat er Zugang zu allen wichtigen Räumen.«

»Dann schnell«, rief Mitch und beschleunigte seinen Schritt. Erst als sie vor dem Gang ankamen, der zur Zentralwerkstatt führte, verharrte er.

Leise Geräusche hinter der Tür zum Tresorraum verrieten, dass die beiden Einbrecher immer noch am Werk waren. Plötzlich blitzte es unter der Tür mehrfach auf.

»Sie fotografieren«, flüsterte Anna-Maria und tastete nach der Türklinke.

»Warte!« Mitch schob sich an ihr vorbei und winkte den

Polizisten zu, ihnen aufzuschließen. »Vorsicht! Sie könnten bewaffnet sein.«

Mit einem kurzen Blick verständigten sie sich und dann stieß Mitch die Tür weit auf.

Holzamer und Schwitter schraken hoch, als die Truppe aus Polizisten und Wissenschaftlern in die Werkstatt stürmte. Schwitter hatte eine Spiegelreflexkamera in der Hand, mit der er gerade die letzte Seite aus dem geöffneten Buch fotografiert hatte. Das Spezialwerkzeug auf dem Boden zeigte, mit welchen Methoden sie die Schlösser der Transportbox geknackt hatten. Vor den beiden, auf eine weiche Decke gebettet, lag der Goldene Codex der Wikinger weit aufgeklappt und durch zwei Taschenlampen beleuchtet. Der goldene Widerschein spiegelte sich im ganzen Raum.

»Sind Sie jetzt komplett wahnsinnig geworden?«, schrie Mitch und riss dem vor Schreck starren Schwitter die Kamera aus der Hand. Professor Holzamer versuchte panisch an der Gruppe vorbei aus dem Raum zu flüchten, wurde aber von den Polizisten festgehalten. Schnell waren ihm und seinem Komplizen Handschellen angelegt.

»Was haben Sie sich denn dabei nur gedacht?«, fragte Mitch gefährlich ruhig, während er mit einer Hand den Speicherchip der Kamera entfernte und in die Tasche steckte. »Sie waren nicht befugt, das Artefakt zu öffnen. Besonders nicht nach Ihrem Auftritt gestern Abend. Was Sie hier gemacht haben, ist kriminell. Und nur mit Glück ist der Codex durch Ihre unglaubliche Aktion nicht beschädigt worden. Ihre wissenschaftliche Karriere ist spätestens hiermit zu Ende. Das garantiere ich Ihnen.«

»Und ich garantiere Ihnen, dass Sie spätestens morgen von Ihrem Posten entfernt werden«, wütete Holzamer, der sich inzwischen von seinem Schreck erholt hatte und sich in dem Griff der Polizisten wand. »Was fällt Ihnen eigentlich ein, uns fesseln zu lassen? Ich bin immer noch Ihr Vorgesetzter und ich habe alles Recht dieser Welt, das Artefakt zu untersuchen! Es ist mein Amt und alles, was hier in den Räumen des Museums geschieht, ist meine Verantwortung. Lassen Sie uns sofort die Handfesseln entfernen, es ist unerhört, was Sie hier machen!«

»Nun verdrehen Sie mal nicht die Fakten, Herr Professor.« Anna-Maria hatte in der Zwischenzeit das Artefakt wieder abgedeckt und mischte sich jetzt in das Gespräch ein. »Sie sind hier gegen alle Regeln und Sicherheitsbestimmungen eingedrungen und haben die Transportboxen aufgebrochen. Und das nach Ihrem skandalösen Auftritt vor einigen Stunden. Ich bin mehr als entsetzt über Ihr Verhalten. Es entspricht weder Ihrer Position hier im Amt noch Ihrem Ruf als Wissenschaftler.«

»Das hat Sie nicht zu interessieren«, zischte Holzamer mit vor Wut verzerrter Stimme. »Sie sind ab sofort vom Dienst suspendiert. Ebenso Doktor Thromberg und seine Truppe von Schatzgräbern. Ich werde gleich morgen früh den Ministerpräsidenten anrufen und ihm von Ihrem unglaublichen Verhalten berichten.«

»Sie haben Professor Holzamer gehört«, wehrte sich jetzt auch Doktor Schwitter gegen die Polizisten, die ihn immer noch festhielten. »Er ist der Leiter der gesamten Landesbehörde und ich bin sein Assistent. Wir haben das Recht hier zu sein. Also lassen Sie uns jetzt sofort frei, bevor wir Sie alle verklagen.«

Unschlüssig sahen die Polizisten Mitch an. Er hob die Hand, um die Proteste zu unterbrechen. »Gut gebrüllt, Löwe«, sagte er an Holzamer gewandt. »Sie verstehen es sehr gut, die Tatsachen zu verdrehen. Was Sie aber nicht wissen, ist, dass der Ministerpräsident Sie nach Ihrem Auftritt gestern Abend vom Dienst suspendiert hat. Aber auch ohne das hätten Sie nicht das Recht, hier einzudringen und das Artefakt zu öffnen. Sie haben damit nicht nur gegen alle Sicherheitsbestimmungen verstoßen, sondern auch gegen alle wissenschaftlichen Regeln. Mir bleibt keine andere Wahl als Sie beide als Einbrecher zu behandeln, die versucht haben, den Codex zu stehlen.«

Mitch wandte sich an die Polizisten, die ihn erwartungsvoll ansahen. »Führen Sie die beiden bitte ab und schicken Sie uns ein Spurensicherungs-Team.«

Unter lauten Protesten wurden die beiden Wissenschaftler aus dem Labor geführt.

»Glaubst du, dass die beiden ins Gefängnis müssen?«, fragte Anna-Maria, die ihren Kollegen immer noch fassungslos hinterher blickte.

»Nicht wirklich. Mit Hilfe eines gerissenen Anwaltes sind sie bei Sonnenaufgang wieder auf freiem Fuß«, flüsterte Mitch geistesabwesend. Sein Blick war wie magisch von dem geöffneten Buch angezogen. Langsam trat er näher.

»Bitte nicht anfassen, bevor unser Team hier alle Spuren aufgenommen hat.« Der Warnruf eines der zurückgebliebenen Polizisten kam in letzter Sekunde. Fast hätte er als verantwortlicher Projektleiter einen wissenschaftlichen Fauxpas begangen und das Buch berührt. Aber was er sah, war auch so ungeheuerlich, dass ein solcher Fehlgriff wohl verzeihlich gewesen wäre. Das Team drängte sich um ihn, um auch einen Blick in das Buch werfen zu können.

»Seht ihr das? Die Folie ist auf beiden Seiten graviert«, sagte Mitch verblüfft und zog unter den misstrauischen Blicken der Polizisten die Linien der Schriftgravur in der Luft nach.

»Bist du dir sicher, dass es nicht die durchgestanzte Kontur der Seite davor ist?«, wandte Anna-Maria ein.

»Ja ziemlich. Schau mal hier sind auf beiden Seiten die gleichen Zeichen zu erkennen. Eindeutig eine doppelseitige Gravur.«

»Aber was ist das für eine Schrift? So etwas habe ich noch nie zuvor gesehen.«

Das Team redete jetzt aufgeregt durcheinander. Mitch öffnete den Laborschrank, um eine Lupe zu suchen. Als er sie endlich gefunden hatte, musterte er nachdenklich die Schriftzeichen. »Das sind weder Runen noch kann ich irgendeine Ähnlichkeit mit mir bekannten Schriften entdecken«, murmelte er und gab die Lupe an seine Kollegen weiter.

»Stimmt. Das hier ähnelt keiner Schrift, die mir während meines ganzen Studiums untergekommen ist.« Verblüfft schüttelte Johanna den Kopf.

Die ganze Geschichte des Goldenen Buches wurde immer mysteriöser. Erst die Runen auf dem Einband und jetzt die unbekannte Schrift auf den Seiten. Hoffentlich würden sie das Rätsel jemals lösen können. Unbekannte Schriften zu entziffern, gehörte entgegen der landläufigen Meinung, dass Computer heute zu allem imstande seien, zu den größten Herausforderungen der Wissenschaft. Ohne Vergleichsdaten oder irgendwelche Hinweise wäre die Aufgabe kaum zu lösen. Ein gutes Beispiel dafür war die Entzifferung der ägyptischen Hieroglyphen. Das Wissen um ihre Bedeutung war vor tausenden von Jahren verloren gegangen. Unzählige Gelehrte bissen sich an der Aufgabe die Zähne aus. Erst die zufällige Entdeckung eines Schriftsteines, dem sogenannten Rosetta-Stein, der neben dem Hieroglyphen-Text auch Übersetzungen in demotischer und griechischer Sprache enthielt, wurde zum Wendepunkt. Aber selbst mit diesem Glücksfund dauerte es noch mal fast zwei Jahrzehnte, bis der französische Forscher Jean-Francois Champollian achtzehnhundertzweiundzwanzig die Hieroglyphen komplett entschlüsseln konnte.

Vor einer ähnlichen Aufgabe stand jetzt auch die Gruppe um Mitch und Anna-Maria. Und sie hatten keinen Stein von Rosetta zur Unterstützung.

»Wir müssten auf den anderen Seiten nachsehen, ob hier Runen oder sonst eine bekannte Schriftart verwendet wurde.« Mitch zog sich schon Handschuhe über, um die Seiten umzudrehen.

Doch die anwesenden Polizisten bremsten ihn aus. Erst wenn die Spurensicherung den Einbruch dokumentiert hatte, wäre das Artefakt wieder für die wissenschaftliche Untersuchung frei.

Mitch gab auf. »Die Polizisten haben recht. Wir müssen warten«, wandte er sich an seine Freunde. Dabei konnte er seine Blicke jedoch kaum von dem geöffneten Buch lösen. Bedauernd schüttelte er den Kopf. Dann sah er Anna-Maria an. »Ich denke, du solltest versuchen, noch einige Stunden zu schlafen. Ich bleibe hier um die Arbeit der Spurensicherung zu überwachen, damit dem Artefakt nichts geschieht.«

»Das Gleiche gilt auch für euch«, wandte er sich an das restliche Team. Die halbherzigen Proteste wehrte er ab. »Ihr könnt hier sowieso nichts tun, außer auf die Spurensicherung zu warten.«

Er begleitete Anna-Maria zur Tür. »Glaub nicht, dass wir unser Treffen nicht wiederholen werden«, flüsterte er ihr ins Ohr und küsste sie dabei zärtlich auf die Wange.

Er ließ sie erst los, als Samson mehrmals laut hüstelte. Nachdem sie sich voneinander gelöst hatten, gab Mitch sofort eine Aufgabe an seinen Freund. »Kannst du bitte Anna-Maria zurück ins Hotel fahren?«, bat er und winkte ihn dann nochmals zur Seite. Er flüsterte, damit die Polizisten ihrer Unterhaltung nicht folgen konnten. »Ich gehe davon aus, dass Holzamer und Schwitter, schon morgen wieder entlassen werden. Ich muss wissen, was sie dann unternehmen. Besorg dir ein paar Leute und lass sie beschatten. Sie dürfen keinen Schritt unbeobachtet machen.«

»Verlass dich ganz auf mich. Wir werden an ihnen kleben wie Pech, ohne dass sie irgendetwas ahnen.«

»Also, dann los.«

Als Anna-Maria mit Samson den Raum verlassen wollte, griff Mitch noch einmal nach ihrer Hand. »Keine Angst, ich warte mit der weiteren Untersuchung, bis du wieder zurück bist. Die Kollegen der Projektgruppe müssen sowieso erst einmal über den Vorfall von heute Nacht aufgeklärt werden.«

Anna-Maria lächelte ihn müde an und strich ihm zärtlich über seine Wange, bevor sie den Raum verließ.

Es war ein Versprechen und Mitch freute sich schon auf die Einlösung. Doch jetzt warteten ganz andere Aufgaben auf ihn. »Wann werden Ihre Kollegen von der Spurensicherung da sein?«, fragte er die Polizisten. Als die nur die Schultern zuckten, ging er missmutig zur kleinen Küche, die direkt neben dem Labor lag. »Dann werde ich uns erst einmal einen starken Kaffee machen. Die Nacht ist noch lang.«

Mit einem gefüllten Tablett kam er nach wenigen Minuten

zurück und überraschte die Polizisten, wie sie neugierig das goldene Buch betrachteten. Dankbar nahmen die Beamten den dampfenden Kaffee entgegen. Einer konnte seine Neugierde nicht unterdrücken. »Ich habe Ihre Unterhaltung vorhin verfolgt. Ist es wirklich so schwierig, diese Schrift zu entziffern? Heute können Spezialcomputer doch auch die stärkste Verschlüsselung knacken?«

Mitch trank einen Schluck, bevor er antwortete. »Das ist leider nicht so einfach. Bei allen gängigen Kodierungen geht es immer wieder darum, am Ende einen verständlichen Text zu bekommen. Eine Botschaft oder ein Dokument in irgendeiner bekannten Sprache. Damit können Computer arbeiten. Sie vergleichen die verschlüsselten Zeichen und suchen verwandte Elemente. Das ist schon schwierig genug, aber unlösbar wird es, wenn die Sprache und ihre Bedeutung völlig unbekannt sind. Dann hat der Computer zwei Unbekannte und sucht sich zu Tode.«

»Und Sie meinen, dass hier eine solche unbekannte Sprache verwendet wurde?«

Mitch wiegte nachdenklich den Kopf. »Es spricht einiges dafür. Im schlimmsten Fall ist es eine mesoamerikanische Schrift, von der es überhaupt keine Überlieferungen gibt. Dann werden wir das Buch niemals übersetzen können.«

»Das heißt, Sie könnten auch nicht beweisen, dass es sich bei dem Buch um die Geschichte dieses Schlangengottes handelt, so wie es in der Zeitung steht?«

»Das werden weitere Untersuchungen zeigen. Im Moment bin ich sicher, solche Schriftzeichen noch niemals gesehen zu haben.«

»Ich würde trotzdem zuerst einen Hochleistungscomputer daran setzen«, antwortete der Polizist.

Mitch kam um eine Antwort herum, weil die Spurensicherung eintraf. Als die Beamten endlich wieder gingen, dämmerte schon der Morgen.

Mitch gähnte. Er musste dringend noch einen Kaffee trinken, bevor die Kollegen der Forschungsgruppe einträfen.

Müde ging er zur Tür und kratzte sich dabei nachdenklich am Hinterkopf. Irgendetwas hatte er vergessen. Er kam nur nicht mehr darauf, was es war. Als er die Labortür abschließen wollte und dabei den Schlüssel in seiner Tasche suchte, fiel es ihm plötzlich wieder ein. Kopfschüttelnd über seine Vergesslichkeit, holte er den Speicherchip von Schwitters Kamera aus seiner Hosentasche. Darauf waren die einzelnen Seiten des Goldenen Buches dokumentiert. Bereit für eine digitale Suche. Und die ODYSSEE verfügte über eine der weltweit effizientesten Computersysteme. Es konnte nicht schaden, den Ratschlag des Polizisten zu befolgen.

Lächelnd ging er zu seinem Büro, um den Computer einzuschalten. Gleichzeitig tippte er Rajeshs Nummer auf seinem Handy ein. Der Computerfreak ging sowieso nicht vor sechs Uhr morgens ins Bett. Da war noch genug Zeit, den Computer mit den Daten zu füttern. Vielleicht gab es ja schon ein Ergebnis, wenn die Forschungstruppe später am Morgen eintreffen würde. Viel Hoffnung hatte er zwar nicht, aber ein Versuch konnte auf keinen Fall schaden.

Der Durchbruch

Archäologisches Landesmuseum,
Schloss Gottdorf, Schleswig, Deutschland

Gegen Mittag strömten die Mitglieder der Forschungsgruppe QUETZALCOATL in den großen Sitzungsraum des Landesmuseums. Die Wissenschaftler konnten sich vor Aufregung kaum beruhigen. Der nächtliche Einbruch von Professor Holzamer und Doktor Schwitter war der Mittelpunkt jedes Gesprächs. Mitch hatte sie nur kurz informiert und in dem jetzigen Meeting weitere Aufklärung versprochen. Und wie immer, wenn es noch keine Fakten gab, blühten die Gerüchte umso heftiger.

Was die Teilnehmer des Meetings nicht wussten, war, dass es schon am Morgen ein Treffen zu dem Thema gegeben hatte. Mitch hatte sein ganzes Team zu einem Arbeitsfrühstück eingeladen. Gemeinsam hatten sie das geöffnete Buch begutachtet und jeder hatte eine digitale Kopie von Schwitters Fotodokumentation der einzelnen Seiten bekommen. Thomas und seine Frau Johanna waren danach sofort zur LONGIMANUS aufgebrochen. Das Forschungsschiff sollte noch heute Vormittag wieder auslaufen. Vorrangigste Aufgabe war es, das durch den Sturm verschüttete Wikingerschiff wiederzufinden und die Ladung zu bergen. Das Team versprach sich davon weitere Beweise zur Untermauerung der Quetzalcoatl-These. Sollte es nicht möglich sein, das Buch zu entziffern, wären die Forscher auf diese zusätzlichen Fakten dringend angewiesen.

Samson hatte sich ebenfalls am späten Vormittag gemeldet. Wie erwartet, hatte der zuständige Richter entschieden, die bislang unbescholtenen Wissenschaftler zunächst wieder aus der Haft zu entlassen. Beide hatten einen festen Wohnsitz und der Vorwurf des Einbruchs war auch recht wackelig, da Professor Holzamer als Leiter des Landesamtes auch jederzeit

Zugang zum Landesmuseum hatte und darüber hinaus auch noch hierarchisch verantwortlich für das Artefakt war. Ein Anruf von Mitch beim Ministerpräsidenten hatte zwar bewirkt, dass beide ihre Zwangsbeurlaubung schriftlich erhielten und damit auch ihre weitere Zugangsberechtigung verwirkt war, aber auch er hatte nicht verhindern können, dass beide wieder auf freiem Fuß waren. Die Leute, die Samson noch in der Nacht aus dem Securityteam der Thromberg AG zur Überwachung der beiden angefordert hatte, waren aber auf dem Posten und würden jeden Schritt dokumentieren.

Rajesh hatte die digitale Dokumentation der Buchseiten erhalten und seit dem frühen Morgen arbeiteten seine Computer auf Hochtouren. Ein Ergebnis war jedoch zurzeit noch nicht abzusehen. Mitchs erste Befürchtung, dass es sich um keine bekannte Schrift handelte, schien sich zu bewahrheiten.

Aber Rajesh war noch guter Dinge. Als der erste Durchlauf ergab, dass es sich um keine bekannte Schrift der Menschheitsgeschichte handelte, noch nicht mal um annähernd ähnliche Schriftzeichen - hatte er die Stufe zwei, wie er es nannte, gestartet. Über das Internet hatte er sich in das morgendliche Meeting eingeschaltet und seine Maßnahme erläutert. »Bei zwei Unbekannten ist es die Aufgabe, zunächst eine davon zu knacken. Da die gravierten Schriftzeichen unbekannt sind, prüfe ich jetzt, ob diese eventuell verschlüsselt sein könnten.« Als er durch die Kamera sah, wie sich seine Freunde verständnislos anblickten, ergänzte er: »Einfach ausgedrückt, wenn ich bekannte Buchstaben spiegele, kann ich das gleiche Verfahren auch rückwärts anwenden, um sie wieder lesbar zu machen. Ich muss nur das System entschlüsseln.«

»Aber die Schriftzeichen ähneln nicht im Entferntesten einer der bekannten Schriften des Mittelalters«, warf Anna-Maria ein.

»Du hast recht. Mein Computer konnte sie ebenfalls keiner Schriftsymbolik zuordnen.« Rajeshs Stimme war jedoch keine Resignation anzumerken, als er fortfuhr. »Aber ich habe auch eine gute Nachricht. Die Zeichen sind mit

Sicherheit auch keiner der bekannten mesoamerikanischen Schriften ähnlich. Das heißt, die Schrift muss ihren Ursprung irgendwo in der mittelalterlichen Wikinger-Welt des zehnten Jahrhunderts haben. Damit steigt unsere Chance für eine Übersetzung deutlich an. Ich melde mich wieder, wenn ich neue Informationen habe.«

Als die Internetverbindung erstarb, schaute sich das Team resigniert an. Mitch schüttelte die bedrückte Stimmung, die Rajeshs Bericht bei ihnen hinterlassen hatte, als Erster ab. »Es macht keinen Sinn, im Moment weiter an dem Buch zu arbeiten. Lasst uns erst abwarten, was Rajesh herausfindet. Wir konzentrieren uns zunächst auf den Einband und die Statuen.«

»Ich würde das Projektteam trotzdem mit der Schrift konfrontieren. Vielleicht hat einer der Kollegen eine Idee?«, warf Anna-Maria ein, die ansonsten der Logik ihres Kollegen folgte.

»Gut, dann bereite das vor. Aber jetzt lasst uns den Tag besprechen. Wir müssen noch die Arbeitsgruppen umorganisieren und die Arbeiten neu verteilen.«

Einige Stunden später war der Konferenzraum erfüllt von aufgeregten Stimmen. Aber als Mitch ans Pult trat, verstummten alle, um ja nichts von seiner Präsentation zu verpassen. Die ausführliche Information über das unerlaubte Öffnen des Buches durch Professor Holzamer und Doktor Schwitter sorgte nochmals für laute Zwischenrufe, aber als dann die rätselhaften Schriftzeichen auf der Leinwand erschienen, war die Stille im Raum fast greifbar. Niemand der hier versammelten Kapazitäten hatte jemals etwas Ähnliches gesehen. Fremd leuchteten die wurmartigen Gravuren auf der Leinwand, so, als wären sie stolz darauf, ihr Geheimnis für die Ewigkeit zu bewahren.

Nach Verteilung der Aufgaben leerte sich der Saal. Nur ein älterer, leicht untersetzter Gelehrter saß noch mit geschlossenen Augen auf seinem Konferenzstuhl. Seine schneeweißen Haare waren straff nach hinten gekämmt und sein ebenfalls weiß durchsetzter Schnauzer bebte leicht bei jedem Atemzug.

»Hallo, Professor Wagner, ist noch etwas?« Mitch legte dem Gelehrten lächelnd die Hand auf die Schulter. Erschrocken fuhr dieser hoch.

»Ähm, nein … entschuldigen Sie ...«, dann riss er sich sichtbar zusammen und stand auf. »Entschuldigen Sie meine geistige Abwesenheit.« Er verbeugte sich leicht vor Anna-Maria, die sich ebenfalls neugierig genähert hatte. »Wie Sie wissen, bin ich Experte für mesoamerikanische Kulturen, aber ich habe mich davor intensiv mit antiken Schriften beschäftigt.« Nachdenklich zwirbelte er seinen Schnurrbart, bevor er leise fortfuhr. »Und ich bin sicher, dass ich ähnliche Schriftzeichen schon einmal gesehen habe.«

Als Mitch und Anna-Maria ihn gespannt ansahen, wehrte er deprimiert ab. »Leider komme ich im Moment nicht darauf, aber sobald es mir einfällt, melde ich mich sofort bei Ihnen.«

In Gedanken versunken ging er zur Tür, doch plötzlich blieb er stocksteif stehen. Triumphierend drehte er sich um. »Ich weiß es. Sie sehen aus wie Tironische Noten.«

»Tironische Noten, die lateinische Kurzschrift des Mittelalters. Das könnte die Lösung sein«, rief Mitch begeistert und rannte zum Projektor, um die Gravuren erneut auf die Leinwand zu werfen.

»Nicht nur des Mittelalters«, verbesserte Professor Wagner, der ihm folgte. »Die Abkürzungen wurden schon von den Griechen und Römern verwendet. Ich kenne mich da sehr gut aus, weil das Bestandteil meiner Doktorarbeit war. Umso merkwürdiger, dass ich sie nicht gleich erkannt habe.« Verwundert darüber zupfte er an seinen Augenbrauen. Als er dann die Schriftzeichen noch mal betrachtete, wurde ihm sein Irrtum bewusst. Obwohl einige Elemente tatsächlich sehr stark an Tironische Noten erinnerten, blieb die Schrift weiterhin unleserlich. Die Anordnung verweigerte jede Übersetzung. Enttäuscht setzte sich Professor Wagner auf einen der Konferenzstühle, die Augen starr auf die Leinwand gerichtet.

»Nehmen Sie es nicht so schwer«, sagte Mitch und schaute betrübt auf die Leinwand. »Wenn ich mich recht erinnere, bestand die Kurzschrift aus mehr als zehntausend Elementen. Da ist ein Irrtum immer möglich.«

»Genau genommen sind es über dreizehntausend Zeichen«, verbesserte der Gelehrte. »Und ich kenne sie alle. Aber leider sind hier keine davon dabei.«

»Könnte es nicht sein, dass die Zeichen vielleicht gespiegelt sind oder sonst irgendwie verändert?«, warf Anna-Maria ein, die sich an Rajeshs Worte von heute Morgen erinnerte.

»Lass mich das einmal versuchen«. Wie elektrisiert zog Mitch den Laptop zu sich, auf dem die Präsentation gespeichert war. Zur Vorbereitung des Meetings hatte er die Bilder von Schwitters Speicherchip einfach in eine normale Powerpoint-Präsentation kopiert. Mit einer Mausbewegung konnte er das Bild einfach spiegeln.

»Ich kann es lesen«, rief Wagner begeistert und sprang auf, um sich dann jedoch gleich wieder enttäuscht zu setzen. »Nein, das stimmt nicht. Das ist ein unverständliches Gebrabbel.«

Als ihn Anna-Maria und Mitch fragend ansahen, fuhr er erklärend fort: »Also, die Worte und Bedeutungen sind jetzt alle lesbar. Es handelt sich eindeutig um eine Version der Kurzschrift. Wahrscheinlich aus der Karolingerzeit, aber die Bedeutung erschließt sich mir nicht, da es sich nur um einen unverständlichen Mix von Wörtern und Bedeutungen handelt. Hier steht zum Beispiel hintereinander: »MIR, SCHWEIGEN, DAS, VERZEIHT ...«, und so weiter. Alles völlig unverständlich. Tut mir leid, dass ich Ihre Erwartungen so enttäuscht habe.«

»Wie kommen Sie darauf?«, jubelte Mitch und klopfte dem Professor so begeistert auf die Schulter, dass dieser schmerzhaft das Gesicht verzog. »Im Gegenteil! Sie haben den Durchbruch erzielt. Die ganze Zeit haben wir nach bestehenden Schriften gesucht, aber mit mittelalterlicher Kurzschrift, die gespiegelt ist und wahrscheinlich nochmals innerhalb des Textes verschlüsselt wurde, haben wir nicht gerechnet.«

»Aber was haben Sie davon, wenn Sie es nicht lesen können?«

»Dafür gibt es Computer, Herr Professor«, sagte Mitch, der seine Freude nicht mehr zurückhalten konnte und jetzt Anna-Maria in den Arm nahm. Bei dieser Gelegenheit versäumte er auch nicht, sie stürmisch auf den Mund zu küssen. Schnell ließ er sie jedoch wieder los und zog sein Handy aus der Tasche.

»Herr Professor, Sie müssen sofort in unser Computerzentrum nach Hamburg fahren. Unser Spezialist Rajesh Singh wird Sie dort erwarten. Gemeinsam werden Sie an der Entschlüsselung der Schrift arbeiten. Nochmals vielen Dank. Ohne Ihre Hilfe wären wir noch meilenweit von einer Lösung entfernt.«

Mitch wollte dem Professor folgen, der sofort aus dem Saal eilte, doch Anna-Maria hielt ihn energisch am Arm fest. Fragend drehte er sich zu ihr um.

Mit flammenden Augen stand sie vor ihm. Beide Fäuste auf ihre Hüften gestemmt. »Das scheint jetzt bei dir so Sitte zu werden. Mich zu küssen und danach einfach wegzurennen.«

Als Mitch sie verwirrt anstarrte, konnte sie nicht anders. Ihr Stirnrunzeln verwandelte sich in ein breites Lächeln. »Na, komm schon, du Blödmann, und küss mich. Oder soll ich den ganzen Tag darauf warten?«

Doch Mitch wandte sich einfach stumm von ihr ab und ging zur Tür. Mit offenem Mund sah ihm Anna-Maria hinterher. Noch bevor sie ihrem Ärger Luft machen konnte, schloss er die Tür von innen ab, drehte sich um und breitete seine Arme aus. Sie flog ihm geradezu entgegen.

Nach dem ersten, langen Kuss schob Mitch sie jäh von sich. »Warte«, sagte er, »ich muss erst noch etwas loswerden.«

Anna-Maria musterte ihn verständnislos.

Mitch kämpfte mit sich. Es fiel ihm offensichtlich schwer, das auszusprechen, was ihm auf der Zunge lag.

Eine traurige Gewissheit überkam Anna-Maria. Sie hätte es wissen müssen. Eine Zukunft würde es nicht geben. Tränen schossen ihr in die Augen und sie wollte an Mitch vorbei zur Tür rennen, aber er hielt sie fest.

Der blaue Ring um seine Augen wurde dunkel, weil auch er seine Emotionen kaum mehr unter Kontrolle hatte. »Wir konnten uns gestern Nacht nicht aussprechen«, begann er stockend. »Du sollst wissen, nicht alles, was in den Magazinen über mich steht, war falsch. Ich habe in der Vergangenheit tatsächlich nichts anbrennen lassen und keine Einladung einer Frau ausgeschlagen.«

Als Anna-Maria ihn unterbrechen wollte, hielt er ihr eine Hand vor den Mund. »Lass mich bitte ausreden. Es ist wichtig. Ich habe bisher noch keine Frau wie dich kennengelernt und ich möchte dir ein Zeichen geben, dass du mir und meinen Gefühlen für dich vertrauen kannst.«

Mit großen Augen sah Anna-Maria zu ihm auf.

Mitch rang nach Worten. »Ich habe das bisher noch keiner Frau angeboten, du bist die Erste«, flüsterte er. »Wenn du am Samstag Zeit hast, würde ich dich gerne zusammen mit Marie zu meiner Mutter mitnehmen. Ich möchte gerne, dass sie euch kennenlernt.«

Anna-Maria konnte nur nicken.

Gefühlte Stunden später waren beide wieder mitten in ihre Arbeit vertieft. Nur, wenn sie sich auf den Gängen begegneten, hätte jeder in ihren Augen lesen können, was im Konferenzraum zwischen ihnen geschehen war. Aber auch sonst war sehr viel passiert. Professor Wagner war bereits auf dem Weg nach Hamburg und Samson hatte sich auch schon mit einem ersten Zwischenbericht gemeldet. Einer seiner Detektive hatte Doktor Schwitter bis zum Hilton Hotel in Hamburg verfolgt. Dort hatte er sich wieder mit dem Mexikaner getroffen.

»Damit dürfte wohl klar sein, wer hinter allem steckt«, kommentierte Mitch die Meldung. Er hatte gleich vermutet, dass nur Geld Schwitter und Holzamer zu ihrer Tat animiert haben konnte. So viel Geld, dass beide bereit waren, dafür ihre Karriere zu opfern. Aber was der Mexikaner mit dem Goldenen Buch wollte, und warum er wie der Teufel hinter einer Dokumentation des Inhalts her war, das entzog sich nach wie vor seiner Kenntnis. Was konnte in einem Buch aus der Vergangenheit so wichtig für die Gegenwart sein, dass Huanitzin alles in Bewegung setzte, um es in die Hand zu bekommen? Nachdenklich bat Mitch seinen Freund, die beiden Verdächtigen weiter beobachten zu lassen und danach auf dem schnellsten Weg wieder ins Museum zu kommen. Sie mussten weitere spezielle Sicherheitsmaßnahmen ergreifen, um den Codex zu schützen. Jeder Zugriff von Huanitzin und seinen Komplizen musste verhindert werden.

»Herr Doktor Thromberg, Frau Doktor Dahlke«, ein Mitglied der Forschungsgruppe platzte in ihr Gespräch. »Kommen Sie schnell, ich habe etwas für Sie«, rief er aufgeregt und rannte sofort wieder in sein Büro.

Neugierig, wegen des für einen Wissenschaftler eher unerwarteten Benehmens, unterbrachen beide ihre Arbeit und folgten ihm. Der Forscher deutete stumm auf den Bildschirm seines Monitors. Seine Aufgabe war es, die Gravur auf dem Bucheinband auf Auffälligkeiten zu untersuchen. Das Foto war stark vergrößert. Einige Details der Gravur hatte der Experte mit roten Kreisen hervorgehoben.

»Sehen Sie sich das an«, rief er und deutete auf einen der Kreise.

Mitch beugte sich vor, konnte jedoch nichts erkennen, außer einigen kleinen Kerben dicht neben der Gravur, die wahrscheinlich von dem Werkzeug stammten, mit der der indianische Künstler das Gold bearbeitet hatte.

»Das ist eine logische Folge von Zahlen«, erklärte der Wissenschaftler, als seine Vorgesetzten ihn fragend ansahen. »Hier und hier und hier.« Bei jedem Hier deutete er auf die roten Kreise, die die Gravurlinie begleiteten.

»Das ist ein Code, der sich mehrfach wiederholt. Hier sehen Sie: 2, 5, 3, 1, 4. Und dann die gleiche Zahlenreihe nochmals und nochmals. Insgesamt dreimal taucht das auf. Das kann kein Zufall sein.«

»Ein Code?« Mitch drehte sich aufgeregt zu Anna-Maria um. »Vielleicht ist das der Code, den wir für die Entschlüsselung brauchen? Lass uns das sofort an Rajesh schicken.«

An den Forscher gewandt fügte er hinzu: »Und Ihnen höchstes Kompliment, dass Sie so aufmerksam waren.« Anerkennend klopfte er dem Wissenschaftler auf die Schulter und ging nach draußen.

Anna-Maria folgte ihm, bat aber zuvor noch den vor Freude strahlenden Kollegen, das Bild direkt zur Computerzentrale der ODYSSEE zu schicken.

»Ist das nicht unglaublich?«, fragte Mitch, als sie sich vor der Tür trafen. »Gestern Abend standen wir noch kurz vor dem Nichts und heute Mittag haben wir das Rätsel fast gelöst.«

Anna-Maria konnte nur strahlend nicken, denn in diesem Moment klingelte ihr Telefon. Mit einem um Entschuldigung heischenden Blick nahm sie das Gespräch an.

Mitch sah, wie sie plötzlich kreidebleich wurde und sich Halt suchend an der Wand festhielt. Mit einem Satz war er bei ihr und konnte gerade noch verhindern, dass sie zu Boden sank. »Was ist los? Soll ich einen Arzt rufen?«

Aber sie hielt ihm nur mit einem flehenden Blick ihr Handy entgegen.

Mitch sah mit einem kurzen Blick, dass der Anruf anonym war, und meldete sich dann. »Hallo, hier ist Doktor Mitch Thromberg. Mit wem spreche ich?«

»Doktor Thromberg«, flüsterte eine elektronisch stark verfremdete Stimme. »Schön, dass ich Sie beide erreiche. Lassen Sie mich kurz wiederholen, was ich schon Ihrer Kollegin gesagt habe. Ich bin sehr interessiert an dem Inhalt des Goldenen Codex. Bitte lassen Sie mich aussprechen.« Eine deutliche Drohung schwang in der blechernen Stimme mit, als Mitch ihn unterbrechen wollte. »Ich weiß, dass Sie den Inhalt geheim halten. Deshalb habe ich mir erlaubt, die Tochter von Doktor Dahlke in meine Obhut zu nehmen. Ihr wird nichts passieren, wenn Sie mir den Inhalt des Buches zugänglich machen. Ich weiß, dass Sie zwischenzeitlich über Bilder verfügen. Damit würde ich mich zufriedengeben. Ich werde mich morgen Abend melden, um die Übergabe zu vereinbaren. Und bitte, keine Polizei, sonst sehe ich mich gezwungen, das Mädchen dafür zu bestrafen. Und glauben Sie mir, das würde mir sehr viel Spaß machen.«

Das leise Lachen, mit dem der anonyme Anrufer seine letzten Worte begleitete, ließ Mitchs Magen verkrampfen. »Warten Sie«, rief er, bevor der Entführer auflegen konnte. »Sagen Sie mir erst, wie es Marie geht. Ich möchte etwas von ihr hören.«

»Wenn Sie das wollen, gerne«, flüsterte der Entführer mit einem hämischen Unterton.

Mitch zuckte vor Schreck zusammen, als er einen klatschenden Schlag und darauf den entsetzten Aufschrei des Mädchens hörte.

Ohne ein weiteres Wort legte der Entführer auf. Mitch ließ das Handy sinken und starrte fassungslos Anna-Maria an. Die Szene hatte die Aufmerksamkeit der anderen Forscher erregt, und Mitch zog die verzweifelte junge Frau schnell in sein Büro.

»Ich muss sofort in der Schule anrufen. Vielleicht treibt da nur jemand ein böses Spiel mit mir«, schluchzte Anna-Maria und versuchte, mit zitternden Händen die Nummer der Schule zu wählen.

Mitch nahm ihr das Handy aus der Hand. Nach wenigen Worten mit der Schulleitung war klar, dass Marie aus der letzten Schulpause nicht mehr in die Klasse zurückgekommen war. Die Lehrerin war sehr beunruhigt und hatte deshalb auch schon mehrfach versucht, Marie auf ihrer Handynummer zu erreichen. Und ihre Mutter hatte sie ebenso wenig kontaktieren können. Mitch beschwichtigte die besorgte Lehrkraft und versprach, sich um das Problem zu kümmern.

Anna-Maria starrte ihn mit entsetzten Augen an. »Die werden ihr doch nichts tun? Wir müssen sofort die Polizei rufen.«

Mitch konnte sie gerade noch am Arm festhalten, bevor sie aus seinem Büro stürmen konnte. »Warte bitte!«, sagte er und drückte sie wieder auf den Stuhl. »Lass uns erst einmal in Ruhe überlegen. Wenn wir die Polizei rufen, wird es der Entführer sicher schnell erfahren. Er weiß verdammt viel über uns. Vermutlich lässt er uns beobachten oder wir haben einen

Spion hier in der Truppe. Ich wüsste sonst nicht, wie er so schnell von den Fotos hätte erfahren können?«

»Schwitter war doch bei dem Mexikaner«, entfuhr es Anna-Maria, die es jetzt nicht mehr auf dem Stuhl hielt. »Und der hat doch alles darangesetzt, das Buch zu sehen. Dieser Huanitzin steckt dahinter. Todsicher!«

Mitch hatte schon sein Handy am Ohr und berichtete dem geschockten Samson von der neuesten Entwicklung.

»Nimm dir ein paar vertrauenswürdige Männer«, sagte er entschlossen, »und dann lass Schwitter, Holzamer und diesen Huanitzin in unsere Zentrale nach Hamburg bringen. Versucht unauffällig zu bleiben, aber ihr braucht keine große Rücksicht zu nehmen. Alles spricht dafür, dass diese Bande hinter der Entführung von Marie steckt.«

»Aber das ist absolut illegal, was du vorhast«, wandte Samson ein, der seinen Freund so noch nie erlebt hatte. »Die Aktion kann uns in Teufels Küche bringen.«

»Das ist mir völlig egal. Hauptsache ihr bringt die Halunken in die Villa. Sorge dort für ihre Bewachung. Wir fahren hier gleich los. Ich muss nur noch einiges erledigen.«

Mit einem kurzen Telefonanruf sorgte Mitch dafür, dass die Securitytruppe des Museums ihre Sicherheitsstufe erhöhte und die Artefakte jetzt noch schärfer bewachte. Mit einem weiteren Telefonat schickte er einen Hubschrauber zur LONGIMANUS, um Johanna abzuholen. Sie musste ihn und Anna-Maria als kommissarische Leiterin der Forschungstruppe vertreten, solange sie anderweitig gebunden waren.

Thomas und Johanna waren wie vom Donner gerührt, als Mitch ihnen von der Entführung des jungen Mädchens erzählte und er musste versprechen, sie sofort zu informieren, wenn neue Entwicklungen eintreten würden.

Während dieser ganzen Zeit hatte Anna-Maria reglos auf ihrem Stuhl gesessen. Die Verzweiflung in ihrem Gesicht und seine eigene Hilflosigkeit machten Mitch fast wahnsinnig. Er nahm sich vor, nicht zu ruhen, bis das Mädchen wieder in den Armen seiner Mutter lag.

Schnell packte er den Laptop mit den Bilddateien in eine Aktentasche, und kurze Zeit später rasten sie nach Hamburg.

Die Zentrale der ODYSSEE befand sich in einem hochmodernen Stahlbetonwürfel direkt an einem Nebenkanal der Elbe. Die Lage in der verkehrsberuhigten Straße war selbst für Hamburger Verhältnisse nahezu unbezahlbar, ebenso wie das Grundstück, das mit seinen fast zweitausend Quadratmetern zu den größten Privatgrundstücken in der Hamburger Innenstadt gehörte. Die Zufahrt von der Straße führte über eine elektrisch betriebene Rampe in ein Parkdeck, das sich über die ganze Gebäudegrundfläche erstreckte. Das Kellerstockwerk darüber war ausgefüllt von Rajeshs Computern. Ihre Leistungsfähigkeit lag zwar noch hinter der des NASA-Rechenwerkes zurück, aber nicht viel, wie Rajesh immer gerne anmerkte. Mitch hatte keine Kosten gescheut, die modernste Technik einzubauen, die es zu kaufen gab. Durch die Kontakte und Möglichkeiten der Thromberg AG kam auch noch weitere Technik hinzu, die es eigentlich noch nicht zu kaufen gab. Gekrönt wurde das Gebäude durch ein großzügiges Penthouse, in dem Mitch wohnte.

Anna-Maria stand mit leerem Blick neben ihm im Privatlift, der direkt vom Garagendeck in seine Wohnung führte. Sie war so in ihrer Verzweiflung versunken, dass sie von der langen Fahrt von Schleswig nach Hamburg nur die Hälfte mitbekommen hatte. Nur die Hoffnung, ihre Tochter bald wieder in den Armen halten zu können, hielt sie noch aufrecht.

Samson erwartete sie bereits mit einer schlechten Nachricht. Huanitzin war spurlos verschwunden, ebenso wie Schwitter. Er hatte nur Professor Holzamer aufgreifen können, der mit abgedunkelten Fenstern zu Hause gesessen und keinen Widerstand geleistet hatte.

»Wie konnten die beiden entkommen? Ich dachte, ihr hättet ihn die ganze Zeit bewacht?« Mitch war so zornig, dass seine Stimme zitterte.

Samson entschuldigte sich: »Er war cleverer als wir dachten. Nach dem Besuch bei dem Mexikaner ging er in seine Wohnung und verließ sie nicht mehr, zumindest nach der Aussage der beiden Securityleute, die Vorder- und Hintereingang überwachten. Aber irgendwie muss er es geschafft haben, die Wachposten zu täuschen. Auf jeden Fall, als ich ihn abholen wollte, öffnete er nicht, und als wir die Tür aufbrachen, war die Wohnung leer und er verschwunden.«

»Nun gut«, beruhigte sich Mitch mühsam wieder. »Was passiert ist, ist passiert! Niemand konnte ahnen, dass wir es mit einem heimtückischen Entführungsfall zu tun bekommen. Lass uns jetzt mit Holzamer reden. Ich bin gespannt, was er uns zu erzählen hat.«

Aus dem noch in der Nacht sehr selbstsicher auftretenden Wissenschaftler war ein Häufchen Elend geworden. Zusammengesunken saß er in einem der Sessel und blickte die Eintretenden mit trüben Augen an. »Was wollen Sie denn noch? Reicht es Ihnen nicht, dass Sie mein Leben und meine Karriere restlos zerstört haben?«, fragte er, als er Mitch erkannte.

»Ich denke, das haben Sie selbst besser gemacht, als ich es jemals hätte tun können«, erwiderte Mitch gelassen. »Aber ich gebe Ihnen hiermit die Chance am Gefängnis vorbeizukommen, wenn Sie alles über Huanitzin erzählen.«

Holzamer sackte weiter in sich zusammen. »Dieser Mexikaner und Schwitter sind an allem schuld«, flüsterte er so leise, dass Mitch sich zu ihm hinabbeugen musste.

»Wieso Schwitter?«, fragte er.

»Der Schweinehund hat alles eingefädelt. Er hat mich mit Huanitzin in Kontakt gebracht und mir auch das Geld angeboten für die Dokumentation der Seiten.«

»Nur wegen des Geldes haben Sie Ihre gesamte Laufbahn riskiert?«

»Haben Sie eine Ahnung«, sagte Holzamer. »Es ging um eine Million. Mehr Geld, als ich in meinem Leben je verdienen kann. Damit hätte ich mir alle Träume erfüllen können.«

Anna-Maria konnte sich jetzt nicht mehr halten. »Geld, immer nur Geld! Hören Sie auf mit Ihrem verdammten Geld! Huanitzin hat meine Tochter entführt, darum geht es hier.

Sie widern mich an, Holzamer«!«

Ihre Nerven hielten der Belastung nicht mehr stand. Ohne Widerstand ließ sie zu, dass Mitch sie aus dem Raum führte. Danach setzte er allein das Verhör fort.

»Hat Huanitzin Ihnen das Geld gegeben?«

»Nein, hat er nicht. Alle Kontakte liefen immer nur über Schwitter. Von ihm habe ich auch die erste Rate bekommen. Aber als ich Huanitzin kennenlernte, war mir klar, dass er dahinter stecken muss.«

»Aber Sie haben ihn doch selbst zu der Öffnung des Buches eingeladen?«

»Das war auch Schwitter. Er hat mir erklärt, zu dem Deal würde gehören, dass ein Experte die Echtheit des Buches bestätigt. Und er hat mir Huanitzin vorgeschlagen, der zu der Zeit in Hamburg war.«

»Das heißt, Sie haben keine echten Beweise gegen Huanitzin?«

»Nein, das nicht - aber ich bin mir sicher, er steckt hinter allem. Er ist derjenige, der mich vernichtet hat.«

Mitch richtete sich auf und musterte den Wissenschaftler mit einem harten Blick: »Sie sollten den Tatsachen ins Auge sehen, Holzamer. Vernichtet haben Sie sich selbst. Mit Ihrer verdammten Gier und Ihrem Neid. Schwitter und Huanitzin waren dabei nur die auslösenden Faktoren. Sie haben nur eine Chance, ohne Gefängnis aus der ganzen Sache herauszukommen: Sagen Sie mir, wo ich Schwitter oder den Mexikaner finden kann.«

Holzamer konnte dem unerbittlichen Blick seines Gegenübers nicht ausweichen. »Von Huanitzin weiß ich nichts«, gab er schließlich auf, »aber Schwitter hat ein kleines Ferienhaus, irgendwo am Bultensee bei Bremen. Dort zieht er sich immer zurück, wenn er ungestört sein will.«

Mitch sprang elektrisiert auf.

»Samson! Finde die Adresse heraus und mach ein Auto bereit. Ich hole Anna-Maria.«

Bevor er jedoch den Raum verließ, blieb er vor Holzamer stehen, der resigniert in seinem Sessel saß. »Gehen Sie!

Verlassen Sie mein Haus! Ich werde vergessen, was ich gerade gehört habe, aber nur, wenn Sie jetzt verschwinden und mir nie mehr unter die Augen kommen.«

Der Professor wollte noch etwas sagen. Aber als er Mitchs Blick sah, erhob er sich stumm und schlurfte zum Ausgang.

»Mitch - warte bitte.« Samson hielt seinen Freund auf, bevor der das Zimmer verlassen konnte.

»Was ist noch?« Mitchs Ungeduld war nicht zu überhören.

»Entschuldige, wenn ich das sage. Aber was du hier machst, ist reiner Wahnsinn. Ich erkenne dich nicht wieder. Wo ist der vorsichtige, kühl kalkulierende Stratege geblieben, der du einmal warst? Erst entführen wir Holzamer und dann stürmen wir Schwitters Ferienhaus. Alles illegal und ohne Beweise. Lass uns die Polizei einschalten, bevor die ganze Angelegenheit völlig aus dem Ruder gerät.«

»Nein! Wir können die Polizei nicht einschalten«, erwiderte Mitch ruhig. Er hatte das auf der Fahrt nach Hamburg lange überlegt und Vor- und Nachteile sorgfältig gegeneinander abgewogen. Die Sorgen seines Freundes waren begründet, aber er sah keine andere Möglichkeit.

»Samson, das ist eine Ausnahmesituation. Der oder die Entführer haben uns gewarnt, die Polizei einzuschalten. Und dass sie nicht zögern Gewalt auszuüben, um ihr Ziel zu erreichen, ist offensichtlich. Wir haben keine Gewissheit, dass sie das Mädchen freilassen, wenn sie die Bilder bekommen, deshalb müssen wir schneller sein als sie und genauso rücksichtslos. Wenn wir auf die Polizei und ihre Ermittlungsmethoden warten, werden wir Marie niemals mehr zurückbekommen.«

Samson hatte noch einen Einwand. »Ich habe gelesen, dass die Polizei die meisten Entführer schnappt.«

»Mag sein, aber hier geht es um digitale Daten, die wir irgendwo im Internet übergeben. Die üblichen Polizeimethoden und Erfahrungen greifen da nicht. Wir können Marie nur retten, wenn wir sie selbst finden.«

Samson dachte eine Weile nach. Ganz wohl war ihm nicht, aber schließlich nickte er.

»Gut ich bin dabei. Aber lass mich sicherheitshalber noch einige bewaffnete Securityleute mitnehmen.«

Mitch war erleichtert. Er war heilfroh, dass sein Freund ihn nach Bremen begleitete.

Doch Samson war noch nicht am Ende. »Wenn ich es richtig verstehe, benötigen wir jedes Zipfelchen Information über die Entführer?«

Als Mitch bestätigend nickte, fuhr er nachdenklich fort: »Ich brauche noch etwas, um die Securityleute zu beschaffen. In der Zeit sollten du und Anna-Maria bei Rajesh vorbeischauen. Ich habe ihn vorhin im Lift getroffen. Er hat angedeutet, dass er und Professor Wagner kurz davor sind, den Text des Buches zu entschlüsseln. Vielleicht erfahren wir dadurch ja etwas über den Grund, weshalb Marie entführt wurde.«

Mitch war elektrisiert und eilte los, um Anna-Maria zu suchen.

Rajesh empfing sie an der Tür des Lifts, der direkt in der Computeretage endete. Er drückte Anna-Maria so fest die Hand, dass sie vor Schmerz das Gesicht verzog. Dann führte er sie in sein Reich. Fast fünfhundert Quadratmeter waren ausgefüllt mit zum Teil schrankgroßen Servern, die alle mit einem riesigen Terminal in der Mitte der Etage vernetzt waren. Hier war Rajeshs Arbeitsplatz. Von seinem Schreibtisch hatte er ungehinderten Blick auf eine Wand voller HD-Screens, die ihm die Ergebnisse seiner Arbeit in Sekundenbruchteilen zeigten. Zurzeit zeigten alle Monitore eine Seite aus dem Quetzal-Codex. Die einzelnen Zeichen formten sich immer wieder neu und tauschten in einem ganz bestimmten Rhythmus ihren Platz.

»Wir haben den Code geknackt«, rief Professor Wagner, als er sie erblickte. Freudestrahlend sprang er auf, um Anna-Maria und Mitch zu begrüßen. Vor lauter Begeisterung bemerkte er nicht die angespannte Stimmung, die zwischen den beiden herrschte. »Als wir den Code bekamen, war es sehr einfach«, jubelte er, »Sie erinnern sich an die Zahlenfolge 2, 5, 3, 1, 4, die ein Kollege in der Gravur des Einbandes gefunden hat?

Nun, dieser Code beschreibt die Reihenfolge, wie die Zeichen zu lesen sind. Also erst die vierte, dann die erste, dann die dritte, dann die fünfte und zum Schluss die zweite Note. Ein ganz einfacher Schlüssel. Wir mussten nur alle Zeichen in Noten auflösen und die Reihenfolge ändern. Und schon war das Buch übersetzt.«

»Das heißt, Sie haben die ganze Übersetzung schon fertig?«, rief Mitch, mit einem raschen Seitenblick auf Anna-Maria. Würde ihnen das bei der Suche nach Marie weiterhelfen?

»So schnell schießen die Preußen auch wieder nicht«, bremste ihn Professor Wagner. »Sagen wir mal so. Wir können das Buch lesen, wenn der Computer alle Noten in der richtigen Reihenfolge anzeigt. Aber bis zur fertigen Übersetzung ist es dann noch ein langer Weg. Die verwendete Kurzschrift besteht aus über dreizehntausend Zeichen, wobei ich nur hoffen kann, dass der Autor keine eigenen Noten erfunden hat, sonst beginnt das große Raten.«

»Herr Professor, kommen Sie jetzt bitte zum Punkt«, fuhr Anna-Maria auf, die allmählich ihre Geduld verlor. Viel zu lange hatte sie sich seit dem Anruf in ihrer Verzweiflung versteckt. Sie musste jetzt etwas tun. Und zwar sofort. »Wir brauchen Informationen, die uns helfen, die Entführung meiner Tochter aufzuklären. Da interessiert es mich nicht ob es zehntausend oder dreizehntausend Zeichen sind. Haben Sie etwas gefunden, was uns hilft oder nicht?«

Professor Wagner schaute sie, schockiert über die Neuigkeit, an und rang nach Worten. »Nein, wir sind noch nicht soweit«, konnte er sich endlich wieder fassen. »Aber ...«

Ohne ein Wort wirbelte Anna-Maria herum und eilte zum Ausgang. Sie hatte jetzt nur noch den Wunsch, so schnell als möglich nach Bremen zu fahren.

Mitch wollte ihr sofort folgen, aber Rajesh hielt ihn kurz zurück. »Warte - hör dir erst einmal die ganze Geschichte an, bevor du auch davonstürmst!«

Unschlüssig sah Mitch zur Tür, hinter der Anna-Maria verschwunden war. Aber er hatte noch ein paar Minuten.

Samson würde ihn sofort rufen, wenn die Truppe abfahrbereit war.

Professor Wagner nutzte seine Chance und konzentrierte sich auf seinen Bericht. Instinktiv verfiel er dabei in den dozierenden Ton, den seine Studenten so fürchteten. »Wie Sie bestimmt wissen, wird die Entwicklung der antiken Urform Tullius Tiro zugeschrieben, dem Sekretär Ciceros. Wobei ich bemerken darf, dass dieses Kurzschriftsystem auch vor Tiro schon lange im Gebrauch war.«

Als Mitch ihn ungeduldig unterbrechen wollte, stockte er nur kurz. »Wo war ich stehengeblieben? Ach ja, das System wurde unter dem Feldherrn Agrippa weiterentwickelt und war dann bis in die letzten Verästelungen des Römischen Reiches verbreitet. Bis zum Ende der Republik wurden die Noten hauptsächlich zur Aufzeichnung kompletter Reden verwendet. Doch auch die Verwaltung funktionierte bald nur noch durch die zeitsparende Kurzschrift.«

»Herr Professor, bitte keine langen Vorreden«, versuchte Mitch noch einmal die ausufernde Erklärung des Professors zu bremsen.

Kurzzeitig verwirrt sah der ihn an, dozierte dann jedoch unbeeindruckt weiter: »Wie ich schon sagte, die Tironischen Noten waren ideal, weil die Schreiber nicht nur imstande waren, die Rede sofort mitschreiben zu können, sondern vor allem auch, weil das Ergebnis extrem platzsparend war. Zehn Seiten geschriebenes Latein entsprachen etwa einer halben Seite geschriebene Noten. Bei den Kosten von Pergament eine extreme Ersparnis.«

»Herr Professor …«

»Unterbrechen Sie mich bitte nicht dauernd. Sie müssen die Hintergründe verstehen und die verstehen Sie nur, wenn Sie mich ausreden lassen.«

Der Professor schloss kurz die Augen, um sich wieder zu sammeln. »Es ist deshalb naheliegend, dass die im Buch verwendete Kurzschrift vor allem wegen der Platzersparnis graviert worden ist. Die zehn Blätter, beidseitig graviert, entsprechen etwa vierhundert mit Hand geschriebener Seiten. Da jede Seite des Goldbuches rund zwei Kilogramm wiegt, können sie sich einfach ausrechnen, was ein Buch mit vierhundert Seiten wiegen würde. Der Einsatz der Kurzschrift war also geradezu ideal.«

»Herr Professor. Im Augenblick haben wir ganz andere Sorgen. Spannen Sie mich also bitte nicht auf die Folter. Haben wir eine Übersetzung oder nicht?«

»Sie haben mir nicht zugehört. Ich sagte die Tironischen Noten umfassen über dreizehntausend Zeichen. Viele Klosterschulen des Mittelalters lehrten die Noten und es blieb nicht aus, dass verschiedene Klöster eigene Zeichen entwickelten, die nur von dem gelesen werden konnten, der ihre Bedeutung kannte.«

»Heißt das, wir können das Buch nicht lesen?«

Der Professor strich sich über den Kopf. Seine bisher glatt nach hinten gekämmten Haare standen inzwischen nach allen Seiten ab. »Sie haben mir wieder nicht zugehört. Ich sagte, wir haben das Buch übersetzt. Zumindest können wir einen Großteil lesen. Es fehlen nur noch einige Jahre um die Übersetzung der Zeichen wissenschaftlich korrekt zu verifizieren und etwas Glück, um die Schule zu entdecken, aus der die unlesbaren Zeichen stammen. Alles zusammen ...«, dabei strahlte er Mitch zufrieden an, »ist in weniger als fünf Jahren erledigt.«

Mitch schüttelte nur noch den Kopf. So würden sie nicht weiterkommen. Ernst wandte er sich an Professor Wagner.

»Sagten Sie eben, in weniger als fünf Jahren?«

Als der Professor zustimmend nickte, fuhr er fort. »Und Sie wollen Doktor Dahlke helfen, Ihre Tochter wiederzufinden?«

Dieses Mal wartete er das Nicken des Wissenschaftlers nicht erst ab. »Gut, dann würde ich sagen, wir versuchen es bis morgen Abend. Die Entführer wollen nämlich Marie nur gegen den Inhalt des Buches austauschen. Wir müssen wissen, was drinsteht. Es könnte uns helfen, die Entführer zu identifizieren.«

Der Professor starrte seinen Auftraggeber völlig perplex an, als hätte der den Verstand verloren. Doch Mitch deutete nur auf Rajesh.

»Keine Sorge. Unser Genie wird Ihnen dabei etwas unter die Arme greifen.« Dabei nickte er seinem IT-Spezialisten zu.

Der hob nur den Daumen, da er seinen Chef aus vielen vorausgegangenen Einsätzen kannte. »Morgen Abend ist realistisch, Chef«, sagte er und legte dem total verwirrten Schriftexperten tröstend einen Arm um die Schulter. »Wir sind ein Dreamteam und das ist sicherlich eine unserer leichtesten Übungen.«

»Das ist doch völlig unrealistisch. Wie wollen Sie das bis morgen Abend schaffen?«, hörte Mitch noch die aufgeregte Stimme des Professors, bevor die Tür des Lifts zuglitt. Er hatte es eilig. Sein Ziel war der Tiefgaragenplatz, wo Anna-Maria und Samson warteten.

Samson hatte gezaubert oder die Securityleute waren geflogen. Auf jeden Fall waren die Autos abfahrbereit. Mit einem schnellen Blick musterte Mitch die Wachleute, die Samson von der Thromberg AG angefordert hatte. Sie wirkten entschlossen und alle waren bewaffnet. Mitch nickte seinen Freunden zu. Es konnte losgehen.

Mit quietschenden Reifen schossen die beiden großen Geländewagen, die zu dem Fuhrpark von ODYSSEE gehörten, durch das nächtliche Hamburg. Die Fahrer nahmen dabei keine Rücksicht auf Geschwindigkeitsbegrenzungen. Sie waren auf dem Weg, einen erbarmungslosen Entführer zu schnappen und Marie wieder nach Hause zu holen.

Nach weniger als vierzig Minuten bogen sie bereits in die Zufahrt zum Bultensee ein, der zu den kleinen Badeseen rund um Bremen gehörte. Samson hatte das Team auf der Fahrt ausführlich gebrieft. Und als sie leise die Türen öffneten, konzentrierten sich alle auf das dritte Haus in der Ferienhaussiedlung. Schwitters Haus. Sie hofften, dort auch Marie zu finden. Das kleine Haus lag etwas versteckt hinter einer hohen Hecke. Aufmerksam musterte Mitch das Gebäude durch einen starken Feldstecher. Aber nichts rührte sich.

»Lass uns reingehen«, drängte Anna-Maria, die es aus Sorge um Marie nicht mehr aushielt.

Mitch nickte. »Aber du wartest bitte, bis wir dich rufen. Es könnte gefährlich werden.«

Es dauerte eine Weile, Anna-Maria zu überzeugen, aber schließlich konnten die Männer los. Samson und einer der Wachmänner eilten geduckt zur Rückseite des Hauses, während Mitch mit einem bewaffneten Security-Mitarbeiter die Vorderseite mit der Haustür übernahm.

Lauschend verharrten sie, und als sich im Haus nichts rührte, versuchte Mitch die Türklinke niederzudrücken. Sie war nicht verschlossen. Das metallische Knacken, mit der sein Begleiter die Waffe entsicherte, ließ Mitch vor Schreck zusammenfahren. Mit einem wütenden Blick musterte er den Wachmann, der nur entschuldigend mit den Schultern zuckte.

Mitch nahm das kleine Funkgerät und sendete das zuvor ausgemachte Signal an Samson. Dann zählte er bis fünf, riss die Tür auf und stürzte gemeinsam mit seinem bewaffneten Begleiter ins Haus. Parallel drang Samson auf der Rückseite ein.

Das Gebäude war leer. Zunächst fanden sie keine Spur von Schwitter oder Marie, bis sie in den Keller gelangten.

Zuerst fiel ihnen der unangenehme Geruch nach Kupfer und Verwesung auf. Als sie dann vorsichtig die Tür zur Waschküche öffneten, verschlug es ihnen den Atem. Ein regelrechtes Schlachthaus erwartete sie, Blut überall. Selbst die Decke des niedrigen Kellerraums war blutverspritzt.

Mitch wurde schlecht vor Angst, als er in einer Ecke die Federmaske und das Kleid fand, mit denen das Mädchen vor der Bundeskanzlerin getanzt hatte. Der Stoff war mit Blut besudelt, fast so, als hätte sich jemand damit die Hände gesäubert. Schockiert hob Mitch die rot gesprenkelte Federmaske vom Boden auf. Ein deutliches Zeichen, dass hier etwas unsagbar Grausames vorgefallen sein musste. Reste von Plastikfolie und abgeschnittene Schnurstücke verrieten, wie der Täter die

Leiche wahrscheinlich entsorgt hatte.

Seine Gedanken rasten. Marie war hier gewesen, das bewiesen die Kleidungsstücke. Und Schwitter hing mit drin, wenn er nicht allein für die Entführung verantwortlich war. Aber was war dann geschehen? Hatte Schwitter durchgedreht und das Mädchen in einer Kurzschlusshandlung getötet? Auf der anderen Seite war das äußerst unwahrscheinlich. Er hatte doch Marie nur entführt, um an die Daten zu kommen.

Mitch brauchte eine Weile, bevor er nach oben gehen konnte, um Anna-Maria zu informieren. Er ging langsam, denn er hatte keine guten Nachrichten. Als er ins Freie trat, schweifte sein Blick unwillkürlich zu der dunkel schimmernden Wasserfläche des Bultensees. Vermutlich lag irgendwo darunter Maries Leiche und er musste es jetzt Anna-Maria sagen. Mitch schluckte schwer.

Viele Stunden später war er immer noch am See. Er hatte sich von den anderen abgesondert. Niemand brauchte ihn im Moment. Doch er war nicht imstande nach Hause zu gehen. Der Tatort war weitläufig abgesperrt worden, und Schwitters Ferienhaus wimmelte von weißbekittelten Ermittlungsbeamten. Akribisch suchten die Beamten nach irgendeinem Anhaltspunkt, was in dem Haus geschehen war. Der Einsatzleiter hatte bereits Taucher angefordert, die den Seegrund absuchen sollten. Überall auf dem Gelände waren starke Halogenstrahler aufgestellt, die weiße Lichtkegel auf den See und das Ferienhaus warfen. Dazu die blinkenden Blaulichter der unzähligen Polizeiwagen, Einsatzfahrzeuge der Polizeitaucher und dazwischen ein Leichenwagen, den irgendein übereifriger Polizist angefordert hatte.

Dessen Eintreffen war auch einer der Hauptgründe für Anna-Marias Zusammenbruch gewesen. Sie hatte mit Samson und Mitch auf das Eintreffen der Polizei gewartet, bereit eine Aussage zu machen. Aber als dann der Leichenwagen eintraf, brach sie zusammen. Stumm und tränenüberströmt saß sie danach in einem der Polizeiwagen und war nicht imstande, auf irgendeine der Fragen zu antworten. Mit Einwilligung des Einsatzleiters hatte Mitch sie in eine Hamburger Klinik bringen lassen. Er hatte es allein auf sich genommen, die Polizei über den Hintergrund des Mordes und der Entführung zu informieren.

Der leitende Untersuchungsbeamte hieß Hauptkommissar Andreas Wulf. Er war kurz nach den ersten Streifenwagen eingetroffen und nach Mitchs Aussage vor Wut fast explodiert. Wulf machte es Mitch nicht leicht und hatte ihm angedroht, dass das Verschweigen der Straftat ernste Konsequenzen nach sich ziehen würde.

Doch damit konnte er Mitch nicht treffen. Er wusste, er hatte das einzig Richtige getan. Selbst wenn er die Polizei sofort eingeschaltet hätte; sie hätten die Bluttat hier nicht verhindern können. Im Gegenteil, bis die Beamten ihre Routinearbeit aufgenommen hätten, wären die Entführer mit den erpressten Daten längst auf und davon gewesen. Es hätte genügt, das Mädchen nochmals zu schlagen und Mitch hätte nicht gezögert, die Daten per E-Mail an jede Adresse der Welt zu schicken. Weshalb auch nicht? Hauptsache, das Mädchen käme gesund zurück. Es ging doch nur um einen mittelalterlichen Text. Zwar eine archäologische Sensation, aber das konnte doch nicht der Grund für eine so überzogene Handlung sein?

Mitch grübelte. Als Chef von ODYSSEE war er gewohnt, schwierige Zusammenhänge zu ordnen und Strategien zur Lösung von Problemen zu entwickeln. Aber hier war er hilflos. Die Grundlagen waren unlogisch. Ihm fehlte die Basis, das Problem auch nur ansatzweise zu verstehen, geschweige denn einen Lösungsansatz zu finden. Nur eines war klar. Es handelte sich um keine normale Entführung. Deshalb hatte er versucht, Marie auf eigene Faust zu befreien: und war schmählich dabei gescheitert. Wenn Marie tot wäre, würde er sich das im ganzen Leben nicht verzeihen. Er hätte noch schneller reagieren, noch schneller Schwitters Adresse herausfinden müssen. Aber so war er zu spät gekommen.

Aus dem Augenwinkel sah er, wie einer der Taucher die Wasseroberfläche durchbrach und aufgeregt winkte.

Er hatte offenbar etwas gefunden. Mitchs Magen gefror zu einem Eisklumpen, als die Taucher ein eng in Plastikfolie verschnürtes menschengroßes Bündel ans Ufer zogen.

Marie!

Hastig drängte er sich nach vorne.

Die Beamten versuchten ihn zurückzuhalten, aber Hauptkommissar Wulf winkte ihn durch.

»Fühlen Sie sich imstande, die Leiche zu identifizieren?«, fragte er in geschäftsmäßigem Tonfall, während die Taucher vorsichtig die Umhüllung lösten.

Mitch konnte nur stumm nicken. Hilfesuchend hielt er sich an einem der Polizisten fest, als der Kopf der Leiche freigelegt wurde. Er wagte kaum hinzuschauen.

»Schwitter, das ist Schwitter!«

Hauptkommissar Wulf schaute ihn überrascht an. Doch Mitch bemerkte es nicht. Seine Gedanken rasten.

Wenn er davon ausging, dass Huanitzin hinter allem steckte, dann war dieser sicher auch für den Mord an Schwitter verantwortlich. Aber dann ... er traute sich kaum den Gedanken weiterzuspinnen ... dann hatte er auch Marie. Das Mädchen musste noch am Leben sein. Es gab Hoffnung. Sie mussten nur Huanitzin finden.

Aus dem Augenwinkel sah er, wie die Polizisten mit einem hastigen Schritt von der Leiche Schwitters zurückschraken. Die Folie war komplett aufgeschnitten. Als das Bild in Mitchs Gehirn eindrang, hielt er schockiert die Luft an. In Schwitters Brust klaffte ein riesiges Loch.

Es sah fast so aus, als wäre sein Oberkörper von innen explodiert. Die Rippen auf der linken Brustseite waren brutal aufgebrochen und nach außen gebogen. Mitch wurde übel und er kämpfte sich aus der Menge.

Sein Magen protestierte immer noch, als Hauptkommissar Wulf neben ihn trat.

»Ich bin wirklich überrascht«, sagte der Beamte nachdenklich und kratzte sich am Kopf. »Eigentlich war es bisher ein klarer Fall für mich. Entführer tötet sein Opfer und flieht danach.

Aber jetzt passt nichts mehr zusammen.«

Mitch nickte stumm. Zunächst wollte er seine Überlegungen für sich behalten. Doch dann hielt es ihn nicht mehr. Mit Hilfe der Polizei wäre es sicherlich sehr viel einfacher, Huanitzin zu finden. Entschlossen erzählte er Wulf von seinem Verdacht gegen Huanitzin.

Ruhig hörte dieser ihm zu. Er wollte Mitch nicht die aufkeimende Hoffnung nehmen, aber für Mutmaßungen war es aus seiner Sicht noch viel zu früh. Es konnte immer noch sein, dass die Leiche des Mädchens ebenfalls im See lag. Doch vielleicht hatte der Mann ja recht. Es konnte nicht schaden, Huanitzin zur Fahndung auszuschreiben, auch wenn der Staatsanwalt die Beweislage gegen den Mexikaner sicher als nicht ausreichend empfinden würde.

Entschlossen griff er zum Telefon.

»In einigen Stunden wissen wir mehr«, sagte er nach dem Gespräch und blickte zum See, wo die Polizeitaucher inzwischen wieder bei ihrer Arbeit waren. »Erst wenn wir wirklich wissen, dass keine weitere Leiche im See verborgen ist, können wir anfangen zu hoffen.«

Dann klopfte er Mitch aufmunternd auf die Schulter.

»Gehen Sie nach Hause und schauen Sie nach der Mutter. Wenn wir etwas finden, melde ich mich sofort bei Ihnen.«

Doch Mitch rührte sich nicht von der Stelle.

Die Erpressung

Zentrale der ODYSSEE
Hamburg, Deutschland
Am späten Nachmittag

Anna-Maria hielt es nicht mehr in ihrem Sessel. »Wo bleibt er nur?«, rief sie und rannte zum wiederholten Male ans Fenster, um die Einfahrt zu beobachten.

Mitch, Samson und Rajesh schauten Anna-Maria voller Mitgefühl an. Sie hatten sich hier im Penthouse versammelt, da Hauptkommissar Wulf um ein kurzfristiges Treffen gebeten hatte. Er wollte sie über die aktuellen Erkenntnisse der Ermittlungsarbeit informieren. Alle fieberten diesem Treffen entgegen, aber besonders Anna-Maria raste vor Ungeduld. Seit sie wusste, dass Marie wahrscheinlich noch lebte, war sie wieder voller Energie und der Arzt im Krankenhaus hatte ihrer Entlassung zugestimmt.

Mitch war den ganzen Vormittag in Bremen geblieben, und erst als klar gewesen war, dass es keine Spur einer weiteren Leiche gab, hatte er Anna-Maria informiert. Die Polizei vermutete, dass der Mörder Schwitters das Mädchen mitgenommen hatte. Marie lebte also aller Wahrscheinlichkeit noch und mit Huanitzin gab es auch einen Hauptverdächtigen. Die Fahndung nach dem Mexikaner lief auf Hochtouren.

Es klingelte.

Endlich war der Ermittlungsbeamte eingetroffen. Anna-Maria überschüttete Wulf sofort mit Fragen, bis dieser energisch die Hand hob.

»Ich verstehe Ihre Ungeduld, aber lassen Sie mich bitte versuchen, der Reihe nach zu berichten.«

Erst als alle um den großen Esstisch herum saßen, begann der Kriminalbeamte. »Der Entführungsfall hat bei uns höchste Priorität, deshalb liegen uns bereits jetzt die ersten Ergebnisse der Labortests vor. Zusammen mit den übrigen

Ermittlungsergebnissen haben wir damit ein recht klares Bild über den Ablauf der Entführung.«

Wieder unterbrach er mit einer Geste die aufkommende Erregung. »Zunächst haben wir Zeugenaussagen, die belegen, wie Schwitter Marie auf dem Schulweg abgefangen hat. Sie scheint freiwillig zu ihm ins Auto gestiegen zu sein, zumindest ist das die übereinstimmende Meinung der Zeugen. Neben ihrer Schultasche hatte sie einen kleinen Koffer dabei.«

»Das war ihr Kostüm«, warf Anna-Maria ein und wischte sich eine Träne weg. »Sie wollte doch an dem Tag in ihrer Klasse zeigen, in welchem Kleid sie vor der Bundeskanzlerin getanzt hat.«

Der Hauptkommissar nickte bestätigend. »Das wissen wir inzwischen auch von ihren Klassenkameradinnen. Doch zurück zu Schwitter. Er war zwar vorsichtig, aber zwei Zeugen haben gesehen, wie das Mädchen zu ihm ins Auto gestiegen ist. Er ist also eindeutig der Entführer. Das belegt auch ein Prepaid-Handy, das wir in seinem Ferienhaus gefunden haben. Der Anruf des Entführers wurde damit getätigt.«

Wulf zögerte kurz, bevor er mit seinem Bericht fortfuhr. »Nun wird die ganze Sache jedoch undurchsichtig. Spuren belegen, dass Marie im Haus gefangen gehalten wurde. Wir fanden ihre Schultasche und den leeren Koffer in einem der Zimmer. Ihr Kostüm und die Federmaske aber lagen in der Waschküche. Wie sie dorthin gekommen sind, wissen wir nicht.«

»Das Blut im Keller und auf dem Kostüm. Von wem stammt das?«, fragte Mitch mit besorgter Stimme.

Wulf hob beruhigend die Hände. »Keine Sorge, das Blut war ausnahmslos von Schwitter. Der Täter muss ihn in der Waschküche getötet haben. Anschließend hat er sich wahrscheinlich mit dem Kleid gesäubert. Leider fanden wir keine Fremd-DNA. Der oder die Täter sind äußerst vorsichtig gewesen.«

»Wie ist Schwitter gestorben?« Mitch konnte die schreckliche Verletzung nicht aus seinem Hirn verbannen.

Nun zögerte der Hauptkommissar deutlich länger mit seiner Antwort. Er schloss kurz die Augen, bevor er fortfuhr. »Der Täter hat ihm mit einem scharfen Gegenstand den Brustkorb geöffnet und ihm dann sein Herz regelrecht herausgerissen.«

Entsetztes Schweigen herrschte rund um den Tisch.

»Herausgerissen?«, fragte Samson ungläubig.

»Ja, und er hat es mitgenommen.«

»Er hat das Herz mitgenommen?«

Wulf wischte sich nervös über den Kopf. Man sah ihm an, dass dieser Mord auch ihm sehr zusetzte. »Wir haben das Organ zumindest nicht gefunden. Was der Täter damit gemacht hat, wissen wir nicht.«

Anna-Maria schluchzte laut auf. »Und dieses Monster hat jetzt meine Tochter?«

Der Hauptkommissar schlug nur die Augen nieder. Aber auch ohne seine Bestätigung war die Situation klar. Marie war in den Händen eines Wahnsinnigen, der Menschen mit bloßen Händen das Herz herausriss.

»Es ist noch nicht vorbei«, sagte Mitch leise. Als alle ihn neugierig ansahen, sprang er auf und begann im Zimmer auf und ab zu gehen. So konnte er besser denken. »Lasst uns mal überlegen: Wir wissen, dass Huanitzin alles daransetzt, den Text des Codex in seine Hand zu bekommen. Er hat bestochen, manipuliert und im Grunde sind wir uns sicher, dass er auch hinter der Entführung steckt.«

Als alle nickten, fuhr er fort: »Das heißt, Huanitzin steckt wahrscheinlich auch hinter dem Mord an seinem Handlanger.«

»Nicht unbedingt«, unterbrach ihn Wulf, »wir haben keinen direkten Beweis, dass er in den Fall verwickelt ist. Es handelt sich bisher nur um Vermutungen. Grundsätzlich könnte es sich auch um einen fremden Täter handeln, ohne Zusammenhang mit dem Codex.«

Mitch überlegte kurz, schüttelte dann jedoch den Kopf. »Äußerst unwahrscheinlich. Ich bin überzeugt, dass der Mexikaner hinter allem steckt. Und wenn er immer noch den Codex will, dann wird er die Erpressung fortsetzen.«

»Du meinst, er wird sich bei uns melden?«, fragte Samson.

»Er oder einer seiner Handlanger«, entgegnete Mitch und wandte sich an den Polizisten.

»Gibt es schon eine Spur von Huanitzin?«

»Leider nicht.« Wulf zuckte mit den Schultern. »Wie gesagt, wir suchen ihn im Moment offiziell nur als Zeugen. Aber natürlich steht er ganz oben auf unserer Fahndungsliste. Er kann Deutschland nicht verlassen.«

»Dann müssen wir warten, so schwer es uns fällt.« Mitch setzte sich wieder an den Tisch und legte tröstend einen Arm um die Schultern von Anna-Maria.

Die Nacht brach an und noch immer gab es kein Lebenszeichen von Marie. Irgendwann kurz vor Mitternacht gab Mitch auf. »Es ist schon verdammt spät«, sagte er und gähnte, »wir sollten ins Bett gehen und versuchen, etwas zur Ruhe zu kommen.«

Den aufkommenden Protest von Anna-Maria unterbrach er mit einer beruhigenden Geste. »Wir können im Moment nichts tun. Ich denke, dass wir Marie mehr nützen, wenn wir ausgeschlafen sind.«

Zögernd gab sie nach und folgte Mitch in eines der Gästezimmer. Anna-Maria war sich sicher, die ganze Nacht kein Auge schließen zu können. Doch das starke Schlafmittel, das ihr der Arzt verschrieben hatte, und die Aufregungen des Tages waren schließlich stärker. Nach einigen Minuten fiel sie in einen unruhigen Schlaf.

Mitch wartete noch, bis ihr Atem ruhiger wurde, dann ging er in sein Zimmer und versuchte ebenfalls zu schlafen. Obwohl er fast vierundzwanzig Stunden auf den Beinen gewesen war, kam er nicht zur Ruhe. Zuviel ging ihm durch den Kopf. Immer wieder schreckte er aus einem kurzen Schlummer hoch und sah auf die Uhr. Die Nacht schien nicht enden zu wollen. Schließlich gab er auf und stand auf. Es hielt ihn nicht mehr im Bett.

Als er die Küche betrat, fand er dort bereits Samson vor, der ebenfalls nicht schlafen konnte. Ohne weitere Worte holte Samson eine weitere Tasse aus dem Schrank.

»Wenn ich nur wüsste, warum der Mexikaner so darauf versessen ist, den Inhalt des Buches in die Hand zu bekommen!« Lustlos rührte Mitch in der dampfenden Tasse, die Samson vor ihn gestellt hatte.

»Der Kaffee schmeckt besser, als er aussieht«, versuchte Samson seinen Freund aufzumuntern. Aber er schob entschlossen seine Tasse von sich weg.

»Warum will Huanitzin unbedingt den Inhalt des Codex haben und ist bereit, dafür fast jedes Risiko einzugehen? Ich kapier das nicht.«

»Du weißt doch gar nicht, ob er tatsächlich dahintersteckt«, warf Samson ein.

»Zweifelst du wirklich daran? Auch wenn es noch keine direkten Beweise gibt, ist es doch die einzig logische Folgerung. Selbst die Polizei fahndet nach ihm.«

Samson gab nicht auf: »Aber offiziell suchen sie ihn nur als Zeugen und nicht als Entführer.«

»Wie sollen die Beamten bei der Beweislage auch anders vorgehen? Aber der Kommissar sieht die Sache genauso wie wir. Für ihn ist Huanitzin der Hauptverdächtige hinter der Entführung.«

»Und es gibt immer noch keine Spur?«

»Weder von Huanitzin noch von Marie. Und sie ist jetzt seit zwei Tagen in den Händen ihrer Entführer. Anna-Maria ist wahnsinnig vor Angst und ich selbst verliere auch immer mehr die Hoffnung, das Mädchen lebend wiederzusehen.«

Samson schüttelte den Kopf. »Aber warum sollte Huanitzin ihr etwas tun? Sie ist doch der einzige Schlüssel zum Inhalt des Buches. Er würde doch keine goldene Gans schlachten, bevor sie Eier legt.« Selbst erschrocken über seinen unpassenden Vergleich verstummte er.

Doch Mitch hatte den sprachlichen Fehltritt seines Freundes gar nicht bemerkt. »Wer weiß schon, was in Huanitzin vorgeht? Ich hoffe nur, dass er sich bald meldet und wir mehr wissen.«

»Der Termin ist aber doch verstrichen?«

»Das war Schwitters Termin. Inzwischen hat sich alles verändert. Ich denke, Huanitzin wird sich auf jeden Fall melden. Er will die Fotos, um jeden Preis.«

»Und wenn er sich meldet …«, Samson zögerte kurz, »willst du dann wieder ohne Polizei verhandeln?«

»Nein, das kann ich nicht mehr. Der Fall ist jetzt offiziell, und es ist eine Sonderkommission auf den Fall angesetzt.«

»Und wo sind die alle? Die müssten doch hier bei uns schon Aufzeichnungsgeräte und Beamte stationiert haben. Zumindest kenne ich das so aus dem Fernsehen.«

»Wir leben in einer digitalen Welt, Samson«, entgegnete Mitch müde und schob seinen Teller auf dem Tisch hin und her. »Da braucht es keine persönliche Präsenz mehr. Die Polizei überwacht alle unsere Telefone und Rajesh musste unsere E-Mail-Accounts offenlegen. Zusätzlich wurden alle Überwachungskameras vor unserem Haus zentral geschaltet. Hier kann keiner mehr einen Schritt in Richtung unseres Hauses tun oder eine Nachricht schicken, ohne dass ihm eine Hundertschaft Polizisten auf den Fersen ist.«

Samson nickte unbeeindruckt. »Trotzdem hätte ich erwartet, dass irgendjemand von der Polizei hier bei uns ist. Und wenn es nur wegen Anna-Maria ist.«

»Genau deswegen habe ich den Hauptkommissar gebeten, auf persönliche Überwachung zu verzichten. Anna-Maria würde ausrasten, wenn hier dauernd ein Beamter im Haus wäre.« Mitch stand auf und begann unruhig im Zimmer auf und ab zu wandern. »Es macht mich fertig, dass wir gar nichts tun können.«

Samsons Blicke folgten seinem Freund, während er unbewusst dessen Kaffeetasse austrank. Beim letzten Schluck kam ihm eine Idee. »Warum setzen wir eigentlich nicht Rajesh auf das Thema an. Er könnte doch den Hintergrund von Huanitzin noch tiefer durchleuchten. Da muss es doch irgendeinen Anhaltspunkt geben, von dem aus wir weitermachen können?«

Ruckartig blieb Mitch stehen. »Wieso bin ich da nicht selbst daraufgekommen?« Er rannte beinahe aus dem Raum, doch vor dem Lift stoppte er nochmals und wandte sich an Samson. »Vor lauter Aufregung habe ich ganz vergessen, unsere Freunde zu informieren. Würdest du bitte Thomas und Johanna übernehmen? Ich gehe schnell zu Rajesh hinunter und bitte ihn, sich auf Huanitzin zu konzentrieren.«

Samsons bestätigendes Nicken bekam Mitch schon nicht mehr mit. Rajeshs Computer waren eine Option, an die er in der Sorge um Marie nicht gedacht hatte. Er musste so schnell wie möglich mit ihm sprechen. Als die Lifttür sich in der IT-Etage öffnete, war diese jedoch leer. Aus der Küche, die der Computerzentrale angeschlossen war, drangen leise Stimmen. Ohne anzuklopfen, stürmte Mitch in den Raum. Er fand Rajesh und Professor Wagner in Siegeslaune.

»Ah, da bist du ja. Dann brauchen wir dich nicht aufzuwecken«, sprudelte Rajesh heraus und sprang auf.

Professor Wagner, der ein volles Sektglas in der Hand hielt, ergänzte: »Wir haben nämlich die Übersetzung fertig.«

Diese unerwartete Nachricht riss Mitch aus seiner Verzweiflung. »Wie habt ihr das geschafft? Das ist ja viel schneller, als selbst ich vermutet hätte.«

»Ja, unser Freund Rajesh hat so seine Verbindungen«, sagte Professor Wagner geheimnisvoll und nippte an seinem Sektglas.

»Nun ja«, verlegen schaute der Computerspezialist zu Boden, »es ist eben so, dass es ein Universitätsarchiv gibt, in dem alle Tironischen Noten und ihre Bedeutung schon digitalisiert sind. Selbst die individuellen Zeichen, die in abgelegenen Klöstern verwendet wurden, gibt es da. Fix und fertig inventarisiert. Wir mussten die Daten nur noch kopieren und mit einem einfachen Programm machte der Computer die ganze Übersetzung.«

»Ich sage nur - Vatikan!« Der Professor strich sich schmunzelnd mit einem Finger über seinen grauen Schnauzer.

»Vatikan?« Mitch schaute Rajesh fragend an.

Verlegen schaute er zu Boden. »Na ja, ich habe einfach mal

angeklopft, und ehe ich mich versah, war ich plötzlich mitten in deren Datenbank.«

Das schlechte Gewissen war dem jungen Inder deutlich anzusehen.

Mitch ging nicht darauf ein. Er wusste, es hatte keinen Sinn. Das Hacken von fremden Datenarchiven war Rajesh in Fleisch und Blut übergegangen. Das war letztendlich auch der Grund gewesen, weshalb sie sich kennengelernt hatten. Und solange er nicht vertrauliche Notizen aus dem Weißen Haus präsentierte, hatte Mitch sich vorgenommen, das einfach zu ignorieren.

»Das heißt, wir haben jetzt eine komplette Übersetzung des Buches in Latein?«

»In Latein und parallel übersetzt in aktuellem Deutsch.«

Nun war selbst Mitch verblüfft. Es gab Situationen, da überraschte Rajesh selbst ihn. Obwohl er die Fähigkeiten des Computerexperten besser kannte als irgendjemand sonst.

Rajesh grinste über das ganze Gesicht. »Ja, es gibt da ein freies Software-Programm im Internet, das mir dabei geholfen hat. Es stammt von einem Studenten, der offenbar keine Lust auf lateinische Übersetzungen hatte. Er hat deshalb die Bedeutung der lateinischen Worte und deren Satzstellungen in ein modernes Deutsch übersetzt und das in ein simples Computerprogramm übertragen. Eigentlich mehr zum Spaß, um Cicero oder Plato frei zu übersetzen. Ich habe es einfach mal probiert und es funktioniert sensationell.«

Mitch verstand noch immer nicht.

Professor Wagner versuchte, zu vermitteln. »Also ich war am Anfang dagegen, da es üblichen wissenschaftlichen Regeln widerspricht. Aber es wäre schwierig gewesen, die doch zum Teil sehr komplexen Satzstellungen und Wortbedeutungen so schnell zu deuten und zu übersetzen. Diese Computer-Übersetzung stimmt zumindest sinngemäß und ist sofort von jedermann zu lesen.«

»Ja, und es ist unglaublich. Schon auf der ersten Seite. Hier, schau mal.« Rajesh drückte Mitch sein iPad in die Hand, ohne das er niemals aus dem Haus ging. Ohne Verbindung zu einem digitalen Netz fühle ich mich völlig hilflos, hatte er einmal gesagt, als Samson ihn damit geneckt hatte. Und tatsächlich trug er es immer in einer einfachen Leinentasche um den Hals. Allzeit bereit, sofort im Internet zu surfen.

Der Bildschirm des iPads leuchtete golden. Rajesh hatte sogar die Zeit gefunden, die Übersetzung auf einen goldenen Hintergrund zu stellen.

Zitternd vor Aufregung setzte sich Mitch auf einen der Küchenstühle und begann zu lesen. Die Übersetzung war noch holprig, aber Rajesh und Professor Wagner hatten es in der kurzen Zeit trotzdem geschafft, die mittelalterlichen Sprachwindungen in ein lesbares Deutsch zu transferieren.

Haithabu, im Jahr des Herrn 986

Dies ist der Bericht des von Gott geweihten Bischofs Ansgae, der im Jahr des Herrn 986 das andere Ende der Welt erreichte und unter dem Namen Quetzalcoatl die Botschaft Gottes unter den dort lebenden Götzenanbetern verbreitete. Begleitet wurde er dabei von Thorwulf Gunnarson, dem Vasall des christlichen Königs Harald Blauzahn von Dänemark, der den Auftrag seines Königs vorbildlich durchführte und den Bischof während der ganzen Reise mit seinem Leben beschützte …

Mitch schaute mit leuchtenden Augen auf. Er war so aufgeregt, dass er stotterte: »Das ist ... ja ... das ist der Beweis! Die Wikinger sind also tatsächlich in Mexiko gewesen und Ansgae bezeichnet sich hier selbst als Quetzalcoatl.«

Professor Wagner pflichtete ihm freudestrahlend bei: »Und die Verbindung von Wikingern und einem gebildeten Priester erklärt auch, weshalb der Titel des Buches mit Runen graviert wurde, während der gesamte Inhaltstext in Tironischen Noten niedergeschrieben wurde. Auf der einen Seite die Runen, die für die Wikingerkultur stehen und andererseits die platzsparende Kurzschrift der Mönche. Für mich heißt das übersetzt, dass nur die einmalige Kombination, zwischen der

Seefahrerkunst der Wikinger und der Bildung der Mönche, die Reise möglich machten. Auf diese Art sind beide Gruppen in diesem Tagebuch angemessen repräsentiert.«

»Sie glauben wirklich, es ist ein Tagebuch und keine Sage?« Mitch konnte es noch immer nicht fassen.

»Es ist ein Tagebuch. Nehmen Sie nur mal den Einstieg. Und es geht so weiter. Sie werden es sehen, wenn Sie weiterlesen. Es ist eine akribische Beschreibung einer fantastischen Reise. Ich habe es natürlich noch nicht fertig lesen können, aber ein bisschen weiter als Sie bin ich schon gekommen. Die Ergebnisse dieses Tagebuches werden die Geschichtsschreibung verändern und uns alle, die wir damit zu tun haben, berühmt machen. Ich bin sicher, dass viele Kollegen morden würden, um in unserem Team dabei sein zu dürfen.«

Mitchs wissenschaftliche Begeisterung wurde durch diese Bemerkung wieder von der Realität eingeholt. Schlagartig fiel ihm ein, weshalb er eigentlich hier war. Ohne das iPad aus der Hand zu geben, informierte er Rajesh und den Professor über die aktuellen Geschehnisse.

Professor Wagner war stumm vor Schreck.

Der Computerspezialist dagegen setzte sich sofort an seine Rechnerzentrale und gab die Suchkriterien für den mexikanischen Forscher ein. Die Freude über den Übersetzungserfolg war Rajesh vergangen. Er würde seine Computer glühen lassen, bis er einen Hinweis auf Maries Entführer gefunden hätte. »Keine Sorge, Mitch«, versprach er, während seine Finger blitzschnell über die Tasten flogen. »Huanitzin wird bald so transparent sein wie ein Stück Glas. Bald werde ich alles über ihn wissen, und wenn er etwas mit der Entführung zu tun hat, dann gnade ihm Gott.«

»Ich würde auch gerne helfen«, erklang die Stimme des Professors.

Ernst wandte sich Mitch zu ihm: »Das sollen Sie auch, Herr Professor. Sie sind unser Spezialist für mesoamerikanische Geschichte. Wir müssen das Buch in allen Details analysieren. Irgendetwas ist darin, das Huanitzin unter allen Umständen haben will. Wir müssen herausfinden, was es ist. Ich würde Sie bitten, das Buch daraufhin zu analysieren und dann Ihre Vermutungen mit den Ergebnissen von Rajesh abzugleichen. Was ist so wichtig in diesem Buch, dass nach über tausend Jahren Menschen bereit sind, dafür zu töten? Der Codex ist die wichtigste Spur überhaupt. Wenn wir die Motive kennen, führt uns das direkt zu den Entführern.«

Der Professor nickte ernst und setzte sich stumm vor einen der freien Computer. Mit einem Klick rief er die Übersetzung auf und vertiefte sich dann ohne ein weiteres Wort in den Text.

»Darf ich dein iPad mitnehmen, Rajesh?«, bat Mitch seinen Freund. »Ich würde Anna-Maria gerne die Übersetzung zeigen, wenn sie wach ist. Vielleicht lenkt es sie etwas ab.«

Rajesh war so in seine Recherchen vertieft, dass er die Frage gar nicht hörte. Mitch wartete eine Weile und sah den beiden zu, wie sie tief in ihre jeweilige Aufgabe versunken waren. Eine kleine Hoffnung erfüllte sein Herz. Mit solchen Freunden müsste alles möglich sein. Gemeinsam würden sie es schaffen, Marie wiederzufinden. Sein Blick fiel auf den golden leuchtenden Bildschirm in seiner Hand und mit entschlossenen Schritten ging er zum Lift. Anna-Maria würde fassungslos sein, welche Fortschritte das Quetzalcoatl-Projekt in den letzten Stunden gemacht hatte. Er freute sich schon, sie damit hoffentlich ein klein wenig aus ihrer Verzweiflung reißen zu können. Vielleicht würden sie ja gemeinsam herausfinden, weshalb Huanitzin so verbissen hinter dem Inhalt her war.

Und wenn er sich selbst gegenüber ehrlich war, konnte er kaum erwarten, in dem Tagebuch weiterzulesen. Warum hatten die Wikinger und der Bischof Haithabu verlassen? Und wie waren sie ausgerechnet nach Mexiko gekommen? Das goldene Buch barg noch viele Geheimnisse. Und die Lösung stand in diesen Seiten. Es wurde Zeit Anna-Maria zu wecken.

Gemeinsam mit Samson und Anna-Maria hatte sich Mitch in der Kaminecke des Penthouse niedergelassen. »Ich würde vorschlagen, dass wir abwechselnd vorlesen«, schlug er vor.

»Dann können immer zwei aufpassen, ob eventuell etwas zwischen den Zeilen steht, und wir können dann gleich darüber diskutieren. Nochmals - wir haben leider keine Ahnung, nach was wir suchen müssen. Es steht nur fest, dass es Auswirkungen bis in die Jetztzeit haben muss. Wir suchen eine Erklärung, warum Huanitzin tausend Jahre nach Entstehen des Buches bereit ist, zu entführen und zu morden. Es sind zehn beidseitig beschriftete Seiten in der Kurzschrift, also rund vierhundert Seiten Text. Das wird eine ziemliche Zeit dauern. Aber wir sollten versuchen, den Hinweis zu finden, bevor die Entführer anrufen.«

»Du bist dir sicher, dass sie anrufen?« Anna-Maria schaute Mitch gequält an.

»Sicherer denn je und bald wissen wir auch, warum sie Marie entführt haben.«

»Willst du ihnen dann wirklich die digitalen Daten des Buchinhaltes geben?«, fragte Samson mit einem scheuen Blick zu Anna-Maria.

»Natürlich, wir machen alles, was uns hilft, Marie zu befreien.«

Mitch drückte Anna-Maria beruhigend die Hand. »Aber natürlich geben wir ihm zunächst weder den Verschlüsselungscode noch die Übersetzung. Huanitzin weiß nur von den Fotos. Dass wir schon sehr viel weiter sind, bleibt im Moment noch unser Geheimnis. Vielleicht können wir ihn damit schneller finden, als er ahnt. Und wenn nicht, haben wir noch etwas in der Hinterhand, um über Maries Freiheit zu verhandeln. Aber lasst uns jetzt anfangen. Die Entführer können jeden Moment anrufen.«

In diesem Moment klingelte das Telefon. Erschrocken sahen sich die drei Freunde an.

Ansgae

Zentrale der ODYSSEE
Hamburg, Deutschland
Am frühen Morgen

Den Tränen nahe legte Anna-Maria das Telefon weg. »Deine Mutter hat gesagt, dass ihre Gedanken bei mir sind und ich sie jederzeit anrufen kann, wenn ich Hilfe brauche oder auch nur jemanden zum Unterhalten«, sagte sie stockend. »Ich habe sogar ihre Privatnummer bekommen.«

»Darauf kannst du dir etwas einbilden«, sagte Mitch und legte ihr tröstend eine Hand auf die Schulter. »Diese Nummer haben nur eine Handvoll Menschen auf dieser Welt, unter anderem einige Regierungschefs.«

Fragend schaute ihn Anna-Maria an. »Ich wusste nicht, dass deine Mutter so einen großen Einfluss hat?«

»Sie ist der uneingeschränkte Chef der Thromberg AG und die ist schließlich eines der bedeutendsten Technologie-Unternehmen dieser Welt«, antwortete Mitch. Stolz auf seine Mutter schwang in seiner Stimme mit.

Anna-Maria überlegte einen kurzen Augenblick. Dann nahm sie all ihren Mut zusammen. »Ich habe mich bisher nicht getraut, dich das zu fragen«, begann sie stockend, »aber warum bist du nicht in die Firma deiner Eltern eingestiegen?«

Mitch lachte. »Als Manager wäre ich die absolute Fehlbesetzung. Ich habe mich damals bewusst gegen die Firma und für ein Geschichtsstudium entschieden. Historische Zusammenhänge haben mich schon immer mehr interessiert als Umsatzzahlen.« Ernst fuhr er fort: »Dazu kommt, dass ich die Firma hasse. Sie ist schuld, dass ich als Kind meine Eltern kaum gesehen habe, und im Endeffekt ist sie auch schuld, dass mein Vater so früh gestorben ist. Der permanente Stress war auf Dauer zu viel für ihn.«

Seine Stimme brach und er starrte ins Leere.

Anna-Maria wollte aufstehen und ihn trösten, aber dabei kam die Erinnerung an ihr eigenes Elend in ihr hoch. Sie ließ sich zurück in den Sessel sinken und ein tiefer Seufzer entstieg ihrer Brust. Mitch sah besorgt auf. Doch Anna-Maria wehrte ab. »Es ist einfach so schrecklich, sich so hilflos zu fühlen. Meine Tochter braucht mich, und ich sitze hier nur untätig herum. Es zerreißt mich fast.«

»Irgendwann meldet sich entweder der Entführer oder die Polizei. Hab noch etwas Geduld.«

»Ich will aber nicht mehr warten!« Anna-Marias Stimme klang entschlossen. »Gib mir bitte das iPad, ich fange an zu lesen.«

Statt einer Antwort reichte ihr Mitch nur stumm das Gerät. Als sie sich sofort darin vertiefen wollte, unterbrach er sie. »Lies laut«, bat er. »Gemeinsam können wir interessante Punkte gleich diskutieren.«

»Du hast recht. Das macht es auch einfacher, die Übersetzungsfehler der Software gleich zu finden.«

Mitch schüttelte den Kopf. »Das wird nicht das Problem sein. Ich habe bei Rajesh schon einmal kurz in die ersten Sätze der Übersetzung hineingelesen. Die Software ist genial. Sie übersetzt mittelalterliches Latein sehr sicher in ein gut verständliches Deutsch. Sicher weitab von einer wissenschaftlich korrekten Übersetzung, aber für unsere Zwecke geradezu ideal. Selbst Professor Wagner war beeindruckt.«

»Und irgendwo darin ist ein Hinweis auf die Entführer versteckt. Wir müssen ihn nur finden.« Die leuchtenden Augen Anna-Marias zeigten nichts mehr von der Verzweiflung, die sie kurze Zeit zuvor noch verspürt hatte. Es tat ihr sichtlich gut, endlich etwas zu unternehmen; auch wenn es nur um das Vorlesen des Codex ging.

Am Anfang achtete sie noch auf jedes Wort und las manche Sätze sogar zwei Mal, wenn eine besondere Information darin enthalten war. Doch bald wurde das Vorlesen immer flüssiger. Der über tausend Jahre alte Reisebericht hatte sie und alle Anwesenden völlig in seinen Bann geschlagen.

An Eure Gnaden Adaldag, den Erzbischof von Hamburg.

Herr, Ihr werdet Euch wundern, auf solch wundersame Art wieder von mir zu hören. Seid versichert, dass ich Euch nicht freiwillig verlassen habe. Wenn Ihr dieses Buch gelesen habt, werdet Ihr verstehen, was mit mir geschah. Das Schicksal hat mich in dieses fremde Land getragen, und ich habe hier eine neue Aufgabe gefunden, wie Ihr Sie mir nicht hättet besser stellen können. Deshalb verzeiht mir das lange Schweigen und schließt mich in Eure Gebete ein.

Doch wenn jetzt, nach all der Zeit, ein anderer Erzbischof herrscht, und Euch mein Name nichts sagt, dann gestattet, dass ich mich Eurer Gnaden zunächst vorstelle.

Mein Name ist Ansgae, und ich war von der Kirche zum neuen Bischof von Haithabu bestimmt, bevor mich das Schicksal an den Rand der Welt verschlug.

Geboren wurde ich als ein Bastard des Heinrich, der ein Bruder unseres verstorbenen Kaisers war. Meine Mutter habe ich nie kennengelernt, denn mein Vater ließ mich gleich nach der Geburt in die Abtei St. Maximin bei Trier bringen. Unter seinem Schutz wurde ich von Anfang an von den Mönchsleuten erzogen. Ich lernte schnell und gehörte zu den Besten in der Klosterschule. Als mein Vater 955 Anno Domini starb, war ich erst drei Jahre alt, konnte jedoch schon lesen und schreiben, und rechnete schneller als viele andere, die mehr an Jahren hatten als ich. Und obwohl ich als Bastard geboren war, hatte mich mein Vater in seiner Sterbestunde nicht vergessen. In seinem Testament verfügte er, dass sich sein Bruder, der Kaiser, um meine weitere Erziehung kümmern sollte. So kam ich im Alter von vier Jahren in die Domschule zu Hildesheim, wo ich, obwohl ich noch Kind war, in den sieben freien Künsten unterrichtet wurde. Als ich älter wurde, kamen noch die Studienfächer Recht, Medizin und Theologie dazu. Die Lehrer staunten, wie schnell ich lernte, und welche Fortschritte ich machte. Besonders Sprachen fielen mir sehr leicht, und ich suchte jede Möglichkeit, mit fremder Zunge zu reden. Die Domschule mit ihren Studiosi aus dem ganzen Ostfrankenreich bot mir dazu viel Gelegenheit. Mit zehn Jahren sprach ich fließend in allen Sprachen des Reiches und wurde oft für Dolmetscherarbeiten herangezogen. Aber auch die Gelehrten der Domschule hatten mich gern in ihren Diensten, und ich freute mich, dass sie es wert fanden, meine Erkenntnisse über die Sternkunde in einem kleinen Buch festzuhalten und in die Dombibliothek aufzunehmen.

Doch für eine Karriere als Gelehrter war ich zu unruhig. Das Blut meines Vaters kochte in mir, und ich nutzte jede Gelegenheit, der Routine zu entfliehen. So begleitete ich unseren Prior bei vielen seiner Reisen und meine Gabe als Dolmetscher war ihm oftmals eine große Hilfe. Bei einer Reise nach Hamburg zum Erzbischof Adaldag fielen diesem meine vielfältigen Talente auf, und er bot mir an, in seinen Diensten zu arbeiten.

Ich nahm gerne an und reiste als sein Gesandter durch die Länder, die zu seiner Kirche gehörten, aber auch zu den Slawen und Dänen. Besonders die Dänen hatten es mir angetan. Grimmige Nordmänner, die zwar das Kreuz Christi um den Hals trugen, aber gleich daneben das Amulett des Thor. Sie waren Heiden durch und durch, auch wenn Harald Blauzahn, ihr König, sich zum Christentum bekannte. Mehrfach besuchte ich König Harald in seiner Burg bei Jelling. Obwohl ich ihm viele Geschenke des Erzbischofs überbrachte, und er selbst vier Bischofssitze dafür gründete, war er immer voller Erbitterung, dass Haithabu, die wichtigste Handelsstadt des Nordens, vom Kaiser erobert worden und Teil des Ostfränkischen Reiches war.

Um zu verstehen, was mit mir geschah, solltet Ihr wissen, dass König Harald die Rückgewinnung Haithabus immer als wichtigstes Ziel sah. Schon 974 nach dem Tode unseres Kaisers Otto I. hatte er um diese Stadt gekämpft und erst die geballte Macht des ostfränkischen Heeres hatte sie ihm wieder entrissen. Dann im Jahre des Herrn 983 kam seine Chance. Als der große Aufstand der Slawen losbrach, unterstützte er die Revolte gegen Otto II. und eroberte das ganze

Gebiet bis zur Treedelinie zurück. Den Gegenangriff des Kaisers konnte er dank des Danewerks abwehren und Haithabu war wieder dänisch. Nach der erfolgreichen Abwehr des kaiserlichen Heeres brach sich der Hass der Wikinger gegen die Ostfranken mit einem Massaker gegen die dortigen Christen Bahn. Nur mit Mühe und Not, und mit dem was er auf dem Leibe trug, konnte der damalige Bischof fliehen. Die Missionsarbeit von vielen Jahrzehnten war in einer Nacht dahingemetzelt.

Erst drei Jahre später, im Jahre des Herrn 986, gab es wieder Gespräche mit König Harald. Nach vielen Geschenken des Erzbischofs erklärte er sich bereit, im dänischen Haithabu wieder einen Bischof zuzulassen.

Adaldag bat mich, dieses Amt zu übernehmen. Im Alter von zweiunddreißig Jahren wurde ich so zum neuen Bischof von Haithabu. Doch das Schicksal wollte es, dass ich dieses hohe Amt nicht lange innehaben sollte. Was mir stattdessen widerfuhr, davon erzählt dieses Buch.

Und auch wenn es Eurer Exzellenz wunderlich und unglaublich erscheinen mag, seid versichert, dass alles in diesem Buch der reinen Wahrheit entspricht. Das schwöre ich bei dem einen Gott.

Und wenn Ihr Euch über das wertvolle Metall wundert, auf dem unsere Geschichte festgehalten ist, dann nehmt zur Kenntnis, dass Gold im Land der Toltecas, in dem ich jetzt lebe, so häufig vorkommt, dass es nicht als sehr wertvoll angesehen wird. Nur der schöne Glanz des Metalls hat es ihnen angetan. Sie verarbeiten das Gold deshalb zu kleinen Figuren, Schmuck und Gebrauchsgegenständen, statt damit ihre Schatzkammern zu füllen. Diese Handwerker werden Xochtliteka genannt, was bedeutet Meister des Goldes, und diese verstehen es wahrlich, Dinge aus diesem Metall zu formen, wie ich es schöner und kunstvoller noch nie gesehen habe. Der König, der Ce Acatl Topilitzin genannt wird, hat mir die besten seiner Goldmeister zur Verfügung gestellt, sodass sie mir bei der Herstellung des Goldenen Buches helfen sollen.

Er und sein Volk haben mich mit Reichtümern überschüttet. Ich habe Thorwulf so viel davon mitgegeben, wie sein Schiff tragen konnte, und Ihr werdet feststellen, dass ein solcher Schatz noch niemals zuvor die Meere überquert hat. Damit Ihr vergleichen könnt, was ich den Wikingern übergab, nachstehend die Inventarliste.

Die Ladung besteht aus den Aufzeichnungen unserer Reise, in purem Gold eingebunden und graviert. Dazu kommen 212 Goldfiguren in verschiedenen Größen, darunter Statuen all der fremden Tiere, die es in diesem Lande gibt. Als besonderes Geschenk des Herrschers Toplitzin an Eure Exzellenz sind nochmals drei große Truhen an Bord, vollkommen in Goldblech eingeschlagen und jeweils gefüllt mit den drei wertvollsten Schätzen des Landes. Das sind zum einen die herrlich farbigen Federn des Vogels Quetzal. Für Eure Exzellenz wurden daraus wertvolle Gewänder und Masken gefertigt. Dann ist eine Truhe gefüllt mit den großen Nüssen, aus denen die Toltecas hierzulande ein köstliches Getränk fertigen. Die letzte Kiste ist gefüllt mit den kostbarsten Edelsteinen des Landes, gefasst in Halsbändern und Ringen.

Ich sehe vor mir, wie Ihr erstaunt die Schätze mustert und versucht, ihren Wert abzuschätzen. Allein die sechs Zentner Gold, die Teil der Ladung sind, würden wohl ausreichen alle Heiden des Nordens zu Christen zu machen. Doch seid versichert, es ist nicht einmal ein Hundertstel dessen, was meine Kirche hier besitzt. Dazu kommen Edelsteine, wie sie schöner nicht sein können und vieles Wundersame mehr, das ich zuvor noch nie gesehen habe.

Ihr werdet Euch fragen, woher dieser Reichtum kommt, und wie es mir hier in diesem fremden Lande geht. Ich lebe weit weg von dem Ostfränkischen Reich und von der Gnade der christlichen Kirche, das ist richtig. Doch ich versuche, diesen Menschen hier unseren Glauben nahezubringen, und ich habe damit Erfolg. Viele Menschen kommen zu meinen Gottesdiensten. Auch der König des Landes ist regelmäßig mit dabei. Ich erfülle also meinen Auftrag, die Heiden zu missionieren, den mir Eure Exzellenz gegeben hat, auch wenn es nicht im Dänenreich ist, sondern hier am Ende der Welt. Ich versuche meiner Herde ein guter Hirte zu sein, auch wenn ich Euch gestehen muss, dass ich den Menschen hier nicht abgewöhnen kann, in mir die Wiedergeburt eines ihrer Götter zu sehen. Sie nennen mich Quetzalcoatl, was in ihrer Sprache »Der Weise« bedeutet. Ich sehe fast vor mir, wie Ihr jetzt schockiert seid.

Doch glaubt mir, nichts liegt mir ferner, als gegen meinen Glauben zu verstoßen. Doch der Götzenglaube ist die beste Möglichkeit, diesen Heiden die Lehre Christi nahezubringen.

Ihr müsst wissen, Exzellenz, dass diese Menschen bei unserer Ankunft an einen Gott glaubten, der verlangte, ihm zu Ehren, Menschen zu peinigen und bei lebendigem Leib das Herz herauszuschneiden.

Ihr seid schockiert? Glaubt mir, wenn Ihr gesehen hättet, was ich gesehen habe, würdet Ihr ebenfalls jede Möglichkeit ausnützen, diese Grausamkeiten zu beenden. Auch wenn dazugehört, sich für eine kurze Zeit als weißhäutiger Gott feiern zu lassen. Wartet, bis Ihr gelesen habt, was uns widerfuhr und dann erst urteilt über meine Taten ...

Zwischenschnitt

Zentrale der ODYSSEE
Hamburg, Deutschland
Gegen 9:00 Uhr morgens

Anna-Maria ließ langsam das iPad sinken. Ungläubig schüttelte sie den Kopf und sprang auf. Es hielt sie nicht mehr im Sessel. Die Blicke ihrer Freunde folgten ihr während sie aufgeregt im Kaminzimmer des Penthouse hin und her tigerte. »Was wir hier in den Händen haben, ist mehr als eine Weltsensation. Es ist der Traum jedes Archäologen. Eine Zeitreise in eine der geheimnisvollsten Epochen der Menschheit.«

Mitch, der während der letzten halben Stunde gebannt zugehört hatte, nickte zustimmend: »Und es schlägt eine Brücke über zwei Kontinente. Auf diesen ersten Seiten habe ich mehr über das Reich der Tolteken und des frühen Mittelalters hier im Norden erfahren, als auf allen Universitätsvorlesungen.«

»Weil das hier ein zeitgenössischer Bericht ist und keine dieser über Jahrhunderte immer wieder veränderter Überlieferungen, wie sie uns von den Hochschulprofessoren gelehrt werden.«

»Ich bin mehr als erstaunt, was die Übersetzungssoftware von Rajesh hier geleistet hat«, ergänzte Samson. »Ich bin zwar kein Wissenschaftler oder Sprachforscher und habe doch dem ganzen Bericht problemlos folgen können.«

Mitch nickte: »Ja, es ist erstaunlich. Aber ich habe es schon vorhin gesagt: Es ist sicher keine hundertprozentige Übersetzung. Die Feinheiten des mittelalterlichen Lateins müssen erst noch sorgfältig in der Übersetzung ausgearbeitet werden. Der Text würde keinem wissenschaftlichen Maßstab standhalten. Aber ich bin sicher, dass alle relevanten Punkte weitgehend richtig übersetzt sind.«

»Aber so einzigartig dieses Buches auch ist, wir sind immer noch nicht weitergekommen. Wir wissen immer noch nicht, warum Huanitzin solche Risiken eingeht, um an den Inhalt zu kommen«, sagte Anna-Maria leise.

»Dann sollten wir jetzt auch keine Pause machen. Lasst uns weiter lesen. Dann werden wir den Grund für seine Tat sicherlich irgendwann finden«, sagte Mitch.

»Sollten wir nicht vorher Thomas die Inventarliste schicken, damit er weiß, wonach er noch suchen muss?«, fragte Samson.

»Gute Idee; aber ich denke, das hat noch einige Stunden Zeit«, antwortete Mitch mit einem Blick auf seine Armbanduhr. »Lasst uns die Zeit nutzen, die Texte weiter zu studieren.«

»Was ist mit Rajesh und Professor Wagner?«

»Der Professor arbeitet parallel an dem Buch und ich denke, es ist gut, dass wir eine zweite Meinung dazubekommen. Und Rajesh ist auf der Spur von Huanitzin. Bald werden wir alles wissen, was jemals über ihn im Internet geschrieben wurde. Aber jetzt lasst uns weitermachen. Der Tag hat nur wenige Stunden und wir brauchen jede Einzelne davon.«

Anna-Maria schaltete das iPad wieder ein. Gespannt beugten sich Mitch und Samson nach vorne.

Textauszug aus dem Goldenen Buch Quetzalcoatl
Gerichtet an Adaldag, Erzbischof von Hamburg
Datiert auf Ende 10. Jahrhundert

Im Jahre des Herrn 986 ernannte mich Adaldag, der Erzbischof von Hamburg-Bremen, zum neuen Bischof von Haithabu. Der Bischofssitz war fast vier Jahre verwaist geblieben; seit die Wikinger nach der Rückeroberung der Handelsstadt alle Christen massakriert hatten und die Kirche bis auf den Fußboden niederbrannten. Adaldag hatte mir den Auftrag gegeben, diese wichtige Stadt wieder für den christlichen Glauben zurückzugewinnen.

Das lag ihm so am Herzen, dass ich noch im Januar zur Königsburg in Jelling aufbrechen musste, um dem Dänenkönig meinen Antrittsbesuch zu machen. Es war einer der kältesten Winter, an die ich mich erinnern kann und unsere Abordnung war heilfroh, als wir nach vielen Tagen endlich Jelling erreichten. Neben vielen Geschenken an den König hatte ich eine große Truhe voll Silber dabei. Selbst nach dem Anteil, den König Harald beanspruchte, würde es mehr als ausreichen, die Gemeinde in Haithabu wieder zum Leben zu erwecken. Auf dieser Reise begleiteten mich einige Priester und Missionare, die das Wort des Herrn bei den Heiden verbreiten sollten. Erzbischof Adaldag war entschlossen, den Norden endgültig zu christianisieren. Der Zeitpunkt dafür schien günstig, denn je älter und gebrechlicher der König wurde, umso empfänglicher wurde er für die Versprechungen des christlichen Paradieses. Dagegen war das heidnische Walhalla mit seinen ewigen Kämpfen und Trinkgelagen eher etwas für junge Männer, die noch in Saft und Kraft standen.

Der König empfing uns freundlich, obwohl zwischen ihm und seinem Sohn Sven Gabelbart wegen unseres Anliegens viel Streit herrschte. Sven befürchtete, dass wir über diesen Umweg die wichtige Handelsstadt Haithabu wieder zurück ins Ostfränkische Reich holen wollten. Unterstützt wurde dies dadurch, dass Erzbischof Adaldag den neuen Bischofssitz nicht der Hoheit des wankelmütigen Dänenkönigs unterstellen wollte. In Verträgen war ausgehandelt worden, dass Haithabu eine Suffragane werden würde, deren Politik und Handeln nur von der Reichskirche des Ostfränkischen Reiches bestimmt werden sollte. Aber König Harald war das im Grunde egal. Er schaute nur nach dem Silber und den Versprechungen der Römischen Kirche. Sven dagegen sah darin eine drohende Gefahr für die Eigenständigkeit der Dänen, die mehrheitlich immer noch an Thor und Odin glaubten, statt an den blutenden Christus am Kreuz. Der Sieg über den ostfränkischen Kaiser nur vier Jahre zuvor und das darauf folgende Massaker an den Christen im Lande hatten die heidnische Bewegung im Wikingerreich zusätzlich gestärkt. Für viele der Wikinger war der Wiederaufbau des Bistums Haithabu eine offene Kriegserklärung an ihren neu erstarkten Glauben. Gerade deshalb hatte mich Adaldag anderen, vielleicht verdienteren Bewerbern, vorgezogen. Er hoffte, dass ich mit meinen Sprachkenntnissen und meinen diplomatischen Erfahrungen besser für diese sensible Situation geeignet war. Doch er hatte wie ich die Feindseligkeit unterschätzt, die uns Kirchenleuten am Königshof entgegenschlug. Als wir abends zu dem Fest kamen, dass der König für uns veranstaltete, war ich schockiert. Viele der Gäste trugen offen das Zeichen Thors. Auch der Sohn des Königs trug sein heidnisches Amulett offen zur Schau.

Als er meinen Blick bemerkte, kam er zu mir, und bevor ich zurückweichen konnte, hatte er mit eisernem Griff meinen Arm gepackt. »Ihr seht Bischof«, sagte er und hielt mir das Hammersymbol des Heidengottes vor die Augen, »Euer Gott ist hier nicht willkommen. Wir Wikinger glauben an mächtige Götter, solche, die kämpfen können und die nicht so Schwächlinge sind, wie Euer Christus, der feige am Pranger verreckte.«

»Lasst mich los«, antwortete ich gefasst und löste mich aus seinem Griff, »Ihr solltet begreifen, dass das Sterben für andere, wie es Christus aus eigenem Entschluss tat, viel mehr Mut verlangt, als der feige Mord an einem Riesen, wie ihn Euer Thor begangen hat.«

Sven Gabelbarts Gesicht verfärbte sich weiß vor Wut. Unter den wachsamen Blicken König Haralds, der von seinem Hochsitz zu uns herübersah, flüsterte er mir grimmig lächelnd zu: »Verschwindet Pfaffe, verschwindet aus dem Wikingerreich und wagt es nicht, Haithabu zu betreten. Ich, Sven Gabelbart, verbiete es Euch.«

»Ihr habt mir nichts zu verbieten«, sagte ich so laut, dass die anderen Gäste die Köpfe erhoben, »noch immer ist Euer Vater der König der Dänen und noch immer gilt, was er sagt.«

Es mag sein, Exzellenz, dass ich nicht sehr diplomatisch war und mir Sven mit diesen Worten zum Todfeind gemacht hatte. Aber wie hätte ich anders handeln sollen? Die Verträge waren über viele Monate ausgehandelt worden und hatten viele Kisten voller Silber gekostet. Sollte ich das alles durch wenige hasserfüllte Worte in Frage stellen? Harald Blauzahn war ein starker und mächtiger König, ein Löwe in seinem Reich, und Sven war dagegen nicht mehr als ein kläffender Hund. Zumindest dachte ich das noch an diesem Abend. Später erfuhr ich, dass Sven Gabelbart sich nach dem Fest erbittert mit seinem Vater gestritten hatte. Als König Harald hart blieb, verließ sein Sohn voller Wut das Schloss. Bevor er ging, stieß er noch wilde Verwünschungen gegen mich und seinen Vater aus und verfluchte unseren Glauben mit den allerschrecklichsten Worten.

Bei den weiteren Verhandlungen und während der ganzen Zeit, die wir noch als seine Gäste im Schloss waren, erwähnte König Harald seinen Sohn kein einziges Mal mehr. Es schien, als ob Sven Gabelbart für ihn gestorben wäre. Zwischen den beiden musste mehr vorgefallen sein, als mir meine Informanten erzählten. Doch mir blieb nicht viel Zeit, über die Streitigkeiten zwischen Vater und Sohn nachzudenken. Die Vorbereitungen für das neue Bistum kosteten meine ganze Aufmerksamkeit. So viel war noch einzukaufen und vorzubereiten, dass die Zeit bis zu unserer Abfahrt wie im Nu verging. Sechs Wochen waren vergangen, seit wir die Königsburg Haralds betreten hatten, und König Harald fand immer neue Ausreden, unsere Abreise nach Haithabu zu verschieben. Wenn es keine neuen Verhandlungen waren, dann waren es drohende Stürme oder Unwetter, die unsere Fahrt verzögerten. Mir brannte inzwischen die Ungeduld unter den Nägeln. Ich wollte endlich mit unserer Missionsarbeit beginnen und die zerstörte Kirche in Haithabu wieder aufbauen. Doch dann war es endlich so weit. Die Tage waren inzwischen milder geworden und Harald Blauzahn hatte einen seiner Drachen bereit machen lassen, der uns die Seestrecke nach Haithabu bringen sollte. Hier war es auch, dass ich Thorwulf Gunnarson das erste Mal kennenlernte. Als ich nämlich bei König Harald auf die Abreise drängte, bestand er darauf, dass ich unter dem Schutz eines seiner besten Krieger reisen sollte. Es gab zu dieser Zeit Gerüchte, dass sein Sohn Sven Gabelbart heidnische Krieger um sich sammelte und König Harald bestand darauf, für meinen Schutz zu sorgen. So stellte er mir Thorwulf vor.

Wenn er die Reise zu Euch überlebt hat, könnt Ihr ermessen, wie ich am Anfang vor seiner Erscheinung erschrak. Thorwulf ist ein gewaltiger Krieger. Ein Hüne selbst unter den hochgewachsenen nordischen Kriegern. Mit seiner Körpergröße überragt er die meisten seiner Landsleute und sein Brustkorb und seine Arme sind so dick wie Kirchensäulen. Seine ganze Erscheinung strahlt eine unbändige Kraft aus. Wie mir einer der Diener des Königs später mitteilte, war er noch niemals in einem Zweikampf besiegt worden und wegen seiner Wildheit weit und breit gefürchtet. Der König nahm seinem Vasallen das Ehrenversprechen ab, mich mit seinem Leben zu schützen. Ein Versprechen, das von Thorwulf, wie mir schien, eher widerwillig gegeben wurde.
Alles in mir widerstrebte, mit einem solchen Teufel zu reisen, aber gegen den Willen des Königs gab es kein Entrinnen. So stieg ich zwei Tage später voller heimlicher Furcht in das Langboot Thorwulfs, mit dem Namen Nidhöggr, was übersetzt bedeutet »die Schlange, die Blut trinkt«. In der Mythologie der Heiden wohnt diese Schlange im Weltenbaum Yggdrasil, wo sie sich am Blut ihrer Feinde labt. Der Name des Schiffes hätte nicht besser passen können. Es war eines der furchterregendsten Drachenschiffe, die ich je gesehen hatte. Mit fünfundzwanzig Rudern auf jeder Seite war es auch noch eines der größten. Mit doppelter Rudermannschaft und der üblichen Besatzung beförderte es über siebzig Krieger. Rundum waren die Planken des Schiffes rot bemalt. Der Widerschein der Bemalung im Wasser ließ es aussehen, als ob das Schiff in einem Meer von Blut schwimmen würde. Die Ausstattung des Drachen zeigte den Reichtum, den Thorwulf bei seinen vielen Raubzügen erbeutet hatte. So waren die ebenfalls rotbemalten Schilde der Krieger reich mit versilberten Ornamenten verziert, deren Umrisse einen Drachen mit weit aufgerissenem Rachen zeigten. Der gleiche Drache war auch auf das große Segel aufgenäht. Das Weiß seiner Umrisse leuchte weithin auf dem sonst blutroten Segel. Die Nidhöggr war ein furchterregendes Kriegsschiff und kein geeignetes Transportfahrzeug für den neuen Bischof von Haithabu. Aber der König ließ mir keine Wahl. Er hatte es sich nicht nehmen lassen, mich und meine Begleiter zum

Steg zu bringen. Der Empfang auf dem Drachenboot war jedoch alles andere als herzlich.
Thorwulf erwartete unsere Abordnung mit steinerner Miene. Passend zur Farbe seines Schiffes trug er einen blutroten Umhang, dessen Verschluss aus einem großen geflügelten Drachen aus reinem Gold bestand. Der Mantel ließ seine gewaltige Statur noch breiter und größer erscheinen. Wie ein Riese ragte er vor uns auf, und er musterte mich dabei so abschätzig, dass mir vor Angst schauderte. Thorwulf ließ mich deutlich spüren, dass er die Aufgabe nur widerwillig übernommen hatte. Als er sich vorbeugte, um König Harald zu begrüßen, sah ich den Thorhammer, den er offen um den Hals trug. Trotz der Taufe, die alle Angehörigen des dänischen Königs hinter sich hatten, war er also immer noch ein Anhänger der heidnischen Götter. Und so einem Mann sollte ich mich anvertrauen? Ich hatte schreckliche Vorahnungen, als die Königsburg von Jelling am Horizont verschwand. Hätte ich damals nur darauf gehört und wäre noch über Bord gesprungen, viele schreckliche Erlebnisse wären mir erspart geblieben. Doch ich blieb und war so gezwungen, die nächsten Wochen mit diesen grausamen Kriegern gemeinsam zu verbringen.
Ich nahm mir vor, diese Zeit zu nutzen. Das Frankenreich weiß sehr wenig über die Wikinger und ihre legendäre Schiffsbaukunst. Ich wollte versuchen, diese Wissenslücken zu schließen. Die Nidhöggr machte schnelle Fahrt zum Hafen von Haithabu. Einige Male konnten wir sogar die Segel setzen, und der Drache galoppierte damit regelrecht über die Wogen. Aber auch nur mit Rudern war es ein schnelles Schiff, das die Wellen wie ein scharfes Schwert durchschnitt. Trotzdem dauerte die Reise fast zwei Wochen; immer dicht entlang der dänischen Küste. Denn das, Eure Exzellenz, ist die bevorzugte Navigation der Wikinger. Sie richten sich nach Landmarken und nur in Ausnahmefällen fahren sie über die offene See. Hier sind der Nordstern und die Bahn der Sonne ihre Fixpunkte. Das alles erfuhr ich von dem Steuermann des Drachens. Thorwulf selbst wechselte mit mir die ganze Fahrt über kein Wort und das, obwohl wir immer in seinem Blickfeld waren. Ihr müsst wissen, Eure Exzellenz, dass der Platz auf einem

Wikingerschiff sehr begrenzt ist. Die Nidhöggr war zwar eines der größten Wikingerschiffe, die ich je gesehen habe, aber für die reguläre Besatzung und mich und meine acht Begleiter blieb trotzdem nur sehr wenig Platz.

Lasst mich Euch kurz den Aufbau der Nidhöggr erklären. Die fünfundzwanzig Ruderbänke nehmen fast zwei Drittel des Schiffes ein, das insgesamt sechzig Ellen lang ist. Die Nidhöggr ist also ein sehr schmales und langes Schiff. Während der Fahrt sitzen die Ruderer und jeweils ein Ersatzmann direkt nebeneinander. Also vier Menschen in einer Reihe, je zwei für jede Schiffsseite. Und das auf einer Breite des Schiffes von nur rund sechs Ellen. Für jeden blieb also nur ein Sitzplatz von nur anderthalb Ellen. Dies erschien mir anfangs viel zu eng, aber schon beim ersten Wechsel der Ruderer wurde mir die bestechende Logik der Anordnung klar. Die Ruderer wechseln sich regelmäßig bei ihrer schweren Arbeit ab, und wenn die fünfzig Ruderer jedes Mal quer durch das Schiff klettern müssten, würde das schmale Schiff wohl kentern - nicht gerechnet der Geschwindigkeitsverlust. So aber wechseln die beiden nebeneinandersitzenden Ruderer während der Fahrt, und sie sind darin so geschickt, dass sie dabei keinen Schlag auslassen. Wenn der Wind günstig steht, wird das große Segel gesetzt. Dann müssen alle Ruderer aufstehen und dienen als Gegengewicht für den Winddruck, der ansonsten das schmale Schiff, das nur wenig Tiefgang hat, einfach umwerfen würde. Die Plattformen, die jeweils an Bug und Heck angebracht sind, sind für den Steuermann, den Kapitän und die restliche Mannschaft gedacht, die nicht zum Rudern oder Segeln eingeteilt ist. Hier waren auch ich und meine Begleiter untergebracht.

Es war eine mühsame Reise, Eure Exzellenz, und eine sehr nasse. Die Gischt blies immer über die niedrigen Bordwände und durchnässte unsere Kleider. Durch die ständige Feuchtigkeit verdarben auch nach und nach unsere Lebensmittel. Besonders die Fässer mit Brot waren davon betroffen. Regelmäßig mussten wir Stücke aussortieren, die dick mit weißem Schimmel überzogen waren. Jeden Tag beteten wir, dass die Reise bald zu Ende ginge. Zitternd vor Kälte, mit klammen Kleidern und nassen Füßen waren wir jeden Abend froh, wenn wir an Land gehen konnten und die ersten Feuer brannten. Und an einem dieser Abende geschah es, dass sich das Verhältnis zwischen Thorwulf und mir grundlegend änderte. Die Wikinger nutzten den Landaufenthalt immer, um Frischwasser zu bunkern und zu jagen. So waren auch an diesem Abend einige Männer der Besatzung unterwegs, um in den dichten Uferwäldern, nahe bei unserem Nachtlager, nach Wild zu jagen. Dabei scheuchten sie eine ganze Rotte von Wildschweinen auf, die aufgeschreckt mitten in unser Lager stürmte. Überrascht sprangen wir auf und versuchten, uns vor den scharfen Hauern in Sicherheit zu bringen. Nur die ganz Beherzten griffen nach ihren Waffen. Thorwulf hatte mit seinem Beil bereits zwei der wilden Tiere getötet, als es geschah. Beim Versuch seine Waffe aus einem der Tiere zu ziehen, konnte er einem riesigen Eber nicht mehr ausweichen. Dieser rammte ihm seine Hauer tief ins Bein. Thorwulf knickte um, aber noch im Fallen schlug er nach der Bestie und brach ihr mit einem gewaltigen Schlag das Rückgrat. Taumelnd kam er wieder auf die Füße und presste voller Schmerz eine Hand auf die große offene Wunde an seinem Bein. Ich sprang auf, um ihm zu helfen. Doch Thorwulf wies mich mit einer wütenden Handbewegung zurück.

»Lasst mich in Ruhe, Bischof«, knurrte er, »wir Krieger kennen uns mit Wunden besser aus als Ihr Priester.«

Einer seiner Männer umwickelte die Verletzung eng mit Streifen aus Leinentuch. Voller Zorn schaute ich zu, denn die Zurückweisung von Thorwulf hatte mich beleidigt. Schließlich wusste ich von Medizin sicherlich mehr als jeder dieser Barbaren. Aber andererseits musste ich auch zugeben, dass ich es selbst nicht hätte besser machen können. Doch eine so tiefe Wunde blieb gefährlich. Ich beschloss deshalb, trotz der Feindschaft, die Thorwulf mir gegenüber zeigte, für seine Genesung zu beten. Doch Gott entschied anders. Am nächsten Morgen war schon zu sehen, dass Thorwulf große Schmerzen hatte. Er musste sich von seinen Männern an Bord helfen lassen und während des ganzen Tages saß er auf seiner Truhe. Stehen war ihm unmöglich. Voller Sorge beobachtete ich ihn. Doch als ich ihn ansprach, wies er mich wieder grimmig zurück. Als am Abend der Verband gewechselt wurde, trat ich hinzu, um mir die Wunde anzusehen und erschrak. Sie war bereits tiefrot. Ich hatte ähnliche Veränderungen während meiner Studien oft gesehen. Und die meisten davon endeten mit dem Tode. Doch auch jetzt wies er wieder voller grimmiger Entschlossenheit meine Hilfe zurück. Wütend bereitete ich mein Nachtlager zu und vermied es, ihn nochmals anzusehen. Doch während der Nacht weckte sein lautes Stöhnen das ganze Lager. Das Fieber hatte ihn gepackt, so wie ich es befürchtet hatte. Endlich ließen mich seine Männer zu ihm. Seine Augen weiteten sich wütend, als er mich erkannte, aber er war bereits zu schwach, um sich gegen meine Hilfe zu wehren. Entschlossen wies ich meine Begleiter an, heißes Wasser zu bereiten und bat Bertrand, einen älteren Mönch, der wie ich in Heilkunde ausgebildet war, mir zu helfen. Vier der stärksten Wikinger wiesen wir an, Thorwulf während unserer Behandlung festzuhalten. Der Wikinger stöhnte unterdrückt, als ich den Verband aufschnitt und danach die Wunde sorgfältig mit zerdrücktem Knoblauch aus meinem Arzneivorrat ausstrich. Dann ließ ich eines der Brotfässer vom Schiff holen und suchte die Stücke heraus, die am dicksten mit weißem Schimmel bedeckt waren. Diesen Belag kratzte ich sorgfältig ab und drückte die weiße Masse in die Wunde, genauso, wie es in den acht Büchern der Aulus Cornelius Celsus beschrieben wird. Zum Abschluss umwickelte ich das verletzte Bein noch mit einem heißen Heublumenverband aus meinem Arzneimittelvorrat. Bertrand und ich wechselten uns die ganze Nacht ab. Denn nur, wenn sie kochend heiß sind, entfalten die Heublumen ihre heilende Wirkung, und wir mussten den Verband immer wieder wechseln. Ich beschreibe die Behandlung deshalb so ausführlich, Eure Exzellenz, weil sie Thorwulf wieder gesund machte. Schon am nächsten Morgen zeigte sich, dass die Behandlung angeschlagen hatte. Thorwulf war zwar immer noch sehr schwach, aber das Fieber war verschwunden und sein Bein nicht mehr so steif, wie noch in der Nacht. Dankbar faltete ich meine Hände zum Gebet, um Gott für die Rettung des Wikingers zu danken. Ein wütendes Knurren meines Patienten ließ mich jedoch innehalten.

Er war noch so geschwächt, dass er nicht aufstehen konnte, aber seine Augen musterten mich voller Zorn. »Ihr habt mich behandelt, obwohl ich es Euch verboten hatte?«, flüsterte er und seine Stimme zitterte dabei vor Wut und Schwäche.

»Ja – und ohne diese Behandlung hättet Ihr nicht überlebt und würdet jetzt schon in der Hölle braten«, antwortete ich wütend wegen dieser groben Undankbarkeit. Aufgebracht stand ich auf. Sollte diesen Wikinger doch der Teufel holen. Doch bevor ich gehen konnte, hielt er mich mit einer schwachen Bewegung zurück.

»Bleibt«, knurrte er und seine Stimme wurde so leise, dass ich mich zu ihm herunterbeugen musste, um ihn zu verstehen. Erstaunt sah ich, dass er grinste. »Odins Tafel würde sich vor Lachen biegen, wenn Thorwulf von einem Schwein getötet worden wäre.«

Nach einer kurzen Pause fuhr er fort: »Ohne Euch würde ich jetzt wahrscheinlich die Schweine in Walhalla hüten oder noch Schlimmeres.« Die nächsten Worte musste er sich förmlich abringen: »Ich stehe in Eurer Schuld.«

Verlegen richtete ich mich auf. »Ihr seid mir nichts schuldig, außer, dass Ihr jetzt schnell wieder gesund werdet.«

Doch Thorwulf hatte es todernst gemeint. In seiner Überzeugung hatte ich ihn gerettet und damit stand er lebenslang in meiner Schuld. Dass mir das einmal das Leben retten sollte, konnte ich damals noch nicht wissen. Aber ich greife schon wieder vor. Lasst mich Eurer Exzellenz jetzt von Haithabu berichten, der Stadt, die vor vier Jahren von den Wikingern zurückerobert wurde. Wie Eure Gnaden wissen, wurde dabei die Kirche zerstört und alle Christen getötet oder in die Sklaverei verkauft. Und hätte König Harald nicht den Glauben an den einen Gott wieder gefunden, würde das Christentum am Danewerk enden, der hohen Mauer, die das dänische Königreich von uns Franken trennt. Haithabu gilt als eine der wichtigsten Handelsstädte des Nordens und als größte Stadt der Wikinger. Umso gespannter war ich deshalb, das erste Mal diese Metropole zu betreten.

Voller Ungeduld wartete ich, bis wir unsere Reise fortsetzen konnten. Das Verhältnis zwischen mir und den Wikingern hatte sich nach Thorwulfs Unfall komplett verändert. Im Gegensatz zu früher begegneten sie mir jetzt voller Hochachtung und Respekt. Thorwulf selbst überraschte mich, dass er mich für den Rest unserer Reise als Lagergefährten auswählte. Dazu muss ich erklären, dass dies bei den Wikingern als engste Verbindung zwischen zwei Kriegern gilt. Um die Kälte der Nacht und die ewige Nässe besser ertragen zu können, schlafen die Krieger immer zu zweit in einem Schlafsack aus Seehundfell. Diese Gemeinschaft gilt als stärkster Freundschaftsbeweis und jeder der Krieger würde für seinen Lagergefährten das Leben lassen. Aber gestatten Sie mir Eure Exzellenz, es ist eine zweifelhafte Ehre für einen Christenmenschen. Obwohl die Wikinger an sich sehr reinlich sind und sich regelmäßig waschen, gilt dies nicht für den Winter und eine lange Fahrt auf einem Drachen. Trotz der Ehre, dass mich einer der größten Wikingerkrieger als Lagergefährten ausgewählt hatte, war ich deshalb froh, als wir endlich unser Ziel erreichten.

Lasst mich Haithabu kurz beschreiben. Die Stadt ist riesig. Rund dreitausend Menschen wohnen hier. Aber trotz der Größe der Siedlung und ihrer Bedeutung als wichtigste Handelsstadt des Nordens sind hier Steinbauten, wie wir sie im Frankenreich errichten, unbekannt. Alle Häuser sind aus Holzstämmen gefertigt und haben strohgedeckte Dächer. Die Stadt ist von einer hohen Palisade umgeben. Von den Toren ziehen sich lange gerade Wege bis zum Hafen, der der eigentliche Mittelpunkt Haithabus ist. Die Wege sind unbefestigt und jetzt zum Ende des Winters bestehen sie nur noch aus tiefem Schlamm, auf den die Bewohner noch zusätzlich ihren Unrat kippen. Alles in allem eine sehr schmutzige und enge Stadt.

Beeindruckend ist nur der Hafen. Hier herrscht den ganzen Tag und unabhängig vom Wetter immer ein reges Treiben. An den langen Stegen, die vom Land weg tief in die Förde reichen, liegen hintereinander Schiffe aus der ganzen nordischen Welt. Als wir eintrafen, waren über fünfzig Handelsschiffe im Hafen, wie ich staunend zählte. Darunter viele Knorren, wie die Wikinger ihre großen Handelsschiffe nennen, aber auch einige kleinere Skuten und Karven. Im Gegensatz zu den schmalen, schnellen Langschiffen der Wikinger sind die Handelsboote breiter und hochbordiger, da sie mehr gesegelt als gerudert werden. Sie können auch viel mehr laden als die Kriegsschiffe und all diese Ware stapelte sich auf den breiten Stegen. Die Händler haben ihre Stände direkt daneben und so kann man an dem einen Stand Sklaven erwerben und gleich einen Stand weiter gegen Bernstein eintauschen.

Unser Drache legte an einem der wenigen freien Liegeplätze an. Da unser Schiff von den Wachen am Eingang der Förde bereits angekündigt war, erwartete uns dort Horik Gormsen, der Jarl von Haithabu mit einer Abordnung der wichtigsten Bürger. Thorwulf wurde mit Respekt willkommen geheißen. Sein Ruf als Krieger und Vertrauter des Königs war allgemein bekannt. Mich hingegen und die Priester, die mich begleiteten, nahmen sie erst zur Kenntnis, als Thorwulf mich offiziell als neuen Bischof vorstellte. Willkommen waren wir ihnen sicher nicht, das zeigten die abschätzigen Blicke, die mich und meine kleine Gruppe danach trafen. Das musste auch Thorwulf gesehen haben, denn er trat zwischen mich und den Jarl. Demonstrativ nahm er seinen roten Umhang ab und legte ihn mir um die Schultern. Stumm vor Erstaunen schauten ihm die Bürger zu. Selbst das geschäftige Treiben auf dem Landungssteg erstarb für einen kurzen Moment. So etwas hatte es wohl noch nicht gegeben.

Eigenhändig verschloss Thorwulf die Drachenbrosche an meiner Brust, bevor er sich an den Jarl wandte. Er legte ihm eine Hand auf die Schulter und blickte ihm ernst in die Augen. »Dieser Christ ist mein Lagergefährte. Sein Leben ist mein Leben. Wer ihn verletzt, verletzt mich und wer ihn verhöhnt, verhöhnt mich. Darum achtet auf seine Gesundheit und erweist ihm Respekt. Er hat den Auftrag von König Harald, die Christenkirche in Haithabu wieder aufzubauen, und ich erwarte, dass der Jarl von Haithabu ihn dabei mit allen Kräften unterstützt.«

Horik musterte mich mit neu erwachtem Interesse. Wobei ich nicht weiß, ob es der Respekt vor Thorwulf war oder die Aussicht auf Silber für die Errichtung der Kirche. Denn der Jarl war in erster Linie Kaufmann, wie die nächsten Wochen nach der Abfahrt von Thorwulf zeigten. Horiks ganzes Interesse bestand darin, Geld zu scheffeln. Als Jarl erhob er im Namen von König Harald Steuern auf alle Handelsgeschäfte. Das war nicht immer Silber oder Münzen. Oftmals bezahlten die Händler ihre Steuern in Naturalien und er musste diese dann erst verkaufen, um das Silber für den König zu bekommen. So war er neben seiner Position als Jarl der Handelsstadt auch gleichzeitig einer der größten Händler. Für uns war er ein wichtiger Partner. Alles Material für den Neubau der Kirche konnte er uns besorgen, auch wenn es nicht immer preiswert war. Allmählich leerte sich so mein Silbervorrat und noch immer war die Kirche nicht fertig gestellt.

Inzwischen waren vier Monate vergangen, seit Thorwulf zu König Harald zurückgekehrt war. Seinen roten Umhang mit der Drachenbrosche hatte ich in meinen Kleiderkoffer gelegt, denn es schickte sich nicht für einen christlichen Bischof, so ausstaffiert durch die Straßen zu gehen. Doch heute trug ich ihn, denn ein beißend kalter Wind wehte vom Hafen herauf, als ich durch die ausgetretenen Wege zur Versammlungshütte des Jarls ging. Er hatte mich eingeladen und seine Botschaft klang sehr dringend. So hatte ich die Abendmesse einem meiner Priester übertragen und mich sofort auf den Weg zum Jarl gemacht.

Ungern ließ ich unsere kleine Gemeinde in der Kirche zurück. In den letzten Wochen hatten uns beunruhigende Nachrichten erreicht. Sven Gabelbart, der Sohn König Haralds, sollte seit seinem dramatischen Weggang aus der Königsburg eine Truppe heidnischer Wikinger um sich gesammelt haben. Es hieß, dass sie vorhatten, König Harald Blauzahn abzusetzen und das Christentum im Königreich wieder auszumerzen. Sollte es tatsächlich zu einem Bürgerkrieg kommen, wäre Haithabu wohl einer der ersten Angriffspunkte, denn wer über Haithabu herrschte, der besaß auch den Reichtum des Reiches. Und Haithabu war schwach. Die Palisaden rings um die Stadt waren alt und der Jarl hatte nicht genügend Krieger, um den Hafen wirkungsvoll verteidigen zu können. Wie ich wusste, hatte er schon den König um Hilfe geschickt und wartete ungeduldig auf die Krieger, die dieser ihm als Verstärkung angekündigt hatte.

Ich hatte erleichtert aufgeatmet, als ich hörte, dass heute Abend mehrere Kriegsschiffe im Hafen angekommen waren. Ich war mitten in den Vorbereitungen zur Abendmesse und konnte nicht zum Hafen eilen, wie ich es am liebsten getan hätte. Aber als dann der Jarl nach mir schickte, hielt mich nichts mehr. Meine betende Gemeinde hinter mir zurücklassend eilte ich mit wehendem Mantel durch die stinkenden Straßen der Stadt. Etwa in der Mitte des Weges kamen mir grimmig aussehende Wikingerkrieger entgegen, die mir jedoch respektvoll Platz machten, als sie die goldene Drachenbrosche an meinem Mantel erkannten. Ich grüßte sie freundlich, ohne jedoch stehen zu bleiben. Zu gespannt war ich auf die Nachrichten, die ich vom Jarl erfahren würde. Sicherlich waren die Wikinger auf dem Weg, die Tore nach Haithabu zu bewachen. Der Jarl hatte zu wenige Männer für diese Aufgabe. Gut, dass der König die zusätzlichen Krieger gesendet hatte.

Als ich den Hafen erreichte, an dessen Rand die große Versammlungshütte des Jarls stand, fiel mir als Erstes auf, dass kein Händler auf den Stegen war. Das ganze geschäftige Treiben, das ansonsten hier herrschte, war fast vollkommen zum Erliegen gekommen. Nur am dritten Steg, der von mir aus gesehen am anderen Ende des Hafens lag, waren Menschen zu erkennen. Dort hatten zwei große Drachenschiffe angelegt, die gerade entladen wurden. Hoffnungsvoll hielt ich nach dem roten Wappen Thorwulfs Ausschau, aber leider war sein Schiff nicht dabei. Die gespannte Atmosphäre, die im ganzen Hafen herrschte, nahm auch mich bald gefangen. Nervös eilte ich weiter. Doch von der Versammlungshalle her schallte fröhlicher Lärm herüber. Der Jarl und seine Besucher veranstalteten wohl ein Festgelage. So schlimm konnte es also nicht sein. Beruhigt atmete ich durch.

Doch als ich mich dem Versammlungshaus näherte, wurde ich von bewaffneten Wikingerkriegern angehalten, die mich grimmig musterten und nach Waffen durchsuchten. Es mussten Krieger von den Schiffen sein, denn keiner der Soldaten des Jarls wäre auf die Idee gekommen, dass der Bischof von Haithabu bewaffnet sein könnte. Doch damit nicht genug. Als sie mit der Durchsuchung fertig waren, fasste mich einer der Wikinger fest am Arm und zog mich regelrecht in die Versammlungshalle. Unwillig wollte ich seinen Griff abschütteln. Schließlich wusste ich selbst, wie ich zum Jarl gelangen würde, aber er ließ nicht locker. Und es war gut so, denn ansonsten wäre ich wohl ohnmächtig zu Boden gesunken, als wir die Halle betraten.

Der Jarl und die wenigen Krieger, die ihm zur Verfügung gestanden hatten, lagen allesamt erschlagen in der Mitte der Halle. Ihr Blut hatte sich zu einem großen See ausgebreitet und der Geruch nahm mir fast den Atem. Ungerührt davon hatten sich seine Mörder rings um die Leichen an den Tischen niedergelassen, um zu feiern und zu trinken. Als ich in die Halle geschubst wurde, verstummte ihre Unterhaltung auf einen Schlag. Grimmige Blicke trafen mich. Besonders zwei Wikinger, die auf der Querseite des großen Tisches saßen, ließen mich nicht aus den Augen. Und unter all den Wikingerkriegern im Saal waren das die furchterregendsten. Ihre Kleider waren noch nass von dem Blut der Erschlagenen, und sie musterten mich mit Blicken, in denen die Lust am weiteren Töten stand. Und es waren die gegensätzlichsten Wikinger, die ich je getroffen habe. Einer davon war so breit wie hoch. Sein Name war Skarthi, wie ich später erfuhr. Der andere, der Erik gerufen wurde, war so groß wie Thorwulf, aber dabei so schlank wie ein Stecken. Trotzdem verfügte er über eine ungeheure Körperkraft. Fast lässig schob er den schweren Tisch aus dem Weg, als er aufstand und zu mir kam.

Ich muss gestehen, Eure Exzellenz, dass ich Angst hatte. Denn es waren Sven Gabelbarts Leute, wie mir die Thor-Amulette auf ihrer Brust verrieten. Sven war schneller gewesen als der König und hatte Haithabu in seinen Besitz genommen. Das bedeutete das Ende des Christentums in dieser Stadt, und ich konnte nur hoffen, dass mir ein schneller Tod beschert sein würde. Aber noch immer war ich der Bischof von Haithabu und durfte mich von diesen Wilden nicht schrecken lassen. Trotz meines vor Angst klopfenden Herzens zwang ich mich, meinen Feinden trotzig in die Augen zu blicken.

»Schau an, schau an«, sagte lachend der dünne Erik, als er an mich herantrat, »das muss der fränkische Bischof sein.«

Der dicke Wikinger stand ebenfalls auf und bahnte sich seinen Weg durch die Leichen der gefallenen Wachen. Gierig musterte er den Drachen, der meinen Umhang zusammenhielt. »Und reich ist er auch, der Pfaffe«, sagte er und begann die Brosche zu lösen. Bevor der Mantel über meine Schulter rutschen konnte, hatte ihn sein Gefährte aufgefangen und hielt ihn musternd hoch. »Auch der Stoff ist nur für reiche Leute«, bemerkte er und hauchte mir seinen fauligen Atem ins Gesicht. Mit Schwung warf er sich meinen Umhang über die Schulter und stieg mit seinen langen Beinen geschickt über die Leichen zurück zu seinem Stuhl.

Skarthi, der Dicke, folgte ihm und nestelte dabei die Brosche an seinem eigenen Umhang fest.

»Was habt Ihr mit mir vor?«, fragte ich und bezwang meine Angst vor diesen Ungeheuern. »Ihr wisst, dass ich von König Harald selbst ernannt wurde und unter seinem Schutz stehe?«

»Harald ist tot und bietet keinem mehr Schutz«, erwiderte Erik der Dünne.

Entsetzt schwieg ich. Mit dem Tod des Königs wäre Sven alleiniger Nachfolger des dänischen Throns, und er würde sicherlich keine Gnade kennen.

»Dann schickt einen Boten zum Erzbischof nach Hamburg. Er wird mich und meine Gefährten sicherlich mit viel Silber auslösen.«

Der Dicke blickte aufmerksam von der Brosche auf, an der er immer noch herumfingerte. »Wie viel Silber?«

Doch bevor ich antworten konnte, schaltete sich sein Gefährte mit einer energischen Geste ein. »Vergiss das Silber, du weißt, Sven hat uns deutliche Anweisungen gegeben, wie wir mit dem Bischof verfahren sollen.«

Resigniert zuckte der Dicke mit den Schultern und hob seinen Krug.

Verwirrt schaute ich von einem zum anderen. »Was heißt das jetzt? Was habt Ihr mit mir vor und was geschieht mit den anderen Christen in Haithabu?«

Der Dicke setzte den Krug wieder ab und grinste mich fröhlich an, während er das Entsetzliche aussprach. »Außer dir gibt es hier keine Christen mehr. Die brennen gerade mitsamt deiner Kirche.

Du hast doch sicher die Krieger gesehen, die wir deshalb zu eurer Abendmesse geschickt haben.«

Als ich vor Entsetzen aufschrie, grinste er nur noch breiter. Voller Wut wollte ich mich auf ihn stürzen, doch ich rutschte in dem Blut der Opfer aus. Bevor ich mich noch aufrappeln konnte, hatten mich auch schon einige der Wikinger gepackt und sie schleppten mich zur Wand der Halle.

Skarthi hatte bei meinem versuchten Angriff noch nicht einmal den Bierkrug abgesetzt. Mit lauten Schlucken trank er ihn leer und wischte sich dann grinsend den Schaum aus dem Bart. »Und was dich betrifft, Bischof, so möchte Sven, dass wir dich kreuzigen, so wie es eurem erbärmlich feigen Gott widerfahren ist.«

Obwohl ich verzweifelt versuchte, mich zu wehren, hatte ich den Wikingerkriegern nichts entgegenzusetzen.

Sie drückten mich gegen die hölzerne Balkenwand der Hütte, rissen meine Arme hoch und unter dem Gelächter ihrer Anführer nagelten sie meine Hände mit eisernen Nägeln fest an die Balken der Hallenwand.

Meine Schmerzensschreie schienen sie nur zu erheitern. Der Dicke stand sogar auf, um selbst einen der Nägel einzuschlagen, und das Letzte, was ich sah, war der goldene Drachen, den er an seinem Überwurf befestigt hatte. Im Licht der Fackeln sah es aus, als ob das Schmuckstück lachen würde.

Der Misserfolg

Zentrale der ODYSSEE
Hamburg, Deutschland
Gegen Mittag

Entsetzt ließ Anna-Maria das iPad sinken. Sie zitterte, so sehr hatte sie die Geschichte in ihren Bann geschlagen. »Wie furchtbar. Er wurde tatsächlich lebendig gekreuzigt.« Tränen traten ihr in die Augen, als sie an das Schicksal von Ansgae dachte.

»Aber er hat es überlebt«, bemerkte Mitch.

Fragend blickte ihn Anna-Maria an.

»Na, sonst hätte er ja wohl das Buch nicht schreiben können«, sagte Mitch. Aber trotz des Versuches, die Situation etwas aufzulockern, konnte auch er seine Betroffenheit nicht verbergen. Die Zeitreise, die ihnen der Goldene Codex auferlegte, hatte ihre ganz eigene Atmosphäre, die alle Zuhörer in ihren Bann schlug. Es war fast so, als wenn sie selbst all das am eigenen Leib erfahren würden.

Selbst Samson, der sonst nicht stillsitzen konnte, hatte sich während der ganzen Geschichte nicht aus seinem Sessel gerührt. Jetzt stand er auf und reckte seine Glieder. Fragend blickte er Mitch und Anna-Maria an. »Soll ich uns etwas zu essen machen? Es ist Mittag und wir haben seit gestern Abend nichts mehr zu uns genommen.«

Erschrocken schaute Anna-Maria auf ihre Uhr. Schon so spät? Noch immer hatte Huanitzin nicht angerufen.

Mitch verstand sie ohne Worte.

»Keine Sorge, er wird sich melden. Er will die Texte.«

Anna-Maria nickte, konnte aber nicht verhindern, dass ihr wieder die Tränen kamen. Mitch zog sie in seine Arme. »Aber Samson hat recht. Wir müssen essen und trinken. Bis jetzt haben wir noch nicht einmal ein Drittel des Buches studiert.«

Samson war inzwischen aufgestanden und hantierte in der Küche herum. »Wollt ihr nicht einmal kurz zu Rajesh runtergehen und ihn und Professor Wagner kontaktieren, ob sie vielleicht schon etwas gefunden haben? Danach könnt ihr die beiden gleich mit zum Essen nach oben bringen.«

Mitch nickte bestätigend und zog seine Freundin mit zum Lift, der direkt in die Computerzentrale führte.

Rajesh telefonierte gerade. Der Professor stand aufgeregt daneben. Als er Mitch und Anna-Maria bemerkte, sprudelte es nur so aus ihm heraus. »Stellen Sie sich vor. Mein junger Freund hier hat gerade den Aufenthaltsort von Huanitzin entdeckt. Wir wissen jetzt, wo der Entführer ist.«

Jetzt packte auch Anna-Maria und Mitch die Aufregung. Das könnte der Durchbruch sein.

Da legte Rajesh auch schon auf. Mit leuchtenden Augen sah er seine Freunde an. »Das war Hauptkommissar Wulf. Er startet gerade die Kavallerie. Wenn Huanitzin landet, erwartet ihn schon die Polizei.«

Als er die fragenden Blicke der beiden Hinzugekommenen bemerkte, nahm er sich zusammen. »Wie ihr wisst, hat die Polizei alle Flughäfen dichtgemacht und kontrolliert Bahnhöfe und Grenzübergänge. Bis jetzt waren sie davon überzeugt, dass Huanitzin noch immer im Lande ist. Ich habe mir dagegen überlegt, wie ich unbemerkt das Land verlassen würde, wenn ich so viel Geld wie dieser Mexikaner hätte. Also habe ich einige Alternativen überprüft und bin fündig geworden.«

»Komm zum Punkt, Rajesh«, mahnte Mitch, der sah, wie Anna-Maria vor Aufregung zitterte.

Der Inder warf einen besorgten Blick auf sie, bevor er fortfuhr: »Als ich die Liste der Privatflüge durchsah, fiel mir ein Privatjet auf, der gestern am frühen Nachmittag in Härtenholm bei Hamburg landete. Der Privatflughafen ist zwar groß genug für einen kleinen Jet, aber normalerweise landen und starten die Business-Jets auf dem Flughafen Hamburg. Ich fragte mich also, weshalb Härtenholm? Daraufhin überprüfte ich den Flug.

Offiziell war es ein Überführungsflug ohne Passagiere. Da der Jet nur tankte und sofort wieder startete, kümmerte es den Zoll nicht. Aber mich machte das neugierig.«

»Rajesh!«

»Es war ein Geschäftsjet der Huanitzin-Firmengruppe«, platzte der Professor dazwischen, um gleich darauf schuldbewusst auf seinen indischen Freund zu schauen.

Doch der nickte nur kurz. »Der Jet kam direkt aus Mexiko und flog nach dem Auftanken sofort wieder zurück. Ich bin überzeugt, dass der Mexikaner das Flugzeug angefordert hat und heimlich an Bord ging.«

»Was sagt die Polizei?«, fragte Anna-Maria, die endlich wieder Hoffnung schöpfte.

»Hauptkommissar Wulf will sich persönlich darum kümmern, dass in Mexiko ein Empfangskommando der Polizei bereitsteht, wenn der Jet landet.«

»Wann und wo wird das sein?«, fragte Mitch.

Rajesh rief den Flugplan der Maschine in seinem Computer auf. »Heute vier Uhr Ortszeit, das heißt gegen zwanzig Uhr unserer Zeit. Als Zielflughafen ist Mazatlán an der mexikanischen Pazifikküste angegeben.«

»Verdammt gute Arbeit, Rajesh. Wird der Flug überwacht oder kann er uns nochmals entkommen?«

»Ich habe ihn die ganze Zeit auf dem Schirm und auch das Bundeskriminalamt kontrolliert den Flug. Wir haben ihn.«

Anna-Maria schluchzte auf vor Erleichterung.

Mitch nahm sie fest in den Arm und wandte sich an den Professor. »Haben Sie auch eine so gute Nachricht für uns, Professor?« Er musste seine Frage noch einmal wiederholen, bis der Wissenschaftler antwortete.

»Entschuldigen Sie, ich bin noch völlig begeistert von Rajeshs Recherche. Ist das nicht fantastisch? Was die versammelte Polizeimacht nicht geschafft hat, macht dieser junge Mann so ganz nebenbei.«

Mitch lächelte über die Begeisterung des Gelehrten, wurde dann aber sofort wieder ernst: »Sie haben ja parallel in dem

Buch gelesen. Haben Sie schon einen Grund gefunden, weshalb die Entführer Marie als Druckmittel für die Buchinhalte benutzen?«

Der Wissenschaftler nickte aufgeregt. »Entschuldigen Sie, bei der Aufregung hatte ich das ganz vergessen. Ja, ich denke, ich habe eine Spur gefunden. Lassen Sie mich kurz zusammenfassen. Nachdem, was ich bisher gelesen habe, geht es zum einen um einen gewaltigen Schatz und zum anderen um den Kampf zwischen Christentum und dem Blutgott der Tolteken. Um den Schatz kann es den Entführern nicht gehen. Es ist ja bekannt, dass das Schiff gesunken ist und der Schatz geborgen werden soll. Wenn die Entführer also an dem Gold interessiert wären, gäbe es keinen Grund die Texte des Buches lesen zu wollen. Das spricht dafür, dass es um ein Vorkommnis bei den Tolteken geht. Irgendetwas, das so wichtig ist, dass die Entführer unbedingt wissen wollen, was damals passiert ist. Es spricht auch einiges dafür, dass es sich bei den Entführern um Anhänger des Tezcatlipoca handelt, die auch heute noch aktiv sind.«

Fragend schaute Anna-Maria den älteren Gelehrten an, während Mitch nachdenklich nickte. »Das würde den geöffneten Brustkorb Schwitters erklären und warum dessen Herz verschwunden ist.«

Professor Wagner fuhr sich aufgeregt durch die sowieso schon wirr abstehenden Haare: »Nach den Überlieferungen verlangte Tezcatlipoca die Herzen der Menschen als Opfergabe. Sein Gegenspieler war Quetzalcoatl, der Menschenopfer verabscheute. Und unser Bischof Ansgae schreibt ja, dass er von den Tolteken als Quetzalcoatl verehrt wurde.«

Mitch nickte. Plötzlich lag das Rätsel offen vor ihm. »Das heißt, es geht um etwas, was Tezcatlipoca oder dessen Priestern von Ansgae in seiner Person als guter Gott abgenommen wurde. Etwas, das so wichtig ist, dass deswegen auch noch tausend Jahre später getötet wird. Was könnte das sein?«

Fragend blickte er den Professor an, der aber nur die Schultern zuckte.

Rajesh, der aufmerksam zugehört hatte, schaltete sich in das Gespräch ein. »Klingt jetzt vielleicht etwas naiv, aber es gibt ein sehr bekanntes Computerspiel mit dem Namen Blutgott. Eine der Hauptfiguren ist dieser Tezcatlipoca. In dem Spiel geht es darum, die Insignien des Gottes zu stehlen und ihm damit seine Macht zu nehmen. Vielleicht geht es ja hier auch darum?«

Fragend blickte Mitch den Professor an. »Und welche Insignien sollen das sein. Leider bin ich in der altmexikanischen Mythologie nicht sehr bewandert.«

Professor Wagner überlegte einen kurzen Augenblick. »Nun, Sie wissen, ich lehre mesoamerikanische Geschichte, aber die besteht größtenteils leider nur aus Legenden. Die Tolteken haben uns keine schriftlichen Aufzeichnungen hinterlassen. Alles, was wir wissen, wurde erst sechshundert Jahre nach dem Ende ihrer Kultur und nur nach Erzählungen der Eingeborenen aufgeschrieben. Also eine sehr ungenaue Quelle.« Unschlüssig kratzte er sich am Kopf, bevor er fortfuhr. »Aber danach besaß Tezcatlipoca einen Rauchenden Spiegel, mit dem er in die Zukunft schauen konnte und ein Opfermesser mit magischen Eigenschaften. Beide Reliquien wurden benötigt, um die Zukunft der toltekischen Welt zu festigen.«

Als er die fragenden Blicke seiner Zuhörer bemerkte, erklärte er weiter und wechselte dabei automatisch in den dozierenden Stil eines Universitätsprofessors. »Die Tolteken waren im zehnten und elften Jahrhundert die beherrschende Kultur Mittelamerikas. Spätere Kulturen, wie die Azteken, bezeichneten sie als Meisterhandwerker. Ihr Wissen um Astronomie, Mathematik und Medizin befruchtete alle Völker nach ihnen. Nach der toltekischen Mythologie konnten die Götter die Welt jederzeit vernichten. Um sie zu besänftigen, opferte man ihnen Menschen, wie es Ansgae ja auch im Goldenen Buch beschreibt. Die Opfer, meist junge Mädchen, wurden regelrecht geschlachtet und ihr Herz herausgeschnitten. Mit diesem Blutopfer wollte man die Götter besänftigen und die Welt erhalten. Besonders die Priester des

Tezcatlipoca, der als besonders grausamer Gott bekannt war, waren für ihre Menschenopfer berüchtigt.«

»Was hat das jetzt mit den Reliquien zu tun?«, fragte Mitch, der den Ausführungen des Professors ungeduldig zugehört hatte.

»Nun, es war immer eine offene Frage, ob die Götter die Menschenopfer annehmen würden. Selbst wenn sie die Welt nicht vernichteten, konnten sie doch Unwetter und Katastrophen über die Menschen hereinbrechen lassen. Das einzige Mittel die Götter zu besänftigen, war die Opferung mit Tezcatlipocas eigenem Opfermesser. Wenn ein junges Mädchen damit geopfert wurde, konnten die Priester auch die Zukunft aus ihrem Herzen lesen. Dazu musste das Blut auf die andere Reliquie des Gottes, dem Rauchenden Spiegel, gegossen werden. In diesem Blut konnten die Priester dann die Zukunft sehen.«

»Rauchender Spiegel?«, fragte Rajesh. »Ich habe mich bei dem Computerspiel schon immer gefragt, was das sein soll.«

Die Antwort des Professors kam wie aus der Pistole geschossen. »Wahrscheinlich eine geschliffene Obsidianschale. Die Opferungen waren meist nachts, wenn es im Hochland schon sehr kalt war. Experten vermuten, dass es die Wärme des frischen Blutes war, die in der Kälte der Nacht zu Nebel kondensierte.«

»Dann gab es diese Reliquien wirklich?«, fragte Anna-Maria atemlos. Die Sorge um ihre entführte Tochter nahm ihr jetzt fast die Stimme.

»Niemand weiß es genau. Wie gesagt, es sind nur mündliche Überlieferungen«, fuhr der Professor fort. »Aber wenn ich jetzt Rajeshs Theorie addiere, spricht wirklich sehr vieles dafür, dass die Legende einen wahren Kern hat. Irgendwo im Goldenen Buch muss ein Hinweis auf die Reliquien sein. Nur so erklärt sich die Hartnäckigkeit, mit der sie hinter dem Buch her sind.«

Mitch strich sich seufzend die Haare aus der Stirn: »Wie auch immer, hoffen wir darauf, dass die mexikanische Polizei

Marie im Flugzeug findet. Dann können wir den Rest der mexikanischen Polizei überlassen.«

Ernst wandte er sich an Anna-Maria: »Wenn nicht, dann müssen wir schnellstens weiterlesen, ob wir einen Hinweis finden. Damit wären wir den Entführern einen ganzen Schritt voraus. Wie viel Zeit haben wir noch, bis das Flugzeug von Huanitzin in Mazatlán landet?«

Rajesh schaute auf seinen Computer. »Es sind noch über sieben Stunden bis zur Landung. Bis wir Bescheid von der mexikanischen Polizei haben, wird es also noch eine ganze Weile dauern.«

Mitch nickte: »Lasst uns nach oben in die Küche gehen. Samson wollte uns eine Kleinigkeit zu Essen vorbereiten.«

Mit einem besorgten Seitenblick auf Anna-Maria ergänzte er: »Danach sollten wir uns alle etwas ausruhen. Gestern haben wir nicht wirklich geschlafen und heute ist auch ein anstrengender Tag.«

Samson hatte sich wirklich Mühe gegeben und den Tisch mit allem gedeckt, was der Kühlschrank hergab, aber es wurde nur sehr wenig gegessen. Dafür wurde um so mehr diskutiert und alle bekannten Fakten intensiv erörtert.

Um neunzehn Uhr hatte Rajesh das Videosystem des mexikanischen Flughafens gehackt, sodass sie über die Sicherheitskameras quasi live die Landung des Flugzeuges miterleben konnten. Die Zeit bis zur Landung des Flugzeugs verging quälend langsam. Sie konnten es kaum erwarten, bis der Privatjet endlich vor dem Abfertigungsgebäude ausrollte. Über die Kameras sahen sie, wie Polizeiautos das Flugzeug umstellten und die Insassen zum Aussteigen aufforderten. Als erster erschien Huanitzin, der seltsam gefasst das Polizeiaufgebot musterte, bevor er die Tür des Jets freigab. Die Durchsuchung des Flugzeuges dauerte fast zwanzig Minuten. Zwanzig Minuten, die Anna-Maria wie eine Ewigkeit vorkamen.

Endlich kamen die Polizisten wieder heraus. Doch sie hatten Marie offensichtlich nicht gefunden.

Der leitende Offizier tippte vor Huanitzin, um Verzeihung heischend, an seine Mütze und stieg dann als Letzter zu seinen Kollegen ins Auto.

Anna-Maria stöhnte laut auf und flüchtete in Mitchs Arme, als die Polizeiwagen ohne Marie das Flugfeld verließen.

Kurze Zeit später schrillte in der ODYSSEE-Zentrale das Telefon. Mitch geleitete Anna-Maria zu einem Stuhl. Hastig griff er nach dem Hörer und stellte das Telefon auf Lauthören.

»Hallo, Herr Doktor Thromberg, hier ist Kriminalhauptkommissar Wulf. Es tut mir leid. Meine mexikanischen Kollegen haben gerade das Flugzeug von Huanitzin gründlich durchsucht. Von dem entführten Mädchen haben sie jedoch keine Spur gefunden. Es bleibt uns nichts anderes übrig, als weiterzusuchen und die Hoffnung nicht aufzugeben. Sollte ich noch etwas hören, werde ich mich selbstverständlich sofort melden.«

Mitch bedankte sich und konnte gerade noch verhindern, dass Anna-Maria bewusstlos vom Stuhl rutschte.

Ein schnell herbeigerufener Notarzt verabreichte ihr eine Beruhigungsspritze, die sie wohl den ganzen restlichen Tag und die Nacht durchschlafen lassen würde.

Als der Arzt gegangen war, schloss Mitch leise die Tür zum Gästezimmer.

»Es bleibt uns wohl nichts anderes übrig, als weiterzumachen.« Mitch ärgerte sich über sich selbst, dass er wertvolle Zeit durch die Diskussionen hatte verstreichen lassen. Doch die große Hoffnung, Marie aus Huanitzins Jet befreien zu können, war berechtigt gewesen. Er hatte so fest daran geglaubt! »Herr Professor, es wäre gut, wenn Sie die Stelle von Anna-Maria einnehmen würden und mit uns gemeinsam lesen. Drei Paar Ohren hören besser als zwei. Und du Rajesh überprüfst bitte nochmals den ganzen Flug. Irgendetwas stimmt da nicht. Wir wissen, dass Huanitzin für die Entführung verantwortlich ist. Vielleicht haben wir etwas übersehen.«

Rajesh nickte stumm. Nachdenklich blieb er noch einige Sekunden vor dem Computerbildschirm stehen und betrachtete den verlassenen Jet. Seine Gedanken rotierten. Er war sich so sicher gewesen, dass das Mädchen an Bord war. Alles hatte so gut zusammengepasst. Dann raffte er sich energisch auf. Mitch hatte recht. Irgendetwas stimmte da nicht.

Textauszug aus dem Goldenen Buch Quetzalcoatl
Gerichtet an Adaldag, Erzbischof von Hamburg
Datiert auf Ende 10. Jahrhundert

Ich weiß nicht, wie lange ich bewusstlos an der Wand hing, nur gehalten von den Nägeln in meinen Händen. Als ich jedoch wieder zu mir kam, war das Siegesfest der Thoranhänger noch in vollem Gange. Sie hatten inzwischen die Leichen aus der Halle geräumt und taten sich jetzt an der Speisekammer und den Mägden des Jarls gütlich. Die Halle war bis zum Bersten mit Menschen gefüllt. Keiner der Wikingerkrieger wollte sich wohl dieses Fest entgehen lassen. Ich kann Eurer Exzellenz nicht beschreiben, was meine armen Augen sahen und welche Ausschreitungen ich miterleben musste. Als die Wikinger bemerkten, dass ich wieder zu mir gekommen war, wurde ich von ihnen zur Zielscheibe gemacht. Besonders ihr Anführer, der dicke Skarthi, tat sich dabei hervor. Er warf sein Beil quer durch die Halle nach mir und ich schloss jedes Mal mit meinem Leben ab, wenn es auf mich zuwirbelte. Doch er hatte die Waffe meisterlich im Griff und vermied es, mich zu treffen. Einige ausgewählte Krieger machten es ihm nach. Johlend warfen sie ebenfalls mit ihren Messern und Äxten nach mir. Jedes Mal zuckte ich vor Entsetzen zusammen, wenn die Waffen rings um mich in die Holzbalken einschlugen. Es war ein grausames Spiel. Doch genauso grausam behandelten die Wikinger auch die Mägde und Frauen des Jarls. Ihr Schreien und Jammern erfüllte die ganze Halle.

Ich hatte mit meinem Leben abgeschlossen. Es war nur eine Frage der Zeit, bis mich eines der Wurfgeschosse verletzen oder töten würde. Ergeben schloss ich die Augen und betete zu Jesus Christus, dass er meiner Seele gnädig sein möge. Doch mit einem Mal verstummten das Grölen und das Schreien im Saal wie auf einen Schlag. Tiefe Stille kehrte ein. Erstaunt öffnete ich die Augen und ein Freudenseufzer entfloh meinen Lippen. Die breite Tür der Halle stand offen und im Eingang stand Thorwulf. Er war bewaffnet mit Schild und Schwert und hinter ihm drängten seine Krieger in den Saal, die ebenfalls vollbewaffnet waren. Immer mehr von Thorwulfs Männern füllten die Halle. Gut erkennbar an ihren roten Schilden mit dem weißen Drachen darauf. Die Thoranhänger wichen bis zur anderen Seite der Halle zurück, sodass ein freier Platz zwischen den Parteien entstand. Thorwulfs Blick traf mich und nach einer Geste von ihm, eilten einige seiner Männer zu mir, um mich von den Nägeln zu befreien. Ich schrie vor Schmerzen und muss wohl wieder bewusstlos geworden sein. Aber nur kurz, denn als ich wieder zu mir kam, hatte sich die Situation nicht verändert. Noch immer standen sich die beiden Parteien fast regungslos gegenüber. Die Thoranhänger waren zwar in der Überzahl, aber da viele von ihnen ihre Beile und Messer nach mir geschleudert hatten, standen sie nun fast waffenlos da. Einen offenen Kampf gegen die gut gewappneten Krieger würden sie verlieren. Da es für die weitere Geschichte wichtig ist, versuche ich, hier die Unterhaltung zwischen dem dicken Skarthi und Thorwulf so wiederzugeben, wie sie mir in Erinnerung geblieben ist: Skarthi wusste, wie aussichtslos seine Lage war und er versuchte zu verhandeln. »Du bist doch auch einer der Anhänger von Thor«, begann er, um Thorwulf auf seine Seite zu ziehen. »Und du weißt, der König ist tot. Sven Gabelbart ist der neue König von Dänemark und er wird alle seine Anhänger reich belohnen, besonders die, die ihm das reiche Haithabu bringen. Es wird sich für dich und deine Männer mannigfaltig lohnen. Das verspreche ich dir bei meiner Ehre als Blutsbruder des Königs. Deshalb lege deine Waffen nieder und feiere mit uns. Es gibt noch genügend Bier und Frauen für euch alle.«

Thorwulf wies mit seinem Schwert auf mich, bevor er Skarthi mit einem grimmigen Lächeln antwortete: »Dort liegt Ansgae, der Bischof von Haithabu, mein Lebensretter und Lagergefährte. Ich habe König Harald geschworen, ihn zu beschützen und als meinem Lebensretter bin ich ihm in einer ewigen Ehrenschuld verpflichtet. Das wusste ganz Dänemark und damit auch ihr. Doch ihr habt ihn gekreuzigt und gefoltert. Das habt ihr damit auch mir getan, und das kann nur mit Blut vergolten werden. Darum kämpfe, Skarthi. Lass uns die Blutschuld zwischen uns tilgen.«

Der dicke Wikinger verzog hämisch grinsend seine Mundwinkel: »Du willst gegen mich kämpfen? Gegen den Blutsbruder des künftigen Königs, nur wegen eines Christen? Dann versuche zu überleben.« Er drehte sich um, so als würde er nach einer Waffe suchen. Dann zog er unvermittelt ein Wurfmesser aus seinem Gürtel und warf es mit aller Kraft nach seinem Gegenspieler.

Doch Thorwulf hatte so etwas geahnt. Fast lässig lenkte er die Waffe mit seinem Schild ab.« Suche dir deine Waffen und dann trete richtig gegen mich an«, sagte er ruhig und deutete auf die Wand, in der noch immer die Waffen der Wikinger staken.

Als Skarthi zur Wand trat, machten ihm Thorwulfs Krieger bereitwillig Platz. Eine atemlose Spannung lag in der Luft, bis Skarthi sein Beil aus dem Holzbalken gehebelt hatte und auf den freien Platz trat.

Thorwulf übergab seinen Schild und sein Schwert einem der Krieger und ließ sich von ihm dafür ebenfalls ein Kriegsbeil reichen.

Der Kampf war kurz, aber heftig. Doch Skarthi hatte keine Chance gegen den hünenhaften Thorwulf. Bald schon lag er mit zerschmettertem Schädel am Boden. Thorwulf senkte das Kampfbeil. »Gibt es noch jemanden, der gegen mich antreten will?«, fragte er. Die meisten der Wikinger senkten den Blick. Gegen diesen unbesiegbaren Krieger hatte niemand Lust zu kämpfen.

Nur Erik trat vor. Mit wildem Blick musterte er Thorwulf. »Skarthi war mein Lagergefährte. Du wirst seinen Tod büßen.« Er forderte ein Schwert und einen Schild.

Thorwulf nahm wieder seine gewohnten Waffen. Erik war ein guter Kämpfer.

Obwohl er so schlank war, wohnte sehr viel Kraft in ihm. Immer wieder bedrängte er Thorwulf aufs ärgste. Doch dann geschah es. Ein gewaltiger Hieb verfehlte Thorwulf und der nutzte die Lücke. Sein Schwert trennte den Arm seines Widersachers oberhalb des Ellenbogens ab. Schockiert starrte Erik auf seinen Armstumpf, aus dem in hohem Bogen sein Lebenssaft schoss. Langsam sank er auf die Knie und ließ dabei seinen Schild sinken. Der Hass verzerrte seine Stimme, als er sich nochmals an Thorwulf und dessen Krieger wandte. »Dafür wird Euch Sven Gabelbart töten. Er ist der Blutsbruder von Skarthi und die Ehre gebietet ihm, dessen Tod zu rächen. Und Ihr werdet nicht lange auf Euren Tod warten müssen. Die Flotte ist nur einen Tag hinter uns.« Der Blutverlust ließ seine Stimme brechen. Flüsternd fuhr er fort: »Bald wird Sven hier sein und dann Thorwulf, wird er Euch und Euren Leuten langsam die Haut abziehen, und ich werde voller Freude aus Odins Halle zusehen.«

»Das bleibt abzuwarten«, antwortete Thorwulf. »Denn es wird für Euch schwierig sein, das ohne Euren Kopf zu sehen.« Mit diesen Worten hob er sein Schwert und schlug Eriks Haupt mit einem einzigen Schlag ab. Der Schädel kullerte bis vor die Thor-Anhänger, die den Sieger der Zweikämpfe hasserfüllt musterten. Fäuste schlossen sich um die verbliebenen Waffen, als Thorwulf seinen Leuten ein Zeichen gab.

Der Kampf, der danach einsetzte, war fürchterlich. Lasst mich nur so viel sagen, Eure Exzellenz, dass keiner der feindlichen Wikinger den Kampf überlebte. Ich war entsetzt über dieses Abschlachten und brachte es auch Thorwulf gegenüber deutlich zum Ausdruck. »War das wirklich nötig, all diese unbewaffneten Männer zu töten?«, klagte ich, aber der Wikingerfürst brachte mich mit einer kurzen Geste zum Schweigen.

»Sie hätten uns auch getötet. Lasst Euch gesagt sein Ansgae, wenn wir entkommen wollen, dann können wir uns keine Feinde im Rücken erlauben. Sven Gabelbart wird bald mit seiner Flotte hier sein und er wird vor Wut toben, wenn er erfährt, dass seine Leute tot sind. König Harald wurde ermordet und uns bleibt nur die Flucht vor Svens Rache. Es macht keinen Sinn, gegen Tausende

von Svens Krieger zu kämpfen und dabei sinnlos zu sterben.«

Ich gestehe, Eure Exzellenz, dass ich durch die Geschehnisse und die fürchterlichen Schmerzen in meinen Gliedern so geschwächt war, dass ich wieder ohnmächtig wurde, bevor ich nach der Kirche sehen konnte, die mir in Haithabu anvertraut war.

Thorwulfs Männer hatten mich in die Kammer des Jarls gelegt. Als ich gegen Morgen endlich wieder aufwachte, bemerkte ich schaudernd, dass ich mit dem roten Umhang Thorwulfs zugedeckt war. Auch die goldene Fibel mit dem geflügelten Drachen, dem Siegel von Thorwulf, war wieder angesteckt. Thorwulfs Männer mussten sie Skarthi und Erik abgenommen haben, als sie die Leichen wegschafften. Denn die Halle war leer. Bis auf den Geruch von geronnenem Blut erinnerte nichts mehr an den fürchterlichen Kampf. Ich trat ins Freie, um Thorwulf zu suchen, und fand ihn am Hafen, wo seine Leute die feindlichen Drachenschiffe durchsuchten. Sorgfältig stapelten sie Vorräte und Waffen auf dem Steg. Die Nidhöggr, Thorwulfs Schiff, lag direkt daneben. Gut zu erkennen durch die blutrote Bemalung und das rote Segel mit dem geflügelten Drachen. Ein furchterregendes Schiff, aber ich freute mich trotzdem, es zu sehen.

»Eine reiche Beute«, begrüßte mich Thorwulf. Sven hat seine Leute mit vielen Vorräten ausgestattet. Das reicht, um Monate auf See zu bleiben.«

»Wieso Monate?«, fragte ich. »Hamburg liegt doch nur eine Wochenreise mit dem Pferd entfernt. Und dort sind wir in Sicherheit. Der Erzbischof wird für unsere Sicherheit sorgen.«

»Ich soll mein Schiff zurücklassen und unter Franken leben?«, fragte Thorwulf ungläubig. »Eher sterbe ich und das Gleiche gilt für meine Männer. Und vergesst die Idee, allein aufbrechen zu wollen. Ihr solltet bedenken, dass Svens Schiffe schneller sind als jedes Pferd. Es wird einfach für ihn sein, Euch unterwegs abzufangen. Ich habe versprochen, Euch zu beschützen und der einzige Weg dazu, ist der Seeweg nach Hamburg. Wir werden noch heute aufbrechen, fahren immer entlang der Küste bis ins Reich der Franken. Dort könnt Ihr unangefochten nach Hamburg reisen.«

»Und Ihr und Eure Männer?«, fragte ich, »wie wollt Ihr danach entkommen?«

»Macht Euch keine Sorgen Ansgae. Wenn Ihr in Sicherheit seid, werden wir uns durchkämpfen. Meine Männer und ich sind uns einig, dass Sven nur hinter uns her sein wird. Unsere Familien zu bestrafen, wäre schmählich und eines Wikingers nicht würdig. Also werden wir auf eine lange Vikingfahrt gehen und mit so vielen Reichtümern zurückkommen, dass meine Männer genügend Gold und Silber haben, um das Blutgeld zu bezahlen, das Sven fordern wird.«

»Und Ihr - könnt Ihr Euch auch freikaufen?«

Thorwulf schüttelte den Kopf. »Nein, die Blutsbande, die Sven mit Skarthi verbunden hat, fordern meinen Tod. Aber ich werde Sven zum Zweikampf fordern, und wenn er nicht ehrlos ist, wird er einwilligen müssen. Doch dafür muss ich ihn aus freien Stücken auffordern. Wenn er uns jetzt besiegt und gefangen nimmt, droht uns allein ein ehrloser Tod. Deshalb müssen wir fliehen.«

»Und wann wollen wir aufbrechen?«

»Heute Abend, im Schutz der Nacht. Bis dahin haben meine Männer die Nidhöggr mit den Vorräten dieser Schiffe beladen, sodass wir viele Monate auf See verbringen und Svens Verfolgung entkommen können.«

Ich senkte den Kopf. Was sollte ich auch gegen Thorwulfs Gedanken einwenden können? Er kannte seine Landsleute besser als ich. Und wenn ich ehrlich war, wollte ich nichts sehnlicher, als wieder in die Sicherheit Hamburgs zurückzukehren. Ich konnte nur warten und mich den Wikingern anschließen, die alles für meine Rettung taten. Das erinnerte mich an meine Verletzungen. Ich hob meine Hände. Die Wikinger hatten sie noch in der Nacht provisorisch verbunden. Aber die Wunden nässten und ich musste sie dringend reinigen, bevor ich Wundfieber bekam. Dazu brauchte ich die Medikamente in meinem Haus. Also bat ich Thorwulf um einige Männer, die mich zu meiner Hütte begleiten sollten. Wenn sie überhaupt noch stehen sollte. Denn die Hütte, in der ich mit meiner Abordnung von Priestern wohnte, hatte ich direkt neben der Kirche gebaut. Der Gedanke an die von den Wikingern niedergebrannte

Kirche ließ mich schaudern. Wenn Skarthi die Wahrheit gesagt hatte, waren alle tot, die den Abendgottesdienst besucht hatten. Als ich die Kirche erreichte, wurde es zur entsetzlichen Gewissheit. Die halbfertige Kirche, an der wir seit vier Monaten gearbeitet hatten, war nur noch ein Gewirr verkohlter Balken. Niemand hatte daraus entkommen können. Dafür hatten Skarthis und Eriks Krieger gesorgt. Rings um die Kirche lagen die verkohlten Leichen meiner Diener und vieler der christlichen Einwohner Haithabus, hauptsächlich Frauen und Kinder, die unsere Abendmesse besucht hatten. Wie viele noch unter den schwarzen Balken lagen, entzog sich meiner Kenntnis. Denn noch immer rauchten die Überreste der Kirche, und es verbot sich, die glühenden Trümmer anzufassen. Ich sank auf die Knie, um für das Seelenheil der Ermordeten zu beten.

Tiefe Verzweiflung erfasste mich. Warum töteten Menschen immer wieder andere Menschen? Wie grausam waren wir? Waren wir wirklich Geschöpfe Gottes oder hatte hier der Teufel seine Hand im Spiel? Ich bitte Eure Exzellenz um Verzeihung für meine schwarzen Gedanken, aber bedenkt, was mir alles in den letzten Stunden widerfahren war. Ein stärkerer Mann als ich wäre verzweifelt gewesen. Wieder einmal war das Christentum aus Haithabu ausgemerzt worden, und wenn ich jetzt floh, würden bald wieder die heidnischen Götter regieren. Ein schwarzer Tag für die Missionierung des Nordens. Endlich konnte ich mich aufraffen und bat Thorwulfs Männer, die Leichen zu bestatten. Der Zustand meiner Hände machte es mir unmöglich, ihnen zu helfen. So ging ich in meine Hütte, die wundersamerweise die Feuersbrunst direkt daneben fast unversehrt überstanden hatte, und reinigte dort meine Wunden so sorgfältig ich konnte. Ich war gerade damit fertig, als mich ein Bote zurück zum Hafen rief. Er keuchte vor Anstrengung und bat mich, so schnell zu kommen, wie es mir möglich war. Ich schlang schnell eine saubere Binde um meine Hände und eilte zum Hafen. Es konnte nichts Gutes bedeuten, wenn Thorwulf mich so dringend zu sehen wünschte. Am Hafen sah ich die Wikinger in heller Aufregung durcheinander rennen. Sie schleppten Ausrüstungsteile zur Nidhöggr.

Eine kleine Gruppe, mit Thorwulf in der Mitte, war in eine erregte Diskussion mit einem der Fischer vertieft, der offenbar erst vor kurzem zurückgekommen war. Als der Wikingerfürst mich sah, winkte er mich hastig herbei.

»Der Fischer hat gerade erzählt, dass Svens Flotte bereits da ist und in der Mündung der Schleie vor Anker gegangen ist. Kein Schiff kann mehr unbemerkt Haithabu verlassen. Den Fischer haben sie zurückgeschickt. Er sollte Skarthi und Erik ausrichten, dass der neue König Sven Gabelbart morgen mit seinem Flaggschiff zur Flotte stößt und sie dann gemeinsam in Haithabu einlaufen werden. Seine Anhänger sollen hier alles für den Empfang des neuen Königs vorbereiten.«

»Das heißt, sie wissen noch nicht, dass alle tot sind«, fragte ich ungläubig.

»Nein, der Fischer ist vor zwei Tagen ausgelaufen und hat von den ganzen Ereignissen hier in Haithabu nichts mitbekommen. Zum Glück, sonst hätten wir die ganze Flotte bereits hier.«

»Dann müssen wir doch über Land fliehen«, sagte ich, aber Thorwulf schüttelte den Kopf. »Das hat keinen Sinn. Die Drachen würden uns ganz leicht einholen und dann würden die Krieger den Landweg absperren und uns gefangen nehmen.«

Ernst blickte er mir in die Augen. »Es gibt nur einen Weg, Ansgae. Ihr müsst allein fliehen. Wir werden versuchen Svens Anhänger hier so lange aufzuhalten, wie es nur geht. Für uns gibt es keine Hoffnung mehr. Aber glaubt mir, Ansgae, die Nidhöggr und ihre Besatzung werden in die Legenden unseres Volkes eingehen. Wir werden eine Schlacht schlagen, wie sie die Welt noch nicht gesehen hat.«

Verzweifelt blickte ich ihn an. »Es muss doch eine Möglichkeit geben, uns alle zu retten.«

»Da müsste die Nidhöggr schon über Land segeln können«, erwiderte Thorwulf mit einem grimmigen Lächeln. »Aber macht Euch keine Sorgen um uns. Vielleicht gewährt mir Sven das Recht auf einen Zweikampf und ich kann uns alle retten.«

»Nachdem Ihr seine Blutsbrüder getötet habt. Das glaubt Ihr doch selbst nicht.«

Sein Blick sagte mir, dass ich mit meiner Befürchtung mehr als recht hatte.

Aber Thorwulf ließ sich nicht unterkriegen. Entschlossen schob er mich in Richtung der Stadt. »Nun eilt Ansgae. Packt alles zusammen, was Ihr mitnehmen könnt. Meine Leute suchen gerade Pferde für Euch. Wenn Ihr Euch beeilt, könnt Ihr vielleicht entkommen.«

Ich ging einige zögernde Schritte. Sollte ich wirklich fliehen und das Opfer der Wikinger auf mich nehmen? Gab es keinen anderen Weg? Etwas, was Thorwulf gerade gesagt hatte, ging mir nicht aus dem Kopf. Da fiel es mir wieder ein.

»Hattet Ihr gerade gesagt, dass wir fliehen könnten, wenn Euer Schiff über Land segeln könnte?«

Thorwulf lachte, trotz unserer verzweifelten Lage. »Ja, aber das ist unmöglich.«

»Aber ich habe vor einigen Monaten gesehen, wie ein Handelsschiff hier von der Landseite den Hafen erreichte.«

Der Wikingerfürst lachte wieder. Dieses Mal mit einem grimmigen Unterton.

Hastig fuhr ich fort. »Es war eine Knorr, die von dem großen Meer kam, also von der anderen Seite des Landes. Die Besatzung ist auf einem der westlichen Flüsse bis dicht an Haithabu herangefahren und dann haben sie das Boot über Holzbalken bis hier zum Hafen gerollt. Dazu waren nur die Besatzung und zwei Pferde notwendig.«

Thorwulf wandte sich ab, als wenn er mir nicht glauben würde. Schnell hielt ich ihn am Ärmel fest.

»Und es war nicht das einzige Schiff, das auf diesem Wege hier ankommt. Wenn das klappt, müsste es doch auch möglich sein, die Nidhöggr auf dem umgekehrten Weg in das nördliche Meer zu bringen und damit Svens Flotte zu entgehen.«

Thorwulf drehte sich wieder zu mir um. »Ansgae, gut, dass Ihr nun wisst, wie wir Wikinger Landengen überwinden, aber lasst mich Euch eines sagen. Mein Schiff ist gut dreimal so groß wie eine Knorr. Um die Blutschlange zu bewegen, braucht es mehr als einige Männer und zwei Pferde.«

»Dann lasst uns doch mehr Männer verpflichten und alle Pferde, die wir finden können. In Haithabu wohnen mehr als genug Männer.«

Ich verstand Thorwulf nicht. Nur weil noch niemand versucht hatte, ein so großes und schweres Schiff zu bewegen, war es doch nicht unmöglich. Schon Aristoteles hatte bewiesen, dass jede Last zu bewegen war. Es kam nur auf die Kraft an, die man dafür aufwenden musste. Doch ich musste nicht mehr weiter argumentieren. Ich sah, wie sein Verstand auf Hochtouren arbeitete.

»Wir müssten unseren Drachen außerhalb der Palisaden bringen. Dann wäre es einfacher, ihn auf das Land zu ziehen. Und wir bräuchten sicherlich alle Männer und Pferde, die wir auftreiben können.«

Nachdenklich musterte er sein Schiff.

Ich deutete auf eine flache Stelle nördlich des Hafens. »Dort haben sie das Handelsschiff wieder ins Wasser gesetzt. Das müsste die beste Stelle sein.«

»Es ist einen Versuch wert«, sagte der Wikingerfürst mit einem verwegenen Lächeln. »Lasst es uns versuchen. Es ist auf jeden Fall besser, als gehäutet zu werden.«

Die nächsten Stunden vergingen in hektischer Aktivität. Schnell waren die männlichen Einwohner Haithabus zwangsverpflichtet. Gemeinsam mit den Wikingern mussten sie die Nidhöggr zunächst komplett entladen. Der Mast, das Segel, die Ruder – alles, was irgendwie abmontiert werden konnte, wurde auf dem Steg gestapelt. Von dort transportieren die Männer alles zu dem Fluss Treene, der etwa anderthalb Stunden Fußweg von Haithabu entfernt vorbeifloss. Laut Aussagen eines der Fischer war dies der Beginn des Treidelweges, von dem die Handelsschiffe normalerweise über Land nach Haithabu gezogen wurden. Das jetzt deutlich leichtere Kriegsschiff wurde von der Besatzung zu der flachen Küste gerudert und dort mit vereinten Kräften aus dem Wasser gezogen. Der massive Rumpf wurde über Rundhölzer langsam aber stetig vorwärts gerollt. Immer wieder mussten die Rollen, die das Schiff gerade überwunden hatte, von den Nordmännern nach vorne geschleppt werden. Da Wikingerschiffe einen V-förmigen Querschnitt haben, war es wichtig, dass das Schiff während des Transportvorgangs nicht auf die Seite kippte. Dazu waren auf jeder Seite dreißig Wikinger eingesetzt, die den Rumpf mit Seilen und Stützpfeilern in der Waage hielten. Insgesamt war die ganze Besatzung des Drachens, also über siebzig Mann, eingesetzt. Dazu kamen gut fünfzig Zwangsarbeiter aus Haithabu. Und doch brauchte es noch die Kraft von vier Pferden, um das Schiff in Bewegung zu setzen. Wider Erwarten ging es dann aber schneller, als ich gedacht hatte. Schon nach wenigen Stunden, die Mittagszeit war noch nicht angebrochen, erreichten wir den Fluss Treene, der in das große Meer im Westen mündete. Der Fluss war hier nicht sehr breit, aber es reichte aus, um mit kurzen Rudern zu arbeiten. Auch der Tiefgang war ausreichend, da die Drachenschiffe der Wikinger speziell auch für flaches Wasser gebaut werden. Schnell waren die Vorräte wieder verladen. Zusammen mit der Ladung der beiden feindlichen Drachenschiffe hatten wir jetzt Essen und Trinken für mehrere Monate an Bord. Dazu kamen die Waffen der besiegten Krieger und deren gesammeltes Waffenlager. Wir konnten damit ein ganzes Heer ausrüsten, wenn wir wollten. Wegen meiner verletzten Hände konnte ich nicht mithelfen, aber zumindest war ich imstande gewesen, die notwendigsten Sachen selbst zu packen. So trug ich jetzt Thorwulfs Geschenk, den roten Umhang mit der goldenen Drachenbrosche, und hatte mein Päckchen mit den Arzneien und meinen wichtigsten Geräten geschultert. So ausgerüstet bestieg ich als einer der Letzten das Schiff, zusammen mit Thorwulf, der mir dabei begeistert auf die Schultern klopfte. »Ihr seid ein gewitzter Mann, Ansgae«, sagte er. »Ohne Euch würden wir jetzt noch in Haithabu festsitzen.«

»Dann lasst uns schnell aufbrechen. Ich kann es kaum erwarten, dem Erzbischof von all dem zu berichten.«

»Vergesst nicht zu erwähnen, dass Ihr genug habt von uns Wikingern«, sagte Thorwulf, bevor er grinsend das Zeichen zum Aufbruch gab. Die nächsten Stunden bis zur Mündung des Flusses in die Nordsee vergingen in Windeseile. Da wir die Feinde weit hinter uns wussten, konnte ich mich während der Fahrt erstmals *an der Natur erfreuen, die jetzt zu Beginn des Frühjahrs in voller Blüte stand. Auch die Wikinger waren in freudiger Erregung durch die geglückte Flucht. Als ich am Ufer einige Kräuter sah, die ich dringend für die Behandlung meiner Hände brauchte, ruderten sie mich ohne Widerspruch dorthin und ließen mich die Heilpflanzen in aller Ruhe pflücken. Als wir die Mündung erreichten und das Meer in seiner unendlichen Weite vor uns lag, fehlte nicht viel und wir hätten eines der erbeuteten Bierfässer angestochen, um unsere Flucht zu feiern. Aber Thorwulf ließ sofort die Segel setzen, da der Wind günstig stand. Mit etwas Glück würden wir schon am nächsten Tag die Elbe erreichen. Von dort war es dann nur noch ein knapper Segeltag bis zum Erzbistum Hamburg. Ich war fast zu Hause.*

Doch schon einige Stunden später war unser Hochgefühl zu Ende.

»Langschiffe in Sicht«, meldete unser Ausguck. An der ernsten Miene Thorwulfs konnte ich ablesen, dass es sich wohl kaum um Freunde handeln konnte.

»Ich hatte es befürchtet«, sagte der Wikinger und strich dabei besorgt über seinen langen Bart. »Sven hat parallel eine zweite Flotte geschickt, um Hamburg anzugreifen. Und wir segeln ihnen genau in den Rachen.«

»Sie drehen auf uns zu.«

Auch der Ausguck konnte seine Besorgnis nicht mehr verhehlen. Thorwulf wog den Wind und die Segelstellung sorgfältig ab. Dann traf er seine Entscheidung und ließ das Schiff gegen Nordwest ins offene Meer drehen. Der Wind traf uns nun fast direkt von hinten und die Nidhöggr, die nicht zu Unrecht als eines der schnellsten Schiffe der Wikinger galt, fing an zu fliegen. Wie eine lebendig gewordene fliegende Schlange glitt sie über die Wellen und ließ ihre Verfolger langsam hinter sich. Als die Nacht hereinbrach, waren deren Segel nur noch ganz klein am Horizont zu sehen. Der Wikingerfürst wartete noch, bis es ganz dunkel geworden war, dann gab er Befehl das Schiff wieder auf Süd/Ostkurs in Richtung der Elbe zu setzen. Dazu musste er die Segel fast parallel zur Kiellinie setzen. Damit das flache Schiff dabei nicht kenterte, mussten wir uns alle als Gegengewicht auf der Windseite versammeln. Als der Wind später auffrischte, mussten wir das Segel sogar herunternehmen und konnten nur noch mit Hilfe der Ruder die Richtung halten. Ich konnte den Kurs des Schiffes sehr gut verfolgen, was Thorwulf sehr verwunderte. Aber ich wies ihn darauf hin, dass auch wir Franken etwas von Sternenkunde verstehen würden, und die Himmelsrichtung mithilfe des Nordsterns zu bestimmen, konnte jeder Astronomiestudent einer fränkischen Klosterschule. Daraus ergab sich ein sehr interessantes Gespräch mit dem Wikingerfürsten, dessen Inhalt ich Eurer Exzellenz hier in Auszügen wiedergebe, da es sehr gut beschreibt, wie die Wikinger mit ihren Schiffen navigieren.

Grundsätzlich orientieren sich die Wikinger an Landmarken. Wenn es geht, vermeiden sie deshalb eine Fahrt über das offene Meer. Sollte dies doch einmal nötig sein, sind es tagsüber die Sonne und nachts der Nordstern, an denen sie sich orientieren. Sollten sie einmal die Orientierung verloren haben, was öfter vorkommt, als wir Franken es glauben, haben sie einen Käfig mit Raben dabei. Ein freigelassener Rabe wird immer in Richtung des nächstgelegenen Landes fliegen. Sie brauchen also nur der Richtung zu folgen, die der Vogel am Himmel einschlägt.

Thorwulf zeigte mir auch einen Kristall, den sogenannten Sonnenstein, den ich schon in einigen Berichten über die Wikinger erwähnt fand, aber noch nie zuvor gesehen habe. Dieser unscheinbare Edelstein ist imstande den Stand der Sonne auch bei bewölktem Himmel zu zeigen. Das ist auch notwendig, weil die Sonne für die Wikinger tagsüber der wichtigste Navigationspunkt ist. Dafür benutzten sie eine Art Sonnenuhr, die ihnen die grobe Tageszeit und ausgehend von der West-/Ost-Richtung, die vier Himmelsrichtungen zeigt. Über eingeritzte Zeichen konnten sie damit auch die Breite grob bestimmen. Für die Navigation in der Nacht nutzen sie den Nordstern. Hierzu verwenden sie ein hölzernes Dreieck mit einem Lot. Über die Länge des Dreiecks wird der Nordstern angepeilt und das Lot zeigt dann auf einer Skala, wie weit sie sich vom reinen Nordkurs entfernt haben.

Damit können die Wikinger ihre Abdrift feststellen und notfalls den Kurs korrigieren. Alles in allem eine einfache aber sehr wirkungsvolle Navigation. Ich erzähle deshalb auch so detailliert darüber, weil wir diese Navigation bald dringend brauchen würden. Ohne sie würde Thorwulf auch jetzt nicht vor Eurer Exzellenz stehen. Entschuldigt, wenn ich von der Geschichte abgeschweift bin. Ich vergesse immer wieder, dass der Platz in dem Goldenen Buch beschränkt ist. Ich könnte zwar so viele Goldblätter hinzufügen, wie ich will, da meine Schatzkammern prall gefüllt sind, aber das Gewicht des Buches würde dann das tragbare Maß deutlich übersteigen. Ich habe daher die Kurzschrift der Klöster als Schrift gewählt, weil ich damit sehr viel Platz gewonnen habe. Auch wenn die toltekischen Goldmeister sehr fluchen, wenn sie meine vorgeschriebenen Zeichen auf das Genaueste in das Goldblech stanzen müssen, war es doch die einzige Möglichkeit, diese Nachricht an Euch zu schicken, ohne dass Feuchtigkeit und Kälte die Botschaft unleserlich macht. Wie Ihr bemerkt habt, habe ich die Schriftzeichen in dem Geheimcode des Erzbistums verschlüsselt. Damit wollte ich sicherstellen, dass nur Eure Gnaden oder ein anderer Würdenträger des Erzbistums Hamburg diese Geschichte lesen kann.

Aber damit genug der Abschweifung. Lasst mich Euch weiter erzählen, wie wir vor Sven fliehen mussten und seine Schiffe uns über das ganze Meer verfolgten. Der Kurs, den mein Freund Thorwulf eingeschlagen hatte, führte uns in weitem Bogen wieder zur Elbemündung zurück. Auf dem Weg dahin hatten wir sehr mit widrigem Wind zu kämpfen, sodass wir oft rudern mussten und sehr viel Zeit verloren, bis wir endlich unseren Ausgangspunkt wieder erreicht hatten. Dort erwartete uns eine böse Überraschung. Der vor Wut über den Tod seiner Blutsbrüder rasende König Sven Gabelbart hatte sich mit einigen Schiffen, ebenso wie wir, zum Nordmeer ziehen lassen, und als wir eintrafen, sahen wir sein Schiff und die Wikingerflotte, die uns vor zwei Tagen ins offene Meer gejagt hatte, am Ufer ankern. Svens Schiff war gut zu erkennen, da er das Königswappen auf dem Segel eingenäht hatte. Aber auch unsere Nidhöggr war unverwechselbar.

Der rote Rumpf und die blutroten Segel zeigten deutlich, zu wem das Schiff gehörte. Die Reaktion kam sofort. Als Sven unser Schiff erkannte, ließ er augenblicklich die Schiffe zu Wasser bringen und schon kurz darauf waren wir wieder auf der Flucht. Auch jetzt ließ uns der Wind nur den Weg über das offene Meer. Aber dieses Mal hatten wir nicht nur neugierige Wikinger auf unseren Fersen, sondern unerbittliche Verfolger, getrieben von einem Anführer, der den Tod seiner Blutsbrüder auf grausamste Art rächen wollte. Wir konnten nur auf die Geschwindigkeit unseres Schiffes vertrauen und darauf, dass unsere Verfolger irgendwann einmal aufgeben mussten.

Zwischenspiel

Zentrale der ODYSSEE
Hamburg, Deutschland
Gegen 23:00 Uhr

Professor Wagner musste unterbrechen. Zu erregt war er über das, was er gerade gelesen hatte.

»Das erklärt so vieles«, flüsterte er und begann im Zimmer herumzuwandern. »Der historische Aufstand von Sven Gabelbart gegen seinen Vater war noch nie so lebendig für mich.«

»Ich denke gerade an etwas ganz anderes«, sagte Mitch, der ebenfalls aufgestanden war und seinen Laptop aktiviert hatte. »Skarthi und Erik sind die Namen, die auf zwei Runensteinen bei Haithabu erwähnt werden. Ich glaube, dass Sven Gabelbart diese Steine aufstellen ließ. Ach ja, da habe ich ja den Text des sogenannten Skarthi-Steins.«

Professor Wagner und Samson traten hinter ihn und lasen die Übersetzung der Runeninschrift.

König Sven Gabelbart setzte den Stein
nach Skarthi, seinem Gefolgsmann, der nach Westen gefahren war,
aber jetzt getötet wurde bei Haithabu.

»Das könnte der Skarthi unserer Geschichte sein«, sagte Mitch. »Und jetzt lasst uns einmal nach dem Erik-Stein schauen.«

Mit einem Klick öffnete sich die gesuchte Internetseite:

Thorolf, der Gefolgsmann Svens,
errichtete diesen Stein zum Gedenken
an seinem Genossen Erik, der den Tod fand,
als die Krieger Haithabu belagerten,
und er war Steuermann, ein wohl geborener Krieger.

Mitch schaute seine Freunde ernst an. »So schließt sich der Kreis. Sven Gabelbart ließ den Gedenkstein wohl selbst für seinen Blutsbruder errichten. Wer Thorolf war, wissen wir nicht. Vielleicht war es ein Wikinger, der das Massaker überlebt hat oder ein Freund von Erik, der mit Svens Flotte ankam. Fest steht auf jeden Fall, dass beide Steine im zehnten Jahrhundert bei Haithabu gesetzt wurden, also etwa zu dem Zeitpunkt von Svens Machtübernahme. Es müsste ein großer Zufall sein, wenn das nicht die beiden von Thorwulf getöteten Wikinger aus dem Buch sind.«

»Davon bin ich auch überzeugt«, ergänzte der Professor freudestrahlend. »Es ist faszinierend, wie geschichtliche Ereignisse lebendig werden. Ich würde mir wünschen, dass meine Studenten das auch so erleben würden.«

»Das liegt nur an Ihnen, Professor«, sagte Mitch lächelnd. »In Zukunft können Sie Ihren Studenten ja immer die Texte des Goldenen Codex vorlesen. Und Sie können mit Fug und Recht behaupten, dass Sie es waren, der diese Texte entschlüsselt hat.«

Der Professor konnte ebenfalls ein Schmunzeln nicht unterdrücken. Doch dann wurde er ernst. »Aber leider haben wir immer noch nichts gefunden, was die Entführung der kleinen Marie erklären würde. Und die Zeit schreitet immer weiter fort. Die Entführer werden sich sicher bald melden und wir haben immer noch keine Ergebnisse. Wir sollten weiterlesen, solange wir die Augen aufhalten können.«

Doch wie auf Kommando musste er gähnen. Auch Mitch und Samson konnten ihre Müdigkeit nicht verbergen.

»Es ist jetzt kurz vor Mitternacht«, stellte Mitch müde fest. »Wir sind alle seit Ewigkeiten auf den Beinen. Ich denke, obwohl die Zeit drängt, sollten wir eine kurze Ruhepause einlegen. Wir treffen uns wieder in sechs Stunden zu einem Informations-Frühstück. Bis dahin ist Anna-Maria sicherlich auch wieder wach, und wir können gemeinsam weitermachen. Ich könnte mir nicht verzeihen, wenn wir jetzt vor lauter Müdigkeit etwas Wichtiges übersehen würden.«

Der Professor und Samson stimmten ihm nach einiger Überlegung zu und machten es sich auf den Polstermöbeln bequem.

Mitch brachte ihnen noch einige Decken und Kissen. »Ich habe den Computer so eingestellt, dass er um sechs Uhr Alarm gibt«, warnte er, bevor er das Licht löschte. »Achtet darauf, dass ihr keinen Herzinfarkt bekommt, wenn ihr geweckt werdet.«

»Ich ahne Fürchterliches«, seufzte Samson, der die Weckgewohnheiten seines Freundes viel zu gut kannte. Aber dann übermannte ihn die Müdigkeit.

Mitch sah noch einmal nach Anna-Maria. Trotz des starken Schlafmittels schlief sie sehr unruhig. Tröstend strich er ihr über den Kopf. »Mach dir keine Sorgen«, flüsterte er. »Wir kriegen Marie zurück.«

Als der Name ihrer Tochter fiel, stöhnte Anna-Maria im Schlaf leise auf und warf sich hin und her. Mitch kuschelte sich an Anna-Maria. Seine Wärme beruhigte die schlafende Frau und sie kuschelte sich an ihn. Mitch beschloss noch einen Augenblick zu warten, bis er in sein eigenes Zimmer ging. Aber seine Erschöpfung und die Wärme des Bettes forderten ihren Tribut. Sein letzter bewusster Gedanke galt der kleinen Marie. »Wie mochte es dem Mädchen jetzt wohl gehen? Ob sie sehr viel Angst hatte?«

Marie

Kloster der heiligen Johanna von Lestonnac
Mazatlán, Mexico, Pazifikküste
9:00 Uhr Ortszeit, 17:00 Uhr in Deutschland

Die Limousine bremste sanft vor dem ehemaligen Nonnen-Kloster, das im achtzehnten Jahrhundert von dem Orden »Töchter der Gesellschaft unserer Lieben Frau« erbaut worden war. Als sich der Orden zu Beginn des zwanzigsten Jahrhunderts auflöste, hatte die Huanitzin-Stiftung das burgähnliche Gebäude erworben und wandelte es zu einem Waisenhaus für Mädchen um. Diese genossen eine Elite-Ausbildung, bis zum Alter von achtzehn Jahren. Dann mussten sie die Schule verlassen und ein neues Mädchen wurde aufgenommen. Die strengen Stiftungs-Statuten schrieben vor, dass immer genau zweiundfünfzig Mädchen auf der Eliteschule sein durften. Erst wenn ein Mädchen die Ausbildung abgeschlossen hatte oder an Pateneltern vermittelt werden konnte, rückte ein neues Kind nach, sodass die Anzahl der Schülerinnen immer gleich blieb. Die Leitung dieses Elite-Mädchenheims hatte Carmen Mendoza inne. Eine reinblütige Indianerin. Die Mendoza, wie sie von den Mädchen nur im Geheimen und voller Angst genannt wurde, war noch jung. Gerade mal Ende Zwanzig.

Und sie war attraktiv. Mit ihren langen, schwarzen Haaren und der mädchenhaften Figur wirkte sie fast wie einer der Teenager, die das Heim bewohnten. Eilig zog sie ihren Lippenstift nach. Dabei zappelte sie vor Ungeduld. Ihr Geliebter kam. Sie konnte kaum erwarten, ihn in die Arme zu schließen. Voller Ungeduld lauerte sie auf das Eintreffen der Limousine, die ihn vom Flughafen zu ihr brachte.

Endlich hörte sie das Knirschen von Reifen auf der Zufahrt und eilte zum Eingang. Jetzt musste es schnell gehen. Noch waren die Mädchen in ihren Klassen. Aber nicht mehr lange.

Schon in einer halben Stunde würden sie in den Gängen durcheinanderquirlen und fröhlicher Pausenlärm würde die Flure füllen. Bis dahin musste der Gast sicher untergebracht sein, den er in ihre Obhut geben wollte.

Als Carmen die schwere Eingangstür öffnete, kam die Limousine gerade zum Stillstand. Die hintere Tür öffnete sich und Huanitzin entstieg dem Auto. Mit weit geöffneten Armen rannte sie auf ihn zu und drückte ihn fest an sich.

Aber er erwiderte ihre Umarmung nur kurz. »Lass uns erst das Mädchen hineinbringen, solange noch alle in den Unterrichtsräumen sind«, unterbrach er hastig die Begrüßung. »Ich möchte nicht, dass irgendjemand sie sieht.«

Carmen ließ ihn ernüchtert los. Aber er hatte recht. Sie hatten später noch Zeit für sich. Jetzt gab es Wichtigeres zu tun. »Dann kommt. Ich habe schon alles vorbereitet.«

Sie ging mit Huanitzin voraus, während der Fahrer der Limousine den Kofferraum öffnete und einen schlanken Körper hervorhob.

Mit der reglosen Gestalt in den Armen folgte er den beiden. Hätte zu diesem Zeitpunkt jemand aus einem der Fenster des Klosters geschaut, hätte er erkannt, dass es sich dabei um ein junges Mädchen handelte, das offensichtlich bewusstlos oder betäubt war. Doch um diese Zeit waren eigentlich alle in ihren Klassen.

Der Fahrer stoppte kurz, um ein Fenster zu mustern, hinter dem er dachte, eine Bewegung gesehen zu haben. Aber alles blieb ruhig. Er musste sich getäuscht haben. Eilig folgte er seinem Chef und hoffte, sich getäuscht zu haben. Ein neugieriges Mädchen fehlte ihnen gerade noch.

In der Halle wartete Huanitzin schon ungeduldig auf ihn. Auffordernd hielt er die massive Holztür auf, die zu einem der Keller des ehemaligen Klosters führte. Carmen ging vor, gefolgt von dem Fahrer mit dem bewusstlosen Mädchen.

Huanitzin ließ noch einen wachsamen Blick durch die leere Halle wandern, bevor er die Tür von innen verschloss und seinen Angestellten über die steile Treppe nach unten folgte.

Beim Bau des Klosters war der Gang durch massives Felsgestein geschlagen worden, das den Sockel des Gebäudes bildete. Das mühsame Ausschachten hatte dazu geführt, dass anstatt eines durchgehenden Kellergeschosses lauter einzelne, in sich getrennte, Kellerräume entstanden waren. Nicht alle wurden beim Wiederaufbau genutzt, sodass es unter dem Kloster einige Felsenkammern gab, die fest verschlossen waren, um Unfälle zu vermeiden. In einen dieser Felsenräume wurde das junge Mädchen jetzt getragen. Nur Carmen hatte den Schlüssel zu diesem separaten Raum. Hier war das Mädchen sicher vor allen Blicken untergebracht. Dazu kam, dass die Felswände und die dicken Türen diesen Kerker absolut schalldicht machten. Wer hier eingesperrt war, konnte so laut schreien, wie er wollte, niemand würde ihn hören. Die Kammer war sparsam eingerichtet. Neben einem Eimer für die Notdurft gab es nur ein schmales Bett mit einer Decke.

Darauf legte der Fahrer jetzt das Mädchen ab. Er holte eine Decke, um sie über das Kind zu breiten. Aber sein Chef hielt ihn auf.

Zusammen mit Carmen war er hinter seinem Angestellten in den Kerker getreten. »Es ist gut. Warte oben an der Treppe auf uns. Und sorge dafür, dass wir hier ungestört bleiben.«

Mit einem kurzen, bestätigenden Nicken verließ der Fahrer den Keller und schloss die Tür hinter sich.

»Wie viel von dem Betäubungsmittel hast du ihr gegeben?«, fragte Carmen und musterte das Mädchen ohne Mitgefühl. »Hoffentlich wird ihr nicht übel davon. Ich habe keine Lust auf eine Riesensauerei hier unten.«

Huanitzin achtete nicht auf ihre Worte. »Ihr seht euch sehr ähnlich«, sagte er und setzte sich vorsichtig neben das betäubte Mädchen. »Sie hat sogar fast deine Figur.« Mit dem Finger fuhr er die schon sehr weiblichen Formen des Mädchens nach und endete bei einer ihrer Brüste, die er mit zwei Fingern zärtlich knetete.

»Sind sie so fest wie meine Titten?« Die Stimme von Carmen klang erregt. Dabei knöpfte sie mit hastigen Bewegungen ihre Bluse auf und warf sie hinter sich auf den Boden. Heftig atmend drückte sie ihre nackten Brüste gegen das Gesicht ihres Geliebten. Während er mit geschlossenen Augen an einer ihrer Brustwarzen lutschte, fasste sie nach unten und nestelte seine Hose auf.

Huanitzin öffnete die Augen. Er konnte seine Erregung nicht mehr unterdrücken. Stöhnend griff er nach ihrem Hinterkopf und drückte Carmen auf die Knie genau zwischen seine Beine. So hatte er es am liebsten. Und während sie ihren Kopf zwischen seinen Schenkeln vergrub, knetete er immer erregter die Brüste des bewusstlosen Mädchens, bis er schließlich in Carmens Mund explodierte. Mit geschlossenen Augen ließ er die Erregung abklingen. Er bekam kaum mit, wie sich seine Geliebte nach einer Weile aus seinem Griff löste und aufstand. Erst ihre mahnenden Worte brachten ihn wieder zu sich. Mit bloßen Brüsten, ihre Bluse noch in der Hand stand sie vor ihm.

»Wir müssen uns beeilen, Pedro. Die Pause beginnt gleich und die Mädchen sollten nicht sehen, dass wir im Keller waren.« Dabei streichelte sie ihm zärtlich über den Kopf.

Huanitzins Augen flammten wieder vor Begierde auf, als er Carmen vor sich musterte. »Du bringst mich schon wieder auf Touren, weißt du das?«

Sie lachte, auch immer noch voller Erregung. Dabei streifte ihr Blick jedoch das bewusstlose Mädchen, dessen Brüste Huanitzin noch immer gedankenlos streichelte. Ihr Blick wurde hart. »Bin ich das oder ist es das Mädchen?« Die Eifersucht in ihrer Stimme war nicht zu überhören.

Huanitzin stand auf. Stumm nahm er Carmen die Bluse aus der Hand und half ihr beim Anziehen. Während sie die Knöpfe schloss, betrachtete er das bewusstlose Mädchen. »Ja, ich begehre sie«, gestand er und rief sich das Bild des tanzenden Mädchens wieder ins Gedächtnis. »Ich begehre sie, weil sie für mich getanzt hat und auch, weil sie aussieht wie du. Aber du musst dir keine Sorgen machen. Sie gehört Tezcatlipoca. Deshalb achte auf sie. Es sind nur noch wenige Tage bis zur großen Feier.«

Wenige Minuten später standen sie wieder in der großen Halle. Carmen verschloss sorgfältig die Kellertür hinter ihnen und ging vor Huanitzin in ihr Büro. Noch immer waren die Gänge leer. Bis zur Pause hatten sie noch genug Zeit für einen Kaffee.

»Wie hast du es geschafft, sie ins Land zu bringen?«, fragte sie und stellte die Tasse vorsichtig auf ihrem Schreibtisch ab. »Ich habe gehört, dass es am Flughafen Schwierigkeiten gab.«

»Es gab keine Schwierigkeiten«, sagte Huanitzin selbstgefällig. »Meine Kontaktleute haben uns schon im Flugzeug von der geplanten Durchsuchung informiert und ich konnte in aller Ruhe meine Vorbereitungen treffen.«

»Das heißt, es gibt nichts, was dich mit der Entführung in Zusammenhang bringen könnte?«

»Die deutsche Polizei hat sicher einen Verdacht, sonst hätten sie nicht mein Flugzeug bei der Landung untersuchen lassen, aber sie können mir nichts beweisen. Schwitter ist tot und außer ihm gibt es keine Verbindung zwischen der Entführung und mir.« Grinsend strich sich Huanitzin über seinen dünnen Bart.

Carmen drückte ihm einen bewundernden Kuss auf die Wange.

»Großartig, aber ich habe es nicht anders erwartet. Bist du mit der Suche weitergekommen?«

Er verzog sein Gesicht zu einer wütenden Miene. »Nein, und das trifft mich am meisten. Aber durch das Mädchen werden wir noch heute an den Text des Buches kommen. Und ich bin überzeugt, dass darin die Lösung des Rätsels versteckt ist. Bald werden wir die Reliquien Tezcatlipocas in unseren Händen halten. Und dann wird uns nichts mehr aufhalten können.«

Carmen zögerte mit ihrer nächsten Frage. Nur zu gut kannte sie den Jähzorn ihres Geliebten. Dann gab sie sich einen Ruck. »Und wenn sie dir die Texte nicht geben oder irgendeinen Trick versuchen? Aus deinen Telefonaten weiß ich, dass mit diesen Deutschen nicht zu spaßen ist. Sie haben es bisher jedes Mal geschafft, deine Pläne zu durchkreuzen.«

Unvermittelt packte Huanitzin sie an den Haaren und riss sie brutal auf die Knie. Sein Lächeln war eisig, als er der wimmernden Carmen drohte. »Zweifle nie mehr an mir. Sie werden es nicht noch einmal schaffen. Dieses Mal bin ich ihnen voraus. Und zwar um Längen.« Dann ließ er sie wieder los.

Carmen wollte ängstlich zurückweichen, doch er hielt sie fest. Sanft zog er sie auf die Beine und gab ihr einen Kuss auf den Kopf. »Lass uns den Streit vergessen. Wir sollten jetzt in den Speisesaal. Ich freue mich darauf, die Mädchen begrüßen zu können. Sie werden erfreut sein, mich wieder einmal im Heim begrüßen zu dürfen.«

Carmens Kopf schmerzte. Aber sie wusste, dass sie selbst schuld war. Sie hätte nicht an ihm zweifeln dürfen. Und jetzt durfte sie ihn keinesfalls weiter verärgern. Hastig folgte sie ihm in den Pausenraum.

Das fröhliche Geplauder der Mädchen verwandelte sich in ein freudiges Willkommen, als sie ihren seltenen Gast bemerkten.

Nur ein Mädchen saß abseits auf der Treppe zur Halle und betrachte nachdenklich die verschlossene Kellertür.

Zwischenspiel

Zentrale der ODYSSEE
Hamburg, Deutschland
5:00 Uhr morgens

Mitch wusste zunächst nicht, was ihn geweckt hatte. Auf jeden Fall war es nicht der harte Rocksong, den er im Computer für das Wecken gewählt hatte. Der hätte ihn regelrecht aus dem Bett geschleudert. Es war etwas leises, das aber trotzdem sofort seinen Tiefschlaf durchdrungen hatte. Dann wurde ihm schlagartig bewusst, was ihn geweckt hatte. Anna-Maria weinte. Ein leises, tiefes Weinen, wie es nur Menschen fertigbringen, die mit ihren Nerven am Ende sind. Schnell drehte er sich um und nahm sie tröstend in seine Arme.

Schluchzend umklammerte sie ihn, als ob sie ihn nie wieder loslassen wollte.

»Du wirst Marie bald wieder haben, das verspreche ich dir«, sagte er mit rauer Stimme und strich ihr zärtlich über den Kopf. »Es wird nicht mehr lange dauern. Die Entführer werden sich bestimmt heute melden, und dann übergeben wir ihnen alles, was sie möchten.«

»Meinst du, meine Kleine ist wirklich nach Mexiko entführt worden?« Anna-Maria richtete sich auf und starrte Mitch in die Augen. »Und sag mir bitte die Wahrheit. Ich will wissen, wie du die Chancen für Marie wirklich einschätzt.«

»Ja, ich glaube, dass Huanitzin die Polizei ausgetrickst hat und Marie nach Mexiko gebracht hat. Er steckt hundertprozentig hinter der Entführung. Ich kann mir nicht vorstellen, dass irgendwelche Handlanger Marie hier in Deutschland verstecken. Huanitzin ist mit Sicherheit Schwitters Mörder und er hat auch Marie mitgenommen, als er Deutschland verlassen hat.«

»Aber die Polizei hat nichts in seinem Flugzeug gefunden?«

»Dann ist er vorher zwischengelandet. Auf jeden Fall ist Huanitzin darin verwickelt.« Als Mitch den verzweifelten Blick Anna-Marias sah, setzte er hinzu: »Sei sicher, wir werden Marie zurückbekommen, und wir werden ihn kriegen. Rajesh ist auf seiner Spur. Er hat den ganzen Flug noch mal überprüft und vielleicht hat er eine Erklärung für uns. Lass uns aufstehen. Ich muss dir auch noch eine kurze Zusammenfassung geben, was in Ansgaes Buch geschehen ist. Und dann lesen wir weiter, bis wir das Motiv der Entführer gefunden haben. Komm, lass uns schnell ins Bad gehen. Dabei erzähle ich dir alles, bevor wir Rajesh aufsuchen.«

Rajesh verzweifelte langsam. Wiederholt hatte er sämtliche Angaben des Fluges geprüft und sich in die Computer aller Flughäfen eingehackt, die auf der Strecke des Privatjets lagen. Nichts. Es war eindeutig. Huanitzins Jet war von Hartenholm direkt und ohne Zwischenlandung nach Mazatlán geflogen. Er hatte keine Gelegenheit gehabt, das entführte Mädchen irgendwo unterwegs auszuladen. Und die Untersuchung des Flugzeuges war ebenfalls eindeutig negativ. Mehrere Male, bis ihm die Augen tränten, hatte Rajesh die Aufzeichnung der Durchsuchung angesehen. Dazu hatte er sich sogar erneut in das Sicherheitssystem des Flughafens in Mazatlán eingehackt, um mehrere Kameraperspektiven miteinander zu vergleichen. Auch hier das gleiche Ergebnis. Es hatte für Huanitzin keine Möglichkeit bestanden, Marie aus dem Jet zu bringen. Sofort nach dem Aufsetzen auf der Landebahn wurde das Flugzeug von mehreren Polizeifahrzeugen begleitet, bis es seinen endgültigen Halteplatz erreicht hatte. Dann begann direkt die Untersuchung des Flugzeuges. Es gab keine Lücke, in der Marie aus dem Flugzeug hätte geschmuggelt werden können.

Rajesh seufzte, als ihm das Ergebnis seiner Überprüfung bewusst wurde. Sie konnten Huanitzin nichts anhaben. Nach dem Mord an Schwitter gab es keinen lebenden Zeugen mehr, der den Mexikaner mit den kriminellen Ereignissen um das Goldene Buch in Zusammenhang bringen konnte.

Und als Entführer von Marie schied er aus. Zumindest gab es keinen Beweis. Trotzdem war Rajesh überzeugt, dass Huanitzin hinter allem steckte. Aber wissen und beweisen sind eben zweierlei.

Mit Schrecken dachte er schon an den Zeitpunkt, an dem er Mitch und Anna-Maria sein Versagen gestehen musste. Es gab keine Spur von Marie. Am besten würde er gleich hinaufgehen und Bericht erstatten. Vielleicht hatten die anderen ja etwas in dem Buch gefunden, was ihnen weiterhelfen könnte. Resigniert schlurfte er zum Fahrstuhl, der direkt ins Loft führte.

Als sich die Fahrstuhltür auf der Loft-Ebene öffnete, prallte er erschrocken zurück. In der Lautstärke eines startenden Flugzeuges schallte ihm START ME UP von den Rolling Stones entgegen. Doch als sich seine Augen an das Licht des abgedunkelten Raumes gewöhnt hatten, konnte er nicht anders, als amüsiert aufzulachen.

Der Lärm des von Mitch eingestellten Weck-Songs hatte durchschlagende Wirkung erzielt. Professor Wagner lag mit weit aufgerissenen Augen auf dem Fußboden. Offenbar war er bei den ersten Tönen vor Schreck vom Sofa gefallen. Samson stand mit zerrauften Haaren vor dem Computer und versuchte verzweifelt, die Lautstärkeeinstellung zu finden oder den Computer irgendwie auszuschalten. Wie wild tippte er auf allen Tasten herum. Erfolglos, bis Rajesh hinter ihn trat und mit einem kurzen Klick auf die Soundtaste die Musik ausschaltete.

Bei der Berührung flammte der Bildschirm kurz auf. Rajesh schüttelte den Kopf, als er bemerkte, dass er gestern Abend vor Aufregung vergessen hatte, die Kameraübertragung vom Flughafen in Mazatlán zu stoppen. Die ganze Nacht hatte der Computer ein regloses Flugzeug aufgezeichnet. Kopfschüttelnd über sein Versehen schaltete er die Aufzeichnung ab und wandte sich dann grinsend seinen Freunden zu, die immer noch dabei waren, den frühmorgendlichen Weckruf zu verarbeiten.

»Irgendwann erschlage ich Mitch noch mit seinen Weckmethoden«, knirschte Samson, während er nach einem Stuhl tastete, um sich niederzulassen.

Professor Wagner rappelte sich ebenfalls mühsam hoch. »Das ist versuchte Körperverletzung. Was heißt versuchte? Das ist Körperverletzung«, murrte er, während er sich seine schmerzenden Ohren rieb.

Rajesh öffnete schmunzelnd die Rollos und das helle Licht des Tages durchflutete das Penthouse. Zu hell für einige der Anwesenden. Fluchend hielt Samson eine Hand vor seine geblendeten Pupillen, während der Professor mit zusammengekniffenen Augen nach seiner Brille tastete.

Jetzt sind wenigstens alle wach, dachte Rajesh, schaltete die Espressomaschine ein und schaute sich neugierig um »Wo sind denn eigentlich Mitch und Anna-Maria?«

»Schon hier«, meldeten sich die beiden von der Tür zum Gästezimmer aus.

Anna-Maria schaute sich erstaunt im Zimmer um. »Was war das eben für ein infernalischer Lärm?«, fragte sie und reagierte verwirrt, als Samson und Professor Wagner nur stumm auf Mitch deuteten.

»Ich habe den Wecker etwas lauter gestellt, heute Morgen«, erklärte Mitch. »Schließlich haben wir vierundzwanzig Stunden durchgearbeitet und dann sind sechs Stunden Schlaf einfach zu wenig. Da muss es schon etwas lauter sein, um alle wieder wach zu bekommen.«

»Und ich habe die ganze Zeit durchgeschlafen und euch allein gelassen«, sagte Anna-Maria schuldbewusst und senkte den Blick.

»Wenn ich die Menge Beruhigungsmittel bekommen hätte, die der Arzt dir gestern gespritzt hat, würde ich bis nächste Woche schlafen«, erwiderte Samson, mit dem Versuch sie zu trösten. »Du musst dir deshalb keinen Vorwurf machen. Wir alle können kaum nachvollziehen, was es für eine Mutter bedeutet, nicht zu wissen, wo die einzige Tochter ist und wie es ihr geht.«

Mitch warf Samson einen wütenden Blick zu, aber es war schon zu spät. Anna-Maria schossen die Tränen in die Augen.

Professor Wagner rettete mit seiner sachlichen Art die Situation. »Deshalb sind wir ja hier. Vielleicht sollte Rajesh kurz berichten, was er in den letzten Stunden herausgefunden hat und dann sollten wir uns schleunigst wieder an das Buch setzen und weiterlesen. Vielleicht steht schon etwas auf einer der nächsten Seiten, was der Sache eine ganz andere Wendung gibt.«

Anna-Maria riss sich sichtlich zusammen. »Sie haben recht, Herr Professor. Jetzt ist nicht die Zeit, um zu weinen. Ich möchte meine Tochter zurück und dafür werde ich all meine Kräfte brauchen. Mitch hat mir eben eine kurze Zusammenfassung des Textes gegeben, den ihr gelesen habt. Leider war bisher nichts Brauchbares darin. Jetzt geht es nur darum, unseren Vorsprung vor den Entführern ausbauen zu können. Was hast du herausgefunden?« Hoffnungsvoll wandte sie sich an Rajesh.

Doch der schüttelte bedauernd den Kopf. »Leider hat die Überprüfung nichts ergeben. Huanitzin hatte keine Möglichkeit zu einer Zwischenlandung. Und wie wir alle live gesehen haben, hat die Polizei Marie nicht an Bord gefunden. Das heißt, Huanitzin hat das Mädchen nicht mitgenommen.«

»Das ist doch gut«, richtete sich der Professor an Anna-Maria. »Es ist doch besser, wenn Marie hier in der Nähe gefangen gehalten wird, als irgendwo am anderen Ende der Welt.«

»Lasst uns weitermachen«, sagte Mitch und zog das Ladekabel vom iPad ab, an dem es die letzten Stunden angeschlossen gewesen war. »Es wartet noch gut die Hälfte von Ansgaes Tagebuch auf uns. Es wäre doch gelacht, wenn wir damit nicht die Spur der Entführer aufnehmen könnten.«

Fragend schaute er Rajesh an: »Wenn du willst, kannst du dich gerne zu uns setzen. Wir könnten zwei aufmerksame Ohren gut gebrauchen. Oder gibt es noch ein Projekt, an dem du arbeiten musst?«

Der Computerexperte schüttelte den Kopf. »Nein eigentlich nicht. Aber es lässt mir einfach keine Ruhe, dass Huanitzin so einfach davonkommen soll. Ich würde gerne noch einmal alle seine privaten und geschäftlichen Angelegenheiten überprüfen. Er ist schuldig, das weiß ich, und ich werde erst wieder ruhig schlafen können, wenn ich es auch beweisen kann.«

Mitch nickte zustimmend und klappte das iPad auf.

Rajesh ging zur Lifttür, als ihm wieder einfiel, dass die Speicherplatte von Mitchs Computer durch die stundenlange Aufzeichnung des menschenleeren Flughafens sicher voll war. Am besten würde er die Aufnahme noch schnell löschen, bevor er zurück an die Arbeit ging. Sein Finger schwebte schon über der Delete-Taste, als er zögerte. Es war nicht nur das schlechte Gefühl, das jeder Computerexperte kennt, bevor er Daten endgültig löscht. Es war mehr eine vage Ahnung, dass es in der Aufzeichnung vielleicht etwas geben könnte, das er übersehen hatte. »Was soll's auf die paar Stunden kommt es jetzt auch nicht mehr an. Schließlich geht es um Marie«, murmelte er vor sich hin, als er die Aufzeichnung kurzentschlossen auf den zentralen Server verschob, anstatt sie direkt zu löschen. Er würde sich das Video in seinem Büro in aller Ruhe anschauen, während er parallel Huanitzins Hintergrund recherchierte. Es war zwar unnötige Arbeit, aber er wollte sich später nicht vorwerfen müssen, doch irgendetwas Wichtiges übersehen zu haben.

Anna-Maria hatte Rajeshs leise Worte gehört. Mit einem warmen Lächeln sah sie ihm hinterher. Eine starke Hoffnung keimte in ihr auf. Mit solchen Freunden musste es einfach gelingen, den Entführern auf die Spur zu kommen. Bald wäre Marie wieder bei ihr. Das spürte sie ganz deutlich. Und irgendwo in dem Text des Codex war das Geheimnis verborgen, das sie zur Befreiung ihrer Tochter brauchten.

Textauszug aus dem Goldenen Buch Quetzalcoatl
Gerichtet an Adaldag, Erzbischof von Hamburg
Datiert auf Ende 10. Jahrhundert

Wenn wir zu Anfang noch dachten, die Verfolger blieben hinter unserem schnellen Drachen zurück und würden irgendwann aufgeben, mussten wir diese Hoffnung bald fallen lassen. Zunächst schien es zwar, als ob die Nidhöggr dank ihrer überlegenen Segeleigenschaften Svens Kriegsschiffe bald hinter sich zurücklassen würde, doch traf das nicht auf alle Schiffe der Verfolgerflotte zu. Aus dem Gros der Verfolger schälten sich vier besonders schnelle Drachen heraus, die wir trotz aller Bemühungen nicht abschütteln konnten. Svens Königsschiff gehörte dem Herrn sei Dank nicht dazu. Damit hatten wir unseren schärfsten Feind zwar hinter uns gelassen, aber seine Kriegsschiffe hingen wie Kletten an unserem Heck. Zweifellos hatte Sven Gabelbart die Krieger bei ihrer Ehre verpflichtet, uns zu töten. Anders ließ sich die Hartnäckigkeit nicht erklären, mit der sie uns verfolgten. Wir hatten dank der Ladung der beiden Langboote im Hafen von Haithabu, Nahrung für mehrere Monate an Bord, aber das galt sicher nicht für unsere Verfolger. Sie waren für einen schnellen Überfall auf Hamburg ausgeschickt worden und hatten deshalb bestimmt nur Verpflegung für wenige Tage dabei. Dazu kam, dass Wikinger meist an Land übernachteten und dort Wasser für den nächsten Tag bunkerten. Um unsere Verfolger abzuschütteln, segelten und ruderten wir deshalb viele Tage hintereinander. Aber sie verfolgten unsere Spur wie blutrünstige Hunde.

Oftmals, wenn die feindlichen Schiffe zu nahe kamen, ließ Thorwulf auch während des Segelns rudern. Ein gefährliches Wagnis, denn normalerweise dienten die Rudermannschaften während des Segelns als Ausgleichsballast, um ein Kentern des Schiffes zu verhindern. Aber, dem Herrn sei Dank, trotz einiger gefährlicher Situationen schafften wir es, unseren Vorsprung zu halten, ohne dass unser Schiff kenterte oder auf einen Felsen auflief. Denn auch diese Gefahr bestand, da wir uns meist dicht am Land hielten und nur die aufmerksamen Augen unserer Wachen zur Hilfe hatten.

Unsere Männer waren am Ende ihrer Kräfte, als wir endlich den Meereskanal durchfuhren, der zwischen dem Frankenreich und den Sachsen fließt. Zu essen hatten wir noch genug, aber unsere Wasservorräte gingen zu Ende. Der Rest in den Fässern war veralgt und stank wie Jauche. Als Ersatz tranken wir seit Tagen Bier, das wir in Haithabu als Beute geladen hatten. Aber auch hier war unser letztes Fass angebrochen. Wir würden uns bald zum Kampf stellen müssen oder elendiglich verdursten.

Und noch immer waren unsere Verfolger hinter uns. Wir konnten uns ihre Ausdauer nur damit erklären, dass sie Wasser und Nahrung von Gabelbarts Flotte übernommen hatten, bevor sie die Verfolgung aufnahmen.

Doch dann, etwa sechs Wochen nach Beginn der Verfolgung, drehten die Drachen hinter uns endlich ab und ruderten zum Land. Mit Erleichterung sahen wir sie am Horizont verschwinden. Endlich konnten wir wieder Hoffnung schöpfen, und am Abend, als immer noch keiner der Verfolger hinter uns zu sehen war, drehte auch Thorwulf in Richtung des Festlandes.

Bald sahen wir einen kleinen Ort vor uns an der Küste auftauchen. Wir beschlossen, Nahrung und Frischwasser zu bunkern. Silber, um alles zu bezahlen, hatten wir dank der Beute aus Haithabu genug. Doch wir brauchten keine Bezahlung. Als der blutrote Rumpf der Nidhöggr vor der Küste auftauchte, rannten die Bewohner davon. Wir konnten in aller Ruhe unsere Wasserfässer füllen und uns aus ihren Vorräten bedienen. Als unser Schiff endlich wieder voll beladen war, wollte Thorwulf sofort in See stechen. Aber ich redete ihm ins Gewissen, bis er eine entsprechende Menge Silber am Strand hinterlegte. Da wir die Rache der Bewohner deshalb nicht zu fürchten brauchten, überlegten wir, die Nacht an Land zu verbringen. Die Aussicht auf ein wärmendes Feuer und Wasser zum Waschen belebte meine Sinne, doch plötzlich klang der Warnschrei eines unserer Wachposten auf. Die Segel unserer Verfolger waren wieder am Horizont aufgetaucht.

Eure Exzellenz, ich kann Euch kaum beschreiben, welche Mühsal diese Reise für uns alle bedeutete. Die Hoffnung, jemals wieder umdrehen zu können und in die Sicherheit Hamburgs zu gelangen, hatte ich schon vor Wochen aufgegeben. Aber die endlose und mühselige Fahrt an der Küste entlang, von der wir nicht einmal den Namen wussten, machte uns alle rasend. Wir mussten rudern, bis sich uns die Haut von den Händen schälte, und durften trotzdem nicht nachlassen. Ich bewunderte Thorwulfs Männer, die alle diese unmenschlichen Plagen ohne große Klagen durchstanden. Aber auch unsere Verfolger waren aus dem gleichen Holz geschnitzt. Manches Mal machten sie sogar ein Wettrennen, um uns einzuholen, und nur mit größter Kraftanstrengung konnten wir entkommen. Einmal kamen sie so nahe, dass wir sogar die Gesichter von Svens Kriegern sehen konnten.

So vergingen die Wochen. Wir hatten schon längst die Hoffnung aufgegeben, unseren Verfolgern entkommen zu können. Denn immer, wenn sie das Land anliefen, um Vorräte und Wasser zu holen, mussten wir das auch tun.

Wir waren inzwischen so weit die Küste entlanggefahren, dass selbst Thorwulf nicht mehr wusste, wo genau wir waren. Aber auch an diesen weit entfernten Küsten lebten Menschen.

Einmal nahmen wir einen Fischer gefangen, der mit seinem Boot nicht schnell genug flüchten konnte. Seine Worte waren mir fremd. Nie zuvor hatte ich eine solche Sprache gehört. Wir ließen ihn wieder frei, nicht ohne ihm etwas Silber für seinen Fang zu geben, mussten aber sehen, dass unsere Verfolger ihn wieder einfingen und wohl töteten. Denn sein Schmerzensschrei schallte trotz der Entfernung zu uns herüber.

Doch endlich änderte sich die Situation. Der Wind drehte sich in eine für die Nidhöggr optimale Position. Wenn der Wind direkt von hinten kam, flog unser Schiff geradezu über die Wellen. Leider war das während der Reise fast nie der Fall gewesen, aber nun war uns das Glück hold. Über Tage hielt der günstige Wind an, und wir verloren unsere Verfolger bald aus den Augen.

Es gab jedoch keinen Grund zum Jubeln, denn das Land teilte sich vor uns. Um die Orientierung nicht zu verlieren, waren wir bisher immer der Küstenlinie gefolgt, aber nun bog das Land ab. Vor uns erstreckte sich ein breiter Meeresarm, an dessen anderem Ende wir verschwommen ebenfalls wieder Land erkannten. Eine starke Strömung schob uns in Richtung des offenen Meeres, was wir unbedingt vermeiden wollten. Uns blieb also nur, gegen die Strömung in den Kanal zu fahren oder zu versuchen, die andere Seite zu erreichen.

Thorwulf beugte sich hinunter, um von dem Wasser zu kosten. »Kein Süßwasser«, sagte er. »Das ist also entweder eine große Meeresbucht oder aber der Eingang in ein abgeschlossenes Meer, ähnlich wie die östliche See unserer Heimat. Das wäre auf jeden Fall eine geeignete Gelegenheit, unsere Verfolger endgültig abzuhängen. Nur wie, das müssen wir sorgfältig überlegen.«

Nachdenklich musterte er den Horizont hinter uns. Noch immer waren die Segel unserer Verfolger nicht zu sehen. Aber wir waren sicher, dass sie uns noch immer folgten. Thorwulf bat mich zu einer kurzen Beratung. Denn auch das, Eure Exzellenz, hatte die Reise mit sich gebracht. Die Bande zwischen mir und Thorwulf war sehr eng geworden. Als sein Lagergefährte war ich eng mit ihm zusammen, und ich war erstaunt über sein Wissen über Navigation und seine unbändige Neugierde, was meine Studien anging. Ich hatte mit meinem mannigfaltigen Wissen über Medizin, Astronomie, Physik und Mathematik seinen Respekt erworben und immer öfter fragte er mich um Rat. So auch jetzt. Nach einigem Überlegen deutete ich auf das ferne Land an der anderen Seite der Meeresenge. »Lasst uns das Wasser überqueren und dann dort die Küste entlang segeln. Wenn wir der Küstenlinie weiter folgen und es sich nur um eine große Meeresbucht handelt, sitzen wir in der Falle.«

»Aber wir wissen nicht, wohin wir segeln. Meines Wissens ist noch kein Wikinger jemals so weit an der Küste entlang gesegelt. Es können uns alle möglichen Ungeheuer und Gefahren erwarten. Und wenn wir Pech haben, finden wir niemals mehr zurück.«

Ich zuckte nur die Schultern. »Ich bin so weit von zu Hause weg, wie noch niemals in meinem Leben. Auf einige Tage mehr oder weniger kommt es mir nicht mehr an.«

Thorwulf sah seine Männer nachdenklich an. Die lauschten gespannt auf jedes unserer Worte. Ging es doch auch um ihre Zukunft. Einige drängten auch an uns heran, um besser hören zu können.

»Dann lasst uns alle abstimmen«, sagte Thorwulf und wandte sich an seine Krieger. »Wir haben zwei Möglichkeiten. Entweder wir überqueren die Meeresenge oder wir segeln mitten hinein. Ich mache für jede der beiden Wege eine Rune hier auf dem Ruder und jeder von Euch ritzt sein Zeichen hinter die Route seiner Wahl. Und lasst es uns schnell machen, damit unsere Verfolger uns nicht einholen.«

Um es kurz zu machen, Eure Exzellenz, die meisten stimmten für meinen Vorschlag, die Meerenge zu überqueren. Mit vollem Einsatz der Kräfte schafften wir es auch, die Strömung zu überwinden, ohne dass unsere Verfolger am Horizont aufgetaucht wären. Zum ersten Mal während der Fahrt, die nun schon fast drei Monate ging, tauchte so etwas wie Zuversicht auf. Es sah aus, als ob wir Svens Krieger endgültig abschütteln könnten. Ein starker Regen, der unsere Wasserfässer wieder vollständig füllte, tat ein Übriges um uns Hoffnung zu geben. Mit dem frischen Wasser war es uns möglich, der fremden Küste noch weitere drei Wochen zu folgen. Nur unsere Nahrungsmittel gingen zur Neige. Wir beschlossen deshalb, bei der ersten Menschenansiedlung an Land zu gehen. Aber über viele Tage hinweg sahen wir keinen Menschen oder zumindest bemerkten wir keinen.

Als wir endlich an einer Flussmündung eine Stadt entdeckten, ließ Thorwulf sofort an Land steuern. Auch dieses Mal flüchteten die Bewohner zunächst voller Panik, als unser roter Drache am Horizont erschien. Die Nidhöggr musste ihnen wohl wie ein Meeresungeheuer erscheinen. Erst später am Abend trauten sich die ersten Eingeborenen wieder ins Dorf.

Als wir die Menschen dieses Dorfes das erste Mal erblickten, waren wir entsetzt.

Ihre Gesichter und ihre Körper waren tiefschwarz, so dunkel wie Schweinefleisch, das zu lange über dem Feuer gehangen hat. In Büchern hatte ich schon von solch schwarzen Menschen gelesen, aber ich hätte mir nicht vorstellen können, wie dunkel ihre Haut ist. Ich vermute, dass die starke Sonne ihrer Heimat, die viel heißer brennt als in unseren nordischen Gefilden, ihre Haut so schwarz verfärbt hat. Auf jeden Fall hatten wir noch nie Menschen wie sie gesehen, und sie wohl noch nie Männer wie uns. Männer mit weißer Haut, die auf einem Seeungeheuer reisten. Voller Ehrerbietung lasen sie uns jeden Wunsch von den Augen ab. Nach den Entbehrungen der letzten Monate genossen wir diese Behandlung sehr. Zunächst mussten wir jedoch unsere Vorräte ergänzen. Mit unserem Silber wussten sie nichts anzufangen, aber unsere Waffen hatten es ihnen angetan. Für einige stählerne Dolche und Speerspitzen konnten wir unseren ganzen Laderaum füllen. Unter den Vorräten waren exotische Früchte, die ich noch nie zuvor gesehen hatte, und eine Art luftgetrockneter Fisch, den die Wikinger besonders schätzten. Davon nahmen wir eine große Menge an Bord. Dann füllten wir unsere Fässer mit frischem Wasser. Am späten Nachmittag waren wir fertig und eigentlich bereit, wieder in See zu stechen. Doch die Aussicht auf eine Nacht an Land lockte zu sehr. Auch der König der Eingeborenen bat uns, zu bleiben. Sie wollten ein großes Fest feiern, um unsere Ankunft zu ehren, wie er uns umständlich mit Gesten erklärte. Thorwulf wollte erst ablehnen, sah jedoch die Blicke seiner Männer, die sehnsüchtig die Körper der schwarzen Frauen musterten. Sie müssen nämlich wissen, Eure Exzellenz, dass die Weiber der Schwarzen völlig ungeniert nackt vor uns herumspazierten. Die Wikinger, die jetzt schon viele Wochen ohne Frauen waren, konnten ihre Augen nicht von den Reizen lösen. Deshalb, und weil wir unsere Verfolger anscheinend abgeschüttelt hatten, entschied Thorwulf, der Einladung des Königs zu folgen und noch eine Nacht in dem Dorf zu verbringen. Dass der König uns nicht aus Freundlichkeit eingeladen hatte, merkten wir erst später. Unsere stählernen Waffen hatten seine Habgier geweckt. Er plante, uns betrunken zu machen und dann zu töten. Doch er hatte nicht mit der Trinkfestigkeit der Wikinger gerechnet.

Obwohl sie dem gärenden Trank der Eingeborenen mehr als genug zusprachen, wurden sie schlagartig nüchtern, als die Schwarzen mit ihren primitiven Waffen auf sie eindrangen. Anfangs gelang es den Eingeborenen zwar, einige von uns zu töten, aber dann hielten die Schwerter und Beile der Wikinger eine fürchterliche Ernte.

Als die bewaffneten Angreifer niedergemetzelt waren, begann das weitere Morden. Die Wikinger, die vor Wut rasten, durchsuchten das Dorf. Jeder überlebende Mann wurde getötet und die Frauen vergewaltigt, bevor ihnen die Kehle durchgeschnitten wurde. Ein Blutrausch hatte die Wikinger erfasst und schreckliche Taten geschahen in dieser Nacht.

Eure Exzellenz, ich schäme mich, gestehen zu müssen, dass ich nicht imstande war, etwas dagegen zu tun. Als ich versuchte, Thorwulf von dem rasenden Wüten abzuhalten, das offenbar jeden seiner Männer erfasst hatte, warf er mir einen so eisigen Blick zu, dass ich die Augen senken musste.

»Sie wollten uns töten, Ansgae«, sagte er, während das Blut an seinem Schwert herunterfloss, »und das werden sie büßen, mit allem, was sie besitzen. Das ist Wikingerrecht. Wenn Ihr Christen Euch lieber töten lassen wollt, dann finden wir bestimmt noch einen Schwarzen, der Euch gerne seinen Speer durch den Körper treibt.«

Ohne auf eine Erwiderung von mir zu warten, eilte er weiter und brüllte laut den Kriegsruf der Wikinger in die blutige Nacht.

Das Morden und Vergewaltigen dauerte an, bis die ersten Hütten brannten und der Nachthimmel weithin sichtbar blutrot leuchtete. Ich hatte mich auf die Nidhöggr zurückgezogen, die hoch auf dem Strand lag. Die Krieger, die Thorwulf zur Wache eingeteilt hatte, hatten einen weiten Schutzring um das Schiff gebildet. Keiner der schwarzen Krieger sollte auch nur in die Nähe des Drachens kommen. So war ich auf dem Deck völlig allein.

Ich gestehe, Eure Exzellenz, dass ich in dieser Nacht laut weinte. Meine Hilflosigkeit, dem Morden und Vergewaltigen keinen Einhalt gebieten zu können, machte mich krank. Es beschämte mich, dass ich aus lauter Feigheit, die Verbrechen an den Frauen und Kindern nicht verhindert hatte. Ja, ich gestehe es.

Es war Feigheit. Angst vor dem Wüten der Wikinger, das vor niemanden halt machte.

Was war ich nur für ein Christ? Ich betete zu Gott in dieser Stunde und bat ihn flehentlich um Vergebung.

Und dann geschah es. Gott schickte mir ein Zeichen. Christus erschien mir. Mitten auf dem Wikingerschiff und er sprach zu mir, mit einer Stimme, die ich nur in meinem Kopf hören konnte, aber die so laut dröhnte wie Donnerschläge.

»Ansgae«, sprach er zu mir: »Ich werde dich nicht an dem messen, was bereits geschehen ist, sondern an dem, was noch geschehen wird. Auch ich war einmal ein schwacher Mensch und weiß, was Angst und Feigheit bedeuten. Menschen werden nicht als Christen geboren. Wahre Christen werden sie erst, durch das, was sie erleben und was sie daraus machen. Auch ich wurde erst zum echten Christen, als ich imstande war, die Liebe zu anderen Menschen über meine eigene Angst vor dem Tode zu stellen. Erkenne die Liebe in dir und mache sie zu deiner stärksten Kraft. Erst dann werde ich über dich urteilen.«

Ich hoffe, ich begehe keine Blasphemie in Euren Augen, Eure Exzellenz, wenn ich mein Gespräch mit unserem Herrn schildere. Ich bin überzeugt, dass er auch zu Euch spricht, wie zu allen anderen echten Christen. Für mich auf jeden Fall war diese Nacht etwas ganz Besonderes. Während an Land die Hütten brannten und Frauen schrien, leuchtete mir das Licht der Erkenntnis. In dieser Nacht wurde mir klar, dass ich niemals wieder zulassen konnte, dass Menschen vor meinen Augen getötet wurden. Lieber wollte ich selber sterben.

Entschlossen stand ich auf, um den immer noch wütenden Wikingern Einhalt zu gebieten. Doch als mein Blick zufällig das Meer streifte, hielt ich erschrocken inne. Die Feuer des brennenden Dorfes leuchten weit auf das Meer hinaus und reflektierten sich dort auf den Rümpfen von Schiffen. Entsetzt holte ich Luft. Unsere Verfolger hatten uns eingeholt. Gott sei Dank blies der Wind von Land aus, sodass sie keine Segel setzen konnten. Doch ich kannte inzwischen die Ruderleistung der Wikinger. In spätestens einer Stunde würden sie hier sein.

Ich musste sofort Thorwulf informieren. So schnell ich konnte, rannte ich in das Dorf und suchte den Wikingerfürsten.

Als ich ihn endlich bei einer der Frauen fand, reagierte er umgehend. Noch beim Heraufziehen seiner Beinlinge schrie er Befehle in die Nacht. Von überall her strömten vom Blutrausch erschöpfte Wikinger zurück zum Strand. Inzwischen konnte man sogar schon die Ruder der feindlichen Schiffe sehen, die sich im unerbittlichen Takt auf und nieder senkten.

»Sie müssen sich geteilt haben«, sagte Thorwulf und musterte die herankommenden Schiffe, während seine Männer in fieberhafter Eile die Nidhöggr seeklar machten. »Es sind nur zwei Schiffe. Das heißt, es kommen zwar immer noch zwei auf einen von uns. Aber das Verhältnis ist jetzt doch besser für uns.«

»Wollt Ihr gegen sie kämpfen?«, fragte ich erschrocken, aber Thorwulf lachte nur kurz.

»Nur, wenn es sein muss«, erklärte er. »Denn selbst wenn wir gewinnen, hätten wir danach nicht mehr genug Männer, um die Nidhöggr zu rudern. Nein, wir werden sie überraschen.«

Die Aussicht auf eine wieder Monate dauernde Verfolgung die Küste entlang machte mich betroffen. Aber, dem Herrn sei Dank, waren zumindest unsere Vorräte aufgefüllt und wir könnten einige Wochen auf See bleiben.

Thorwulf überraschte mich. Statt vor den Feinden zu fliehen, segelte er ihnen direkt entgegen. Zusätzlich ließ er mit aller Kraft rudern. Die Nidhöggr flog nur so auf die feindlichen Schiffe zu. Bald sahen wir schon die Gesichter unserer Verfolger und konnten erkennen, dass sie sich kampfbereit machten. Die Wachmannschaften beider Langboote rüsteten sich und versammelten sich am Bug und Heck ihrer Boote, während ihre Kameraden mit aller Kraft gegen den Wind ruderten. Als unser Drachen immer näher kam, schlossen sich die beiden feindlichen Drachenboote näher zusammen. Fast sah es so aus, als ob sich ihre Ruder berührten.

Während ich dem bevorstehenden Kampf voller Besorgnis entgegensah, blieb Thorwulf völlig ruhig. Kurz vor dem Zusammenprall ließ er unsere Ruder komplett einziehen.

Die gesamte Mannschaft bewaffnete sich mit Schilden und Beilen. Dicht gedrängt standen sie ringsum an der Reling, bereit sich auf beiden Seiten zu verteidigen, denn Thorwulf steuerte sein Schiff mitten in die Lücke zwischen den beiden Verfolgern. Als sie bemerkten, was wir vorhatten, versuchten sie verzweifelt ihre Ruder einzuziehen, aber unser Drache war zu schnell. Wie ein riesiger Hammer zerschmetterte der Rumpf der Nidhöggr die dünnen Ruderblätter der beiden feindlichen Boote und flog mitten durch sie hindurch in das Dunkel der Nacht. Nur einer unserer Männer wurde durch einen Pfeilschuss der Verfolger verletzt. Alle anderen hatten den Pfeilhagel tief geduckt hinter ihren Schildern überstanden.

Thorwulf lachte laut, als er zurücksah und unsere Verfolger musterte. »Damit hatten sie nicht gerechnet«, sagte er und lachte dröhnend, bis seine Männer mit einstimmten. »Bis sie ihre Ruder ersetzt haben, sind wir längst auf und davon.«

»Aber sie werden uns bald wieder auf der Spur sein. Ich befürchte, wir werden ihnen nie entkommen«, seufzte ich verzweifelt wegen der Hartnäckigkeit unserer Verfolger.

Thorwulf lachte nur noch lauter. »Jetzt sind wir sie zunächst einmal los und ich habe eine Idee, wie wir sie komplett von unserer Spur abbringen können.«

Interessiert trat ich zu dem Wikinger. Als er mir jedoch seinen Plan erläuterte, konnte ich ein Schaudern nicht unterdrücken. Er wollte nur mit den Sternen als Navigation weit auf das offene Meer segeln. So weit, dass das Land nicht mehr zu sehen wäre und noch weiter hinaus. Seine Erklärung klang schlüssig, aber zwischen seinen Worten schwang auch eine Erregung mit, die deutlicher als alle Worte sagte, dass er wusste, welches Wagnis wir damit eingingen.

Mit lauter Stimme wandte er sich an seine Mannschaft. Ohne ihre Zustimmung wollte er ihr Leben nicht gefährden. »Leute, hört mir zu. Unsere Lagerräume sind prall gefüllt und wir haben genügend Wasser für mehrere Wochen an Bord. Bisher haben uns Gabelbarts Männer verfolgen können, weil wir die Küstenlinie nicht verlassen haben. Das müssen wir jetzt ändern. Wir werden deshalb einfach so weit es geht auf das offene Meer segeln und ohne Sicht der Küste wieder nach Hause segeln.«

Erschrocken blickten die Wikinger sich untereinander an.

Doch Thorwulf war noch nicht am Ende. »Da wir bisher immer nach Süden gesegelt sind, werden wir uns nach dem Nordstern und der Sonne orientieren und damit weit entfernt von der Küste wieder zurücksegeln. Dort liefern wir Ansgae in Hamburg bei seinem Erzbischof ab und dann fordere ich Sven Gabelbart zum Ehrenkampf. Den wird er mir nicht verweigern können. Ansonsten sterben wir im Kampf und ziehen nach Walhalla ein. Alles ist besser, als weiter davon zu laufen. Was meint ihr?«

Die Begeisterung der Wikinger hielt sich in Grenzen, aber da keiner einen besseren Vorschlag hatte, wurde Thorwulfs Vorschlag angenommen. Wir würden über die offene See segeln.

Ich hatte Eurer Exzellenz ja schon von der Navigationskunst der Wikinger berichtet. In den nächsten Tagen konnte ich mehr als einmal erkennen, zu welchen Wundern sie damit fähig waren. Von unseren Verfolgern war weit und breit nichts zu sehen und unsere Vorräte reichten noch für viele Wochen. Trotzdem ließ Thorwulf seine Männer täglich Fische fangen, um die Notvorräte nicht angreifen zu müssen.

Am Abend des dritten Tages zog ein Sturm am Horizont auf, wie ich ihn noch nie erlebt habe. Noch heute graut mir vor dem tiefschwarzen Himmel, der von wilden Blitzen durchzuckt auf uns zuraste, gerade so, als ob die Hölle entschieden hätte, uns zu holen. Thorwulf ließ das Segel kürzen und setzte fünf seiner Männer zum Schöpfen ein. Mir erschien das übertrieben, denn bisher hatte ein Mann genügt, die stabil gebaute Nidhöggr trocken zu halten. Und nun fünf. Doch ich musste mich eines Besseren belehren lassen. Obwohl uns Thorwulf längs mit den Wellen rudern ließ, gischteten immer wieder gewaltige Wogen über unser Schiff. Immer mehr Männer musste Thorwulf zum Schöpfen kommandieren. Auch ich war dabei und schöpfte so schnell wie noch nie in meinem Leben. Trotzdem war ich zutiefst überzeugt, dass heute unsere letzte Stunde geschlagen hätte. Der Sturm tobte die ganze Nacht und noch drei volle Tage, bis er sich endlich beruhigte.

Aber das Unwetter hatte uns übel mitgespielt. Als die Sonne nach einer endlosen nassen Nacht endlich aufging, trafen ihre Strahlen auf völlig erschöpfte Männer und eine Nidhöggr, deren Federkleid jetzt doch ziemlich zerrupft aussah. Eine überraschende Böe hatte gleich zu Beginn des Sturms das Segel so zerrissen, dass wir viele Tage mit der Reparatur verbringen mussten. Dazu kam, dass viele der Ruderstangen zerbrochen waren. Nur ein Viertel der Plätze konnten wir mit Ruderern besetzen. Damit waren wir fast bewegungsunfähig. Thorwulf runzelte besorgt die Stirn, nachdem er das Schiff inspiziert hatte. Gottseidank war genügend Zeit geblieben, unsere Vorräte zu sichern, sodass nur eines der Vorratsfässer zu Bruch gegangen war.

Doch wo waren wir? Wir konnten zwar anhand des Sonnenstandes die Richtung des Landes bestimmen, von dem wir aufgebrochen waren und unsere Abdrift in der Nord-Süd-Richtung würden wir in der Nacht erkennen können, wenn der Nordstern aufgegangen war. Aber wie weit uns der Sturm in die offene See geweht hatte, das wussten wir nicht. Auf jeden Fall mussten wir mit aller Kraft versuchen, wieder nach Osten zu kommen, wo Land lag. Thorwulf ließ die intakten Ruder besetzen und das Schiff wenden. Doch wir waren in einer starken Meeresströmung gefangen, gegen deren Kraft wir mit unseren wenigen Rudern nicht ankamen. Nur, wenn wir mit aller Kraft ruderten, hatten wir kurzzeitig das Gefühl, die Strömung bezwingen zu können, aber die Anstrengung verschliss unsere Kräfte immer schneller. Trotzdem ließ Thorwulf seine Männer bis zur Erschöpfung weiterrudern. Gleichzeitig reparierten wir unser Segel. Doch als wir es endlich wieder hissen konnten, drehte sich der Wind und blies aus Osten, genau aus der Richtung, in die wir wollten. Ein direkter Kurs aufs Land war unmöglich. Thorwulf entschied sich für einen Südost-Kurs, der uns wieder an die Küste der schwarzen Menschen führen sollte. Dort wollte er zunächst die fehlenden Ruderblätter ersetzen und dann der Küstenlinie zurück nach Norden folgen. Doch in der Nacht kam ein neuer Sturm auf und zerriss das notdürftig geflickte Segel. Hilflos wurden wir durch die Meeresströmung weiter nach Westen auf das unbekannte Meer hinausgetrieben. Und die Natur ließ uns keine Atempause. Wir hatten das Gefühl, als ob ein Sturm den anderen ablöste. Thorwulf ließ vorsichtshalber unsere Vorräte rationieren und unsere tägliche Ration bestand bald nur noch aus einem kleinen Stück getrockneten Fisch aus unserem immer kleiner werdenden Vorrat. Nur, wenn unsere Angler Erfolg hatten, gab es zur Abwechslung einmal frischen Fisch. Doch den mussten wir roh herunterwürgen, da wir kein Feuer anzünden konnten. Das Einzige, was wir ausreichend besaßen, war frisches Wasser, denn wir waren anscheinend in eine Zeit voller Stürme gekommen. Es regnete fast ununterbrochen. Nachts war der Nordstern hinter dunklen Wolken verborgen, sodass wir unsere Drift nicht bestimmen konnten. Wir wussten nur, dass uns die Strömung immer weiter nach Westen trug. Fieberhaft waren die Wikinger dabei, das mehrfach gerissene Segel zu flicken, aber als es dann endlich wieder gehisst werden konnte, schlief der Wind fast vollständig ein. Die heimtückische Meeresströmung trieb uns immer weiter an den Rand der Welt. Denn das war die feste Überzeugung der Wikinger. Sie glaubten daran, dass die Erde eine flache Scheibe ist, und befürchteten, dass wir uns jetzt dem Rand näherten und bald darüber stürzen würden. Resigniert stellten sie irgendwann das Rudern ein und warteten auf das Ende.

Ich diskutierte mit Thorwulf darüber und versuchte, ihn zu überzeugen, dass die Erde eine Kugel ist und nicht flach, wie es die Wikinger glaubten. Ich weiß, Eure Exzellenz, dass viele Kirchengelehrte ebenfalls nicht an die Kugelgestalt der Erde glauben. Deshalb lasst es mich erklären, weil es für das Verständnis unserer Reise sehr wichtig ist.

Ich habe mich während meiner Studien lange mit den verschiedenen Standpunkten der Gelehrten beschäftigt und bin von der Kugelgestalt der Erde überzeugt. Wenn Eure Exzellenz noch Zweifel haben, darf ich an die Schrift »DE NATURE RERUM« des berühmten Beda Venerabilis verweisen, von der es eine Abschrift in der Bibliothek des Erzbistums gibt. Dort ist die Idee der Kugelgestalt unserer Erde wissenschaftlich bewiesen. Letztendlich ist unsere Reise ein weiterer Beweis.

Doch zurück zu unserer Reise.

Thorwulf lachte mich nach anfänglichem Erstaunen nur aus. Als er jedoch merkte, dass es mir ernst war, fragte er interessiert nach. Er wollte wissen, wieso die Menschen, die auf der Unterseite der Kugel leben, nicht einfach herunterfallen, und ob der Regen dort vielleicht von unten nach oben fällt? Ich erzählte ihm von den Forschern der Antike, von Aristoteles, von Plinius dem Älteren und natürlich von dem in allen christlichen Ländern verehrten Beda Venerabilis. Seine Studien belegen, dass eine geheimnisvolle Kraft im Innern der Erde, eine Art Welten-Magnet, dafür sorgt, dass unsere Füße immer auf dem Boden stehen, egal, auf welchem Teil der Kugel wir uns befinden. Thorwulf hörte mir aufmerksam zu. Ich hatte schon vorher bemerkt, dass sein heller Kopf immer bereit war, neue Ideen anzuerkennen. Und es schmeichelte mir, dass er meinen Ausführungen jetzt scheinbar Glauben schenkte.

»Ihr meint, Ansgae, wenn wir einfach auf diesem Kurs weiterfahren, landen wir wieder dort, wo wir das Land verlassen haben?«

Seine sofortige praktische Umsetzung überraschte mich. »Im Grunde ja Thorwulf, aber wir würden dann das Land der Schwarzen von der anderen Seite erreichen. Und niemand von uns weiß, wie groß dieses Land ist und wo es endet. Aber die Erfahrung zeigt, dass die meisten Länder, wie auch Dänemark, zu umschiffen sind. Bisher sind wir immer mit dem Land an Backbord gefahren. Wenn wir das umkehren und die Küstenlinie Steuerbord nehmen, müssten wir das Land der Schwarzen umrunden können und wieder auf dem alten Kurs nach Hause finden.«

Der Wikinger schaute mit neuer Hoffnung auf das Meer vor uns. Trotz meiner Überzeugung, dass wir bald das Land wiedersehen würden, waren nur die endlosen Wellen zu sehen. Doch es konnte nicht mehr lange dauern. Wenn ich die Geschwindigkeit unseres Schiffes richtig geschätzt hatte, hatten wir die Erdkugel fast umrundet und mussten uns schon wieder in der Nähe des Landes befinden. Ich bemerkte, dass Thorwulf auch seinen Männern diesen Hoffnungsschimmer gab, denn von nun an war immer einer der Mannschaft auf dem Mast, um den Horizont zu beobachten. Doch auch diese Hoffnung erfüllte sich nicht, und ich bemerkte, wie mich die Wikinger immer finsterer ansahen. Noch immer war kein Land in Sicht und ein Ende war nicht abzusehen. Unsere Vorräte schmolzen dahin, und selbst wenn wir jetzt hätten umkehren können, wir hätten das Land der Schwarzen niemals mehr erreicht, ohne vorher zu verhungern oder zu verdursten. Unsere Lage wurde immer verzweifelter. Seit einigen Tagen aßen wir nur noch Reste, und als der Regen ausblieb, leerten sich auch unsere Wasserfässer allmählich.

Dann kam wieder Wind auf. Er frischte immer stärker auf und Thorwulf konnte endlich das inzwischen mehrfach geflickte Segel hissen. Der Wind blies direkt von Osten und zusammen mit der Meeresströmung machten wir schnelle Fahrt immer weiter nach Westen. Doch noch immer war kein Land in Sicht und unsere Lage wurde immer aussichtsloser. Zudem wurde der Wind immer stärker. Sollte er sich zu einem neuen Sturm auswachsen, wären unsere Stunden wohl gezählt. Geschwächt, wie wir waren, und ohne Ruder konnten wir den wütenden Elementen nichts entgegensetzen.

Dann endlich, als ich schon selbst die Hoffnung aufgegeben hatte, machte unser Ausguck die ersehnte Entdeckung. Eine Insel war vor uns aus dem Dunst aufgetaucht. Wir konnten es kaum glauben. Mit frischer Kraft setzten sich die Männer an die Ruder und steuerten unseren Drachen in den Schutz einer großen Bucht, wo wir vor dem Sturm sicher waren. Während die Wikinger das Schiff an Land zogen, fiel ich auf die Knie, um unserem Herrn innigst zu danken. Ich gestehe, Eure Exzellenz, dass ich Tränen in den Augen hatte. Unsere Fahrt hatte uns einmal um die ganze Welt geführt, ganz wie ich vorausgesagt hatte. Nach meinen Berechnungen konnte es nur noch ein kurzes Stück sein, bis wir die Rückseite des schwarzen Landes erreichten. Und von dort würden wir immer in Sichtweite des Landes segeln, bis wir wieder unsere Heimat erreicht hätten.

Doch zunächst mussten wir Proviant und Wasser aufnehmen. Die Wikinger bildeten Jagdtrupps und durchsuchten die Insel. Durch unsere Erfahrungen mit den Schwarzen gewarnt, hatten alle ihre Waffen in den Händen.

Bald war klar, dass wir völlig allein waren. Kein anderer Mensch würde unsere Jagd stören. Und zu jagen gab es jede Menge. Wundersame Lebewesen, wie wir sie zuvor noch nie gesehen hatten. Wir sahen Vögel, die so bunt waren, dass es den Augen wehtat. Am Strand fanden wir merkwürdige, riesige Eidechsen, die in einem dicken Panzer steckten und deren Fleisch uns hervorragend schmeckte. Wer davon genug hatte, angelte sich einfach einen der zahllosen Fische oder wählte unter vielerlei Früchten und Nüssen aus, die im Wald wuchsen. Als wir am zweiten Tag noch eine Süßwasserquelle fanden, war unser Glück vollkommen. Thorwulf ließ ein paar der Bäume fällen, um daraus neue Ruder herzustellen. Auch brauchten wir einige neue Planken. Der Rumpf der Nidhöggr war mit seltsamen, schwarzen Muscheln überzogen, die sich vom Holz unseres Schiffes ernährten. Mühsam mussten wir die Tiere entfernen und einige der am stärksten beschädigten Holzteile austauschen. Das nahm viele Tage in Anspruch. Die Nächte waren sternenklar und wir konnten erstmals wieder die Position des Nordsterns messen. Der Sturm hatte uns weit von unserer geraden Linie entfernt. Auf einem Holzstück versuchte ich, eine Karte unserer Reise zu zeichnen und dabei die Abweichung unseres Kurses zu berücksichtigen. Da mir jedoch die zurückgelegte Entfernung fehlte, wurde die Karte sehr ungenau. Aber sobald wir das Festland wieder erreichten, konnte ich die Berechnungsgrundlagen von Plinius über den Durchmesser der Erde anwenden und versuchen, die Karte genauer zu machen. Aber dazu mussten wir erst einmal wieder in See stechen. Und das konnte noch dauern. Nicht nur, dass wir die Nidhöggr reparieren mussten und neue Ruder schnitzen, wir mussten zudem unsere Vorräte auffüllen, da wir nicht wussten, wie weit das Festland noch entfernt war. Dazu mussten wir zahllose Fische fangen und deren Fleisch in der Sonne trocknen. So verging fast ein Monat, bis wir bereit waren, in See zu stechen. Als unser Drachen wieder Fahrt in Richtung Westen aufnahm, schauten wir alle bedauernd zurück. Die Insel war in den letzten Wochen für uns zu einem kleinen Paradies geworden. Dagegen erwarteten uns im Land der Schwarzen nur unbekannte Gefahren und selbst ich war mir nicht sicher, ob wir wirklich bald das Festland erreichen würden.

Auch Thorwulf war unschlüssig. »Seid Ihr sicher Ansgae, dass wir wirklich weiter nach Westen segeln sollten?«, fragte er. »Selbst wenn wir das Festland finden, wie Ihr vorhersagt, woher wissen wir, dass wir dann wieder nach Hause finden?«

»Wir haben keine Alternative«, sagte ich und überspielte meine eigene Unsicherheit. »Gegen die Strömung und den Wind werden wir nicht ankommen. Also bleibt uns nur, den Weg bis zum Ende zu fahren.«

Widerstrebend stimmte mir der Wikingerfürst zu und gab Zeichen, das Segel zu hissen. Auf unserer Reise sahen wir in den nächsten Tagen noch einige Inseln. Aber da wir noch ausreichend Vorräte an Bord hatten, entschlossen wir uns weiterzusegeln. Wir alle wollten das Festland so früh wie möglich erreichen und waren gespannt, was uns dort erwarten würde. So vergingen wieder zwei Wochen, bis unser Ausguck das erste Mal ein Boot mit Menschen sichtete.

Ich möchte Eurer Exzellenz diese Begegnung ausführlich beschreiben, da sie letztendlich dafür verantwortlich ist, dass Euch dieses Buch vorliegt und für alles, was wir seitdem erlebten. Wie unser Auftauchen auf die Fremden wirkte, wurde mir später von einem ihrer Priester erzählt. Er hatte die Aufgabe, unsere Geschichte für die folgenden Generationen festzuhalten. Denn, ich gestehe es hier mit Scham, die Fremden halten uns bis heute für Gottesboten und mich für einen ihrer Götter, der auf die Erde kam, um den Ungehorsam gegen ihn zu bestrafen. Aber ich schweife ab. Zurück zu der ersten Begegnung mit den Menschen, die sich selbst Toltecas nennen. Genau genommen waren die Fischer Angehörige eines Volkes, das den Toltecas tributpflichtig ist. Ihre Boote waren ausgehöhlte Baumstämme und ließen nicht erahnen, welch hohen Stand ihre Zivilisation hatte. Als die Fischer unser Schiff bemerkten, mit hoch aufgerichtetem Drachenkopf am Bug und blutrot bemalt, dazu das weit geblähte rote Segel, fielen sie ehrfürchtig auf die Knie. Lasst mich die Menschen beschreiben. Sie waren anders als die Schwarzen, die uns auf der anderen Seite des Landes überfallen hatten.

Auch dunkel in der Hautfarbe, aber eher braun als schwarz. Auffällig war, dass keiner der Eingeborenen einen Bartwuchs hatte oder sonst irgendwie am Körper behaart war. Auch waren alle eher klein an Wuchs. Gegen die Wikinger an Bord wirkten sie fast winzig. Freundlich versuchte ich sie anzusprechen, aber sie konnten mich nicht verstehen. Im Gegenteil schien ich sie noch mehr zu verängstigen. Später erfuhr ich, dass sie überzeugt gewesen waren, dass wir sie töten würden. Aus Rache, da ihr Stamm dem Blutgott Tezcatlipoca huldigte, meinem großen Gegenspieler. Denn sie hielten mich für ihren Gott Quetzalcoatl, der auf die Erde gekommen war, um alle zu bestrafen, die Tezcatlipoca opferten und Quetzalcoatl als Hauptgott verstoßen hatten.

Zu Eurer Erklärung, Exzellenz, die Bedeutung des Wortes Quetzalcoatl bedeutet in etwa »Gefiederte Schlange«, was die Fischer mit dem Aussehen der Nidhöggr gleichsetzten. Dazu kam, dass in ihren Überlieferungen Quetzalcoatl als weißhäutig beschrieben wird. Etwas was ebenfalls auf mein Aussehen zutraf. Denn der Herr hatte es seit meiner Kindheit bestimmt, dass die Sonne meine Haut nicht sonderlich bräunte. Das unterschied mich von Thorwulf, der ansonsten durch seine mächtige Gestalt wohl viel eher einen Gott verkörpern könnte als ich. Ihn und die anderen Wikinger nannten sie Quetzalemi, was übersetzt etwa »Wächter der Schlange« bedeutet, also so eine Art göttlichen Leibwächter. Von all dem wusste ich jedoch zu diesem Zeitpunkt noch nichts. Dem Herrn sei Dank, konnte ich deshalb auch noch nicht ahnen, in welche Lage uns das noch bringen sollte. Es war schwierig, aus den verängstigten Eingeborenen auch nur eine Geste zu entlocken. Nach vielen vergeblichen Versuchen zog ich einen der Eingeborenen auf die Beine und wies mit einer fragenden Geste nach Westen, wo wir das Festland vermuteten. Er fing an zu reden, doch zu diesem Zeitpunkt verstand ich noch kein Wort ihrer Sprache, die sie selbst Nahuatl nennen. Zumindest konnte ich seiner Gestik entnehmen, er wolle uns zum Land führen.

Wir nahmen ihr Boot in Schlepp und fuhren mit geblähten Segeln in die Richtung, die uns der Fischer wies. Nach etwa vier Stunden tauchte tatsächlich festes Land vor uns auf und der Fischer navigierte uns in eine große Bucht. Da der Wind nachgelassen hatte, nahmen wir die Ruder zur Hilfe und bewegten uns auf eine große Stadt zu, die direkt hinter dem Strand begann. Im Gegensatz zu der Stadt der Schwarzen schienen die Häuser hier aus Stein gebaut. Beeindruckend war auch eine große Pyramide, die sich auf einem der Hügel erhob, die die Stadt umgaben. Als sich unser Schiff der Küste näherte, liefen von allen Seiten Menschen zusammen und starrten die Nidhöggr an. Der Fischer rief einige Worte hinüber und es überkam uns eine große Gänsehaut, als die Menschen einfach auf die Knie sanken. Damals verstanden wir nicht, was sie damit ausdrücken wollten. Thorwulf ließ vorsichtshalber die Waffen auspacken. Wir waren voll gerüstet, als unser Schiff endlich auf dem Sandstrand auflief. Es war eine merkwürdige Situation. Auf der einen Seite unsere blanken Waffen und auf der anderen Seite die knienden Menschen, die uns voller Angst und Schrecken entgegenblickten. Nach einiger Zeit, in der wir uns gegenseitig schweigend musterten, hörten wir plötzlich fremdartige Musik. Aus der Stadt näherte sich langsam eine Kompanie von eingeborenen Kriegern. Bewaffnet waren sie mit runden Schilden, Speeren und einer Art hölzernem Schwert, das mit schwarzen Spitzen besetzt war. In ihrer Mitte trugen sie zwei Sänften, in denen wahrscheinlich die Herrscher dieser Stadt saßen. Eine der Sänften war durch Vorhänge verschlossen. In der anderen saß ein schwarz gekleideter Eingeborener, der eine Federkrone aus ebenfalls schwarzen Federn trug. Begleitet wurde er von einem guten Dutzend auch in schwarz gekleideter Menschen. Es waren wohl Priester oder Beamte, denn sie waren unbewaffnet. Vor der Prozession liefen Musiker, die mithilfe von riesigen Muscheln und Trommeln einen Heidenlärm veranstalteten. Wo die Prozession vorbeikam, standen die knienden Menschen wieder auf. Ein herrischer Wink des Schwarzgekleideten genügte, um sie wieder auf die Beine zu bringen.

»Ihr seid besser in den fremden Sprachen, Ansgar«, sagte Thorwulf und musterte mit misstrauisch zusammengekniffenen Augen die Horde der Eingeborenen, die immer näher kam. »Deshalb solltet Ihr die Verhandlungen übernehmen.«

Zustimmend nickte ich und wollte schon das Schiff verlassen, als mich der Wikinger zurückhielt. »Nicht so«, sagte er und wies auf mein schon recht zerschlissenes Gewand. »Holt den Mantel, den ich Euch geschenkt habe, und legt die goldene Drachenbrosche an. Wir wollen doch, dass Ihr Eindruck macht.«

Schnell hatte ich den Mantel übergeworfen und sprang auf den Strand. Thorwulf hielt sich mit zwei Dutzend seiner Wikinger dicht hinter mir. So erwarteten wir den Herrscher dieser Stadt. Mit der blutroten Nidhöggr im Rücken mussten wir wohl einen schreckenerregenden Anblick geboten haben, denn etwa zwanzig Meter vor uns entfernt, blieben die Krieger stehen und bildeten einen waffenstarrenden Halbkreis um die geschlossene Sänfte. Nur die zweite Sänfte mit dem schwarzgekleideten Eingeborenen kam weiter auf uns zu. Seine Begleiter gingen zu beiden Seiten. Je näher sie kamen, umso zögernder wurden jedoch ihre Schritte. Ängstlich blickten sie uns entgegen. Als der Mann in der Sänfte dies bemerkte, schrie er sie zornig an. Zaghaft gingen sie noch einige Schritte, aber dann schüchterte sie unser Anblick wohl dermaßen ein, dass sie einfach stehenblieben. Bebend vor Zorn sprang der schwarzgekleidete Mann aus der Sänfte. Grob stieß er seine Begleiter zur Seite und ging allein weiter, bis er dicht vor mir stand.

Instinktiv rümpfte ich die Nase. Und wie ich bemerkte, ging es Thorwulf und seinen Wikingern nicht anders. Wir rochen zwar nach den letzten Tagen auf See auch nicht besonders gut, aber gegen die schwarz gekleideten Eingeborenen rochen wir wie in Duftwasser gebadet. Später erfuhr ich, dass die Priester des Tezcatlipoca sich im Blut ihrer Opfer wälzen und sich niemals waschen. Genauso stanken sie auch. Ich musste alle Beherrschung aufbieten, um mich nicht von dem schier unerträglichen Geruch abzuwenden. Dass es sich um den höchsten Priester des Tezcatlipoca in dieser Provinz handelte, wusste ich zwar nicht, aber mir war klar, dass der Herrscher der Stadt in der geschlossenen Sänfte wartete. Das zeigte die hohe Anzahl von Kriegern, die seine Sänfte wachsam umstanden. So musste der schwarz gekleidete Mann vor uns entweder ein Götzenpriester oder ein hoher Beamter sein.

Also ein Mann, der für uns von untergeordneter Bedeutung war. Da ich für Eure hochgeborene Exzellenz in der Vergangenheit viele Verhandlungen mit fremden Völkern geführt hatte, nahm ich diese Erfahrungen als Grundlage. Hochmütig blickte ich ihn deshalb an und fixierte dabei die Sänfte weiter hinten, in der ich den wirklichen Herrscher vermutete. Das machte den Mann noch wütender, als er es ohnehin schon war. Wild gestikulierend redete er auf mich ein. Dabei wippten die schwarzen Federn seines Kopfschmuckes immer auf und ab. Ein alberner Anblick, der schließlich einige unserer Wikinger zum Lachen brachte. Jetzt tobte er erst recht. Wir verstanden natürlich nicht, was er sagte. Aber der Ton war unverschämt. Offenbar verlangte er zu wissen, wer wir waren. Immer wieder deutete er auf die Sänfte, hinter deren zugezogenen Vorhängen eine verschwommene Gestalt saß.

Als ich nicht antwortete und noch immer über ihn hinweg die Sänfte fixierte, trat er dicht vor mich und fasste frech nach meinem Mantel. Das konnte ich mir als Unterhändler auf keinen Fall gefallen lassen. Bevor ich protestieren konnte, hatte Thorwulf schon gehandelt. Schnell und brutal. Mit einem blitzschnellen Schwerthieb schlug er dem Mann den Arm ab. Schockiert sank der Eingeborene auf die Knie und starrte ungläubig seinen Armstumpf an, aus dem das Blut sprudelte. Ein tiefes Stöhnen entfuhr ihm, das von der Menschenmenge ringsum erwidert wurde. Schockiert ob dieser Grausamkeit wollte ich Thorwulf zur Rede stellen, aber er wies nur auf die abgeschlagene Hand des Angreifers. Erst als ich das merkwürdige Messer sah, wurde mir klar, dass der Mann mich hatte ermorden wollen.

Die Wikinger hatten inzwischen alle ihre Waffen gezückt und umringten die Begleiter des Attentäters. Von ihnen drohte keine Gefahr. Wir schauten gespannt auf die Krieger der Eingeborenen. Würden sie uns angreifen? Doch alles blieb ruhig. Nur die Vorhänge der Sänfte flatterten, als ob sie jemand mit zitternden Händen festhalten würde. Jetzt galt es, unsere Position zu festigen. Mit einem Armschwung schlug ich meinen Mantel auf, um mich in Positur zu stellen. Dabei traf das Licht der Sonne meine Drachenbrosche, deren Gold hell aufloderte.

Das hatte eine unglaubliche Wirkung. Ein kollektives Stöhnen ertönte aus der Menge. Wie auf Kommando knieten wieder alle nieder und vollführten die Geste des Bodenküssens. Verwundert sahen wir uns an. Hunderte von Menschen knieten vor uns, fast so, als ob wir Götter wären. Selbst die Krieger des Herrschers knieten im Sand und hatten ihre Waffen einfach neben sich geworfen.

Jetzt galt es, kein Zögern zu zeigen. Mit festem Schritt ging ich auf die Sänfte des Herrschers zu, dicht gefolgt von Thorwulf und seinen Wikingern. Als wir näherkamen, ließen die Träger die Sänfte einfach in den Sand kippen und fielen auf die Knie. Wir warteten eine kleine Weile, aber als nichts geschah, wurde ich ungeduldig. Auf einen Wink öffneten die Wikinger die Vorhänge.

Mit furchtverzerrtem Gesicht blickte uns der Herrscher der Stadt entgegen. Ich bedeutete ihm, auszusteigen. Zitternd vor Angst folgte er meiner Aufforderung. Trotz seiner offensichtlichen Furcht bot er einen wirklich majestätischen Anblick. Seine Kleider waren komplett mit feinsten, bunten Federn bestickt und auch seine Krone bestand aus Federn; farbiger als alles, was wir bisher gesehen hatten. Dazu trug er so viel Goldschmuck, dass den Wikingern fast die Augen aus dem Kopf quollen. Doch kaum war er aus der Sänfte geklettert, warf auch er sich vor mir auf den Boden, wie sein gesamtes Volk.

Thorwulf schlug mir lächelnd auf die Schulter: »Alles, was recht ist, Ansgae, Ihr versteht es wirklich, Politik zu machen«, sagte er. »Jetzt sagt mal Euren neuen Freunden, dass es reicht mit der Huldigung. Wir haben Hunger und vielleicht gibt es hier ja auch einige Sklavinnen, die uns bedienen können.«

Strafend sah ich Thorwulf an. »Habt Ihr kein anderes Interesse außer Essen und Frauen?«, fragte ich.

Sein dröhnendes Lachen erschreckte die Eingeborenen so, dass sie sich noch tiefer duckten. Kopfschüttelnd schaute ich ihm hinterher, als er zur Nidhöggr ging, um seine restliche Mannschaft an Land zu bringen. Dann wandte ich mich wieder dem Herrscher zu. Es dauerte eine ganze Weile, ihm mit Gesten klarzumachen, was ich von ihm wollte. Immer wieder zuckte er ängstlich zurück, fast so, als erwarte er, getötet zu werden.

Aber als er mich endlich verstand, leuchtete sein Gesicht voller Freude auf. Und als ich ihm gar die Hand zum Aufstehen reichte, war der Bann gebrochen. Der Jubel der Eingeborenen hallte laut über die Bucht. Nach unserem Erlebnis mit den schwarzen Wilden waren wir vorsichtig und die Wikinger betraten die Stadt mit der Hand an den Waffen. Doch die Menschen bereiteten uns einen unglaublichen Empfang. Dicht gedrängt standen sie auf den Straßen und sogar auf den flachen Dächern ihrer Häuser, um uns willkommen zu heißen. Und immer wenn wir an den Menschen vorbei kamen, fielen sie auf die Knie und neigten ihren Kopf. Wir waren freudig überrascht, denn mit einem solchen Empfang hatten wir nicht gerechnet. Heute weiß ich, dass sie in mir ihren Gott Quetzalcoatl zu erkennen glaubten, aber damals war ich nur verwirrt.

»Wir sollten einige Wochen hierbleiben, Ansgae«, sagte Thorwulf, der neben mir ging. »Meine Leute sind erschöpft und die Stadt wirkt, als hätte sie nur auf uns gewartet.«

Ich nickte nur. Auch ich wünschte mir nichts sehnlicher, als einige Wochen hierzubleiben. Wir waren weiter gesegelt, als jemals ein Mensch zuvor, und ich wollte alles über dieses unbekannte Volk wissen und das Land, in dem sie wohnten.

Ich nahm mir vor, den Herrscher der Stadt um einen Lehrer zu bitten, der mir die Sprache beibringen könnte. Vielleicht könnte meine Sprachbegabung uns helfen, die Ereignisse zu verstehen.

Der Beweis

Zentrale der ODYSSEE
Hamburg, Deutschland
10:00 Uhr vormittags

»Mitch, Anna-Maria!« Aufgeregt stürmte Rajesh aus dem Fahrstuhl. »Kommt schnell, ich habe Marie gefunden.«

Mitch zuckte zusammen. Verwirrt ließ er das iPad sinken. Zu intensiv war der Reisebericht gewesen und zu eng die Verbindung, die er inzwischen zu Bischof Ansgae aufgenommen hatte. Nur langsam drang ihm die Bemerkung seines Freundes ins Bewusstsein.

Anna-Maria war schon aufgesprungen und starrte Rajesh mit weit aufgerissenen Augen an.

»Wo ist sie?«, fragte Mitch aufgeregt. Ansgae und seine Reise waren vergessen.

Rajesh schaltete den Computer im Esszimmer ein. Triumphierend deutete er auf den Bildschirm. »Ich wollte gestern noch die Aufzeichnung von Huanitzins Ankunft in Mazatlán löschen. Dabei hatte ich bemerkt, dass ich vergessen hatte, die Aufzeichnung zu stoppen und noch viele Stunden danach aufgenommen habe.«

»Und, was heißt das?«, fragte Anna-Maria. Aufgeregt krallte sie sich an Rajeshs Arm fest.

»Nun, ich habe ihn erwischt«, antwortete Rajesh triumphierend. »Es hat mich zwar viel Zeit gekostet, aber es hat sich gelohnt.«

»Nun lass dir nicht jeden Wurm aus der Nase ziehen.« Mitch seufzte ungeduldig, weil er Rajeshs Hang zur Dramatik kannte.

»Wie gesagt, ich habe die Aufzeichnung im Schnelldurchlauf angeguckt, während ich Huanitzins Hintergrund durchleuchtete. Das erste Mal habe ich nichts gesehen, weil mich auf dem Hauptcomputer ein anderer Hinweis abgelenkt hat.

Aber dann, beim zweiten Mal, schaute ich genau im richtigen Augenblick hin und jetzt haben wir ihn.«

»Rajesh!«

Der junge Inder riss sich sichtlich zusammen. Mit einem Klick öffnete er einen Ordner. »Ich habe die Szene in Zeitlupe konvertiert, damit ihr auch alle Einzelheiten sehen könnt.«

Gespannt beugten sich alle vor, um nichts zu verpassen. Der Bildschirm zeigte zunächst die gewohnte Szene mit dem einsamen Privatjet auf dem Flughafen. Die Ortszeit wurde oben links angezeigt: 6:14 Uhr.

»Ihr seht, es ist jetzt etwas über zwei Stunden her, seit die Polizei unverrichteter Dinge wieder abgerückt ist. Aber offenbar haben sie etwas übersehen. Seht hier.«

Von links rollte Huanitzins Auto ins Bild. Der Chauffeur stieg aus und musterte aufmerksam die Umgebung. Dann öffnete er die Flugzeugtür und verschwand im Innern.

»Ist Marie im Flugzeug?«, flüsterte Anna-Maria und schaute Rajesh flehend an. »Mach mich nicht wahnsinnig und sag endlich, was passiert ist.«

»Ja, ich bin mir sicher«, antwortete er ernst. »Schaut hier, da trägt er sie hinaus.«

Der Film zeigte, wie der Chauffeur aus der offenen Flugzeugtür schaute. Aufmerksam musterte er nochmals lange das leere Flugfeld, bevor er heraustrat. Über der Schulter trug er ein eingehülltes Bündel, das er vorsichtig auf den Rücksitz des Wagens legte.

Anna-Maria schluchzte vor Freude auf, als kurz ein Fuß sichtbar wurde.

»Das ist sie, ich spüre es genau. Gottseidank, sie lebt.« Aufgeregt sprang sie auf: »Los, schnell, wir müssen sofort die Polizei informieren.«

»Nicht so voreilig«, stoppte Mitch Anna-Maria. Er schloss kurz die Augen, weil die Gedanken in seinem Kopf rasten. Er musste jetzt genau überlegen. Rasch sprang er auf und begann, im Zimmer herumzuwandern. So konnte er besser denken. »Wir haben erlebt, was beim ersten Mal passiert ist.

Es ist unmöglich, dass die Polizei Marie nicht entdeckt hat. Das heißt, sie haben gar nicht gesucht.«

»Sie haben nicht gesucht?«, fassungslos sah Anna-Maria ihn an. »Wieso?«

»Ganz einfach. Huanitzin muss die Polizisten bestochen haben. Wahrscheinlich haben die Beamten, die das Flugzeug untersuchen sollten, stattdessen ihr Bestechungsgeld gezählt und dafür beide Augen zugemacht. Wenn wir jetzt wieder die Polizei einschalten, werden die alles abstreiten und sicherlich sofort Huanitzin warnen. Wir werden nur erreichen, dass der Verbrecher alle Belastungsbeweise sofort verschwinden lässt.«

»Du meinst?«

»Ja, ich bin überzeugt, dass wir Marie damit nur schaden.«

»Aber wir haben doch Rajeshs Film als Beweis.«

Mitch schüttelte den Kopf. »Den würde jeder mittelprächtige Anwalt sofort in der Luft zerreißen. Filme können einfach gefälscht werden und dazu ist nichts wirklich Beweiskräftiges darauf zu erkennen. Huanitzin würde sich einfach herausreden und die Polizei würde ihn decken.«

»Aber irgendetwas müssen wir doch tun können?«

»Wir werden uns selbst darum kümmern.« Mitch schaute Anna-Maria entschlossen an. »Es ist die einzige Möglichkeit, Marie lebend zurückzubekommen. Wir müssen nach Mexiko und sie suchen.«

»Ich glaube, ich weiß, wo er sie versteckt«, sagte Rajesh in die entstandene Pause. Seine Freunde schauten erstaunt auf.

»Ich habe ja erzählt, dass ich über Huanitzin recherchiert habe. Dabei habe ich entdeckt, dass er neben den vielen anderen Positionen auch Leiter einer Familienstiftung ist. Die betreibt ein Waisenhaus für Mädchen in einem abgelegenen Kloster nicht weit von Mazatlán entfernt. Ich bin sicher, er hat Marie dort versteckt. Sonst sehe ich keinen vernünftigen Grund, warum er ausgerechnet dort hätte landen sollen.«

Anna-Maria strahlte glücklich. Voller Überschwang nahm sie Rajesh in die Arme und küsste ihn auf beide Wangen. Endlich hatten sie eine Spur.

Mit etwas Glück konnte sie ihre Tochter bald wieder in den Armen halten.

Mitch überlegte einige Augenblicke, bis er einen Entschluß gefasst hatte. »Wir sollten keine Sekunde versäumen. Samson, du rufst meine Mutter an. Wir brauchen möglichst bald einen Firmenjet nach Mazatlán. Professor, Sie fliegen mit unserem Hubschrauber auf die LONGIMANUS. Dort arbeiten Sie mit Johanna weiter an der Übersetzung des Buches. Ich hoffe zwar nicht, dass wir das für Maries Befreiung noch brauchen, aber wir dürfen das trotzdem nicht vernachlässigen. Thomas soll die Bergung mit Hochdruck vorantreiben. Halt, warten Sie, ich werde die beiden selbst anrufen und sie instruieren. Sie packen am besten schon. Das gilt auch für euch«, wandte er sich an Anna-Maria und Samson. »Ich möchte so schnell wie möglich aufbrechen.«

»Und was machen wir, wenn die Entführer anrufen?«, fragte Anna-Maria.

»Kein Problem, Rajesh wird sich darum kümmern und uns den Anruf einfach auf das Satellitentelefon weiterleiten.«

»Ist das alles, was ich tun kann?«, fragte Rajesh niedergeschlagen. »Ich hatte gehofft, ich könnte mitkommen, um Marie zu befreien.«

Mitch packte seinen Freund an den Schultern. »Du hast schon mehr als genug getan. Ohne dich wüssten wir nicht, wo wir ansetzen sollten. Aber jetzt brauche ich dich hier. Versuch alles über Huanitzin herauszubekommen, was das Netz hergibt. Ich muss jede Kleinigkeit über ihn und dieses Waisenhaus wissen. Grab so tief, wie du kannst. Und ich weiß, du kannst sehr tief graben. Setz all deine Freunde aus der Hackerszene ein. Geld spielt dabei keine Rolle.«

»Diese Worte wirst du noch bereuen.« Rajesh hatte sich schon wieder etwas beruhigt. »Aber denkt daran, ruft mich sofort an, wenn ich euch helfen kann.«

Doch Mitch hörte schon nicht mehr zu. Er hatte bereits das Forschungsschiff angewählt und verlangte Thomas zu sprechen.

»Mitch, deine Mutter möchte selbst mit dir reden«, rief Samson vom Festnetzanschluss herüber. »Ich glaube, du solltest dich beeilen. Wie ich sie kenne, ist sie schon auf dem halben Weg zu uns.«

Bedauernd zuckte Mitch die Schultern. »Ich kann im Moment nicht. Sag ihr bitte, ich rufe später zurück.« Er zögerte kurz und streifte Anna-Maria mit einem schnellen Blick. »Und sag ihr noch, Anna-Maria braucht jetzt tatsächlich ihre Hilfe.«

Dann widmete er sich wieder seinem Gespräch. Thomas versprach, die Bergungsarbeiten sofort in Angriff zu nehmen und Johanna für das Buchprojekt freizustellen. »Sie kann es sowieso nicht erwarten, in dem alten Ding zu schmökern«, sagte er. »Ich werde mich in der Zeit um die Bergung der Ladung kümmern. Mit dem Saugrohr dürfte es kein Problem sein. Und mit der Ladeliste aus dem Goldenen Buch haben wir ja jetzt auch eine Checkliste für die Funde.«

»Uns fehlt nur noch ein Drittel des Codex. Sag Johanna, sie soll jedes Wort abwägen. Irgendwo muss stehen, weshalb Huanitzin so hinter dem Text her ist. Wir haben bisher noch nichts gefunden.«

»Mach dir keine Sorgen. Holt Marie gesund zurück. Das ist das Wichtigste.«

Christa Thromberg musste geflogen sein. In weniger als einer Stunde stürmte sie in die Zentrale, gefolgt von einem halben Dutzend Securityleute. »Wenn ich warte, bis du anrufst, werde ich alt und grau«, sagte sie an ihren Sohn gewandt. »Ich habe dir einige Leute aus unserem Werksschutz mitgebracht. Wie ich dich kenne, wirst du sie bald dringend brauchen«, sagte sie und hatte nur Augen für Anna-Maria, die dicht neben Mitch stand und sie fast ängstlich musterte. »Du musst keine Angst vor mir haben, Kind.« Christa Thromberg sah Anna-Maria offen ins Gesicht. »Es ist nur das erste Mal, dass ich Mitch so erlebe.« Lächelnd trat sie zu ihr und umarmte sie herzlich.

Anna-Maria konnte die Tränen nicht mehr zurückhalten. Zu viel war in den letzten Stunden auf sie eingestürmt. Schluchzend erwiderte sie die Umarmung von Mitchs Mutter.

Christa Thromberg strich ihr zärtlich über den Kopf und führte sie zu einem der Sofas. Dabei winkte sie Mitch zu, ihnen zu folgen. »Und nun erzählt mal, was geschehen ist, und warum ihr so eilig nach Mexiko wollt.«

Über der Erzählung, was Rajesh herausgefunden hatte und was sie jetzt vorhatten, vergingen einige Minuten.

Christa Thromberg war schockiert, aber bald hatte ihre gewohnte Entschlusskraft wieder die Oberhand gewonnen. »Eine gute Entscheidung. Ich würde der mexikanischen Polizei auch nicht mehr trauen. Aber ihr braucht Unterstützung vor Ort. Ich werde unsere Firmenleitung in Mittelamerika instruieren, damit ihr in Mazatlán alles bekommt, was ihr braucht.«

»Aber Mama, bitte keine politischen Kontakte oder gar die Polizei informieren. Wir wollen auf keinen Fall, das Huanitzin gewarnt wird. Das Leben von Marie hat jetzt oberste Priorität.«

»Selbstverständlich. Ich halte mich zurück. Aber wenn ihr Hilfe braucht, zögert nicht, anzurufen. Ich kenne in Mexiko einige sehr wichtige Leute und kann denen Dampf machen.« Dann überlegte sie kurz und mit den nächsten Worten bewies sie, weshalb sie zu Recht einen der größten Konzerne der Welt leitete.

»Wir müssen dafür sorgen, dass eure Anreise in Mazatlán geheim bleibt. Wenn der Entführer mit der Polizei so direkt verbunden ist, wird er eure Ankunft umgehend von der Pass-Stelle erfahren.« Nachdenklich strich sie über ihr Kinn. »Lasst mir mal einige Minuten Zeit. Ich werde kurz unseren Chefpiloten fragen, wie wir da am besten vorgehen.«

Anna-Maria und Mitch packten gerade die letzten Sachen zusammen, als Christa Thromberg den Hörer auflegte. »Es gibt einen ganz einfachen Weg, die Einreise in Mazatlán zu umgehen. Ihr fliegt zunächst nach Cancún und geht dort durch den Zoll. Da wimmelt es nur so von Touristen und ihr werdet nicht auffallen. Dort wechselt ihr auf den nationalen Flughafen, wo euch ein Charterjet erwartet und auf schnellstem Weg nach Mazatlán bringen wird. Mit dem nationalen Flieger landet ihr völlig unbemerkt von Polizei und Zoll.«

»Aber dann verlieren wir doch zu viel Zeit«, sagte Anna-Maria zögernd, »und währenddessen ist Marie in den Händen der Entführer.«

»Ich freue mich auch, die junge Dame so schnell wie möglich kennenzulernen«, erwiderte Christa Thromberg mit einem entschlossenen Lächeln. »Aber es ist die einzige Möglichkeit, um die Entführer nicht zu warnen. Wir würden sonst das Leben von Marie gefährden.«

»Meine Mutter hat recht«, sagte Mitch und zog Anna-Maria an sich. »Wir müssen unbemerkt das Land betreten. Nur so können wir Huanitzin im Kloster überraschen und Marie befreien.«

»Und nun macht, dass ihr wegkommt. Unser Jet wartet schon mit laufenden Triebwerken auf euch«, sagte Christa Thromberg. Ernst sah sie ihrem Sohn hinterher, wie er mit Anna-Maria und Samson im Schlepptau die Wohnung verließ. Auf einen kurzen Wink von ihr folgten ihnen die Securityleute. »Passt gut auf sie auf«, flüsterte sie ihnen hinterher. »Und bringt das Mädchen und ihre Mutter zurück.«

Die Bergung

Privates Forschungsschiff LONGIMANUS
3 km vor der deutschen Nordseeküste
13:00 Uhr Ortszeit

»Von dem Wrack oder der Ladung ist nichts mehr am Meeresboden zu sehen«, sagte der Kapitän des Forschungsschiffes und deutete auf die Bildschirme der Unterwasser-Suchtechnik. Ein langgestreckter Schatten, den der Sedimentscanner reflektierte, war der einzige Hinweis auf das wieder im Sand versunkene Wrack. »Wir stehen jetzt genau über der Fundstelle und nichts als Sand so weit es die Sicht zulässt.«

»Das war nach diesem Sturm zu erwarten.« Thomas drehte sich zu seiner Frau um, die dicht hinter ihm im Steuerhaus der LONGIMANUS stand. »Wie dick ist die Sandschicht über den Artefakten?«

Johanna musterte nachdenklich den Monitor des Sedimentscanners, bevor sie antwortete. »Der Sub Bottom Profiler zeigt eine Tiefe von zwei bis fünf Metern an. Der Drachenbug ragt höher auf, dort dürfte die Schicht also etwas flacher sein. Aber leider hilft uns das Gerät nicht beim Auffinden der Ladung. Die Teile sind zu klein, um richtige Reflexe zu erzeugen. Es wird uns nichts anderes übrig bleiben, als Zentimeter für Zentimeter vorsichtig abzutragen. Es kann Tage dauern, bis wir die Artefakte wieder gefunden haben.«

»Dann sollten wir sofort damit anfangen.« Thomas gab dem Kapitän einige knappe Anweisungen und ging dann auf das Deck, um die Vorbereitungen zu leiten.

Er hatte sich zusammen mit Mitch für eine Absaugung des Bodens entschieden. Dafür hatten sie in Hamburg extra einen Hochleistungssauger an Bord genommen. Ähnliche Modelle wurden dort für die Vertiefung der Hafenbecken genutzt.

Hunderte von Kubikmetern Sediment konnten damit innerhalb einer Stunde abgetragen werden. Für die Bergung des Wracks und seiner Fracht war der Sauger jedoch speziell modifiziert worden. Neben dem rund zweihundert Meter langen Schlauch war es besonders der mobile Roboterkopf, der den Sauger von seinen Industriebrüdern unterschied. Das TREASURE-LEAGUE-Team hatte das Modell vor Jahren bei einer anderen Bergung erfolgreich getestet und jetzt für diese Arbeit wieder aktiviert. Mit einer Fernbedienung konnte der Saugkopf über den Meeresboden bewegt werden. Die Steuerelektronik sorgte dafür, dass das Suchgebiet dabei gleichmäßig und kontrolliert abgesaugt wurde. Über ein abgestuftes Filtersystem wurden alle Gegenstände, die größer als einen Zentimeter waren, abgefangen und zur späteren Analyse in speziellen Behältern zwischengelagert. Unterwasserkameras beobachteten jeden Arbeitsschritt. So konnte der Absaugvorgang jederzeit unterbrochen werden, sollten größere Stücke auftauchen, die sich nicht für die Absaugung eigneten. Diese Aufgabe sollten spezielle Bergungsroboter übernehmen. Aber nicht für alles konnten Maschinen genutzt werden. Deshalb waren zusätzlich professionelle Taucher an Bord.

Als Thomas das Deck betrat, war das Tauchteam gerade dabei, die Tauchausrüstung zu prüfen und für den Einsatz vorzubereiten. Grüßend nickte Thomas zu den Männern hinüber, die ihm gutgelaunt antworteten. Ein Technik-Team füllte parallel die Tauchflaschen. Für die Bergungstiefe von rund vierzig Metern wurde ein spezielles Nitrox-Gasgemisch verwendet. Es besaß einen höheren Sauerstoffanteil als die übliche Pressluft. Damit konnten die Taucher länger unter Wasser arbeiten. Insgeheim hoffte Thomas, dass sie die Taucher nicht brauchen würden, denn ein Tauchgang in diesen Untiefen mit den starken Gezeitenströmungen und der schlechten Sicht war immer ein extremes Risiko. Aber bei einer Bergung konnte alles Mögliche schiefgehen, und er wollte für jede Eventualität gerüstet sein. Schließlich setzte er bei der überstürzten Bergung des Schiffes den wissenschaftlichen Ruf der ODYSSEE und damit auch seinen eigenen aufs Spiel. Mitch hatte ihm am Telefon nochmals klargemacht, dass die Ladung des Wracks so schnell wie möglich geborgen werden musste. Jedes Teil konnte der Schlüssel zur Rettung des Mädchens sein. Und dafür würde er alles tun, was in seiner Macht stand.

Zufrieden mit den Vorbereitungen stieg er wieder zum Steuerhaus hinauf. Er war neugierig, ob der Kapitän schon Nachricht vom Hubschrauber mit dem Professor an Bord hatte. Eigentlich müsste er längst hier sein. Prüfend schaute er noch einmal zum Himmel hinauf, aber noch immer war der Firmenhelikopter nicht zu sehen. Langsam fing er an, sich Sorgen zu machen.

Johanna brannte darauf, die letzten Teile des Codex studieren zu können. Da Mitchs Team bisher nichts gefunden hatte, was die Entführung des Mädchens rechtfertigte, musste dies wohl auf den letzten Seiten des Codex zu finden sein. Johanna und er waren die letzten Tage so intensiv mit den Vorbereitungen der Bergung beschäftigt gewesen, dass sie den Inhalt des Goldenen Buches nur in Kurzfassung kannten. Aber auch das reichte schon. Bei der Geschichte von Ansgae handelte es sich um den Lebenstraum eines jeden Wissenschaftlers.

Bisher war es ja sehr einfach gewesen. Thomas schmunzelte. Rajesh hatte mit der Übersetzungs-Software einen unglaublichen Überraschungs-Coup gelandet. Sonst hätten das Entziffern der Tironischen Noten und die Übersetzung des lateinischen Ursprungs-Textes wohl viele Monate benötigt. Der Inder war einfach ein immens pfiffiges Köpfchen. Aber Mitch wünschte, dass der letzte Abschnitt des Buches von Johanna und dem Professor genauer übersetzt werden sollte. In jedem Wort, in jedem Buchstaben konnte der entscheidende Hinweis für den Grund der Entführung verborgen liegen. Und da wollte Mitch doppelt sichergehen. Er selbst war mit Anna-Maria und Samson wohl schon mitten im Studium des letzten Kapitels. Aber nur Johanna und der Professor hatten das Hintergrundwissen, den Originaltext wissenschaftlich auswerten zu können. Thomas seufzte. Das würde eine Heidenarbeit werden. Unter extremen Zeitdruck musste der Text auf irgendeinen Hinweis durchsucht werden. Und gleichzeitig sollte die Bergung erfolgen. Vielleicht lag die Lösung des Rätsels um Maries Entführung ja auch vierzig Meter unter ihnen im Sand verborgen.

Kurz schaute er auf seine Uhr. In weniger als acht Stunden würde Mitchs Team in Mexiko landen. Es wurde Zeit. Energisch öffnete er die Tür zum Kontrollraum. »Gibt es schon irgendeine Nachricht vom Helikopter?«

Johanna schaute kurz von den Instrumenten auf und schüttelte den Kopf. »Leider nein, ich habe bereits telefonisch nachgefragt und sie prüfen, wo der Hubschrauber mit dem Professor abgeblieben ist. Sobald ich Nachricht habe, melde ich mich sofort.«

Thomas strich sich nachdenklich über seine Stirn. »Kannst du ohne den Professor schon mit der Übersetzung beginnen?«

Johanna schüttelte bedauernd den Kopf. »Leider nein, Professor Wagner hat alle Daten dabei. Mitch wollte sie nicht über das Internet übermitteln. Ich muss also warten, bis er hier eintrifft.«

»Verdammt, wir müssen doch irgendetwas tun können?« Ungeduldig strich er sich über das Kinn. In diesem Moment klingelte das Satellitentelefon. Mit einem entschuldigenden Blick schnappte sich Thomas den Hörer. Seine Miene spiegelte eine ganze Reihe unterschiedlicher Empfindungen wider, während er sich mit seinem Gesprächspartner unterhielt.

Gespannt blickte ihn Johanna an.

Endlich legte er auf. »Es ist nicht zu fassen. Der Professor ist noch gar nicht losgeflogen.«

»Das kann doch nicht sein. Er ist doch schon vor über einer Stunde von der Zentrale aufgebrochen?«

»Sein komplettes Gepäck ist auch schon im Hubschrauber. Aber bevor sie losfliegen konnten, bekam der Professor noch einen wichtigen Anruf. Der Pilot sagt, der Professor wäre kreidebleich geworden und hätte sofort ein Taxi verlangt.«

»Und wohin wollte er?«

»Zurück zur Zentrale. Der Pilot vermutet, dass er nur etwas vergessen hat. Aber bisher ist der Professor nicht mehr aufgetaucht und in unserer Zentrale meldet sich auch niemand.«

»Das kann nicht sein.« Johanna schnappte sich das Satellitentelefon und wählte hastig die Nummer. »Mitch und Samson sind zwar unterwegs, aber Rajesh müsste sich melden. Selbst wenn er unterwegs ist, werden die Anrufe auf sein Handy weitergeleitet.«

Stumm lauschte sie in den Hörer. Dann legte sie auf, nur um sofort eine weitere Nummer zu wählen. »Rajesh nimmt nicht ab«, informierte sie dabei ihren Mann. »Da muss irgendetwas passiert sein. Ich rufe gerade Christa Thromberg auf ihrer Privatnummer an. Sie soll sofort einige ihrer Leute hinschicken, um nachzuschauen.«

Als sich die Konzernchefin meldete, erstattete Johanna kurz Bericht. Christa Thromberg versprach, sofort einige Mitarbeiter der Firmen-Security bei der Zentrale vorbeizuschicken. Gleichzeitig wollte sie die Polizei informieren. Sobald sie etwas wisse, wollte sie sofort wieder anrufen.

»Wir müssen Mitch informieren«, sagte Thomas, als seine Frau aufgelegt hatte. »Er muss erfahren, was hier passiert ist.«

»Ja, ruf ihn an. Ich muss kurz überlegen.«

Während Thomas mit Mitch sprach, schritt Johanna nachdenklich im Kontrollraum auf und ab. Dann schien sie zu einer Entscheidung gekommen zu sein. Ungeduldig wartete sie, bis Thomas eine kurze Gesprächspause machte. Mit einer Geste forderte sie das Telefon.

»Mitch? Ich habe mir etwas überlegt. Wir wissen noch nicht, was passiert ist, aber wenn Huanitzin dahintersteckt, müssen wir sofort die Daten im zentralen Rechner sichern, damit er sie nicht in die Finger bekommt. Sonst gibt es für ihn keinen Grund mehr, Marie freizulassen.«

Stumm lauschte sie. »Ja, der Professor hat alles mitgenommen und nach der Aussage des Piloten ist sein ganzes Gepäck im

Helikopter. Es gibt also nur die Originaldateien in Rajeshs Computer. Die müssen wir dringend löschen. Du hast doch das zentrale Passwort? - Gut, dann solltest du jetzt die Dateien auf unserem Server löschen. Oder warte. Besser du kopierst sie nochmals, falls die Daten doch nicht im Gepäck sind. Ich kümmere mich parallel um die Sicherheitsvorkehrungen im Museum. Wir müssen alles tun, damit Huanitzin nicht an die Ergebnisse kommt.«

Nach Mitchs Antwort legte Johanna hastig auf und wählte die Nummer des Museums. Thomas schüttelte ungläubig den Kopf, als seine Frau endlich den Hörer auflegte.

»Glaubst du wirklich, dass der Mexikaner dahintersteckt? Der ist doch längst in Mexiko. Die ganze Angelegenheit kann doch völlig harmlos sein. Vielleicht hat der Professor wirklich nur etwas vergessen und ist schon wieder auf dem Weg zum Flughafen.«

Johanna schüttelte den Kopf. »Vergiss Rajesh nicht. Es ist mehr als ungewöhnlich, dass er nicht erreichbar ist. Hier stimmt etwas absolut nicht.«

Thomas nickte zögernd. »Gut, das Argument sticht. Das passt wirklich nicht zu Rajesh. Was wollen wir jetzt unternehmen?«

»Nun zunächst geht die Bergung weiter wie geplant. Falls Huanitzin die Daten wirklich hat, ist die Ladung des Wracks vielleicht unsere einzige Chance, Marie zurückzubekommen.« Noch während des Satzes griff Johanna wieder nach dem Hörer des Satellitentelefons. »Und ich lasse jetzt das Gepäck des Professors zur LONGIMANUS fliegen. Wir müssen wissen, ob die Daten noch da sind.«

Thomas öffnete die Tür des Kontrollraums. Doch auf der Schwelle verharrte er noch einmal und schaute seine Frau besorgt an. »Bitte ruf mich sofort, wenn du Nachricht hast. Ich hoffe nur, dass Rajesh nichts zugestoßen ist.«

Johanna nickte zustimmend. »Die Polizei und die Securityleute müssten jede Minute bei der Zentrale eintreffen. Ich rühre mich hier nicht von der Stelle, bis ich weiß, was passiert ist.«

Über dem Atlantik

Firmenjet der Thromberg AG
Mitten über dem Atlantik
13:30 Uhr

Mitch wehrte die Fragen seiner Freunde mit einer ungeduldigen Geste ab. Zuerst musste er die Daten sichern. Das Leben von Marie hing davon ab. Quälend langsam baute sich die Satellitenverbindung auf. Es dauerte einige Minuten, bis er endlich auf den Firmenserver zugreifen konnte. Dann dauerte es nochmals endlos, bis sein Moderatoren-Passwort ihm den gesamten Inhalt des Servers öffnete. Mitch zuckte zusammen. Johanna hatte recht gehabt. Die Aktivitätenliste zeigte ihm auf den ersten Blick, dass sich außer ihm noch jemand auf dem Server zu schaffen machte. Und es konnte sich auf keinen Fall um Rajesh handeln. Irgendjemand kopierte gerade alle Dateien und löschte sie danach. Etwas, das Rajesh niemals tun würde. Es gab nur eine Erklärung. Huanitzins Leute hatten sich tatsächlich Zugriff auf ihren Server verschafft und waren gerade dabei die Daten zu stehlen.

Mitch klickte hektisch durch das Ordnerverzeichnis. Er suchte die Übersetzungen und Verschlüsselungscodes des Goldenen Buches. Die durften auf keinen Fall in die Hände der Entführer fallen. Endlich im letzten Ordner des Verzeichnisses fand er sie. Ein hastiger Blick auf die Aktivitätenliste zeigte, dass ihm Huanitzins Männer dicht auf den Fersen waren. Nur noch wenige Minuten blieben. Schnell gab er die notwendigen Befehle ein. Jetzt musste er nur noch warten. Sobald der Ordner auf seinen Laptop übertragen war, würden sich die Daten automatisch von der Festplatte löschen. Mitch hoffte nur, dass die Satellitenverbindung stabil bleiben würde.

Gerade als die letzten Bytes übertragen wurden, zeigte ihm der Server, dass die Datendiebe den Ordner gefunden hatten.

Aber sie kamen zu spät. Ein helles Ping belegte, dass die Datenübertragung komplett erfolgt war. Danach wurde der Ordner gelöscht.

»Geschafft.« Mitch trennte mit einem Klick die Verbindung. Es hielt ihn nicht mehr im Kontursessel des Düsenjets. »Huanitzin hatte keinen Erfolg. Auch wenn er alles andere kopiert und gelöscht hat, die Daten des Goldenen Codex sind nach wie vor nur in unseren Händen.«

Anna-Maria fuhr erschrocken auf. »Und was ist mit dem Flughafenfilm? Hast du ihn ebenfalls retten können?«

Als Mitch nur stumm den Kopf schüttelte, schaute sie ihn verzweifelt an. Tröstend nahm er sie in den Arm. »Keine Sorge, den brauchen wir nicht mehr. Wir wissen ja, wohin er Marie gebracht hat. Und falls wir den Film doch noch brauchen, gibt es immer noch die Original-Flughafenaufzeichnungen. Wichtig sind nur die Daten des Codex. Wenn Huanitzin sie will, muss er mit uns verhandeln.«

Samson hielt es ebenfalls nicht mehr im Sessel. »Wir sollten sofort zurückfliegen und nachschauen, was mit Rajesh und dem Professor ist«, sagte er. »Jetzt, wo die Entführer die Daten nicht mehr bekommen, werden sie keine Rücksicht mehr auf die beiden nehmen.«

Mitch schüttelte den Kopf. »Ich verstehe dich«, sagte er und legte seinem Freund tröstend die Hand auf die Schulter, »aber egal was passiert ist, wir kämen auf jeden Fall zu spät. Die Polizei ist schon auf dem Weg zur Villa und wird uns sofort informieren. Wir dürfen jetzt nur noch an Marie denken. Ihr Entführer ist auch derjenige, der hinter diesen Ereignissen steckt. Er darf uns auf keinen Fall entkommen.«

Samsons Augen loderten voller Hass. »Ich schwöre es, wenn er Rajesh nur den kleinen Finger gekrümmt hat, werde ich dem Mexikaner höchstpersönlich alle Knochen brechen.«

Dann mit einem grimmigen Seitenblick auf Anna-Maria fuhr er fort. »Und wenn er Marie etwas angetan hat, werde ich ihn in kleine Stücke reißen und an die Schweine verfüttern.«

Mitch versuchte vergeblich, seinen Freund zu unterbrechen.

Aber es war zu spät. Anna-Maria schossen schon wieder die Tränen in die Augen. »Gut gemacht, Samson«, knurrte Mitch wütend, während er sich an die verzweifelte Anna-Maria wandte, um sie zu trösten. Doch dazu kam er nicht mehr, denn das Satellitentelefon klingelte. Langsam ließ er sich wieder in den Sessel sinken und schloss kurz die Augen. Entschlossen nahm er den Hörer ab. Nach einigen Sekunden unterbrach er den aufgeregten Wortschwall seines Gesprächspartners. »Stopp, Johanna, warte bitte eine Sekunde. Ich möchte den Lautsprecher einschalten, damit Anna-Maria und Samson gleich mithören können.«

Während sich seine Freunde in die Sessel neben ihm setzten, schaltete er den Lautsprecher ein. »So, jetzt sind wir so weit. Kannst du bitte nochmals von vorne beginnen?«

»Also das Wichtigste zuerst. Rajesh und der Professor leben.«

Erleichtert atmeten Anna-Maria und Samson auf. Doch noch bevor sie Fragen stellen konnten, fuhr Johanna fort. »Aber der Professor ist tatsächlich entführt worden. Die Verbrecher haben ihn mit einem fingierten Telefonanruf zur Villa gelockt und dann dort abgefangen. Mit ihm als Druckmittel sind sie dann ins Haus eingedrungen.«

Mitch hielt es kaum noch in seinem Sessel. »Ist beiden wirklich nichts passiert?«, fragte er.

Zunächst vernahmen sie nur das schwere Atmen von Johanna. Aber nach einer kurzen Pause fuhr sie fort. »Ich kann auch nur sagen, was ich von den Securityleuten gehört habe. Beide sind gefoltert worden und im Moment auf dem Weg ins Krankenhaus.«

»Wie schwer sind die Verletzungen?«, fragte Samson leise.

»Dazu kann ich nichts sagen. Ich habe nur gehört, dass beide leben und außer Lebensgefahr sind. Die Polizei wollte sich sofort bei uns melden, wenn sie die Meinung der Ärzte haben.«

Mitch holte tief Luft, bevor er weiterreden konnte. »Okay, dann müssen wir wohl noch etwas warten. Ruft uns aber bitte sofort an, wenn ihr wisst, wie es den beiden geht.«

Dann fiel ihm noch etwas ein. »Was ist mit den Einbrechern?«

»Sie sind leider entkommen. Die Polizei hat keine Spur von ihnen gefunden. Als sie die Türen aufgebrochen hatten, fanden sie nur den Professor und Rajesh, gefesselt und bewusstlos.«

»Diese Schweine«, wütete Samson und sprang auf. »Gott bewahre, dass ich einen von ihnen zwischen meine Finger kriege.«

Mitch hatte keine Augen für seinen Freund. Er musste dringend Gewissheit haben. »Weißt du schon, ob die Unterlagen des Professors komplett sind?«

»Ja, der Helikopter hat uns vor einigen Minuten das Gepäck des Professors gebracht. Ich habe sofort alles durchgesehen. Alle Datenträger sind komplett. Da fehlt nichts. Und wie war es bei dir?«

Mitch atmete erleichtert auf, bevor er Johanna antwortete. »Dank deinem Ratschlag konnte ich ebenfalls rechtzeitig die Daten vom Server sichern. Wir haben immer noch unser Faustpfand für Maries Freilassung. Und wir sind in wenigen Stunden in Mexiko, um vor Ort zu sein, wenn die Verhandlungen beginnen.«

»Wollt ihr nicht doch lieber die mexikanische Polizei einschalten? Wir haben doch gerade erlebt, wozu die Entführer fähig sind«, fragte Thomas dazwischen. Er war zu Johanna in den Kontrollraum der LONGIMANUS gekommen, um bei dem Telefonat dabei zu sein.

Mitch wehrte entschieden ab. »Das bringt nichts, sagte er und fügte erklärend hinzu: „Wir wissen zwar, dass er Marie nach Mexiko entführt hat, aber Mexiko ist groß. Und wer wird uns in Mexiko glauben? In seinem eigenen Land ist er ein prominenter Wissenschaftler, ein Wohltäter der Gesellschaft. Nein, unsere Anklagen würden einfach nicht ernst genommen werden. Wir haben ja gesehen, wie er die Polizei bestochen hat, damit sie im Flugzeug wegschauen.«

Thomas schwieg betroffen.

Mitch war mit seinen Gedanken schon weiter. »Wie sieht es mit dem Wrack aus? Habt ihr die Position schon erreicht?

Und vor allem, wann könnt ihr anfangen?«

»Wir sind an Ort und Stelle und alle Vorbereitungen sind abgeschlossen. Im Moment wird gerade der Sauger ins Wasser gelassen. Ich gehe davon aus, dass wir gegen Abend die ersten Ergebnisse haben.«

»Gut, dann meldet euch bitte, wenn ihr etwas gefunden habt. Und Johanna, wenn du die Unterlagen hast, dann fang bitte ohne den Professor an. Es zählt jede Stunde. Wir werden uns jetzt ebenfalls an das letzte Kapitel machen. Sobald wir in Mexiko landen, würde ich gerne einen Abgleich mit deinen Erkenntnissen vornehmen. Schaffst du das?«

Johanna seufzte tief. »Du weißt ganz genau, dass das allein sehr schwer ist. Aber natürlich werde ich es versuchen. Ich weiß ja, was davon abhängt.«

»Gut, dann an die Arbeit. Und bitte, wenn ihr etwas von Rajesh und dem Professor hört, ruft uns sofort an.« Mitch war besorgt, als er auflegte. Huanitzin ging mit äußerster Brutalität und Entschlossenheit vor, das hatte er mehrfach bewiesen. Wenn seine Experten die gestohlenen Dateien auswerteten, würden sie früher oder später den Flughafenfilm finden und Huanitzin würde wissen, dass sein Versteckspiel vorbei war. Mitchs Gesicht verdüsterte sich. Nur gut, dass Huanitzin den Text des Codex um jeden Preis haben wollte, sonst wäre das Leben Maries nichts mehr wert. Sie war die einzige Verbindung zwischen Huanitzin und dem Mord an Schwitter. Die einzige Belastungszeugin.

Anna-Maria war beklommen dem wechselnden Mienenspiel von Mitch gefolgt. Mit dem Instinkt einer Mutter ahnte sie seine Sorgen. »Besteht jetzt Gefahr für Maries Leben?«, fragte sie leise.

Energisch schüttelte Mitch den Kopf. »Nein, Huanitzin will den Codex und Gottseidank ist der Datendiebstahl fehlgeschlagen. Der einzige Weg für ihn, die Fotos zu bekommen, führt über Marie. Er wird ihr nichts tun. Überleg doch einmal, was er alles für den Codex unternommen hat. Er hat jedes Gesetz gebrochen, hat bestochen, entführt und gemordet - nur um zu erfahren, was in dem Goldenen Codex steht. Er wird jetzt auf keinen Fall aufgeben.«

»Wir haben eine ausnehmend gute Chance«, unterbrach Samson, der aufmerksam zugehört hatte. »Huanitzin weiß nicht, dass wir schon bald in Mexiko landen und ihn im Waisenhaus überraschen. Er vermutet uns immer noch in Deutschland.«

»Und er ist sich sicher, dass wir ihm nichts anhaben können«, ergänzte Mitch. »Er ahnt nicht, dass wir von dem Kloster wissen. Zumindest nicht, bis wir ihn dort überrumpeln und Marie befreien.«

Anna-Maria war zwar noch nicht völlig beruhigt, aber sie wollte die Untätigkeit beenden: »Wir sollten jetzt endlich anfangen zu lesen!«

»Dann auf jetzt!«, schloss Mitch die Diskussion ab. »Anna-Maria hat recht. Der Codex wartet auf uns. Irgendwo darin liegt der Schlüssel zu Huanitzins Verhalten.

»Meinst du, er wird anrufen?«, fragte Anna-Maria.

»Bestimmt«, sagte Mitch voller Überzeugung. »Spätestens, wenn er die Nachricht erhält, dass der Diebstahl der Daten gescheitert ist. Dann bleiben ihm nur noch die Verhandlungen.«

Einladend deutete er auf die breiten Sitze des Firmenjets. »Aber jetzt lasst uns weitermachen. Wir haben noch viele Seiten von Ansgaes Tagebuch vor uns.«

Textauszug aus dem Goldenen Buch Quetzalcoatl
Gerichtet an Adaldag, Erzbischof von Hamburg
Datiert auf Ende 10. Jahrhundert

Es war ein mehr als triumphaler Einzug in die Stadt der Eingeborenen. Der Herrscher führte uns direkt zu seinem Palast, der auf einem Hügel dicht neben der großen Pyramide gelegen war. Dort bekamen wir Räume zugewiesen. Meine Wohnung musste wohl dem Herrscher selbst gehört haben, denn sie bestand aus vielen einzelnen Zimmern, von denen jedes größer war, als die große Halle unserer Kirche im Erzbistum Hamburg. Eingerichtet war sie mit unzähligen Kostbarkeiten, darunter auch ein großer Wandteppich, der über und über mit bunten Federn bestickt war. Der Künstler hatte es meisterhaft verstanden, die Farben und Formen der Federn zu einem gewaltigen Bild zu formen.

Erst als ich einige Schritte zurücktrat, konnte ich die Szene erfassen. Der Teppich zeigte eine rot bemalte Stadt, die zwischen zwei riesigen Pyramiden lag. Die gewaltigen Ausmaße waren nur andeutungsweise zu erkennen. Damals dachte ich noch, dass dem Künstler wohl die Fantasie durchgegangen war, denn eine so große Stadt konnte es auf dieser Welt nicht geben. Heute weiß ich, dass es sich um Teotihuacán handelte, die Stadt der Götter, deren Ausmaße in Wahrheit noch gewaltiger sind, als sie das Federbild widerspiegeln konnte. Aber es gab noch viel mehr zu sehen. Da waren reich verzierte Möbel, lebensgroße bemalte Figuren und allerlei Goldarbeiten. Bewundernd nahm ich einige der Stücke in die Hand. Die Handwerker der Federmenschen, wie ich die Eingeborenen insgeheim getauft hatte, mussten begnadete Künstler sein. Ähnliches hatte ich noch nie zuvor gesehen. Da hörte ich aus einem der Räume das Geräusch fließenden Wassers.

Neugierig betrat ich den Raum und zuckte vor Schreck zurück. Ein riesiges Ungeheuer spuckte nach mir.

Ich brauchte einige Sekunden, um zu erkennen, dass es sich nur um eine steinerne Maske handelte, aus deren weit geöffnetem Maul Wasser floss. Das Wasser sammelte sich in einem gemauerten, flachen Teich, der fast den ganzen Raum einnahm. Es handelte sich wohl um eine Badestube, denn auf einer Bank am Eingang lagen weiche Tücher zum Abtrocknen und Kleider zum Wechseln. Kurzentschlossen zog ich mich aus und ließ mich in das angenehm temperierte Becken gleiten. Die Wärme des Wassers tat ein Übriges und schläfrig schloss ich die Augen, um einige Minuten zu ruhen. Dabei muss ich wohl eingeschlafen sein. Erst das Gefühl, nicht mehr allein zu sein, weckte mich wieder auf. Sofort hatte ich wieder den Attentatsversuch vom Strand vor Augen. Abwehrbereit sprang ich auf. Im Halbdunkel des Raumes sah ich undeutlich eine Person neben mir knien. Als ich es in ihrer Hand silbern aufblitzen sah, wehrte ich mich instinktiv.

Mit beiden Händen griff ich nach dem Arm des Attentäters. Dabei geschah es. Ich rutschte auf dem rutschigen Beckenboden aus und fiel der Länge nach wieder ins Wasser. Da ich den Arm des Angreifers dabei nicht losließ, zog ich ihn dabei mit mir ins Becken. Er versuchte sich zu befreien, aber ich umschlang ihn von hinten mit beiden Armen und drückte seinen Kopf so lange unter Wasser, bis seine Gegenwehr erlahmte. Erst als er sich nicht mehr rührte, ließ ich ihn los.

Da sah ich die anderen. Gut ein Dutzend standen am Beckenrand. Frauen, allesamt nackt, so wie Gott sie geschaffen hatte. Zitternd vor Angst knieten sie jetzt nieder. Ich starrte sie verständnislos an. Dann traf mich die Erkenntnis wie ein Schock. Dienerinnen! Bademägde, die mir ihr Herrscher geschickt hatte. Und ich hatte sie im Halbschlaf mit Attentätern verwechselt. Entsetzt schaute ich nach der reglosen Gestalt, die vor mir im Wasser trieb. Hatte ich sie getötet oder konnte ich ihr Leben noch retten? So schnell es mir möglich war, zog ich den reglosen Körper ins Trockene. Es war zweifellos eine Frau, eine sehr schöne sogar. Wie hatte ich das nur übersehen können? In ihrer verkrampften Hand hielt sie einen silbernen Krug, mit dem sie wahrscheinlich Duftöl ins Badewasser hatte gießen wollen. Und dafür hatte ich sie getötet.

Das durfte nicht sein. Breitbeinig stellte ich mich über sie, zog sie an den Armen hoch, ließ ihren Oberkörper zu Boden plumpsen und zog ihn dann ruckartig wieder hoch, so wie ich es gelernt hatte. Viele Male musste ich das tun, und ich hatte fast die Hoffnung aufgegeben, bis sich übergangslos ihre Augen öffneten und sie Wasser hustete. Keuchend versuchte sie sich aufzurichten. Sie lebte! Vor Erleichterung sank ich auf die Knie und dankte Gott. Während meines Gebetes fixierten mich ihre Augen die ganze Zeit, verfolgten jede meiner Bewegungen. Augen, die in einem solch intensiven Grün leuchteten, wie ich es noch nie zuvor gesehen hatte, besonders nicht hier unter den Eingeborenen.

Eure Exzellenz, ich werde diesen Moment niemals vergessen. Denn plötzlich erfüllte mich eine innige Gewissheit. Gott hatte sich mir noch einmal gezeigt. Er hatte verhindert, dass ich zum Mörder wurde. Dieser Frau wurde das Leben noch einmal geschenkt, weil er über mich wachte.

Aus innigstem Herzen wiederholte ich noch einmal meinen Schwur. Ich würde nie mehr zulassen, dass einem anderen Menschen ein Leid angetan wurde, selbst wenn es mein eigenes Leben kosten sollte. Ergriffen bekreuzigte ich mich und half der Magd mit den grünen Augen beim Aufstehen. Mein Blick wanderte über ihren Körper und blieb an ihrer Blöße hängen. Ich erschrak, da mir meine eigene Nacktheit plötzlich bewusst wurde. Rot vor Scham griff ich zwei der Tücher, die am Beckenrand lagen, und reichte ihr eines, während ich das andere schnell um meine Lenden wickelte.

Als ich wieder aufblickte, sah ich in die weit aufgerissenen Augen der anderen Mägde. Alle knieten in demütiger Haltung und ich las pure Angst in ihren Gesichtern. Was mussten sie von mir denken? Von einem Gott, der eine von ihnen im Zorn tötete. Es musste ihnen wie ein Wunder vorkommen, dass sie jetzt wieder lebte. Aber sie täuschten sich. Nicht ich hatte das Wunder gewirkt, sondern Gott hatte es getan.

Nun kniete auch noch die Magd neben mir nieder. Die Frau, die ich beinahe mit eigenen Händen getötet hatte.

Urplötzlich packte mich der Zorn auf diese Frauen.

Was hatten sie hier zu suchen? Sollten sie doch denken, was sie wollten. Mit wütenden Worten und Gesten befahl ich allen, die Badestube zu verlassen.

Zitternd vor Angst gehorchten sie. Ich folgte ihnen und sah, wie sie an der Tür von den Wachen in Empfang genommen wurden.

Heute weiß ich, dass ich damit ihr Todesurteil gesprochen hatte, aber woher hätte ich das damals wissen sollen? Als ich endlich wieder allein war, musterte ich bewundernd die neue Kleidung, die mir irgendjemand auf die Bettstatt gelegt hatte, während ich im Baderaum gewesen war. Es handelte sich um einen ganz besonderen Stoff. Viel weicher als die Wolle oder das Leinen, das wir verwenden. Das lange Hemd, das mir bis zu den Knien reichte, war schneeweiß und wurde von einem Gürtel mit goldener Schnalle zusammengehalten. Dazu gab es eine Auswahl an ledernen Sandalen. Ich musste nicht lange suchen, um eine passende Größe zu finden. Meine alten, zerschlissenen Kleider ließ ich einfach liegen. Nur das Geschenk Thorwulfs, den roten Mantel, zog ich zusätzlich über und befestigte ihn mit der goldenen Drachenbrosche. Ich hatte nicht vergessen, welche Wirkung diese Brosche am Strand gehabt hatte. Fast hätte ich dabei das eiserne Kruzifix vergessen, das ich seit meiner Jugend immer um den Hals trug. Schnell streifte ich es über und verbarg es nach einigem Nachdenken schuldbewusst unter dem Hemd. Heute sollte nur die goldene Drachenbrosche wirken.

Aber nun wurde es Zeit, nach Thorwulf und den Wikingern zu sehen. Auch hatte ich vor, den Herrscher der Federmenschen nach einem Sprachlehrer zu fragen. Gekleidet wie ein Fürst und mit wehendem blondem Haar öffnete ich die Tür meiner Wohnung. Als mich die Wachen bemerkten, sanken sie sofort in einer Geste des Erdküssens auf den Boden und blieben dort reglos liegen. Ihre Waffen hatten sie einfach fallen lassen. Neugierig griff ich nach einem der Schwerter und untersuchte es. Ich habe vielleicht noch nicht erwähnt, Eure Exzellenz, dass die Federmenschen zwar hervorragende Goldschmiede sind, aber keine Kenntnisse von Bronze, Eisen oder Stahl haben. Ihre Waffen bestehen aus scharfen Feuersteinsplittern, die in Holz eingelassen sind.

Auch ihre Schwerter sind im Grunde nur lange Holzknüppel, die über und über mit Feuersteinspitzen besetzt sind. Eine furchtbare Waffe im Kampf gegen halbnackte Wilde, aber die Klingen zerbrechen wie Glas, wenn sie auf Eisen treffen. Doch davon will ich später erzählen. Zunächst stand ich etwas hilflos im Gang. Vor mir lagen die Wachen auf dem Boden und ich wusste nicht, wie ich Thorwulf und seine Wikinger in diesem weitläufigen Palast finden sollte. Also machte ich das Nächstliegende und rief einfach laut seinen Namen. Es dauerte nur wenige Sekunden, bis der Wikinger reagierte. Zuerst hörte ich den erschrockenen Schrei einer Frau, dann polterte es laut und schließlich wurde eine der Türen am Ende des Ganges aufgerissen. Mit gezogenem Schwert und einem wilden Schrei stürmte Thorwulf auf den Gang. Auch links und rechts öffneten sich jetzt die Türen und die Wikinger, die uns in die Stadt begleitet hatten, kamen ebenfalls mit erhobenen Waffen heraus. Sie stockten erst, als sie mich friedlich im Gang stehen sahen.

Thorwulf ließ sein Schwert sinken und ging langsam auf mich zu. Anerkennend musterte er mich von oben bis unten. »Ansgae, Ihr schaut aus wie ein Edelmann und riecht wie eine Rose im Garten. Bei Euch scheint alles in Ordnung zu sein. Warum brüllt Ihr also so im Gang herum?«

Kopfschüttelnd musterte ich ihn: »Ich hatte Sehnsucht nach Euch. Aber ich hatte nicht erwartet, dass alle Wikinger jetzt nur noch nackt herumlaufen.«

Thorwulf schaute überrascht an sich herunter. Dann musterte er seine Männer. Ein breites Lächeln überzog sein Gesicht. »Dann solltet Ihr uns auch nicht mit Eurem Gebrüll stören, wenn wir gerade bei den Mägden liegen«, erwiderte er und nahm provokativ sein Glied in die Hand. Prüfend musterte er es. »Sonst verbiegen wir uns noch unsere Pfähle. Und das hat kein Mann gerne. Das sollte selbst ein Pfaffe wissen.«

Verlegen wandte ich meinen Blick ab, was wiederum ein dröhnendes Gelächter der Wikinger zur Folge hatte. Es wurde Zeit, Thorwulfs Sticheleien ein Ende zu bereiten.

Ich versuchte, es Thorwulf mit eigener Münze heimzuzahlen.

»Ich hätte nicht gedacht, dass Ihr so lange für das Liegen mit einer Frau braucht«, versuchte ich zu scherzen. »Aber Ihr seid halt wahrscheinlich doch schon in dem Alter, vor dem sich die meisten Männer fürchten.«

Doch Thorwulf lachte nur. »Wer sagt Euch denn, dass ich nur einer Frau beiliege«, sagte er und hielt mir seine geballte Faust entgegen. Dann zählte er grinsend die fünf Finger seiner Hand ab.

Ich gab auf. Während die Wikinger unter brüllendem Gelächter wieder in ihre Gemächer zurückgingen, schritt ich durch die Gänge des Palastes, um den Herrscher der Federmenschen zu suchen. Mit den Wikingern würde ich mich später treffen, sobald sie ihre Wollust ausgetobt hätten.

Es verwunderte mich, dass ich im Palast niemand traf. Nur die beiden Wachen, die vor meiner Tür gestanden hatten, folgten mir auf meinem einsamen Gang durch die menschenleeren Flure des Palastes. Allmählich wurde ich ungeduldig. »Wo ist Euer Herrscher?«, versuchte ich die beiden Eingeborenen anzusprechen, doch als ich mich zu ihnen umdrehte, knieten sie sofort zu Boden und wagten nicht, mich anzublicken. Mich packte der Zorn. Ich beugte mich zu einer der Wachen herunter und zog ihn auf die Beine. Mit einer Hand griff ich ihm unter das Kinn und zwang ihn mir in die Augen zu schauen. »Wo ist Euer König?«, fragte ich nochmals und wiederholte die Frage in allen Sprachen, die ich kannte. Doch je länger ich auf ihn einsprach, umso mehr zitterte der Krieger. Wütend ließ ich ihn schließlich los und stürmte durch den Palast auf der Suche nach einem Ausgang. Ich wollte in die Stadt gehen. Irgendwo würde ich den Herrscher finden.

Endlich erreichte ich eine große Pforte, die zum Vorplatz des Palastes führte. Aufatmend trat ich ins Freie. Und hier endlich fand ich die Menschen, die ich gesucht hatte. Der ganze Platz war voll von ihnen. Doch sie standen mit dem Rücken zu mir. Es herrschte eine unheimliche Stille. Alle Gesichter waren der großen Pyramide zugewandt, die sich auf der anderen Seite des Platzes erstreckte. Wie ein Berg ragte sie auf. Eine steile Treppe führte die gesamte Vorderseite hinauf bis zum flachen Gipfel. Darauf konnte ich ein großes hölzernes Gebäude erkennen.

Neben den Treppenstufen und auf den vier Seiten des Gebäudes flatterten schwarze Fahnen. Am Anfang der Stufen standen überall die schwarz gekleideten Götzendiener, die ich schon am Strand hassen gelernt hatte.

Da bemerkte mich einer der Eingeborenen auf dem Platz und ein kollektives Raunen lief durch die Menge. Alle drehten sich zu mir um und sanken ehrerbietig zu Boden. Dabei öffneten sie mir eine breite Schneise zum Aufgang der Pyramide.

Fast so, als ob sie mich einladen wollten, die Pyramide zu besteigen. Doch ich war allein und unbewaffnet und schon einmal hatten die Schwarzen Priester versucht, mich zu töten. Unentschlossen blieb ich stehen. Doch es geschah etwas, das mich sofort zum Handeln zwang. Ein Körper wurde von der Pyramide gestossen. Einen langen roten Streifen hinterlassend rutschte die Leiche die Längsseite des Tempels hinunter, bis sie mit einem dumpfen Klatschen auf dem Boden des Platzes aufschlug. Fassungslos hatte ich den Fall des Körpers von der Spitze der Pyramide verfolgt. Doch mein Entsetzen kannte keine Grenzen, als ich bemerkte, wie viele Leichen bereits daneben auf dem Boden lagen. Die Priester hatten sie alle ermordet.

Das konnte ich nicht zulassen. Jetzt galt es, meinen Schwur, den ich Gott gegeben hatte, einzulösen. Entschlossen raffte ich meinen Umhang zusammen und eilte auf die Treppe der Pyramide zu. Ich muss wohl wie ein leibhaftiger Rachegott ausgesehen haben, denn die Menschen und die Priester, die den Fuß der Treppe säumten, teilten sich wie die Fluten des Roten Meeres, um mich durchzulassen. Die steilen Stufen der Treppe stürmte ich regelrecht hinauf. Oben angekommen sah ich den Herrscher der Federmenschen mit seinem Hofstaat und einige der Schwarzen Priester. Die Gruppe stand dicht gedrängt um einen Altarstein in der Mitte der Plattform.

Als der Herrscher mich sah, sank er auf die Knie, um sich zu verbeugen. Sein Hofstaat folgte seinem Beispiel. Nur die Schwarzen Priester blieben stehen. Ich erstarrte einen kleinen Moment vor Überraschung. Mitten unter ihnen stand nämlich auch der Hohepriester, der am Strand versucht hatte, mich umzubringen und dem Thorwulf einen Arm abgeschlagen hatte. Er war es eindeutig. Als er sich bewegte, war der verbundene Armstumpf unter seinem Federgewand eindeutig zu sehen. Aber selbst wenn ich das nicht bemerkt hätte, spätestens seine Augen hätten ihn verraten. Der Hass, der daraus hervorbrach, war nicht zu übersehen. In seiner gesunden Hand hielt er das schwarze Messer, mit dem er schon einmal versucht hatte, mich umzubringen. Mein Auftauchen hatte offensichtlich die nächste Opferung gestört. Seine Priester hielten eine junge, nackte Frau gepackt und wollten sie gerade rücklings auf den Altarstein legen. Die langen schwarzen Haare, die ihr wie ein Schleier über das Gesicht hingen, fielen dabei auseinander und gaben den Blick auf ihr Gesicht frei. Schockiert erkannte ich die Bademagd mit den grünen Augen. Warum wollten sie ausgerechnet sie opfern?

Die Erkenntnis traf mich bis ins Innerste. Ich war der Grund. Als ich die Dienerinnen aus meinen Gemächern vertrieb, hatte ich sie damit zum Tode verurteilt. Das hatte ich nicht gewollt. Heiliger Zorn packte mich. Ich würde nicht zulassen, dass dieser Frau ein Leid geschah. Und ich wusste, Gott war auf meiner Seite. Ohne den Hohepriester zu beachten, trat ich zu dem Altarstein und befahl den Götzendienern mit einer herrischen Geste, die Frau freizulassen. Sie reagierten erst nicht. Unsicher schielten sie nach ihrem Hohepriester.

Dann geschah es. Ein heftiger Windstoß blähte meinen Umhang. Wie ein roter Riese musste ich den Götzendienern wohl erschienen sein, denn eingeschüchtert ließen sie ihr Opfer los. Ich winkte die Magd an meine Seite. Sie drückte sich dicht an mich und ich spürte ihren Körper vor Angst noch zittern. Beruhigend legte ich einen Arm um sie.

Die Menschenmenge unten raunte aufgeregt. Schon das zweite Mal mussten sie miterleben, wie der Hohepriester gegen mich verlor. Die erneute Demütigung war zu viel für den Priester. Voller Wut schrie er auf und warf sich auf mich. Weil mich die Frau behinderte, schaffte ich es nicht mehr, den Messerstoß gegen meine Brust zu blockieren. Ich wähnte mich schon verloren, aber die scharfe Steinklinge traf direkt auf das eiserne Kreuz, das ich als Talisman trug. Als der spröde Feuerstein auf das Eisen traf, zersprang er in tausend Splitter. Entgeistert starrte der Hohepriester auf den Messerstumpf in seiner Hand, dann traf ihn meine Faust. In dem Schlag steckte meine ganze Wut. Was anschließend geschah, war von Gott so gewollt.

Der Hohepriester taumelte benommen nach hinten, rutschte in einer Blutlache aus, und bevor ihm noch einer seiner Priester helfen konnte, schlitterte er hilflos über den Boden auf den Rand der Treppe zu. Einen Augenblick schien es noch so, als ob er das Gleichgewicht halten könnte, doch dann kippte er einfach weg. Erst schrie er noch. Doch bald waren nur noch die immer leiser werdenden Aufprallgeräusche seines Körpers zu hören, während seine Leiche die steilen Stufen nach unten stürzte.

Entsetzt schloss ich die Augen. Den Tod des Hohepriesters hatte ich nicht gewollt, auch wenn er es sicherlich mehr als verdient hatte. Gerade rechtzeitig brachte mich der Aufschrei der Menschenmenge wieder zur Besinnung. Die Schwarzen Priester auf der Opferplattform hatten sich offensichtlich entschlossen, den Tod ihres Anführers nicht einfach hinzunehmen. Von der Treppe her hörte ich die Schreie der Götzendiener, die heraufstürmten und die Priester hier auf der Plattform hatten ebenfalls ihre Messer gezückt und drangen vorsichtig auf mich ein. Ein Blick auf den Herrscher der Federmenschen zeigte, dass ich von ihm und seinem Hofstaat keine Hilfe erwarten konnte. Auch sie waren umringt von den Schwarzen Priestern, deren Heiligtum wohl diese Pyramide war. Doch inmitten des Hofstaates bemerkte ich die zwei Krieger, die der Herrscher zu meiner Bewachung abkommandiert hatte. Sie hatten den Befehl gehabt, mich überallhin zu verfolgen und waren mir auch auf die Pyramide gefolgt. Dort hatten sie sich wieder ihrem Herrscher angeschlossen. Beide trugen als einzige des Hofstaates Schwerter und Schilde. Unterstützung, die ich mehr als dringend brauchen konnte.

Der Herrscher hatte meinen Blick bemerkt und nickte seinen Kriegern unmerklich zu. Sie explodierten regelrecht. Bevor die Priester sich versahen, hatten die Soldaten bereits einige von ihnen getötet. Trotzdem drangen die restlichen Götzendiener mit ihren Messern auf die Soldaten ein. Es war ein wilder Kampf, bei dem es oft so aussah, als ob die schiere Masse der Priester unsere beiden Verteidiger einfach überrennen würde. Aber immer wieder konnten die Krieger die erdrückende Übermacht durch ihre langen Schwerter ausgleichen. Bis es geschah. Ein Soldat sank tödlich getroffen zu Boden und ließ dabei sein Schwert fallen. Sofort entbrannte ein wilder Kampf um die Waffe. Wenn die Priester das Schwert erbeuteten, wären wir besiegt. Das war auch dem letzten überlebenden Krieger klar. Mit einem verzweifelten Ausfall trieb er die Feinde zurück, bis er bei seinem toten Kameraden stand. Dann schleuderte er seinen Schild hinter sich und griff mit der linken Hand nach dem zweiten Schwert.

Der Kampfgeist der Götzendiener erlahmte. Zu hoch waren die Verluste, die ihnen die scharfen Obsidianklingen zugefügt hatten. Aber sie lauerten nur auf ihre Chance. Und die würde kommen, das war sicher. Denn der Krieger war erschöpft und immer mehr der Schwarzen Priester strömten jetzt auf die Plattform. Noch traute sich keiner an uns heran, aber allein ihre schiere Masse, überwältigte uns. Ich wollte mit der Frau zurückweichen, doch wir standen schon fast am Rand der Plattform. Direkt neben mir ging es steil in die Tiefe. Erschrocken zuckte ich zurück. Dabei stolperte ich über den Schild des Kriegers und fiel auf die Knie. Ein wildes Aufheulen der Schwarzen Priester begleitete meinen Sturz. Wieder drängten sie vorwärts und der Krieger musste sie mit kräftigen Schwertschlägen auf Abstand halten. Schnell stand ich wieder auf. Den Schild nahm ich dabei an mich. Er war zwar nur ein geringer Schutz gegen die Messer der Feinde, aber es tat gut, überhaupt etwas in der Hand zu haben. Schützend hielt ich ihn vor uns.

Der Kampf war inzwischen zum Stillstand gekommen. Viele der Schwarzen Priester lagen tot auf der Plattform, aber noch immer war ihre Überzahl erdrückend. Zwischen ihnen und uns stand nur der Krieger, der dem Befehl seines Fürsten gehorchte, uns zu schützen. Das wussten auch die Götzendiener und sie handelten. Plötzlich teilte sich ihre Menge und der Herrscher der Eingeborenen wurde nach vorne geschleift. Einer der Priester hatte ihn gepackt und drückte ihm demonstrativ ein Messer an die Kehle. Mit barscher Stimme sprach er auf den Krieger ein. Ich konnte zwar die Sprache nicht verstehen, aber der Sinn war klar. Sie würden den Fürsten töten, wenn der Krieger nicht aufgäbe. Über das Ergebnis des Handels machte ich mir keine Illusionen. Das Leben des Herrschers würde sicherlich mehr als unseres gelten. Hier war unser Weg wohl zu Ende.

Zornig schüttelte ich den Kopf. Wo blieben nur Thorwulf und seine Wikinger? Selbst die höchste Wollust musste doch irgendwann mal zu Ende gehen? Hier hätte ich sie wirklich brauchen können. Da kam mir ein fürchterlicher Gedanke. Bestimmt hatten die schwarzen Teufel sie bereits überwältigt. So liebestrunken, wie sich die Wikinger mit den Frauen beschäftigten, waren sie bestimmt eine leichte Beute gewesen.

Meine Gedanken rasten auf der Suche nach einem Ausweg. Ich musste versuchen, zusammen mit der Frau von der Pyramide zu entkommen und das Schiff zu erreichen. Thorwulf hatte einen Teil seiner Männer auf dem Drachen zurückgelassen. Mit ihrer Hilfe könnte ich die Götzendiener besiegen. Doch zunächst einmal mussten wir ihren Messern entfliehen. Nur wie? Noch immer schützte uns der Krieger, aber ich sah, dass er seine Waffen langsam sinken ließ. Gleich würden ihn die Priester überrennen.

Wir waren eingeklemmt zwischen ihren Messern und dem Rand der Pyramide. Direkt neben uns ging es steil in die Tiefe. Alles war voll Blut. Die Götzendiener hatten an dieser Stelle die Leichen ihrer Opfer über den Rand gekippt. Blutverschmierte Schlieren liefen die ganze Rampe hinab. Ich schauderte, als ich den Berg toter Körper sah, der sich unten angesammelt hatte. Bald würden sich unsere Leichen dazugesellen.

Ich hatte eine verzweifelte Idee. Ein schneller Seitenblick zeigte mir, dass uns nur noch wenige Augenblicke bleiben würden. Entschlossen zog ich die Frau enger an mich und bedeutete ihr mit einer Geste, mir zu vertrauen. Ihr Blick verriet mir, dass sie mich verstanden hatte.

Demonstrativ legte ich dann den großen Schild ab. Für die Götzendiener sah es so aus, als wenn ich aufgeben wollte.

Triumphierend heulten sie auf und drängten nach vorne. Doch noch bevor sie uns erreichen konnten, hatte ich die Frau auf den Schild gezogen und schob uns über den Rand.

In halsbrecherischer Fahrt rutschten wir die steile Pyramidenwand hinunter. Unerreichbar für die Götzendiener, die uns wütend hinterher schrien. Nach einem endlos erscheinenden Augenblick krachte unser menschlicher Schlitten auf den gemauerten Boden des Platzes. Mit Brachialgewalt wurden wir nach vorne geschleudert und rollten über das Pflaster. Doch wir hatten Glück. Die Körper der Opfer, die die Schwarzen Priester hier hinuntergeworfen hatten, fingen unseren Sturz auf. Das Mädchen war völlig unversehrt und ich hatte nur brennende Schürfwunden. Ein lautes Geheul von der Pyramide herab ließ uns schnell wieder auf die Füße kommen. Unsere Verfolger waren außer sich vor Zorn. Schon sahen wir, wie die Ersten die Treppe hinuntereilten. Aber unseren Vorsprung mussten sie erst einmal einholen.

Ich zog das Mädchen auf die Füße und wir rannten los in Richtung der Nidhöggr. Dort waren wir in Sicherheit. Doch als wir den Rand des Platzes erreichten, prallten wir erschrocken zurück. Nicht alle der Schwarzen Priester waren auf die Pyramide gestürmt. Einige waren zurückgeblieben und versperrten uns nun mit gezückten Messern die Straße. Höhnisch grinsten sie uns an. Vor uns und hinter uns waren die Feinde. Wir waren wie im Griff einer schwarzen Zange. Es gab keinen Ausweg mehr. Ich wollte erst verzweifeln, doch mich überkam eine große Ruhe. Gott hatte mich bisher beschützt, und er würde mich auch jetzt nicht allein lassen. Das wusste ich in diesem Augenblick. Es war mir nicht bestimmt, hier und jetzt zu sterben. Er würde mich beschützen. Ruhig griff ich nach meinem Talisman. Das Kreuz wie eine Waffe vor mir hertragend, schritt ich den Götzendienern entgegen. Ohne zu zögern, folgte mir die Frau. Nur zu zweit und mit dem Kreuz als Waffe näherten wir uns den Männern, die uns die Straße versperrten. Verwirrt starrten sie uns entgegen, bis Bewegung in die Meute kam. Laut schreiend stürzten sie auf uns zu.

Doch ihr Angriff stockte sofort. Verblüfft sah ich, wie unsere Feinde einer nach dem anderen zu Boden sanken.

Ich brauchte einige Augenblicke, bis ich die Federenden der Pfeile erkannte, die aus ihren Rücken ragten. Es waren Wikingerpfeile. Erleichtert atmete ich auf.

Aber die Gefahr war noch nicht gebannt. Immer mehr Götzendiener strömten hinter uns auf den Platz. Sie heulten vor Wut, als sie die Niederlage ihrer Brüder mit ansehen mussten. Es wurde höchste Zeit zu verschwinden. Das Mädchen hinter mir herziehend rannte ich los. Wilde Hoffnung hatte mich gepackt. Doch erst, als wir in die Straße eintauchten, sah ich die Wikinger. So geschickt hatten sie sich in den Hauseingängen und Nischen verborgen. Auch Thorwulf selbst sah ich. Er duckte sich hinter einer Mauer und grinste, als er meinen Blick bemerkte. Anerkennend deutete er auf die junge Frau an meiner Seite. Ich schüttelte wütend den Kopf, was ihn aber noch mehr zu erheitern schien.

Offenbar war er auf der Nidhöggr gewesen, denn im Gegensatz zu seinem Aufzug im Herrscherpalast war er jetzt mit Kettenhemd, Schild und Schwert ausgerüstet. Die volle Kriegsausrüstung eines Wikingers. Und das galt für alle seine Männer. Die Priester, die gegen diese eisernen Krieger antreten mussten, hatten schon verloren. Und genau so geschah es. Die Pfeile der Wikinger streckten die ersten Reihen der überraschten Angreifer nieder. Und als die Überlebenden stockten, griffen die Wikinger an. Eiserne Schwerter und Äxte trafen auf Messer aus Feuerstein. Die Wikinger kannten keine Gnade. Schon wenige Augenblicke später waren alle Schwarzen Priester besiegt und es begann die Jagd auf die Überlebenden. Auch die Bevölkerung beteiligte sich jetzt daran und manch einer der Götzendiener hauchte sein Leben unter einem Steinhagel der Eingeborenen aus.

Ich schritt nicht ein, denn wie ich inzwischen herausgefunden hatte, beteten diese Priester einen Dämonen an, der nur der Teufel selbst sein konnte.

Eure Exzellenz, lasst mich mein Entsetzen kundtun, als ich von der Existenz dieses Dämons erfuhr. Sein Name ist Tezcatlipoca. Das Mädchen hatte immer wieder diesen Namen gesagt, während sie auf die toten Priester deutete. Als ich sie verständnislos ansah, zog sie mich zum Tempel auf der Pyramide. Sie wollte mir dort unbedingt etwas zeigen. Thorwulf bestand darauf, mich mit einigen seiner Männer zu begleiten. Und obwohl Wikinger sonst wirklich hartgesottene Burschen sind, waren auch sie schockiert. Im Tempel fanden wir einen riesigen steinernen Behälter voll menschlicher Herzen. Viele davon noch ganz frisch. Das Mädchen, das ihren Namen mit Yolotli angab, zeigte uns auch einen steinernen Bildfries, der eine Opferung zeigte. Dabei wird der Brustkorb eines noch lebenden Menschen aufgeschnitten und sein Herz herausgerissen. Die Menschenopfer sind nach dem Glauben der Teufelsanbeter notwendig, damit die Erde nicht vernichtet wird.

Ich gestehe, Eure Exzellenz, dass auch mir vor so viel Grausamkeit schauderte. Die Schwarzen Priester, die so widerwärtig stanken, waren die Diener des Dämons und fühlten sich damit auch ihrem Fürsten überlegen, wie der Vorfall mit dem Herrscher der Federmenschen bewiesen hatte.

Während wir noch fassungslos das Fries betrachteten, kam es zum letzten Kampf dieses blutigen Tages. Einer der Teufelsanbeter hatte sich vor den Wikingern im Tempel verborgen. Als er seine Todfeinde so nahe vor sich sah, stürzte er mit gezücktem Messer heraus, um sich zu rächen. Aber Thorwulf hatte die Bewegung gesehen und fing die Hand des Attentäters noch rechtzeitig ab. Wie eine Puppe hing der Schwarze Priester in den Armen des Hünen. Bevor ich reagieren konnte, wurde er von dem Wikingerfürsten in den Tod gestürzt.

Unter den ehrfürchtigen Grüßen der Menschen kehrten wir wieder in den Palast zurück. Das Mädchen Yolotli folgte mir dabei wie selbstverständlich. Thorwulf grinste nur und meinte, ich sollte mich nicht dagegen wehren und eine so schöne Frau als persönliches Geschenk meines Gottes betrachten. Ich schüttelte den Kopf, ob seiner Gotteslästerung, wusste aber auch nicht, wie ich mich verhalten sollte. Am Eingang meiner Gemächer wurde mir diese Sorge abgenommen.

Ein Mitglied des Hofstaates wartete dort auf uns und überbrachte eine Einladung des Herrschers. Es dauerte es eine Weile, bis ich seine Gesten richtig gedeutet hatte.

Er schien warten zu wollen, also ging ich schnell in meine Räume, um mich umzuziehen. Erst im Schlafzimmer bemerkte ich das Fehlen von Yolotli. Ich fühlte einen Anflug von Bedauern und wollte schon nach ihr schauen. Kurz vor der Tür hielt ich jedoch inne und schüttelte den Kopf. Nein, ich war für diese junge Frau nicht verantwortlich. Sie war nur eine Dienerin im Palast des Fürsten.

Doch tief in mir hatte diese Frau etwas berührt, sie fehlte mir. Deshalb freute ich mich, als ich sie bei dem folgenden Festessen wiedersah. Unser Gastgeber hatte sie zu meiner Rechten gesetzt. Ich wusste nicht, was er damit bezwecken wollte, aber ich konnte meinen Blick kaum von ihr wenden. Sie war bezaubernd schön. Das knappe Kleid passte genau zu der Farbe ihrer Augen.

Ich gebe zu, dass ich ihre Gesellschaft genoss. Welcher Mann, auch wenn er Bischof ist, kann einer solchen Schönheit gleichgültig gegenüberstehen. Und besonders der Neid Thorwulfs tat mir gut. Er blickte immer wieder mit schmalen Augen zu uns herüber. Ich konnte seine Gedanken regelrecht lesen. Und obwohl Yolotli die schönste Frau an diesem Abend war und jeder erwartete, dass wir die Nacht zusammen verbringen würden, hatte ich das nicht vor. Als Bischof von Haithabu hatte ich den Kirchenzölibat geschworen und keine Frau sollte mir auf meinem Weg zu Christus im Wege stehen.

Doch dann geschah etwas, das die Frau Yolotli für mich mehr als interessant machte. Als Braten aufgetischt wurde, zeigte sie mit dem Finger auf einen gesottenen Hasen in der Mitte der Platte. »Yolotli«, sagte sie und deutete auf sich und den Hasen. »Hase«, wiederholte ich und deutete ebenfalls auf den Braten.

Das Spiel gefiel ihr und ab sofort nannte sie mir alle Dinge beim Namen. Es begeisterte sie, dass sich die Begriffe sofort in meinen Kopf einbrannten, inklusive der Betonung. Aber auch ich war fasziniert, dass sie sich meine Übersetzung ebenfalls sofort merken konnte.

Ich machte mir den Spaß ihr die Übersetzungen in Deutsch und in Dänisch zu nennen.

Und schon nach wenigen Stunden war sie imstande, alle Dinge im Festsaal in den jeweiligen Sprachen zu wiederholen. Im Gegenzug lernte ich von ihr ihre Sprache, die sie Nahuatl nannte.

Ich war begeistert.

Mit der Hilfe Yolotlis würde ich in wenigen Wochen meine Gesprächspartner verstehen können und sie gleichzeitig als Dolmetscherin ausbilden. Das würde viele unserer Probleme lösen.

Voller Freude schloss ich das junge Mädchen Yolotli in meine Arme und küsste sie sanft auf die Wange. Es war mir egal, dass Thorwulf wieder in sein dröhnendes Gelächter ausbrach. Ich wusste, Gott hatte mir mit Yolotli ein wirklich außergewöhnliches Geschenk gemacht.

Das Motiv

3 km vor der deutschen Nordseeküste
16:30 Uhr Ortszeit

Aufgewühlt ließ Johanna den Ausdruck sinken. Mitch hatte sie zwar im Groben über den Inhalt des Codex informiert, aber erst jetzt, nachdem sie einen Teil des Reiseberichtes selbst gelesen hatte, konnte sie seine Faszination verstehen. Sie musste unbedingt mit Thomas darüber sprechen, auch wenn ihr bisher noch nichts aufgefallen war, was die Entführung von Marie hätte erklären können. Aber ihr Ehemann war nicht nur ein brillanter Wissenschaftler. Er war auch mit einem gesunden Menschenverstand gesegnet. Eigenschaften, die sie beim weiteren Studieren des Buches dringend brauchen könnte. Als Leiter der Bergung war er zwar an Deck unabkömmlich, aber sie wollte ihm zumindest eine Zusammenfassung geben. Vielleicht würde ihm noch etwas dabei auffallen.

Sie war schon im Begriff aufzustehen, als das Satellitentelefon klingelte. Überrascht musterte Johanna die Anrufernummer. Wer konnte sie aus der Zentrale anrufen? Rajesh war noch im Krankenhaus und alle anderen waren im Flugzeug unterwegs? Was für eine Überraschung! »Rajesh? Was machst du denn? Wie geht es dir?«, brach es aus ihr heraus, als ihr Gesprächspartner eine kurze Pause machte.

Doch Rajesh brannte nur ein einziges Thema auf der Seele. Er musste Johanna unbedingt das Ergebnis seiner letzten Recherche mitteilen.

Johanna hörte bestürzt zu. Das war unfassbar. Wenn seine Informationen stimmten, war Marie in noch viel größerer Gefahr, als sie alle bisher gedacht hatten.

Als Rajesh endete, konnte sie ihre Aufregung nicht mehr beherrschen. Die Fragen sprudelten nur so aus ihr heraus. »Und du bist dir ganz sicher? Du weißt, was deine Vermutung für Mitch und Anna-Maria bedeutet? Das ist ja fürchterlich!«

Wieder hörte sie aufmerksam zu. »Gut, das mache ich. Aber du rufst bitte sofort Mitch im Flugzeug an. Er braucht dringend diese Informationen. Außerdem will er sicher wissen, wie es dir nach dem Überfall geht. Wir haben uns riesige Sorgen um dich und den Professor gemacht. Was haben sie euch angetan?«

Johanna musste nach Fassung ringen, als Rajesh seine Verletzungen erwähnte. Er hatte mehrere Rippenfrakturen und Blutergüsse am ganzen Körper. Die Gangster hatten ihn und den Professor krankenhausreif geschlagen, um an die Texte zu kommen.

»Aber sie haben nichts erfahren«, erklärte Rajesh triumphierend. »Nur leider war der Computer online, als sie uns überfielen. Aber bevor sie an die Daten des Codex konnten, wurden die Ordner ja von euch gelöscht.«

»Ja, das war gerade noch rechtzeitig«, bestätigte Johanna mit einem leichten Lächeln. Dann wurde sie jedoch schlagartig ernst. »Du gehörst ins Krankenhaus«, unterbrach sie ihren Teamkollegen und die Besorgnis in ihrer Stimme war nicht zu überhören. »Ich verstehe nicht, wie dich die Ärzte mit diesen Verletzungen gehen lassen konnten.«

»Ich habe mich selbst entlassen«, antwortete Rajesh nach einer kurzen Pause. Seine Stimme klang zwar schwach, aber in keinster Weise schuldbewusst. »Die Ärzte wollten mir zunächst keinen Computer erlauben und dann war die Internetleitung eine Katastrophe. Aber ich musste das Ergebnis meiner letzten Recherche unbedingt an dich oder Mitch weitergeben. Was ich da herausgefunden habe, wirft ein völlig neues Licht auf die Entführung.«

Nach dem Telefonat blieb Johanna noch einige Sekunden im Sessel sitzen. Sie brauchte eine kurze Pause, um die Neuigkeiten zu verdauen. Dann sprang sie entschlossen auf und eilte an Deck.

Thomas staunte. Er konnte kaum glauben, was ihm seine Frau gerade erzählt hatte. »Rajesh hat sich selbst aus dem Krankenhaus entlassen und arbeitet schon wieder?

Und was ist mit dem Waisenhaus? Versuch es mir nochmals langsam zu erklären.«

Johanna bemühte sich um Fassung, aber die Aufregung raubte ihr immer wieder kurz die Stimme. »Also, Rajesh hat über das Mädchen-Waisenhaus in Mexiko recherchiert, wie es ihm Mitch aufgetragen hatte. Auf den ersten Blick ist dort alles in Ordnung. Doch als er sich in das Computersystem der Schule gehackt hat, fiel ihm eine bestimmte Regelmäßigkeit bei den Adoptionen auf. Das machte ihn stutzig. Pro Jahr gibt es nur zwei Adoptionen. Jedes Jahr im März und September und dann jeweils immer nur ein einziges Mädchen.

»Und was ist daran so Besonderes?«, fragte Thomas, der die Aufregung seiner Frau nicht begriff. »Es ist ein Waisenhaus, da gehören Adoptionen dazu.«

»Es ist die Regelmäßigkeit. Und der besondere Zeitpunkt.«

Thomas schaute sie nur fragend an.

Johanna holte tief Luft, bevor sie die Bombe platzen ließ. »Rajesh hat die Daten über seinen Computer laufen lassen und hat herausgefunden, dass die Mädchen immer genau zwanzig Tage vor der nächsten Tagundnachtgleiche vermittelt wurden. Und zum anderen sind es immer junge Mädchen.« Den nächsten Satz betonte sie. »Genauso alt wie Marie.«

»Was willst du damit sagen? Dass Marie nur wegen einer Adoption entführt wurde?«

»Oh Gott, Thomas, bist du so begriffsstutzig?« Johanna rang die Hände. »Verstehst du denn nicht, dass es sich um keine normalen Adoptionen handelt? Die Mädchen, die in diesen Monaten vermittelt werden, genau zwanzig Tage vor der Tagundnachtgleiche, sind alle spurlos verschwunden. Rajesh konnte mit keiner einzigen von ihnen Kontakt aufnehmen.«

Thomas schaute seine Frau fassungslos an. Dann fluchte er. »Verdammt Johanna, hättest du mir diese Information nicht gleich geben können?«

Der kühle Wissenschaftler in ihm gewann wieder die Oberhand. »Also noch mal zum Mitschreiben. Rajesh hat festgestellt, dass die Waisen, die in diesen beiden Monaten adoptiert werden, einfach spurlos verschwinden? Er weiß jedoch nicht, wohin und warum?«

Johanna nickte nur stumm.

Aber ihr Mann bemerkte es nicht einmal. Er war in seine Gedanken vertieft. »Alle sind junge Mädchen im Alter von Marie und alle verschwinden genau zwanzig Tage vor der mittelamerikanischen Tagundnachtgleiche im Frühjahr und Herbst?«

Wieder nickte Johanna.

»Und jetzt vermutet ihr beide, dass zwischen der Entführung von Marie und den Adoptionen ein Zusammenhang besteht?«

»Das liegt doch nahe«, begehrte Johanna auf. »Wir sind jetzt wieder nur wenige Tage von der Herbst-Tagundnachtgleichen entfernt und genau jetzt ist Marie in dieses Waisenhaus verschleppt worden.«

Die Gedanken von Thomas waren schon vorausgeeilt. »Wenn Rajeshs Recherchen stimmen, könnte es sein, dass Maries Entführung überhaupt nichts mit dem Goldenen Buch zu tun hat. Dann haben wir auch nichts in der Hand, um über ihre Freilassung zu verhandeln.«

Johanna schaute ihren Mann bestürzt an. Daran hatte sie noch gar nicht gedacht.

Doch Thomas war noch nicht fertig mit seinen Überlegungen. Irgendetwas nagte in ihm. Etwas war unlogisch. »Aber das erklärt nicht das bisherige Geschehen. Es ist doch eher so, dass es zusätzlich noch einen direkten Zusammenhang mit dem Inhalt des Goldenen Buches geben muss. Was hast du denn bisher herausgefunden?«

Als Johanna mit ihrer Zusammenfassung des letzten Kapitels geendet hatte, verschränkte Thomas nachdenklich die Arme. Sein Blick war auf die Bergungsvorbereitungen auf dem Deck vor ihm gerichtet, während seine Gedanken noch bei der Geschichte waren, die er gerade gehört hatte. Im Geiste verglich er den Inhalt mit der Zusammenfassung der bisherigen Kapitel, die er von Mitch bekommen hatte. Sein wissenschaftlich geschulter Verstand arbeitete systematisch alle verfügbaren

Daten ab und fand tatsächlich einen Anhaltspunkt.

Johanna, die ebenfalls in Gedanken versunken war, zuckte zusammen, als er sich wieder an sie wandte.

»Du bist dir sicher, dass der Name des Dämons im Buch genannt wurde? Tezcatlipoca?«

»Ja, ganz sicher. Professor Wagner hat ihn auch schon als Gegenspieler Quetzalcoatls erwähnt.«

»Dann recherchiere bitte einmal, ob es einen Zusammenhang mit Tezcatlipoca gibt und dem Termin der Tagundnachtgleiche.«

Verlegen nickte Johanna. Sie ärgerte sich über sich selbst. Im Rausch der Geschichte hatte sie das tatsächlich übersehen. Das Äquinoktium oder auch die Tagundnachtgleiche war in vielen alten Kulturen ein ganz besonderes Datum. Ein Tag, an dem Götter der Erde besonders nahe waren. Sollte es hier tatsächlich einen Zusammenhang mit dem Blutgott der Tolteken geben? Ohne zu ahnen, dass sie hier der These Professors Wagners folgte, eilte sie zurück zum Computer. Sie musste dringend recherchieren. Ihr Ehemann schaute ihr besorgt hinterher. Die ganze Geschichte machte Johanna mehr zu schaffen, als sie zugeben wollte. Er musste dafür sorgen, dass sie wieder mehr Abstand gewann. Doch bevor er sich darüber weiter Gedanken machen konnte, schrillten die Signaltöne des Suchgerätes zu ihm herüber. Der Saugroboter war auf ein festes Hindernis gestoßen.

Aufgeregt rannte Thomas zu den Monitoren, die sein Team am Heck des Forschungsschiffes aufgebaut hatte. Seine Leute machten Platz, drängten sich jedoch hinter ihm wieder dicht zusammen. Zunächst war auf dem Bildschirm nur aufgewirbelter Sand erkennbar, aber als Thomas auf eine der Kameras umschaltete, die in den Tauchrobotern installiert waren, sahen es alle. Durch die langsam dünner werdenden Sandwirbel starrte sie der hölzerne Kopf des Wikingerschiffes an. Sie hatten das Wrack auf Anhieb wiedergefunden.

Thomas schauderte vor Ehrfurcht, als er die tausend Jahre alten Überreste des Wikingerschiffs betrachtete. Bei allem, was sie jetzt wussten, konnte es sich bei dem Wrack tatsächlich nur um die legendäre Nidhöggr aus dem Reisebericht Ansgaes handeln. Das Schiff mit dem Thorwulf und seine Wikinger vor tausend Jahren den Atlantik überquert hatten.

Er musste sofort Johanna rufen, um ihr von dem schnellen Erfolg zu berichten. Und Mitch müsste informiert werden. Die Bergung der Ladung konnte beginnen. Aufgeregt sprang er auf, um seine Frau zu informieren. Sie würde begeistert sein.

Als er jedoch in den Computerraum trat, starrte ihm als Erstes ihr tränennasses Gesicht entgegen. »Was ist los?«, fragte er zögernd. »Ist irgendetwas passiert, von dem ich noch nichts weiß? Oder warum weinst du?«

Johanna deutete nur stumm auf den Bildschirm.

Neugierig beugte sich Thomas vor, um den Wikipedia-Text besser lesen zu können.

»Oh, mein Gott«, entfuhr ihm, als er die Bedeutung verstanden hatte. Rajesh hatte recht gehabt. Die Tagundnachtgleichen waren überliefert als die höchsten Feiertage Tezcatlipocas. An diesen Tagen hatten seine Anhänger jeweils ein junges Mädchen geopfert und ihm bei lebendigem Leib das Herz aus der Brust geschnitten.

Noch einmal entfuhr es ihm aus tiefstem Herzen. »Oh, mein Gott!«

»Das Wort Gott solltest du lieber nicht in den Mund nehmen«, erwiderte Johanna fast unhörbar. »Wenn Rajesh mit seinem Verdacht recht hat, dann lebt der Blutkult Tezcatlipocas bis heute fort.«

Thomas musste sich setzen, als ihm das ganze Ausmaß bewusst wurde. »Und die Opfer besorgen sich die Anhänger des Blutgottes ganz einfach über die Huanitzin-Stiftung. Das Waisenhaus dient nur zur Beschaffung der jährlichen Mädchenopfer.«

Johanna wischte sich die Tränen aus den Augen. Entschlossen griff sie nach dem Hörer des Satellitentelefons. »Genau da, wo Marie zurzeit gefangen gehalten wird. Mitch und Anna-Maria müssen sich beeilen. Es sind nur noch drei Tage bis zur nächsten Tagundnachtgleiche.

Die Forderung

Firmenjet der Thromberg AG
Mitten über dem Atlantik
17:00 Uhr

Mitch blickte besorgt auf Anna-Maria, die nach den beiden Anrufen in ihrem Sessel zusammengesunken war. Ihre ganze Aktivität war wieder verschwunden. Weggeblasen von der Angst um ihre Tochter.

In seinem Kopf wirbelten die Gedanken. Sollten Rajesh und die beiden Baiers mit ihrem Verdacht recht haben, wäre Marie tatsächlich in höchster Gefahr und die Übersetzung des Goldenen Codex würde nicht als Druckmittel für ihre Freilassung taugen. Aber konnte das sein? Nervös wanderte er im schmalen Flugzeuggang auf und ab. Etwas verstand er nicht. Wieso war Huanitzin das Risiko eingegangen, Marie um die halbe Welt zu entführen? Was machte das junge Mädchen so besonders für ihn? Warum hatte er sie als Opfer Tezcatlipocas ausgewählt? Er hatte das Mädchen doch nur während der Präsentation im Museum gesehen?

Schlagartig kam ihm die Erleuchtung. Huanitzin hatte Marie tanzen sehen. Was nur als dramatischer, aber harmloser Höhepunkt der Quetzalcoatl-Präsentation gedacht war, wurde dem Mädchen jetzt zum Verhängnis. Huanitzin musste an diesem Abend den Entschluss gefasst haben, das Mädchen zu entführen und seinem Blutgott zu opfern.

Mitch blieb stehen, als ihm die ganze Bedeutung bewusst wurde. Er allein war schuld an der Entführung des Mädchens. Hätte er sie nicht bedrängt, an diesem Abend zu tanzen, wäre sie nie entführt worden.

Aber dann schüttelte er wieder den Kopf. Nein, das konnte nicht der einzige Grund sein. In all den letzten Jahren hatten die Anhänger Tezcatlipocas ihre jährlichen Opfer immer aus den Waisen des Heims gewählt. Das war einfach gewesen. Niemand schöpfte Verdacht, wenn diese Mädchen danach einfach verschwanden. Bei Marie war das anders. Warum sollte Huanitzin ein solches Risiko eingehen?

Sein Blick fiel auf das iPad, dessen Bildschirm golden funkelte. Entschlossen griff er danach. Für Maries Entführung musste es noch einen anderen Grund geben. Und das Geheimnis lag in der Reisebeschreibung von Ansgae verborgen. Sie mussten dringend weiterlesen. Es war im Moment die einzige Möglichkeit Marie zu helfen.

Das Satellitentelefon klingelte und bevor Mitch oder Samson es verhindern konnten, war Anna-Maria hochgeschossen und wollte nach dem Hörer greifen.

»Nein. Warte bitte. Lass mich mit den Leuten reden«, sagte Mitch und griff schnell über sie hinweg, um das Telefon an sich zu nehmen.

Anna-Maria wehrte sich nicht. Mit vor Angst weit aufgerissenen Augen ließ sie sich wieder in ihren Sessel zurücksinken.

Mitch drückte den Knopf der Lautsprecheranlage und die aufgeregte Stimme Rajeshs erfüllte plötzlich den Innenraum der Kabine. »Ich habe die Entführer am Telefon. Sie wollen sofort mit dir oder mit Anna-Maria sprechen«, sprudelte er hervor.

Mitch lauschte auf das leise Dröhnen der Turbinen. »Und sie werden nicht hören, dass wir im Flugzeug sitzen? Du weißt, wir wollen sie überraschen.«

Rajesh schnaubte nur. »Keine Sorge. Ich lasse die Turbinenfrequenzen ausfiltern. Sie werden denken, ihr sprecht von einem Handy aus. Da ist schlechter Empfang fast normal. Also - seid ihr bereit? Dann schalte ich jetzt auf euch um.«

Nur ein leises Klicken verriet, dass jetzt Maries Entführer in der Leitung war.

»Thromberg«, meldete sich Mitch. Obwohl er sich bemühte, ruhig zu erscheinen, klang seine Stimme gepresst. »Sie haben lange auf sich warten lassen.«

»Das hat sie nicht zu interessieren, Thromberg«, klang eine leise Stimme aus dem Lautsprecher. »Haben Sie die Fotos?«

»Zuerst will ich mit Marie sprechen!«, erwiderte Mitch. »Dann sprechen wir darüber, wie der Austausch geschehen soll.«

Sie hörten, wie der Entführer den Hörer beiseitelegte. Dann erklang über den Lautsprecher leise die Stimme eines jungen Mädchens. »Mama?«, fragte Marie. »Mama? Bist du das?«

»Ja, ich bin hier, Liebling«, rief Anna-Maria und riss Mitch den Hörer aus der Hand. »Wie geht es dir? Ist dir etwas passiert? Oh Gott, Kind, wo bist du?«

Doch sie sprach schon in eine leere Leitung. Der Entführer hatte einfach aufgelegt. Entsetzt schaute Anna-Maria den Hörer in ihrer Hand an. »Warum hat er das getan?«, fragte sie nervös und blickte dabei abwechselnd die Männer um sich herum an.

Neben Mitch und Samson waren auch die Mitarbeiter der Thromberg-Security nach vorne gekommen. Der Kontakt mit dem Entführer interessierte sie alle.

»Warum hat er das getan?«, fragte Anna-Maria nochmals in die Runde.

Der Chef der Securitytruppe räusperte sich halblaut. »Wahrscheinlich will er sich nicht das Heft aus der Hand nehmen lassen. Er will bestimmen, wie das Gespräch läuft. Aber ich denke, er wird gleich wieder anrufen. Dann sollten Sie besser Doktor Thromberg das Reden überlassen. Er ist emotional nicht so betroffen, wie Sie. Das macht das Verhandeln einfacher.« Nachdenklich rieb er sich das Kinn. »Aber wir müssen uns überzeugen, dass es wirklich Marie ist. Nicht dass er uns eine Tonbandaufnahme untergeschoben hat.«

Erschrocken blickte ihn Anna-Maria an.

»Gibt es etwas, was nur Marie wissen kann?«, fragte der Sicherheitsexperte. »Vielleicht etwas aus ihrer Kindheit, eine Krankheit, eine Kindergartenfreundin oder Ähnliches?«

Bevor Anna-Maria antworten konnte, klingelte wieder das Telefon. Rajesh hatte den Entführer nochmals in der Leitung.

Auf einen Wink des Experten nahm Mitch den Hörer.

»Thromberg«, meldete er sich.

Als der Entführer Anna-Maria verlangte, wehrte er ab. »Nein, Frau Doktor Dahlke ist für Sie nicht mehr zu sprechen. Ab sofort bin ich Ihr alleiniger Verhandlungspartner. Doch bevor wir über Ihre Forderung reden, geben Sie mir noch einmal Marie. Ich will ihr nur eine kurze Frage stellen. Diese Forderung ist nicht diskutabel«, unterbrach er die geflüsterte Erwiderung des Entführers. Sie hörten, wie der Hörer auf der anderen Seite abgelegt wurde.

»Was gibt es, das nur Marie beantworten kann?«, drängte Mitch Anna-Maria. »Schnell, er wird gleich wieder in der Leitung sein.«

»Frag sie nach dem Namen ihres Teddys«, antwortete sie gefasst. »Marie hat ihm einen Geheimnamen gegeben. Sie hat ihn immer Brombär gerufen, weil ihre Lieblingsspeise Brombeeren waren.«

Da meldete sich der Entführer. »Sagen Sie mir Ihre Frage. Ich werde sie an das Mädchen weitergeben.«

»Nein«, antwortete Mitch bestimmt, »ich möchte selbst mit ihr sprechen. Wie gesagt, diese Forderung ist nicht diskutabel.«

»Mama?«, erklang nach einer kurzen Pause die leise Stimme des Mädchens.

»Nein Marie, ich bin es, Mitch. Ich bin hier bei deiner Mutter und Samson ist auch bei uns.«

»Holst du mich nach Hause?«

»Ja, das verspreche ich dir. Bald wirst du wieder zu Hause sein.«

»Stellen Sie jetzt Ihre Frage oder ich lege auf«, unterbrach das Flüstern des Entführers ihre Unterhaltung.

»Marie, ich habe eine wichtige Frage«, begann Mitch mit ruhiger Stimme. »Kannst du mir den Namen deines Lieblingsteddys sagen, den du als kleines Kind gehabt hast?«

Leise kam die Antwort des Mädchens aus dem Lautsprecher: »Brombär.«

Mitch atmete tief durch. Marie lebte und war gesund.

Jetzt musste er nur noch über den Austausch verhandeln.

»Nun wissen Sie, dass ich Marie noch nichts angetan habe«, erklang wieder das Flüstern des Entführers. »Jetzt möchte ich die Fotos, und ich sage Ihnen, was Sie tun müssen ...«

Während des Gesprächs hatte der Sicherheitsexperte hastig etwas auf einen Notizblock gekritzelt und schob Mitch den Zettel jetzt zu.

Verlangen Sie einen persönlichen Austausch; las er, *sobald der Entführer die Daten hat, haben wir nichts mehr in der Hand.*

Das war Mitch auch bewusst. »Und wo ist unsere Sicherheit, dass Sie Marie danach freilassen?«, unterbrach er deshalb die geflüsterten Anweisungen des Entführers. »Ich verlange ein persönliches Treffen. Nur Sie und ich. Dabei tauschen wir die Fotos gegen das Mädchen.«

Einen kurzen Augenblick war es still in der Leitung. Dann hörte man ein leises Lachen. Aber es klang nicht amüsiert.

»Thromberg, was soll das? Sie schicken mir jetzt per E-Mail die Fotos und ich lasse danach das Mädchen frei. So machen wir es und nicht anders.«

»Auf keinen Fall«, sagte Mitch und die Entschlossenheit in seiner Stimme war ebenfalls nicht zu überhören. »Aber ich schlage Ihnen einen Kompromiss vor. Ich schicke Ihnen jetzt die Hälfte der Fotos. Sie geben das Mädchen frei, und sobald sie gesund bei uns ist, erhalten Sie die andere Hälfte. Das garantiere ich Ihnen.«

Nur ein leises Klicken erklang. Der Entführer hatte aufgelegt.

»Und was jetzt?«, fragte Anna-Maria leise. Keiner der Männer antwortete ihr. Alle sahen betreten zu Boden.

Mitch fasste sich als Erster wieder. »Wir müssen den Tatsachen ins Auge sehen«, sagte er ernst. »Huanitzin will zwar unbedingt den Text des Buches, aber er will auch Marie behalten«.

Anna-Maria war verzweifelt. »Sag es doch deutlich. Er will sie ermorden.«

»Das wissen wir doch gar nicht«, widersprach Mitch halbherzig.

Aber er hatte die Entschlossenheit und Intelligenz Anna-Marias unterschätzt.

»Mitch, bitte belüg mich nicht. Wir wissen beide, was Huanitzin vorhat. Wenn wir Marie nicht rechtzeitig befreien, wird er sie opfern.«

»Ich weiß es nicht«, sagte Mitch ehrlich. »Ich weiß nur, dass er auch dringend die Texte des Buches will. Das ist unsere einzige Chance. Die dürfen wir nicht verschenken.«

Anna-Maria senkte den Kopf. Als sie wieder seinen Blick suchte, wirkte sie seltsam gefasst. »Dann sollten wir weiterlesen«, sagte sie leise. »Vielleicht finden wir darin endlich die Information, die so wichtig für ihn ist.«

In diesem Augenblick klingelte wieder das Telefon. Aber es war nur Rajesh, der versucht hatte, den Anrufer zu orten. Doch er hatte keine guten Nachrichten. »Er war wieder zu schnell«, sagte er resigniert. »Die Zeit reicht einfach nicht, den Standort seines Telefons zu bestimmen.«

»Hast du alle Möglichkeiten genutzt?«, fragte Mitch enttäuscht.

Rajesh war beleidigt. »Selbstverständlich. Aber auch die beste Ortungstechnik kann nicht zaubern. Ich werde es natürlich beim nächsten Gespräch wieder versuchen. Aber ich kann nichts versprechen. Er scheint zu wissen, wie lange eine Ortung benötigt und legt immer wieder vorher auf.«

»Gut, aber zumindest haben wir ja seine Stimme. Die Aufnahme müsste für eine Stimmanalyse mehr als ausreichen.«

»Da wäre ich mir nicht so sicher«, sagte Rajesh niedergeschlagen. »Er hat nur geflüstert.«

»Und was bedeutet das?«, fragte Mitch aufgebracht.

»Nun, ich habe selbst schon Software zur Stimmerkennung geschrieben. Die Voraussetzung einer Analyse sind die Frequenzen der Stimmbänder. Die kann man nicht verstellen, egal wie man die Stimme verändert. Aber wenn wir flüstern, werden die Laute nicht über die Stimmbänder, sondern über den Kehlkopf gebildet.«

»Das bedeutet …?«

»Leider ist die Aufnahme nicht für eine Analyse zu gebrauchen. Der Entführer ist mit allen Wassern gewaschen.«

Resigniert schüttelte Mitch den Kopf. »Dann können wir uns jetzt nur noch darauf konzentrieren, wie wir Marie befreien können. Bleib an Huanitzin dran.«

Bevor Mitch auflegen konnte, stand Samson auf. Er hatte eine Idee und wollte kurz mit Rajesh sprechen. Entschuldigend sah er Anna-Maria an, bevor er seine Frage stellte. »Rajesh, wenn deine Theorie stimmt und die verschwundenen Mädchen diesem Götzen geopfert wurden, müssen wir herausfinden, wo diese Opfer stattfinden.«

Er lauschte kurz den Einwänden seines Freundes, fuhr dann aber fort. »Sicher wird der Ort irgendwo versteckt sein, aber du und deine Hackerfreunde müsst eigentlich nur Huanitzins Termine auseinandernehmen und schauen, wo er sich jedes Jahr während der Tagundnachtgleichen aufhält. Das ist der Ort, den wir suchen.«

Das Schweigen am anderen Ende der Leitung sagte mehr als Worte. Augenscheinlich hatte das Recherchegenie der ODYSSEE gerade seinen Meister gefunden. Nach einem kurzen Abschied legte Rajesh auf. Er hatte eine Menge Arbeit vor sich.

Anerkennend nickte Mitch Samson zu. Er war zwar überzeugt, dass Marie im Kloster gefangen gehalten wurde, aber es konnte nicht schaden, Huanitzin einen Schritt voraus zu sein.

»Was wirst du tun, wenn er wieder anruft?«, fragte Samson und setzte sich Mitch und Anna-Maria gegenüber.

»Ich muss Zeit gewinnen. Zeit, in der wir Marie befreien können. Das ist unsere einzige Chance.«

»Wie willst du Zeit gewinnen?«, fragte Samson neugierig. »Huanitzin hat doch alle Trümpfe in der Hand.«

»Nun, Huanitzin weiß nur von dem Goldenen Buch. Dass die Texte kodiert sind und wir eine Übersetzung haben, ist ihm unbekannt. Das ist unsere Chance. Wenn er sich wieder meldet, werde ich nachgeben und ihm die gesamten Buchfotos schicken, aber ich lege dazu eine Seite aus der Übersetzung.

Wenn er oder seine Experten dann in den Buchtext einsteigen, werden sie schnell erkennen, dass die Schrift unbekannt und verschlüsselt ist. Doch sie werden sehen, dass wir, und nur wir, momentan die Lösung haben. Er will den Text, also wird er sich wieder melden. Das ist unsere nächste Verhandlungsstufe. Wir werden die Freilassung Maries nach und nach im Austausch für den Textschlüssel und die Übersetzung fordern.«

»Und wie willst du sicherstellen, dass Marie wirklich freigelassen wird?«, fragte Anna-Maria.

»Das kann ich nicht«, antwortete Mitch ernst. »Wie ich schon sagte. Ich glaube nicht, dass Huanitzin geplant hat, Marie jemals wieder freizulassen. Wir haben nur die Chance ihn hinzuhalten, bis wir vor Ort sind und sie befreien können.«

»Dann sollten wir jetzt weiterlesen«, sagte Anna-Maria und öffnete das Verzeichnis des iPads. »Es ist noch viel Text. Wir haben keine Zeit zu verlieren.«

Textauszug aus dem Goldenen Buch Quetzalcoatl
Gerichtet an Adaldag, Erzbischof von Hamburg
Datiert auf Ende 10. Jahrhundert

Das Mädchen Yolotli wurde mir in den kommenden Wochen immer unentbehrlicher. Jeden Tag lernte ich von ihr mehr die Sprache der Eingeborenen und nach einer Woche konnte ich mich bereits mit einfachen Sätzen verständigen. Worte konnte ich mir nämlich sehr leicht merken. Mein Verstand vergaß nichts. Aber auch Yolotli besaß diese Geisteskraft. Es machte Spaß zuzuhören, wie sie Worte in Deutsch und Dänisch schon nach dem ersten Hören fehlerfrei wiederholen konnte und danach nicht mehr vergaß. Yolotli war ein Gottesgeschenk für mich. Durch sie lernte ich die Sprache der Federmenschen schneller sprechen, als ich es mir jemals erträumt hatte.

Nur eines machte mir Sorgen. Das junge Mädchen hing wie eine Klette an mir. Sie wich nicht von meiner Seite. Und das nicht nur den Tag über, sondern auch in der Nacht. Aber auch wenn Thorwulf darüber seine Scherze machte, wir waren nicht Mann und Frau. Als ich zum Bischof ernannt wurde, hatte ich Gott geschworen, keiner Frau beizuliegen, und dieser Schwur war mir heilig. Als ich mit ihr darüber sprach, sah sie mich mit großen Augen an und wiederholte dabei den Satz, den sie mir am Abend ihrer Befreiung ins Ohr geflüstert hatte. »Ni mits hekil«, was so viel bedeutet wie »Ich gehöre dir«.

Schockiert sah ich sie an und versuchte ihr erneut zu erklären, dass ich wegen meines Glaubens nie eine Ehefrau haben durfte. Doch ich hätte mir meine Worte sparen können. Es änderte nichts an ihrem Verhalten. Am Tag las sie mir jeden Wunsch von den Augen ab und nachts schlief sie auf dem Boden vor meinem Bett. Am Anfang störte es mich noch, doch irgendwann begann ich, ihre Fürsorge zu genießen. Aber auch ohne sie wurde ich rundum verwöhnt. Der Tlatoani, wie die Federmenschen ihren Fürsten nannten, hatte uns seinen Palast mitsamt allen seinen Dienerinnen überlassen und war selbst in eines der benachbarten Gebäude gezogen. Alle behandelten uns wie vom Himmel heruntergefallene Götter. Auf Befehl des Herrschers wurde uns jeder Wunsch auf der Stelle erfüllt und damit meine ich wirklich jeden Wunsch. Besonders beliebt waren bei den Wikingern die Badestuben des Palastes. Ich glaube, so sauber waren die rauen Krieger noch nie gewesen. Wobei ich vermute, dass nicht das Reinlichkeitsgefühl, sondern eher die willigen Bademägde der Grund dafür waren.

Jeden Abend feierten Thorwulf und seine Männer ausgelassene Gelage. Und dabei bogen sich die Tische von der Last der Speisen und Getränke. Die Chichimex, wie sich die Eingeborenen selbst nannten, brauten eine Art Bier. Es war nicht so stark wie das Bier unserer Heimat, aber das hinderte die Wikinger nicht, es in riesigen Mengen zu genießen. Dabei kam es immer häufiger zu kleineren oder größeren Raufereien. Grund dafür waren auch die Reichtümer, die die Wikinger einsammelten. Es hatte nach dem Sieg über die Schwarzen Priester begonnen.

Bei der Suche nach überlebenden Götzendienern war den Wikingern der Tempelschatz in die Hände gefallen. Viele aus Gold getriebene Statuen und Schmuckstücke und dazu Edelsteine in allen Farben der Welt. Ein unglaublicher Reichtum, der jeden der Wikinger zu einem schwerreichen Mann machen würde, sobald er den Boden der Heimat wieder betrat. Doch anstatt sich darüber zu freuen, hatte das Gold nur die Gier der Männer nach noch mehr Reichtum geweckt. Sie begannen zu handeln und bald tauschten sie ihren gesamten privaten Besitz gegen Gold und Edelsteine. Erst gestern hatte ich durch Zufall gesehen, wie einer der Männer sein eisernes Thoramulett gegen einen massiven goldenen Kelch eintauschte. Eisen war bei den Eingeborenen besonders begehrt und es war nur eine Frage der Zeit, bis einer der Wikinger beginnen würde, Waffen gegen Gold einzutauschen. Ich begann mir Sorgen zu machen, und erzählte Thorwulf davon, der daraufhin den Handel von Eisernem sofort verbot. Wenn die Chichimex in den Besitz eiserner Waffen kämen, wäre unsere Überlegenheit dahin. Und ich wusste von Yolotli, dass nicht alle der Chichimex uns freundlich gegenüberstanden. Der Blutgott Tezcatlipoca hatte noch viele Anhänger, und die wollten sich an uns rächen, weil wir so viele Priester ihres Gottes getötet hatten. Sie hetzten gegen uns, wo sie nur konnten. Yolotli erzählte mir, dass sie uns als böse Geister darstellten, die großes Unglück über das Volk bringen würden. Nur der Glaube an Tezcatlipoca würde helfen, dieses Unglück abzuwenden. Und dafür müssten die Opferungen weitergehen.

Eure Exzellenz gestattet mir, Euch den heidnischen Glauben der Chichimex kurz darzustellen. Es ist wichtig für das weitere Verständnis. Die Heiden unterscheiden nicht wie wir zwischen Gut und Böse. Ihre Götter sind beides. Je nachdem, wie sie gelaunt sind. An zwei Tagen im Jahr kommen sie auf die Erde. Entsprechend ihrer Laune bringen sie den Menschen dabei Unglück oder Glück. Um die Götter friedlich zu stimmen, opfern ihnen die Menschen, geben ihnen an diesen beiden Tagen, was auch immer sie wollen. Das können je nach den Vorlieben der Götter Blumen sein, Feldfrüchte, Gold oder auch menschliche Herzen.

Die verlangt der grausamste ihrer Götter. Tezcatilopoca, der deshalb nur Blutgott genannt wird. Er war der gefürchtetste und mächtigste Gott des Landes. Überall standen seine Tempel und die Schwarzen Priester waren das Werkzeug seiner Blutgier. Sie nutzten ihre Macht brutal aus und beschränkten die Opferungen inzwischen nicht mehr nur auf die besonderen Tage, in denen ihr Gott die Erde besucht. Ein Beispiel hatten wir ja bei der Opferung auf der Pyramide erlebt. Willkürlich wählten die Priester ihre Opfer aus, und obwohl Yolotli bei mir in Sicherheit war, zitterte sie vor Angst, als sie mir von der Schreckensherrschaft der Schwarzen Priester erzählte. Keine Frau war vor ihnen sicher, jederzeit konnte sie von den Anhängern Tezcatlipocas auserwählt und geschlachtet werden. Und niemand hatte etwas dagegen tun können.

Bisher, denn nun war Quetzalcoatl gekommen, um zu helfen und die Menschen vom Blutgott zu befreien. Zumindest war es das, was die Chichimex in mir sahen. Tatsächlich glaubten die Eingeborenen, dass ich, Ansgae, der Bischof von Haithabu, die lebendige Inkarnation ihres Gottes Quetzalcoatl wäre. Das war der Grund für ihre Verehrung. Sie sahen in mir einen menschgewordenen Gott, der unter ihnen wandelte.

Ich befürchte, dass Eure Exzellenz jetzt zornig die Stirn runzeln und an Gotteslästerung denkt. Lasst mich Euch an Eides statt versichern, dass ich nichts dazu beigetragen habe, diesem falschen Glauben Nahrung zu geben. Es war vielmehr die Nidhöggr, das Drachenschiff der Wikinger, das den Aberglauben der Chichimex zu bestätigen schien. In den Legenden der Eingeborenen fliegt der Gott Quetzalcoatl auf einer roten, gefiederten Schlange durch den Himmel. Mit den geblähten Segeln musste unser Drachenschiff ihnen wohl wie das Himmelsgefährt selbst vorgekommen sein. Die Menschengestalt des Gottes wird in ihren Schriften als weißhäutiger, bärtiger Mann beschrieben, dessen Haare so golden sind wie die Sonne. Eine Beschreibung, die grob auf mich zutraf und als ich am Strand dazu noch die Drachenbrosche zeigte, zweifelte keiner der Chichimex daran, dass Quetzalcoatl wieder unten ihnen wandelte.

Das erklärte auch den Hass und den Mordversuch des Hohepriesters. Quetzalcoatl gilt als Erzfeind ihres Gottes. Über viele Generationen war er der Hauptgott der Eingeborenen gewesen, bis ihn die Priester Tezcatlipocas in einer blutigen Revolution entmachtet hatten und stattdessen die grausige Herrschaft ihres Blutgottes errichteten. Kein Wunder also, dass die Priester versucht hatten, mich zu ermorden. In ihrem Glauben waren die Götter zwar unsterblich, aber seine menschliche Hülle konnte sehr wohl verwundet und getötet werden.

Das alles erfuhr ich von Yolotli. Sie berichtete mir ebenso über die Sitten und Gebräuche der Chichimex. Und obwohl ein Gott eigentlich allwissend sein müsste und meine Unkenntnis offensichtlich war, konnte ich ihr nicht abgewöhnen, in mir die Inkarnation Quetzalcoatls zu sehen. Für sie gab es keinen Zweifel an meiner Göttlichkeit. Nach ihrer Überzeugung hatte ich sie zwei Mal vom Tode errettet. Und nur ein Gott konnte das tun. Zumindest war das ihr Glaube.

Irgendwann gab ich auf und genoss nur noch ihre Gegenwart. Dazu war sie eine perfekte Lehrerin. Meine Kenntnis der Eingeborenensprache war inzwischen so gut, dass ich sie als Dolmetscherin eigentlich nicht mehr brauchte. Dafür nutzte Thorwulf sehr oft ihre Dienste, wenn es um Fragen der Schiffsausrüstung oder Streitigkeiten zwischen den Wikingern und den Eingeborenen ging. So war sie auch an dem Abend dabei, als der Tlatoani mich und Thorwulf um eine dringende Unterredung bat.

An diesem Abend hörte ich das erste Mal von Ce Acatl Toplitzin, dem König der Toltecas. Bestürzt schauten Thorwulf und ich uns an, als der Tlatoani uns von dem mächtigen Reich der Toltecas erzählte, dem unzählige Völker und Städte tributpflichtig waren, darunter auch die Chichimex. Der Tlatoani war also nur der Statthalter der Toltecas und sein Volk nur Teil eines sehr viel größeren und stärkeren Reiches.

Wieso hatte man uns das bisher verschwiegen? Wieso hatte Yolotli in unseren vielen Unterhaltungen die Toltecas niemals erwähnt?

Ich unterbrach den Herrscher mit einer knappen Geste und wandte mich Yolotli zu. Mit gesenkten Augen saß sie neben mir und Thorwulf. Misstrauisch musterte ich die Frau, die mir so vertraut war und plötzlich doch so fremd. Auf Dänisch, damit der Tlatoani meine Worte nicht verstehen konnte, stellte ich sie zur Rede.

Ihre Antwort verschlug mir die Sprache. Es war ihr verboten worden, erklärte sie unter Tränen. Der Tlatoani selbst hatte ihr untersagt, uns von Toplitzin zu erzählen. Thorwulf war außer sich über diesen Vertrauensbruch der Chichimex. Im Geiste sah er wohl schon eine riesige Armee der Toltecas über uns herfallen. Ich hielt ihn auf, bevor er den Tlatoani niederschlagen konnte. Der sah mit weit aufgerissen Augen auf das blanke Schwert des Wikingers. Er ahnte wohl, dass sein Leben an einem dünnen Faden hing.

Meine Gedanken wirbelten, während ich den eingeborenen Fürsten drohend musterte. Konnte es sein, dass dies alles eine Verschwörung der Schwarzen Priester war? War der König der Toltecas vielleicht sogar einer ihrer Anführer? War die ganze Verehrung, die uns von den Chichimex entgegengebracht wurde, nur gespielt?

Nein, beantwortete ich mir meine Frage selbst. Die Ehrfurcht der Eingeborenen war echt. So konnte ich mich nicht täuschen. Aber warum hatte Toplitzin dann nicht eine Begegnung mit mir, einem menschgewordenen Gott gesucht?

Der Tlatoani hatte uns eine Menge Fragen zu beantworten, und zwar jetzt und hier.

»Verzeiht mir, Quetzalcoatl«, begann er und senkte demütig den Kopf. »Ich wollte Euch nicht täuschen. Aber ich musste es!«

Fragend sah ich ihn an.

»Nach Eurem Sieg über die Schwarzen Priester, habe ich sofort einen Läufer zu Toplitzin geschickt. Doch der oberste Hohepriester Tezcatlipocas in Tollan hat die Nachricht abgefangen und den Boten töten lassen. Niemand sollte davon erfahren. Er drohte, das ganze Volk der Chichimex auf den Altären opfern zu lassen, wenn die Nachricht über die Ankunft Quetzalcoatls den König erreichen würde. Mir blieb keine andere Wahl, als ihm zu gehorchen.

Deshalb habe ich Euch nichts über Toplitzin erzählt und es Yolotli ebenfalls verboten. Ihr durftet nicht auf die Idee kommen, Tollan zu besuchen.«

»Und warum, erzählst du es uns jetzt?«, fragte ich verdutzt. »Was hat dir die Angst vor Tezcatlipoca genommen?«

»Ihr wart es Quetzalcoatl«, entgegnete der Tlatoani und blickte mich voller Ehrfurcht an. »Ihr und Eure Krieger. Ihr habt mir gezeigt, dass wir keine Angst vor Tezcatlipoca und den Schwarzen Priestern haben müssen. Also habe ich heimlich einen zweiten Boten an den König geschickt. Er hat das Ohr Toplitzins erreicht. Der Herrscher aller Toltecas weiß jetzt, dass Quetzalcoatl unter uns weilt und er bittet Euch, an seiner Seite gegen die Schwarzen Priester zu kämpfen.«

Ich war verblüfft. Damit hatte ich nicht gerechnet. Doch der Tlatoani war nicht zu Ende mit seinen Ausführungen.

»Unser Herrscher hat sofort nach dem Erhalt meiner Nachricht einen Botschafter geschickt. Aber da dieser auf verborgenen Routen reisen musste, ist er erst heute Morgen angekommen. Er wartet jetzt im Palast und bittet um eine Audienz.«

Ich musste diese Informationen erst einmal verdauen. Wir waren offensichtlich mitten in einen Machtkampf hineingeraten. Ein Streit zwischen dem König der Toltecas und den Schwarzen Priestern. Die schienen überhaupt die heimlichen Herrscher des Reiches zu sein, wie die Drohungen des Hohepriesters bewiesen. Und nun erwartete der König Unterstützung von mir, den er mit einem menschgewordenen Gott verwechselte. In was waren wir da nur hineingeraten?

Yolotli hatte für Thorwulf die Worte des Toplitzin übersetzt. Der Wikingerfürst steckte sein Schwert wieder in die Scheide und grinste mich an. »Na, dann wollen wir mal hoffen, dass der Botschafter nicht ohne Geschenke für uns gekommen ist«, sagte er auf Dänisch.

Der Tlatoani schaute ihn verständnislos an. Dann richtete er seinen Blick auf mich. »Werdet Ihr den Botschafter Toplitzins die Gnade einer Audienz gewähren?«

Ich nickte nur. Natürlich mussten Thorwulf und ich hören,

was der Herrscher der Toltecas von uns wollte Aber ich brauchte Zeit. Zuvor musste ich mehr über die Situation im Land wissen. Und nur Yolotli konnte mir helfen. Sie war die Einzige, die mir mehr über die Hintergründe dieser Fehde erzählen konnte.

Ich entließ deshalb den Chichimexfürsten und bat ihn, am Abend mit dem Botschafter Toplitzin wiederzukommen. Thorwulf ging ebenfalls, er war besorgt wegen der ganzen Situation. Die Wachen mussten verstärkt werden. Falls die Toltecas eine Heimtücke planten, wollte er vorbereitet sein.

Für mich wurde es Zeit, zwischen Yolotli und mir reinen Tisch zu machen. Ich war kein Gott, sondern nur ein Mensch, und ich wollte nicht mehr lügen. Yolotli sollte die Wahrheit wissen. Ich brauchte ihren objektiven Rat.

Doch auf meine Beteuerungen, dass ich nicht die Inkarnation des Gottes Quetzalcoatls sei, antwortete sie nur mit einem feinen Lächeln. »Das weiß ich«, sagte sie und ihr Lächeln wurde breiter. »Von meinem Volk bin ich Euch am nächsten und ich weiß, dass Ihr kein Gott seid.«

Erleichtert holte ich Luft, aber Yolotli war noch nicht zu Ende. »Aber ich weiß auch, dass Quetzalcoatls Euch an seiner Stelle zu uns geschickt hat.«

Ich wollte widersprechen, aber ohne darauf zu achten, fuhr sie fort: »Im ganzen Land werden Mädchen zu Ehren des Blutgottes auf den Altären geschlachtet. Keine Familie ist sicher vor den Nachstellungen der Schwarzen Priester und alle Menschen sehnen sich zurück nach der Zeit, als Quetzalcoatl der oberste Gott aller Toltecas war. Und sie wurden erhört. Quetzalcoatl hat Euch mit Euren Kriegern über das Meer geschickt, um an seiner Stelle zu kämpfen. Ihr seid hier, um die Toltecas vor dem unersättlichen Blutdurst Tezcatlipocas zu schützen, so wie Ihr es auch bei mir getan habt.«

Ich gestehe, das tiefe Vertrauen, das Yolotli mir entgegenbrachte, verschlug mir für eine kurze Zeit den Atem. Ich wollte schon widersprechen aber dann verstand ich plötzlich.

Tiefe Ergriffenheit über die verschlungenen Wege des Herrn erfasste mich.

Christus war mir nach dem Massaker im Dorf der Schwarzen erschienen, und ich hatte ihm damals etwas geschworen: Kein Unschuldiger sollte mehr getötet werden, wenn ich es verhindern könnte. Und er hatte meinen Weg hierher geführt. Zu diesen Menschen, die vom Teufel selbst gepeinigt wurden. Ein tiefer Friede überkam mich, als mir die Zusammenhänge klar wurden. Alles bekam einen tieferen Sinn, unsere Flucht, die Erscheinung Jesu Christi und unser Kampf gegen die Schwarzen Priester. Alles fügte sich zusammen.

Aufgeregt sprang ich auf und ließ Yolotli allein zurück. Ich musste sofort mit Thorwulf reden. Wir mussten eine Entscheidung treffen, bevor der Botschafter des Tolteca-Herrschers zur Audienz erschien.

Doch bei dem Wikingerfürsten lief ich mit meinen Worten gegen eine stählerne Mauer.

»Verstehe ich das richtig?«, fragte er mich mit einem spöttischen Unterton. »Ihr wollt, dass wir einen Krieg gegen die Anhänger des Blutgottes beginnen, nur weil Ihr eine Erscheinung hattet?«

Wütend holte ich Luft. Doch Thorwulf ließ mich nicht zu Wort kommen. »Vergesst es Ansgae«, sagte er entschlossen. »Ich werde Euch sagen, was wir tun. Wir werden die Nidhöggr reparieren und dann so schnell es möglich ist, dieses Land verlassen. Das hier ist nicht unser Krieg. Ich habe nicht vor, meine Männer wegen eines blutrünstigen Götzen in den Kampf zu schicken.«

»Dann werdet Ihr allein segeln, Thorwulf«, sagte ich und tiefer Ernst sprach aus meiner Stimme. »Ich werde hier bleiben und gegen die Schwarzen Priester kämpfen, selbst wenn es das Letzte ist, was ich im Leben tue.«

Thorwulf nickte nur. Stumm und verbittert blickten wir uns an. Zwischen uns gab es nichts mehr zu sagen. Unsere gemeinsame Reise war soeben zu Ende gegangen.

Die Tür öffnete sich und Yolotli kam herein. »Ihr solltet in den Audienzsaal kommen«, sagte sie und blickte verwirrt auf unsere steinernen Mienen. »Toplitzins Botschafter wartet darauf, dass Ihr ihn empfangt.«

Der Abgesandte des Tolteca-Herrschers verbeugte sich tief, als er meiner gewahr wurde. Dort erstarrte er in einer Geste tiefer Ehrfurcht, bis ich ihn bat, sich aufzurichten. Langsam erhob er sich, wagte jedoch noch immer nicht, mich anzublicken. Wie ich es schon bei dem Herrscher der Chichimex bewundert hatte, waren auch seine Kleider komplett mit bunten Federn bestickt. Waren es am Körper vor allem rote Federn, schimmerte der lange Mantel in allen Farben des Regenbogens. Auf dem Kopf trug er eine lange Federhaube und selbst seine Sandalen waren über und über mit winzigen Federn verziert. Ich hatte im Palast viele Federarbeiten gesehen, darunter auch das Bild der Götterstadt. Doch die Kleidung des Botschafters übertraf alles. Dutzende der geschicktesten Handwerker mussten Jahre an den Kleidern gearbeitet haben.

Ich hörte Thorwulf hinter mir bewundernd durch die Zähne pfeifen. Als wäre es ein Signal gewesen, klatschte der Botschafter leise in die Hände. Mit tief gesenktem Kopf traten Diener mit großen Bündeln in den Armen ins Zimmer. Noch einmal klatschte der Botschafter und die Männer knieten auf dem Boden vor mir nieder. Auf ein weiteres Kommando legten sie die Pakete ab und öffneten in einem Zug die Verpackungen.

Der Anblick raubte mir den Atem. Kleine, goldene Statuen, blitzende Schmuckstücke; alles mit Edelsteinen besetzt – der Schatz eines Königreiches lag vor uns.

Und das war noch nicht alles. Auf ein weiteres Klatschen schritten die Diener rückwärts aus dem Zimmer und ein Dutzend der schönsten Frauen, die ich je gesehen hatte, trat ein. Wieder gab der Botschafter ein kurzes Kommando, und bevor ich reagieren konnte, schlüpften die Frauen ohne Scham aus ihren Kleidern. Splitterfasernackt standen sie vor mir.

Dieses Mal hörte ich den bewundernden Pfiff Thorwulfs überlaut an meinem Ohr. Mein wütender Blick brachte ihn jedoch sofort zum Schweigen. Jetzt galt es, Haltung zu bewahren. Meine Erfahrung aus vielen diplomatischen Missionen im Auftrag des Erzbistums war jetzt gefragt. Doch vor allem musste ich erst einmal dafür sorgen, dass sich die Frauen wieder bedeckten. Der schwere Atem Thorwulfs war überlaut zu hören.

Bevor ich etwas sagen konnte, hatte der Botschafter die Initiative übernommen. Seine Stimme klang beherrscht, aber es war ihr auch die große Anspannung anzuhören, die in ihm tobte. »Mein Herrscher Ce Acatl Toplitzin, der Herrscher der Toltecas, sendet Quetzalcoatl aus tiefstem Herzen diese Willkommensgeschenke. Der Schmuck wurde von den besten Handwerkern der Toltecas nur zu Euer Ehren gefertigt. Und die Frauen sind die schönsten, die im Reich der Toltecas zu finden sind. Er bittet Euch, diese Geschenke gnädig anzunehmen. Toplitzin ist hocherfreut, dass Ihr die Eine Erde während der Zeit seiner Regentschaft beehrt, und lädt Euch ein, Tollan zu besuchen und in der Stadt der Götter Euren Sitz als oberster Gott der Toltecas einzunehmen.«

Ich wartete ab, bis Yolotli hinter mir die Übersetzung für Thorwulf beendet hatte. Dann stand ich auf, um dem Botschafter zu antworten. »Ich danke Eurem Herrscher für diese Geschenke, doch leider kann ich sie nicht annehmen.«

Amüsiert hörte ich, wie Thorwulf hinter mir protestierend einatmete. Ich hatte ihn richtig eingeschätzt. Schon spürte ich seinen Atem an meinem Ohr.

»Ihr habt gewonnen«, flüsterte er so leise, dass nur ich ihn hören konnte, »lasst uns nach Tollan gehen und diesen Tezcatlipoca in kleine Stücke reißen.«

Der Botschafter hatte während meiner ablehnenden Worte den Kopf enttäuscht sinken lassen.

Ohne mich von Thorwulfs Worten ablenken zu lassen, trat ich deshalb vor, und zwang den Botschafter, mich direkt anzuschauen. »Euer Herrscher hat sein Ziel trotzdem erreicht. Auch wenn ich selbst seine Geschenke nicht annehmen kann, so seid Ihr doch nicht umsonst bekommen. Meine Krieger und ich sind Teile eines einzigen Körpers. Wenn Ihr deshalb die Geschenke an sie gebt, dann wird es sein, als wenn Ihr sie mir gegeben hättet. Gemeinsam werden wir nach Tollan gehen und Tezcatlipoca bekämpfen. Dabei werden seine Geschenke das Blut sein, das durch die Adern meiner Krieger fließt.«

Die Erleichterung über meine Entscheidung stand dem Botschafter ins Gesicht geschrieben.

Er hatte wohl Angst gehabt, unverrichteter Dinge wieder zu seinem König zurückkehren zu müssen.

»Meine Krieger können es kaum erwarten, in den Krieg gegen die Schwarzen Priester zu ziehen«, sagte ich und blickte mit leisem Spott zu Thorwulf, der seine Augen kaum von den Geschenken Toplitzins lösen konnte.

Zur folgenden Besprechung baten wir auch noch den Tlatoani der Chichimex hinzu.

Ich will die Ergebnisse kurz zusammenfassen. Der Botschafter bestätigte den Machtkampf, der im Reich der Toltecas gerade herrschte. Das Gleichgewicht der Götter war empfindlich gestört. Im Glauben der Toltecas gab es zwei Hauptgötter, die für die gute und die schlechte Seite der Welt standen. Auf der einen Seite Quetzalcoatl, der mildtätige Gott. Er war gegen Menschenopfer und stand für Glück und Frieden. Auf der anderen Seite stand sein Bruder Tezcatlipoca. Er war das genaue Gegenteil. Sein Zorn war nur mit Menschenherzen zu besänftigen. Über viele Jahrzehnte bestimmten jedoch vorrangig Quetzalcoatls Priester das geistliche Leben. Menschenopfer gab es nur wenige. Doch als der Regen über viele Monde ausblieb, gewannen die Anhänger Tezcatlipocas an Macht. Je länger die Dürre anhielt, desto mehr wandte sich das Volk dem Blutgott zu. Seine Priester versprachen, dass Menschenopfer den Zorn ihres Gottes mildern würden, und die verzweifelten Menschen glaubten ihnen. Im ganzen Land wurden dem Blutgott Mädchen geopfert. Die Altäre quollen über vor blutigen Herzen. Und dann begann es tatsächlich, viele Tage lang zu regnen. Dieses vermeintliche Wunder brach die Macht.

Quetzalcoatl, als Hauptgott der Toltecas, und seine Priester mussten Tollan verlassen und verborgen im Untergrund leben. Die Schwarzen Priester Tezcatlipocas übernahmen die wahre Herrschaft im Reich. Ihre Werkzeuge waren Schrecken und brutale Unterdrückung. Wer gegen sie war, musste damit rechnen, mitten in der Nacht aus dem Bett gezerrt und ihrem Gott geopfert zu werden. Oder noch schlimmer, sie schlachteten seine Familie und er musste dabei zusehen. Eine Gegenwehr war aussichtslos.

Die breite Masse der Toltecas war überzeugt, dass nur diese Blutopfer ihre Welt am Leben erhielten. Aber die Schwarzen Priester hatten auch Feinde, selbst wenn diese meist im Verborgenen agieren mussten. Einer davon war Ce Acatl Toplitzin, einer der Prinzen des Tolteca-Reiches. Durch den frühen Tod seines Vaters und seines älteren Bruders war er an die Spitze des Reiches gerückt. Er sah, was die Priester seinem Volk antaten, und versuchte dagegen anzugehen. Aber bisher hatten die Anhänger des Blutgottes dies erfolgreich verhindern können.

Die Lage des Widerstands schien aussichtslos, bis die Kunde von Quetzalcoatls Ankunft bei den Chichimex in Tollan eintraf. Es war den Priestern zwar gelungen, den ersten Boten des Tlatoani der Chichimex abzufangen, denn die vernichtende Niederlage ihrer Brüder hatte sie in Panik versetzt. Ce Acatl Toplitzin war überzeugt, dass die Ankunft Quetzalcoatls in Tollan die Schreckensherrschaft Tezcatlipocas sofort beenden würde.

Und das sollte geschehen, zumindest, wenn es nach meinem Willen ginge. Ich wollte so schnell wie möglich aufbrechen.

Thorwulf bat mich jedoch um einige Tage Aufschub. »Ich muss unser Schiff sichern. Einige meiner Männer müssen hierbleiben, um die letzten Reparaturen durchzuführen und unseren Schatz zu bewachen. Da wir nicht wissen, was uns in Tollan erwartet, sollten wir uns zumindest sicher sein, dass uns im Notfall ein abfahrbereites Schiff zur Verfügung steht.«

Ich musste ihm recht geben. Auch wenn es mich drängte, meine Mission zu erfüllen, durfte ich doch meine Reisegefährten auf keinen Fall unnötig in Gefahr bringen. Das Schiff musste wieder komplett seetüchtig werden.

Der Tlatoani der Chichimex bot sofort seine Hilfe an, die Thorwulf gerne annahm. Besonders nötig brauchte er Holz, da einige der Planken und Holme der Nidhöggr empfindlich beschädigt waren. Ein rotfarbenes Holz, das in den Wäldern ringsum wuchs, schien ihm besonders geeignet. Der Tlatoani versprach, gleich morgen seine Männer zum Bäumefällen auszusenden.

Der Marsch nach Tollan musste geplant werden. Die Hauptstadt der Toltecas konnten sie mit ihrer Truppe in etwa zwanzig Wegtagen erreichen, wie der Botschafter versicherte. Etwa fünfzig der Wikinger würden Thorwulf und mich begleiten. Der Rest bliebe zurück, um das Schiff zu reparieren. Für die Kriegertruppe mussten Verpflegung und Waffentransport geplant werden. Thorwulf errechnete, dass für jeden Krieger noch zwei Träger benötigt würden. Also bestünde die Truppe aus insgesamt einhundertfünfzig Männern.

Da ich bei der Planung nicht weiterhelfen konnte, ließ ich Yolotli als Übersetzerin zurück und ging nachdenklich in meine Gemächer. In meinem Kopf wirbelten die Gedanken. Was würde mich in Tollan erwarten? Könnten wir es schaffen, die Schwarzen Priester zu vertreiben oder erwartete uns dort nur der Tod? Gespannt war ich auch auf den Herrscher der Toltecas. Dieser Ce Acatl Toplitzin schien ein äußerst interessanter Mann zu sein.

Über diesen Gedanken verging die Zeit. Es war spät geworden. Müde legte ich mich in mein Bett und schlief fast übergangslos ein. Dass Yolotli in der Nacht heimlich unter meine Decke geschlupft war, merkte ich erst am nächsten Morgen. Ihr nackter Körper lag eng an meinen Rücken gepresst und die angenehmen Träume, die mich langsam aufgeweckt hatten, entpuppten sich sehr schnell als eine Folge zärtlichen Streichelns. Als mir bewusst wurde, was mit mir passierte, wollte ich erschrocken hochfahren, aber es war schon zu spät. Meine Erektion entlud sich, noch während ich die Augen öffnete. Wütend stieß ich das Mädchen zurück und sprang voller Scham aus dem Bett. Ich musste mich reinigen und danach versuchen, Gott um Verzeihung zu bitten.

Meine Verführerin folgte mir und blickte mich verständnislos an, als ich sie wütend anschrie. »Ich hatte dir gesagt, dass mein Glaube mir verbietet, einer Frau beizuwohnen. Warum hast du das getan?«

»Nicht ich habe es getan«, antwortete sie und strich sich unbewusst über ihre hervorstehenden Brustwarzen, »sondern dein Körper hat es getan. Ich habe nur etwas nachgeholfen, als ich es bemerkte. Du sagtest nur, dein Gott würde dir verbieten, dich in einer Frau zu ergießen und das ist nicht passiert.«

Sie deutete auf meine Lenden. »Wenn dein Gott dir verbietet, einer Frau beizuwohnen, wieso erlaubt er dann deinem Körper es zu wollen?«

Damit drehte sie sich traurig um und verließ die Badestube, in die ich mich geflüchtet hatte.

Während ich mich reinigte, verfluchte ich zum ersten Mal mein Gedächtnis. Ihre wippenden Hinterbacken würden sich ebenso unauslöschlich darin einbrennen, wie die Erinnerung an ihre festen Brustwarzen, die sie gerade noch selbst gestreichelt hatte.

Ich wusste, es wurde höchste Zeit, Yolotli zu verlassen, aber auch, dass ich sie vermissen würde. Für die Sünden meiner Gedanken und meines Körpers betete ich einhundert Vater Unser und bat Gott inniglich um Vergebung. Doch gegen die brennende Sehnsucht in meinem Herzen konnte ich nichts tun.

Ich weiß, dass ich Eurer Exzellenz mit meinem Geständnis viel zugemutet habe, aber Ihr sollt wissen, dass ich es nicht gewollt habe und es auch nicht passiert wäre, wenn ich wach gewesen wäre.

Um der Erinnerung an den Vorfall zu entkommen, verließ ich den Palast und suchte den Tlatoani auf. Seit gestern Abend brannte mir eine Frage unter der Zunge, und nur er oder der Botschafter würden sie mir beantworten können.

Ich traf beide beim Essen an. Als ich eintrat, knieten sie ehrfurchtsvoll nieder. Allmählich wurde mir das ziemlich lästig und in meiner augenblicklichen Stimmung, packte mich die Wut. Zornig forderte ich sie auf, sich endlich wieder zu setzen. Das Gefühl verrauchte jedoch so schnell, wie es gekommen war, als ich beide vor Angst schwitzend vor mir sitzen sah. Sie waren wohl überzeugt, gerade den Zorn eines lebenden Gottes gespürt zu haben. Ich wusste, ich durfte ihren Glauben nicht enttäuschen. Aber wie konnte ich allwissend erscheinen, wenn ich doch eine brennende Frage hatte? Nicht über alles hatten wir gestern Abend gesprochen.

»Bald werden wir in Tollan eintreffen und gegen die Schwarzen Priester antreten. Erzählt mir, mit wie vielen Kriegern der Toltecas wir zur Unterstützung rechnen können?«

Ein betretenes Schweigen trat ein. Beschämt schaute mich der Botschafter an. Sein verlegenes Stammeln war fast unverständlich. »Verzeiht uns Quetzalcoatl, aber keiner unserer Krieger wird gegen die Priester des Tezcatlipoca kämpfen.«

»Keiner?« Nun verstand ich die Welt nicht mehr. »Ce Acatl Toplitzin hat doch meine Hilfe verlangt. Ist er als Tlatoani der Toltecas nicht auch der oberste Kriegsherr und befiehlt über die Krieger des Reiches?«

»Das stimmt, aber Huanitzin, der Hohepriester verwahrt die heiligen Reliquien des Blutgottes in seiner Tempelpyramide. Tezcatlipoca selbst hat sie vom Himmel geschickt. Das magische Opfermesser des Gottes und der Rauchende Spiegel, der die Zukunft vorhersagen kann, machen ihn und seine Priester für normale Menschen unbesiegbar. Nur ein lebender Gott kann sich der Macht der Reliquien stellen und dadurch Tezcatlipoca besiegen. Aus diesem Grund hat Toplitzin um Eure Hilfe gebeten.«

Ich überließ die beiden verängstigen Menschen wieder ihrer morgendlichen Mahlzeit und eilte zu Thorwulf, um mich mit ihm zu beraten.

Das war eine dramatische neue Information. Entgegen unserer Erwartung würde uns keiner der Tolteca-Krieger helfen. In Tollan stünden wir ganz allein der Armee Tezcatlipocas gegenüber.

Das veränderte die Planung. Wir bräuchten alle unsere Krieger und vor allen Dingen mussten wir mehr darüber wissen, was uns in der Hauptstadt erwartete. Und wir mussten mehr über die Reliquien Tezcatlipocas erfahren – die eigentliche Machtquelle der Teufelssekte! Erst wenn wir das Messer und den Spiegel dem Hohepriester Huanitzin entrissen hätten, könnten wir die Schwarzen Priester besiegen.

Fragen

Firmenjet der Thromberg AG
Mitten über dem Atlantik
19:00 Uhr

»Ich glaube es nicht!«, rief Mitch und sprang aus seinem Sessel hoch. »Der Hohepriester hieß auch Huanitzin. Die Namensgleichheit kann unmöglich ein Zufall sein! Ich muss sofort Rajesh anrufen. Der muss mit seinen Internetrecherchen über den Mexikaner doch längst fertig sein.«

Während Mitch telefonierte, verglich Anna-Maria die deutsche Übersetzung gründlich mit dem lateinischen Urtext. Es gab keinen Zweifel. Der Name des Hohepriesters aus Ansgaes Buch war identisch mit dem des Mexikaners. Konnte es möglich sein, dass der Entführer ihrer Tochter tatsächlich ein Nachfahre des Hohepriesters war? Gespannt folgte sie dem Telefonat.

»Warte Rajesh«, sagte Mitch und schaltete den Lautsprecher ein. »Jetzt können Anna-Maria und Samson gleich mithören.«

Nach einer kurzen Begrüßung am Telefon übernahm Rajesh das Wort. »Hallo Leute, es gibt Gigabytes an Informationen über Huanitzin im Netz. Wir sind immer noch dabei, alles zu sichten und in eine übersichtliche Form zu bringen. Aber soviel vorweg. Da gibt es tatsächlich Informationen über seine indianische Abstammung. Wartet, ich muss die Datei suchen, damit ich nichts Falsches erzähle.«

Einige Sekunden lang hörten sie nur Tasten klicken, dann meldete sich Rajesh wieder. »Ich habe hier den Text eines Interviews, das Pedro de Alvarado Huanitzin, wie sein voller Name lautet, vor zwei Jahren im mexikanischen Fernsehen gegeben hat. Danach führt er seinen Stammbaum in gerader Linie auf Don Diego de Alvarado Huanitzin zurück; einem Azteken königlichen Geblüts, der unter den Spaniern 1538 bis

1541 der erste Gouverneur von San Juan Tenochtitlan wurde.«

Während Mitch und Anna-Maria diese Information erst einmal verdauen mussten, durchstöberte Rajesh weitere Dateien, bis er triumphierend pfiff. »Ihr werdet es nicht glauben! Ich habe hier die Übersetzung eines historischen Dokumentes über diese Zeit. Danach war dieser Diego Huanitzin der Brudersohn des letzten Aztekenherrschers Moctezuma II., der seine Abstammung wiederum auf die Tolteken zurückführt. Es gibt also tatsächlich einen geraden Weg zurück bis in die Zeit des Codex.«

»Du meinst ernsthaft, unser Huanitzin stammt tatsächlich von diesem blutrünstigen Hohepriester ab?«, fragte Mitch betroffen.

»Es ist möglich, obwohl es sicher sehr schwierig sein dürfte, den Stammbaum über tausend Jahre rein zu halten. Das schaffen ja noch nicht mal die europäischen Königshäuser«, versuchte Rajesh einen Scherz, den aber niemand wahrnahm.

Zu unglaublich war eine mögliche Verbindung des Mexikaners zu dem Hohepriester aus Ansgaes Reisebericht.

»Gibt es Informationen über die Frauen in seiner Familie? Waren es vielleicht ausschließlich Indios?«, fragte Anna-Maria scharfsinnig dazwischen. »Wenn es darum geht, die Blutlinien rein zu halten, wäre das ein Beweis.«

Rajesh klickte kurz auf seinem Computer. »Sorry Leute, darüber habe ich keine Infos. Da muss ich tiefer graben und das wird etwas dauern. Aber wartet! Da ist doch etwas. Ein Zeitungsbericht, in dem Huanitzin mit einer Frau abgebildet ist. Mandelaugen und hochgezogene Wangenknochen. Ein bisschen indianisch sieht sie schon aus.«

»Wie heißt sie?«, fragte Anna-Maria.

»Carmen Mendoza. Sie ist die Leiterin des Kinderheimes seiner Stiftung. Aber der Reporter vermutet in dem Artikel, dass die beiden mehr verbindet. Das ist leider auch die einzige Information. Ansonsten scheint Huanitzin die Frauen zu meiden. Zumindest finde ich hier nichts in den Klatschnachrichten.«

»Klatschnachrichten?«, hakte Mitch nach.

»Ja, dieser Spross der Huanitzins ist ein wahrer Heiliger. Setzt sein Erbe als Wohltäter der Menschheit ein. Zumindest lässt er sich so von der Presse feiern. Er ist Vorsitzender der Huanitzin-Stiftung, die unter anderem das Mädchenheim betreut, und die - last but noch least - der mexikanischen Regierung bei der Erhaltung archäologischer Stätten unter die Arme greift.«

Mitch wurde aufmerksam. »Du meinst, die Huanitzin-Stiftung spendet für archäologische Arbeiten?«

»Sie spendet nicht nur«, antwortete Rajesh. »Sie bezahlt sie komplett. Ihr wisst ja, dass Huanitzin ein international umstrittener Wissenschaftler ist. Aber das hat die mexikanische Regierung nicht davon abgehalten, ihn zum Kurator von Teotihuacán zu ernennen. Der einzige Grund dafür ist Geld. Seine Stiftung spendet jährlich Millionenbeträge für die Restaurierung der Bauten. Die Pyramiden und Tempel, die Touristen heute in Teotihuacán bewundern, sind alle durch das Geld der Huanitzins ausgegraben und restauriert worden.«

»Gibt es noch mehr Fundstätten, die von der Stiftung unterstützt werden?«, fragte Mitch neugierig. Die Höhe der Spenden für die Ruinen von Teotihuacán verblüffte ihn.

Rajesh klickte mehrmals auf seine Tastatur, bis er antwortete. »Nein, Teotihuacán ist die einzige Fundstätte. Und das hat auch seinen Grund. Das Land, auf dem die Ruinen stehen, gehörte nämlich früher den Huanitzins. Erst neunzehnhundertsiebzehn übertrug der Ururgroßvater das Land an die mexikanische Regierung. Daher wohl die Konzentration der Stiftungsgelder auf diese Ausgrabung.«

»Wartet mal!« Anna-Maria überflog hastig das letzte Kapitel. Endlich hatte sie gefunden, was sie suchte. »Ansgae erzählt, dass Toplitzin ihn beziehungsweise Quetzalcoatl gebeten hat, seinen Platz in der Stadt der Götter wieder einzunehmen. Ist das nicht eine indianische Umschreibung für Teotihuacán?«

Mitch nickte. »Ich glaube ja, ich kann mich aus meiner Studienzeit noch dunkel daran erinnern, obwohl die mittelamerikanischen Kulturen nicht zu meinen Lieblingskursen gehört haben. Schade, dass der Professor noch nicht wieder gesund ist. Er könnte uns sicherlich sofort Auskunft geben.«

Rajeshs lachte in das Mikrofon seines Headsets. »Ihr könnt es noch nicht wissen, aber der Professor ist aus dem Krankenhaus entlassen worden und sofort zur LONGIMANUS aufgebrochen. Er müsste eigentlich schon eingetroffen sein. Vielleicht ruft ihr Johanna und Thomas an und fragt, ob der Hubschrauber schon gelandet ist.«

»Gute Idee«, bestätigte Mitch. Nach kurzem Nachdenken fuhr er fort: »Hast du inzwischen Verbindungen zu einem der verschwundenen Mädchen aufnehmen können?«

Rajesh zögerte mit seiner Antwort. »Sie sind nicht verschwunden«, erwiderte er merkwürdig kurz.

»Nicht verschwunden? Aber ich dachte …«

»Man hat sie für tot erklärt.«

»Jetzt verstehe ich gar nichts mehr.«

»Es ist ganz einfach«, sagte Rajesh mit gepresster Stimme. »Alle Mädchen sind an natürlichen Ursachen gestorben. Ich habe alle Sterbeurkunden aufgerufen. Meist waren es Verkehrsunfälle, aber auch Sportunfälle sind darunter, zwei sind sogar beim Schwimmen ertrunken.«

»Du willst sagen, alle Mädchen, die zu den Terminen der Tagundnachtgleichen vermittelt wurden, sollen an natürlichen Ursachen gestorben sein?« Mitch schüttelte ungläubig den Kopf.

»Ja, und noch etwas ist merkwürdig. Alle sind in Mexiko gestorben und alle kurz nach ihrer Adoption.«

»Ich fasse es nicht.« Mitch ließ sich entsetzt in seinen Sessel sinken. »Jetzt gibt es keinen Zweifel mehr. Dieser Huanitzin und seine Bande ziehen die Mädchen selbst groß, bevor sie geopfert werden, und begraben die Leichen dann öffentlich. So, als ob sie auf völlig normale Art zu Tode gekommen wären.«

Samson ballte die Fäuste. Das konnte doch nicht wahr sein. Konnte sich dieser Mensch alles erlauben? Er nahm dem immer noch entsetzten Mitch den Hörer aus der Hand.

»Reichen deine Beweise immer noch nicht für eine Verhaftung?«, fauchte er in den Hörer. »Verdammt, Rajesh, mach irgendetwas! Die Polizei muss diesen Massenmörder doch stoppen können?«

»Welche Beweise?«, erwiderte Rajesh heftig und schrie seine eigene Wut hinaus: »Meinst du die toten Mädchen, die alle auf natürliche Weise gestorben sind? Oder meinst du die Entführung von Marie, bei der die Polizei Huanitzin schon einmal entlastet hat? Oder meinst du den Überfall auf unsere Zentrale, bei dem Huanitzin nachweisbar in Mexiko war? Ich tu hier alles, was ich kann, Samson. Aber so einfach werden wir ihn nicht stoppen können.«

Mitch warf einen raschen Blick auf Anna-Maria, die dem Streitgespräch seltsam gefasst lauschte, und versuchte die Gemüter zu beruhigen. »Okay, Leute. Wir kennen jetzt die Situation, und wir sind auf dem Weg, unsere eigenen Beweise zu holen, um Marie zu befreien. Mehr können wir im Moment nicht tun. Besonders sollten wir uns keine gegenseitigen Schuldzuweisungen geben.«

Nachdem im Flugzeug wieder Ruhe eingekehrt war, wandte sich Mitch noch einmal an den Computerspezialisten. »Ich weiß, wir muten dir im Moment viel an Recherchearbeiten zu. Aber konntest du trotzdem schon herausfinden, wo Huanitzin an den Tagundnachtgleichen war? Nach all dem, was ich bisher gehört habe, würde ich mich nicht wundern, wenn die Opferungen in Teotihuacán stattfinden würden.«

Rajeshs Stimme klang deprimiert. »Huanitzins persönliche Daten sind eine harte Nuss. Aber meine Freunde sind dran. Es ist nur eine Frage der Zeit. Ich glaube jedoch nicht, dass es Teotihuacán ist. Die Stätte ist von Touristen überlaufen und steht zu sehr im Mittelpunkt des Interesses.«

»Kann sein«, erwiderte Mitch unschlüssig. »Aber bleib dran. Es ist im Moment unsere einzige Spur, wenn in Mazatlán irgendetwas schief gehen sollte.«

Rajesh bestätigte und wollte gerade die Verbindung unterbrechen, als Mitch noch etwas einfiel. »Rajesh, warte.

Es gibt eine heiße Spur im Buch. Ansgae schreibt über die Insignien des Tezcatilopoca, und dass er versuchen wird, sie dem Hohepriester abzunehmen. Er schreibt von dem Dolch und dem Spiegel, über den wir bereits diskutiert haben. Vielleicht hat er es geschafft, ihm die abzunehmen, und das ist der ausschlaggebende Grund für sein Interesse an dem Codex. Hast du irgendwelche neue Informationen, die das untermauern?«

»Leider nein. Nach wie vor habe ich nur Legenden gefunden, und die einzigen Informationen, wenn du sie so nennen willst, sind Hunderte von Jahren nach dem Ende der Tolteken entstanden. Die Spanier haben Sagen und Legenden der indianischen Urbevölkerung aufgeschrieben und in dieser Chronik sind erstmals die Insignien Tezcatlipocas und ihre magischen Kräfte erwähnt. Schriftliche Aufzeichnungen aus der Zeit der toltekischen Herrschaft gibt es leider nicht. Die gesamte Kultur hat wenig hinterlassen, abgesehen von einigen Scherben und legendenumwobenen Ruinen.«

»Können wir Huanitzin irgendwie in Verbindung mit Sekten oder indianischen Riten bringen?«, fragte Anna-Maria aus dem Hintergrund.

Als ihre Freunde sich ihr fragend zuwandten, stockte sie kurz, bevor sie fortfuhr. »Ich meine, wenn er für die Opferungen der Mädchen verantwortlich ist, dann kann er das doch nicht allein tun. Irgendwie müssen die Anhänger Tezcatlipocas doch ihre Rituale organisieren und irgendwo müssen sie die Opferungen doch durchführen. Da müssen doch irgendwelche Verbindungen und Spuren zu finden sein.«

Mitch und Samson schauten sich betroffen an. Bei all der Aufregung der letzten Tage hatten sie diese Spur bisher nicht bedacht. Auch vom anderen Ende des Hörers kam ein schuldbewusster Seufzer.

»Rajesh, wir müssen jetzt aufhören. Es gibt noch jede Menge vorzubereiten.« Ein Blick auf die Uhr hatte Mitch erschreckt zusammenzucken lassen. »Du weißt, was du zu tun hast, wenn er sich meldet.«

»Klar, Boss. Ich werde ihn orten, wo auch immer er sich befindet. Meine Freunde warten schon. Keine Sorge, dieses Mal wird er uns nicht entkommen.«

Aber der Entführer ließ sich Zeit. Viel zu lange Zeit. Gerade als Mitch bei Rajesh anrufen wollte, um die Funktionstüchtigkeit der Satellitenverbindung zu überprüfen, klingelte das Telefon. Er holte tief Luft, dann nahm er den Hörer ab. Rajesh hatte dieses Mal direkt durchgestellt.

»Doktor Mitch Thromberg«, meldete er sich mit fester Stimme.

Zunächst hörte Mitch nur ein leises Atmen. »Thromberg, wer ist da?«, versuchte Mitch es ungeduldig noch einmal.

»Sie wissen, wer dran ist«, flüsterte die Stimme des Entführers. »Haben Sie meine Dokumente?«

»Ja, sie sind bereit und können sofort übergeben werden. Sagen Sie mir, wo wir sie gegen das Mädchen austauschen sollen.«

Ein leises Lachen erklang. »Ein guter Versuch, Thromberg. Aber das Spiel werden wir nach meinen Regeln spielen. Hören Sie mir gut zu. Ich habe gerade eine E-Mail auf ihren Firmenaccount schicken lassen. Klicken Sie auf Antwort und fügen Sie die Fotos an. Sobald ich die Texte des Codex auf Echtheit überprüft habe, melde ich mich und sage Ihnen, wo sie das Mädchen finden.«

»Nein, so haben wir das nicht besprochen.« Mitch redete jedoch in eine tote Leitung. Der Entführer hatte einfach die Verbindung unterbrochen.

»Was sollen wir jetzt tun?«, fragte er leise. »Es ist, wie ich befürchtet habe. Huanitzin sitzt am längeren Hebel. Schicken wir die Dokumente nicht, wird er drohen, Marie Gewalt anzutun. Schicken wir die Texte, werden wir nichts mehr von ihm hören.«

»Du hast die Lösung vorhin doch schon ausgeführt«, antwortete Samson. »Es geht jetzt nur noch darum, Zeit zu gewinnen. Deshalb schick ihm alle Texte des Buches und dazu eine Seite der Übersetzung. Das müsste Anlass genug für ihn sein, neue Verhandlungen aufzunehmen.«

»Okay«, sagte Mitch nickend und nahm den Hörer ab, um Rajesh zu instruieren. Dieser hatte leider keine guten Nachrichten. Schon wieder war es ihm nicht gelungen, den Standort des Entführers genau zu definieren.

»Huanitzin weiß genau, was er macht«, sagte er, um Rajesh zu trösten. »Mach dir keine Vorwürfe. Wir muten dir sowieso schon viel zu viel zu. Meinst du denn, du schaffst das alles?«

Rajeshs Blick wanderte zu den Männer und Frauen in seinem Arbeitsraum, bevor er antwortete. »Mach dir keine Sorgen, Boss, ich bin nicht allein. Guys meldet euch mal.«

Laute Begrüßungsrufe schallten durch den Hörer.

»Du hattest mir gesagt, ich soll keine Kosten scheuen. Deshalb habe ich meine Freunde vom EHC informiert, und die haben keinen Moment gezögert. Zusammen mit denen, die online mit uns verbunden sind, recherchieren aktuell um die zwei Dutzend der weltbesten Hacker. Und alle wissen, was auf dem Spiel steht. Verlass dich darauf, wenn es Spuren gibt, werden wir sie finden.«

Als Mitch auflegte, lächelte er seit langer Zeit das erste Mal wieder. Er kannte Rajeshs Hackervergangenheit und dessen Freunde vom EHC. Mit dieser Truppe würde Huanitzin nicht entkommen können, egal wie tief er seine Geheimnisse vergraben hatte. Rajesh würde sie entdecken. Bisher war Huanitzin ihnen immer einen Schritt voraus gewesen, es wurde nun Zeit, dass sie das Tempo angaben.

Ein Blick auf die Uhr zeigte ihm, dass sie bald in Cancún landen würden. Und bis dahin hatten sie noch viel zu tun. Der Drucker im Flugzeug spuckte seit einigen Minuten Berge von Papier aus. Viele hundert Seiten Information über Huanitzin und seine Stiftung sowie Pläne des Kinderheims. Alles musste durchgearbeitet werden und vor allem mussten sie anschließend die Details ihres Planes ausarbeiten.

Bedauernd streifte sein Blick den Laptop. Es würde ihnen wohl keine Zeit bleiben, das letzte Buchkapitel zu studieren.

Er würde Johanna bitten müssen, das für sie zu übernehmen. Seufzend griff er nochmals zum Hörer des Satellitentelefons.

Vielleicht war ja der Professor schon eingetroffen. Sein Expertenwissen könnte gerade jetzt im letzten Kapitel unbezahlbar sein.

Huanitzin

Kloster der heiligen Johanna von Lestonnac
Mazatlán, Mexico, Pazifikküste
11:00 Uhr Ortszeit, 19:00 Uhr in Deutschland

»Carmen, ich muss dir dringend etwas zeigen.« Huanitzin stürmte aufgeregt ins Zimmer der Schulleiterin und stockte. Ein junges Mädchen saß ihr gegenüber und offensichtlich war er in ein ernstes Gespräch hineingeplatzt, denn das Gesicht des Mädchens war tränenüberströmt.

Carmen sah die Nervosität ihres Geliebten und beendete schnell das Gespräch. Sie stand auf und berührte tröstend die Schulter des Mädchens, bevor sie die Tür öffnete. »Mach dir keine Sorgen Francesca. Auch du wirst eine Familie finden. Ich kann es leider nicht ändern, dass sich dieses Mal die Adoptiveltern überraschend für ein anderes Mädchen entschieden haben. Ich verspreche dir aber, zum nächsten Frühjahr, finden wir auch für dich reizende Adoptiveltern.«

Huanitzin wartete ungeduldig, bis sich die Tür hinter der weinenden Schülerin geschlossen hatte. »Stell dir vor«, brach es aus ihm heraus, »dieser Thromberg hatte einen Film, der zeigt, wie das Mädchen aus meinem Flugzeug hinausgetragen wird.«

Die Schulleiterin riss erschrocken die Hände vors Gesicht. Doch Huanitzin achtete nicht auf sie. Zu wütend war er über die eigene Nachlässigkeit. »Wir haben die automatische Videoaufzeichnung auf dem Flughafen vergessen. Die zeigt, wie wir das Mädchen abholen.«

Erst jetzt wurde ihm bewusst, wie diese Nachricht auf seine Komplizin wirken musste. Beruhigend legte er ihr deshalb eine Hand auf die Schulter. »Keine Angst. Wir haben die Situation bereits wieder unter Kontrolle. Meine Leute haben die Datei vernichtet und auch die Originalaufzeichnungen des Flughafens gelöscht. Es gibt keine Beweise mehr, und wie du weißt, hat die Polizei in Mazatlán mich ja bereits überprüft und rehabilitiert. Thromberg und seine Freunde können uns nichts nachweisen und tappen nach wie vor im Dunkeln.«

»Aber sie wissen jetzt, dass Marie in Mexiko ist«, wandte Carmen ein.

Huanitzin behielt die Ruhe. »Sie wissen es nicht. Sie können es nur vermuten. Der Film zeigt kein Gesicht.«

Aufgeregt wanderte Carmen durch ihr Arbeitszimmer. Ihre Gedanken rasten. »Es ist einfach, einen Zusammenhang zwischen dir, deiner Landung in Mazatlán und dem Waisenhaus hier herzustellen. Sie werden bestimmt hierherkommen und sich vergewissern wollen«, setzte sie noch einmal nach.

»Vielleicht«, erwiderte Huanitzin und strich sich selbstgefällig über seinen dünnen Bart. »Aber zur Zeit sind sie noch in Deutschland. Ich habe gerade eben noch mit Thromberg telefoniert und die Analyse meiner Fachleute zeigt eindeutig, dass er von der Hamburger Zentrale aus telefoniert hat. Sie sind also noch in Deutschland und hoffen, dass wir das Mädchen wieder freigeben. Ich habe bewusst ihre Hoffnung geschürt, und sie werden es nicht wagen, etwas gegen mich zu unternehmen.« Ein grausames Lächeln überzog sein Gesicht. »Sie werden hoffen und warten. In zwei Tagen ist Tagundnachtgleiche und dann wird es zu spät sein.«

Carmen war etwas beruhigt, aber dann fiel ihr noch etwas ein. »Und was ist mit den Fotos, die du für ihre Freilassung gefordert hast?«

Triumphierend strahlte Huanitzin sie an. »Ich habe sie. Ich habe die Texte des Goldenen Buches.« Dabei hob er lächelnd ein dickes Bündel Fotoausdrucke hoch. Stolz fügte er hinzu. »Endlich werden wir die verschwundenen Insignien wiederbekommen und die Macht Tezcatlipocas neu entfalten können.«

Carmen nahm eines der Blätter ehrfürchtig aus seiner Hand und musterte es neugierig. »Was ist das für eine Schrift?«, fragte sie und deutete auf die merkwürdigen Zeichen.

Huanitzin nahm ihr die Blätter wieder aus der Hand. »Wir wissen es noch nicht. Aber Professor Wagner hat uns wichtige Hinweise gegeben, als unsere Leute ihn folterten. Bevor er bewusstlos wurde, gestand er noch, dass es sich um eine mittelalterliche Kurzschrift handelt. Zurzeit beschäftigen sich meine besten Experten damit. Es ist also nur eine Frage der Zeit, bis wir wissen, wo die Anhänger Quetzalcoatls damals die Heiligtümer versteckt haben. Das Ablenkungsmanöver Thrombergs wird uns nicht vom Ziel abbringen.«

»Ablenkungsmanöver?«

Als Antwort hob Huanitzin einen der Ausdrucke hoch. »Dieser Thromberg ist nicht dumm. Er weiß genau, dass sie mit der Übergabe der Dokumente kein Druckmittel mehr für die Freigabe des Mädchens haben. Also hat er versucht, mir klarzumachen, dass sie das Buch bereits übersetzt haben und diese Seite beigefügt.«

»Und woher weißt du, dass es eine Täuschung ist?«, fragte Carmen neugierig.

Huanitzin grinste herablassend. »Vergiss nicht, dass ich selbst Archäologe bin. Eine Übersetzung in so kurzer Zeit ist völlig unmöglich. Und der Text, den sie mir als Beweis beigelegt haben, hat absolut gar nichts mit der Sprache des zehnten Jahrhunderts zu tun. Es ist nichts anderes, als eine plumpe Fälschung, mit der sie mich zwingen wollen, weiter über die Freilassung des entführten Mädchens zu verhandeln.«

»Aber das wird nicht geschehen«, stellte Carmen mit einem eisigen Lächeln fest.

»Nein, das wird nicht geschehen«, bestätigte Huanitzin und zog sie in seine Arme. »Marie ist als Opfer auserwählt, und wir werden in wenigen Tagen unserem Gott ihr Herz schenken. Das ist unumstößlich.«

»Wie lange wird es dauern, bis wir die Insignien in unseren Händen haben?«, fragte Carmen leise und suchte seine Lippen.

»Wir stehen dicht davor«, antwortete Huanitzin voll Siegesgewissheit. »Tezcatlipoca braucht jetzt ein ganz besonderes Opfer. Marie hat für Quetzalcoatl getanzt und ist dadurch mit ihm verbunden. Ihr Tod wird Quetzalcoatl schwächen und die Rückkehr der Reliquien einleiten.«

Carmen war noch nicht ganz überzeugt. »Kann es nicht sein, dass die Heiligtümer damals außer Landes gebracht wurden und nun mit dem Wikingerschiff auf dem Meeresgrund liegen?«

Huanitzin nickte. »Möglich. Aber auch da habe ich vorgesorgt. Die Deutschen haben bereits mit der Bergung der Ladung begonnen. Sollten sie die Insignien finden, werden wir sie uns holen. Meine Männer warten nur darauf.«

Bewundernd blickte Carmen ihn an und küsste ihn leidenschaftlich. Er hatte wirklich alles bedacht. Tezcatlipoca konnte stolz sein, einen solchen Stellvertreter auf Erden zu haben. Tiefe Erregung erfasste Carmen. Die Gewissheit über die baldige Rückkehr ihres Gottes ließ ihren Körper voll Wollust erzittern.

Huanitzin spürte es und sein Körper reagierte auf Carmens Leidenschaft. Mit beginnender Erregung knöpfte er ihre Bluse auf, bevor er abrupt stoppte. »Was wollte eigentlich das Mädchen vorhin bei dir?«, fragte er neugierig, während seine Finger auf Entdeckungsreise gingen.

Sie lachte leise und öffnete dabei seinen Gürtel. »Das wirst du nicht glauben«, flüsterte sie. »Das Mädchen war als nächstes Opfer ausgewählt. Ich habe ihr die übliche Geschichte über ihre neuen Adoptiveltern erzählt und sie hatte schon freudestrahlend gepackt.« Ein grausamer Zug huschte über ihr Gesicht, als sie an das Gespräch zurückdachte. »Aber dann kamst du mit Marie, und ich musste mir etwas einfallen lassen. Also habe ich ihr erzählt, dass die Adoption leider verschoben werden muss und da fing sie tatsächlich an zu weinen.«

Huanitzin lachte. »Nimm das Mädchen einfach für die nächste Opferung im Frühjahr«, flüsterte er Carmen zwischen zwei leidenschaftlichen Küssen zu. »Vielleicht haben wir bis dahin schon die Reliquien. Ihre Hartnäckigkeit hat es verdient, mit einem besonderen Opfer belohnt zu werden.«

Die Leidenschaft übermannte ihn und nur noch sein Stöhnen und die leisen Lustschreie der Frau erfüllten den Raum.

Die Bergung

Privates Forschungsschiff LONGIMANUS
3 km vor der deutschen Nordseeküste
17:30 Uhr

Nachdenklich legte der Professor den Hörer auf und setzte sich ächzend in einen der Sessel im Aufenthaltsraum des Forschungsschiffes. Das Telefonat mit Mitch hatte ihn mitgenommen. Dazu kam, dass ihm die Folgen des Überfalls noch sehr zusetzten. Bei der Erinnerung daran verzog Professor Wagner schmerzerfüllt das Gesicht. Als er sich geweigert hatte, den Verbrechern Informationen über das Goldene Buch zu geben, hatten sie ihn gefoltert. Er wollte nichts verraten, aber irgendwann hatte ihn der Schmerz überwältigt. Was er ihnen alles erzählt hatte, wusste er nicht mehr genau, aber es konnte nicht viel gewesen sein, so schnell, wie er bewusstlos geworden war. Unwillkürlich griff er nach den dicken Verbänden, die seine Wunden verbargen. Eigentlich müsste er immer noch im Krankenhaus liegen. Aber was Rajesh konnte, schaffte er auch. Und so hatte er sich gegen den Rat der Ärzte selbst entlassen und sofort Doktor Baier angerufen. Kaum eine Stunde später hatte ihn ein Hubschrauber auf dem Deck der LONGIMANUS abgesetzt.

»Was hat Mitch gesagt?«, fragte Johanna, die gerade den Raum betrat. »Entschuldigen Sie, dass ich zu spät komme, aber die Bergung an Deck ist in vollem Gange und die ersten Funde werden gerade an Bord geholt. Wollen Sie nicht mitkommen und bei der Öffnung der Boxen dabei sein? Wir sind alle schon sehr gespannt.«

»Zuviel Input auf einmal«, protestierte Professor Wagner und musterte Johanna. Ihre Intelligenz und ihr profundes archäologisches Wissen gefielen ihm ausnehmend gut. Und ihre Organisationsfähigkeit hatte er schon bei seiner Ankunft bewundert. Dazu sah sie zusätzlich noch verdammt gut aus.

Schade, dass sie verheiratet war und er mehr als doppelt so alt. Sonst hätte er sie wohl irgendwann zum Essen eingeladen. Bei diesem Gedanken musste er über sich selbst lachen.

»Was war so lustig an Mitchs Anruf?«, fragte Johanna verblüfft. Ihr fragender Blick brachte den Wissenschaftler schnell wieder in die Realität zurück.

»Es war überhaupt nichts Komisches dabei«, erwiderte er und verbarg seine Verlegenheit hinter einem langen Räuspern. »Im Gegenteil, es ist mehr als schrecklich, was er mir erzählt hat.«

Johanna hörte seinem Bericht gespannt zu. Die Bergungsarbeiten hatten sie und Thomas die ganze Zeit so in Beschlag genommen, dass sie jetzt begierig die letzten Neuigkeiten aufnahm. Sorgenfalten zeigten sich auf ihrer Stirn, als Professor Wagner auf Teotihuacán und die Reliquien des Blutgottes zu sprechen kam.

»Da werden wir nicht viel helfen können«, erwiderte sie niedergeschlagen. »Das sind nur Legenden. Weder von Teotihuacán noch über die Tolteken gibt es schriftliche Zeugnisse.«

»Das ist richtig«, erwiderte er. »Das habe ich Mitch auch gesagt. Ich sehe unsere Chance vor allem im weiteren Studium der Quetzalcoatl Texte. Das sind Zeitzeugnisse der damaligen Geschichte. Wenn es überhaupt irgendwelche Informationen über die Heiligtümer des Blutgottes gibt, dann liegen sie darin verborgen.«

Johanna nickte nachdenklich. »Leider muss ich Sie damit allein lassen«, sagte sie. »Ich muss jetzt bei der Bergung mithelfen.«

Professor Wagner protestierte energisch. »Das geht nicht. Ich kann kaum etwas sehen«, sagte er und deutete dabei auf seine Augenlider, die durch die harten Faustschläge fast zugeschwollen waren.«

Johanna überlegte nicht lange. Thomas benötigte zwar auch ihre Hilfe. Aber das Studium des letzten Kapitels ging eindeutig vor.

»Einverstanden, wir lesen gemeinsam«, sagte sie. »Aber geben Sie mir noch ein paar Minuten. Ich muss Thomas zumindest bei den ersten Boxen helfen. Danach muss er eben allein weitermachen. Kommen Sie doch einfach mit an Deck. Es wird nicht lange dauern.«

Erfreut erklärte sich der Professor einverstanden und wollte schwungvoll aufspringen, bis der Schmerz ihn zwang, es langsamer anzugehen.

Kopfschüttelnd über seinen Eifer folgte Johanna Professor Wagner an Deck. Sie hatte nicht bedacht, was es für ihn bedeuten musste, bei der Bergung der toltekischen Ladung dabei zu sein. Das Studium des Buches allein war schon der Traum jedes Wissenschaftlers, aber als Erster zu sehen, welche Schätze sich im Bauch des Wikingerschiffes befanden, war das Sahnehäubchen.

Oben erwartete sie spannungsgeladene Stille. Die Beiboote der LONGIMANUS waren im Wasser und warteten in sicherem Abstand auf ihren Einsatz. Thomas hatte entschieden, die Sauganlage aus Zeitgründen an Ort und Stelle zu lassen. Stattdessen hatte er die Taucher ins Wasser geschickt. Sie wechselten die gefüllten Sammelboxen gegen neue Boxen und sollten die gefüllten Bergungsboxen mit Hebeballons nach oben schicken. Jeden Moment konnten die ersten auftauchen.

Johanna und Professor Wagner traten neugierig an die Reling, an der das Team und Thomas standen. Alle starrten gebannt auf die Wasseroberfläche.

»Gleich ist es soweit!«, rief Thomas aufgeregt. Seine Nervosität war mit Händen zu greifen. »Dann werden wir sehen, ob unsere Bergung von Erfolg gekrönt ist.«

»Ich dachte, Sie hätten Roboter mit Kameras unten«, fragte Professor Wagner. »Können Sie damit nicht sehen, was die Rohre ansaugen?«

Thomas schüttelte den Kopf.

»Sie müssen sich vorstellen, welche Mengen Sand unsere Saugrohre aufwirbeln. Unsere Kameras sind völlig blind. Selbst unser Sidescanner zeigt nur schattenhafte Umrisse.

Unsere Navigation erfolgt deshalb einzig und allein über den Computer, der den Sauger entlang der einprogrammierten GPS-Quadrate steuert.«

»Im Klartext, wir wissen nicht, was die Staubsauger dort unten finden«, bemerkte Professor Wagner trocken.

Thomas lächelte. »So würde ich das nicht sagen. Erstens wissen wir, was wir dort suchen. Ansgae hat uns eine komplette Liste hinterlassen. Und zweitens hat unser Computer die Stellen mit den größten Aussichten markiert. Aber Achtung, da kommt die erste Box. Gleich werden wir mehr wissen.«

Nacheinander tauchten jetzt die gelben Hüllen der Hebeballons auf. Ihre Hebekraft betrug jeweils um die zweihundert Kilogramm. Der Ladekran der LONGIMANUS zeigte Gewichte zwischen dreißig bis einhundertfünfzig Kilogramm an, als er die Boxen einzeln an Deck hob. In Reih und Glied standen die Sammelbehälter nebeneinander. Jetzt würde sich zeigen, ob die Absaugmethode erfolgreich gewesen war.

Die gesamte Mannschaft drängte sich an Deck, als Thomas die Abdeckung der ersten Box öffnete. Golden funkelte es ihm entgegen und allen Anwesenden stockte der Atem, als er die erste Goldstatue des Toltekenschatzes ins Licht der Sonne hielt. Die Tiergestalt stellte wohl einen Jaguar dar. Bewundernd drehte Thomas die fein gearbeitete Figur in seinen Händen, bevor er sie seiner Frau reichte.

Professor Wagner hatte es die Sprache verschlagen. Seine Augen glitten immer wieder ungläubig von der goldenen Figur zu den langen Reihen der Sammelboxen. Erst als Johanna ihn am Arm berührte, kam er wieder in die Realität zurück.

»Thomas weiß Bescheid«, wiederholte Johanna, da der Blick des Professors immer noch gebannt an dem Fund hing. »Er macht jetzt allein weiter. Wir können mit dem Lesen des letzten Kapitels beginnen.«

Seufzend folgte er Johanna unter Deck. Am liebsten wäre er geblieben, um die Funde mit eigenen Augen zu untersuchen. Aber dann tröstete er sich. Das letzte Kapitel des Goldenen

Buches barg vermutlich ebenfalls ein atemberaubendes, archäologisches Geheimnis. Er war neugierig, zu hören, wie es Ansgae und Thorwulf weiter ergangen war.

Doch dazu brauchte er seine Aufzeichnungen und vor allem die lateinischen Originaltexte.

Er misstraute den Übersetzungskünsten von Rajeshs Software aus innerster Überzeugung. Kein Computer dieser Welt konnte lateinische Texte fehlerfrei übersetzen. Deshalb würde er kritisch mithören und mit den Originaltexten vergleichen. Er würde es sich nie verzeihen, wenn sie die Informationen, die Mitch so dringend brauchte, wegen eines Übersetzungsfehlers überlesen würden.

Bis Professor Wagner all seine Papiere geordnet hatte, verging einige Zeit. Johanna war ungeduldig und wollte loslegen, aber Professor Wagner ließ sich nicht hetzen. Er bestand darauf, dass sie zunächst eine Zusammenfassung der bisherigen Kapitel bräuchten. Nur so würden sie verstehen, was im aktuellen Kapitel relevant wäre. Johanna musste dazu das Team im Flugzeug anrufen. Über das Telefon gab ihnen Anna-Maria eine Kurzfassung des bisher Gelesenen, während Mitch und Samson mit den Securityleuten zusammensaßen. Die Befreiung Maries musste bis ins Detail geplant werden und für ein Telefonat hatte er jetzt keine Zeit.

Draußen dunkelte es schon, als der Professor endlich so weit war. Doch kaum hatte Johanna die Ausdrucke in die Hand genommen, gab es schon wieder eine Unterbrechung.

Wegen der beginnenden Dunkelheit hatte Thomas die Bergungsarbeiten abbrechen müssen. Trotzdem strahlte sein Gesicht vor Begeisterung. »Insgesamt einundsiebzig Goldfiguren liegen jetzt im Tresor«, sagte er zufrieden. »Und im kleinsten Sieb haben sich fast zwei Kilogramm Edelsteine gesammelt.«

»Das heißt?«, fragte Professor Wagner.

»Nun, damit haben wir fast ein Drittel des Schatzes gleich am ersten Tag geborgen. Zumindest wenn wir Ansgaes Liste zugrunde legen. Wir wissen jedoch nicht, welche Schätze die

Wikinger selbst noch mitgenommen haben. Aber wir können mehr als zufrieden sein. Der Erfolg zeigt, dass wir auf dem richtigen Weg sind. Wir machen also weiter. Die Sauganlage arbeitet die ganze Nacht und morgen früh werden wir die nächste Ladung bergen können.«

»Ist das Risiko während der Nacht nicht zu groß?«, fragte Professor Wagner.

Thomas schaute ihn ruhig an. »Da der Computer sowieso die ganze Arbeit übernimmt, kann er auch während der Nacht arbeiten. Nur die Taucher können wir in der Dunkelheit nicht ins Wasser schicken. Deshalb warten wir mit der Bergung der nächsten Sammelboxen, bis die Sonne aufgegangen ist.«

»Was nicht heißt, dass wir bis dahin arbeitslos sind«, sagte Johanna und warf dem Professor einen auffordernden Blick zu. »Wir haben jetzt genügend Zeit mit Vorbereitungen verloren. Jetzt sollten wir endlich einmal anfangen.«

Textauszug aus dem Goldenen Buch Quetzalcoatl
Gerichtet an Adaldag, Erzbischof von Hamburg
Datiert auf Ende 10. Jahrhundert

Gleich nach meiner Ankunft im Palast hatte ich Thorwulf zu mir gebeten, um ihn von dem Gespräch zu unterrichten. Er schäumte vor Wut und bestand darauf, den Botschafter und den Tlatoani nochmals selbst zu befragen.

Um nicht selbst die ganze Übersetzungsarbeit leisten zu müssen, hatte ich Yolotli als Dolmetscherin hinzugezogen. Verstohlen musterte ich sie, als sie Thorwulfs Fragen und die Antworten des Botschafters übersetzte. Nach dem Vorfall von heute Morgen konnte ich ihr immer noch nicht in die Augen sehen. Aber auch sie war gehemmt und mied meinen Blick.

Es war mir klar, dass wir dringend reden mussten, um die Sache zwischen uns zu bereinigen. Ich musste nochmals versuchen, ihr klarzumachen, welche Bedeutung mein Zölibatsschwur hatte und warum ich deshalb niemals einer Frau beiliegen konnte. Gleich nach der Audienz würde ich sie ansprechen, nahm ich mir vor, bis die Antwort des Botschafters meine ganze Aufmerksamkeit in Anspruch nahm.

»Die Reliquien wurden von Tezcatlipoca selbst vom Himmel gesandt«, sagte er und deutete in die Richtung, in der Tollan liegen musste. »Es war vor vielen Jahren, als die Priester, die den Himmel beobachteten, plötzlich sahen, wie einer der Sterne vom Himmel fiel und direkt auf sie zu kam. Dann erzitterte der Boden und ein lauter Donner erschütterte das Land. Als die Menschen ihre Angst überwunden hatten und nachschauten, fanden sie ein rauchendes Loch im Boden. Darin lagen das Messer und der Spiegel.«

»Und weshalb glauben die Toltecas, dass es sich dabei um die Reliquien eines Gottes handelt?«, ließ Thorwulf über Yolotli fragen.

Bevor der Botschafter antwortete, zwang ihn sein Aberglaube, sich ehrfürchtig zu verbeugen. »Jeder, der die Reliquien sieht, erkennt deren Göttlichkeit«, erwiderte er. »Sie sind aus einem Material, das härter ist, als alles, was die Menschen jemals schaffen konnten.«

»Bestimmt nicht härter als mein Schwert«, sagte der Wikingerfürst geringschätzig und deutete auf die Waffe an seiner Hüfte.

»Die Reliquien besitzen eine geheimnisvolle Kraft, an der ihr nicht zweifeln solltet«, antwortete der Botschafter aufgebracht zitternd ob dieser Gotteslästerung. »Obwohl es zwei Teile sind, ein scharfes Messer und ein schimmernder Spiegel, sind sie von Tezcatlipoca als Einheit geschaffen worden. Nur der Hohepriester vermag es, die Reliquien zu trennen und ihre Kraft zu nutzen.«

»Habt Ihr dieses Wunder jemals mit eigenen Augen gesehen?«, fragte ich neugierig.

Der Botschafter nickte. »Die Menschenopfer der Tagundnachtgleichen werden vom Oberpriester persönlich vorgenommen.

Dabei werden die Insignien öffentlich zur Schau gestellt. In einer Prozession werden sie durch ganz Tollan getragen. Und wenn der Hohepriester sie trennt, kann jeder die Götterkraft sehen, die in ihnen steckt.«

Der Botschafter zögerte kurz, bevor er weitersprach. »Toplitzin muss als König bei den Opferungen der Tagundnachtgleichen anwesend sein. Als sein Begleiter konnte ich dort mit eigenen Augen erleben, zu was Tezcatlipocas Insignien imstande sind. Das Messer schneidet wie von selbst durch die Brust der Opfer. Und der Spiegel flimmert in allen Farben, wenn der Hohepriester nach den Opferungen die Zukunft unserer Einen Welt aus ihm liest. Niemand kann zweifeln, dass es sich um Gaben des Himmels handelt.«

»Woher wisst Ihr, dass es sich um ein Geschenk Tezcatlipocas handelt? Die Reliquien könnten doch auch von einem anderen Gott geschickt worden sein?« Dieses Mal hatte Yolotli nicht Fragen von uns abgewartet, sondern war selbst neugierig vorgeprescht.

Das war auch dem Botschafter aufgefallen. Missbilligend musterte er die Dienerin.

Erst als ich die Frage wiederholte, bequemte er sich widerstrebend zu einer Antwort. »Es ist unwiderlegbar. Der Stern fiel direkt vor Tezcatlipocas Pyramide in der Stadt der Götter nieder. Seine Priester waren es, die das Messer und den Spiegel fanden. Die Geschenke ihres Gottes waren es, die Quetzalcoatl ...«, ein scheuer Blick streifte mich dabei, »... als Hauptgott der Toltecas verdrängten. Der Kampf der Götter war bisher weit weg von unserer Welt gewesen. Doch nun hatte Tezcatlipoca ein Zeichen geschickt und forderte unsere Ergebenheit.«

Mit einer Geste der Entschuldigung fiel er vor mir auf die Knie, bevor er leise fortfuhr. »Die Priester des Quetzalcoatl, Eure Priester, baten ihren Gott ebenfalls um ein Zeichen. Doch als keine Antwort erfolgte, verbeugte sich das Volk vor Tezcatlipoca und seine Priester übernahmen die Macht.«

Ich hörte zum ersten Mal von der Stadt der Götter. Neugierig fragte ich nach. Der Tlatoani nannte sie ehrfürchtig Teotihuacán. Sie war geheimnisumwittert. Wie der Botschafter mir erklärte, wusste niemand etwas über die Erbauer der Stadt. Doch sie mussten Riesen gewesen sein, denn die Höhe ihrer Pyramiden und die Größe der Stadt waren einzigartig. Ich ließ den Federteppich aus meinen Gemächern bringen und der Botschafter bestätigte mir, dass die Abbildung Teotihuacán darstellte, die geheimnisvolle Stadt der Götter.

Wir sprachen danach noch eine ganze Weile über die Reliquien und die Macht, die sie dem Hohepriester verlieh, doch zusätzliche Informationen kamen dabei nicht mehr heraus. Nachdenklich entließ ich schließlich meine Besucher und blieb mit Thorwulf allein zurück. Die Fakten waren klar. Wenn wir die Schwarzen Priester besiegen wollten, standen wir allein. Das Volk und die Krieger der Toltecas schreckten vor der Macht der teuflischen Reliquien zurück. Die Angst des Botschafters vor den geheimnisvollen Kräften, die diese Gegenstände unseren Feinden verliehen, war deutlich zu spüren gewesen. Mir war klar, wir würden den Kampf nur gewinnen können, wenn es uns gelänge, in den Besitz des Messers und des Spiegels zu kommen. Und dazu bräuchten wir all unsere Krieger und all unsere Kraft.

Doch als ich Thorwulf darauf ansprach, scheute er zurück. »Das könnt Ihr nicht verlangen, Ansgae«, sagte er. »Die Nidhöggr ist unsere einzige Möglichkeit, wieder die Heimat zu erreichen. Wenn wir Eurem Vorschlag folgen und mit all unseren Männern gegen die Schwarzen Priester ziehen, ist unser Drache unbewacht.«

»Auf der anderen Seite wartet in Tollan das Gold eines ganzen Reiches als Belohnung«, versuchte ich ihn zu ködern. »Und das Schiff muss nicht unbewacht bleiben. Der Tlatoani der Chichimex wird sicherlich gerne bereit sein, den Drachen durch seine Krieger bewachen zu lassen. Dann vergesst bitte nicht, wir werden hier als Götter verehrt. Niemand wird es wagen, das Schiff in unserer Abwesenheit anzurühren.«

Doch Thorwulf blieb merkwürdig stur. »Ihr vergesst, Ansgae, dass unsere Aussicht, die Armee Tezcatlipocas zu schlagen, durch die Zurückhaltung der Tolteca-Krieger deutlich geringer geworden ist. Wir wissen nicht, wie viele Priester uns als Feinde gegenüberstehen werden. Selbst wenn wir alle Wikinger mitnehmen, werden wir doch zahlenmäßig weit unterlegen sein.«

Die Worte sollten eigentlich den Gedanken folgen und nicht die Gedanken den Worten. Doch in diesem Moment war ich wütend über sein Zögern und fuhr ihn unbedacht an. »Seid Ihr plötzlich feige geworden, Thorwulf«, höhnte ich. »So feige, dass Ihr Angst vor halbnackten Eingeborenen habt, die Euren eisernen Schwertern mit Waffen aus Feuerstein gegenüberstehen?«

Kaum gesprochen bereute ich meine Worte schon. Doch es war zu spät. Sie hingen wie eine schwarze Wolke zwischen uns. Thorwulfs Miene versteinerte. Er drehte sich um und wollte den Raum verlassen. Im Türrahmen drehte er sich noch einmal um. Seine Augen funkelten mich eisig an. »Übertreibt es nicht, Ansgae«, sagte er. »Ich habe König Blauzahn zwar geschworen, Euch mit meinem Leben zu beschützen aber hier geht es nicht mehr nur um Euch. Zwingt mich nicht zwischen Euch und dem Leben meiner Männer zu entscheiden.«

Beschämt sprang ich auf und hielt den Wikingerfürsten zurück, bevor er den Raum verlassen konnte. »Verzeiht mir, Thorwulf«, sagte ich. »Ihr habt recht. Weder Ihr noch ich können über die Zukunft aller bestimmen. Verzeiht mir deshalb und lasst uns zu einer gemeinsamen Entscheidung kommen.«

Ich konnte das Zerwürfnis zwischen uns zwar damit etwas besänftigen, aber Thorwulf zürnte noch immer. Er weigerte sich schlichtweg, eine so weitreichende Entscheidung allein zu treffen, und rief für den nächsten Tag ein Thing ein. Die Versammlung sollte die Entscheidung treffen.

Als er ging, schaute ich ihm verwirrt hinterher. Einerseits war ich wütend über mich, dass ich mich so hatte hinreißen lassen, aber ich war auch verdutzt über sein Verhalten. Der Wikingerfürst war der geborene Anführer. Das hatte ich während der Reise wohl hundert Mal erlebt. Es wäre ihm also ein Leichtes gewesen, seinen Leuten einfach zu befehlen, nach Tollan zu marschieren. Seine Krieger würden ihm folgen, selbst in die Pforten der Hölle hinein. Dafür brauchte er keine Mehrheitsentscheidung. Das hatte er ja schon bewiesen, als er am Vortag noch dem Marsch auf Tollan zugestimmt hatte.

Dafür hatte er auch die Meinung seiner Krieger nicht eingeholt. Was war passiert, dass er nun anders dachte? War es nur die Informationen, dass die Krieger Toplitzins uns nicht unterstützen würden?

Plötzlich verstand ich: Thorwulf war ein Wikinger, aufgewachsen in einer Glaubenswelt, in der die Götter und ihre Zauberkraft unüberwindlich waren. Seine Fähigkeiten als Krieger und Anführer hatte ich selbst oft genug erlebt, um zu wissen, dass er vor keinem Menschen auf dieser Welt Angst hatte. Aber vor den Göttern und ihrer Magie zitterte auch er. Es war einzig die Furcht vor den Reliquien und ihren teuflischen Kräften, die ihn vor einem Marsch gegen Tollan abhielt.

Nachdenklich schritt ich im Zimmer auf und ab. Ich musste mir etwas einfallen lassen, um seine Ängste zu überwinden. Und dieses Mal musste es mehr als Gold sein.

Als mir die Idee kam, ließ ich sofort nach Yolotli rufen. Schon während der Erzählung des Botschafters hatte ich einen Verdacht gehabt, aus welchem Material die Reliquien bestehen könnten und welche geheimnisvolle Kraft sie zusammenhielt. Um die Wikinger am nächsten Tag zu überzeugen, brauchte ich jetzt Yolotli. Sie musste mir auf dem Markt einige Sachen für den kommenden Tag besorgen.

Das Thing am darauffolgenden Tag begann mit keinem guten Vorzeichen. Der Himmel war bedeckt und ferner Donner unterbrach immer wieder die Ansprache Thorwulfs. »Hört Ihr den Donner«, rief Thorwulf gegen das beginnende Unwetter an. »Thor spricht mit uns. Aber wir wissen nicht, was sein Wille ist. Deshalb müssen wir selbst für uns entscheiden. Ich bin Euer gewählter Fürst und Anführer, aber ich kann Euch nicht befehlen, gegen Götter zu kämpfen. Deshalb entscheidet jetzt, ob wir gegen Tollan marschieren oder zurück in die Heimat segeln.«

Nach dem Ende seiner Ansprache begann unter den Wikingern ein erregtes Geraune. Augenscheinlich gab es zwei Parteien, die sich nicht einig waren. Ein lauter Donnerschlag ließ die Diskussion jedoch kurzfristig innehalten. Thor hatte sich gemeldet. Ängstlich blickten viele zum Himmel.

Ich nutzte die Pause, die dadurch entstand, und wandte mich an die Männer, die während der letzten Monate meine ständigen Begleiter und Beschützer gewesen waren. »Thorwulf hat recht«, begann ich und hatte damit auf einen Schlag die Aufmerksamkeit meiner Zuhörer. »Dass Ihr selbst entscheiden müsst. Segeln wir zurück nach Hause oder helfen wir den Toltecas gegen die stinkende Brut der Schwarzen Priester? Die Entscheidung ist auf den ersten Blick sehr einfach. Auf der einen Seite die Hoffnung, Familie und Freunde wiederzusehen, und auf der anderen Seite Kampf und vielleicht sogar der Tod. Doch bevor Ihr Euch entscheidet, lasst uns das einmal hinterfragen.«

Ich atmete tief durch. Meine nächsten Sätze würden entscheiden, ob die Toltecas unsere Hilfe gegen die Schwarzen Priester bekommen würden oder nicht. Verstohlen tastete ich nach dem Kreuz, meinem Talisman, den ich offen auf meinem Gewand trug.

»Eine starke Strömung und Stürme haben uns geholfen, die Welt zu umrunden. Wir wissen nicht, wo wir jetzt sind, und deshalb kennen wir auch nicht den genauen Weg zurück nach Hause. Es kann Jahre dauern, bis wir ihn gefunden haben.«

Betroffenes Schweigen hatte sich unter den Wikingern breitgemacht. Mit lauter werdender Stimme fuhr ich fort. »Deshalb ist es egal, ob wir jetzt segeln oder einige Monate später. Doch nicht egal sollte Euch sein, was Ihr Euren Familien mitbringen könnt.«

Damit knotete ich einen Lederbeutel von meinem Gürtel los und kippte den Inhalt in den Sand. Gold und Edelsteine kullerten vor die Füße der überraschten Wikinger.

»Der Schatz einer ganzen Welt ist der Preis für unseren Marsch nach Tollan«, rief ich und deutete auf den Reichtum, der auf dem Boden zerstreut lag.

»Und noch eines solltet Ihr wissen, bevor Ihr zu einem Entschluss kommt.« Mit diesen Worten streifte ich mir das Halsband mit dem Kreuz ab und hielt es hoch über meinen Kopf. Schimmernd blitzte das eiserne Kreuz in der Sonne. »Ihr werdet nicht allein kämpfen, sondern der einzig Wahre, der allmächtige Gott wird an Eurer Seite sein. Mit ihm müssen wir nichts fürchten.«

Einige der Wikinger nickten zustimmend, wie ich mit einem raschen Blick feststellte. Thorwulf dagegen schüttelte seinen Kopf. »Redet nicht von Furcht, Arsgae. Vor den Schwarzen Priester hat keiner von uns Angst. Sie sind nur Schlachtvieh für unsere Schwerter«, sagte er unter dem Beifall seiner Männer. »Und der Tod ist für einen Krieger ein Passierschein direkt nach Walhalla. Auch vor dem Tod hat keiner meiner Männer Angst. Wir haben nur keine Lust, gegen Götter und ihre Zauberkraft zu kämpfen.«

Das war mein Stichwort. Mit einer Geste bat ich Yolotli, näher zu kommen. Sie übergab mir lächelnd ein leichtes Paket. Ich öffnete es und nahm einige der bunten Federn heraus, die von den Eingeborenen auf dem Markt angeboten wurden. Die Wikinger drängten neugierig vor, um nichts zu verpassen und ich wandte mich an Sven, einen der wenigen Christen unter Thorwulfs Männern. Er trug einen großen Bernstein in Kreuzform als Halsschmuck.

»Sven, leiht Ihr mir einmal ganz kurz Euer Kreuz?«, bat ich und hielt es dann hoch, damit alle es sehen konnten.

Gespannt verfolgten die Wikinger meine Vorführung.

»Lasst uns über die Zauberkraft der Götter sprechen. Lasst uns über die teuflische Kraft der Reliquien reden«, rief ich. Mit den Fingern meiner freien Hand zählte ich die einzelnen Punkte auf. »Uns wurde erzählt, dass sie vom Himmel gefallen sind. Auch wissen wir, dass die Reliquien aus einem extrem harten Material sind, härter und schärfer als alles, was die Toltecas zu schaffen imstande sind. Und drittens haben wir gehört, dass sie durch eine geheimnisvolle Kraft miteinander verbunden sind und nur die Kraft zweier Männer die beiden Reliquien voneinander lösen kann. Aber was heißt das? Beweist das wirklich die übermächtige Kraft Tezcatlipocas oder hat das alles einen natürlichen Ursprung und überhaupt nichts mit Hexenwerk zu tun?«

Mit einem kurzen Zwischenblick vergewisserte ich mich, dass ich die volle Aufmerksamkeit der Wikinger hatte. Noch einmal zeigte ich den Bernstein und rieb ihn dann kräftig an dem Stoff meines Gewandes. Gebannt hingen die Blicke der Männer auf mir, als ich den Stein danach dicht über die Federn hielt.

Überraschungsschreie erklangen, als die Federn wie durch Zauberhand gezogen nach oben schwebten und an dem Kreuz hafteten.

»Seid Ihr ein Hexer, Ansgae?«, fragte mich Thorwulf mit erschrockenen Augen und machte das Thorzeichen gegen mich.

Ich lachte und wiederholte den Vorgang. »Nein Thorwulf, das ist kein Hexenwerk. Diese Kraft nennen Wissenschaftler Magnetismus. Sie ist ähnlich, wie die Kraft, die unsere Füße immer auf der Oberfläche der Erdkugel hält. Die Kraft ist schon viele Jahrhunderte bekannt. Wir kennen sie vom Bernstein, aber auch von Eisen. Es gibt bestimmte Eisenarten, die sehr stark magnetisch sind und deren Späne, wie durch Hexenwerk, fest aneinander haften. Ähnlich wie die Federn hier am Bernstein.«

»Ihr wollt damit sagen …«, hob Thorwulf zweifelnd an.

Mit einer abbittenden Geste unterbrach ich ihn. »Ja, das wollte ich Euch zeigen. Die Reliquien Tezcatlipocas sind nur Blendwerk. Das Messer und der Spiegel sind wahrscheinlich aus Eisen. Härter als alles, was die Eingeborenen hier kennen, und beide Gegenstände sind magnetisch. Deshalb haften sie aneinander. Von Hexenwerk keine Spur.«

Die Wikinger waren noch nicht vollständig überzeugt. »Wie kann Eisen vom Himmel stürzen?«, fragte mich einer der Krieger.

Ich deutete auf den immer schwärzer werdenden Himmel und die Blicke aller Wikinger folgten mir unwillkürlich. »Über diesen Wolken stehen die Sterne am Firmament. Wenn einer dieser Sterne stirbt, zerbricht er in viele Stücke, die auf die Erde fallen. Viele verglühen, bevor sie die Erde erreichen, doch einige wenige schaffen es, den Boden zu erreichen. Dort schlagen sie mit unglaublicher Kraft ein und hinterlassen einen großen Krater. Einer meiner Lehrer in der Domschule zu Hildesheim zeigte mir einmal einen solchen Meteorstein, den er in einem solchen Krater gefunden hatte. Er bestand aus reinem Eisen. Hart, aber kein Grund, vor einer solchen Waffe Furcht zu haben. Das mehrfach bearbeitete Metall Eurer Schwerter ist härter.«

Thorwulf zog sein Schwert aus der Scheide und betrachtete aufmerksam das verschlungene Metall der Klinge.

Stumm beobachteten ihn seine Krieger, bis er triumphierend sein Schwert zum Himmel reckte. »Dann lasst uns das Messer Tezcatlipocas mit unseren Schwertern in Stücke schlagen«, rief er und ein befreites Lachen der Wikinger fiel in seinen Ruf ein. Die Abstimmung danach war nur noch eine Formsache.

Die Geschichte des langen Marsches nach Tollan möchte ich Eurer Exzellenz ersparen. Lasst mich nur so viel erwähnen, dass unser Weg zu einem Triumphzug quer durch das Land wurde. Die Nachricht, dass Quetzalcoatl vom Himmel gekommen war, und mit übermächtigen weißen Kriegern gegen den Blutgott marschierte, eilte uns im Sturmschritt voraus, und ließ die Priester Tezcatlipocas in Massen vor uns fliehen. Überall fanden wir ihre Opferpyramiden leer und verlassen vor. Unter dem Jubel der Bevölkerung zerstörten wir die Tempel und marschierten weiter. Dabei wurde uns zunehmend die gewaltige Größe des Tolteca-Reiches bewusst, und welche Macht die Schwarzen Priester darin verkörperten. Jeder Tag unseres Marsches brachte uns in eine neue Stadt, und jede davon war größer als die Bischofsstadt Hildesheim oder gar Hamburg. Und in jeder Stadt, die auf unserem Weg lag, gab es einen Tempel Tezcatlipocas, der drohend über den Häusern aufragte. Überall wurde uns von der Schreckensherrschaft seiner Anhänger berichtet. Die Erleichterung der Menschen über die Flucht der Schwarzen Priester und die Freude über unsere Ankunft waren überwältigend. Und in jeder Stadt wurden uns wertvolle Geschenke überreicht, sodass unsere Träger bald ächzten und stöhnten. Mein Nahuatl reichte aus, dass wir uns mit den Toltecas gut verständigen konnten. Obwohl es schwierig war, sich mit Menschen zu unterhalten, die sich vor lauter Ehrfurcht vor Quetzalcoatl kaum trauten, zu antworten. Ich bedauerte es mehrmals, Yolotli bei den Chichimex zurückgelassen zu haben. Ihre neutrale Übersetzung hätte uns sicherlich viel Zeit erspart. Aber hier war ich mir mit Thorwulf ausnahmsweise einmal einig gewesen. Frauen hatten bei einem Feldzug nichts zu suchen, an dessen Ende Blut und Kampf stünden. Bisher hatten wir zwar noch nicht direkt gegen die Schwarzen Priester antreten müssen, aber wir waren uns sicher, dass sie nur auf den richtigen Moment warteten. Thorwulf ließ die Wikinger deshalb in voller Bewaffnung marschieren. Jeder war mit einem Kettenhemd ausgestattet und trug im Gürtel Schwert und Beil. Zusammen mit dem schweren Schild trug jeder so gut achtzig Pfund Waffengewicht am Körper. Eine Qual für die Krieger. Und nicht nur für die Krieger. Auch unsere einheimischen Träger fluchten bald so laut wie die Wikinger. Sie schleppten Bündel voller Wurfspeere, Ersatzschilde und dazu Bögen mit Köchern voller Pfeile für jeden der Krieger. Nicht das erste Mal schimpften wir darüber, dass die Menschen in diesem Land keine Lasttiere kannten. Weder Pferd noch Esel gab es. Und was uns verwunderte, auch der Gebrauch von Wagen war ungebräuchlich. Zwar gab es Spielzeuge für Kinder, die mit Rädern ausgestattet waren. Aber für den Transport von Lasten gab es nichts Derartiges. Hätten wir Zeit gehabt, hätten wir wohl Wagen gebaut und unsere Lasten darauf verteilt. Aber die Zeit drängte. Wir wollten den Schwarzen Priestern keinen Vorteil geben, und marschierten deshalb so schnell wir konnten. Doch dann, nur noch einen Tagesmarsch von Tollan entfernt, wurde unsere Armee abrupt gestoppt. Über eine ganze Hügelkette verteilt, näherte sich uns eine schier unübersehbare Masse von Menschen.

Wir erkannten Speerspitzen und Schilde und machten uns kampfbereit. Thorwulf stellte die Wikinger in zwei Reihen auf. Alle hatten ihre Schwerter gezogen und zwei Speere wurfbereit neben sich im Boden stecken. Auf Thorwulfs Kommando hoben sie jetzt ihre Schilde und die heranstürmenden Eingeborenen sahen auf eine rote Mauer mit dem Symbol der Nidhöggr-Schlange, zwischen deren Schuppen es stählern blitzte. Ich schauderte vor dem Gemetzel, das hier gleich stattfinden würde. Der Angriff der Eingeborenen war jetzt schon zum Scheitern verurteilt. Gegen den furchtbaren Schildwall der Wikinger gab es kein Durchkommen. Das sahen offenbar auch die heranstürmenden Krieger ein. Zweihundert Schritte von uns entfernt stoppten sie. Nach einigen spannungsgeladenen Augenblicken, in denen die Wikinger ihre Wurfspieße fester fassten und das Adrenalin in ihren Adern raste, öffneten sich die Reihen der Krieger in einem perfekten Manöver.

Ich muss zugeben, die erste Begegnung mit Ce Acatl Toplitzin, dem obersten Tlatoani der Toltecas, hatte ich mir anders vorgestellt. Aber er war es zweifelsohne. Das zeigte auch die Begeisterung, mit der der Botschafter Toplitzins plötzlich durch unsere Reihen nach vorne drängte.

»Es ist der König«, rief er und die Erleichterung war ihm deutlich anzumerken. Schnell eilte er Toplitzin entgegen, um ihm seine Aufwartung zu machen.

»Hätte er nicht angehalten, wäre er jetzt ein ziemlich toter Herrscher«, zischte Thorwulf zu mir herüber und ließ seine Wikinger die Schilde senken. Ich musste ihm recht geben. Der Auftritt Toplitzins war ziemlich leichtsinnig gewesen und hätte in einer Katastrophe enden können. Doch die Vorstellung war noch nicht zu Ende.

Der Botschafter kam jetzt wieder zu uns herüber. Er überbrachte eine Nachricht seines Herrn. »Ce Acatl Toplitzin, der Herrscher der Toltecas freut sich, dass Quetzalcoatl und seine Krieger seiner Einladung gefolgt sind, und würde sich freuen, wenn er sich Quetzalcoatl nähern dürfte.«

Von einem der Träger ließ ich mir meinen roten Umhang mit der Drachenfibel anlegen. Als ich wieder nach vorne trat, um den obersten Tlatoani zu empfangen, bauschte ein leichter Wind den Mantel und vergrößerte dadurch meine Gestalt. Ein kollektives Aufstöhnen wehte mir entgegen. Es war wie am Strand der Chichimex, nur war es hier ein Vielfaches an Menschen, die nacheinander auf die Knie sanken. Auch Toplitzin, der schon auf halbem Weg zu mir war, sank auf die Knie. Der Herrscher war eine imposante Gestalt. Sehr groß für einen Tolteca. Auch wenn er jetzt kniete, ragte er wie ein Riese zwischen seinen Kriegern hervor. Unter dem bunten Federmantel erahnte man eine muskulöse Gestalt. Soweit ich sehen konnte, war er mit mir etwa im gleichen Alter, und das neugierige Blitzen seiner Augen verriet eine wache Intelligenz. Ich ging dem immer noch knienden Herrscher der Toltecas entgegen. Mit einer Geste bat ich ihn aufzustehen, und umarmte ihn dann vor den Augen seiner Krieger. Tosender Jubel brandete auf, der den ganzen Himmel zu füllen schien.

»Ich freue mich, dem Herrscher der Toltecas zu begegnen«, begrüßte ich ihn in meinem besten Nahuatl.

Ein kurzes Lächeln huschte über das Gesicht des Herrschers. Dann drehte er sich ruhig um und winkte seinen Kriegern, die ihm jubelnd antworteten. Als er sich wieder zu mir drehte, lächelte er immer noch. »Ich habe gehört, dass Ihr unsere Sprache hervorragend beherrscht, doch ich bin erstaunt, wie Ihr dies in so wenigen Wochen erlernen konntet. Ihr müsst eine gute Lehrerin gehabt haben.«

Es dauerte einen Moment, bis die Worte des Herrschers in mein Bewusstsein gedrungen waren. Misstrauisch blickte ich ihn an. Er wusste eindeutig mehr von uns, als wir ahnten. Ein kurzes belustigtes Flackern seiner Augen, bestätigte meinen Verdacht endgültig. Toplitzin hatte uns durchschaut.

»Seit wann wisst Ihr schon, dass wir keine Götter sind?«, fragte ich und trat näher an ihn heran, sodass keiner unsere Unterhaltung verstehen konnte.

»Es hat gedauert«, sagte Toplitzin. »Zuerst waren meine Berater fest von Eurer Göttlichkeit überzeugt. Es passte alles. Der geflügelte Drachen, auf dem Ihr gekommen seid, Eure Waffen und vor allem Eure Erscheinung als Quetzalcoatl und der Kampf gegen die Schwarzen Priester. So konnten nur Götter auftreten.«

Bei den nächsten Worten schaute er mir fest in die Augen.

»Aber an den beiden Meeresküsten des Tolteca-Reiches tauchen immer wieder fremde Reisende auf. Und es waren noch niemals Götter dabei. So ließ ich Euch zunächst testen.«

»Testen?«, fragte ich verwirrt.

»Ja, ich ließ Euch Frauen und Gold schicken. Und Eure Reaktion war die von Männern, nicht die von Göttern.«

Ich lachte. So einfach war die Lösung. Die Wollust der Wikinger und ihre Gier nach Gold hatten uns der Göttlichkeit beraubt. »Und dann habt Ihr entschieden, uns für Eure Zwecke einzuspannen?«

»Nein, zunächst wollte ich Euch töten lassen und Eure übermächtigen Waffen gegen die Schwarzen Priester einsetzen.« Er lächelte, um seinen Worte die Härte zu nehmen.

Ich erstarrte. »Warum habt Ihr es letztendlich nicht versucht?«

»Nun, Eure Krieger sind stark. Wir hätten viele Verluste gehabt und dann wart da noch Ihr.«

»Ich?«

»Ja, Ihr seid zwar nicht Quetzalcoatl, aber Ihr denkt und redet wie er. Euer Glaube verbietet Euch Menschenopfer und fordert, Schwache und Unschuldige zu schützen. Und im Gegensatz zu Euren Kriegern liegt Ihr keinen Frauen bei. Das Gleiche verlangt auch Quetzalcoatl von seinem Hohepriester.«

»Woher wisst Ihr das alles?«, fragte ich verwirrt.

»Ich sagte doch, ich habe Euch testen lassen.«

Aus dem Augenwinkel sah ich Thorwulf herankommen. Unsere lange Unterhaltung hatte ihn neugierig gemacht. Ich schluckte nervös. Wenn der Wikingerfürst erfahren würde, dass Toplitzin geplant hatte, uns alle zu töten, gäbe es hier gleich Mord und Totschlag. Doch eine letzte Frage brannte mir noch unter der Zunge. »Was hättet Ihr gemacht, wenn wir einfach abgesegelt wären? Wenn Ihr uns habt beobachten lassen, müsstet Ihr doch wissen, wie knapp die Entscheidung war, Euch zu helfen?«

»Ohne Schiff hättet Ihr nicht reisen können. Und meine Männer standen schon bereit, Euer Drachenschiff in roten Flammen zu baden.«

Mittlerweile war Thorwulf herangetreten. Misstrauisch streifte sein Blick mein Gesicht, das Toplitzins letzte Worte schreckensbleich gefärbt hatte.

Doch der Herrscher der Toltecas ließ sich nichts anmerken. Achtungsvoll begrüßte er den Wikingerfürsten. Dann wandte er sich wieder an mich. Nichts an seinen offiziellen Worten ließ ahnen, was er mir gerade anvertraut hatte. »Es ist mir eine Ehre Quetzalcoatl und seine Krieger zu begrüßen, die gekommen sind, um uns zu helfen. Doch die Reise war lang und Ihr müsst müde sein. Und vieles ist in Tollan geschehen, von dem ich Euch erzählen muss, bevor wir auf die Schwarzen Priester treffen. Eure Erlaubnis voraussetzend, habe ich meine Diener deshalb angewiesen, für heute Nacht ein Zelt für Euch aufzuschlagen. Viel komfortabler, als das mit dem Ihr bisher gereist seid. Wenn Ihr Euch frischgemacht habt, würde ich mich freuen, wenn Ihr mich danach zu einem Kriegsrat empfangen würdet.« Toplitzin verbeugte sich tief und wartete auf meine Antwort.

Ich war unschlüssig und musterte den Herrscher der Toltecas. Seine letzten Worte klangen noch wie Donnerhall in mir nach. Konnten wir wirklich so jemanden vertrauen? Doch was war die Alternative? Die Wikinger würden sich über eine Pause nach dem langen und harten Marsch sicherlich freuen, und wir waren dringend auf Nachrichten über die Schwarzen Priester angewiesen, wenn wir sie vernichten wollten. Und genau das wollte ich immer noch. Diese Gräueltaten mussten beendet werden. Aber ich nahm mir vor, die Absichten Toplitzins heute Abend eindeutig zu hinterfragen. Ich musste Thorwulf informieren, und wie ich meinen dänischen Freund kannte, würde er explodieren und von den Toltecas Sicherheiten fordern, bevor er weitermarschierte. Der Kriegsrat an diesem Abend würde entscheidend sein für unseren weiteren Weg.

Mein langes Schweigen verunsicherte Toplitzin. Besorgt richtete er sich auf, und der Ausdruck meines Gesichtes sprach wohl Bände. Mit drängender Stimme sprach er auf mich ein. »Ihr müsst mir vertrauen, Quetzalcoatl«, sagte er und sah mir fest in die Augen. »Ich möchte nur mein Volk vor den Schwarzen Priestern beschützen und dafür ist mir jeder Preis recht.«

»Selbst den Preis, uns töten zu lassen?«, fragte ich bitter.

Er ließ sich Zeit mit seiner Antwort, aber an der Aufrichtigkeit seiner Worte war nicht zu zweifeln. »Ja, auch das hätte ich getan, wenn es mir Vorteile gegen Tezcatlipoca verschafft hätte. Doch das war, bevor ich Euch kannte. Aber lasst uns heute Abend ausführlich reden.« Zögernd hielt er inne. »Ich darf doch hoffen, dass Ihr der Einladung in das Ehrenzelt folgt?«

Ich war neugierig geworden und letztendlich hatten wir nichts zu befürchten. Hätte uns Toplitzin angreifen wollen, dann sicherlich nicht jetzt, wo wir kampfbereit und gerüstet waren. So nickte ich ihm bestätigend zu.

Befreit riss er die Arme hoch und wandte sich seinen Kriegern zu, die meine Entscheidung jubelnd begrüßten. Für die Toltecas war ich immer noch ihr Gott Quetzalcoatl, der auf die Erde gekommen war, um sie vor den Schwarzen Priestern zu befreien. Und im Interesse unseres Feldzuges mussten Toplitzin und ich diesem Aberglauben weiter Vorschub leisten.

»Könnt Ihr erklären, was hier gerade vorging?«, fragte Thorwulf mit zusammengekniffenen Augenbrauen, als Toplitzin zurückging, um den Empfang vorzubereiten.

»Ja, das kann ich«, erwiderte ich, »Und ich befürchte, es wird Euch nicht gefallen. Lasst uns auch zurückgehen und überlegen, wie wir darauf reagieren.«

Ich habe Eurer Exzellenz die Tapferkeit und die hohe Intelligenz des Wikingerfürsten schon geschildert. Seine Qualitäten als Anführer stehen außer Frage, und oftmals hatte er mich mit seinen klugen Entscheidungen überrascht. Aber auch dieses Mal erstaunte er mich wieder. Als ich ihm erzählte, was der Tolteca-Herrscher geplant hatte, erwartete ich eigentlich einen Zornesausbruch.

Aber Thorwulf lachte. Er lachte so laut, dass sich seine Leute erstaunt zu ihm umdrehten. »Dieser geschickte Hund«, sagte er und wischte sich die Tränen aus den Augen. »Das hätte ich selbst nicht besser machen können. Wikinger mit Frauen und Gold zu ködern. Das muss ihm Thor geraten haben.«

»Und Ihr habt keinen Zorn, dass er geplant hatte, uns zu töten?«, fragte ich verblüfft.

Thorwulf wurde ernst. »Es ist ein Unterschied, Wikinger zu bestechen oder sie ermorden zu wollen«, sagte er. »Wir hätten seine Krieger schneller getötet, als er sie von seiner Hauptstadt hätte zu uns schicken können. Macht Euch da keine Sorgen, Ansgae.«

Anerkennend fügte er hinzu. »Aber dieser König imponiert mir. Er denkt wie ein Wikinger. Ich freue mich, ihn näher kennenzulernen.« Sein Blick ging zur anderen Seite des Hügels, wo die Toltecas gerade ein großes Prunkzelt aufgebaut hatten. »Seht, das Zelt steht. Es wird Zeit, dass wir aufbrechen. Und Ihr schaut zu, dass Ihr die Sorgenfalten aus der Stirn bekommt. Götter sorgen sich nämlich nicht.« Er stand auf, um seine Leute zu instruieren.

Das Prunkzelt, das mir zu Ehren errichtet worden war, trug seinen Namen zu Recht.

Von außen war es komplett mit bunten Federgemälden bestickt. Die besten Künstler des Reiches mussten daran gearbeitet haben. Feinste Nuancen waren herausgearbeitet und die Farbenpracht war unglaublich. Als wir näher herankamen, stockte uns der Atem. Die Künstler hatten mit der Federstickerei unsere Ankunft festgehalten. Die rote Nidhöggr war so gut getroffen, als wenn der Künstler sie selbst gesehen hätte, und auch die Figuren waren deutlich als Wikinger zu erkennen. Im Mittelpunkt stand ein Mann in einem roten Mantel, der unzweifelhaft mich darstellen sollte. Die weiteren Federbilder zeigten die Geschichte unserer Ankunft und unseres Sieges gegen die Schwarzen Priester.

Thorwulf und ich staunten. Wie hatten die Toltecas ein solches Kunstwerk in der kurzen Zeit schaffen können?

Toplitzin erwartete uns vor dem Zelt, und als er unser Erstaunen sah, strahlte sein Gesicht vor Stolz. Er begrüßte uns mit einer Verbeugung und öffnete dann das Zelt, um uns einzulassen.

Im Halbdunkel des Zeltes erwartete uns eine Dienerin, die uns goldene Becher mit einem Willkommenstrunk reichte. Als ich nach dem Becher griff und ihr ins Gesicht sah, durchzuckte es mich. »Yolotli, wie kommst du hierher?«, stieß ich fassungslos hervor.

Noch bevor sie antworten konnte, betrat Toplitzin hinter uns das Zelt. »Sie ist meine Überraschung für Euch«, sagte er lächelnd. »Als Ihr ohne sie abmarschiert seid, habe ich sie sofort zu mir kommen lassen. Und hier ist sie.«

Yolotli schmiegte sich freudestrahlend an mich. Immer noch vor Überraschung starr, ließ ich ihre Liebkosungen über mich ergehen, bis mir alles klar wurde. Kalter Zorn packte mich. Ich stieß Yolotli so heftig von mir weg, dass sie zu Boden taumelte und drehte mich wutschnaubend zum Herrscher der Toltecas. Schon wieder hatte er mich hintergangen. »Daher wisst Ihr also alles über meine Religion und über mich?«, stieß ich kalt hervor. »War Yolotli Euer Test für mich?«

Toplitzin schaute mir ernst in die Augen. »Ihr überschätzt mich, Quetzalcoatl«, sagte er. »Ihr selbst habt Yolotli erwählt, als Ihr sie vom Opfertod gerettet habt. Zu diesem Zeitpunkt wusste ich noch nichts von Eurer Ankunft. Ihr habt sie gewählt und sie hat

Euch gewählt.« Mit einem mitleidigen Blick auf das Mädchen fuhr er fort. »Diese Frau liebt Euch. Aber sie weiß, dass ihre Liebe hoffnungslos ist und Ihr wegen Eures Glaubens niemals einem Weib beiliegen werdet.«

»Weshalb hat sie Euch dann alles über mich und meinen Glauben erzählt?«, fragte ich immer noch misstrauisch.

»Weil ich Ihr Herrscher bin und sie zu Tode foltern lassen könnte, wenn sie mir nicht gehorcht«, erwiderte Toplitzin. »Sie ist Euch loyal und war niemals meine Spionin.«

Beschämt senkte ich die Augen. Ich hatte ihm und Yolotli unrecht getan. Mit einem entschuldigenden Blick auf Toplitzin beugte ich mich zu Yolotli herunter und zog sie sanft vom Boden auf. Schluchzend lag sie in meinen Armen. Ein warmes Gefühl durchströmte mich. Es war nicht zu leugnen. Auch ich war dem Mädchen sehr zugetan und beinahe hätte ich einen schrecklichen Fehler gemacht. »Verzeih mir, Yolotli«, flüsterte ich voller Reue. »Ich werde nie mehr an dir zweifeln.«

Besänftigend schmiegte sie sich an mich. Ich drückte ihr tröstend einen sanften Kuss auf die Stirn. Dabei erhaschte ich aus dem Augenwinkel einen amüsierten Blick Toplitzins. Er beobachtete die Szene mit aufmerksamen Augen. Seine Gedanken lagen ebenso offen vor mir, wie die Bedeutung von Thorwulfs breitem Grinsen, der uns von der anderen Seite anstarrte. Schnell löste ich mich deshalb aus der Umarmung und bat alle, Platz zu nehmen.

Yolotli blieb an meiner Seite. So konnte sie Thorwulf direkt übersetzen, was Toplitzin uns zu sagen hatte.

Sein Bericht der letzten Ereignisse veränderte das Ziel unseres Feldzuges auf einen Schlag.

Der Schock

Privates Forschungsschiff LONGIMANUS
3 km vor der deutschen Nordseeküste
22:00 Uhr

»Lesen Sie bitte weiter«, bat Professor Wagner. Voller Spannung hatte er den Bericht Ansgaes verfolgt und dabei den Vergleich mit dem Originaltext schon nach wenigen Minuten vergessen. Funde wie dieser waren es, wegen derer er Geschichte und Archäologie studiert hatte. »Wie geht die Geschichte weiter? Spannen Sie uns nicht so auf die Folter«.

Johanna antwortete nicht. Stattdessen blätterte sie in merkwürdiger Hast durch die Textausdrucke. »Ich kann es nicht fassen«, murmelte sie schließlich und schaute mit leerem Blick auf. »Das Buch endet hier. Es bricht mitten in der Geschichte ab.«

»Das kann doch nicht sein«, schnaubte Thomas und griff ungläubig nach den Ausdrucken. Aber es stimmte. Das letzte Kapitel fehlte.

»Vielleicht ist der Ausdruck nur verlorengegangen«, sagte Professor Wagner und klopfte beruhigend auf den Stapel Papier in seiner Hand. »Keine Sorge. Ich habe hier die Originaltexte.«

Gespannt sahen Johanna und Thomas zu, wie er in seinen Dokumenten suchte. Aber vergeblich. Noch einmal, dieses Mal sehr viel hektischer, blätterte er Seite für Seite um und verglich sie mit den Textausdrucken von Rajeshs Übersetzung. Dann blickte er kopfschüttelnd auf. »Ich verstehe das nicht«, sagte er. »Die Dokumente sind vollzählig. Und auch die Übersetzung ist vollständig. Ich habe sie im Museum höchstpersönlich mit den jeweiligen Seiten des Goldenen Buches abgeglichen und anschließend nummeriert. Es fehlt keine Seite.«

»Das heißt, das Buch ist unvollständig?«, fragte Johanna fassungslos. »Das ist ja schrecklich. Dann werden wir nie erfahren, wie Ansgaes Geschichte ausgeht.«

»Viel schlimmer noch, wir können Mitch nicht helfen. Wenn die Befreiung schief läuft, sind die Reliquien beziehungsweise ihr Versteck der einzige Grund, der Huanitzin abhalten könnte, Marie zu opfern«, ergänzte Thomas niedergeschlagen und schluckte schwer. Er hatte keine Ahnung, wie er das Anna-Maria und Mitch beibringen sollte.

»Lasst uns bitte ruhig bleiben und die Fakten nochmal analysieren«, schlug Johanna vor, die sich als Erste wieder gefasst hatte. »Fakt ist, dass das letzte Kapitel nicht im Buch ist. Da sind Sie sich wirklich sicher, Herr Professor?«

»Da bin ich hundertprozentig sicher. Wie ich schon eben anführte, die Textausdrucke entsprechen dem Originaldokument und sind damit eine vollständige Wiedergabe des Codex.«

»Sie haben das Buch gründlich untersucht, Herr Professor. Könnte es sein, dass die letzte Seite herausgerissen wurde?«

»Nein, auf keinen Fall«, protestierte Professor Wagner. »Sie wissen es selbst. Als Mitch das Buch gefunden hat, war es noch in einer Lederhaut eingepackt. Danach war es immer in sicherer Obhut. Der Verlust einer Seite durch Fremdeinwirkung ist völlig ausgeschlossen.«

»Gut. Denn jetzt kommen wir zum letzten Punkt meiner Kurzanalyse. Ich kann mir nicht vorstellen, dass Ansgae ein halbfertiges Buch über das ganze Meer schickt. Das bedeutet im Umkehrschluss?«

»Dass es noch einen zweiten Band, eine Fortsetzung, geben muss«, ergänzte Professor Wagner begeistert. »Johanna, Sie sind unglaublich.«

»Danke für die Blumen, Herr Professor«, erwiderte Johanna. »Aber das hilft uns jetzt leider nicht weiter. Das Buch liegt irgendwo da unten. Wir haben keine Ahnung, wo wir suchen müssen, und können nur hoffen, dass wir es durch einen Zufall noch rechtzeitig finden.

»Das ist mein Stichwort«, bemerkte Thomas und eilte in Richtung Tür. »Ich muss sofort die Sauger stoppen.«

»Wieso willst du die Anlage stoppen?«, hielt ihn Johanna zurück. »Sie ist doch unsere einzige Möglichkeit?«

»Nein, das ist sie nicht. Sie ist sogar das genaue Gegenteil«, erwiderte Thomas. »Die Anlage sucht nur in den vorgegebenen GPS-Quadraten. Wenn wir dabei das Buch finden, wäre das reiner Zufall. Aber wir können den Zufall eingrenzen.«

Fragend schauten ihn die beiden an.

»Ist doch ganz einfach. Wir wissen genau, an welcher Stelle Mitch das erste Buch gefunden hat. Wenn wir davon ausgehen, dass das zweite Buch genauso groß und genauso schwer ist, ist die Wahrscheinlichkeit hoch, dass es irgendwo dort in der Nähe liegt.«

»Ziemlich vage Vermutung«, sagte Professor Wagner zweifelnd. »Wir wissen ja nicht einmal, ob die beiden Bücher zusammen aufbewahrt und wie sie beim Untergang des Schiffes herumgeschleudert wurden. Das zweite Buch könnte überall liegen.«

»Das ist richtig und doch wieder nicht«, widersprach ihm Thomas. »Es hätte für die Wikinger keinen Sinn gemacht, die beiden Bücher beim Transport zu trennen. Und das Goldene Buch ist schwer, rund fünfzig Kilogramm. Das bedeutet, es ist wie ein Stein gesunken. Zugegeben, es ist auch ein Stück Bauchempfindung dabei. Aber ich bin mir sicher, dass wir das zweite Buch dort suchen sollten, wo wir das Erste gefunden haben.«

»Du willst also die Sauganlage neu programmieren?«, fragte Johanna, aber auch da widersprach Thomas.

»Nein, das reicht nicht aus. Wir haben nur mit kleinen Statuen und Edelsteinen gerechnet, als Mitch und ich uns für diese Bergungsmethode entschieden haben. Das Buch ist zu schwer. Hier hilft nur Handarbeit.«

Johanna schüttelte ungläubig den Kopf. »Du glaubst doch nicht wirklich, dass die Taucher eine Chance haben?«

»Doch, davon bin ich überzeugt. Aber dafür müssen wir das Suchgebiet noch weiter eingrenzen. Und ich habe auch schon eine Idee«, antwortete Thomas. Bevor ihn seine verblüfften Freunde weiter fragen konnten, eilte er aus dem Aufenthaltsraum.

»Und was machen wir zwei jetzt?«, fragte Professor Wagner und blickte Johanna neugierig an.

Sie nahm den Hörer des Satellitentelefons auf. »Wir informieren jetzt als Erstes Mitch und Anna-Maria. Sie erwarten von uns dringend Ergebnisse, und ich bin sehr traurig, dass wir sie ihnen nicht liefern können. Das letzte Kapitel war zwar aus historischer Sicht sehr interessant, hat uns aber leider nicht schlauer gemacht, was die Auflösung des Rätsels angeht. Wir können jetzt nur hoffen, dass Thomas mit seiner Vermutung recht hat, und wir das zweite Buch schnell finden.«

Das Telefonat war nur sehr kurz. Niedergeschlagen legte Johanna auf. »Mitch war schockiert. Er bittet uns, alle Kraft auf die Suche nach dem zweiten Buch zu legen. Wenn der Befreiungsversuch schiefgeht oder sie Marie im Kloster nicht finden sollten, sind die Reliquien das einzige Druckmittel, das uns gegenüber Huanitzin noch bleibt.«

»Wir sollten auch Rajesh informieren. Er muss ebenfalls wissen, wo wir aktuell stehen«, sagte Professor Wagner.

Als Johanna wieder wählen wollte, unterbrach er sie und nahm das Telefon an sich. »Lassen Sie mich das übernehmen und legen Sie sich etwas hin. Im Moment können wir nichts tun. Wir können nur hoffen, dass Ihr Mann mit seiner Idee Erfolg hat.«

»Ich kann jetzt unmöglich schlafen«, erwiderte Johanna und strich sich nervös die Haare aus der Stirn. »Hoffentlich haben sie Glück und können Marie befreien. Dann wäre es nämlich egal, ob wir das zweite Buch finden oder nicht.«

Das Mädchenheim

Kloster der heiligen Johanna von Lestonnac
Rund 80 km von Mazatlán, Mexiko entfernt
18:00 Uhr Ortszeit, 2:00 Uhr morgens in Deutschland

Noch drei Tage bis zur Herbst-Tagundnachtgleiche

Mit quietschenden Bremsen stoppten die schweren Wagen vor dem Eingang des ehemaligen Klosters. Zwei der drei geländegängigen Fahrzeuge waren mit Securitymitarbeitern der Thromberg AG besetzt. Die Anweisungen, die sie von Mitch in Mazatlán bekommen hatten, waren klar. Kaum waren ihre Autos zum Stillstand gekommen, sprangen einige der Männer heraus und verteilten sich rings um das Heim, während die anderen sich bereit machten, Mitch und seine Freunde bei der Durchsuchung zu unterstützen.

Anna-Maria wartete mit Mitch und Samson noch im dritten Wagen, bis die Sicherheitsleute ihre Positionen eingenommen hatten. Zitternd vor Aufregung musterte sie die festungsartig aufragenden Mauern des Mädchenheims. Wenn die Vermutungen Rajeshs zutrafen, war Marie irgendwo da drinnen in Gefangenschaft. Sie konnte es kaum erwarten, ihre Tochter wieder in die Arme zu schließen. Endlich kam das Signal.

Doch als sie aus dem Auto springen wollte, hielt Mitch sie am Arm zurück. »Traust du dir die Durchsuchung des Gebäudes wirklich zu?«, fragte er mit einem besorgten Gesichtsausdruck. »Wir wissen nicht, was uns da drin erwartet. Vielleicht solltest du das uns überlassen und lieber hier im Auto warten.«

»Das meinst du doch nicht im Ernst?«, fauchte Anna-Maria und schüttelte aufgebracht seinen Arm ab. »Ich bin nicht um die halbe Erde geflogen, um hier im Auto zu sitzen und abzuwarten. Marie ist meine Tochter und wehe, wenn dieser Huanitzin ihr etwas angetan hat.«

Anna-Maria riss entschlossen die Autotür auf und stieg aus.

Samson und Mitch wechselten einen betroffenen Blick, bevor sie ihr folgten. Bisher war sie unglaublich tapfer gewesen, besonders seitdem feststand, was Huanitzin tatsächlich mit Marie plante. Aber beide Männer ahnten, dass ihre Tapferkeit nur eine dünne Schutzhülle war, vor der tiefen Verzweiflung in ihrem Innern. In den letzten Tagen war sie durch die Hölle gegangen. Nur die Hoffnung auf Maries baldige Befreiung hielt sie noch aufrecht.

Mitch seufzte tief auf. Er war sich mit seinem Team einig, dass Huanitzins Verbrechen in einem direkten Zusammenhang mit den im Buch erwähnten Heiligtümern seines Dämonengottes standen. Es war die einzige Erklärung, weshalb der Mexikaner so verbissen um die Texte kämpfte und bereit war, jedes Verbrechen dafür zu begehen. Und nun, kurz vor dem Ziel, fehlte die Auflösung und damit jedes Mittel, um den Entführer zu neuen Verhandlungen zu zwingen. Johanna und Thomas würden zwar gleich bei Sonnenaufgang die Suche nach dem zweiten Buch fortsetzen, aber Mitch war Realist genug, zu wissen, wie gering die Chance dafür war.

Ihre einzige Hoffnung war, Marie hier zu finden. Es durfte einfach nicht schief gehen. Mitch strich sich nervös die Haare aus der Stirn. Entschlossen schob er seine Bedenken zur Seite. Marie musste hier sein, und da die Polizei keine Hilfe war, lag es jetzt an ihnen. Sie mussten das entführte Kind selbst befreien.

Er beeilte sich, um gemeinsam mit Anna-Maria an der halboffenen Doppeltür der Eingangspforte anzukommen. Die Auseinandersetzung, die ihnen gleich bevorstünde, wäre Männersache. Kurz bevor sie die Pforte erreichten, wurde die offene Türhälfte von innen zugeschlagen und sie hörten nur noch, wie hastig der Riegel eingelegt wurde. All ihr wütendes Rufen und Klopfen half nichts. Der Eingang blieb verschlossen. Auf Mitchs Rufen kamen einige der Wachleute angerannt, um sie zu unterstützen, doch die massive doppelflügige Pforte widerstand all ihren Bemühungen.

Verzweifelt suchten die Freunde nach einem anderen Eingang - vergeblich. Das ehemalige Kloster erwies sich als wahre Trutzburg, mit massiven Türen und schmalen, hochgelegenen Fenstern – unerreichbar für die Befreiungstruppe.

»Sie werden Marie etwas antun«, schluchzte Anna-Maria. Ihre Nerven lagen blank. »Meine Tochter ist der einzige Beweis für ihre Verbrechen. Sie werden Marie töten und wir können sie nicht aufhalten.«

Hilflos blickte Mitch zu Samson. Das konnte doch nicht so enden? Es musste einfach einen Weg geben, in das Gebäude zu gelangen.

»Wir bräuchten einen Panzer, um hier hereinzukommen«, sagte Samson resigniert und senkte den Blick.

»Nein! Nein! Nein!«, rief Anna-Maria. Das durfte nicht sein. Samsons Worte brachten sie auf eine Idee. Adrenalin pulste durch ihre Adern. Bevor einer ihrer Freunde reagieren konnte, rannte sie zum Geländewagen und riss die Tür auf. Sorgfältig legte sie den Sicherheitsgurt um und startete mit durchdrehenden Reifen.

Während Mitch ungläubig zusah, nahm sie Anlauf und gab Gas. Der schwere Wagen traf die Doppeltüren der Pforte wie ein gewaltiger Rammbock. Holz splitterte, als die Verankerungen der Türen brachen. Der Wagen stoppte abrupt, aber das Rammen hatte seinen Zweck erfüllt. Die gewaltigen Flügel der Pforte fielen wie in Zeitlupe nach hinten und gaben den Weg frei. Anna-Maria hatte es geschafft.

Rasch löste sie den Sicherheitsgurt und schob die Reste der Airbags beiseite, die ihren Aufprall abgefangen hatten.

Mitch riss die Tür auf. »Du bist zwar komplett wahnsinnig«, sagte er mit einem anerkennenden Blick auf die zersplitterte Pforte, »aber zugegebenermaßen erfolgreich.«

Anna-Maria drängte sich an ihm vorbei und blickte auf den nun weit geöffneten Zugang zum Kloster. »Lass uns Marie suchen«, flüsterte sie und die Entschlossenheit in ihrer Stimme war nicht zu überhören. »Ich spüre, dass mein kleines Mädchen in Gefahr ist.«

Mitch schickte die Securitymannschaft wieder zurück auf ihren Posten, bis auf Zwei, die mit entsicherten Pistolen vorausgingen und die Eingangshalle des Mädchenheims betraten. Die anderen folgten ihnen vorsichtig.

Die Halle war menschenleer. Nach allen Seiten sichernd, versuchte Mitch, sich zu orientieren. Suchend streifte sein Blick die geschlossenen Türen der angrenzenden Räume. Irgendwo hier musste Marie sein. Nur wo? Ein leises, angsterfülltes Wimmern erklang hinter einer der Türen.

Marie!

Anna-Maria rannte los, und bevor jemand des Befreiungsteams reagieren konnte, rüttelte sie schon an der Tür. »Marie?« Mit beiden Fäusten hämmerte sie gegen die verriegelte Tür. »Hab keine Angst, meine Kleine. Ich hol dich gleich hier raus.«

Mitch und Samson brauchten all ihre Kraft um Anna-Maria von der Tür wegzuziehen. Immer wieder versuchte sie, aus der Umklammerung ihrer beiden Freunde auszubrechen, um zur Tür zu gelangen. Die Gefährlichkeit ihres Tuns war ihr nicht bewusst. Die Entführer hätten nur einen Schuss durch die geschlossene Tür abgeben müssen, um sich ihrer hartnäckigsten Verfolgerin zu entledigen.

Als sich Anna-Maria wieder etwas beruhigt hatte, ließ Mitch sie in der Obhut von Samson zurück und huschte los. Dicht an die Wand neben der Tür gedrückt, hämmerte er vorsichtig an die Tür. »Huanitzin. Hier ist Mitch Thromberg. Geben Sie auf. Sie haben keine Chance mehr, zu entkommen.«

Erregtes Stimmengewirr erklang von innen und wieder begann ein Mädchen zu wimmern.

»Huanitzin«, versuchte Mitch es noch einmal. »Öffnen Sie die Tür und übergeben Sie uns das entführte Mädchen! Ich verspreche Ihnen, dass wir danach sofort das Kloster verlassen und Ihre Tat nicht anzeigen. Wir wollen nur das Mädchen.«

Auf das empörte Gemurmel Samsons hinter ihm reagierte Mitch nur mit einer unwilligen Geste. Huanitzins Verbrechen würden natürlich nicht ungesühnt bleiben, aber jetzt ging es erst einmal nur um Marie. Alles andere war unwichtig.

Noch einmal hämmerte Mitch gegen die Tür. »Huanitzin, öffnen Sie endlich. Sonst zwingen Sie uns zu anderen Maßnahmen. Sie haben gesehen, was mit der Eingangspforte geschehen ist. Ich gebe Ihnen jetzt noch eine Minute, dann brechen wir die Tür auf.«

Das leise Geräusch des Schlüssels im Schloss brachte die Spannung in der Halle zum Sieden. Anna-Maria schloss die Augen und hielt sich an Samson fest, als sich die Tür langsam öffnete. Mit einem Ruck riss Mitch sie ganz auf und auf sein Kommando stürmten die Securityleute los.

Doch nach wenigen Schritten blieben sie verwirrt stehen. Statt dem Widerstand der Verbrecher empfing sie lautes Mädchenweinen. Die Schülerinnen des Mädchenheims kauerten angsterfüllt auf dem Boden und die Lehrkräfte der Schule hatten sich schutzbereit vor ihnen aufgebaut. Einige der männlichen Lehrer hatten sich notdürftig mit Stuhlbeinen bewaffnet und starrten jetzt ängstlich auf die Pistolen des Befreiungsteams.

Verblüfft drängte sich Mitch zusammen mit Anna-Maria und Samson in das Zimmer. Während Anna-Maria gleich an ihm vorbeistürmte, um unter den anwesenden Mädchen nach ihrer Tochter zu suchen, wandte er sich drohend an einen der versammelten Lehrer. »Wo ist Huanitzin?«, fragte er auf Englisch. »Und kommen Sie mir nicht mit Ausflüchten. Wir wissen, dass er hier ist.«

Es entstand zunächst eine kurze Verwirrung, bis einer der Lehrer vortrat, der ausreichend Englisch verstand, um ihm zu antworten. Trotzig reckte er sein Kinn. »Erklären Sie uns bitte zunächst, was Ihr brutales Eindringen hier zu bedeuten hat? Wir verstehen es nicht. Wieso sind Ihre Männer bewaffnet, und wieso brechen Sie unsere Türen auf?«

Mitch musterte ihn verächtlich. »Sie wollen also leugnen, dass Huanitzin hier ein entführtes Mädchen versteckt hält? Wieso haben Sie dann die Pforte verriegelt, als wir eintrafen?«

»Was hätten Sie gemacht, wenn plötzlich eine Horde bewaffneter Männer vor Ihrer Tür aufgetaucht wäre?«, fragte der Lehrer mutig zurück. »Und von einem entführten Mädchen wissen wir nichts. Von unseren Schülerinnen fehlt keine und wir wissen nicht, was Sie damit meinen.«

Mitch musterte sein Gegenüber. Konnte es sein, dass die Lehrkräfte dieser Schule tatsächlich nichts von dem grausamen Treiben Huanitzins wussten? Aber wo war der Mexikaner? Wo war Marie?

Mitch entschloss sich, den Lehrern die Wahrheit zu sagen. Sie sollten den Grund für ihr Überfallkommando erfahren. »Huanitzin ist ein Ungeheuer«, sagte er und wies auf Anna-Maria, die verzweifelt auf einen der Stühle gesunken war. »Er hat die Tochter dieser Frau dort entführt. Wir haben Beweise, dass sie nach Mazatlán gebracht wurde.«

Mitch wartete ab, bis der Lehrer übersetzt hatte und die überraschten Ausrufe abgeklungen waren.

»Und wir wissen, dass Huanitzin, Adoptionen vortäuscht, um Mädchen aus dieser Schule einem grausamen Blutgott zu opfern.«

Der Lehrer fragte mehrmals nach, bevor er Mitchs Worte für alle Anwesenden übersetzte, die ihn immer noch ungläubig anstarrten. Gemurmel erfüllte den Raum.

»Was Sie hier behaupten, ist doch völlig aus der Luft gegriffen«, sagte der Lehrer empört. »Doktor de Huanitzin ist ein anerkannter Wohltäter. Er ist leider nicht hier, um sich zu verteidigen. Ich kann mir aber weder vorstellen, dass er ein unschuldiges Mädchen entführt hat, noch glaube ich ihre völlig unsinnige Behauptung, dass eine unserer Schülerinnen in Gefahr ist, von ihm geopfert zu werden.«

Schwer wie Blei hingen die Worte im Raum. Mitch überlegte fieberhaft. Wenn es stimmte, dass Huanitzin und Marie nicht hier waren, hätten sie nichts in der Hand, die Anwesenden zu überzeugen. Resigniert blickte er zu Boden.

Eine leise Stimme unterbrach die Stille im Saal. Eines der Mädchen hatte sich erhoben und begann zu reden.

»Was sagt sie?«, rief Mitch, dem das Mienenspiel des Lehrers, während das Mädchen sprach, nicht entgangen war.

Er räusperte sich mehrmals, bevor er antwortete. »Sie behauptet, sie habe das entführte Mädchen gesehen«, sagte er schließlich.

Der Stuhl flog um, als Anna-Maria aufsprang. Das konnte der Durchbruch sein. Vielleicht war Marie doch noch hier irgendwo im Kloster eingesperrt?

Der Lehrer schüttelte noch immer fassungslos den Kopf und fuhr fort: »Sie sagt, dass sie gestern durch das Toilettenfenster gesehen hätte, wie der Chauffeur von Doktor de Huanitzin ein bewusstloses Mädchen ins Haus getragen hat.«

»Wo ist sie?«, rief Anna-Maria. Ihre Hände krallten sich mit ihren Nägeln tief in die Schultern des Lehrers. »Wo wird meine Tochter gefangen gehalten?«

Der Lehrer stöhnte vor Schmerzen und versuchte sich zu befreien.

»Wo ist ihr Gefängnis?«, schrie sie.

Mitch gelang es nur mit Mühe, sie von dem Lehrer wegzuziehen. Er wusste, wenn sie Marie finden wollten, brauchten sie die uneingeschränkte Mitarbeit der Lehrer und Schülerinnen.

Mit schmerzverzerrtem Gesicht rieb sich der Lehrer seine Schultern. »Sie hat gesehen, wie das Mädchen in den Keller gebracht wurde. Und dann hat Señora Mendoza die Tür mehrfach abgeschlossen«, sagte er nach Rückfrage bei seiner Schülerin.

»Wo ist dieser Keller?«, fragte Mitch so ruhig er konnte. Er spürte, dass ihre Befreiungsaktion jetzt vor einer entscheidenden Wende stand.

Der ältere Lehrer eilte aus dem Raum, um die Kellerschlüssel aus dem Zimmer der Schulleiterin zu holen. Mitch drückte Anna-Maria aufmunternd die Hand, während sie warteten, dass die Tür zu den Kellerzellen endlich offen war. Anna-Maria drängte die steile Treppe hinunter und rief laut Maries Namen, während die anderen ihr hinterherstiegen.

Offensichtlich hatte die Schülerin die Wahrheit gesagt. In einem der in den Fels gehauenen Kellergewölbe fanden sie ein einzelnes Bett und darauf das T-Shirt, das Marie bei ihrem Verschwinden getragen hatte.

Anna-Maria drückte das Kleidungsstück ihrer Tochter gegen die Brust, während sie versuchte, die Verzweiflung, die sie zu überwältigen drohte, nicht an sich heranzulassen.

Nachdem die Lehrkräfte die Mädchen auf ihre Zimmer gebracht hatten, trommelte Mitch alle in der Aula der Schule zu einem Kriegsrat zusammen.

Übereinstimmend berichteten die Lehrer, dass Huanitzin gemeinsam mit der Schulleiterin kurz nach Mittag abgereist wäre. Es war eine überraschende Abreise gewesen, denn eigentlich sei für den Nachmittag eine Lehrerkonferenz vorgesehen gewesen, an der Huanitzin in seiner Funktion als Stiftungsleiter teilnehmen wollte. Erst am Abend hatte er vorgehabt, zusammen mit der Schulleiterin, nach Mexico City zu fliegen. Für die vorgezogene Reise hatte er wichtige Geschäfte als Entschuldigung vorgebracht und niemand der Lehrkräfte hatte Grund gehabt, seiner Aussage zu misstrauen. Auch die Begleitung der Schulleiterin war normal. Zweimal im Jahr musste sie ihren Rechenschaftsbericht bei der Stiftung präsentieren, und dafür reiste sie immer für eine Woche in die mexikanische Hauptstadt. Dieser Termin stand nun wieder an und niemand hatte sich deshalb über ihre Abreise gewundert.

Auch für das unbemerkte Wegbringen Maries gab es eine Erklärung. Das Mittagessen war ein wichtiger Moment im Mädchenheim. Hier wurden die Termine des Nachmittags besprochen, und so galt eine Anwesenheitspflicht für Lehrer und Schülerinnen. Der Chauffeur musste diese Zeit abgewartet und dann das Mädchen unbemerkt aus dem Keller geholt haben. Auf jeden Fall waren Huanitzin und die Heimleiterin direkt nach dem Essen abgereist.

Ein Anruf auf dem Flughafen in Mazatlán bestätigte nur das, was sie schon wussten. Der Privatjet Huanitzins war kurz vor ihrer Ankunft gestartet. Sie hatten den Mexikaner um weniger als eine Stunde verpasst.

Mitch seufzte tief auf.

Er fühlte sich hilflos. Sie wussten weder wo die rituellen Opferungen stattfanden noch etwas über die Hintermänner dieser geheimen Zeremonie.

Eine ausweglose Situation, wie er sich insgeheim eingestand. Entschlossen tippte er Rajeshs Nummer in sein Handy. Er war der Einzige, der ihnen jetzt noch helfen konnte.

Sie mussten Huanitzin finden, bevor er Marie etwas antun konnte.

Die Drohung

Privatjet der Huanitzin Stiftung
Auf dem Weg von Mazatlán nach Mexico City
18:30 Uhr Ortszeit, 10:30 Uhr in Deutschland

Noch drei Nächte bis zur Tagundnachtgleiche

Huanitzin lehnte sich beunruhigt in seinem Flugzeugsessel zurück. Der Anruf, der ihn vor wenigen Stunden erreicht hatte, ließ ihm keine Ruhe. Seine Experten verzweifelten an der Übersetzung der Buchtexte. Sie hatten durch die erzwungenen Aussagen des Professors die Schrift sehr schnell als gespiegelte Tironische Noten erkannt aber die Übersetzung stellte sie vor große Schwierigkeiten. Immer wieder ergaben sich sinnlose Sätze. Offensichtlich waren die Texte verschlüsselt und ohne den genauen Code nicht zu lesen.

Huanitzin knirschte vor Wut mit den Zähnen. Nach tausend Jahren gab es endlich die erste Spur der verschwundenen Heiligtümer und nun das.

Dazu kam, dass seine Experten der Meinung waren, dass die beigefügte Musterübersetzung in deutscher Sprache, die er so überheblich als Fälschung abgetan hatte, tatsächlich stimmen könnte. Die geschichtlichen Daten waren korrekt, und wenn man einige moderne Formulierungen herausnahm, konnte es sich sehr wohl um den Bericht der Wikingerreise handeln.

Als Wissenschaftler wusste Huanitzin, dass es inzwischen Computer gab, die alte Sprachen übersetzen konnten. Und die ODYSSEE verfügte über die neuesten Technologien und Mittel. Er war unschlüssig. Was, wenn Thromberg und seine Freunde tatsächlich das Goldene Buch bereits vollständig übersetzt hätten?

Die Rückführung der Heiligtümer war zu wichtig, um einen Fehler zu begehen.

Schließlich rang er sich zu einem Entschluss durch. Es blieb ihm nichts anderes übrig, als mit Thromberg nochmals Kontakt aufzunehmen und die komplette Übersetzung zu fordern.

Klar, dass Thromberg sich jetzt nicht mit einfachen Versprechungen zufriedengeben würde. Der Deutsche hatte ihm die Übersetzungsseite bewusst mitgeschickt. Das Signal war eindeutig. Die Übersetzung gegen die Freilassung Maries. Huanitzin schüttelte den Kopf. Das kam natürlich niemals in Frage. Das Mädchen, das für Quetzalcoatl getanzt hatte, war ein Geschenk der Götter und ihr Herz würde seinen Blutgott stärken, wie keines der anderen Opfer zuvor.

Doch welche Möglichkeiten hatte er, um Thromberg unter Druck zu setzen?

Sein Blick glitt zu dem bewusstlosen Mädchen, das neben Carmen im Sessel festgeschnallt war. Ihr Anblick erregte ihn. Die dünne, weiße Baumwollkleidung, die Carmen dem Mädchen als Ersatz für ihre verschmutzte Kleidung angezogen hatte, betonte ihre weiblichen Formen und ließ sie dadurch viel älter erscheinen.

Nur mit Mühe hielt er sich zurück. Wenn er sie nicht Tezcatlipoca versprochen hätte, würde ihn nichts daran hindern, sie jetzt einfach hier im Flugzeug zu nehmen. Ihre Schreie und ihr Stöhnen würde er mit seinem Handy aufnehmen und die Datei dann ihrer Mutter und diesem Thromberg kommentarlos schicken. Ihr Schmerz wäre Labsal für den Blutgott. Er verzog seine Lippen zu einem grausamen Lächeln, als er sich die Reaktionen der Deutschen vorstellte.

Eigentlich war alles ganz einfach. Wenn er die Bedingungen diktierte, geriete Thromberg unter Druck. Und Huanitzin wusste auch schon, wie er das erreichen konnte. Er wühlte in der Erste-Hilfe-Ausrüstung des Jets, bis er eine scharfe Schere gefunden hatte und ging zu dem betäubten Mädchen.

Huanitzin zeigte Carmen, wie sie seine Handy-Kamera zu bedienen hatte, und positionierte seine Geliebte so, dass die Kamera nur den Kopf des Mädchens erfasste.

Sorgfältig nahm er Maß, bevor er die Schere ansetzte. Mit einem schmatzenden Geräusch fraß sich die Klinge in das Fleisch. Der plötzliche Schmerz durchbrach die künstliche Betäubung des Mädchens. Sie stöhnte laut auf, ohne aus ihrer Ohnmacht zu erwachen.

Huanitzin hielt das abgetrennte Ohrläppchen in die Kamera und flüsterte seine Forderung in das Mikrofon der Kamera.

Er war sich sicher. Thromberg würde nun tun, was er von ihm verlangte.

Die Erpressung

Kloster der heiligen Johanna von Lestonnac
Rund 80 km von Mazatlán, Mexiko entfernt
21:00 Uhr Ortszeit, 13:00 Uhr in Deutschland

Noch drei Tage bis zur Tagundnachtgleiche

»Okay - wir sind jetzt wieder zum Flughafen unterwegs. Sagt uns bitte Bescheid, wenn ihr was Neues wisst.«

Mitch schaltete sein Handy aus und setzte sich Anna-Maria und Samson gegenüber. »Der Jet wartet auf uns in Mazatlán. In knapp drei Stunden sind wir damit in der Hauptstadt.«

»Und? Was machst du jetzt mit der Polizei?«, fragte Samson. »Informierst du die zuständigen Stellen über die Beweise, die wir hier gefunden haben?«

Mitch nickte kurz. »Ja, das werden wir wohl müssen. Aber ich habe keine Lust auf lange Verhöre. Dafür fehlt uns die Zeit. Deshalb schickt meine Mutter einen ihrer mexikanischen Firmenanwälte. Zusammen mit den Securityleuten wird er die Polizei erst informieren, sobald wir in Mazatlán abgeflogen sind.«

»Warum nehmen wir nicht die Hilfe der Polizei in Anspruch? Huanitzins Schuld ist doch offensichtlich«, fragte Anna-Maria.

Mitch hob abwehrend beide Hände. »Ob die Beweise ausreichen, um Huanitzin zu überführen, ist mehr als fraglich. Du hast gesehen, wie die Polizisten schon bei der Untersuchung seines Jets beide Augen zugedrückt haben. Ich höre schon, wie sie unsere Beweise in der Luft zerreißen. Das T-Shirt des Mädchens? Das kann die Mutter mitgebracht haben. Schließlich gab es keine Beteiligung der Polizei bei der Durchsuchung des Klosters und dadurch keine verifizierte Beweissicherung. Die Entführung des Mädchens nach Mazatlán? Wo sind die Videoaufzeichnungen, die sie als

Beweis anführen? Die Aussage der Schülerin? Wer glaubt der blühenden Fantasie eines pubertierenden Mädchens? Nein, auf die Hilfe der Polizei können wir nicht zählen. Wir können uns nur selbst helfen.«

»Was hat dein Telefonat mit Rajesh gebracht? Hat er eine Vermutung, wo Huanitzin sich in Mexiko City aufhält?«, warf Samson ein.

»Nichts, was wir nicht schon geahnt haben. Huanitzin hat starke Verbindungen nach Teotihuacán. Vieles spricht dafür, dass diese traditionelle Stätte der Schauplatz der Opferungen ist, auch wenn wir noch nicht wissen, wie ein so öffentlicher Ort Schauplatz blutiger Opferriten sein kann. Wir wissen auch, dass der Stammsitz der Huanitzins direkt an die Fläche der Ausgrabungsstätte angrenzt. Rajesh vermutet, dass sich Huanitzin dorthin zurückgezogen hat. Aber wir haben keine Ahnung, wie wir da an ihn herankommen sollen. Das ganze Gelände ist besser gesichert als Fort Knox. Elektrische Zäune, Kameras, Security, Hunde - das volle Programm.«

Samson zuckte resigniert mit den Schultern. »Aber was können wir dann in Mexico City ausrichten?«

»Wir sind vor Ort. Irgendwie muss es eine Möglichkeit geben, das Opfer zu verhindern. Rajesh hat den Computer des Mexikaners noch nicht hacken können. Aber auch er ist überzeugt, dass sich alles auf Teotihuacán und die Mondpyramide konzentriert. Da müssen wir hin. Das ist unser Ziel.«

»Gibt es schon Erkenntnisse, wie die Sektenmitglieder miteinander kommunizieren, und wer noch alles zu dieser Tezcatlipoca-Sekte gehört?«, fragte Anna-Maria, die gefasst der Unterhaltung gelauscht hatte. Es schien fast so, als ob der misslungene Befreiungsversuch noch einmal alle ihre Kräfte aktiviert hätte.

Mitch schüttelte den Kopf. »Leider nicht. Aber auch hier meinte Rajesh, dass sie auf einer heißen Spur seien und bald Erkenntnisse hätten.«

»Das heißt im Klartext. Wir versuchen in einem fremden

Land, dessen Sprache wir noch nicht einmal sprechen, die Nadel im Heuhaufen zu finden«, erwiderte Samson wütend und strich sich die Haare aus der Stirn.

»Stimmt, aber was anderes bleibt uns nicht. Also los!«

Kurze Zeit später waren sie unterwegs nach Mazatlán. Im Auto herrschte nach den hektischen Aktivitäten der letzten Stunden eine fast gespenstische Stille. Jeder hing seinen Gedanken nach. Anna-Maria hatte die Erschöpfung überwältigt und war in einen unruhigen Schlaf gefallen. Auch Mitch konnte nur noch mühsam die Augen aufhalten, als ein leises Klingeln seines Handys ankündigte, dass er soeben eine Mail empfangen hatte. Neugierig schaute er auf den Absender und wurde blass.

»Anonym. Ich glaube, das ist von Huanitzin.«

»Na dann schau nach«, drängte Samson. »Du hattest doch gehofft, dass er sich wieder meldet.«

Schlimme Ahnungen durchfuhren Mitch als er den Videoanhang der E-Mail öffnete.

In Zeitlupe verfolgte er, wie Maries Ohrläppchen abgeschnitten wurde. Schnell drehte er die Lautstärke hoch, um keines der geflüsterten Worte des Entführers zu verpassen.

»Hallo Thromberg. Das ist bis jetzt nur ein Spiel und wird das Mädchen nicht sonderlich entstellen. Aber in einer Stunde ist das ganze Ohr weg, in der nächsten Stunde nehme ich mir die Nase vor und so weiter. Jedes Mal schicke ich ein Video. Aber Sie können es noch verhindern. Schicken Sie innerhalb der nächsten dreißig Minuten die gesamte Übersetzung und ich verspreche Ihnen, das Mädchen nicht weiter zu foltern. Dreißig Minuten ab jetzt.«

Damit endete das Video und die beiden Freunde sahen sich entsetzt an.

»Was willst du jetzt tun?«, flüsterte Samson, um Anna-Maria nicht zu wecken. Keiner von ihnen wäre imstande gewesen, ihr jetzt das Video zu zeigen.

Mitch schloss verzweifelt die Augen. Sie hatten keine Wahl.

Schnell wählte er Rajeshs Nummer und forderte ihn auf, die Übersetzung an Huanitzin zu schicken. Rajesh widersprach, aber Mitch blieb hart, denn sie mussten Zeit gewinnen. Das war das Einzige, was zählte.

Samson schüttelte sorgenvoll den Kopf. »Was ist, wenn er das Fehlen des letzten Kapitels bemerkt? Er wird denken, dass wir die Auflösung bewusst zurückhalten, und wird sich deswegen erst recht an Marie rächen wollen.«

»Ja, so wird es sein«, pflichtete Mitch ihm bei und tiefe Sorgenfalten kerbten seine Stirn. »Aber das können wir im Moment nicht ändern. Deshalb können wir nur hoffen, dass wir schneller sind. Wir müssen entweder Marie oder die Reliquien vorher finden.«

»Wirst du ihr das Video zeigen?«, fragte Samson leise und warf einen unsicheren Blick auf Anna-Maria, die gerade laut und vernehmlich im Schlaf stöhnte.

Mitch nickte. »Ja, das muss ich wohl. Alles andere würde sie mir niemals verzeihen. Aber nicht gleich. Ich muss ihr auch etwas Hoffnung geben. Vielleicht haben Thomas und Johanna ja Glück. Wenn sie das zweite Buch rechtzeitig finden, können wir weiter verhandeln. Ansonsten bleibt uns nur die Hoffnung, Marie in letzter Sekunde befreien zu können.«

Glück

Privates Forschungsschiff LONGIMANUS
3 km vor der deutschen Nordseeküste
5:30 Uhr Sonnenaufgang

Noch zwei Nächte bis zur Tagundnachtgleiche

Die Sonne ging gerade auf, als Thomas das Steuerhaus betrat.

»Hat sich der Helikopter schon gemeldet?«, fragte er den Kapitän nervös und nahm dankend eine Tasse heißen Kaffees entgegen.

»Noch nicht, aber der Kapitän der POLARSTERN hat vor zwanzig Minuten per Funk die Übergabe des Echolots bestätigt. Das Gerät ist also schon auf dem Weg.«

Thomas war erleichtert und nahm sich vor, Professor Baldwin, den wissenschaftlichen Leiter des Forschungsschiffes POLARSTERN, noch einmal persönlich für die Überlassung des Echolots zu danken. Zwar hatte es seine ganze Überredungskunst und zusätzlich den geballten Einsatz der Beziehungen von Christa Thromberg gekostet, aber letztendlich hatte der Professor gestern Nacht noch eingewilligt und ihnen die neue Technik samt Bedienungsteam für zwei Tage vermietet. Für eine horrende Summe zugegeben, aber das weiterentwickelte Sediments-Echolot, das auf der POLARSTERN im Testeinsatz war, bedeutete ihre einzige Chance, das Buch zu finden.

Pures Glück, dass er den Fachartikel über das neuentwickelte Gerät gelesen hatte und noch mehr Glück, dass die POLARSTERN gerade in einer Hamburger Werft lag.

»Darf ich Sie fragen, was an dem Echolot so Besonderes ist? Wir haben doch bereits einen Sedimentscanner an Bord?«, fragte der Kapitän neugierig.

Thomas nahm noch einen Schluck, bevor er antwortete.

Seine Begeisterung für die neue Technik war dabei nicht zu überhören. »Es ist eine revolutionäre Weiterentwicklung der Technik, die wir benutzen. Aber dort, wo wir im Moment nur Schatten im Boden sehen können, zeigt die neue Technik klar umrissene Formen, die über den Computer sogar in 3-D dargestellt werden können. Die Technik ist völlig neu und wird meiner Ansicht nach die Unterwasserarchäologie revolutionieren.«

»Sie meinen, wir können damit das zweite Goldene Buch unter dem Sand sehen?«

»Das hoffe ich«, antwortete Thomas und strich sich nervös die Haare aus der Stirn. »Ich habe gestern Nacht noch lange mit Professor Baldwin diskutiert. Trotz der enormen Auflösung ist das neue Echolot leider kein Wundermittel. Steine und feste Sedimente können das Ergebnis beeinflussen. Aber wenn man weiß, nach was man suchen muss – also nach Größe, Form und Materialdichte - dann könnte es klappen.«

Ein schneller Seitenblick des Kapitäns streifte das besorgte Gesicht von Thomas. »Sie sehen nicht sehr optimistisch aus. Befürchten Sie Probleme?«, fragte er gespannt.

Thomas nickte, gab jedoch keine Antwort. Ja, er befürchtete Probleme. Es war mehr als wagemutig, was sie hier vorhatten. Das Ausprobieren einer neuen Technik war immer sehr zeitaufwendig und der Einsatz der Taucher war voller Probleme. Doch es blieb ihm nur dieser eine Tag, um das zweite Goldene Buch zu finden. Um es anders zu sagen, er hatte nur einen Schuss und der musste treffen. Nur, wie sollte er das dem Kapitän und seinen Teamkollegen vermitteln, ohne sie gleich zu demotivieren? Nein, die Probleme musste er selbst austragen und hoffen, dass sie Glück dabei hatten.

Die Funkanlage rauschte und enthob ihn einer Antwort. Der Pilot des Firmenhelikopters meldete sich. In knapp einer halben Stunde würden sie eintreffen. Mit an Bord das Testgerät mit dem Bedienungspersonal der POLARSTERN.

Thomas öffnete die Tür des Steuerhauses. Es wurde höchste Zeit, Johanna und Professor Wagner zu wecken.

Aber es ging dann doch nicht so schnell, wie Thomas gehofft hatte. Er war mit den Nerven am Ende, als die Techniker der POLARSTERN endlich kurz vor Mittag die lange Stange mit dem Echolot ins Wasser gleiten ließen. Alle drängelten sich gespannt um den zentralen Monitor der Sendeeinheit, als das erste Ergebnis angezeigt wurde. Aber noch mehrfach musste der leitende Ingenieur die Intensität der Frequenzen nachregeln, bis er endlich zufrieden war.

Thomas schaute nervös auf die Uhr. Bald würden wieder die Gezeitenströmungen einsetzen und damit wurde das Zeitfenster für den Einsatz der Taucher immer enger. Wenn sie nicht schnell ein Ergebnis hätten, müsste er den Einsatz auf morgen verschieben – mit unübersehbaren Folgen. Er wollte gar nicht daran denken, wie er das Mitch oder Anna-Maria erklären sollte. War die Idee mit dem neuentwickelten Echolot am Ende doch keine so gute Idee und er hatte dadurch nur Zeit verschwendet? Thomas schloss die Augen, als er an die Konsequenzen seiner Entscheidung dachte.

Endlich hatte der Computer den Scan berechnet und zeigte nun das Ergebnis auf dem Bildschirm. Thomas schwitzte vor Aufregung, als er den farbigen Screen vor sich musterte. Das Bild zeigte den Meeresboden von oben. Der Schallkegel des Echolots, der kreisförmig den Meeresboden reflektierte, wirkte wie ein riesiger Scheinwerfer. Deutlich war in der Mitte des Scans die Form eines langgestreckten schlanken Schiffes zu erkennen. Rundherum war der Boden mit unzähligen kleinen Flecken übersät, die sich zum Teil sogar gegenseitig überdeckten. Jeder davon konnte das Buch sein.

Thomas schaute zutiefst enttäuscht hoch. Dass im Meeresboden noch viele Teile der Ladung verborgen waren, wusste er schon vorher. Nur wie konnten sie darunter das Buch lokalisieren?

Fragend wandte er sich an die Bedienungsmannschaft. Doch anstatt einer Antwort tippte der Ingenieur nur einige kurze Befehle in den Computer.

Der Meeresboden schrumpfte auf einen schmalen Korridor

in der Mitte des Screens zusammen. Wie von Geisterhand klappte links und rechts der jeweilige Querschnitt des Bodens darunter auf. Die verschiedenen Sedimente wurden durch farbige Felder dargestellt. Und dort inmitten der Sedimente sahen sie die Flecken, die sie vorhin von oben gesehen hatten und die wohl Teile der Ladung darstellten. Ein Klick auf einen der Flecken vergrößerte diesen und mit einem weiteren Klick berechnete der Computer eine 3-D-Darstellung der Form. Das dauerte zwar quälend lang, aber dafür war das Ergebnis spektakulär. Deutlich war die Form zu erkennen und direkt daneben wurden genaue Maße und die Tiefe angezeigt, in der das Teil im Sand vergraben war. Schon der erste Fleck entpuppte sich als eine der goldenen Statuen, die zur Ladung des Wikingerschiffes gehörten. Thomas hielt es nicht mehr auf dem Sitz. Begeistert sprang er auf. Das Echolot übertraf seine kühnsten Erwartungen.

Doch der Ingenieur stoppte seinen Überschwang. »Freuen Sie sich nicht zu früh«, sagte er. »Ich hatte keine Ahnung, wie viele Artefakte hier im Meeresboden liegen. Dazu kommen natürliche Flecken wie Steine oder Sedimentverdichtungen, die wir ausschließen müssen. Wenn ich nur diesen schmalen Streifen nehme, wird es wohl Tage dauern, bis wir die Analysen abgeschlossen haben.«

»Wir können die Suche eingrenzen«, erwiderte Thomas, der sich nichts von seiner Begeisterung nehmen ließ. Hastig reichte er dem Ingenieur einen Ausdruck. »Hier habe ich die genauen GPS-Daten, wo wir das erste Buch gefunden haben. In diesem Areal sollten wir mit der Suche beginnen.«

Die Spannung war auf dem Siedepunkt, als der Computer endlich die neuen Berechnungen abgeschlossen hatte.

Wieder zeigte sich zunächst der Meeresboden. Dieses Mal reduziert auf den Suchbereich. Zahlreiche schwarze Flecken wiesen auf den möglichen Lageort von Artefakten hin.

»Können Sie mir die ungefähren Maße des gesuchten Gegenstandes geben?«, fragte der Ingenieur. »Damit könnten wir die Suche einengen.«

»Das können wir sogar auf den Millimeter genau«, erwiderte Johanna und gab dem Techniker die Abmessungen des Goldenen Buches. »Wir gehen davon aus, dass das zweite Buch genau so groß ist.«

»Das macht es deutlich einfacher«, sagte der Techniker und ein Mausklick radierte wie von Zauberhand all die schwarzen Flecken weg, die zu klein oder zu groß waren. Nur noch zwei blieben übrig. Der Erste entpuppte sich schon bei der Vergrößerung, als ein abgebrochenes Holzstück, doch als der zweite Fleck vergrößert wurde, hielten alle den Atem an. Und die 3-D-Darstellung machte dann endgültig klar, dass sie auf einer heißen Spur waren. Die rechteckige Form und die Maße passten. Es konnte, nein, es musste das zweite Buch sein, das sie live vor sich sahen, obgleich das Original noch genau vierundachtzig Zentimeter tief im Boden vergraben war.

»Das muss es sein. Und annähernd genau da, wo ich es vermutet habe«, jubelte Thomas und klopfte dem Ingenieur voller Freude auf die Schulter. »Ihr seid großartig, Jungs. Jetzt wo wir wissen, wo das Buch im Sand verborgen ist, haben wir tatsächlich eine Chance, es zu bergen. Ich muss sofort an Deck, um die Taucher zu benachrichtigen.« Triumphierend drückte er noch schnell seine Frau an sich und eilte dann an Deck.

»Sollen wir noch weiter suchen?«, fragte der Ingenieur grinsend. »Eigentlich ist unsere Aufgabe ja jetzt erledigt, oder?«

»Das glaube ich nicht.«, erwiderte Johanna und deutete schmunzelnd auf all die schwarzen Flecken rund um das Wikingerboot. »Wenn ihr schon mal hier seid, dann könnt ihr uns auch helfen, all die Artefakte zu identifizieren.«

Während sich das Technikerteam seufzend daran machte, den Bodenscan komplett auszuwerten, bereitete Thomas an Deck den Bergungstauchgang vor. Mit wenigen Steuerungsgriffen hatte er die Tauchroboter auf die Position des vergrabenen Buches eingeschwenkt und beobachtete nun aufmerksam die Kamerabilder der Tauchroboter. Es war dunkel. Doch die Sicht war klar, soweit man die Sicht in der Nordsee überhaupt als klar bezeichnen konnte.

Aber zumindest der Sandnebel von gestern hatte sich gesetzt. Die Lampen der Tauchrobcter markierten die Fundstelle für die Taucher. Alles war vorbereitet, denn die Zeit der Taucher unter Wasser war begrenzt. Der gleichbleibende Druck in ihren speziellen Tieftauchanzügen schützte sie zwar vor der gefürchteten Dekompressionskrankheit, die das längere Arbeiten in einer solchen Tiefe unmöglich gemacht hätte, aber auch so war der Tauchgang alles andere als ungefährlich. Kälte und Anstrengung würden ihren Tribut fordern. Doch das größte Problem war die bald wieder einsetzende starke Gezeitenströmung, die das Tauchen an dieser Stelle zu einer hochgefährlichen Angelegenheit machen würde. Spätestens dann müssten sie wieder aufsteigen, egal ob ihre Suche erfolgreich gewesen war oder nicht. Es galt, die Zeit optimal zu nutzen und unnötige Verzögerungen zu vermeiden.

Aus diesem Grund hatte Thomas die Little Turtle, das kleine U-Boot der LONGIMANUS, als Verstärkung eingesetzt. Der Pilot der Little Turtle sollte die Taucher punktgenau zur Bergungsstelle bringen und dann, sobald das Buch freigeschaufelt war, die Greifklaue einsetzen und das wertvolle Paket so schnell wie möglich mit den Tauchern im Huckepack wieder zum Mutterschiff zurückbringen. Aber um an das Buch zu kommen, mussten die Taucher zunächst einmal die über achtzig Zentimeter dicke Sandschicht abtragen. Das war schon im Normalfall eine mühsame Arbeit, in gut vierzig Meter Tiefe wurde daraus ein lebensgefährliches Abenteuer.

Thomas hatte kurzfristig überlegt, die Sandschicht von dem automatischen Absauger abtragen zu lassen, aber dann doch schnell wieder Abstand von der Idee genommen. Es war einfach zu gefährlich. Durch die aufgewirbelten Sandmassen würden die Taucher noch nicht einmal eines ihrer Instrumente erkennen können, geschweige denn die richtige Bergungsstelle. Und bis sich der Sand wieder gesetzt hätte, wäre es wahrscheinlich tiefe Nacht und sie müssten bis zum nächsten Morgen warten. Also blieb nur die Bergung per Hand.

Das Taucherteam signalisierte, dass sie bereit waren und Thomas ging noch einmal zu ihnen, um die letzten Sicherheitschecks zu überwachen. Die beiden Taucher waren neben einer permanenten Funkverbindung mit speziellen Sicherheitswesten ausgestattet, die sie im Notfall sofort nach oben bringen würden. Ausgelöst wurden die Westen entweder durch die Taucher selbst oder per Funk durch das Oberflächenteam, falls der Taucher ohnmächtig wäre. Dazu wurden alle Körperdaten, wie Atmung, Herzschlag permanent gemessen. Sicherheit stand an oberster Stelle bei diesem Versuch. Thomas hätte sich nicht verziehen, wenn einer der Taucher zu Schaden gekommen wäre, nur weil er wegen der eiligen Bergung eine Sicherheitsbestimmung nicht beachtet hatte.

Auch die Bilder, die ihnen die Tauchroboter von der Bergungsstelle lieferten, waren eine wichtige Hilfe, um notfalls den Tauchgang abbrechen zu können.

Die Little Turtle wurde ins Wasser gesetzt und dümpelte neben der LONGIMANUS, bis sich die beiden Taucher auf den Außensitzen angeschnallt hatten.

Johanna kam zu Thomas an die Reling und beugte sich neugierig nach vorne, um die Luftblasen zu verfolgen, die sich langsam vom Mutterschiff entfernten. »Wie lange brauchen sie bis zum Wrack?«

»Knapp drei Minuten«, antwortete Thomas und ging zu der mobilen Zentrale, die sie an Deck eingerichtet hatten, nachdem das Echolot-Team den Computerraum in Beschlag genommen hatte. Nach einer schnellen Überprüfung setzte er sich zu den Technikern, die den Tauchgang überwachten. Einladend deutete er auf den freien Stuhl neben sich und zog sich das Headset über die Ohren. »Komm Johanna. Nimm dir einen der Kopfhörer, dann kannst du live dabei sein und gleichzeitig alles hier auf den Monitoren verfolgen.« Dabei deutete er auf die Bilder, die die Kameras der Tauchroboter vom Meeresgrund sandten.

Das ließ sich Johanna nicht zweimal sagen.

Angespannte Minuten vergingen, während derer sich das U-Boot der Bergungsstätte näherte.

»Wie sind die Körperfunktionen? Sind die Taucher okay?«, fragte Thomas.

»Alles im grünen Bereich. Puls, sowie Herz- und Atemfrequenz sind normal. Die Jungs sind kalt wie eine Hundeschnauze.«

Thomas lachte. »Ja, das denke ich, kalt wird ihnen sicherlich sein. Das Thermometer des U-Bootes zeigt acht Grad. Aber jetzt sind sie auch gleich unten.«

Gespannt beugte er sich vor, um die Monitore im Blick zu haben und tatsächlich kam das U-Boot langsam ins Bild und schwebte direkt über der Fundstelle. »Bitte noch mal die Stelle überprüfen«, verlangte Thomas. »Sonst graben Sie an einer falschen Stelle.«

Hektische Betriebsamkeit brach aus, während das U-Boot seine Position feinjustierte. Dann schwebten die beiden Taucher zu Boden. Als sie den Meeresgrund berührten, wurden die beiden Druckanzeigen der Atemflaschen eingeblendet. Sobald der Restdruck erreicht war, müsste der Tauchgang abgebrochen werden.

»Wir fangen an«, kam die Meldung der Taucher und sie begannen, den Sand von der Fundstelle freizuschaufeln.

Doch es ging langsam, zu langsam.

»Was sind die Probleme?«, fragte Thomas, der die Schwierigkeiten der Taucher aufmerksam beobachtete.

»Der Sand ist wie Beton«, berichtete einer der Taucher. Er keuchte bereits und seine deutlich gestiegenen Körperdaten zeigten, wie anstrengend die Arbeit war.

Nach einer halben Stunde wurde klar, dass die Taucher den Wettlauf gegen die Uhr verlieren würden. Erst die Hälfte des Sediments war abgetragen, aber die Taucher waren bereits völlig erschöpft.

Die Gezeitenströmung setzte ein und die Taucher sicherten sich gegenseitig, um nicht weggerissen zu werden.

»Abbruch!«, verkündete Thomas widerstrebend und die

Taucher schwebten wieder zu ihren Sitzen auf dem U-Boot. Langsam glitt das U-Boot aus dem Licht der Unterwasserroboter und begann seine Aufwärtsfahrt.

»So ein Mist«, fluchte Thomas und riss sich das Headset vom Kopf. »Und dabei waren wir so dicht davor.«

»Was willst du jetzt machen?«, fragte Johanna.

Thomas schaute kurz auf seine Uhr und überlegte. »Es gibt nur noch eine Möglichkeit«, sagte er entschlossen. »Aber die ist leider verdammt gefährlich.«

»Was meinst du?«

»Ich setze doch den automatischen Sauger ein. Damit kriegen wir den Sand weg.«

»Aber in dem aufgewirbelten Sediment ist doch jeder Taucher blind«, warf Johanna ein.

»Nicht, wenn er über das neue Echolot geleitet wird«, erwiderte Thomas und schaute seine Frau ernst an.

»Aber die Sandkörner werden doch wie eine Mauer wirken. Da sieht selbst die neue Technik nichts«, widersprach sie.

»Doch, ich denke das müsste gehen. Aber sicherheitshalber lasse ich mir meine Idee von den Technikern des Echolots bestätigen.«

»Was meinst du damit?«

»Komm einfach mit, dann brauch ich es nicht zweimal zu erzählen.«

Die Idee von Thomas war ebenso einfach wie gefährlich. Dazu musste das Echolot nur so justiert werden, dass es die Reflexionen der kleinen Sandkörner ausblendete. Er würde das Absaugen immer wieder zwischendurch unterbrechen und dem Echolot die Gelegenheit für einen Scan geben. Damit könnten die Techniker die Lage des Buches im Sediment bestimmen, und sobald es frei auf dem Meeresboden lag, könnte es geborgen werden.

Der leitende Ingenieur nickte nachdenklich. »Das könnte theoretisch so klappen«, sagte er. »Aber wir müssen dabei bedenken, dass die Taucher dort unten völlig blind sind. Wir sehen hier oben zwar das Buch im Scan, aber Gnade Gott all denen, die dort unten arbeiten müssen. Der Sandsturm, der nach dem Absaugen dort unten tobt, lässt Sichtweiten von vielleicht einigen Zentimetern zu, mehr nicht.«

»Das ist korrekt«, bestätigte Thomas. »Deshalb werden wir auch keine Taucher mehr einsetzen. Wir nehmen die Little Turtle und leiten das U-Boot über das Echolot. Ich werde mit an Bord gehen und die Greifzange auf eure Funkanweisung bedienen.«

Die anwesenden Fachleute nickten zögernd, nur Johanna protestierte. »Du hast erlebt, wie Mitch das erste Mal mitsamt dem U-Boot hin- und hergeschleudert wurde. Willst du wirklich das gleiche Risiko eingehen?«

»Für das U-Boot besteht kein Risiko«, erwiderte Thomas gelassen. »Wir haben heute keinen Sturm und die Gezeitenströmung ist zwar stark, aber nicht stark genug um mich oder das U-Boot zu gefährden. Das Schlimmste, was passieren kann, ist, dass der Bergungsversuch scheitert. Aber wir müssen es einfach versuchen. Mitch zählt auf uns.«

Johanna verstummte. Er hatte ja recht. Sie brauchten unbedingt das Buch und Thomas' Idee war ihre einzige Chance. Kopfschüttelnd sah sie ihrem Mann nach, als er davonstürmte, um das U-Boot tauchfertig zu machen. Was für ein Dickkopf! Sie musste dringend Mitch anrufen, der sicherlich schon sehnlichst auf eine Nachricht wartete. Und sie sollte auch nach Professor Wagner sehen, der sich vorhin mit den Artefakten im Labor eingeschlossen und darüber wohl die Zeit vergessen hatte.

Thomas hatte ein Bergungsquadrat mit fünf Meter Kantenbreite programmiert. Der vom Echolot ermittelte Fundort lag genau in der Mitte, sodass das U-Boot genügend Spielraum für seinen Greifer hatte. Dazu mussten jedoch fast zwanzig Kubikmeter Sediment abgetragen werden. Der Sauger schaffte bei voller Leistung pro Minute nur zehn Zentimeter Sedimenttiefe pro Quadratmeter. Bis der Schlick also so weit abgetragen war, dass die Little Turtle zum Einsatz kommen konnte, vergingen fast anderthalb Stunden.

Endlich zeigte der letzte Scan des Echolots, dass nur noch wenige Zentimeter fehlten. Bald würde das Fundstück freiliegen. Thomas gab das entscheidende Kommando und hektische Betriebsamkeit überflutete das Deck des Forschungsschiffes.

Das U-Boot war die ganze Zeit im Wasser geblieben und jetzt steuerte der Pilot das kleine Gefährt dicht an das Mutterschiff, damit Thomas übersteigen konnte. Er hatte sich mittlerweile umgezogen. Der dickgefütterte Overall mit dem Logo der ODYSSEE auf der Brust schützte vor der Kälte, die ihn in der Tiefe erwartete. Der Pilot war über Funk instruiert und begrüßte Thomas, als er sich in die enge Kabine zwängte. »Willkommen zum Rundflug!«

»Eher zum Blindflug, bei dem Sandsturm, der uns da unten erwarten wird«, entgegnete Thomas.

Dieser begann in zwanzig Metern Tiefe. Und die Wolken wurden immer dichter, je tiefer das U-Boot sank. Der Pilot umklammerte nervös den Joystick der Steuerung. Von jetzt an konnte er nur noch mit Hilfe der Instrumente und der mobilen Zentrale auf Deck navigieren.

»Langsamer sinken«, kam das Kommando von der LONGIMANUS. »Und genau diese Position halten.«

»Das ist ein bisschen wie ein Nintendo-Spiel für Blinde«, stieß der Pilot hervor. Die Schweißperlen auf seiner Stirn verrieten, wie angespannt er war.

Auch Thomas war nervös. Er hatte sich den Joystick für den Greifarm genommen und wiederholte im Kopf die Bewegungen, die er für das Greifen des Buches durchführen musste. Eigentlich eine einfache Aufgabe, wenn er nur etwas hätte sehen können.

»Das Buch liegt frei«, kam das erlösende Kommando der Techniker von oben. »Wir stoppen jetzt den Sauger und navigieren euch zu der Stelle.«

Es war nicht so schlimm, wie Thomas es sich vorgestellt hatte. Vergleichbar vielleicht, wenn man in völliger Dunkelheit im Keller einen verlorenen Schlüssel sucht und dabei von einem Freund mit Nachtsichtgerät geleitet wird. Durch kurze Kommandos gesteuert, navigierte der Pilot das kleine U-Boot schnell zu der Fundstelle und schwebte dicht davor.

Jetzt kam es einzig und allein auf die Geschicklichkeit von Thomas an. »Versuch das Boot ganz ruhig zu halten«, wies er den Piloten an und tastete mit dem Greifarm nach dem Buch. Das massive Paket war der einzige feste Gegenstand vor ihm. Wenn er einen Widerstand spürte, galt es nur noch die Klauen des Greifarms weit zu öffnen und das Paket zu greifen. Was jedoch in der Theorie so einfach klang, war in der Praxis fast undurchführbar. Das Greifen nach dem Buch gestaltete sich als fast unmöglich, da das U-Boot immer wieder von der eingesetzten Gezeitenströmung versetzt wurde, so sehr sich der Pilot auch bemühte, die Position zu halten.

Thomas war schweißgebadet, als er schließlich aufgab. »So funktioniert das nicht!«, sagte er und ließ enttäuscht die Steuerung des Greifarms los. Sein Gehirn arbeitete jedoch auf Hochtouren. Wie könnten sie das U-Boot so lange stillhalten, bis er das Buch greifen konnte?

»Was ist, wenn wir das Boot auf Grund setzen?«, fragte der Pilot. »Dicht vor dem Buch. Dann kannst du in aller Ruhe das Paket greifen.«

»Das wird zu kompliziert«, sagte Thomas. »Die Sandsauger haben ein tiefes Loch um die Fundstätte ausgehoben, und da das Buch in der Mitte liegt, können wir das U-Boot nicht in die Mulde setzen, sonst würden wir alles abdecken.«

»Kein Problem«, sagte der Pilot. »Ich würde schräg hineinfahren, bis die Bugspitze den Boden berührt. Du musst vorher nur den Greifarm in der obersten Stellung fixieren. Wenn das Boot fest auf dem Boden sitzt, kannst du in aller Ruhe das Buch finden und greifen.«

»Okay, das könnte klappen«, sagte Thomas entschlossen. »Also lass es uns versuchen.«

Um den empfindlichen Bug des U-Bootes sicher auf Grund zu setzen, waren sie noch mehr auf die genauen

Navigationsanweisungen von oben angewiesen. So langsam und vorsichtig, wie es die Strömung zuließ, steuerte die Little Turtle zum Rand der Mulde. Als das Signal von oben kam, ließ der Pilot die gesamte Auftriebsluft ab, und das kleine U-Boot kippte mit dem Bug voran in die achtzig Zentimeter tiefe Mulde.

Thomas hatte den Greifarm weit nach oben gestreckt, damit er bei der Aktion nicht beschädigt wurde. Mit einem Knirschen kam das Boot zum Stillstand und kippte leicht zur Seite, bis der Rand der Mulde das Kippen auffing.

Thomas aktivierte den Greifarm. Er brauchte einige Sekunden, um sich zu orientieren. Dann begann er nach dem schweren Goldpaket zu tasten. Es dauerte nur wenige Minuten, bis er einen Widerstand spürte. Als die Scan-Ortung der LONGIMANUS bestätigte, dass es sich um das Buch handelte, öffnete Thomas die Greifklaue und versuchte das schwere Paket festzuhalten. Doch es brauchte mehrere Versuche, bis er beim Hochnehmen des Armes das Gewicht spürte. Schweißüberströmt drehte er sich zum Piloten um. »Geschafft«, sagte er zögernd, »das Buch ist fest im Griff. Aber wenn ich jetzt versuche, es in eine der Transportboxen zu bugsieren, könnte es passieren, dass ich es wieder verliere.«

Der Pilot nickte zustimmend. »Wir müssen erst einmal wieder Auftrieb bekommen und einige Meter steigen. Aber die Sicht ist da nicht besser. Der sicherste Weg wäre, direkt aufzutauchen.«

»Dann aber ganz langsam und vorsichtig wie eine Feder«, sagte Thomas, und wischte sich mit dem Handrücken einige Schweißperlen aus der Stirn.

Der Pilot zeigte mit dem Daumen nach oben und pumpte in kleinen Stößen Luft in die Auftriebskammern. Erst richtete sich das U-Boot zögernd auf, bevor es gemächlich zu steigen begann.

Thomas hatte den Regler des Lautsprechers heruntergedreht, um den Jubel der Crew oben an Deck der LONGIMANUS nicht mehr zu hören. Er wollte sich nicht ausmalen, was geschehen würde, wenn ihr Fund jetzt in den wirbelnden Sand unter ihnen abrutschte. Es würde wertvolle Zeit in Anspruch nehmen, das Buch neu zu lokalisieren und eine erneute Bergung zu versuchen.

Quälend langsam drehte sich die Anzeige des Tiefenmessers. Der Pilot hatte den Aufstieg auf zwei Meter pro Minute gebremst, sodass sie noch einige bange Minuten Blindflug vor sich hatten. Doch bald würden sich die Sandwolken lichten und einen Blick auf den Fund gestatten. Thomas lehnte sich zurück und schloss kurz die Augen. Jetzt konnte er nur noch abwarten.

»Verdammt.« Die Stimme des Piloten riss Thomas aus seiner Versunkenheit. Er zeigte aufgeregt auf den Monitor vor ihm, dessen Kamera am Greifarm befestigt war. Seit sie den Meeresboden verlassen hatten, war die Sicht Meter um Meter besser geworden. Auf dem Monitor sah Thomas deutlich ein in brüchiges Leder eingepacktes Paket. Zwischen der aufgerissenen Verpackung schimmerte es golden. Es war zweifellos das zweite Goldene Buch. Aber es hing im wahrsten Sinne des Wortes an einem ledernen Faden. Die Greifklaue hatte das Buch zwar gepackt, aber, als die lederne Umhüllung sich auflöste, war das Buch aus dem Griff gerutscht. Im Moment hielt der Greifarm das Paket nur noch, weil es sich durch sein enormes Gewicht an einer Ecke verkeilt hatte. Der kleinste Ruck konnte das Buch heraushebeln und wieder in der Tiefe verschwinden lassen.

Schnell griff Thomas nach dem Joystick des Greifarms, zuckte aber ebenso schnell wieder zurück. Er konnte den Griff der Zange nicht fester schließen, ohne ihn zuvor kurz zu öffnen. Und das bedeutete das Ende dieser Bergungsmission. Seine Gedanken rasten.

»Was ist los bei euch?«, erklang Johannas Stimme aus dem Lautsprecher. »Wieso habt ihr gestoppt?«

Thomas warf einen kurzen Blick auf den Tiefenmesser, der sich nicht mehr rührte.

Der Pilot hatte vorsichtshalber den Aufstieg komplett

gestoppt und das U-Boot schwebte in genau zwölf Metern Tiefe unter der LONGIMANUS.

»Wir haben ein Problem«, sagte Thomas nach einer kurzen Pause, in der er fieberhaft überlegt hatte. »Und ihr seid die Einzigen, die uns helfen können.« Er erklärte Johanna die Lage. »Wir brauchen Taucher mit Hebeballons«, sagte er, »und zwar schnell, bevor das Buch abkippt.«

»Sofort. Schickt uns eine Bojenleine nach oben, damit sie sich orientieren können.«

Die knappe Antwort Johannas zeigte ihm deutlich, dass sie das Problem verstanden hatte.

»Sind unsere Taucher schon wieder einsatzbereit?«, fragte der Pilot. »Die waren nach dem Tauchgang ziemlich fertig.«

»Johanna wird sich schon etwas einfallen lassen«, antwortete Thomas, der volles Vertrauen zu der Organisationsfähigkeit seiner Frau hatte.

Und tatsächlich dauerte es nicht einmal zehn Minuten, bis zwei Taucher auf dem Weg zu ihnen waren. Jede leichte Bewegung des Bootes hatte bei Thomas zu Schweißausbrüchen geführt, aber noch hing das verkeilte Buch fest.

»Die Taucher sind gleich bei euch«, meldete die Zentrale und Thomas beugte sich nach vorne, um durch das kleine Bullauge einen Blick nach oben zu erhaschen. Die Taucher hangelten sich nämlich an der Leine der Boje hinunter, die sie vorhin auf Anweisung Johannas hochgeschossen hatten. Er konnte sie jetzt sehen. Aufgrund der geringen Tiefe trugen die Taucher keine Druckanzüge und waren mit normalen Atemluftflaschen ausgestattet. Einer der Taucher kam Thomas sonderbar bekannt vor, aber dann verdrängte die Sorge um das Buch alles andere. Gespannt beobachtete er, wie die beiden zunächst ein mitgebrachtes Bergungsnetz entfalteten und jeweils einen großen Hebeballon daran befestigten. Dann erst zogen sie das Netz vorsichtig über das abstehende Teil des Buches und verschnürten es. Nur noch die Buchecke, die sich in der Zange verkeilt hatte, lag frei. Der Führungstaucher gab das Signal und sein Kollege begann, die Hebeballons zu füllen.

Thomas zuckte zusammen, als der Führungstaucher zu ihm ans Bullauge schwamm und dagegen klopfte. Es dauerte ein bisschen, bis er begriff, dass dies wohl das Signal an ihn war, die Greifzange zu lösen.

Die Taucher verfügten über keinen Funk und Handzeichen war die einzige Verständigungsmöglichkeit. Nervös nahm Thomas den Joystick und öffnete die Greifzange. Nur kurz rutschten die Hebebojen ab, als das ganze Gewicht des Buches zum Tragen kam. Die Taucher regulierten den Auftrieb der Ballons und langsam begann das goldene Paket nach oben zu schweben. Einer der Taucher winkte ihnen noch zu, bevor er dem wertvollen Buch folgte.

Thomas atmete erleichtert auf. Das Artefakt war gerettet. Jetzt wollte er nur noch schnell nach oben und sich bei den Tauchern und Johanna bedanken. Ihre schnelle Reaktion hatte den zweiten Codex in letzter Minute gerettet.

Da der Pilot jetzt keine Rücksicht mehr nehmen musste, steuerte er die Little Turtle auf dem schnellsten Weg zur Oberfläche.

Als Thomas die Luke öffnete, begrüßte ihn der Jubel der Crew, die komplett an der Reling Aufstellung genommen hatte. Sein Blick suchte nervös die roten Hauben der Hebeballons. Erst als er das beruhigende Okay-Zeichen der Taucher sah, mit denen sie die erfolgreiche Bergung anzeigten, atmete er erleichtert aus.

Thomas konnte es kaum erwarten, das Buch zu untersuchen. Doch zunächst einmal musste die Little Turtle wieder an Deck. Der Haken des Ladekrans wurde durch die Crew an einem der Beiboote verriegelt und das kleine U-Boot an Deck gehievt. Oben angekommen sprang Thomas hastig heraus und eilte an die Reling, um das wertvolle Paket in Empfang zu nehmen.

Vier Männer trugen das Artefakt vorsichtig die Bordtreppe hoch, dicht gefolgt von den beiden Tauchern.

Fast hätte Thomas dabei Professor Wagner umgerannt, der aufgeregt an Deck auftauchte.

»Ist es wirklich wahr? Haben wir das zweite Buch geborgen?«, fragte Professor Wagner gespannt und blinzelte kurzsichtig auf das Paket, das gerade sehr behutsam auf dem Deck abgelegt wurde.

»Ja, das haben wir«, antwortete Johanna und zog die Kopfhaube des Tauchanzugs nach hinten.

Völlig überrascht starrte Thomas seine Frau an. »Warst du das, da unten?«, fragte er ungläubig.

Johannas Lachen war Antwort genug. »Meinst du, ich hätte zugelassen, dass du allein den Ruhm der Bergung bekommst«, sagte sie, wurde dann aber schnell ernst. »Du weißt selbst, dass unsere Taucher noch ihre Ruhezeit einhalten mussten. Und da die Zeit drängte, bin ich mit einem Mitglied der Crew getaucht. Wir haben es ja auch geschafft, oder?«

Statt einer Antwort schloss Thomas seine Frau in die Arme. »Wir sollten das Buch sofort ins Labor bringen«, sagte Professor Wagner. »Nur dort können wir es richtig untersuchen.«

Thomas gab der Crew einen Wink und behutsam trugen sie das Buch zur wissenschaftlichen Abteilung. Die Laborlampen ließen das Gold aufblitzen, als Professor Wagner und Johanna die Reste der ledernen Hülle entfernten.

Thomas hatte die Laborkameras aktiviert, sodass die Untersuchungsschritte sorgfältig dokumentiert werden konnten.

Langsam fuhr Professor Wagner mit den Fingern die Linie der Runeninschrift nach, die ebenso wie beim ersten Band, auf dem Einband eingraviert war.

»Wir müssen sofort die Seiten fotografieren und an Rajesh senden«, drängte Thomas. »Mitch benötigt dringend den Ort, wo die Reliquien versteckt sind.«

»Das ist die gleiche Inschrift, wie auf dem ersten Buch«, murmelte der Professor geistesabwesend und übersetzte flüsternd die Runen: »Die wahre Saga der gefiederten Schlange Kwetzalcoatl - berichtet von Ansgae und Thorwulf.«

»Herr Professor«, drängte Thomas, und endlich ließ sich der Wissenschaftler erweichen, das Buch vorsichtig aufzuklappen. Rasch fotografierte Thomas die einzelnen Seiten und schon wenige Minuten später war der digitalisierte Inhalt auf dem Weg zu Rajesh, der ebenfalls schon sehnsüchtig wartete, seit er die Nachricht von dem Fund bekommen hatte. Die Übersetzungsprogramme waren bereits aktiviert, um nur keine Zeit zu versäumen. Auch ihm war bewusst, wie eng das Zeitfenster für Maries Befreiung inzwischen war. Doch es dauerte bis lange nach Mitternacht, bis er die Übersetzung übermitteln konnte.

»Es handelt sich um eine Art Testament Ansgaes«, teilte Rajesh seinen gespannten Freunden am Telefon mit. Mitch und Samson hatten sich von Mexico City aus in die Telefonkonferenz eingeschaltet, damit alle Mitglieder der ODYSSEE zuhören konnten.

»Das Buch beginnt mit dem letzten Abschnitt der Reise und endet mit dem Testament Ansgaes. Nach dem Testament gibt es keine weiteren Berichte der Reise mehr. Die folgenden Seiten sind vielmehr Aufzeichnungen toltekischer Legenden und Traditionen. Ich habe nur kurz reingelesen. Da ist zum Beispiel eine Legende über die Pforte der Götter oder Regeln für ein kultisches Ballspiel. Ein buntes Sammelsurium von Aufzeichnungen der toltekischen Kultur.«

»Unschätzbar«, stammelte Professor Wagner. »Die Tolteken haben überhaupt keine Aufzeichnungen hinterlassen. Wir wissen so gut wie nichts über dieses Volk. Dieses Buch wird die Geschichtsschreibung der mittelamerikanischen Kulturen nachhaltig verändern.«

»Die Lektüre der Sitten und Gebräuche sollten Sie übernehmen, Herr Professor«, meldete sich Mitch vom anderen Ende der Welt. »Vielleicht finden Sie einen Hinweis. Wir anderen sollten uns auf das Ende des Berichtes und das Testament konzentrieren. Und wir sollten parallel lesen. Es kommt auf jedes Detail an. Ich brauche euch nicht zu sagen, dass es nur noch zwei Tage bis zur Tagundnachtgleiche sind.«

Nach einer kurzen Pause fuhr er fort. »Rajesh, ich weiß, ihr reißt euch die Beine aus. Aber wir brauchen dringend Infos.

Habt ihr inzwischen Neues über Huanitzin erfahren? Konntest du rausbekommen, wo er sich befindet oder wo er sich zur Zeit der Tagundnachtgleichen befand? Irgendetwas, was uns helfen könnte, Marie zu finden?«

Rajesh schwieg kurz, bevor er antwortete. »Bisher keine neuen Erkenntnisse. Leider. Aber wir sind dran.«

Mitch schaute kurz zu Anna-Maria hinüber. Es sprach zwar alles dafür, Huanitzin in Teotihuacan zu vermuten, aber sie brauchten Fakten. Sie hatten keine Zeit eventuell einer falschen Spur hinterherzujagen.

Betroffen erwiderte Anna-Maria seinen Blick. Dieser Huanitzin hatte sein Privatleben mit tausend Schlössern verriegelt. Aber er durfte nicht gewinnen. Anna-Maria atmete entschlossen durch. Das schnelle Auffinden des zweiten Bandes hatte ihr wieder Hoffnung gegeben. Es war noch nicht vorbei. Noch hatten sie eine Chance. Doch dazu mussten sie das Rätsel der verschwundenen Reliquien Tezcatlipocas lösen. Nur mit diesem Druckmittel konnte die Opferung Maries verhindert werden. Entschlossen öffnete sie Rajeshs Übersetzung des letzten Kapitels.

Fortsetzung des Goldenen Buches Quetzalcoatl
Gerichtet an Adaldag, Erzbischof von Hamburg
Datiert auf Ende 10. Jahrhundert

Eure Exzellenz, verzeiht, ich weiß, welch große Verantwortung ich mit meinem Testament in Eure Hände gebe, und ich bedauere sehr, Euch mit diesem schrecklichen Geheimnis belasten zu müssen. Verzeiht mir, dass ich Euch diese Bürde auferlege, aber wer sollte das Wissen um die Reliquien des Teufels besser verwahren können als die Vertreter Gottes?

Deshalb lest mein Testament. Lest, was mir im Land der Toltecas widerfahren ist, und warum die Reliquien Tezcatlipocas für immer verschwunden bleiben müssen.

Den letzten Bericht hatte ich geschlossen mit einer Zusammenfassung des Kriegsrates, den ich mit Toplitzin und Thorwulf abhielt. Wir waren nur zwei Tagesmärsche von Tollan entfernt, aber unser Ziel hatte sich verändert. Toplitzin hatte uns mitgeteilt, dass Huanitzin, der Hohepriester Tezcatlipocas, seine Anhänger in die Stadt der Götter geführt hatte. Dort bei ihrem größten Heiligtum, der Mondpyramide, erwarteten sie uns zum alles entscheidenden Kampf. Sie hatten alle Kräfte zusammengezogen und Toplitzin vermutete, dass sich in Teotihuacán mehrere tausend Kriegerpriester versammelt hatten. Und er hatte noch eine bittere Nachricht für uns. Die meisten Kämpfer der Toltecas würden uns nicht folgen. Die Angst vor den Wunderreliquien des Blutgottes war stärker, als der Gehorsam ihrem Herrscher gegenüber. Aber nicht alle Toltecas waren Feiglinge. Toplitzin selbst würde mit uns ziehen. Zusammen mit seiner Leibgarde, die ihm treu ergeben war. Die zweihundert ausgesuchten Krieger würden unsere Kampftruppe verdoppeln. Insgesamt zwar eine achtbare Streitmacht aber doch verschwindend klein gegen tausende fanatischer Gegner. Da ich überzeugt war, dass Gott mit uns kämpfen würde, riet ich zum sofortigen Angriff.

Auch Thorwulf war meiner Meinung, doch holte er seine Überzeugung aus einem anderen Grund. »Es sind Halbnackte, die mit Steinspitzen nach uns stoßen werden«, sagte er und warf einen entschuldigenden Blick zu Toplitzin, dessen Gesicht bei diesen Worten versteinerte. »Egal, wie verbissen sie kämpfen werden. Unser Schildwall und unser Eisen wird sie vernichten.«

Toplitzin musterte den Anführer der Wikinger mit zornigen Augen. »Unterschätzt die Waffen der Toltecas nicht«, sagte er leise. »Und unterschätzt nicht Huanitzin und seine Schwarzen Priester. Die Pyramide Tezcatlipocas in Teotihuacán ist eine uneinnehmbare Festung und Huanitzin wird nicht zögern, die Kraft der Reliquien gegen uns einzusetzen. Meine Späher haben mir berichtet, *dass seine Männer in weitem Umkreis Mädchen aus ihren Familien entführen. Ich befürchte, er bereitet ein großes Opferfest vor, um den Blutgott selbst zu seiner Unterstützung zu rufen.«*

Schockiert hörte ich zu. Sollten diese Menschenopfer ewig so weitergehen? Wenn wir die Macht der Schwarzen Priester nicht sofort vernichteten, dann würden noch viele unschuldige Menschen sterben.

Ungeduldig sprang ich auf. »Dann lasst uns sofort marschieren und die Schwarzen Priester vernichten. Mein Gott wird nicht zulassen, dass unschuldige Menschen sterben.«

Thorwulf schaute Toplitzin nachdenklich von der Seite an und kam zu einem Entschluss. Seine Worte fielen ihm sichtlich schwer. »Wartet noch Ansgae«, sagte er leise. »Wenn die Mondpyramide wirklich so gewaltig ist, wie Toplitzin sagt, wird es nicht einfach sein, sie zu erstürmen. Wir müssen deshalb versuchen, unsere Aussichten zu verbessern, selbst wenn wir dabei über unseren Schatten springen müssen.«

Fragend sah ich Thorwulf an.

»Wir haben erlebt, wie die Obsidianwaffen der Toltecas an unseren Schwertern wie Glas zerschellen. Das Eisen macht unsere Krieger unbesiegbar. Lasst uns diese Überlegenheit auch den zweihundert Kriegern Toplitzins geben.«

Thorwulf atmete tief durch, bevor er fortfuhr. »Lasst uns die Tolteca-Krieger mit eisernen Waffen ausrüsten, Ansgae. Wir haben genügend Schwerter, Äxte und Lanzen dabei, um eine zweite Armee auszustatten. Damit verdoppeln wir unsere Aussichten, den Kampf zu gewinnen.«

Verblüfft schüttelte ich den Kopf. Einen solchen Vorschlag hatte ich nicht erwartet. Thorwulf musste die Bedrohung durch die Schwarzen Priester höher einschätzen, als ich gedacht hatte.

Toplitzin, der Yolotlis Übersetzung gelauscht hatte, richtete sich erregt auf, als ihm die Bedeutung von Thorwulfs Vorschlag bewusst wurde.

»Wie entscheidet Ihr, Quetzalcoatl? Werdet Ihr den Kriegern der Toltecas vertrauen?«

Ich war unschlüssig. Doch was hatten wir zu verlieren?

Im Kampf gegen die Schwarzen Priester hatten wir nur Toplitzin und seine Krieger zur Unterstützung. Thorwulf hatte recht. Wir mussten die Leibwache Toplitzins mit unseren Ersatzwaffen ausstatten. Nur so könnten wir in Teotihuacán siegen. Ich nickte zustimmend und es war beschlossen.

Die Ausgabe der Waffen wurde gleich für den nächsten Morgen festgesetzt, und Thorwulf bestimmte unter seinen Wikingern Übungsleiter, die mit den Toltecas trainieren sollten. So vergingen die nächsten Tage mit lautem Waffengeklirr, bis Thorwulf endlich mit den Leistungen der eingeborenen Krieger zufrieden war.

Aus unserem Waffenarsenal hatte ich höchstpersönlich ein wertvolles, fränkisches Schwert ausgewählt und es Toplitzin überreicht. Sein Stolz über die Waffe wurde nur noch von seiner Begeisterung übertroffen, als er damit bei einer Übung das erste Obsidianschwert spaltete.

»So werde ich Huanitzin spalten, wenn er mir gegenübertritt«, rief er seinen Kriegern zu und reckte das blitzende Schwert weit über seinen Kopf.

Der Jubel, der daraufhin durch die Hügel schallte, musste wohl bis zu der Stadt der Götter geklungen sein. Denn am nächsten Morgen erreichte uns ein Bote mit einer schockierenden Nachricht: Huanitzin hatte begonnen, seinen Blutgott anzurufen. Am Abend, wenn die Sonne untergegangen wäre, würde das Gemetzel auf der Spitze der Mondpyramide beginnen.

Huanitzin opferte nur junge Mädchen. Ihre Herzen waren es, die den Blutgott selbst auf die Erde bringen sollten, und die Schwarzen Priester streiften bis nach Tollan, um genügend Opfer zu finden. Der Hunger des Blutgottes nach Herzen war unersättlich.

Nun galt es, keine Zeit mehr zu verlieren. Innerhalb weniger Stunden waren wir bereit. Unser Gewaltmarsch führte uns direkt zur Stadt der Götter, dem geheimnisumwitterten Teotihuacán.

Wie soll ich Eurer Exzellenz diese Stadt beschreiben? Es gibt wohl nichts Vergleichbares im ganzen Erdenrund. Selbst das Rom der Antike konnte nicht die Ausmaße gehabt haben, wie diese Stadt. Allein schon die schiere Ausdehnung ihrer Fläche überwältigte uns.

Viele tausend Schritte marschierten wir durch zerfallene Häuserreihen und waren doch nur in die Randbezirke der einstigen Metropole vorgedrungen.

Als im Morgendunst die Spitzen der beiden riesigen Pyramiden vor uns aufragten, verschlug es mir den Atem. Toplitzin hatte zwar von den gewaltigen Ausmaßen erzählt, aber der Anblick der beiden Pyramiden, die jetzt hohen Bergen gleich vor uns aufragten, machte mich sprachlos. Eine schier endlose Straße, die von zahlreichen kleineren und größeren Tempeln gesäumt war, erstreckte sich zwischen den beiden Pyramidenbergen.

Direkt vor uns ragte die gewaltige Sonnenpyramide mit dem zerfallenen Tempel des Quetzalcoatls auf der Spitze empor. Etwa dreitausend Schritte entfernt, am Ende der Tempelallee, lag die ebenso gewaltige Mondpyramide. Einst waren die Tempel und Pyramiden Teotihuacáns wohl komplett mit roter Farbe bemalt, aber heute erinnerten nur noch Stuck- und Farbreste an den einstigen Glanz. Die Stadt war uralt.

Toplitzin erzählte, dass die Ruinen schon da waren, als die Toltecas vor vielen Jahrhunderten ankamen. Ihre Erbauer waren ebenso unbekannt, wie der Grund, weshalb sie verlassen wurde. Doch die Erbauer mussten Götter gewesen sein, um solche Pyramiden schaffen zu können. Das war der Glaube der Toltecas, und sie nannten Teotihuacán deshalb auch ehrfürchtig »Stadt der Götter«.

Vorsichtig näherten wir uns der Mondpyramide. Schon aus der Ferne sahen wir die dicht gedrängte Masse unserer Gegner. Die ganze Pyramide mitsamt dem Vorplatz schien schwarz zu glänzen durch die gewaltige Anzahl unserer Feinde, die sich hier versammelt hatten.

Wie auch die Sonnenpyramide war Tezcatlipocas Heiligtum in Stufen aufgebaut. Die Treppe, die geradewegs zum Himmel zu führen schien, ging über vier vorgebaute Plattformen und auch die Pyramide selbst war unterteilt. Auf den einzelnen Etagen drängten sich mit Speeren und Schwertern bewaffnete Anhänger Tezcatlipocas.

Nur ein schmales Band auf der Treppe war frei und hier hinauf zerrten die Priester in einer schier endlosen Reihe die Mädchen, die sie ihren Familien als Opfer für ihren Gott entrissen hatten. Wie schon bei den Schwarzen Priestern im Land der Chichimex wurden ihnen auf der Spitze der Pyramide die Herzen herausgeschnitten. Die Leichen wurden einfach über die steile Schmalseite gestoßen.

Als wir ankamen, war das Schlachten im vollem Gange und Hunderte von Leichen stapelten sich bereits neben der Mondpyramide. Wir steigerten unseren Marschschritt und Thorwulf gab die letzten Befehle. Seine Strategie war einfach: Nur, wenn alle im Schutz des Schildwalls blieben, konnten wir gegen die Überzahl bestehen. Schnell näherten wir uns dem feindlichen Heer. Sie waren wohl mehr als dreißigmal so viele wie wir und begrüßten unser Erscheinen mit einem wilden Gebrüll. Das laute Signal eines Muschelhorns ließ uns alle zur Spitze der Pyramide aufblicken.

Ihr Hohepriester war aufgetaucht und leitete von dort oben die Kampfhandlungen.

Thorwulf sah, was Huanitzin beabsichtigte. Schnell schrie er einen Befehl und alle Wikinger knieten nieder und hielten ihre schweren, eisenbeschlagenen Schilde über sich. Gerade noch rechtzeitig. Die Priester auf der Pyramide, die den Vorteil des höheren Standortes besaßen, hatten ihre Speere alle zugleich geschleudert. Durch die Höhe fielen sie mit gewaltiger Wucht nieder. Doch an den Schutzschilden der Wikinger splitterten die Spitzen der Wurfgeschosse und die Speerschäfte prallten wirkungslos ab. Drei Speerhagel mussten wir erdulden, bis der Vorrat der Priester zur Neige ging. Wütendes Geschrei schallte uns entgegen, als wir danach zum Angriff vorrückten.

Thorwulfs Krieger bildeten einen dichten Schildwall. Die Woge der anbrandenden Schwarzen Priester brach wie Glas an dieser eisernen Mauer. Die Schwerter und Äxte der Wikinger kamen zum Einsatz. Bald wateten wir in einem Meer von Blut, und es war nur das Blut der Priester. Bisher hatten wir nur einige leicht Verwundete zu beklagen, wogegen die Toten unter den Anhängern Tezcatlipocas in die Hunderte gehen mussten.

Doch noch immer ließ der Druck der Gegner auf uns nicht nach.

Ich blieb dicht neben Thorwulf, der mich mit seinem großen Schild deckte, denn noch immer prallten einzelne Speere zwischen uns auf. Allmählich schoben wir einen Keil durch die Priester und näherten uns der Treppe.

Ein weiteres Kommando des Hohepriesters ließ seine Anhänger auf der Pyramide in Bewegung geraten. So schnell sie konnten, fluteten sie die Treppe herunter, um sich auf uns zu stürzen. Die Situation wurde bedrohlich. Die Priester konnten zwar unseren Schildwall nicht durchbrechen, aber es kamen wohl mehr als dreißig von ihnen auf einen von uns. Bei diesem Verhältnis würde uns auch die Überlegenheit unserer Waffen nicht mehr lange vor der Vernichtung bewahren.

»Jetzt!« Thorwulfs Kommando kam genau, als die zweite Woge der Priester gegen unsere Schilde rannte. Einer der Wikinger hob sein Signalhorn und ließ einen langgezogenen Ton ertönen. Die Antwort ertönte nur wenige Augenblicke später von der Rückseite der Mondpyramide.

Ich sah, wie der Hohepriester überrascht nach hinten blickte. Aber noch, bevor er reagieren konnte, kamen die Tolteca-Krieger unter dem Befehl Toplitzins schon um die Ecke der Pyramide gestürmt. Thorwulfs Ablenkungsmanöver hatte funktioniert. Der große Trupp Wikinger, mit mir in dem auffälligen roten Mantel, sollte die Priester nur von den anrückenden Toltecas ablenken. Der Plan war aufgegangen und nun wurden die Priester von zwei Seiten attackiert. Ihre mengenmäßige Überlegenheit nutzte ihnen nichts mehr. Scharfes Eisen kämpfte gegen Feuerstein und trotz ihrer verzweifelten Gegenwehr starben die Teufelsanbeter wie die Fliegen. Vor den Schilden der Wikinger hatte sich inzwischen ein so hoher Leichenberg aufgetürmt, dass sie nicht weiter vorrücken konnten.

Thorwulf gab das Zeichen zum Zweikampf und die Wikinger ließen sich das nicht zweimal sagen. Sie warfen die Schilde zu Boden und rannten mit schwingenden Schwertern und Äxten auf ihre Feinde zu. Der gewaltige Ansturm der Wikinger und die eisernen Waffen von Toplitzins Leibwache auf der anderen Seite waren zu viel für die Schwarzen Priester. Panik erfasste sie.

Sie warfen ihre Waffen weg und versuchten zu fliehen, aber die Tolteca-Krieger kannten kein Erbarmen gegen ihre Unterdrücker. Nur wenige der Priester entkamen dem Gemetzel.

Gemeinsam mit Thorwulf und einigen seiner Krieger war ich auf dem Weg zur Tempelspitze. Mein Ziel war der Hohepriester. Wir mussten unbedingt die teuflischen Reliquien des Blutgottes erbeuten, bevor er damit flüchten konnte. Aber er hatte nicht vor, zu fliehen. Als wir die oberste Ebene erreichten, bot sich uns ein schrecklicher Anblick. Rings um den blutüberströmten Ritualtisch lagen die Herzen der Geopferten auf dem Boden.

Einige der Schwarzen Priester hielten gerade ein junges Mädchen fest, das mit durchgedrücktem Rücken auf dem Opferstein lag. Bevor ich reagieren konnte, hatte sich Huanitzin über sie gebeugt und mit routiniertem Schnitt ihren Brustkorb geöffnet. Das Mädchen drehte seinen Kopf, als ich heranstürmte. Ihre Augen brachen, als Huanitzin in ihren Brustkorb griff und mit einem fremdartig anmutenden Messer ihr Herz herausschnitt. Er reckte das Opfer seinem Gott entgegen, und während das Blut des Mädchens auf seinen Kopf heruntertropfte, schrie er mir laute Beschwörungen entgegen.

Er ließ das Herz des toten Mädchens erst fallen, als ich ihn fast erreicht hatte. Hasserfüllte, schwarze Augen funkelten mich an, während er das Messer gegen mich richtete. Die rasiermesserscharfe Schneide der Waffe funkelte in der Sonne. Deutlich war zu erkennen, dass dieses Messer nicht von menschlichen Händen geformt worden war.

»Das heilige Messer Tezcatlipocas wird Euch töten, Quetzalcoatl«, höhnte er und kam auf mich zu. Ein kurzer Seitenblick zeigte, dass ich allein war. Die Wikinger waren in verbissene Zweikämpfe mit den restlichen Schwarzen Priestern verstrickt und ich stand dem Götzendiener allein gegenüber. Ich war unbewaffnet. Thorwulf hatte mich zwar für wahnsinnig erklärt, als ich Schild und Schwert ablehnte, aber ich war überzeugt, dass Gott mich schützen würde.

Huanitzin lachte höhnisch auf, als er meine Situation erkannte. Mit der freien Hand griff er in seine Umhängetasche und holte einen weiteren Gegenstand heraus, den er mir drohend entgegen hielt.

Er funkelte und gleißte in der Sonne wie ein geschliffener Spiegel. Mein Herz raste. Das mussten die Reliquien Tezcatlipocas sein, die Basis seiner Macht über die Menschen. Und ich verstand, warum die Toltecas vor ihnen Angst hatten. Ihre Kraft war wirklich teuflisch. Der eiserne Talisman, den ich um den Hals trug, wurde so stark davon angezogen, dass meine Tunika zerriss und ich durch den Ruck an meinem Hals stolpernd auf die Knie fiel. Mit aller Kraft zog ich das Lederband über den Kopf und stand wieder auf. Die Lederschnur war straff gespannt mit dem Kreuz an seiner Spitze. Es war, als ob ich einen Stock in der Hand hielt, einen Stock, der mit gewaltiger Kraft an mir zog. Huanitzin kam langsam auf mich zu, in der einen Hand das blutige Messer und in der anderen den gleißenden Spiegel. Er hielt die beiden Reliquien weit auseinander, aber ich konnte am Zittern seiner Muskeln sehen, welch gewaltige körperliche Anstrengung er aufwenden musste, um die Anziehungskraft der beiden Teile zu unterbinden. Je näher er mir kam, desto stärker zog es an meinem Kreuz und die Lederschnur schnitt tief in meine Hand. Ich ließ los. Wie die Spitze eines Speeres raste das schmale Ende des Kreuzes auf Huanitzin zu.

Er erschrak und versuchte auszuweichen, aber das Kreuz folgte der Bewegung der Reliquien. Gott schützte mich. Zwar erreichte die Spitze des Kreuzes Huanitzin nicht, sondern heftete sich nur mit Wucht an den Spiegel, dafür traf ihn die nachfolgende Lederschnur wie der Schlag einer Peitsche. Huanitzin schrie erschreckt auf und griff mit beiden Händen nach seinen brennenden Augen. Die Reliquien seines Gottes fielen dabei zu Boden. Mitten auf die Herzen der von ihm geopferten Mädchen. Sofort fiel er auf die Knie, um danach zu tasten. Dabei murmelte er unablässig Beschwörungen, um den Schutz Tezcatlipocas anzurufen.

Doch sein Dämon konnte ihm nicht gegen blanken Stahl helfen. Thorwulfs Eingreifen traf ihn unvorbereitet. Der Wikinger, der seine Gegner zwischenzeitlich getötet hatte, hatte meine Notlage bemerkt und seine Wurfaxt geschleudert. Die Wucht des Aufpralls warf den Hohepriester mehrere Meter zurück. Mit gespaltenem Kopf fiel er zu Boden.

Die restlichen Priester wollten flüchten, als sie ihren toten Anführer erblickten, doch die Wikinger waren im Blutrausch. Sie packten die Anhänger und warfen sie lebend über den Rand der Mondpyramide.

Der Hass auf die Schwarzen Priester war aber noch nicht zu Ende. Ich sah, wie Thorwulf zu Huanitzins Leiche schritt und sie schändete. Mit einem Schlag seiner Axt brach er den Brustkorb auf, und riss das Herz heraus. Achtlos warf er es zu Boden. Ein Lächeln umspielte dabei sein Gesicht, so fürchterlich, dass es mich graute. »Entsetzt Euch nicht, Ansgae«, murmelte er und wischte sich einige Blutspritzer vom Gesicht. »Euer Gott hat diese Schlacht gewonnen. Die Bösen sind besiegt.«

Erschüttert über das Blutbad schaute ich dem Wikingerfürsten hinterher, als er die Plattform verließ. Die ganze Tempelebene quoll förmlich über von Blut und herausgerissenen Herzen. Einige der überlebenden Mädchen drängten sich verängstigt an der Treppe. Ich wollte sie beruhigen und zu ihnen gehen. Doch auf dem Weg hielt ich erschrocken inne. Etwas versuchte, verborgen unter dem Blut und den Herzen der Opfer, vor mir wegzukriechen.

Etwas Kleines.

Als ich mich neugierig bückte und versuchte, den Gegenstand aufzuheben, zuckte ich mit einem Schmerzenslaut zurück. Ein tiefer Schnitt zog sich quer über meine Finger.

Es war das Messer Tezcatlipocas, das ihm vorher aus der Hand gefallen war.

Immer weiter rutschte das Messer über die glitschigen Steinplatten, bis ein leises Klirren anzeigte, dass es am Ziel angekommen war.

Messer und Spiegel waren vereint.

Langsam bückte ich mich, um die beiden teuflischen Gegenstände an mich zu nehmen. Dabei bekreuzigte ich mich mehrmals und rief Gott um Beistand an.

Eure Exzellenz, Ihr wisst, ich bin ein wissenschaftlich gebildeter Mensch, und vermutete, dass Magnetkraft im Spiel sei. Aber diese Anziehungskraft, die Tezcatlipocas Spiegel auf eiserne Gegenstände ausübt, habe ich noch nie gesehen. Sie war wahrlich teuflisch.

Nur mit äußerster Kraftanstrengung konnte ich mein Kreuz wieder lösen und es mir umhängen.

Diese Reliquien konnten nicht natürlichen Ursprungs sein, wie ich geglaubt hatte. Eine solche Kraft konnte wahrlich nur aus der Hölle kommen. Mir schauderte, als mir bewusst wurde, was ich da in Händen hielt. So wie der Teufelsmagnet Eisen anzog, so zog er auch das Böse unter der Sonne an. Die unzähligen Opfer Huanitzins waren der beste Beweis dafür. Solange dieses Teufelswerk auf der Erde weilte, so lange würden Menschen deswegen getötet werden. Es war meine Aufgabe, diesen Kreislauf zu durchbrechen.

Prüfend schaute ich mich um, denn ich wollte nicht, dass irgendjemand von den Wikingern oder den Toltecas sah, zu was der Teufelsmagnet fähig war. Irgendwie musste ich ihn verbergen. Schließlich nahm ich der Leiche Huanitzins die Umhängetasche ab und verbarg das Teufelswerk darin. Während ich langsam die Stufen der Mondpyramide nach unten schritt, pochte und zuckte mein wieder angelegtes Kreuz an meiner Brust. Ich wusste, es war nicht nur wegen der Anziehungskraft, sondern es war vor allem eine Warnung Gottes vor dem gesammelten Bösen, das in den Reliquien hauste.

Lautes Jubeln empfing mich, als ich die erste Plattform der Pyramide betrat. Vor mir standen die Wikinger und die Krieger der Toltecas und reckten ihre Waffen in die Luft. Ringsum, soweit das Auge reichte, lagen die Leichen der Schwarzen Priester in ihrem Blut. Ich schätzte, dass unsere Truppen wohl an die dreitausend Anhänger Tezcatlipocas erschlagen hatten. Ein überwältigender Sieg für unsere Sache.

Doch noch mussten alle Toltecas überzeugt werden. Und dies war die beste Gelegenheit. Ich weiß nicht, woher ich in diesem Augenblick den Mut nahm, aber mit einer entschlossenen Geste bat ich um Ruhe.

Als der Jubel langsam abebbte, griff ich in die Umhängetasche und zog die Reliquien heraus. Andächtige Stille breitete sich aus, als die Toltecas erkannten, was ich da in den Händen trug. Das silberne Metall blitzte im Sonnenlicht, als ich sie hochhob.

»Toltecas, dies ist das Ende der Herrschaft Tezcatlipocas. Ihr seid wieder frei. Die Reliquien des Blutgottes sind sicher in meinen Händen und werden der Menschheit niemals mehr schaden. Verbreitet dies unter allen Bürgern. Ihr seid die Zeugen.«

Lauter Jubel brach aus, der kein Ende mehr zu nehmen schien. Doch ich war noch nicht am Ende. Mit dramatischer Geste übergab ich das Teufelswerk an Thorwulf. Anschließend zog ich das zuckende Kreuz unter meinem Hemd hervor und reckte es hoch in die Luft.

»Und ich banne die Reliquien mit dem Zeichen Gottes, sodass niemand mehr Schaden nehme.«

Mit einem lauten Klirren heftete ich das Kreuz auf das Metall. Unter erneuten Jubelrufen legte ich die Reliquien wieder in die Umhängetasche.

Ich schaute zur Sonnenpyramide hinüber, die golden in der Sonne schimmerte.

Es wurde höchste Zeit, den Tempel Quetzalcoatls wieder zu ehren. Toplitzin bat, mich begleiten zu dürfen und unter dem Schutz einiger Wachen schritten wir zum Tempel des Gottes, der gegen Menschenopfer war, und der seine Priester anhielt, unschuldigen Menschen zu helfen und Milde zu zeigen. Toplitzin und Yolotli hatten recht. Das Christentum und der Glaube an Quetzalcoatl hatten vieles gemeinsam.

Ein verrückter Gedanke kam mir. In den Legenden der Toltecas wurde der Gott als blonder, bärtiger Weißhäutiger beschrieben. Der Grund für die Verwechslung mit mir. Konnte es sein, dass Quetzalcoatl in Wirklichkeit ein christlicher Missionar oder gar einer der Apostel selbst gewesen war, der sich wie wir auf dem Meer verirrt hatte? War das eventuell der Grund, weshalb die Grundlagen des Christentums und der Anbetung Quetzalcoatls in vielem so verwirrend ähnlich waren? War es meine Aufgabe die Toltecas jetzt zu wahren Christen zu machen? Ich war geweihter Bischof der Römischen Kirche. Ich konnte Priester weihen und Kirchen gründen.

Das war meine Bestimmung!

Ich, Ansgar von Hamburg, den alle hier nur Quetzalcoatl nennen, würde den Toltecas das Christentum bringen. Ich würde hierbleiben, als Ehrengast Toplitzins. Er war mir zu Dank verpflichtet, und mit seiner Hilfe könnte ich es schaffen, den christlichen Gedanken zu verbreiten. Ein neuer verwirrender Gedanke erfasste mich. Wenn ich hierbliebe, würde ich auch Yolotli nicht verlassen müssen, und es wurde Zeit, mir einzugestehen, dass sie mir nicht gleichgültig war. Mein Geist und mein Körper wollten sie. Aber mein Wort Gott gegenüber würde ich niemals brechen. Es durfte nicht sein, dass sie und ich jemals wie Mann und Frau zusammenlebten. Der Bruch meines Schwurs und der damit verbundene Verlust meiner Bischofswürde wäre gleichbedeutend mit dem Ende des Christentums im Reich der Toltecas. Das durfte niemals geschehen. Dafür hatte Gott mich nicht um die halbe Welt geschickt.

Toplitzin hatte sich neugierig zu mir umgedreht.

»Was habt Ihr eigentlich mit den Reliquien vor?«, fragte er und deutete auf den schweren Umhängebeutel, den ich um den Hals trug.

»Ich weiß es noch nicht, aber Gott wird mir zur Seite stehen, die richtige Entscheidung zu treffen«, antwortete ich ruhig und ging weiter. Die Sonnenpyramide wartete, von mir wieder zum Leben erweckt zu werden. Hier wollte ich meine erste Kirche bauen.

Das Testament von Ansgae,
Bischof von Haithabu und Tollan

Gerichtet an Adaldag, Erzbischof von Hamburg

Eure Exzellenz, ich brauche die Gebete aller Christen und habe deshalb Thorwulf gebeten, Euch diese Nachricht von mir zu überbringen. Die teuflischen Reliquien Tezcatlipocas bedrohen das ganze Christentum.

Ich werde sie sicher verbergen, bis Ihr entscheidet, was damit geschehen soll. Nur dieses Testament wird den Ort weisen.

Doch lest zunächst, was mir geschehen ist, und welch böse Kraft die Reliquien entfaltet haben. Ich liege zu Tode verletzt danieder und werde den nächsten Monat nicht überleben. Während ich immer schwächer werde, wird das Böse immer stärker. Doch noch kämpfe ich. Toplitzin hat mir seine Meisterhandwerker zur Verfügung gestellt, um die beiden Bände unserer Reisebeschreibung noch vor meinem Tod zu vollenden. Er soll meine Botschaft an Euch werden. Während ich schreibe und die Handwerker meine Zeichen in Gold hämmern, sitzt Yolotli bei mir und liest mir jeden Wunsch von den Augen ab. Sie wird die Vollstreckerin meines letzten Willens sein. Doch lasst mich erzählen, was geschehen ist.

Drei Jahre sind vergangen, seit dem Kampf um Teotihuacán. Toplitzin, der nach dem Sieg über die Schwarzen Priester, den Ehrennamen Quetzalcoatl annahm, wurde einer meiner besten Freunde. Mit seiner Hilfe gelang es mir, den Kult um den heidnischen Gott Quetzalcoatl zu verändern. Seine Tempel wurden zu den ersten Kirchen. Dort feierte ich meine ersten Messen und viele Toltecas ließen sich taufen. Auch viele der Wikinger waren darunter, doch zu meinem Leidwesen verweigerte sich Thorwulf. Er betet immer noch zu Thor und war von seinem heidnischen Glauben nicht abzubringen.

Nach dem Sieg über die Schwarzen Priester hatte Toplitzin die Wikinger königlich beschenkt. Der Stauraum der Nidhöggr platzte vor Gold und Edelsteinen aus allen Nähten. Ein Bruchteil davon würde ausreichen, das Blutgeld an Sven Gabelbart zu zahlen und seiner Rache zu entgehen. Schon oft hatte Thorwulf deshalb angesetzt, wieder nach Hause zu reisen, aber viele seiner Männer weigerten sich. Als Krieger Quetzalcoatls sind sie Helden im Land der Toltecas. Die schönsten Frauen des Landes reißen sich um ihre Bekanntschaft und die Wikinger schwelgen im Überfluss. In ihrer Heimat dagegen erwartet sie nur die Rache Sven Gabelbarts. Da fällt die Entscheidung leicht.

Doch nicht alle Wikinger sind zufrieden.

Thorwulf und etwa die Hälfte seiner Krieger wollen wieder zurück. Sie haben Sehnsucht nach ihren Familien.
Schweren Herzens entließ ich sie deshalb vor einigen Monaten aus meinen Diensten. Sie sind in das Land der Chichimex gegangen, um das Schiff zu überholen und seefest zu machen. Danach werden sie in See stechen.

Der bevorstehende Abschied machte mich traurig. Wir hatten so viel miteinander erlebt, dass ich mir nicht vorstellen konnte, wie eine Zeit ohne Thorwulf aussah. Aber ich bin nicht allein. Yolotli ist mir geblieben. Sie ist mir unentbehrlich und mein Herz geht auf, wenn ich sie sehe. Ja, Eure Exzellenz, ich gestehe es. Sie ist die Liebe meines Lebens. Das weiß sie, aber sie hat auch akzeptiert, dass Jesus Christus die erste Stelle in meinem Herzen einnimmt und wir niemals die körperlichen Wonnen eines Paares teilen würden.

Doch ich schweife ab. Verzeiht einem todkranken Mann, Eure Exzellenz, und lasst mich zu den Ereignissen zurückkommen, die zu meinem Testament führten. Mein Leben war bis dahin glücklich und ich vermisste nichts. Die Reliquien hatte ich verborgen, und sie konnten kein Unheil mehr ausrichten. Aber das Böse kam wieder. Es begann damit, dass der Regen ausblieb. Dann folgte eine langandauernde Hitzewelle, die die Ernte vernichtete. Die Toltecas litten Hunger. Vom Norden her fielen feindliche Stämme ins Reich ein und Toplitzin musste oft mit den Kriegern ausrücken, um die Grenzen zu sichern.

Tollan blieb die meiste Zeit von Kriegern entblößt zurück und die bösen Mächte sammelten sich. Im Hunger und Elend wuchs der Keim des Bösen. Ich ließ in den Tempeln Quetzalcoatls täglich Messen lesen, aber die Dürre hielt weiter an. Die Menschen waren verzweifelt, und als ihre Gebete nichts halfen, wandten sich viele wieder dem fast vergessenen Blutgott zu. Entsetzt hörte ich, dass in einigen abgelegenen Provinzen bereits wieder Schwarze Priester aufgetaucht waren und ihrem Gott Menschenherzen darbrachten.

Das Böse erstarkte erneut, und ich in meiner Rolle als Quetzalcoatl wurde so allmählich vom Befreier zum Feind. Um die Welt zu retten, musste ich vertrieben werden, zumindest nach dem Glauben der Anhänger Tezcatlipocas. Die Stimmung gegen mich heizte sich täglich mehr auf.

Auf Anraten Yolotlis verstärkte ich meine Leibwache, aber auch sie konnten mich nicht vor einem heimtückischen Pfeil retten, der aus der Deckung der Menge auf mich abgeschossen wurde.

Sprachloses Entsetzen breitete sich unter den Menschen aus, als ich blutend zu Boden sank. Es half auch nichts, dass meine Wachen den Attentäter sofort fassten und hinrichteten. Die Nachricht, dass Quetzalcoatl von einem Pfeil Tezcatlipocas verletzt wurde, verbreitete sich rasend schnell im ganzen Reich und brachte dem Blutgott viele neue Anhänger.

Doch nicht alle Toltecas wollten die Schrecken wieder zurück. Viele Bürger versammelten sich in den Tempeln Quetzalcoatls und beteten für meine Gesundheit.

Vergeblich.

Zunächst hielt ich es nur für eine leichte Wunde, doch der Pfeil musste vergiftet gewesen sein. Ich wurde immer schwächer. Yolotli war verzweifelt und ließ die besten Ärzte der Toltecas kommen, aber ich wusste, dass mir nicht mehr sehr viel Zeit bleiben würde und handelte. Sofort ließ ich nach Thorwulf schicken. Während ich auf ihn wartete, schrieb ich mein Testament und ließ meine Zeilen von den Handwerkern in Gold schlagen. Die Reliquien durften auf keinen Fall in die Hände der Schwarzen Priester gelangen. Mit ihrer Kraft würden sie ansonsten ihre Schreckensherrschaft wieder errichten und all das Gute zerstören, das ich in den letzten Jahren in den Herzen der Toltecas gepflanzt hatte. Ich gab Yolotli genaue Anweisungen, was sie nach meinem Tode zu tun hatte und war erst zufrieden, als sie es mir beim Leben Jesu Christi schwor.

Ja, Eure Exzellenz, Yolotli war Christin geworden, wie auch Toplitzin und viele der Toltecas. Die Mission, auf die Gott mich geschickt hatte, war nicht umsonst gewesen. Überall im Land beteten die Menschen den einen Gott an, wenn auch unter einem anderen Namen. Es waren seine ewigen Gesetze, die sie leiteten. Nur der Teufel konnte das ändern und sie in Versuchung führen. Das musste ich verhindern. Der Teufel durfte nicht nochmals auf die Erde kommen.

Deshalb entschloss ich mich, die Pforte der Götter zu verschließen.

Die Reliquien selbst sollen dabei das Siegel sein.

Sobald Thorwulf eintrifft und die Goldenen Bücher übernommen hat, wird Yolotli mich zur Pforte bringen, und wenn ich gestorben bin, auch dort bestatten. Mein Geist wird der Wächter sein, der die Reliquien bewacht.

Doch das Böse ist stark, und ich weiß nicht, wie lange ich es zurückdrängen kann.

Vergebt mir meine Sünden und betet für mich.

Ansgae
Bischof von Haithabu und Tollan

Die Höhle

The St. Regis, 5-Sterne-Hotel
Mexico City
10:48 Uhr Ortszeit, 17:48 Uhr in Deutschland

Nur noch anderthalb Tage bis zur Tagundnachtgleiche

Aufgewühlt ließ Anna-Maria den Ausdruck sinken, aus dem sie gerade vorgelesen hatte, und schaute ihre beiden Freunde fassungslos an. »Wo soll diese Pforte der Götter sein?«, fragte sie aufgelöst. »Warum macht er ein Testament, wenn er darin nicht sagt, wo er die Reliquien versteckt hat?«

»Ich weiß es nicht«, antwortete Mitch und griff nach dem Telefonhörer. »Aber er hat sie bestimmt gut versteckt, dieser Teufelsmagnet scheint ihm einen Heidenschrecken eingejagt zu haben. Wollen wir einmal hören, ob Thomas und Johanna eine Idee haben.«

Johanna meldete sich sofort. Ihre Stimme klang aufgekratzt, obwohl sie eigentlich todmüde sein musste. In Deutschland war es jetzt kurz vor vier Uhr morgens und sie hatte mit Thomas und Professor Wagner die ganze Nacht gelesen und diskutiert.

»Ist das nicht fantastisch, Mitch«, sagte sie, »das ist Geschichte zum Anfassen.«

»Mir wäre es lieber, wenn ich die Reliquien anfassen könnte«, sagte Mitch niedergeschlagen. »Ich verstehe nicht, warum Ansgae uns jetzt noch ein letztes Rätsel aufgibt. Und ich habe keine Ahnung, wie wir die Reliquien jetzt noch rechtzeitig finden wollen.«

Johanna schwieg betroffen, bis sie analytisch wurde. »Lass uns doch mal zusammenfassen, was wir wissen. Ansgae spricht davon, die Pforte der Götter zu verschließen und die Reliquien als Siegel zu nutzen.«

»Und er will sich dort auch begraben lassen«, ergänzte Mitch. »Jetzt müssten wir nur noch wissen, was er mit dieser Götterpforte eigentlich meint?«

Johanna drehte den Hörer nachdenklich in ihrer Hand. »Es passt nicht zu Ansgae, dass er keinen Hinweis gibt, welchen Ort er damit meint. Wir müssen etwas überlesen haben.«

»Oder wir haben es noch nicht gelesen«, sagte Mitch und Aufregung überflutete ihn. »Hat Rajesh nicht gesagt, dass der Rest voller Aufzeichnungen der toltekischen Geschichte ist? Vielleicht ist die Pforte dort erwähnt.«

Seine Aufregung übertrug sich auf Johanna. »Du könntest recht haben.«

Thomas, der mitgehört hatte, überlegte nicht lange. Er rannte sofort los, um Professor Wagner zu wecken. Vielleicht war dem Experten etwas aufgefallen, das ihnen selbst entgangen war.

Mitch trommelte ungeduldig mit den Fingern auf den Tisch, bis endlich im Hintergrund die verschlafene Stimme des Professors seine Ankunft anzeigte.

Johanna erklärte ihm hastig, wo das Problem lag, und Professor Wagner übernahm den Hörer. »Herr Thromberg?«, meldete er sich und seine Müdigkeit war schlagartig von ihm abgefallen. »Ich glaube, ich weiß, wo diese Pforte ist.«

Aufregung machte sich breit und Mitch seufzte laut auf, so erleichtert war er.

Unbeeindruckt fuhr Professor Wagner fort. »In den Legenden, die Ansgae dem Bericht angefügt hat, wird eine Höhle erwähnt, eine Pforte zum Reich der Götter, die sich nur während der Tagundnachtgleiche öffnet. Das muss er mit der Pforte der Götter gemeint haben.«

Mitch umklammerte den Hörer so fest, dass sich seine Knöchel weiß verfärbten. »Steht in den Legenden auch, wo diese Höhle ist?«, fragte er gespannt.

»Nicht genau ...«, antwortete Professor Wagner zögernd, »... ich muss noch einmal genau nachschauen, aber ich glaube mich zu erinnern, dass sie sich in der Stadt der Götter befinden soll.«

»Teotihuacán«, flüsterte Mitch. »Die Höhle muss in Teotihuacán liegen.« Lauter sagte er: »Vielen Dank Herr Professor. Danke Johanna. Ihr habt uns sehr geholfen. Bitte überprüft noch einmal alle Angaben und gebt mir sofort Bescheid, wenn noch etwas Neues auftaucht.«

Kaum hatte Mitch aufgelegt, rief er Rajesh an und bat ihn, alle Informationen über Höhlen in Teotihuacán und Umgebung herauszusuchen.

Doch Rajesh hatte zuvor noch eine Überraschung. »Ich wollte dich auch gerade anrufen«, sagte er. »Wir haben endlich Huanitzins Computer hacken können. Er ist in Teotihuacán und die Mondpyramide ist der Ort, den wir suchen.«

»Bist du sicher?«, fragte Mitch gegen besseres Wissen. Rajesh würde ihm keine Informationen geben, die nicht hundertprozentig belegt wären.

»Du weißt ja, dass Huanitzin der verantwortliche Kurator der archäologischen Stätte von Teotihuacán ist, und seine Familie ihr Stammhaus direkt neben den Pyramiden hat. Sein halbes Leben scheint sich auf diesen einen Ort zu konzentrieren. Seine Termineinträge belegen, dass er während der letzten Jahre immer zu den jährlichen Tagundnachtgleichen im Stammhaus der Familie war. Ich verwette meinen besten Computer, dass ihr den Kerl auch jetzt dort findet. Und dann ist da noch etwas.«

Rajesh schwieg einige Sekunden, bevor er die Bombe platzen ließ. »Anna-Maria hatte ja die Idee, dass die Anhänger Tezcatlipocas irgendwie miteinander in Kontakt stehen müssen. Meine Freunde hatten kurzen Zugriff zu einem Internetserver, der so eine Art Postkasten dieser Teufelsanbeter sein könnte.«

»Und was habt ihr herausgefunden?«

»Leider haben sie unser Eindringen bemerkt und gleich wieder dichtgemacht. Aber wir haben zuvor einige der Mitteilungen sichern können.«

»Und? Mensch Rajesh, mach es doch bitte nicht so spannend.«

Kurze Zeit war es still in der Leitung, bis Rajesh leise antwortete. »Gut, ich habe nur gezögert, weil es wirklich nur einige Worte sind, die auch noch mehrere Deutungen zulassen.« Seine Stimme wurde wieder fest. »Aber wir sind uns sicher, dass die Anhänger Tezcatlipocas sich heute Nacht treffen wollen. Es spricht alles dafür, dass es in den letzten Wochen eine rege Kommunikation gegeben hat.«

»Hast du einen Treffpunkt?«

»Ohne Zweifel - die Mondpyramide in Teotihuacán.« Rajeshs Worte hingen wie eine dunkle Wolke in der Leitung.

Mitch schwieg. Tiefe Erleichterung durchflutete ihn. Der Ring um den Mexikaner war gelegt. Jetzt musste er die Schlinge nur noch zuziehen. Und dazu bräuchte er die Reliquien.

»Wie schnell kannst du mir Informationen über die Höhlen schicken?«, fragte er.

»Wie schnell kannst du deine E-Mails aufmachen?«, fragte Rajesh zurück. »Ich habe dir ja gesagt, dass ich nicht allein arbeite«, ergänzte er. »Warte mal, ich lese dir kurz vor, was wir gefunden haben. Also, es gibt nur eine bekannte Höhle in Teotihuacán. Die befindet sich direkt unter der Sonnenpyramide und ist über einen künstlichen Tunnel zu erreichen, der am Fuß der Pyramide beginnt.«

»Die Pforte der Götter«, flüsterte Mitch.

»Keine Ahnung, wie die Höhle genannt wird«, erwiderte Rajesh. »Im Internet steht leider verdammt wenig über die Höhle. Es gibt keine Fotos und ich habe keinen einzigen Forschungsbericht gefunden. Sehr merkwürdig. Warte, hier steht noch, dass die Bevölkerung überzeugt ist, dass in der Höhle Geister ihr Unwesen treiben. Wie auch immer, auf jeden Fall ist das Betreten verboten.«

»Nicht für uns«, erwiderte Mitch mit einem kalten Lächeln. »Wir haben eine gültige Einladung - auch wenn sie schon tausend Jahre alt ist.«

Teotihuacán

Sonnenpyramide
2:15 Uhr Ortszeit

»Bist du dir sicher, dass es sich bei der Höhle wirklich um diese Pforte der Götter handelt?«, flüsterte Samson und ließ die Tür des Firmenwagens leise ins Schloss gleiten. Sie parkten auf einer der Zufahrtsstraßen nach Teotihuacán und das gewaltige Areal lag im Dunkeln etwa zwei Kilometer vor ihnen.

»Es spricht alles dafür«, antwortete Mitch ebenso leise und schaute sich aufmerksam um. Sie wollten etwaige Nachtwächter nicht auf sich aufmerksam machen. Die letzten Kilometer waren sie deshalb ohne Licht gefahren, und die letzten hundert Meter war er sogar nur noch ohne Motor gerollt. Aber alles blieb ruhig. Mitch entspannte sich etwas. Prüfend musterte er Samson. Bevor sie zu ihrer nächtlichen Tour aufgebrochen waren, hatten sie sich in Mexico City noch in einem der rund um die Uhr geöffneten Supermercados ausgestattet.

Wie er selbst trug Samson jetzt einen dunkelblauen Overall und Schuhe mit weichen Sohlen. In der Tasche, die sein Freund gerade aus dem Auto wuchtete, waren Taschenlampen und einige Werkzeuge, die sie eventuell brauchen würden. Die Nacht meinte es gut mit ihnen. Der Mond war hinter einer gewaltigen Wolkenfront verborgen und schwarze Finsternis umhüllte sie. Nach einem letzten prüfenden Blick schwang sich Samson die schwere Tasche über die Schultern und die beiden Freunde verschmolzen mit der Dunkelheit.

Auf dem Weg zur Sonnenpyramide mussten sie zunächst die Miccaotli, die Straße der Toten überwinden, die den Komplex fast schnurgerade in Nord/Süd-Richtung teilte. Das nördliche Ende bildete die Mondpyramide, wo tausend Jahre zuvor die Anhänger Tezcatlipocas vernichtend geschlagen wurden.

Etwa an der Mitte der Straße lag seitlich der gewaltige Komplex der Sonnenpyramide. Vor ihr durchschnitt die Straße den Zeremonialplatz, der vor der Plataforma Adosada lag, einer niedrigen, abgestuften Plattform, die vor der eigentlichen Pyramide kauerte. Der Zeremonialplatz war durch einen regelrechten Wall kleinerer Tempel umgeben. Im Schutz dieser Ruinen verharrten sie.

Direkt vor ihnen lag die majestätische Sonnenpyramide und links, am Ende der Straße, erkannten sie undeutlich den riesigen Schatten der Mondpyramide. Mitch hielt kurz inne, um die Atmosphäre dieser geheimnisvollen Stätte in sich aufzunehmen. Jeder einzelne Steinblock strömte Geschichte aus. Tief atmete er ein.

Samson drückte heftig seinen Arm und deutete aufgeregt in die Richtung der Mondpyramide. Tanzende Lichtkegel von Taschenlampen verrieten, dass sich ihnen Menschen näherten. Zwar noch weit entfernt, aber sie kamen direkt auf sie zu.

Tief gebückt huschten die beiden über den Platz und hasteten die den herankommenden Wachen abgewandte Treppe zur ersten Plattform hinauf. Mit pumpenden Lungen kamen sie oben an. Die Stadt der Götter lag im Hochland von Mexiko, knapp zweitausenddreihundert Meter über dem Meeresspiegel. Die Höhe machte auch sportlichen Männern zu schaffen, wie Mitch und Samson am eigenen Leib feststellen mussten. Mühsam, ihren lauten Atem unterdrückend, spähten sie nach unten.

Gelächter schallte zu ihnen herauf. Die Wächter hatten keinen Verdacht geschöpft. Offenbar handelte es sich nur um einen normalen Streifengang.

»Hast du ihre Waffen gesehen?«, flüsterte Samson und deutete auf die Wachen unter ihnen.

Mitch versuchte, im schwachen Licht der Taschenlampen etwas zu erkennen, und zuckte erschrocken zusammen. Die Wachen waren tatsächlich mit Maschinenpistolen ausgerüstet. Das war keine Bewaffnung für die Wächter eines archäologischen Denkmals. In Teotihuacán gab nur

Steine, und die brauchten sicherlich keine solche Bewaffnung zu ihrem Schutz. Besorgt spähte er nach unten. Hoffentlich würden die Wachen bald verschwinden. Er hatte keine Lust, ihre Schießkünste kennenzulernen.

Doch die Wächter dachten nicht daran weiterzugehen. Der Zeremonialplatz schien im Gegenteil so eine Art Raststätte bei ihren nächtlichen Rundgängen zu sein. Sie ließen sich gemütlich auf dem Boden nieder. Bald flammten Streichhölzer auf und der Geruch brennenden Tabaks stieg nach oben.

Mitch robbte vorsichtig etwas von der Kante der Plattform zurück und blickte auf die Leuchtziffern seiner Uhr. In wenigen Stunden würde die Sonne aufgehen und dann stünden sie hier wie auf einem Präsentierteller. Sie mussten in die Höhle, sonst wäre ihre Mission gescheitert, noch bevor sie begonnen hatte. Von Rajesh wusste er, dass sich der Eingang am Fuß der Pyramide befand. Also etwa da, wo die Wächter gemütlich ihre Zigaretten rauchten. In der Hast, sich vor den Wachposten zu verstecken, mussten sie direkt daran vorbeigerannt sein.

Ein Signal von Samson ließ ihn vorsichtig wieder nach unten schauen.

Gottseidank. Die Pause war offenbar zu Ende. Die Wachen schulterten ihre Maschinenpistolen und gingen laut miteinander plaudernd weiter. Die beiden Freunde warteten noch einige Minuten, dann tasteten sie sich die Treppe wieder hinab. Die Dunkelheit verbarg die abgetretenen Stufen und Mitch wäre einmal fast abgestürzt, wenn ihn Samson nicht mit festem Griff gehalten hätte. Nicht auszudenken, wenn die Wachen sie gehört hätten.

Endlich waren sie unten angekommen. Der Eingang zur Höhle befand sich in der Mitte der vorspringenden Plattform. Ein massives Holzgitter versperrte den dahinterliegenden Tunnel, gesichert durch ein schweres Vorhängeschloss.

»Lass mich mal«, flüsterte Samson und ließ die Werkzeugtasche von der Schulter gleiten. Es klirrte leise, als er den Inhalt untersuchte. Prüfend hielt er eine große Drahtzange hoch.

»Damit müsste es eigentlich gehen«, raunte er und setzte das Werkzeug an. Seine Muskeln spannten sich und die Kette zersprang mit einem leisen Klicken.

»Jetzt nichts wie rein, bevor die Wachposten wiederkommen.«

Hinter sich schlossen sie sorgfältig wieder das Gitter und verbanden die abgesprengten Kettenglieder mit einem Kabelbinder. Einer genauen Überprüfung würde das zwar nicht standhalten, aber die Wächter hatten auch nicht unbedingt einen sehr gewissenhaften Eindruck gemacht. Mitch atmete tief durch.

Samsons Lampe flammte auf und zeigte eine steile Treppe, die vor ihnen nach unten führte. Sofort löschte er das Licht wieder. »Wir haben ein Problem«, verkündete er warnend. »Wir können keine Taschenlampe anmachen. Der Schein würde in der Dunkelheit bis weit auf den Platz zu sehen sein. Es bleibt uns nichts anderes übrig, als uns die ersten Meter vorzutasten. Und das wird haarig bei dieser Treppe.«

»Oder wir nehmen einen ganz schwachen Schein«, erwiderte Mitch und zog sein Handy aus der Tasche.

Das Licht des Bildschirms erhellte die Stufen nur schemenhaft. Mit äußerster Vorsicht tasteten sich die beiden nach unten. Nach zwei kurzen Treppenabsätzen landeten sie auf einer hölzernen Plattform. Von dort führte eine steile Leiter weiter nach unten.

Mitch leuchtete in den Schacht hinunter. »Noch etwa drei Meter«, verkündete er. »Der Tunnel beginnt direkt unter uns und führt von dort zu der Haupthöhle. Aber Vorsicht, die Leiter ist sehr steil.«

Samson schlang sich vorsichtshalber die Werkzeugtasche um den Hals und ließ seinem Freund den Vortritt.

Unten angekommen nahm er zwei Taschenlampen heraus und gab Mitch eine davon.

»Lass uns noch einige Meter in den Gang hineingehen«, sagte er. »Dann können wir die Lampen anmachen.«

Im dünnen Licht von Mitchs Handy tasteten sie sich noch einige Meter weiter, bis Samson endlich seine starke

Taschenlampe einschalten konnte. Erschrocken zuckte er zurück. Direkt vor ihm riss ein Jaguar drohend sein zahnbewehrtes Maul auf.

»Ist nur ein Bild«, sagte Mitch und zog seinen Freund weiter.

»Ja, ich weiß. Aber es ist unglaublich, dass die Malerei so gut erhalten ist«, erwiderte Samson und deutete auf die Wand, auf der eine große gefiederte Schlange abgebildet war.

»Das Sinnbild für Quetzalcoatl«. Mitch hielt kurz an, um das Bild genauer zu mustern. »Ansgae hat ja geschrieben, dass die Sonnenpyramide dem gefiederten Gott geweiht war. Hier sehen wir den Beweis dafür.«

»Es ist eigentlich unverständlich, dass die Höhle nicht von Wissenschaftlern untersucht wird. Hier gäbe es Arbeit für Jahre«, sagte Samson und leuchtete den Gang hinunter, der mit kunstvollen Ornamenten und Bilder verziert war.

»Ja, das ist merkwürdig. Rajesh hat wirklich das gesamte Internet durchforstet, aber außer einigen mageren Daten hat er keine Forschungsergebnisse finden können.«

»Das ist fast so, als ob irgendjemand die Forschungen verhindern wollte.«

»Kann schon sein. Schließlich ist Huanitzin der verantwortliche Leiter der Ausgrabungen. Er muss irgendeinen Grund haben, die Erforschung der Höhle hier zu unterbinden.«

Samson deutete auf eine Zeichnung, die augenscheinlich einen Schwarzen Priester zeigte.

»Schau mal, die Teufelsanbeter sind hier auch abgebildet.«

Mitch musterte neugierig die Zeichnung. »Hier sind noch mehr«, sagte er und betrachtete aufmerksam die Wände. »Eigentlich sind die Bilder der Priester fast überall. So, als ob es ihr Heiligtum wäre und nicht das von Quetzalcoatl.«

Samson war hinter seinen Freund getreten und leuchtete die Wände ab. »Könnte ja sein, schließlich haben seine Anhänger hier nach Ansgaes Tod wieder die Macht übernommen. Da haben sie sicher einige Bilder von Quetzalcoatl übermalt.«

»Los weiter!«, drängte Mitch nach einem kurzen Blick auf seine Uhr. »Wir müssen raus, bevor die Sonne aufgeht.«

Mit schnellen Schritten, und ohne weiter auf die Malereien zu achten, durchquerten sie den Tunnel. Nach wenigen Minuten erreichten sie die Haupthöhle. Sie war etwa zweihundert Quadratmeter groß, viel größer als sie aufgrund des Planes erwartet hatten. Aufmerksam schauten sich die beiden Freunde um. Durch vulkanische Aktivitäten hatten sich vier etwa gleich große Kammern gebildet. Die Lavahöhlen waren riesig. Jede gut fünf Meter breit und zehn Meter tief. Die gesamte Höhle bildete dadurch ein fast perfektes Kreuz, dessen Arme exakt in die vier Himmelsrichtungen wiesen.

Genau in der Mitte, im Schnittpunkt der Kammern, befand sich ein gemauertes Wasserbecken von etwa zwei mal zwei Metern. Ein schmaler, steinerner Kanal führte klares Quellwasser heran, das aus einer reich verzierten Öffnung an der Rückwand einer der Kammern entsprang. Am Ende des Beckens verriet ein Strudel, wohin das überschüssige Wasser abfloss.

»Schau mal«, rief Mitch aufgeregt und zeigte auf die kleinen Tonfiguren, mit denen der Boden des circa ein Meter tiefen Beckens übersät war. »Alles Opfergaben.« Vorsichtig fischte er eine der kleinen Statuen heraus und betrachtete sie von allen Seiten. Ohne darauf zu achten, dass seine Kleidung bald völlig durchnässt wäre, nahm er wahllos weitere Figuren heraus. Er untersuchte sie sorgsam, bevor er sie vorsichtig am Rand des Beckens ablegte. Samson betrachtete die Tätigkeit seines Freundes mit immer ungläubiger werdenden Blicken.

»Was suchst du da eigentlich? Hast du vergessen, warum wir hier sind?«, platzte es aus ihm heraus.

Mitch reagierte kaum. Erst als Samson seine Frage wiederholte, wachte er wie aus einem tiefen Schlaf auf. »Nein, im Gegenteil«, sagte er und deutete auf die herausgefischten Figuren »Das sind alles Statuen, die Tezcatlipoca darstellen. Das bedeutet ...«

»Dass diese Quelle dem Blutgott geweiht ist«, gab Samson die Antwort, dem die Bedeutung der Funde klar wurde.

Nachdenklich fuhr er in seinen Überlegungen fort: »Wahrscheinlich haben die Schwarzen Priester die Höhle und die Sonnenpyramide nach Ansgaes, also Quetzalcoatls Tod, übernommen und den Ort ihrem Gott geweiht.«

»Und das erklärt, warum Huanitzin diese Höhle unter Verschluss hält«, ergänzte Mitch. »Es ist ein verborgenes Heiligtum seines Gottes.« Er drehte sich und leuchtete mit seiner Taschenlampe in die dunklen Öffnungen der vier Kammern, in deren Schnittpunkt das Wasserbecken lag. Ein merkwürdiger Ort. Im Gegensatz zum Tunnel waren die Wände der Kammern nicht verziert, sondern jeweils nur in einer einzigen Farbe bemalt. Es gab eine rote Kammer, eine schwarze, eine gelbe und eine Höhle, die komplett in Grün gestrichen war. Zwar waren die Farben im Laufe der Jahrhunderte verblasst, aber noch immer deutlich erkennbar. Nirgendwo fand sich ein Hinweis auf die von Ansgae versteckten Heiligtümer.

»Wie willst du die Reliquien hier finden?«, fragte Samson. »Ich habe dich zwar schon mehrfach gefragt, aber bisher hast du mir noch keine Antwort gegeben.«

Mitch lächelte. »Wirst du gleich sehen. Gib mir doch bitte mal den Kompass, den wir gestern gekauft haben.«

Samson kramte kopfschüttelnd in seiner Werkzeugtasche und reichte ihm den kleinen Metallkompass. Er musste laut über Mitchs Erfindungsreichtum lachen.

»Du willst damit den Magneten suchen.«

Mitch nickte bestätigend. »Wenn Ansgae in seinem Bericht nicht übertrieben hat, sind die Reliquien aus stark magnetischem Eisen und dann müsste uns die Kompassnadel den direkten Weg weisen.«

Fast augenblicklich schwang die Kompassnadel in Richtung der schwarzen Kammer. Mitch schaute Samson triumphierend an und folgte der Richtung.

Doch als sie den Rand des Wasserbeckens erreichten, zitterte die Nadel und begann wild um ihre Achse zu rotieren.

Sie versuchten es von einer der anderen Kammern aus. Dieses Mal zeigte die Nadel auf die Öffnung der gegenüberliegenden

Kammer und rotierte wieder, sobald sie sich dem Wasserbecken näherten.

»Nichts!«, sagte Samson enttäuscht.

»Oh doch!«, erwiderte Mitch und deutete auf das Wasserbecken. Er hielt den Kompass senkrecht und Samson sah, wie die Kompassnadel steil nach unten deutete.

»Im Wasserbecken?« Samson war fassungslos. »Du meinst, die Reliquien liegen einfach so im Wasserbecken neben den Statuen?«

»Bestimmt nicht!«, sagte Mitch. »Eher darunter. Vergraben im Boden. Vergiss nicht, dass Ansgae sie mit in sein Grab genommen hat.«

»Dann ist das seine Grabstätte? Ein Wasserbecken?«

»Ich finde das Versteck genial. Wer würde die Reliquien hier suchen?« Mitch lächelte anerkennend. »Selbst als Tezcatlipocas Anhänger diese Stätte übernahmen, haben sie keinen Verdacht geschöpft und sogar noch Opfergaben darüber gehäuft.«

»Und wie sollen wir jetzt das Grab finden? Dazu brauchen wir ja eine Tauchausrüstung?«

Mitch deutete auf die steinerne Quellfassung an der Rückwand der schwarzen Kammer. »Wir müssen nur das Becken trockenlegen. Lass uns etwas suchen, mit dem wir den Zufluss verstopfen können.«

Mit dem Stemmeisen brachen sie einige große Steine aus der Teichumrandung. Zusammen mit ihren Jacken ergab das eine ganz passable Abdichtung. Der Wasserzufluss verebbte fast komplett.

Als kein Wasser mehr nachfloss, ließ der Abfluss im Becken den Wasserspiegel rapide sinken. Es vergingen trotzdem fast dreißig Minuten, bis der Boden des Beckens trockenlag. Mitch sah dabei immer wieder besorgt auf seine Armbanduhr. Die Zeit wurde knapp. In zwei Stunden würde die Sonne aufgehen und sie waren immer noch weit davon entfernt, die Reliquien in der Hand zu halten.

Endlich war das letzte Wasser abgeflossen und die beiden begannen mit ihrer Arbeit.

Behutsam sammelten sie zunächst die Tonfiguren ein. Die Bodenfläche bestand aus einem exakten Raster von quadratischen Steinen, von circa zwanzig Zentimetern Länge. Die Steine waren so dicht verlegt, dass die beiden Freunde mit der Hand keinen der Steine lockern konnten.

Samson stieg aus dem Becken, holte die prall gefüllte Werkzeugtasche und wollte sie Mitch nach unten geben. Dabei entglitt Samson fast die Tasche, er fasste fester zu, aber die Tasche wurde schwerer und schwerer und zog ihn vornüber. Mit aller Kraft stemmte er sich dagegen.

Vergeblich.

Mitch konnte gerade noch zur Seite springen, als sein Freund fiel. Wie ein Stein schlug die Tasche auf dem Boden auf, dicht gefolgt von Samson.

»Um Gotteswillen, hast du dir etwas getan?«, rief Mitch erschrocken, und kniete sich neben ihn.

Vorsichtig ließ sich Samson aufhelfen. Es war noch einmal gut gegangen. Außer einigen blauen Flecken war der Sturz folgenlos geblieben. Kopfschüttelnd starrte er die Tasche an.

»Ich konnte sie nicht halten, kannst du dir das vorstellen?«, sagte er mit stockender Stimme. »Plötzlich wurde sie so schwer, dass sie mich einfach mitzog.«

Er bückte sich, um die Tasche aufzuheben, aber auch dieses Mal reichte seine Kraft nicht. So, als ob das eiserne Werkzeug eine untrennbare Verbindung mit dem Boden eingegangen wäre.

»Jetzt wird mir doch unheimlich. Irgendetwas hat mir meine ganze Kraft genommen!«

Mitch kickte fest gegen die Tasche und nickte nur, als die Werkzeuge im Inneren dabei noch nicht einmal klirrten. Er war erleichtert, dass Samson durch den Sturz keine Verletzungen davongetragen hatte. Und seine Kraft hatte er sicher nicht verloren. Das hatte andere Gründe.

»Als Ansgae von der gewaltigen Magnetkraft der Reliquien erzählte, hatte ich das für übertrieben gehalten. Aber das ist wirklich unglaublich«, sagte er kopfschüttelnd.

»Du meinst ...«, flüsterte Samson und schaute verdutzt auf die Werkzeugtasche.

»Genau. Die Reliquien sind hier direkt unter uns. Wir müssen sie nur noch ausgraben.«

Mühsam mussten sie zunächst die einzelnen Werkzeuge aus der Tasche lösen, bevor sie die Tasche wieder vom Boden befreien konnten. Aber auch danach machte die gewaltige Magnetkraft das Arbeiten sehr mühsam.

Samson und Mitch mussten sich immer wieder abwechseln. Es brauchte ihre ganze Kraft, das Stemmeisen dauernd wieder vom Boden zu lösen und in eine neue Lücke zwischen den Steinen zu stoßen. Dazu kam, dass die Fläche zu klein war, um zu zweit arbeiten zu können. Einzeln, immer einen nach dem anderen, mussten sie die Bodensteine heraushebeln. Eine gute Stunde brauchten sie für diese Plackerei.

Aber noch immer gab es keine Spur von den Reliquien. Sie mussten noch tiefer graben.

Der Klappspaten, den sie vorsorglich mitgebracht hatten, entwickelte dabei ein teuflisches Eigenleben. Jede Schaufel Erde mussten sie gegen den starken Widerstand der magnetischen Kraft hochheben. Ihre Muskeln schmerzten und Durst plagte sie, weil sie den mitgebrachten Wasservorrat längst aufgebraucht hatten.

Doch dann unterbrach Samson das Graben. Er war auf einen harten Gegenstand gestoßen. Schnell legte er den Spaten zur Seite und kniete sich nieder, um ihn mit bloßen Händen herauszuheben. Mit der Hand wischte er die Erde weg und zuckte im ersten Augenblick erschrocken zusammen, als ihn die leeren Augenhöhlen eines Totenkopfes anstarrten. »Verdammt«, fluchte er nach der ersten Schrecksekunde und hob den Schädel hoch, um ihn sich genauer zu betrachten. »Wen haben wir denn da?«

Behutsam nahm ihm Mitch den Schädel aus der Hand und setzte ihn sanft auf den Beckenrand.

»Wenn es der ist, den ich vermute, dann hältst du gerade Ansgaes Schädel in deinen Händen.«

Ehrfürchtig schielte Samson zu dem Schädel. »Dann sollten wir vorsichtig weitermachen, dass wir ihm nicht alle Knochen zerschlagen.«

Mitch nickte und glitt zu Samson in das Becken. Während sein Freund vorsichtig mit dem Spaten den Boden lockerte, hob er die Erde mit den Händen heraus. Behutsam säuberte er die dabei gefundenen Knochen und legte sie zu dem Schädel Ansgaes.

Er stutzte. »Da sind noch ein Schädel und noch mehr Knochen. Es sieht fast so aus, als ob hier zwei Skelette dicht nebeneinanderliegen würden.«

Die beiden knieten sich nieder und benutzten nur ihre Hände, um vorsichtig weiter zu graben.

Und tatsächlich legten sie noch ein weiteres Skelett frei. Dazu fanden sie einige Schmuckstücke, darunter auch ein kleines goldenes Kreuz. Es musste sich um eine Frau gehandelt haben und offensichtlich auch um eine Christin.

Mitch schaute Samson betroffen an, als ihm das Drama bewusst wurde, das sich hier vor vielen hundert Jahren abgespielt hatte.

»Es kann sich nur um Yolotli handeln«, flüsterte er ehrfürchtig. »Sie hat sich mit Ansgae begraben lassen.«

Auch Samson war ergriffen von dieser Liebe, die bis weit über den Tod hinaus reichte. Aber es war keine Zeit für Überlegungen. Sie mussten weitergraben.

Samson schwitzte vor Anstrengung am ganzen Körper, als die Klinge des Spatens auf etwas Metallisches traf und sich nicht mehr lösen ließ. Seine Muskeln bebten und er wollte gerade erschöpft absetzen, als der Boden sein Geheimnis preisgab. Mit einem dumpfen Poltern brach die Erde auf und Samson konnte endlich den Spaten herausheben. Er ächzte unter dem überraschenden Gewicht. Ein dicker und offensichtlich extrem schwerer Klumpen hing unverrückbar fest an der Schaufel.

»Wir haben es geschafft, Samson«, flüsterte Mitch ungläubig. »Wir haben tatsächlich die Reliquien Tezcatlipocas gefunden.

Ich kann es noch gar nicht glauben. Jetzt müssen die Entführer mit uns verhandeln.«

Mit gemeinsamer Kraft hebelten sie den Brocken von der Spatenklinge und reinigten ihn notdürftig, bis das Metall silbern schimmerte.

Merkwürdig fremd fühlte er sich an.

Sternenstaub, wie Ansgae es genannt hatte. Er war geformt wie ein menschliches Herz, das jedoch in zwei ungleiche Teile zerbrochen war. Zusammengehalten nur von seiner unglaublichen Magnetkraft. Ein dünner Spalt zeigte, wo der Meteorit einstmals durch den Aufprall auf der Erde gesplittert war, und dabei eine scharfe Kante gebildet hatte. Als Mitch den Magneten vorsichtig umdrehte, erschauerte er vor Ehrfurcht.

Das eiserne Kreuz Ansgaes, mit dem er vor tausend Jahren das Böse der Reliquien bannen wollte, haftete noch immer auf der Oberfläche. Es gab keinen Zweifel: die legendären Heiligtümer des Blutgottes waren wieder aufgetaucht.

Mitch bekam eine Gänsehaut, als er daran dachte, welche Grausamkeiten diese Artefakte schon verursacht hatten. Und nur ein einziger Mann hatte es damals geschafft, ihren unheilvollen Einfluss zu bannen.

Unwillkürlich blickte er zu dem Haufen Knochen, der einmal Ansgae gewesen war, der lebendig gewordene Gott Quetzalcoatl. Durch den Goldenen Codex hatte er das Gefühl, ihm und seiner unglücklichen Liebe Yolotli tief verbunden zu sein. Ansgaes Berichte hatte sie hierher geführt, und sie konnten auf keinen Fall die Knochen dieser Menschen hier wie Abfall zurücklassen.

Sorgsam verwahrte er den Meteoriten in der leergeräumten Werkzeugtasche und nahm dann den zweiten Spaten. Gemeinsam gingen sie daran, Ansgae das zweite Mal zu begraben.

Doch in der Grube erwartete sie eine fürchterliche Überraschung.

»Hier sind noch mehr Schädel«, rief Samson entsetzt und deutete auf die Stelle, an der er den Meteoriten aus der Erde gebrochen hatte.

Und tatsächlich, die Knochen der beiden Liebenden hatten auf einem regelrechten Bett menschlicher Schädel geruht. Wie Pflastersteine waren die Schädel tief in den Boden eingesetzt worden und bildeten ein fast perfektes Viereck. Direkt über diesem fürchterlichen Pflaster hatte sich Ansgae begraben lassen. Fast so, als sei er ein Wächter, der verhindern wollte, dass die Geister jemals wieder auf die Erde kämen.

Fassungslos schüttelte Mitch den Kopf. Diese Höhle verbarg mehr schaurige Geheimnisse, als er jemals lösen konnte. Ein hastiger Blick auf die Uhr verriet ihm, dass die Sonne inzwischen aufgegangen sein musste. Es wurde höchste Zeit mit Huanitzin direkt Kontakt aufzunehmen.

Sie hatten ausreichend Argumente, damit er ihnen zuhören würde. Jetzt galt es, Marie zu retten.

Mit einem letzten bedauernden Blick streifte er die Überreste Ansgaes. Sie würden später zurückkommen, um ihn und Yolotli zu bestatten. Aber jetzt musste er erst einmal an die Lebenden denken. So schnell die beiden konnten, eilten sie zum Eingang der Höhle. Vorsichtig spähten sie in die Runde. Sie hatten Glück. Von den Wachposten war weit und breit nichts zu sehen und um diese frühe Tageszeit war die Ruinenstadt noch menschenleer. Nachdem sie das Gitter wieder so verschlossen hatten, dass es eine flüchtige Untersuchung überstehen würde, huschten sie verstohlen quer über die Tempelallee, bis sie die Straße am Rand der archäologischen Stätte erreicht hatten.

Wenig später erreichten sie ihr Auto. Die Werkzeugtasche mit dem Meteor stellten sie auf die Rückbank und sanken dann aufatmend in die weichen Sitze. Es war eine anstrengende Nacht gewesen, aber sie hatten die Reliquien, und damit auch endlich eine Handhabe gegen Huanitzin. Wenn er den Meteoriten haben wollte, und den wollte er um jeden Preis, dann ging das nur über Maries Freilassung.

»Du solltest Anna-Maria anrufen«, sagte Samson. »Die wartet im Hotel und ist wahrscheinlich schon verzweifelt, weil wir uns noch nicht gemeldet haben.«

Mitch nickte zustimmend und griff zur Brusttasche seiner Jacke. Doch da fiel ihm ein, dass ihre Jacken immer noch als Quellabdichtung in der Höhle dienten. Den Inhalt der Jackentaschen hatten sie vorher in einem Reißverschlussfach der Werkzeugtasche verstaut, darunter auch ihre Handys. Seufzend wollte er sich umdrehen. Aber Samson war ihm zuvorgekommen und fischte bereits nach Mitchs Gerät.

»Du musst es erst einschalten«, sagte er und reichte es seinem Freund weiter.

Mitch versuchte es, aber der kleine Bildschirm des Handys blieb schwarz.

»Gib bitte dein Gerät. Bei mir ist die Batterie leer.«

Samson rollte nur mit den Augen.

»Du bist mir ein schöner Agent«, spottete er. »Geht auf Geheimmission und vergisst, sein Handy aufzuladen.«

Doch auch sein eigenes Handy zeigte nur einen schwarzen Bildschirm. Verwirrt sah er auf.

Mitch sah nervös auf seine Armbanduhr. »Dann lass uns losfahren. Da vorne sehe ich die Reklametafel eines Coffeeshops. Da können wir bestimmt telefonieren.«

Doch auch der Wagen startete nicht. Sämtliche Kontrollen blieben schwarz.

»Das gibt es doch nicht«, rief Samson wütend, nachdem er ohne Erfolg den Motor inspiziert hatte. »Die gesamte Elektronik ist ausgefallen.«

Er wurde bleich und klatschte sich fluchend die Hand vor den Kopf. »Mist, der Magnet ist schuld«, rief er. »Ich hätte es wissen müssen.«

Verdutzt blickte ihn Mitch an. »Wieso ist der Magnet schuld?«

»Mit einem starken Magneten, vernichtest du jede Elektronik«, sagte Samson und konnte sich immer noch nicht beruhigen, dass ihm ein solcher Fehler unterlaufen war. »Und wenn du dann so einen Supermagneten hast, wie wir, ist nichts vor ihm sicher. So ein Ding zerstört jeden Schaltkreis im Umkreis von einigen Metern in Millisekunden. Und ohne Elektronik fährt heute kein Auto mehr.«

Mitchs Gedanken rasten. Er brauchte einige Sekunden, um nach diesem Schock wieder klar denken zu können. »Aber das bedeutet auch, dass wir jetzt ohne Handy und ohne Fahrzeug sind. Verdammt! Wir müssen telefonieren und einen fahrbaren Untersatz brauchen wir auch. Da der verfluchte Magnet jede Elektronik zerstört, müssen wir ihn irgendwo verstecken.«

»Auf keinen Fall. Den lassen wir nicht mehr aus der Hand«, entgegnete Samson. »Ich habe eine bessere Idee. Wir trennen uns. Ich passe auf die Reliquien auf und du versuchst, irgendwo ein Auto zu mieten und zu telefonieren.

Er nahm das bestätigende Nicken seines Freundes kaum wahr, als er fortfuhr. »Lass uns dort vorne zum Coffeeshop gehen. Der hat offen, zumindest brennt die Leuchtreklame. Dort kannst du mit Anna-Maria und Huanitzin telefonieren und dir einen neuen Mietwagen kommen lassen. Ich warte dort, und wenn irgendetwas schiefgeht, kannst du mich über das dortige Telefon erreichen.«

»Du willst die ganze Zeit im Coffeeshop warten? Ich habe keine Ahnung, wie Huanitzin reagieren wird.«

»Hast du eine bessere Idee?«, fragte Samson. »Nimm mich einfach als Backup-Lösung. Wenn ich nichts mehr von dir höre, vergrabe ich den Meteoriten irgendwo hier draußen und stürme Huanitzins Haus.«

Kurze Zeit später saßen die beiden in dem heruntergekommenen Gastraum. Der Wirt hatte kaum aufgesehen, als die beiden merkwürdigen Gringos sein Lokal betraten. Stumm servierte er eine Kanne dampfenden Kaffees und wechselte Mitch einige Pesos für das uralte Münztelefon.

Anna-Maria war völlig aufgelöst, als sich Mitch endlich bei ihr meldete. »Ich wollte schon die Polizei anrufen, als ihr euch nicht gemeldet habt«, brauste sie auf.

Als Mitch ihr jedoch von der erfolgreichen Suche berichtete, beruhigte sie sich wieder. Endlich hatten sie etwas für Maries Befreiung in der Hand. Sie wollte sofort ein Auto mieten, um ihre Freunde abzuholen, aber Mitch stoppte sie.

»Nein, halte du bitte die Stellung im Hotel«, versuchte er zu beschwichtigen. »Ich weiß, die Situation ist schwierig für dich, aber es macht keinen Sinn, wenn du auch noch deinen Hals riskierst. Es reicht, wenn ich allein mit Huanitzin spreche. Du hältst Kontakt mit Samson über die Nummer des Lokals hier. Er wird dir sagen, sobald wir dich brauchen.«

»Und was jetzt?«, fragte Samson als Mitch wieder an den Tisch zurückkam. »Wie willst du an Huanitzin herankommen?«

Mitch rieb sich nachdenklich die Stirn.

»Wir haben zwei Möglichkeiten. Wir könnten es Rajesh überlassen. Er könnte Mitteilungen an alle E-Mail-Accounts schicken, die wir von dem Entführer haben und ihn so kontaktieren.«

»Und die andere Möglichkeit?«

»Nun, das Einfachste wäre, ich würde zu Huanitzin fahren und direkt mit ihm verhandeln.«

Samson verschluckte sich vor lauter Schreck.

»Das meinst du doch nicht im Ernst«, entfuhr es ihm. »Du weißt, wir können ihm nichts nachweisen. Weder die Entführung noch sonst eine Beteiligung an einer Straftat. Wieso sollte er also direkt mit uns verhandeln? Da würde er doch alles zugeben?«

Mitch strich sich müde über die Stirn.

»Er will vor allen Dingen die Reliquien. Und wir wollen Marie. Die einzige Möglichkeit das Mädchen zurückzubekommen, ist ein offener Austausch ohne Einschalten der Polizei. Ein Handel, bei dem wir die stärksten Trümpfe haben. Du darfst nicht vergessen, dass die Anhänger Tezcatlipocas seit tausend Jahren alles versuchen, die Heiligtümer ihres Gottes wieder in die Hand zu bekommen. Und wir haben sie jetzt. Das müsste sie zur Besinnung bringen.«

Samson nickte nachdenklich, hatte aber doch noch einige Bedenken. »Und wie willst du verhindern, dass Huanitzin danach einfach weitermordet? Jetzt sogar noch mit den Heiligtümern seines Blutgottes? Wir haben nichts in der Hand, das wir gegen diese Teufelsanbeter verwenden können.«

Mitchs Lächeln wurde eisig. »Sobald Marie wieder in Freiheit ist, werde ich die Jagd auf Huanitzin eröffnen. Mit Hilfe von Rajesh und seinen Freunden werden wir bald die fehlenden Beweise haben. Und wenn nicht, werde ich noch mehr Leute auf seine Spur setzen. Es ist mir völlig egal, wie viel es kostet. Huanitzin wird zur Strecke gebracht werden, und wenn es das Letzte ist, was ich tue.«

Samson schüttelte resigniert den Kopf. Er kannte Mitch gut genug, um zu wissen, wie todernst es ihm war. Und er wusste, wozu Mitch fähig war. Huanitzin hatte schon verloren. Er wusste es nur noch nicht. Aber Mitch hatte recht. Zunächst mussten sie erst einmal Maries Freilassung erreichen.

»Nun gut, ich bin dabei. Aber bevor du zu Huanitzin fährst, sollten wir erst einmal frühstücken. Lass uns bestellen und den Plan nochmals durchgehen.«

Mitch nickte, während seine Gedanken sich schon mit dem Besuch bei Huanitzin beschäftigten. Es hing jetzt alles davon ab, wie der Mexikaner reagieren würde.

Huanitzins Haus

Stammsitz der Huanitzin Dynastie
San Juan
20:15 Uhr Ortszeit

Am Vormittag der Tagundnachtgleiche

Es war nicht einfach gewesen, den Stammsitz der Huanitzins zu erreichen. Die Polizei hatte alle Straßen zur archäologischen Stätte gesperrt. Kein Fahrzeug durfte passieren. Niemand wusste, was der Grund dafür war. Der Kellner im Coffeeshop hatte nur resigniert die Schultern gezuckt und die Polizisten verflucht, die ihm das Tagesgeschäft vermiesten. Mitch blieb nichts anderes übrig, als die erste Strecke bis zur Stadt zu Fuß zurückzulegen. Mit dem neuen Mietwagen musste er danach einen großen Umweg fahren, um zu Huanitzins Haus zu gelangen. Aber auch da kam er nicht weiter.

»Ich muss dringend Doktor Pedro de Huanitzin sprechen«, wiederholte er, während der Wachposten ihn routiniert durchsuchte. Mit vorgehaltener Waffe hatten ihn die Wachen zum Aussteigen gezwungen, nachdem er sich geweigert hatte, wieder abzufahren.

»Du kannst wohl nicht zuhören. Huanitzin ist für dich nicht zu sprechen«, grunzte der Wachposten in seinem schlechten Englisch.

Doch Mitch gab nicht auf. »Rufen Sie ihn an und sagen Sie ihm, Doktor Michel Thromberg wäre hier.«

Die Wächter berieten sich kurz. Huanitzin würde toben, wenn sie ihn kurz vor der Zeremonie anriefen, aber, falls der Besucher wirklich etwas Wichtiges hatte, würde Huanitzin wahrscheinlich noch mehr toben, wenn sie es nicht täten. Schließlich raffte sich einer der Wachmänner widerwillig dazu auf, Huanitzin anzurufen und nach Weisungen zu fragen.

Er wunderte sich nicht wenig, als Huanitzin ihm befahl, den Besucher sofort zu ihm zu bringen.

Der Stammsitz der Huanitzins war ein herrliches Gebäude aus der Blütezeit der spanischen Herrschaft. Schneeweiß gestrichen glänzte es im Licht der Morgensonne. Mit knirschenden Reifen fuhr der Wachposten Mitchs Auto direkt vor den Eingang und leitete ihn durch die Empfangshalle zu einer großen, geschnitzten Holztür. Nervös hüpfte sein Adamsapfel, bevor er den Mut fasste, zu klopfen. Ein herrisches »Herein« ertönte und der Wächter ließ Mitch eintreten. Danach schloss er die Tür und nahm im Gang Aufstellung.

Mitch sah sich neugierig um. Es handelte sich augenscheinlich um die Bibliothek der Hacienda. Tausende von Büchern standen in den wandhohen Regalen. In der Mitte befand sich ein wuchtiger Schreibtisch, hinter dem Huanitzin ihn neugierig musterte.

»Was verschafft mir die Ehre Ihres Besuches?«, fragte er und bot Mitch einen Stuhl an. »Unser letztes Treffen verlief ja nicht so erbaulich. Umso mehr freue ich mich jetzt, den Entdecker des Quetzalcoatl-Codex hier bei mir begrüßen zu dürfen. Was darf ich für Sie tun?«

Mitch musterte sein Gegenüber mit kalten Augen. »Sie wissen genau, weshalb ich hier bin, Huanitzin«, sagte er kurz angebunden. »Sie haben Marie und ich habe die Reliquien. Lassen Sie uns beides austauschen.«

Huanitzin konnte sein Zusammenzucken nicht ganz verbergen. Es dauerte einen Moment, bis er sich wieder gefangen hatte. »Sie verblüffen mich. Ich habe keine Ahnung, wovon Sie reden«, sagte er völlig gelassen.

»Dann nochmal im Klartext. Ihre Experten werden bald feststellen, dass in den Texten das letzte Kapitel fehlt, das Kapitel, das beschreibt, wo Tezcatlipocas Reliquien versteckt wurden.«

Huanitzin schloss die Augen, um seinen Schreck zu verbergen.

Diese Information war neu für ihn.

Widerstrebend hatte er gestern die weitere Auswertung der Texte seinen Experten überlassen müssen. Zu sehr forderte ihn die Organisation und Vorbereitung für die große Zeremonie. Er war überzeugt gewesen, alle notwendigen Informationen für die Suche in seinen Händen zu haben. Direkt nach dem Opfer der Tagundnachtgleiche und mit dem Segen Tezcatlipocas wollte er die Reliquien suchen. Alles war vorbereitet.

Mitch hatte zufrieden die Reaktion seines Widersachers beobachtet. So ruhig er konnte, fuhr er fort: »Es gibt ein zweites Buch, das wir inzwischen aus dem Wikingerschiff geborgen haben. Es enthält eine genaue Beschreibung des Verstecks. Wir waren dort und haben die Reliquien ausgegraben. Sie sind jetzt in unserem Besitz.«

Wilde Gier verwandelte das Gesicht Huanitzins kurz in eine teuflische Fratze.

Doch Mitch war noch nicht fertig. »Die Polizei weiß nichts von den Artefakten und auch nicht, dass ich bei Ihnen bin. Wir können den Austausch also völlig anonym machen. Niemand wird erfahren, dass Sie für Maries Entführung verantwortlich sind. Sie übergeben mir einfach das Mädchen, und ich übergebe Ihnen im Gegenzug die Reliquien. Ein schnelles Geschäft, ohne Zeugen und ohne Risiko für Sie.«

Huanitzin schwieg. Aber die Gedanken rasten in seinem Kopf. Dann nahm er den Hörer auf und rief einen seiner Leibwächter herein. Noch einmal musste Mitch sich einer gründlichen Untersuchung stellen. Huanitzin wollte vor allen Dingen sicherstellen, dass der Deutsche keine versteckten Mikrofone an sich trug.

Als der Leibwächter den Raum wieder verlassen hatte, betrat Huanitzin erneut das Zimmer. Er hatte die Gelegenheit genutzt, um einige Telefonate zu führen. »Es scheint zu stimmen, dass in den Texten das letzte Kapitel fehlt«, sagte er und fixierte Mitch mit einem kalten Lächeln. »Aber woher soll ich wissen, dass Sie die Reliquien wirklich haben?«

Mitch atmete erleichtert auf. Jetzt hatte er die letzte Gewissheit. Hoffnung durchflutete ihn. Huanitzin war verhandlungsbereit.

»Sie müssen mir schon glauben«, sagte er. »Aber Sie müssen auch wissen, dass ich niemals lügen würde, wenn es um Marie geht.«

Huanitzin nickte gedankenvoll. Er glaubte dem Deutschen. Irgendwie hatte der das Unmögliche geschafft. Die Heiligtümer Tezcatlipocas waren wieder da. Gerade noch rechtzeitig. Tiefe Erregung durchpulste ihn, als ihm klar wurde, wie kurz er vor seinem Ziel stand.

Mitchs Stimme holte ihn aus seiner Versunkenheit.

»Bevor wir weiterverhandeln, möchte ich Marie sehen und mich überzeugen, dass es ihr gut geht.«

Huanitzin gab nach. Kurz danach folgte Mitch einem der Leibwächter in den Keller des Hauses. Vor einer schweren, eisenbeschlagenen Tür blieb der Mann stehen und entriegelte sie stumm. Mitch drängte sich hastig an ihm vorbei. Das Geräusch des Riegels hatte das gefangene Mädchen aufgeschreckt. Es war Marie.

Mit rotverweinten Augen richtete sie sich auf. »Mitch!«, schrie sie, als sie den Mann erkannte. Hemmungslos schluchzend lag sie in seinen Armen, bis der Wärter sie voneinander trennte.

»Halte noch ein bisschen aus. Ich komme dich holen«, konnte Mitch gerade noch rufen, bevor ihn der Posten aus dem Kerker stieß und die Tür wieder verriegelte. Durch die dicke Tür gedämmt hörte Mitch die verzweifelten Rufe Maries und er musste alle Kraft aufbringen, um sich nicht auf den Posten zu stürzen. Aber sie würde nicht mehr lange hier gefangen bleiben, schwor er sich, während er langsam die steile Treppe wieder nach oben stieg.

Noch einmal wiederholte er in Gedanken seine Argumente. Er war zuversichtlich. Der Mexikaner konnte nicht anders, als dem Austausch zuzustimmen.

Huanitzin erwartete ihn schon. »Wie haben Sie sich den Austausch gedacht?«, fragte er, als Mitch wieder zu ihm gebracht wurde.

»Ganz einfach. Auf der Zufahrtsstraße nach Teotihuacán liegt ein Coffeeshop. Dort treffen wir uns. Nur Sie und ich.

Und kein falsches Spiel. Die Straße ist in beide Richtungen gut zu überblicken. Ich kann also kontrollieren, ob Sie wirklich allein kommen. Sie bringen Marie, und ich warte dort mit den Reliquien. Ich gebe Ihnen die Artefakte und Sie übergeben mir das Mädchen. Danach steigen wir in unsere Autos und trennen uns.«

»Klingt so, als wenn Sie viel darüber nachgedacht hätten«, erwiderte der Mexikaner. Ein höhnisches Grinsen überzog sein Gesicht. »Was aber, wenn ich Sie hierbehalte und Sie mir einfach sagen, wo die Reliquien sind?«

Auf sein Kommando tauchten zwei Leibwächter hinter Mitch auf und hielten ihn fest. Mitch schaute den Mexikaner nur gelassen an. Das machte Huanitzin wütend.

»Wenn Sie zu lange für Ihre Antwort brauchen, könnte ich das Mädchen auch einfach meinen Männern überlassen. Glauben Sie mir, spätestens, wenn sie das erste Mal schreit, werden auch Sie reden. Nur dann wird es zu spät sein.«

»Ich habe Sie richtig eingeschätzt, Huanitzin«, sagte Mitch völlig ungerührt trotz dieser Drohungen. »Deshalb hören Sie mir jetzt gut zu, wenn Sie die Reliquien wollen. Sonst werden Sie wieder für tausend Jahre verschwinden.«

Auf einen ungeduldigen Wink ihres Chefs ließen die Wachen von Mitch ab, blieben jedoch sprungbereit neben ihm stehen.

Mitch nahm sich in aller Ruhe eines der Erfrischungsgetränke und setzte sich Huanitzin gegenüber. »Lassen Sie uns Klartext reden. Sie brauchen die Reliquien, mehr als alles andere. Dafür sind Sie bereit, alles zu tun. Lassen Sie Marie frei und Sie bekommen die Heiligtümer Ihres Gottes. Mein Angebot steht. Sollten Sie jedoch nicht darauf eingehen, ist das ein klares Zeichen und meine Männer haben die Anweisung, die Reliquien zu vernichten.« Mit grimmiger Miene fuhr er fort: »Ach ja, Sie drohen mir mit Folter. Wir beide wissen, dass auf die Folter unser Tod folgen wird. Weshalb sollte ich Ihnen die Artefakte überlassen? Wenn wir sterben müssen, gut – aber Ihre Heiligtümer werden Sie nie in Händen halten. Sie entscheiden.«

Huanitzin hatte während der Rede seinen Gegenspieler nicht aus den Augen gelassen. Er spürte, der Deutsche meinte es ernst. In seinem Kopf war er schon dabei, das Für und Wider der Situation zu analysieren. Marie war das perfekte Opfer, ein von Quetzalcoatl geweihtes Herz, das er seinem Gott darbringen wollte. Aber nun sollte er zwischen den über tausend Jahre verschwundenen Reliquien und dem Mädchen wählen?

Mürrisch gab er seinen Männern den Befehl, dem Mädchen die Augen zu verbinden und es zu ihm zu bringen. Er hatte sich entschieden. Wenn die Reliquien erst in seiner Hand wären, würde er sich Marie wieder holen. Und diesen Thromberg gleich mit dazu. Niemand stellte sich gegen den Hohepriester Tezcatlipocas; niemand der überleben wollte.

Kurz darauf wurde Marie ins Zimmer gestoßen. Die Wachen hatten ihr die Hände auf den Rücken gefesselt, und die Augen verbunden.

Als Mitch sie berührte, zuckte sie erst vor Schreck zusammen, aber als er sich ihr zu erkennen gab, beruhigte sie sich. Mitch schloss das Mädchen schützend in seine Arme.

Huanitzin konnte seinen Blick nicht abwenden. Tiefer Hass brannte in seinen Augen. Fast hätte er dadurch das Blinken seines Telefons übersehen. Irgendetwas musste passiert sein. Es musste dringend sein, wenn seine Leute ihn jetzt störten. Er stand auf, um das Gespräch im Nachbarraum entgegenzunehmen. Für seine persönliche Sicherheit war es besser, wenn das Mädchen seine Stimme nicht hörte. Wenn Thromberg zur Polizei gehen würde, stand sein Ehrenwort dagegen. Das Wort eines mexikanischen Dons gegen das eines Gringos. Er wusste, haltbare Beweise für seine Schuld gab es nicht.

Marie fragte aufgeregt nach ihrer Mutter. Offenbar hatte sie von der Entführung und den Ereignissen der letzten Tage kaum etwas mitbekommen. Selbst die Verletzung an ihrem Ohr war nicht so schlimm, wie er befürchtet hatte.

Mitch atmete auf. Suchend blickte er in der Bibliothek herum. Wo blieb nur Huanitzin? Sie mussten noch die Details des Austauschs besprechen und dann wäre Marie endlich frei.

Wie auf Kommando betrat der Gesuchte den Raum.

Doch das höhnische Lächeln, mit dem er sie betrachtete, gefiel Mitch nicht. Bevor er richtig reagieren konnte, hatten ihn die beiden bulligen Leibwächter links und rechts mit eisernem Griff gepackt und fesselten ihm die Hände hinter dem Rücken zusammen.

»Was soll das?« Mitch war außer sich. »Wir hatten eine klare Abmachung. Wenn Sie mich nicht sofort freilassen, werden die Reliquien vernichtet.«

Der Mexikaner lachte verächtlich. Mit einem schnellen Schritt trat er zu dem Mädchen und zog ihr die Binde vom Kopf. Verwirrt blinzelte sie ihn an.

»Hallo, meine Schöne«, sagte Huanitzin und strich dem Mädchen über den Kopf. Angewidert wollte sie zurückweichen, stolperte jedoch und fiel zu Boden. Der Mexikaner packte sie brutal an den Haaren und zog sie zurück auf die Beine.

Mitch bäumte sich auf im Griff der Wachleute. Er wollte Marie helfen, aber er hatte keine Chance.

Huanitzin beachtete die Szene überhaupt nicht. Er hatte nur Augen für Marie. »Hast du wirklich gedacht, du könntest Tezcatlipoca entkommen«, flüsterte er dem vor Schmerzen schreienden Mädchen ins Ohr. Dann stieß er sie zu einem der Wachleute und bellte einen kurzen Befehl auf Spanisch. Hilflos musste Mitch zusehen, wie das Mädchen wieder abgeführt wurde. Der Hass gegen den Mexikaner loderte in ihm wie Feuer. Doch mühsam zwang er sich zur Ruhe. Irgendetwas war geschehen. Irgendetwas hatte Huanitzin dazu gebracht, ihre Übereinkunft zu brechen. Und nur, wenn er den Grund dafür verstehen würde, könnte er über Maries Freiheit weiter verhandeln. Entschlossen wandte er sich dem Mexikaner zu.

Doch bevor er eine Frage stellen konnte, klopfte es an die Tür und Carmen Mendoza betrat den Raum.

Sie war kleiner, als Mitch sie sich vorgestellt hatte.

Durch ihre knabenhafte Figur wirkte sie fast wie eine ihrer Schülerinnen. Aber ein Blick in ihre eiskalten Augen genügte Mitch. Er starrte die Schulleiterin voll Abscheu an. Vor ihm stand keine junge Frau, sondern eine gefühllose Bestie.

Mit dem Blick einer hungrigen Schlange musterte sie den unbekannten Mann, der von zwei Leibwächtern festgehalten wurde. Dann schaute sie fragend zu Huanitzin. »Carmen, darf ich dir Doktor Michel Thromberg vorstellen, einen der begehrtesten Junggesellen der Welt und gescheiterter Befreier der kleinen Marie.«

Carmen zuckte zusammen. Doch Huanitzin beruhigte sie mit einer lässigen Geste. Ein trockenes Lachen schüttelte seinen hageren Körper, bevor er auf Englisch weitersprach. »Er hat tatsächlich geglaubt, mich überlisten zu können.«

Noch immer war Carmen nicht beruhigt. »Wie ist er uns auf die Spur gekommen?«

»Keine Angst. Es gibt keine Beweise. Er hat einfach nur geblufft und verloren.«

Da klopfte es nochmals an die Tür. Die angekündigte Überraschung war angekommen. Huanitzin trat zu Mitch und ohne Vorwarnung ohrfeigte er ihn mit aller Kraft.

»Machen Sie die Augen auf Thromberg und schauen Sie, wen meine Leute gefunden haben.«

Mitch stöhnte entsetzt auf, als die Wachen Samson hereinschleppten. Wie hatten sie ihn finden können? Jetzt hatte Huantitzin auch noch Samson und die Reliquien. Verzweifelt schloss Mitch die Augen, als er sah, wie eine der Wachen die Werkzeugtasche hereintrug.

Ehrfürchtig nahm der Mexikaner die schwere Tasche entgegen und öffnete sie mit zitternden Fingern. »Tezcatlipocas Heiligtümer«, flüsterte er heiser und zeigte Carmen den Inhalt der Werkzeugtasche.

Demütig sank sie auf die Knie und senkte betend den Kopf. Auch Huanitzin und die anwesenden Wachen knieten nieder. Auf diesen Moment hatten die Anhänger Tezcatlipocas lange warten müssen.

Das Opferfest heute Nacht würde zu etwas ganz Besonderem werden.

Mitch und Samson sahen verzweifelt zu. Sie hatten mit hohem Einsatz gespielt, und verloren. Tiefe Resignation bemächtigte sich ihrer.

Es dauerte eine ganze Weile, bis Huanitzin sich so weit wieder gefasst hatte, dass er sich um seine Gefangenen kümmern konnte. Zärtlich fasste er Carmen um die Schultern und schob sie zu Mitch und Samson.

»Und hier ist eine weitere Überraschung für dich. Du darfst entscheiden, welchen Tod die beiden sterben sollen.«

Carmen brauchte nur einige Sekunden für ihre Entscheidung. »Sie haben den ehrenvollen Opfertod auf dem Altar nicht verdient«, zischte sie, und streifte Mitch und Samson mit einem mitleidlosen Blick.

Dann wandte sie sich an die beiden Wachen. »Nehmt die Messer und last euch Zeit. Dann helft den anderen bei der Pyramide«, instruierte Carmen die beiden und folgte anschließend Huanitzin, um sich für die heilige Zeremonie vorzubereiten, die in wenigen Stunden auf der Pyramide Tezcatlipocas stattfinden würde.

»Was für eine Hexe«, stöhnte Samson, als er brutal auf die Füße gezogen wurde. Die beiden bulligen Wachen hatten sich je einen der Gefangenen geschnappt und zerrten sie in Richtung Keller.

Im Haus wimmelte es von schwer bewaffneten Männern. Offenbar zog Huanitzin für den Beginn der Zeremonie alle seine Wachen zusammen. Als die Gruppe heraustrat, wurden die Gefangenen von den anderen Wachleuten mit Hohn überschüttet. Ihre Gemeinheiten begleiteten sie bis zum Kellerabgang. Dort schlossen die beiden Leibwächter die massive Kellertür auf und stießen ihre Gefangenen zur Treppe. Danach verriegelten sie sorgfältig die Pforte hinter sich. Die Geräusche der vielen Wachen im Haus verstummten, gedämmt von dem massiven Holz der Kellertür.

Mit einem Mal umgab sie Stille.

Verzweifelt zerrte Mitch an seinen Fesseln, aber vergeblich. Die Wachen machten sich einen Spaß daraus, ihre Gefangenen mit den Spitzen ihrer Messer voranzutreiben. Sie warteten nur darauf, dass einer sich wehren würde. Dann könnte der Spaß schon hier an der Kellertreppe beginnen.

Steil führte die schmale Treppe nach unten und nur eine trübe Birne spendete Licht. Einer der Wachposten ging voraus, um mit einer Taschenlampe die Stufen auszuleuchten. Sein Kollege folgte den Dreien mit gezogenem Messer, um jeden Fluchtversuch zurück ins Haus zu verhindern.

Mitch kam eine Idee. Riskant zwar, aber ihre einzige Chance. Es musste schnell gehen. Das Ende der Treppe war schon in Sicht. »Achtung«, raunte er Samson auf Deutsch zu. »Ich übernehme den Vorderen und du kümmerst dich um den Kerl hinter uns.«

Bevor Samson antworten konnte, trat Mitch bereits zu. Sein Tritt traf den Rücken der Wache mit voller Wucht. Der völlig überrumpelte Mann kippte nach vorn und stürzte im freien Fall die steile Treppe hinab. Nur ein kurzer Schrei drang über seine Lippen, bevor mit hörbarem Knacken sein Genick brach.

Der zweite Wächter schrie wütend auf und drängte an Samson vorbei. Voller Wut hob er das Messer gegen Mitch. Aber da machte es Samson seinem Freund nach. Sein Tritt traf den Wächter etwas tiefer, aber dafür mit dem ganzen Zorn des Hünen. Der mit solcher Kraft in die Tiefe katapultierte Mann konnte noch nicht einmal einen Schrei ausstoßen, bevor sein Schädel auf den Treppenstufen aufschlug und barst. Sein lebloser Körper rutschte die gesamte Treppe hinunter, bis ihn die Leiche seines Kumpans schließlich stoppte.

Die Stille danach war fast mit Händen greifbar.

Mitch und Samson lauschten einige Sekunden. Dann atmeten sie auf. Ihre schnelle Aktion schien unbemerkt geblieben zu sein.

»Jetzt könnten wir versuchen, eines der Messer zu finden. Oder willst du hier Wurzeln schlagen?« Mitch stieg vorsichtig die steile Treppe hinunter.

Wenig später hatten sie sich gegenseitig die Fesseln durchschnitten und die beiden toten Wächter in eine der zahlreichen Kammern gezogen.

»Und was jetzt?«, fragte Samson. »Der Weg durch das Haus ist uns versperrt. Da sind zu viele Wachen.«

»Uns wird etwas einfallen«, sagte Mitch optimistisch. »Lass uns zuerst Marie befreien und dann suchen wir gemeinsam einen Fluchtweg.»

Er hatte den Schlüsselbund an sich genommen und deutete auf die Kerkertür, hinter der das Mädchen gefangen gehalten wurde. Samson nahm ihm die Schlüssel aus der Hand und schob den ersten Schlüssel ins Schloss.

Er passte nicht.

Sorgfältig untersuchte Samson die weiteren Schlüssel, bevor er sich für einen entschied.

Mitch verlor die Geduld und hämmerte gegen die Tür. »Marie«, rief er. »Keine Angst. Wir sind es. Mitch und Samson. Wir holen dich raus.«

»Willst du das ganze Haus alarmieren?«, fragte Samson. Mitch verstummte. Die Tür über der Treppe war zwar schallisoliert, aber sie durften kein Risiko eingehen.

»Psst, ich höre etwas«, flüsterte Samson und drückte sein Ohr dicht an das Türblatt. »Wir sind gleich bei dir.«

Doch keiner der Schlüssel passte.

»Huanitzin muss den richtigen Schlüssel haben. Er hat dem Wächter, der Marie holen sollte, einen mitgegeben«, sagte Mitch und starrte an die Tür.

»Dann können wir die Kleine im Moment nicht befreien!« Samson konnte es nicht glauben und drehte den Schlüsselbund unschlüssig in seiner Hand. Doch dann kam ihm eine Idee: »Wir haben doch die Messer. Könnten wir das Schloss nicht einfach herausschneiden?«

»Vergiss es. Das funktioniert nur im Film. Das Holz ist eisenhart und gut zehn Zentimeter dick. Da bräuchten wir eine Motorsäge, um durchzukommen.«

»Und was willst du sonst tun? Wir können Marie doch nicht

einfach hier zurücklassen«.

»Lass uns mal den Keller absuchen, ob wir nicht irgendetwas Brauchbares finden«, antwortete Mitch.

Gemeinsam durchsuchten sie die Kellerräume. Doch nirgends fanden sie eine Eisenstange oder sonst etwas, um das Kerkerschloss knacken oder die Tür aufhebeln zu können. Dafür entdeckten sie in einer der Kammern eine Art Umkleidekabine. Auf Kleiderstangen hingen zahllose Stoffmäntel mit glänzenden, schwarzen Federn bestickt. In den Kisten daneben fanden sie die dazu passenden hohen Federmasken.

»Das müssen die Kostüme für die Schwarzen Priester sein. So hat Ansgae die Teufelsanbeter in seinem Bericht beschrieben«, sagte Mitch, während er nervös den Blick von Samson suchte. »Und das könnte bedeuten, dass sich alle vor der Zeremonie hier unten umziehen.« Er warf einen hastigen Blick auf seine Armbanduhr. »Es ist achtzehn Uhr. Vermutlich warten sie auf die Dunkelheit. Ich schätze, uns bleiben nicht mehr als zwei Stunden, um Marie zu befreien und zu fliehen. Dann wird es hier vor Götzendienern nur so wimmeln.«

Nachdenklich rieb sich Samson die Nase. »Wenn sich alle hier umkleiden, muss es auch einen direkten Durchgang zum Tempelgelände geben. Ich kann mir nicht vorstellen, dass die Priester dafür die Treppe benutzen.«

»Du hast recht!«, rief Mitch elektrisiert. »Lass uns sofort danach suchen.«

Hektisch untersuchten sie die restlichen Kammern des Kellergewölbes. Schließlich blieb nur noch eine große Eisentür am hinteren Ende des Ganges übrig. Im Gegensatz zu den anderen Kellerräumen war sie verschlossen.

Vorsichtig probierte Samson die Schlüssel und beim dritten Versuch klickte das Schloss. Gut geölt glitten die Scharniere auf und vor den beiden lag ein langer gemauerter Gang.

»Nicht schon wieder eine Höhle«, fluchte Samson.

»Das ist keine Höhle«, sagte Mitch und knipste den Lichtschalter an, der sich direkt neben der Tür befand.

Kleine LED-Leuchten an der Decke zeigten das ganze Ausmaß des gemauerten Ganges. Er war fast drei Meter breit. Genug, dass mehrere Personen nebeneinander gehen konnten und so lang, dass sie das Ende nicht sehen konnten.

Sie eilten den Gang entlang, bis ihnen nach ungefähr sechshundert Metern wieder eine massive, eiserne Tür den Weg versperrte.

Keuchend von dem schnellen Lauf nestelte Samson mit dem Schlüsselbund, bis er den richtigen Schlüssel gefunden hatte. Vorsichtig öffnete er die Tür einen schmalen Spalt.

»Unglaublich, wir sind direkt an der Mondpyramide«, flüsterte Samson, der als Erster hinausspähte.

»Wir haben den Weg gefunden, auf dem die Teufelsanbeter unbemerkt ihre Opfer zur Hinrichtung schleppen«, bestätigte Mitch leise und musterte die Umgebung. »Aber hier ist auch kein Hinauskommen«, stellte er fest. »Überall sind Wachen.«

»Warum stürmen wir nicht einfach hinaus und rufen laut die Polizei«, fragte Samson. »Die Beamten müssen doch ganz in der Nähe sein, und mit Marie als Zeugin sind doch die Beweise gegen Huanitzin jetzt mehr als eindeutig.«

Mitch lachte bitter auf und schloss vorsichtig wieder die Tür, als einige der Wachen auf ihrem Rundgang näher kamen.

»Zunächst einmal müssten wir irgendwie den Ring von Huanitzins Wachen durchbrechen. Überleg mal: Glaubst du wirklich, dass die Polizei hier zufällig die Anfahrtswege zu Teotihuacán sperrt? Ausgerechnet vor der Opferfeier zur Tagundnachtgleiche?«

»Du meinst, die Polizei steckt mit Huanitzin unter einer Decke?«

»Zumindest unterstützen sie das Ritual mit dieser Aktion. Stell dir doch mal vor, was die weiträumige Sperrung Teotihuacáns für die Touristikbranche bedeutet. Da müssen unzählige Genehmigungen ausgestellt werden und alles muss perfekt organisiert sein. Es geht hier nicht allein nur um Huanitzins Einfluss. Der Kreis der Teufelsanbeter muss viele sehr wichtige Leute umfassen. Ich bin überzeugt, dass viele der Einheimischen hier ebenfalls dem Tezcatlipoca-Kult angehören.«

Samson schaute betroffen zu Boden. »Jetzt verstehe ich auch, weshalb mich Huanitzins Männer so schnell aufspüren konnten«, sagte er leise. Mitch schaute ihn fragend an.

»Ich blieb ja im Coffeeshop, um auf deinen Anruf zu warten. Während der ganzen Zeit stand unser Auto auf der Straße. Das muss auch der lokalen Polizei aufgefallen sein. Am frühen Nachmittag kamen sie in den Coffeeshop, um den Besitzer darüber zu befragen. Ich konnte die Polizisten zwar mit einem vorgeschobenen Motorschaden beruhigen, musste aber meinen Ausweis zeigen. Eine Viertelstunde später kamen die Männer des Mexikaners in das Lokal und überwältigten mich.«

»Lass gut sein«, erwiderte Mitch und legte ihm tröstend eine Hand auf die Schulter. »Zumindest sind wir frei und haben eine Chance, hier wieder herauszukommen.«

»Super Chance«, erwiderte Samson kopfschüttelnd. »Das Haus wimmelt vor Wachen und Marie ist in ihrem Kerker gefangen. Nur Huanitzin selbst könnte sie da herauslassen.«

»Gute Idee«, sagte Mitch nachdenklich. Und ohne auf die verblüffte Miene von Samson zu achten, packte er ihn am Arm und zog ihn zurück zum Keller. »Komm, lass uns wieder zu Marie gehen. Ich muss etwas mit ihr besprechen.«

Es war schwer, das Mädchen zu beruhigen. Doch Mitch sprach ihr weiter Mut zu. »Marie, du musst jetzt eine sehr tapfere junge Frau sein«, sagte er behutsam. »Ich verspreche dir, dass wir dich hier herausholen, aber es wird noch etwas dauern. Du weißt selbst, was Huanitzin plant, und wir werden das auf keinen Fall zulassen. Aber dafür müssen wir warten, bis er dich aus dem Kerker holen lässt.«

Samson tippte seinem Freund ungläubig auf die Schulter und zog ihn zur Seite. »Das ist also dein Plan? Du willst die Wachen überwältigen, wenn sie Marie abholen? Was machen wir, wenn es zu viele sind? Und selbst wenn wir es schaffen, wie willst du danach entkommen?«

»Ich habe noch keine Ahnung.« Mitch blickte ihn entschlossen an. »Aber ich weiß, dass es unsere einzige Chance ist.«

Als Samson entmutigt den Kopf senkte, packte Mitch ihn an der Schulter und zwang ihn, ihm in die Augen zu sehen. »Überlege doch mal! Die Teufelsanbeter sind im absoluten Rausch. Sie haben die Reliquien und denken, dass wir tot sind. Das macht sie unvorsichtig. Wenn das Ritual beginnt, wird es draußen stockdunkel sein. Das bietet uns genau die Chance, die wir brauchen.«

»Was ist mit Anna-Maria? Sie muss doch längst die Polizei alarmiert haben.«

Mitch schüttelte den Kopf.

»Sicher wird sie es versuchen, aber vergiss nicht, wir sind hier in Mexiko, im Land Huanitzins. Die Sekte muss überall Freunde und Verbündete haben. Ich befürchte, niemand wird ihr glauben. Nein, Samson, wir sind ganz auf uns gestellt.«

Grimmig nickte Samson. »Also lass uns die Zeit bis dahin gut nutzen. Wir müssen dafür sorgen, dass wir unsichtbar sind, bis die Wachen kommen.«

Der Befreiungsversuch

Stammsitz der Huanitzin Dynastie
San Juan
8:15 Uhr Ortszeit

Die Nacht der Tagundnachtgleiche

Das Kellergewölbe verstärkte die Schritte der vielen Menschen zu einem permanenten Dröhnen. Unbarmherzig näherte es sich ihrem Versteck. Mitch und Samson hielten den Atem an, als im Gang Schlüssel klirrten. Die Tür öffnete sich und unzählige Stimmen halten in dem Keller wider. Die Schwarzen Priester waren angekommen.

»Kannst du etwas sehen?«, fragte Samson fast unhörbar.

Mitch spähte durch den schmalen Spalt zwischen den Mänteln, hinter denen sie sich verborgen hatten. »Sie ziehen sich gerade aus.«

»Komplett?«

»Ja«, bestätigte Mitch und zog sich im Schutz der Kleiderständer hastig eine Federmaske über. »Wenn du fertig bist, vergiss nicht, den Umhang vorne zusammenzuhalten«, flüsterte er Samson zu, der eilig seinem Beispiel folgte.

Samson blickte auf seine Hände, die als Einziges noch aus dem Umhang ragten. Sie waren dunkel, ebenso wie sein übriger Körper. Vorhin hatten sie sich dick mit feuchtem Schmutz eingerieben.

Im trüben Licht des Kellergewölbes würde die Täuschung nicht auffallen. Zum Schluss kontrollierten sie gegenseitig ihre Kostümierung. Besonders das blonde Haar von Mitch musste komplett hinter der Federhaube verstaut werden. Trotz der Schmutzschicht schimmerte hier und da immer noch vereinzelt eine Haarsträhne hindurch. Samson schob sie hinter die Maske.

Als die ersten Priester wieder den Umkleideraum verließen, fielen die beiden in dem Gewimmel nicht auf.

Draußen im Gang sonderten sie sich unauffällig von der Gruppe ab und warteten unbemerkt im Hintergrund des Kellerganges. Samson hatte hier die Lampenbirnen herausgedreht, sodass sie im Dunkeln nicht zu sehen waren. Es dauerte einige Minuten, bis die letzten Priester durch den langen Gang verschwunden waren. Dann kehrte Ruhe ein.

»Was schätzt du, wie viele es waren?«, fragte Samson, dem ihr Plan immer unheimlicher wurde.

»Viel zu viele«, antwortete Mitch mit besorgter Stimme. »Aber dafür dürfte das Haus jetzt frei von Wachen sein. Ich schlage vor, wir ändern unseren Plan und flüchten nachher über die Treppe.«

»Gute Idee.« Samson zuckte zusammen. »Vorsicht, da vorn tut sich was«, hauchte er und duckte sich eng in eine der Türnischen. Sein schwarzes Kostüm verschmolz dabei fast unsichtbar mit der Dunkelheit des Ganges. Mitch tat es ihm gleich. Sie spähten den Gang hinab, wo sich eine kleine Gruppe von Menschen Maries Kerker näherte. Mitten zwischen zwei hochgewachsenen Schwarzen Priestern schritt eine Frau. Obwohl sie ebenfalls in einen Federmantel gehüllt war und ihr Gesicht hinter einer hohen Maskenhaube verbarg, handelte es sich zweifellos um eine sehr junge Frau oder vielleicht auch ein Mädchen. Bei jedem Schritt klaffte der Mantel auf und entblößte ihren nackten Körper. Als sie vor Maries Kerker stehen blieb, waren ihr haarloser Schoß und ihre kleinen, straffen Brüste deutlich zu erkennen.

»Carmen«, hauchte Samson an Mitchs Ohr. Der nickte nur. Es konnte sich nur um die Schulleiterin handeln. Nur sie konnte die Hohepriesterin sein.

Carmen trug ein weißes, langes Kleid über dem Arm und eine ebenfalls schneeweiße Federmaske in der Hand. Die Gruppe blieb direkt vor Maries Kerker stehen. Auf eine befehlende Geste von ihr holte einer der Priester einen Schlüssel unter seinem Umhang hervor und öffnete die Tür.

Ein erschreckter Aufschrei von Marie ließ Mitch zusammenzucken. Heftig atmend sah er zu, wie Carmen und einer der beiden Priester in dem Kerker verschwanden. Der andere Priester stellte sich als Wache vor die halboffene Tür. Marie schrie erneut. Und dieses Mal hörte sie nicht wieder auf.

Mitch hielt es nicht mehr. Marie schrie nach ihm. Immer wieder. Sie brauchte seine Hilfe. Samson hielt seinen Arm mit eisernem Griff umklammert und hielt ihn zurück.

Die verzweifelten Schreie des Mädchens hatten den Wachposten an der Tür neugierig gemacht. Er drehte sich um und spähte auf das Geschehen im Kerker.

Im Schutz der lauten Schreie rannten Mitch und Samson den Gang hinab. Der Wächter bemerkte sie erst im letzten Moment. Bevor er dazu kam, einen Warnruf auszustoßen, erstarb sein Atem schon röchelnd unter Samsons Hand. Er zog ihn beiseite und drückte ihm die Luft ab.

Während Samson die Leiche des Priesters in eine der Kammern schleppte, lauschte Mitch hinter der halboffenen Tür. Es drang jedoch nur ein weiterer Schrei von Marie nach draußen. Der Angriff auf den Wachposten war offensichtlich unbemerkt geblieben.

Mitch sah sich nervös nach Samson um. Es musste ihnen gelingen, Carmen und ihren Begleiter im ersten Ansturm zu überwältigen. Und es müsste geräuschlos geschehen.

Endlich stieß Samson wieder zu ihm.

Marie rief nach ihm. Mitchs Anspannung und Wut explodierten. Ein roter Schleier fiel vor seine Augen. Ohne auf Samson zu achten, riss er mit einem wütenden Schwung die Tür auf und stürmte in den Kerker. Die beiden schwarz gekleideten Gestalten waren gerade dabei, Marie die letzten Kleidungsstücke vom Körper zu reißen und schauten überrascht auf, als Mitch, dicht gefolgt von Samsons hünenhafter Gestalt, hereinstürmte.

Im ersten Augenblick waren sie durch die Kostümierung der beiden Deutschen irritiert, aber dann erkannten sie die Gefahr und versuchten sich zu wehren.

Carmen gelang es, ein Messer zu ziehen, doch Mitch schleuderte sie voller Zorn zur Seite. Mit Wucht prallte ihr Kopf auf den Steinboden.

Bewusstlos blieb sie liegen.

Samson packte den Priester mit beiden Händen am Hals und zwang den nach Luft japsenden Mann auf die Knie. Als der Körper erschlaffte, ließ er ihn einfach auf den Steinboden fallen.

Marie hatte dem ganzen Geschehen fassungslos zugesehen. Erst als Mitch die Federmaske abzog, erkannte sie ihn. Schluchzend warf sie sich in seine Arme und klammerte sich an ihm fest. Er beruhigte sie mit leisen Worten und strich ihr tröstend über den nackten Rücken. Etwas verlegen lösten sie sich voneinander. Ihr Blick fiel auf das weiße Kleid, das Carmen gebracht hatte und noch bevor Mitch es verhindern konnte, hatte Marie das Opferkleid Tezcatlipocas übergestreift. Mitch schauderte, als er das junge Mädchen ansah. In diesem Kleid hatte Huanitzin sie opfern wollen. Sie jetzt so angezogen zu sehen, schien ihm kein gutes Omen zu sein.

Dann schüttelte er seine Besorgnis ab. Sie hatten ihr Ziel erreicht. Marie war frei. Jetzt mussten sie nur noch entkommen. Und die Chancen dafür standen gut. Der beste Weg war durch Huanitzins Haus. Die Wachen waren jetzt alle bei der Zeremonie und sie hatten den Schlüssel zum Kellereingang. Es müsste mit dem Teufel zugehen, wenn sie nicht ungesehen das Haus verlassen könnten. Nur musste es jetzt schnell gehen. Die Priester erwarteten sicher bald ihre Hohepriesterin mit dem Opfer.

Hektisch drängte Mitch Samson zur Eile. Der hatte zwischenzeitlich mit dem Messer den Mantel eines der Priester in lange Streifen geschnitten und die beiden leblosen Körper sorgfältig gefesselt.

Ihr Plan war schnell besprochen. Sie würden ihre beiden Gefangenen im Kerker einschließen und dann versuchen über die Treppe zu entkommen. Wenn die Priester kämen, um nach Carmen zu suchen, würden sie vor einer verschlossenen und äußerst massiven Kerkertür stehen. Das würde die Teufelsanbeter hoffentlich so lange aufhalten, bis sie entkommen wären.

Gerade als sie die Tür öffnen wollten, um den Kerker zu verlassen, hörten sie das Klacken eines Schlosses und die Schritte vieler Männer, die direkt auf sie zukamen.

Samson reagierte als Erster. Entschlossen drängte er Marie und Mitch in den Kerker zurück und zog dabei geistesgegenwärtig den Schlüssel ab, der außen im Schloss steckte. Bevor ihre Feinde sie überhaupt bemerkt hatten, war die Tür wieder fest verschlossen.

Sie saßen in der Falle.

»Was jetzt?«, fragte Samson resigniert.

»Ich weiß es nicht«, antwortete Mitch leise und wandte schuldbewusst seinen Blick von Marie ab, deren letzte Chance auf Befreiung sie gerade verspielt hatten.

Die Schwarzen Priester hämmerten gegen die Tür. Sie wollten ihr Opfer. Und es war nur eine Frage der Zeit, bis sie es bekommen würden.

Das Ritual

Mondpyramide
Archäologische Stätte Teotihuacán
22:00 Uhr Ortszeit

Die Nacht der Herbst-Tagundnachtgleiche

Als die versammelten Schwarzen Priester ihr Opfer erblickten, erfasste sie eine kollektive Begeisterung. Sie reckten ihre bunten Zeremonienstäbe hoch in die Luft und begannen im Takt auf den Boden zu stampfen.

Nach über tausend Jahren waren die Reliquien wieder in ihrem Besitz. Und deshalb gab es an diesem besonderen Tag ein ganz besonderes Opfer.

Fast wäre das Mädchen ihnen noch in letzter Minute entkommen, aber dann hatte Tezcatlipoca das Schicksalsrad ergriffen und die Befreiung verhindert.

Es wimmerte hinter der weißen Federmaske und wand sich in den Fesseln, aber alles Wehren half nichts. Die Priester, die es aus dem Kerker geholt hatten, zerrten es unerbittlich weiter.

Das Opfer trug ein weißes Kleid. Weiß war die Farbe der Unschuld und deshalb auch die des Opferkleides. Das Mädchen war jung, trotzdem zeigte ihr Körper schon alle weiblichen Attribute. Ihre kleinen, festen Brüste und ihre schmalen Hüften zeichneten sich deutlich unter dem dünnen Stoff ab.

Voll stummer Erwartung bildeten sie ein langes Spalier, das von der Mitte des Platzes direkt zu den steilen Stufen der Mondpyramide wies.

Es war eine mondlose Nacht und tiefe Dunkelheit lag über dem Platz. Nur wenige Fackeln beleuchteten die Versammlung der Priester. Niemand von draußen durfte sehen, was hier zu Ehren Tezcatlipocas geschah.

Wie auf Kommando verstummte der stampfende Takt der Priester. Tiefe Stille senkte sich über die gespenstische Szenerie. Selbst das durch den Knebel gedämpfte Wimmern des Mädchens verstummte für kurze Zeit. Doch das sollte sich bald ändern.

Der Blutgott verlangte Schmerzen und seine Priester standen bereit, dem Opfer Schmerzen zuzufügen.

Sie konnten es kaum erwarten, bis das Ritual begann.

Ein erstauntes Raunen durchdrang das Spalier der Priester. Der Hohepriester selbst kam, um das Mädchen abzuholen, statt es wie üblich am Fuß der Opfertreppe in Empfang zu nehmen. Majestätisch schritt er durch die Reihen der Priester. In seinen ausgestreckten Händen hielt er den Rauchenden Spiegel und das Opfermesser.

Ehrfürchtig sanken die Anhänger Tezcatlipocas auf die Knie und vollführten die Geste des Erdküssens. Ihr Gott hatte diese Nacht wahrlich gesegnet. Das letzte Mal waren die Heiligtümer vor über tausend Jahren über diesen Platz getragen worden.

Niemand sah Huanitzin die Anstrengung an, die es ihn kostete, die ungeheure magnetische Anziehungskraft der beiden Heiligtümer im Zaum zu halten. Immer wieder wollten sie mit aller Macht zueinander drängen. Er verfluchte seine Idee, die Reliquien über den ganzen Platz tragen zu wollen, nur um sich in ihrem Glanz zu sonnen. Nur ein kurzes Stück trennte ihn noch von seinem Ziel. Erneut spannte er die Muskeln an und reckte seine Arme so weit es ging auseinander. Dann ließ er zu, dass die Kraft der Reliquien zueinander fand. Vor den Augen der versammelten Priester vereinigten sich die beiden Bruchstücke mit einem metallischen Klacken. Voller Euphorie zischten die Teufelsanbeter.

Huanitzin erhob die Stimme. »So, wie die Heiligtümer Tezcatlipocas heute zueinander finden, so soll auch das Herz dieses Mädchens zu unserem Gott finden.«

Er wandte sich an die beiden Wachen, die das gefesselte Mädchen zwischen sich schleppten: »Möge das Ritual beginnen.«

Ohne auf das verzweifelte Wimmern seines Opfers zu achten, drehte er sich um und schritt der Gruppe voran. Hinter der schwarzen Federmaske verzerrte ein grausames Grinsen sein Gesicht. Heute würde er Tezcatlipoca anrufen und seine Wiederkunft auf der Erde vorbereiten. Mit dem perfekten Opfer.

Hinter ihm begannen die Priester mit dem Ritual. Mit den Spitzen ihrer Zeremonienstäbe stachen sie auf das Mädchen ein. Sie zerfetzten Fleisch und durchbohrten Haut. Das schneeweiße Kleid färbte sich in wenigen Augenblicken in die Farbe nassen Blutes. Das Wimmern und durch den Knebel unterdrückte Schreien des Mädchens belohnte sie. Die Priester wetteiferten sogar darin, wer dem Mädchen die meisten Stiche versetzen konnte. Sie wussten, nur, wenn das Opfer vor Schmerzen fast wahnsinnig würde, nähme ihr Blutgott das Opfer an.

Ohne auf das Ritual und das Stöhnen des Mädchens hinter ihm zu achten, stieg Huanitzin die steile Treppe zur obersten Plattform der Mondpyramide hinauf. Er war zu sehr mit dem hohen Gewicht des Meteoriten beschäftigt. Seine Armmuskeln schmerzten schon von der Anstrengung des Tragens und der lange Aufstieg zur Spitze der Pyramide machte es ihm noch schwerer. Er wusste nicht, woher er die Kraft nehmen sollte, die Heiligtümer wieder voneinander zu lösen. Schon das erste Mal hatte er es nur mit Hilfe seines Dieners geschafft.

Vor den Augen seiner Anhänger durfte er auf keinen Fall versagen. Deshalb beeilte er sich, um vor allen anderen Priestern auf der Opferplattform anzukommen. Das würde ihm Zeit verschaffen, die Heiligtümer wieder zu trennen.

Hinter ihm nahm das Ritual weiter seinen Lauf. Die Priester auf der Treppe strichen dem jetzt unentwegt wimmernden Mädchen den ätzenden Saft des Feuerkaktus in die Wunden. Die Schmerzen ließen das Mädchen besinnungslos zu Boden sinken. Doch die Priester kannten kein Erbarmen. Sie stachen mit ihren Stöcken so lange auf das Mädchen ein, bis ihre Schreie verrieten, dass sie wieder bei Bewusstsein war.

Danach zerrten ihre Bewacher sie brutal weiter. Tezcatlipoca wartete auf sein Opfer.

Huanitzin zog mit aller Kraft. Seine Halsschlagadern schwollen an und drohten zu platzen. Endlich lösten sich die beiden Reliquien wieder voneinander. Gerade noch rechtzeitig.

Die Priester schleppten den geschundenen Körper des Opfers die letzte Stufe hinauf. Das Mädchen stöhnte nur noch. Huanitzin achtete nicht darauf. Er war viel zu sehr damit beschäftigt, die beiden Teile des Meteors davon abzuhalten, sich wieder unverrückbar zu vereinigen. Immer wieder drängten sie zueinander.

Verweigerte Tezcatlipoca etwa das Opfer? Wollte er nicht, dass dieses Mädchen starb?

»Nein«, flüsterte er zu sich selbst. Das konnte nicht sein. Er selbst war es, der zu vermessen gewesen war. Er hatte geglaubt, die Kraft der Reliquien beherrschen zu können, ebenso wie sein Vorfahr vor tausend Jahren. Aber offensichtlich konnte er es nicht. Noch nicht, wie er sich gleich verbesserte. Er musste es erst wieder lernen.

Aber zunächst sollte er das Opfer für seinen Gott durchführen. Und wenn es nicht mit beiden Reliquien ging, dann eben nur mit einer. Entschlossen wand er das Opfermesser aus dem magischen Sog und schritt zum Opferstein. Den Rauchenden Spiegel ließ er auf dem Altar zurück.

Das Mädchen lag jetzt rücklings auf dem Opferstein. Seine Priester hielten die Gliedmaßen fest, sodass sich das Opfer nicht rühren konnte. Der gierige Blick Huanitzins tastete über ihren Körper. Nichts mehr an diesem Haufen zerschundenen Fleisches erinnerte an das hübsche und makellose Mädchen, das er entführt hatte. Unzählige Stiche hatten die Brüste zerfetzt, die er einmal so begehrt hatte. An ihrer Stelle war nur noch offenes Fleisch zu erkennen. Aus den Wunden floss unentwegt Blut und bildete große Lachen am Boden. Selbst die weiße Federmaske war mit Blut getränkt.

Huanitzin erschrak. Seine Priester waren an diesem Tag zu euphorisch gewesen.

Er würde sich beeilen müssen, ihr Herz herauszuschneiden, sonst würde das Mädchen vorher sterben.

Huantitzin blickte zum nachtdunklen Himmel und murmelte die rituellen Beschwörungen Tezcatlipocas.

Als er das Messer ansetzte, schrie der Himmel auf. Ein dröhnendes Peitschen näherte sich und ließ die Priester überrascht nach oben sehen.

Ein Hubschrauber überquerte langsam die Opferstätte. Er flog viel zu hoch, um die Menschenmenge tief unter sich erkennen zu können, aber Huanitzin wartete, bis das Geräusch verklungen war.

Nach einem letzten Beschwörungssatz stieß Huanitzin zu. Die scharfe Klinge schnitt durch das weiche Gewebe der Mädchenbrust und zerteilte den Brustkorb. Mit einem schnellen Reißen öffnete Huanitzin die Rippen und schnitt routiniert das Herz heraus. Es schlug noch in seinen Händen, als er es triumphierend in die Höhe hielt, um sich von den versammelten Schwarzen Priestern zujubeln zu lassen.

Das Opfer war gelungen.

Tiefe Erregung durchflutete seinen Körper und er merkte, wie er eine Erektion bekam. Sein Blick suchte instinktiv den von Carmen, der Hohepriesterin Tezcatlipocas. Doch die hatte ihm den Rücken zugewandt und drängte zur Treppe.

Huanitzin lächelte. Carmen wusste um seine Gelüste nach einer Opferung und würde sich wohl für ihn bereit machen. Ihre bedingungslose Hingabe war einer der Gründe, weshalb er sie zu seiner Geliebten erwählt hatte. Nur das Mädchen hätte ihr gefährlich werden können. Dieses unschuldige Wesen hatte er noch mehr begehrt als Carmen. Sein Blick wanderte zurück zu der Leiche des Mädchens.

Als seine Priester ihren zerfetzten Körper vom Opferstein zerren wollten, hielt er sie zurück. Ein letztes Mal wollte er in ihr Gesicht sehen. Noch einmal über ihre Haut streichen. Fast zärtlich zog er die Federmaske ab.

Entsetzt schloss er die Augen. Wie hatte das geschehen können? Wahnsinn überflutete ihn. Wahnsinn und unbändige

Wut auf alle, die ihn und seinen Gott so fürchterlich genarrt hatten. Er starrte auf das Herz, das er noch immer in seiner Hand hielt. Das Herz, mit dem er Tezcatlipoca so fürchterlich enttäuscht hatte. Er musste es wieder zurücklegen. Musste das Opfer wieder rückgängig machen. Hastig drückte er das Herz in den offenen Brustkorb zurück. Er schrie gellend auf.

Die auf der obersten Plattform versammelten Priester wirkten fassungslos. Das wahnsinnig anmutende Verhalten ihres Hohepriesters verwirrte sie.

Die restlichen Anhänger Tezcatlipocas drängten sich auf die Treppe. Sie wussten nicht, was über ihnen geschehen war. Verwundert beobachteten sie die beiden Priester, die sich zusammen mit der Hohepriesterin, die Treppen hinabzwängten, doch sie machten ihnen bereitwillig Platz.

»Haltet sie«, schallte der Schrei Huanitzins von oben. »Haltet die Hohepriesterin und ihre Helfer! Sie haben Tezcatlipoca geschmäht. Sie müssen sterben. Bringt sie zu mir.«

Ohne zu zögern, stürzten sich die Priester auf die drei Flüchtlinge. Sie wehrten sich verzweifelt. Aber es waren zu viele Gegner. Schließlich wurden sie überwältigt und nach oben geschleppt. Mit Gewalt zwang man sie auf die Knie und sie mussten zu Huanitzin aufschauen, der sich drohend vor ihnen aufbaute.

»Habt ihr wirklich geglaubt, der Macht Tezcatlipocas entrinnen zu können?«, fragte er eisig und riss ihnen nacheinander die Federmasken vom Gesicht.

Blinde Wut durchströmte ihn, als er Carmens Leiche vom Opferstein hob und vor den drei Gefangenen ablegte.

»Ihr habt sie getötet«, flüsterte er und schaute Mitch, Samson und Marie rachsüchtig an. »Ich weiß nicht, wie ihr sie überwältigt habt. Aber ihr werdet büßen.«

Langsam schritt er zum Opferstein. »Holt das Mädchen«, befahl er.

Schon hatten zwei seiner Priester Marie hochgehoben und schleppten sie trotz ihres heftigen Widerstands zum Opferstein.

Mitch und Samson sahen sich nur kurz an.

Es brauchte keine Worte zwischen ihnen. Sie würden nicht zulassen, dass dieser Satan dem Mädchen etwas antun würde. Samson sprang auf und sprengte den Griff seiner beiden Bewacher. Wie Puppen flogen sie nach hinten, als der Hüne sich gegen sie warf. Bei ihrem Fall rissen sie einige ihrer Kumpane über den Pyramidenrand mit in die Tiefe.

Wütend drängten sich die übrigen Priester Samson und Mitch entgegen. Die beengte Plattform ließ kaum Raum für einen wirklichen Kampf. Immer mehr ihrer Brüder wurden durch die nachdrängenden Priester über den Pyramidenrand geschoben, wo sie schreiend nach unten stürzten.

Samson hatte sich Carmens Leiche gepackt und schwang den leblosen Körper wie eine Keule, um die Priester nicht näher heranrücken zu lassen. Den steilen Abhang als sicheren Tod hinter sich wissend, versuchten die Schwarzen Priester immer wieder, gegen Samson anzudrängen, aber seiner schier übermenschlichen Kraft hatten sie wenig entgegenzusetzen.

Huanitzin schrie, als er sah, was mit der Leiche seiner Geliebten geschah. Zornbebend riss er Marie aus dem Griff seiner Diener und drängte durch die Teufelsanbeter nach vorn. Brutal stieß er das Mädchen auf die Knie und drückte dabei die Spitze des Opfermessers gegen ihren Hals.

»Lass Carmen sofort los«, schrie er und konnte seine Stimme kaum mehr unter Kontrolle behalten, »oder ich töte das Balg auf der Stelle.«

Mitch und Samson sahen sich resigniert an und ließen sich von den jetzt triumphierend aufheulenden Teufelsanbetern wehrlos einige Schritte zurückdrängen. Schließlich spürten sie den harten Stein des Altars in ihrem Rücken. Weiter zurück ging es nicht. Aus dem Augenwinkel sah Mitch den massiven Metallbrocken des Rauchenden Spiegels, den Huanitzin zu Beginn der Zeremonie auf dem Altar abgelegt hatte. Instinktiv griff er nach ihm.

Mitch schwang den Rauchenden Spiegel wie einen Faustkeil und Samson hatte bei dem Rückzug die Leiche Carmens nicht losgelassen. Drohend hob er jetzt das grausige Wurfgeschoss hoch über seinen Kopf. Noch immer tropfte Blut aus dem zerschundenen Körper und sprenkelte den Steinboden.

Huanitzin heulte auf und drängte sich ihnen aus dem schützenden Pulk seiner Anhänger entgegen. Marie hielt er mit einem Arm fest an sich gepresst. Drohend reckte er ihnen das Opfermesser entgegen und kam immer näher.

Die unglaublichen Magnetkräfte der beiden Meteoritenteile drängten mit unwiderstehlicher Kraft zueinander. Der Rauchende Spiegel und das Opfermesser wollten sich wieder vereinigen und zerrten Huanitzin und Mitch aufeinander zu. Die Kräfte waren ungeheuer. Vor Schreck ließ Huanitzin Marie los und versuchte, mit beiden Händen das Messer unter Kontrolle zu bekommen. Auch Mitch benötigte all seine Kraft, den Metallbrocken zu beherrschen.

In diesem Augenblick warf Samson Carmens Leiche mitten in den Pulk der Schwarzen Priester. Er hatte seine ganze Kraft in den Wurf gelegt und der leblose Körper schlug wie eine Granate ein. Der Pulk der Angreifer sprengte auseinander. Die ganze hintere Reihe wurde dadurch in die Tiefe gestoßen. Ihre Schreie gellten durch die Nacht.

Samson sprang vor und stellte sich schützend vor Marie. Er griff nach einem am Boden liegenden Priester, packte ihn an Arm und Bein und schleuderte ihn als neues Wurfgeschoss gegen die Meute.

Die ersten Priester versuchten zu fliehen, aber die Treppe war verstopft von der Masse ihrer Brüder, die von unten herandrängten.

Mitch nutzte die extreme Anziehungskraft des Magneten für einen Angriff. Er richtete den Spiegel auf den Hohepriester, und als der Magnet an ihm zog, sprang er Huanitzin entgegen und verpasste ihm mit dem Spiegel einen harten Schlag an den Kopf. Anschließend riss Mitch die rechte Hand hoch, mit der er den Faustkeil des Rauchenden Spiegels umklammerte. Huanitzin wankte benommen und Mitch umschlang dessen Hals von hinten in einem Würgegriff. Den Magneten schob er mit der anderen Hand fest gegen Huanitzins Nacken.

Das Metall drückte sich tief in die empfindliche Halsgegend seines Gegners.

Huanitzin keuchte vor Schmerz auf.

Aber noch immer hatte er das Opfermesser in seiner Hand und trotzte der Anziehungskraft beider Reliquien. Er versuchte, über seine Schulter hinweg nach Mitch zu stechen, unterschätzte aber die enorme Anziehungskraft. Der magnetische Spiegel in seinem Rücken stoppte den Schwung des Messers und drängte die scharfe Klinge unwillkürlich gegen seinen eigenen Hals.

Mitch löste sofort seinen Würgegriff, als die scharfe Klinge seine Haut ritzte.

Von der Kraft ihres Gegenpols an seinem Nacken unwiderstehlich angezogen, drang das Opfermesser immer tiefer in seine Haut ein, da sein Hals nun nicht mehr von Mitchs Hand geschützt war. Verzweifelt zerrte Huanitzin an dem teuflischen Messer. Mit beiden Händen versuchte er, es aus der Wunde zu ziehen oder zumindest zu stoppen.

Vergeblich.

Die Schwarzen Priester auf der Plattform waren inzwischen auf den Todeskampf Huanitzins aufmerksam geworden. Ihr Geschrei verstummte nach und nach. Benommen sahen sie zu, wie ihr Hohepriester von den heiligen Reliquien ihres Gottes getötet wurde.

Huanitzin taumelte über die Plattform und versuchte, mit beiden Händen die scharfe Klinge des Opfermessers festzuhalten. Der Rauchende Spiegel haftete wie von magischen Händen gehalten an der anderen Seite seines Halses. Huanitzin wollte seinen Griff wechseln. Mit letzter Kraft riss er an dem Spiegel und schaffte es fast, ihn von seiner Haut zu lösen. Hoffnung blitzte in seinen Augen auf, aber dann glitschte die scharfe Messerklinge in einem blutigen Sprühnebel ins Freie und vereinigte sich mit ihrem Gegenpart. Auf dem letzten Stück durch Huanitzins Halsgewebe zerfetzte sie die Halsschlag-ader und tötete Huanitzin augenblicklich. In Sekunden war der Boden vor dem Altar blutüberströmt.

Die tiefe Stille, die nach dem Tod des Hohepriesters eintrat, wurde nur durch das dumpfe Scheppern unterbrochen, mit dem die beiden wiedervereinigten Reliquien auf den Steinboden der Pyramide prallten.

Im gleichen Augenblick brüllte der Himmel über der Pyramide auf. Heftige Windböen ließen die Umhänge der Priester flattern. Lichtblitze zuckten. Schwarze Schlangen fielen vom Himmel. An ihnen glitten Krieger herunter und stürzten sich auf die Anhänger Tezcatlipocas, die durch ihre Federhauben gut von ihren Gegnern zu unterscheiden waren.

Die Priester gerieten in Panik, rannten die Stufen hinab und wollten von der Pyramide fliehen. Die Pyramide war jedoch schon von mobilen Einheiten der mexikanischen Armee umstellt. Vereinzelt flammte Gegenwehr auf, die jedoch von den Spezialisten der Grupo de Operaciones Especiales, der mexikanischen SWAT-Eingreiftruppe, sofort niedergeschlagen wurde. Bald waren alle überlebenden Sektenmitglieder mit Handschellen gefesselt und wurden in Mannschaftswagen abtransportiert.

Mitch saß mit Samson auf der untersten Treppenstufe der Mondpyramide und hielt Marie fest im Arm. Anstatt der Federmäntel trugen sie jetzt dunkelblaue Overalls mit der Aufschrift POLICIA auf dem Rücken. Immer noch fassungslos über das überraschende Eingreifen der Polizei musterten sie stumm das Geschehen, das sich vor ihnen abspielte. Auf dem Platz wimmelte es von Einheiten der mexikanischen Truppen. Rotierende Blinklichter zeigten an, dass jetzt auch reguläre Polizeieinheiten eingetroffen waren und die bewaffneten Soldaten verstärkten. Eine Gruppe der Spezialkräfte war soeben in den Geheimgang eingedrungen, um auch im Haus etwaige Gegenwehr im Keime zu ersticken. Gerade landete einer der Hubschrauber. Andere suchten noch immer das Gelände nach flüchtenden Priestern ab.

Mitch wandte sich an den leitenden Offizier der Gruppe, die sich zu ihrem Schutz auf die Pyramide abgeseilt hatten.

»Wir haben wirklich gedacht, jetzt ist alles aus, bevor Sie vom Himmel fielen«, sagte er dankbar. Nach einer kurzen Pause konnte er seine Neugier jedoch nicht bezwingen. »Aber woher wussten Sie, wo wir sind und was hier geschieht?«

»Das sollten Sie am besten die junge Frau dort drüben fragen«, antwortete der Offizier und deutete auf eine kleine Gestalt, die gerade aus dem Hubschrauber ausstieg und auf die Pyramide zurannte. »Wir erhielten den Einsatzbefehl am frühen Abend. Niemand von uns wusste, um was es ging. Erst bei der Einsatzbesprechung erhielten wir von dieser Frau die notwendigen Informationen und Fakten.«

»Mama!«, schrie Marie auf, als sie die Gestalt am Fuß der Pyramide erkannte. Sie wand sich aus Mitchs Armen, rannte ihrer Mutter entgegen. Anna-Maria fing sie mit weit geöffneten Armen auf.

»Ich lasse Sie jetzt mal allein«, sagte der Offizier verständnisvoll und winkte seinen Soldaten, ihm zu folgen.

Mitch blieb noch sitzen. Alles in ihm drängte zwar danach, aufzuspringen und Anna-Maria in seine Arme zu schließen, aber er wollte das erste Wiedersehen von Mutter und Tochter nicht stören.

Glücklich sah er auf die beiden, die ihm in den letzten Wochen und Monaten so ans Herz gewachsen waren. Noch immer verharrten sie in einer innigen Umarmung.

Mitch schüttelte gedankenverloren den Kopf. Ihn überkam ein Gefühl der Unwirklichkeit, wenn er an die dramatischen Ereignisse der letzten Wochen und vor allem der letzten Stunden dachte.

Ihm war klar, wie viel Glück sie bei allem gehabt hatten. Nein, verbesserte er sich, Glück allein reichte wohl nicht aus. Irgendjemand da oben musste sicherlich seine schützende Hand über sie gehalten haben. Voller Dankbarkeit richtete er seinen Blick in den nächtlichen Sternenhimmel über Teotihuacán.

»Denkst du auch gerade das Gleiche wie ich?«, fragte Samson, der ebenfalls nachdenklich die Sterne über ihnen betrachtete.

Statt einer Antwort legte Mitch nur einen Arm um die Schulter seines Freundes. Einige Sekunden lang starrten sie stumm auf die hell glitzernden Sterne.

Samson fasste sich als Erster wieder. »Du solltest aufstehen«, flüsterte er, »deine Frauen kommen.«

Mitchs Herz pochte, als er Anna-Maria mit ihrer Tochter auf sich zukommen sah. Er war nicht fähig, sich zu bewegen. Als sie nur noch wenige Meter entfernt waren, ließ Marie die Hand ihrer Mutter los und blieb stehen. Immer schneller schritt Anna-Maria auf Mitch zu. Der lief ebenfalls los. Auf dem letzten Meter flogen sie sich geradezu in die Arme.

Erst das leise Räuspern Maries brachte sie wieder in die Wirklichkeit zurück.

Verlegen wand sich Anna-Maria aus der Umarmung. »Wo ist Samson?«, fragte sie und schaute sich suchend um. »Ich habe mich überhaupt noch nicht bei ihm bedankt.«

»Samson?«, irritiert blickte Mitch hoch. »Der war doch eben noch hier.«

»Der ist zur Pyramide hochgestiegen«, sagte Marie. »Er sagte, er müsse etwas von dort holen.«

Bei der Erinnerung an die Geschehnisse auf der Pyramide fing Maries Stimme an zu zittern. Als Anna-Maria sie tröstend an sich drückte, begann Marie stammelnd von ihren Erlebnissen zu berichten.

Mitch sah, dass Anna-Maria ihre Tochter unterbrechen wollte und fasste auf ihre Schulter. »Lass sie erzählen«, sagte er. »Marie ist ein unglaublich starkes Mädchen. Und wenn sie jetzt darüber reden möchte, sollten wir sie lassen.«

Als Marie geendet hatte, weinte Anna-Maria und war gleichzeitig unheimlich stolz, wie ihre Tochter mit der ganzen schrecklichen Situation umgegangen war. Aber eines ließ ihr keine Ruhe. »Wie seid ihr auf die Idee gekommen, die Rolle zu tauschen und diese Carmen als Opfer zu nehmen?«

Mitch schaute sie ernst an. »Es war die einzige Möglichkeit, den Kerker lebend zu verlassen«, sagte er leise. »Die Priester vor dem Kerker waren schon sehr ungeduldig, als wir endlich herauskamen. Aber sie schöpften keinen Verdacht. Es konnte ihnen gar nicht schnell genug gehen, das Opfer zur Pyramide zu bringen. Uns hatten sie in die Mitte genommen und wir hatten dadurch keine Möglichkeit uns abzusetzen, wie wir es eigentlich gehofft hatten.«

Seufzend fügte er hinzu: »Ich hätte Marie die Zeremonie gerne erspart.«

»Es wird höchste Zeit, diesen schrecklichen Ort zu verlassen«, sagte Anna-Maria mit einem kurzen Blick auf ihre Tochter.

Mitch nickte, konnte seinen Blick jedoch nicht von Samson abwenden, der eben die steile Treppe herunterkam. In seiner Hand trug er ein verhülltes kleines Bündel.

»Ist es das, was ich vermute«, fragte Anna-Maria, die seinem Blick gefolgt war.

Samson blieb vor Mitch stehen. »Ich konnte die Reliquien nicht einfach so liegenlassen«, sagte er. »Stell dir vor, sie transportieren den Meteoriten in einem Hubschrauber und er zerstört während des Fluges die Elektronik. Nein, durch dieses Ding dürfen keine Menschen mehr sterben. Wir müssen einen sicheren Platz dafür suchen.«

»Darf ich die Reliquien einmal sehen?«, fragte Anna-Maria.

Samson packte die Metallbrocken aus und wischte sorgfältig die Blutspritzer ab, bevor er es Anna-Maria gab. Angeekelt hielt sie die beiden Bruchstücke. Aber die Faszination dieser Legende gewann schließlich die Überhand. Sorgfältig musterte sie die Reliquien, die so viel Leid über sie und ihre Tochter gebracht hatten.

»Was ist das?«, fragte sie und deutete auf die Rückseite des Rauchenden Spiegels.

Mitch nahm ihr die Reliquie aus den Händen. »Das ist der Talisman Ansgaes«, sagte er leise. »Das ist das eiserne Kreuz, mit dem er die Macht Tezcatlipocas damals gebannt hat. Über tausend Jahre hat er es geschafft.«

»Eigentlich viel länger«, sagte Samson nachdenklich. »Denn es waren die Reliquien selbst, die den Teufelsspuk Huanitzins beendet haben. Sein Kreuz wirkt bis heute.«

»Wieso ist es eigentlich nicht komplett verrostet in den letzten tausend Jahren?«, fragte Anna-Maria.

Neugierig griff sie nach dem Talisman Ansgaes und zog ihn mühelos ab.

Fassungslos starrten Mitch und Samson auf das eiserne Kreuz in ihren Händen. »Wie hast du das abbekommen?«, fragte Mitch.

Anna-Maria sah erstaunt auf. »Wieso? War doch ganz leicht.« Einen Moment später wurde ihr klar, weshalb Mitch und Samson sie so verblüfft ansahen, und sie schüttelte den Kopf. »Ich habe keine Magnetkraft gespürt«, sagte sie und drückte das Kreuz zur Probe gegen den Meteoriten. »Seht ihr, es geht auch ohne Probleme wieder ab.«

Samson nahm ihr das Kreuz aus den Händen und versuchte es selbst. »Tatsache, das Kreuz reagiert nicht mehr auf die Kraft des Magneten.« Kopfschüttelnd drehte er den eisernen Talisman in seinen Händen. »Das widerspricht aller Physik«, sagte er und warf Mitch einen undefinierbaren Blick zu.

»Ich denke, Ansgae will uns wohl damit sagen, dass der Spuk vorbei ist«, sagte Anna-Maria. »Die Reliquien können jetzt keinen Schaden mehr anrichten.«

Mitch und Samson blickten sich an, und bevor einer von ihnen etwas sagen konnte, brach plötzlich Hektik aus. Die Soldaten und Polizisten strömten zum Landeplatz, auf dem gerade ein großer Hubschrauber mit dem mexikanischen Hoheitszeichen zu Landung ansetzte.

Mitch fragte einen der Polizisten, aber konnte mit seiner spanischen Antwort nichts anfangen.

Wenige Minuten später kam ein Offizier auf sie zugeeilt. In seiner Begleitung befand sich eine Ärztin, die sich sofort Maries annahm.

»Keine Sorge«, wehrte der Offizier die Frage von Anna-Maria ab. »Sie untersucht sie nur vorsichtshalber. Danach fliegen wir sie alle nach Mexiko City. Doch vorher muss ich Sie noch zu einem kurzen Gespräch mit dem mexikanischen Innenminister bitten. Er ist extra wegen Ihnen nach Teotihuacán gekommen.«

Während sie dem Offizier zum Landeplatz folgten, hatte Mitch endlich Gelegenheit, eine Frage zu stellen, die ihm schon die ganze Zeit durch den Kopf ging. »Wie hast du es eigentlich geschafft, die halbe mexikanische Armee zu aktivieren?«

Anna-Maria lachte nur: »Das war ich nicht. Aber ich denke, das wird dir der Minister gleich erklären.«

Mitch schaute sie neugierig an.

»No problem, Doña«, sagte der Innenminister gerade in sein Handy und bemerkte die Gruppe. Mit einem strahlenden Lächeln reichte er jedem von ihnen die Hand, als ihm sein Handy wieder einfiel. Sein Gesicht verzog sich zu einem verlegenen Lächeln. »Who is Doktor Thromberg«, fragte er, und als Mitch sich zu erkennen gab, reichte er ihm das Gerät. »Your mother«.

Mitch, der sich schon so etwas gedacht hatte, grinste breit. »Dir haben wir also diesen Militäreinsatz zu verdanken«, begann er, doch dann hatte er nur noch die aufgeregten Fragen seiner Mutter zu beantworten.

»Ja, bis morgen. Wir freuen uns«, beendete er schließlich das Gespräch. »Und flieg nicht zu schnell. Wir müssen uns morgen früh erst einmal ausschlafen.«

Mit einem Lächeln gab er dem Innenminister sein Handy zurück, dabei fiel er wieder ins Englische zurück. »Ohne Ihre schnelle Hilfe würden wir wohl nicht mehr leben«, bedankte er sich bei dem Politiker.

Doch der wehrte ab. »Sie wissen selbst, welch überzeugende Argumente Ihre Mutter vorbringen kann. Besonders, wenn sie von einer so energischen und schönen Dame wie Frau Doktor Dahlke noch unterstützt wird.«

Er verneigte sich leicht in Richtung Anna-Maria. »Ihre Geschichte über den christlichen Bischof im Toltekenreich und die Reliquien Tezcatlipocas hat mich sehr fasziniert. Ich würde mich sehr freuen, vielleicht morgen mehr darüber zu erfahren und die Reliquien einmal selbst zu berühren. Mit dem Fund haben sie eine uralte mexikanische Legende zum Leben erweckt.«

Mitch drückte ihm das Bündel mit den beiden Meteoritenbruchstücken in die Hand.

»Sie sollten aber darauf verzichten, die Reliquien mit irgendetwas zu transportieren, das auf Elektronik angewiesen ist«, fügte Samson hinzu und erklärte dann dem verblüfften Regierungsbeamten, was es mit den Reliquien auf sich hatte. Ehrfürchtig betrachtete der Minister die Metallstücke, die in den Legenden seines Volkes eine solche bedeutende Rolle gespielt hatten.

»Und was machen wir jetzt damit?«, fragte er und drehte den Beutel unschlüssig in seinen Händen. »Sie sagen, wir können die Reliquien nicht mit Autos oder Hubschraubern transportieren. Ich kann ja keine Abteilung zu Fuß nach Mexiko City schicken.«

»Dann bleibt uns nur noch, sie wieder in die Obhut Ansgaes zurückzugeben«, sagte Mitch lächelnd. »Aber vorher würde ich Sie bitten, Marie und ihre Mutter nach Mexiko City bringen zu lassen.«

Doch Marie weigerte sich. Sie wollte unbedingt mit zu Ansgaes Grab. Nach langem Drängen gab Anna-Maria schließlich nach. Ihre Tochter hatte in den letzten Tagen so viel durchgemacht, dass es ihr zustand, auch den Schluss mitzuerleben.

Vor dem Eingang der Höhle ließ der Minister einige Wachen postieren. Sie würden bleiben, bis am nächsten Tag Wissenschaftler des anthropologischen Museums aus Mexiko City die Fundstätte sichern würden.

Die Gruppe ging im Schein der Taschenlampen durch die unterirdischen Gänge bis zum Wasserbecken.

Als die Öffnung der zentralen Kammer vor ihnen lag, zögerte Mitch. Mit einer Geste bat er die Gruppe, einige Minuten zu verharren.

Er war nicht gläubig, war es nie gewesen, aber dieses Mal konnte er nicht anders. Hier vor dem Grabmal Ansgaes überkam ihn plötzlich ein nie gekanntes Gefühl.

Zum Erstaunen von Samson ließ er sich auf die Knie sinken.

Er zog Ansgaes Talisman aus seiner Tasche, nahm ihn an seine Lippen und begann zu beten.

Das erste Mal in seinem Leben.

Zögerlich betrachteten die anderen sein Tun, um ihm dann wie auf ein geheimes Zeichen hin zu folgen. Selbst der Minister ließ sich auf die Knie sinken und faltete die Hände für ein Gebet.

Mitch schloss die Augen.

Ein tiefer Friede überkam ihn.

Er spürte, Ansgae war zufrieden mit ihm.

Ende

Last but not least – Danke!

In erster Linie möchte ich mich bei den unbekannten Autoren von Wikipedia bedanken. Ich liebe Wikipedia. Ich bin begeistert von der Grundidee, das Wissen dieser Welt jedem kostenlos zugänglich zu machen. Ich schätze die gründliche Arbeit der ehrenamtlichen Autoren. Und ich bin begeistert davon, wie ein einfacher Suchbefehl zumindest zu einer ersten Spur führt.

Wenn es Wikipedia nicht gäbe, müsste es erfunden werden. Ob Nordstern-Navigation, Mexikos Götterwelten, Reichweiten von Flugzeugen bis zu mittelalterlichen Redewendungen – das ganze Wissen ist immer da und per Tastendruck, parallel zum Schreiben des Buches, abrufbar. Nicht zu fassen, dass eine solche gigantische Wissensbibliothek auf ehrenamtlicher Basis funktioniert. Damit Wikipedia bestehen bleibt, spende ich großzügig nach jedem Buch und möchte auch jeden Leser dazu aufrufen.

http://de.wikipedia.org/wiki/Wikipedia:Spenden

Ein besonderer Dank geht auch an Robert Minderlein, einem Segler und mehrfachen Atlantiküberquerer, der aktuell eine Tauchschule auf den Azoren betreibt. Ihm verdanke ich Wissen über jahreszeitliche Strömungen, Windverhältnisse und die Zeitdauer einer Atlantiküberquerung mit einem Wikingerboot. Vor allem bedanke ich mich für seine Geduld, mir die Funktionsweise von nautischen Geräten beizubringen, die zu der Zeit zwar noch nicht in Einsatz waren, aber es hätten sein können.

Mein Tipp für alle Taucher und Atlantiküberquerwoller:
Robert Minderlein | www.wahoo-diving.de

Nicht zu vergessen Carsten Standfuß. Carsten ist Schiffsbau-Ingenieur und baut als Hobby Unterseeboote. Kein Witz! Das größte ist die EURONAUT, mit 16 Metern Länge eines der größten, privaten U-Boote der Welt. Damit sucht er in der Nord- und Ostsee alte Schiffswracks und spürt versunkenen Schätzen nach. Ihm verdanke ich mein Wissen über die Strömungsverhältnisse der Nordsee, wie tief es dort ist, wie der Boden aussieht, wie hölzerne Wracks tausend Jahre überstehen könnten und welche Schwierigkeiten bei Bergungen entstehen.

Wer mehr wissen will | www.euronaut.org

Gar nicht genug bedanken kann ich mich bei meiner Frau, die mich auf allen Recherchereisen begleitete. Sie erduldete See- und Höhenkrankheit, Moskitostiche, Schnappatmung bei der Besteigung der Sonnenpyramide, musste unzählige Abende und Wochenenden allein verbringen und hat trotzdem nie aufgehört, mich zu unterstützen. Eine wirklich starke Frau, meine Frau!

Dank schulde ich auch allen Testlesern, die mich mit ihrer Kritik, am für mich damals fertigen Manuskript, wieder auf den Boden der Tatsachen zurückholten. Danke an Heiner, Christel, Michel, Christine, Johanna, Susanne, Silvana, Wolfram, und Martin für ihre konstruktive Kritik. (Da soll noch mal jemand sagen, ich wäre nicht kritikfähig.)

Und dann natürlich Ute Köhler, meine Lektorin. Puhh, Ute – was habe ich Dich verflucht, als Du mir die strukturellen Korrekturen schicktest. Viele Seiten voller Fragen wie: »Was hat Mitch vier Stunden im Flugzeug gemacht? Gar nichts? – In der Situation?« Oder: »Der Schluss enttäuscht den Leser. Er wird spannend dahin geführt und dann hört es plötzlich auf. Da hattest Du wohl keine Lust mehr, oder?«

Peitsche und Zuckerbrot = Ute Köhler. Aber es hat sich gelohnt. Der Roman ist viel runder geworden und ich gebe es hiermit zu: Der überarbeitete Schluss ist wirklich viel besser!

Mein Lektorats-Tipp:
Ute Köhler | www.roman-lektorat-korrektorat.com

Mindestens ebenso großer Dank geht an Christine Staacks und Hannes Klein, die kreativen Köpfe der Buchgestaltung, die für Satz und Cover verantwortlich zeichnen.

Dazu muss ich vorausschicken, dass ich ein sehr visuell orientierter Mensch bin. Heißt im Klartext - bevor ich ein Buch beginne, bastle ich mir immer zunächst den Cover und suche mir eine Satzschrift aus. Es ist dann nicht einfach, mich von meiner eigenen Idee wieder abzubringen. Die Beiden haben es jedoch geschafft (mit Charme und vorgehaltenem Revolver) und jede ihrer Ideen war um Längen besser, als mein eigener Entwurf.

Mein Grafik-Tipp für andere Autoren:
Christine Staacks | christine@staacks.net
Hannes Klein | hannes.klein@netcologne.de

Und jetzt wirklich »Last but not least«. Zum Schluss möchte ich mich bei Ihnen bedanken, dem Leser dieses Romans. Zum einen, weil Sie »RITUAL« bis zum Ende gelesen haben und zum anderen, weil ich mich schon jetzt auf Ihre Meinung über das Buch freue.

Schreiben Sie mir und besuchen Sie meine Website, wenn Sie mehr über mich wissen wollen oder einen Weg suchen, Ihre Kritik loszuwerden.

Ich freue mich auf den Dialog:
www.gerhard-wegner.de | info@gerhard-wegner.de

Bis bald …
vielleicht bei einem meiner anderen Bücher
oder auf einer Lesung? Gerhard Wegner

DIE SEELE DER TEMPLER

Der dritte Band der ODYSSEE-Reihe beginnt mit einer archäologischen Sensation. Bei Restaurierungsarbeiten im Archiv des Hamburger Senats entdeckt ein Wissenschaftler ein Palimpsest (mehrfach verwendetes Pergament) aus dem 14. Jahrhundert. Unter der Schrift verbirgt sich ein bislang unbekanntes Gerichtsprotokoll über die peinliche Befragung eines Piraten, eines gewissen Claus Störtebekers.

Neben der historischen Bedeutung des Fundes birgt das Protokoll für Eingeweihte noch eine weitere Sensation: die erste Spur des bei der Zerschlagung des Ordens verschwundenen Templerschatzes und der sogenannten „Seele der Templer" einem legendären, mystischen Heiligtum.

Eine Nachfahrin eines der letzten Templerritter beauftragt die Spezialisten der ODYSSEE-Bergungsgesellschaft mit der Suche nach diesem einzigartigen Mysterium.

Doch damit öffnet sie die Pforten der Hölle. Das ODYSSEE-Team wird gejagt. Um zu überleben, benötigen Mitch Thromberg und seine Freunde alle ihre Fähigkeiten. Von Helgoland bis zu den dunklen Klippen Schottlands spannt sich die furiose Suche nach dem legendären Erbe der Templer.

In einem spannenden Finale wird das Geheimnis endlich enthüllt. Doch damit ist es noch nicht zu Ende.

„Ein absoluter Pageturner. Absolut empfehlenswert ...".

(Leser)

Kindle E-Book:
ASIN: B08GD229YM

Softcover
ISBN 978-3-966986984
408 Seiten
€ 16,95

LUST AUF MEHR ABENTEUER?

VORANKÜNDIGUNG
Erscheinung Herbst 2021

„Blendend recherchierter Umwelt-Thriller!“
Hannes Jaenicke
Schauspieler und Naturschützer

BLAUES GOLD

Der vierte ODYSSEE-Thriller führt den Leser auf eine abenteuerliche Reise um die halbe Erde. Es geht um einen der größten Schätze, die je von Piraten geraubt wurden, aber vor allem geht es um den größten Schatz der Menschheit – die Tiere.

Während eines Tauchurlaubs im Schutzgebiet des Weltnaturerbes Isla de Cocos kommen Mitch Thromberg und seine Freunde auf die Spur eines weltweiten Verbrechens an Tieren. Dadurch geraten sie in das Visier eines Mannes, der zwei Gesichter hat und der keines davon verlieren will.

Das ODYSSEE-Team wird erbarmungslos verfolgt und muss sich mit allen Kräften wehren. Doch das reicht nicht …

Der Leser erfährt im Rahmen der extrem spannenden Handlung viel über das internationale Geschäft mit bedrohten Tierarten – und mit dem Kauf tut er Gutes: Der Autor spendet vom Gewinn des Printbuches fünfzig Prozent (50%) an ausgewählte Meeresschutzorganisationen.

Informationen über Autor und bisher erschienene Werke:
www.gerhard-wegner.de